BASTEI
LÜBBE

ALAN SAVAGE

# Die Söhne des Sahib

Historischer Roman

Ins Deutsche übertragen
von Cécile G. Lecaux

BASTEI LÜBBE

BASTEI-LÜBBE-TASCHENBUCH
Band 13 661

Erste Auflage:
Juli 1995
Zweite Auflage:
August 1996


Deutsche Lizenzausgabe 1995
Bastei-Verlag Gustav H. Lübbe
GmbH and Co., Bergisch Gladbach
Originaltitel: Moghul
Titelbild: Archiv für Kunst
und Geschichte
Umschlaggestaltung:
Karl Kochlowski
Satz: KCS GmbH,
Buchholz/Hamburg
Druck und Verarbeitung:
Cox and Wyman Ltd.
Printed in Great Britain
ISBN 3-404-13661-6

Der Preis dieses Bandes
versteht sich einschließlich der
gesetzlichen Mehrwertsteuer

## ERSTES BUCH

## DIE MÄNNER AUS DEM NORDEN

*Oh, wherefore come ye forth in triumph from the north,*
*With your hands, and your feet, and your raiment all red?*
*And wherefore doth your rout send forth a joyous shout?*
*And whence be the grapes of the wine-press which ye tread?*

Thomas Babington, Baron Macaulay
The Battle of Naseby

## Kapitel 1

## Der Gesandte

Kapitän Bottomley kletterte ins Takelwerk der Galeone, um besser sehen zu können. Mehrere seiner Männer folgten seinem Beispiel, ebenso wie Richard Blunt, dem besorgten Murren seines Vetters zum Trotz. Aber während der langen, beschwerlichen Monate auf See war aus Richard ein richtiger Seemann geworden, dessen Geschicklichkeit der der Besatzungsmitglieder in nichts nachstand.

Sie starrten über den spiegelglatten Ozean, dessen Blau in der gleißenden tropischen Sonne beinahe weiß wirkte; es war keine Wolke am Himmel, und die Brise reichte gerade aus, die Galeone manövrierfähig zu halten.

»Es sind fünf«, brummte Kapitän Bottomley.

»Glaubt Ihr, es sind Piraten?« fragte Richard und starrte auf die Silhouetten, die in der Ferne über das Meer krochen; sie waren um einiges kleiner als die *Bonaventure* und hatten eine völlig andere Takelung. Trotz der Flaute kamen die Dhaus erstaunlich schnell näher.

»Es handelt sich zweifellos um Moslems, und das läuft auf dasselbe hinaus«, entgegnete Bottomley. »Aber in ihren Augen sind wir die Piraten, die unerlaubt ihre Gewässer befahren.«

Er seufzte, als er auf das Deck seines Schiffes hinabsah. Alles in allem war es bis zum vergangenen Monat eine erfolgreiche Reise gewesen. Als man ihm gesagt hatte, zu welchem Zweck sein Schiff gechartert würde, war er entsetzt gewesen. Eine Fahrt ans andere Ende der Welt, wohin sich vorher noch kein anders englisches Schiff gewagt hatte ... um nach Prester John zu suchen?

Ein von vornherein aussichtsloses Unterfangen.

Aber der König persönlich hatte die Expedition befohlen, und wenngleich der junge König Hal unzweifelhaft der beliebteste Monarch war, der je auf dem englischen Thron gesessen hatte, war es nicht ratsam, sich seinem Willen zu widersetzen.

Also war die *Bonaventure* aus dem Hafen von Plymouth ausgelaufen und nach Süden gesegelt. Sie waren der Route der großen portugiesischen Seefahrer da Gama und Diaz gefolgt, ausgerüstet mit portugiesischen Seekarten und Briefen an den Gouverneur von Goa. War König Heinrich nicht mit der Tante von Karl, König von Spanien, verheiratet, und war der junge Spanier nicht darüber hinaus der Kaiser des Heiligen Römischen Reiches? Das gesamte Christentum – mit Ausnahme der abtrünnigen Franzosen – verneigte sich vor dieser gewaltigen Macht.

Die Reise nach Süden war angenehm verlaufen. Sie hatten in mehr als einer geschützten afrikanischen Bucht geankert, um ihre Wasser- und Lebensmittelvorräte aufzustocken, und hatten die eigenartigsten Dinge gesehen, von Männern, deren Haut so schwarz war wie die Nacht, bis hin zu Affen, die so groß waren wie Menschen. Sie hatten das Kap der Stürme bei gutem Wetter umschifft. Voller Entsetzen hatten sie die gewaltigen Brecher dahinter betrachtet und dankbar, schutzsuchend und um sich mit frischen Vorräten zu versorgen, die große Insel namens Madagaskar angelaufen.

In Madagaskar waren sie auf erste Schwierigkeiten gestoßen. Sie waren von den Eingeborenen angegriffen worden und hatten zwei Männer verloren. Sie waren eilig wieder in See gestochen und in ihrer Hast auf ein Riff gelaufen. Zwar hatten sie die Galeone ohne allzugroße Schwierigkeiten wieder flottmachen können, aber die Bordwand war beschädigt worden und leckte, nicht bedrohlich, aber stetig. Die Pumpen hatten seither Tag und Nacht bemannt bleiben müssen.

Nach Madagaskar zurückzukehren hatte außer Frage gestanden. Aber dann hatte es endlich so ausgesehen, als hätten sie das Ziel ihrer Reise bald erreicht. Kapitän Bottomleys Seekarten zufolge befanden sie sich in der Arabischen See, nicht mehr weit von der Küste Indiens entfernt.

Was danach geschehen würde, war nicht mehr seine Sache. Er würde seine Passagiere sicher an ihren Bestimmungsort gebracht haben und hoffte, das Schiff kielholen und die gesplitterten Planken ausbessern zu können, damit die *Bonaventure* für die Rückreise gerüstet war.

Auch war es nicht seine Sache zu entscheiden, was jetzt geschehen sollte. Wie sehr es ihn auch persönlich anging, da er es nicht eilig hatte zu sterben oder den Rest seines Lebens als Sklave der Moslems zu verbringen, die Entscheidung lag bei Sir

Thomas Blunt, der mit gespreizten Beinen unter ihm auf dem Achterdeck stand.

»Sie werden zweifellos versuchen, unser Schiff zu kapern, Sir Thomas«, verkündete er.

Tom Blunt zupfte an seiner Nasenspitze. Mit vierzig entsprach sein Äußeres dem, was er war: Ein Höfling, der auch Soldat war, und vor allem ein Gesandter des Königs. Sogar nach einem Jahr auf See waren sein Wams praktisch fleckenlos und seine Kniehose sauber und nur an ein oder zwei Stellen geflickt. Er trug eine Feder am Hut, und sogar diese hatte die Reise nahezu unbeschadet überstanden. Sein Gesicht war von der Sonne tief gebräunt, und seine Schultern paßten in ihrer Breite zu den stämmigen Beinen.

Von seinem Gehenk hing ein Degen, der mehr als nur Dekoration war.

Tom Blunt war nicht minder entsetzt gewesen als Kapitän Bottomley, ans andere Ende der Welt geschickt zu werden. Es war so plötzlich gekommen. Er hatte mit dem König Tennis gespielt, als Heinrich plötzlich seinen Schläger auf den Boden geworfen und gesagt hatte: »Prester John. Laß uns Prester John finden, Thomas. Das wird ihnen zu denken geben.«

Mit ›ihnen‹ meinte König Heinrich natürlich die gekrönten Häupter Europas, denen gegenüber er stets bemüht war, seine Überlegenheit zu demonstrieren – obwohl er das kleinste Reich regierte. Tatsächlich hatte er seine Rivalität so weit getrieben, mit König Franz von Frankreich einen Ringkampf auszutragen. Das war vor nur fünf Jahren bei diesem berühmten Wettkampf, dem sogenannten Feld des Goldenen Tuches gewesen, der 1520 vor den Toren von Calais abgehalten worden war.

Er hatte den Sieg davongetragen … und sich den stolzen Franzosen zum Feind gemacht. Aber der Mann, dem Heinrich vor allem nacheiferte, war sein angeheirateter Neffe, König Karl V. Die beiden Männer waren die besten Freunde, da Heinrich seiner Gattin, Katherina von Aragon, Karls Tante, treu ergeben war, aber Heinrich konnte einfach nicht verwinden, daß sein Neffe dank mehrerer überaus nützlicher Ehen sowie diverser erfolgreicher Expeditionen nicht nur Kaiser des Heiligen Römischen Reiches war, sondern als König von Spanien außerdem den gesamten neuen Kontinent, den Christoph Kolumbus entdeckt hatte, für sich beanspruchte.

Wie konnte der König einer kleinen Insel hoffen, solchen Glanz zu übertreffen? Nur indem er etwas Außergewöhnliches bewerkstelligte – indem er einen eigenen unermeßlichen Schatz für sich entdeckte.

Aber Prester John?

Der Name Prester war von ›Presbyter‹ abgeleitet, und der Name John sollte für einen direkten Nachfahren Johannes des Älteren stehen, eines etwas dubiosen Jüngers Jesu. Die Legende, derzufolge er nach Zentralasien geflohen war und dort ein gewaltiges christliches Königreich errichtet hatte, war im zwölften Jahrhundert das erstemal aufgetaucht. Damals war deutlich geworden, daß die Kreuzzüge zur Rückeroberung Jerusalems und des Heiligen Landes gescheitert waren und die Kreuzritterstaaten in Palästina nicht von Dauer sein würden, da die Sarazenen immer mächtiger wurden. Das Christentum hatte dringend eines Stimulanz bedurft, und einige phantasievolle Mönche hatten die Geschichte dieser gewaltigen christlichen Macht verbreitet, die, wenn sie zum Kampf bewegt werden konnte, die Moslems vernichten und dem Gesetz der Wahren Kirche vom Atlantik bis hin zur Chinesischen Mauer Geltung verschaffen würde.

*Wenn* sie zum Kampf bewegt werden konnte. Viele hatten versucht, dieses geheimnisvolle christliche Reich zu finden. Berühmte Männer wie Giovanni da Pian del Carpini, Giovanni de Montecorvina und Marco Polo hatten nach ihm gesucht. Der Papst hatte eine Gesandtschaft geschickt, die spurlos verschwunden war.

Eigenartigerweise hatte die Legende im dreizehnten Jahrhundert, als Asien und der Mittlere Osten von Dschingis Khans Mongolen überrannt worden waren, an Glaubwürdigkeit gewonnen, als das Gerücht umging, sogar Dschingis Khan fliehe nach einem Zusammenstoß mit dem mächtigen christlichen König nach Westen.

Marco Polo hätte mehr darüber erfahren müssen, da er ganz Asien durchquert hatte, um sich Khublai Khan, dem Enkel Dschingis Khans, anzuschließen. Und doch hatte sogar Marco Polo sich entschieden geweigert, die Möglichkeit eines solchen

Königreiches irgendwo in der endlosen Weite jenseits der Wüste Gobi von der Hand zu weisen.

In den vergangenen Jahren hatte man sich des Themas auf rationellere Weise angenommen. Da die Suche in Asien erfolglos geblieben und doch niemand gewillt war, die Existenz Prester Johns zu leugnen, zog man den Schluß, daß sein Reich sich irgendwo in Afrika befinden müsse. Zweifelsohne gab es in Afrika, südlich von Ägypten, ein christliches Königreich, das von einem Monarchen regiert wurde, der als ›Negus‹ bezeichnet wurde (Negus: Titel des Kaisers von Äthiopien – Anm. des Übers.). Die Portugiesen waren diesen Menschen, die sie Abessinier nannten, begegnet, hatten jedoch berichtet, sie wären wenig mehr als Wilde, wie christlich sie auch sein mochten.

Und doch ... »Ihr wollt eine Gesandtschaft nach Gondar schicken, Eure Hoheit?« hatte Blunt gefragt.

Heinrich hatte schallend gelacht. »Dort wird man ihn nicht finden, Thomas. Ich glaube weiterhin an Asien. Dort werdet Ihr Prester John finden.«

Thomas hatte geschluckt. »Ich?«

»Wen könnte ich sonst mit einer solchen Mission betrauen?«

»Darf ich Eure Hoheit daran erinnern, daß ich kürzlich geheiratet habe und meine Gattin ein Kind unter dem Herzen trägt?«

»Aber Thomas. Ihr seid kein liebeskranker Jüngling mehr. Bess ist Eure dritte Frau, und was immer sie Euch gebiert, wird Eure Kinderschar nur um ein weiteres vergrößern. Um Himmels willen, da sie einen dicken Bauch hat und nach der Geburt das Kind stillen wird, könnt Ihr die nächsten zwölf Monate ohnehin nicht mit ihr verkehren. Welch sinnvollere Aufgabe könntet Ihr in dieser Zeit erfüllen, in dem Wissen, daß sie Euch bei Eurer Rückkehr wieder schlank und schön erwarten wird? Und wen sonst könnte ich schicken? Stimmt es nicht, daß Ihr des Arabischen, Persischen und Türkischen besser mächtig seid als jeder andere im Königreich?«

Thomas hatte in diesem Augenblick seinen unstillbaren Wissensdurst insgeheim verflucht. Aber da die Ottomanen auf der ganzen Welt die größte politische Macht besaßen und er, da seine Tage beim Militär gezählt waren, gehofft hatte, zum Botschafter ernannt zu werden, war es ihm nur vernünftig erschienen, die barbarischen Sprachen der Moslems zu erlernen.

»Ihr seht also, Thomas«, hatte Heinrich gesagt, »es gibt keinen anderen als Euch.«

Wenn König Heinrich sich erst etwas in den Kopf gesetzt hatte, gab es kein Zurück mehr. Und hinzu kam, daß das Christentum im sechzehnten Jahrhundert noch dringender als im zwölften einen Verbündeten in Zentralasien brauchte. Denn die Zukunft des christlichen Europas wurde von der Bedrohung des ottomanischen Reiches überschattet.

Die ottomanischen Türken, die ursprünglich in Anatolien beheimatet waren, breiteten sich seit Generationen immer weiter aus. Es war über zweihundert Jahre her, seit sie die Dardanellen überquert und sich auf dem Balkan niedergelassen hatten. Aber solange die große Stadt Konstantinopel eine Bastion des Westens gewesen war, hatte es den Anschein gehabt, als wären sie eine ebenso vorübergehende Erscheinung wie die Mongolen Dschingis Khans, die in vergangenen Zeiten Ungarn erobert hatten und dann wieder abgezogen waren.

Aber im Jahre 1453 war Konstantinopel den Janitscharen des Sultans Mahomet II. erlegen. Und seither waren die Ottomanen unaufhaltsam immer weiter vorgedrungen.

»Können wir ihnen entkommen, Master Bottomley?« fragte Thomas, den Blick auf die herankommenden Dhaus geheftet.

»Ohne Wind, mit vier Metern Algen im Schlepptau und dem Leck im Bug? Keine Chance, Sir Thomas.«

Thomas wandte sich Richard zu.

»Wir werden kämpfen müssen«, sagte dieser. »Einen anderen Weg gibt es nicht.«

Kämpfen war für den Jungen die Lösung jedes Problems. Genaugenommen war er seit Jahren schon kein Junge mehr. Seit dem sechzehnten Lebensjahr hatte Richard Blunt als Soldat gedient, und jetzt war er fünfundzwanzig. Da England sich nicht im Krieg befand, war er nach Spanien gegangen und hatte im Dienste des Kaisers gegen die Communeros von Avila und im darauffolgenden Krieg gegen Frankreich gekämpft. Als er auf den Mauern Pamplonas verwundet worden war, war er nach

England zurückgekehrt, um sich in der Heimat von seinen Verletzungen zu erholen. Der Ruf, in seinen jungen Jahren bereits einer der besten Fechter Europas zu sein, hatte ihn begleitet.

Thomas hatte seinen jungen Vetter nie in Aktion erlebt, gestand dem Jungen jedoch zu, daß er rein äußerlich seinem Ruf gerecht wurde. Richard Blunt war einsfünfundachtzig groß und hatte die breiten Schultern und kräftigen Beine der Familie geerbt. Seine etwas rauhen Züge strahlten nun in Erwartung des Kampfes. Sein zuverlässiges spanisches Rapier aus Toledo-Stahl baumelte an seiner Seite.

Aber er war nicht nur muskulös, sondern auch klug. König Heinrich hatte Thomas Blunt als seinen Gesandten auf der Reise nach Asien auserwählt, weil er die heidnischen Sprachen beherrschte, und Thomas hatte die langen, ermüdenden Tage auf See genutzt, sein Wissen an den jüngeren Mann weiterzugeben. Richard hatte sich als gelehriger Schüler und als umgänglicher, angenehmer Reisegefährte erwiesen.

Ohne Richard wäre die Reise schrecklich öde gewesen, und ohne seine Unterstützung wäre die Abreise aus England unmöglich gewesen.

Elizabeth Blunt – sie war sogar noch jünger als Richard –, die erst kürzlich einen Mann geehelicht hatte, der beinahe doppelt so alt war wie sie, und die bereits sein Kind unter dem Herzen trug, war, wie vorauszusehen gewesen war, verzweifelt gewesen bei dem Gedanken an eine Trennung von mindestens einem Jahr. Ihre und auch Thomas' Familie hatten zwar eingesehen, daß er sich dem Wunsch des Königs unmöglich widersetzen konnte, aber sie waren davon überzeugt, ihn nie wiederzusehen.

Nur Richard, inzwischen völlig von seinen Wunden genesen und im Begriff, nach Spanien zurückzukehren, hatte fröhlich gelacht.

»Soll ich dich begleiten und heil wieder nach Hause bringen, Vetter Thomas? Señoritas fangen an, mich zu langweilen.«

»Das ist unsere einzige Chance«, stimmte Thomas zu.

Kapitän Bottomley machte ein skeptisches Gesicht. Sein Schiff war mit nur sechs Kanonen und zwei Drehbassen – auch

Mörder genannt – bestückt, die mit Nägeln oder Kugeln geladen werden konnten, jedoch nur eine geringe Reichweite besaßen.

»Habt Ihr noch nie auf See gekämpft, Mann?« fragte Richard.

»Nein, das habe ich nicht, Sir. Ausgenommen ein Schußwechsel mit einem französischen Freibeuter vor den Kanalinseln vor einigen Jahren.«

»Nun, dann sind wir beide Neulinge auf diesem Gebiet. Also müssen wir unseren Kopf benutzen.« Richard überlegte eine Weile. Dann sagte er: »Laßt sämtliches Ersatztauwerk herbeischaffen und in langen Reihen von vorn bis achtern nach steuerbord und backbord spannen. Die Taue sollen durchhängen, so daß sie, wenn sie gespannt werden, mindestens einen Meter über das Schanzkleid schnellen.«

»Aber … wäre es nicht besser, sie gleich als Enterabwehr über das Schanzkleid zu spannen?« fragte der Kapitän.

»Nein, nein«, entgegnete Richard. »Sie sollen uns ja entern. Wenn sie es nicht tun, können wir sie nicht in die Flucht schlagen.«

Bottomley kratzte sich den Schädel.

»Dann holt Ihr sämtliche Männer an Deck, mit Ausnahme derer, die die Pumpen bedienen. Und sorgt dafür, daß alle Luken dicht gemacht werden, so daß niemand, weder von unserer noch von deren Seite unter Deck kann.« Bottomley nickte. Das klang vernünftig.

»Als nächstes laßt Ihr sämtliche Feuerwaffen vorn und achtern zusammentragen. Laßt Euren Männern keine einzige Feuerwaffe und auch keinen Dolch oder dergleichen.«

»Aber womit sollen meine Leute denn kämpfen, wenn die Piraten an Bord kommen?« fragte Bottomley.

»Sie werden nicht kämpfen, Kapitän. Sie werden davonlaufen. Und da sie sich nicht unter Deck verkriechen können, werden sie zwangsläufig nach vorn und achtern laufen. Sie sollten sich dabei möglichst gleichmäßig verteilen, so daß Bug und Heck gleichermaßen verteidigt werden können.«

Bottomley schien verwirrter denn je.

»Und schließlich«, fuhr Richard fort, »laßt Eure vier größten leeren Fässer mit Seifenwasser füllen. Zwei plaziert Ihr vorn, direkt vor dem Vorderdeck, und zwei achtern, gleich hier, direkt unter uns. Beeilung, Mann, Beeilung. Befolgt meine Instruktionen. Wir haben keine Zeit zu verlieren.«

Kapitän Bottomley zögerte, eilte jedoch dann davon, und auf der Galeone machten sich gleich darauf Aufregung und Betriebsamkeit breit.

»Bist du sicher, daß du auch weißt, was du tust, Richard?« erkundigte sich Thomas.

Richard grinste. »Nein. Aber ich kann mir in etwa vorstellen, wie der bevorstehende Kampf aussehen wird, und bessere Abwehrmaßnahmen habe ich nicht anzubieten.«

Die Dhaus kamen unaufhaltsam näher. Ihre Lateinersegel ermöglichten es ihnen, härter am Wind zu segeln als die Galeone. Richard konnte nun die dunkelhäutigen Gesichter mit den dichten Bärten und Schnurrbärten an den Schandeckeln ausmachen. Wenigstens verfügten sie nicht über Kanonen.

Er strich sich mit einer Hand über das Kinn; er war immer glatt rasiert, eine Gewohnheit, die er in der Hitze Spaniens angenommen hatte und die sich in der noch viel größeren Hitze der äquatorialen Meere erst recht als sinnvoll und angenehm erwiesen hatte.

»Ich würde sagen, sie sind in Reichweite, Master Bottomley«, bemerkte er. »Versucht, ob Ihr sie mit einer Salve erwischt.«

Der Kapitän, der das Kommando nun vollends abgegeben hatte, gab die entsprechenden Befehle, und das ohrenbetäubende Knallen der Kanonen ertönte. Aber die Kugeln landeten, ohne Schaden anzurichten, im Meer. Wasserfontänen stiegen auf, und das Gelächter der Piraten schlug ihnen entgegen … da sie zweifellos bereits gegen die Portugiesen gekämpft hatten, mußten sie mit Geschützen vertraut sein.

Und gelernt haben, sich nicht vor einer in ihrer Treffsicherheit so unzuverlässigen Waffe zu fürchten.

»Laßt mit Schrot nachladen«, befahl Richard. »Und die Männer sollen Zündstöcke bereithalten.«

Die Lateinersegel wurden mit bewundernswerter Präzision eingeholt, und die Piraten legten sich nun in die Riemen, um die letzten hundert Meter bis zur Galeone zurückzulegen.

Die Seeleute, deren nackte Oberkörper von Schweiß glänzten,

arbeiteten fieberhaft daran, die Kanonen nachzuladen. Trotzdem brauchten sie an die zwanzig Minuten, und inzwischen waren die Araber gefährlich nahe herangekommen.

Die Schrotladung richtete einigen Schaden an. Der Hagel aus Kugeln, Nägeln und Eisensplittern machte mehrere der Piraten nieder, ehe die Geschosse hinter den Dhaus ins Meer klatschten. Die Dhaus ließen sich jedoch nicht aufhalten, und nur Minuten später schwärmten ihre Besatzungen die Bordwände der Galeone hinauf.

Inzwischen hatte Richard sämtliche Lunten für die Arkebusen angezündet; lange, talggetränkte Schnurstücke, die Serpentinen genannt wurden und Stunden glühten. In den Verschluß der klobigen Waffe geklemmt, wurde die Schnur bei Betätigung des Abzuges vorwärts transportiert und entzündete, wenn alles gutging, das darunter liegende Pulver.

Er wartete, bis die ersten Gesichter über den Schandeckeln erschienen, und gab dann Befehl, die Taue zu spannen.

Männer zogen an den Seilenden, und die Taue – drei auf jeder Seite – schnellten über die Bordwand und spannten sich. Die Araber, die sich gerade über die Bordwand geschwungen hatten, wurden von den Tauen im Gesicht und am Körper getroffen und ins Meer geschleudert.

Die Dhaus fielen zurück, als die Galeone stetig durch das Wasser pflügte.

»Nachladen!« brüllte Richard. »Nachladen, solange noch Zeit ist. Feuert eine ganze Salve.«

Sie waren gerade fertig mit Nachladen, als die Dhaus ihre Leute aus dem Wasser gefischt und sie wieder eingeholt hatten.

»Haltet euch bereit«, rief Richard und verzichtete auf den Befehl, die Kanonen abzufeuern.

Die Araber kletterten wieder an den Bordwänden hinauf. Da sie jetzt vorbereitet waren, schwangen sie ihre Krummsäbel, durchtrennten die Taue und sprangen an Deck. Es waren weit über hundert, und sie stießen Schreie aus, daß einem das Blut in den Adern gefror.

»Rückzug!« brüllte Richard.

Die Seeleute rannten nach vorn und nach achtern, ohne den Versuch zu unternehmen, die Enterer zurückzuschlagen.

»Jetzt das Wasser«, rief er und stemmte sich selbst mit der

Schulter gegen das erste Faß. Es stürzte, gefolgt von den drei anderen, um, und das Seifenwasser ergoß sich über das Hauptdeck.

Die Araber, die im ersten Augenblick verwirrt waren, daß die Christen sich nicht zum Kampf stellten, waren unentschlossen, ob sie das Vorder- oder Achterdeck stürmen oder den Laderaum plündern sollten. Einige von ihnen versuchten, die Hauptluke zu öffnen, was ihnen jedoch nicht gelang. Und jetzt umspülte das Wasser ihre Fußknöchel. Sie stießen erneut schrille Schreie aus und griffen in zwei Gruppen die beiden Decks vorne und achtern an.

Aber durch die Seifenlauge waren die Planken glatt wie Eis, und die Moslems stolperten mit verblüfftem Kreischen übereinander. Das gab der Besatzung der *Bonaventure* Gelegenheit, die Stützen für die schweren Läufe der Arkebusen aufzustellen, damit die Männer, die entlang der Brüstung des Achter- und des Vorderdecks Stellung bezogen hatten, Blei in ihre Angreifer unten auf dem Hauptdeck pumpen konnte. Auf diese Entfernung und dadurch, daß die Araber zwar mit den Armen ruderten und mit den Beinen strampelten, ohne jedoch von der Stelle zu kommen, konnten die Kugeln ihr Ziel gar nicht verfehlen. Blut vermischte sich mit dem Seifenwasser, als die Piraten im Kugelhagel zusammenbrachen.

Richard vergrößerte das Chaos noch, indem er die nächste Drehbasse auf die Angreifer richtete und aus kurzer Distanz in die Menge feuerte.

Achtern stieß etwas gegen den Schiffsrumpf, und neue Schlachtrufe wurden laut. Die fünfte Dhau war unbemerkt herangekommen und achtern vertäut worden. Da die Fenster der Kajüte unter dem Deck jedoch vernagelt waren, gelang es den Arabern nicht, dort einzudringen, und so kletterten sie über das Schanzkleid, wo sie von Richard, der mit Degen und Dolch bewaffnet war, sowie von Thomas und einem halben Dutzend Besatzungsmitgliedern erwartet wurden.

Richard stieß einen Freudenschrei aus, warf den ersten Angreifer rapierschwingend über die Bordwand ins Meer, parierte mit dem Dolch in der linken Hand einen Säbelhieb und durchbohrte einen zweiten Angreifer, dem kurze Zeit später ein dritter folgte.

Ermutigt kämpften die Engländer an seiner Seite wie die Teufel, und Thomas schickte ebenfalls einige der Angreifer über Bord.

Die Sarazenen hatten genug. Ein oder zwei besonders tapfere Männer, die das Massaker überlebt hatten, stürmten auf das Vorderdeck zu, wurden jedoch von den Hellebarden der Seeleute niedergestreckt. Die restlichen Überlebenden kletterten so schnell sie konnten über Bord. Auch das Schiff, das achtern festgemacht hatte, wurde losgeschnitten und fiel zurück. Richard nutzte die Gelegenheit, mit der zweiten Drehbasse auf die Dhau an Steuerbord zu feuern, und mähte einige weitere Piraten mit den Schrapnellen nieder, während die *Bonaventure* ihre Fahrt langsam fortsetzte und die Besatzung sich heiser jubelte.

»Das hast du gut gemacht, Richard«, sagte Thomas anerkennend.

»Allerdings, Sir Thomas«, rief Kapitän Bottomley ihnen zu. »Ohne den Jungen hätten wir es nicht geschafft. Werden sie es noch mal versuchen, Sir?«

Richard blickte auf die Dhaus. Sie holten die Ruder ein und hißten die Segel, machten jedoch keine Anstalten, die Verfolgung wiederaufzunehmen.

»Das bezweifle ich, aber wir könnten ihnen noch ein paar Schuß nachschicken, um ganz sicher zu gehen.«

Bottomley erteilte seinen Leuten entsprechende Befehle. Sie überquerten vorsichtig das rutschige Deck und feuerten die Kanonen ab. Auch diesmal traf keine der Kugeln, aber die Araber gaben nun endgültig auf.

»Wir haben die Mistkerle besiegt«, rief Bottomley triumphierend. »Und was tun wir jetzt, Sir Thomas?«

»Nun, laßt die Leichen über Bord werfen, Kapitän, und dann nehmen wir wieder Kurs auf Goa«, entgegnete Thomas. »Kündigen wir Senhor Alvarado unsere Ankunft an.«

Dom Jaime Alvarado betrachtete nachdenklich das englische Schiff, das im Hafen von Goa ankerte, und sah das Wasser, das in einem ständigen Rinnsal über Bord gepumpt wurde.

Dom Jaime war ein untersetzter, kräftiger Mann mit gepflegtem Spitzbart und Borstenhaar, das im Augenblick von dem breitkrempigen Strohhut verdeckt wurde, der nicht recht zu den Kniehosen und dem Wams passen wollte, die er hastig übergezogen hatte, als man ihm berichtet hatte, daß ein fremdes Schiff in den Hafen einlaufe.

Jetzt stand er im Schatten zweier großgewachsener Engländer.

»Araber, ja? Sie lechzen nach unserem Blut, seit wir vor etwa fünfzehn Jahren ihre Flotte vernichtet haben. Ihr werdet Euer Schiff kielholen wollen, ehe es sinkt.«

»Je früher, desto besser«, stimmte Thomas ihm zu.

»Ich werde das sofort in die Wege leiten. Fünf Dhaus, sagt Ihr. Und Ihr habt sie in die Flucht geschlagen. Großartig. Ihr müßt mir die Freude machen, mit mir zu speisen und mir davon zu erzählen, *Senhores*.«

»Was meinst du?« fragte Richard.

»Was ich von der Niederlassung halte?« Thomas blickte auf den schlammigen Strand, das schützende Riff, das Dorf, das sich um eine Kirche drängte. Sämtliche Gebäude waren aus Holz. Goa war vor etwa fünfzehn Jahren von den Portugiesen zu ihrer Haupthandelsniederlassung in Indien erkoren worden, und der Anzahl der Lagerhäuser nach zu urteilen, blühte der Handel mit kostbaren Gewürzen aus dem Osten. Aber noch war Goa nicht mehr als eine Zwischenstation für die Galeonen aus Lissabon. Es gab nur ein großes Gebäude, das etwas abseits von den anderen errichtet worden war. Zweifellos handelte es sich um die Residenz des Gouverneurs. Dahinter erstreckte sich, soweit das Auge reichte, der Urwald. »Zweifellos ein schäbiger, uninteressanter Ort. Und eine außergewöhnliche Hitze.« Er fächerte sich beim Sprechen mit seinem Hut Luft zu. »Ich meinte eigentlich den Gouverneur.«

»Macht einen ganz netten Eindruck.«

»Ist dir aufgefallen, daß er uns während der Unterhaltung vorhin kein einziges Mal in die Augen gesehen hat?«

»Manche Männer sind eben schüchtern.«

»Ich habe die Erfahrung gemacht, daß das gewöhnlich ein Zeichen für Hinterlist ist«, sagte Richard.

»Nun, dann werden wir eben vorsichtig sein müssen«, meinte

Thomas. Dann grinste er. »Aber wir sind hier, unser Schiff muß repariert werden, und er weiß vielleicht etwas über Prester John. Auf jeden Fall werden wir seine Gastfreundschaft in Anspruch nehmen. Immerhin ist in zwei Tagen Weihnachten.«

»Prester John«, sinnierte Dom Jaime. »Natürlich habe ich von ihm gehört. Wir alle haben von ihm gehört.«

Er saß am Kopfende seines Eßtisches, auf dem sich allerlei Köstlichkeiten türmten. Die Speisen waren ebenso erlesen wie der Wein, wenngleich die meisten Gerichte, die mit Gemüse zubereitet waren, das eigenartige Namen trug wie Yamswurzel und Gumbo, den Gästen unbekannt waren.

Neben Thomas und Richard gehörte auch Kapitän Bottomley, der ebenso wie sie sein fleckiges bestes Wams trug, zu den Gästen des Gouverneurs, der außerdem seinen Garnisonskommandanten, Kapitän Goncalves, hinzugebeten hatte. Die anderen drei Plätze wurden zur angenehmen Überraschung der Engländer von Frauen eingenommen. Dom Jaimes Gattin war fett und verschwitzt; hinter ihrem Stuhl stand ein Diener, der ihr während der ganzen Mahlzeit Luft zufächerte. Jedesmal, wenn sie einatmete, blitzte das riesige goldene Kruzifix, das auf ihrem imposanten Busen ruhte, im Kerzenlicht.

Traurig, daß ihre zwei Töchter in ein paar Jahren wohl genauso aussehen werden wie sie, dachte Richard bei sich. Aber im Augenblick boten sie den reizendsten Anblick seit Monaten. Maria, die jüngere der Schwestern, war erst fünfzehn, aber Elena, die ältere, schätzte er auf siebzehn. Sie war schon eine richtige junge Lady mit einem Ausschnitt, der dem ihrer Mutter in nichts nachstand, wenngleich ihre Brüste noch die eines jungen Mädchens waren. Keines der Mädchen war auch nur im entferntesten hübsch, aber für einen Mann, der gerade elf frauenlose Monate auf einem kleinen Schiff verbrachte hatte, boten sogar ihre etwas käsigen Gesichter und die knabenhaften Figuren einen reizvollen Anblick.

»Aber was die Frage betrifft, wie weit sein Reich von hier entfernt ist, läßt sich das schwer sagen«, fuhr ihr Gastgeber fort. »Kennt Ihr Euch ein wenig in indischer Politik aus, Senhor Blunt?«

»So gut wie gar nicht.«

»Nun, die Politik in diesem Land ist nicht minder kompliziert als in Europa. Unsere kleine Niederlassung hier an der Westküste der Halbinsel gehört zum Königreich Bijapur. Wir sind umgeben von den Königreichen Ahmadnagar, Bidar und Kandesh. Nördlich von Kandesh liegt Gujarat. Dort unterhalten wir in einer Stadt namens Diu eine weitere Handelsniederlassung. Gujarat ist der bei weitem mächtigste Staat in unserer unmittelbaren Nachbarschaft und übt eine Art lockerer Herrschaft über die anderen Königreiche aus, die ich eben genannt habe.«

Richard zerbröselte ein Stück hausgebackenes Brot zwischen den Fingern und berührte dabei wie zufällig Elenas Hand. Sie zog ihre Hand nicht zurück.

»Aber hinter diesen angrenzenden Staaten gibt es noch weitere mächtige Länder«, fuhr Dom Jaime fort. »Die Südspitze der Halbinsel wird von Vijayanagar eingenommen. Nördlich von Vijayanagar liegen Golconda und Berar, Gondwana, Orissa und Malwa. Weiter östlich liegt Bengalen. All diese Länder sind sehr groß. Demzufolge, was ich an Informationen habe zusammentragen können, ist jedes einzelne größer als Portugal ... oder England.«

Alle Blicke schienen auf den Gouverneur gerichtet zu sein, Richard sah ihn ebenfalls an, gestattete jedoch gleichzeitig seinen Fingern, zwei Zentimeter weiter nach rechts zu wandern, so daß sie nun auf feuchter Haut ruhten. Diesmal bewegte sich Elenas Hand, und er glaubte, sie wolle sie ihm entziehen – aber statt dessen drehte sie sie nur herum, so daß seine Finger nun auf ihrem Handteller lagen.

Augenblicklich stieg das Jagdfieber in ihm auf, dem er noch nie hatte widerstehen können. Es grenzte an ein Wunder, daß er bisher noch nicht durch einen dicken Bauch zur Ehe gezwungen worden war.

»Aber all diese mächtigen souveränen Staaten«, fuhr Dom Jaime fort, »leben in ständiger Furcht vor jenen noch weiter im Norden. Der Bund Rajput ist ein Zusammenschluß kriegerischer Stämme. Und das Königreich von Delhi, das sich über den ganzen Norden Indiens erstreckt, vom Hindukusch bis zu den Grenzen Bengalens, ist das mächtigste von allen. Delhi wird das Land der Pfauen genannt, weil diese eigenartigen Vögel dort so zahlreich sind. Das Land hat ein unglaubliches Edelsteinvorkommen, und es heißt, daß der Sultan einen Stein besitzt, der Koh-i-noor genannt wird, ›Berg des Lichts‹. Diejenigen, die ihn gesehen haben, behaupten, es wäre der größte Diamant der Welt.«

Thomas Blunt nippte skeptisch an seinem Wein.

»Aber Prester John müßt Ihr noch weiter nördlich suchen, jenseits der hohen Berge Afghanistans.«

Richard strich sacht mit den Fingern über Elenas weiche Handfläche. Aber er bezweifelte, ob das Mädchen wußte, was diese Berührung bedeutete – daß er mit ihr schlafen wollte; jedenfalls schien sie nicht im mindesten verlegen.

Er würde tatsächlich gern mit ihr schlafen, wenn es sich einrichten ließ. Er hatte schon so lange keine Frau mehr gehabt, daß er bei entsprechender Gelegenheit sogar ihre Mutter genommen hätte.

»Wie kann ein Schiff all diese Staaten passieren?« fragte Thomas.

Dom Jaime lachte auf. »Überhaupt nicht, Sir Thomas. Delhi liegt mehrere hundert Meilen landeinwärts. Der nächste Hafen wäre Diu, den Ihr erreicht, wenn Ihr einige Tage die Küste hinaufsegelt. Das wäre für Euch sicher sinnvoll. Wenn Ihr Passierscheine vom Sultan von Gujarat zum Sultan von Delhi bekämt, würde Euch das die Reise um vieles erleichtern.«

»Hmm«, sagte Thomas. »Wie lange wird es dauern, bis wir wieder in See stechen können, Master Bottomley?«

»Ich fürchte, das wird einige Zeit dauern, Sir. Ich werde mehrere Wochen brauchen, den Rumpf wieder instand zu setzen.«

»Wie lange genau?«

»Nun, in Anbetracht ihres traurigen Zustandes wird die *Bonaventure* frühestens in … vier Monaten wieder vollständig hergerichtet sein.«

»Vier Monate!« rief Thomas aus.

Sogar Richard war so betroffen, daß er Elenas Hand etwas zu fest drückte. Sie krümmte die Finger und entzog ihm ihre Hand.

Verdammt, dachte er. Aber … vier Monate?

Andererseits könnten vier Monate in Goa zu einer höchst pikanten Situation mit Elena führen.

»Das ist unmöglich«, erklärte Thomas. »Vier Monate sind zu lang.«

»Mein Schiff ist nicht mehr seetauglich, Sir«, entgegnete der Kapitän stur.

»Ich stimme zu, daß das eine recht lange Verzögerung wäre«, sagte Dom Jaime beschwichtigend. »Aber ich hätte Euch einen Vorschlag zu machen. Da Euer Schiff die nächsten vier Monate in Goa festsitzt, könntet Ihr doch in dieser Zeit über Land nach Gujarat reisen, Sir Thomas. Ich würde Euch selbstverständlich ein Schiff zur Verfügung stellen, wenn ich eins hätte, aber das ist leider nicht der Fall, und meine nächste Flottille wird erst in einigen Monaten erwartet. Aber über Land ...«

»Ist das denn machbar?«

»Aber natürlich. Ich sagte ja bereits, daß die angrenzenden Staaten im Norden sich der Herrschaft Gujarats unterwerfen. Ich werde Euch Empfehlungsschreiben an den Sultan mitgeben, in denen ich bestätige, daß Ihr Botschafter eines mächtigen europäischen Königs seid. Mit diesem Schreiben werdet Ihr sicher ans Ziel gelangen. Auch ist der Weg nicht sehr beschwerlich.«

Richard wurde eine Bewegung an seiner Seite gewahr und warf dem Mädchen einen Blick zu. Elena starrte ihren Vater ungläubig an.

»Wie lange würden wir Eurer Ansicht nach brauchen?« fragte Thomas.

»Um diese Jahreszeit und vor Einsetzen des Monsuns ... Ich würde sagen, Ihr könntet Gujarat in vier Wochen erreicht haben. dann wären es noch weitere vier Wochen bis Delhi. Wie weit es danach noch sein wird, vermag ich nicht zu sagen, aber wenn Ihr zurückkehrt, wird Euer Schiff bereit sein, die Rückreise nach Europa anzutreten. Ich werde persönlich dafür sorgen.«

Elena gab einen eigenartigen Zischlaut von sich, den jedoch nur Richard hörte.

»Nun, das scheint mir die vernünftigste Lösung für unser Problem zu sein«, sagte Thomas. »Was meinst du, Richard?«

»Ich stehe ganz zu deiner Verfügung, lieber Vetter«, entgegnete Richard.

»Wie schnell könnte eine solche Reise organisiert werden, Dom Jaime?« fragte Thomas.

»Ich beschaffe Euch Führer und Eseltreiber. Ihr könnt in drei Tagen aufbrechen.«

»Großartig«, erklärte Thomas. »Das ist wirklich großartig. Bei

Gott, Sir, ich fühle mich schon viel besser als noch vor zwölf Stunden.«

Nach dem Essen nahmen sie auf der Veranda Platz und tranken Portwein. Zu Richards Überraschung und Freude leisteten die Damen ihnen Gesellschaft. Die Insekten erwiesen sich als echte Plage. Einige summten laut, schienen jedoch harmlos, während andere, völlig lautlose, überall dort, wo sie landeten, schmerzhaft zustachen oder -bissen. Die Engländer folgten dem Beispiel der Portugiesen, die um sich schlugen und sich kratzten, ohne daß die Unterhaltung deswegen ins Stocken geriet.

Dom Jaime gab sich weltmännisch und redefreudig. Er erzählte von indischen Kriegen und indischen Bräuchen. Richard hätte all das sicher für höchst interessant befunden, hätte nicht Elena, die in einiger Entfernung von ihm saß, ständig versucht, seinen Blick einzufangen.

Schließlich konnte er nicht länger widerstehen. Er leerte sein Glas Portwein und erhob sich.

»Dom Jaime, wärt Ihr so freundlich, mir zu gestatten, Senhorita Elena auf einem Spaziergang in Eurem Garten zu begleiten? Es ist eine so angenehme Nacht.«

»Aber selbstverständlich«, willigte Dom Jaime sofort ein. »Magdalena!«

Die Anstandsdame kam aus dem Haus geeilt. Elena war bereits aufgestanden, wenngleich sie ernster wirkte, als Richard gehofft hatte. Er sah zu Thomas hinüber, der nur die Brauen wölbte, und folgte dann den zwei Frauen die Treppe hinunter in den Garten. Innerhalb weniger Minuten befanden sie sich außer Reichweite der Laternen und folgten einem Weg, der sich durch einen Hain niedriger Bäume schlängelte, deren Art Richard völlig unbekannt war.

»Es war sehr nett von Euch, mich zu einem Spaziergang einzuladen, Senhor«, sagte Elena.

»Es ist mir ein Vergnügen, Senhorita.«

»Magdalena, hier ist deine Lieblingsbank«, wandte Elena sich gleich darauf an die Anstandsdame. »Warum setzt du dich nicht hierher? Senhor Blunt und ich gehen nur bis zum Ende der Bäume und zurück.«

»Bleibt aber in Sichtweite«, mahnte Magdalena streng.

»Natürlich«, versicherte ihr Elena. Aber den Rest des Weges hakte sie sich bei Richard unter. »Hört mich an«, sagte sie, »Ihr dürft nicht auf den Rat meines Vaters hören.«

»Wir sollen nicht auf seinen Rat hören? Wie sollen wir sonst an diesen Ort, Gujarat, gelangen?

»Ihr solltet gar nicht nach Gujarat gehen«, sagte sie. »Der Sultan von Gujarat ist kein Freund der Europäer. Er toleriert die Handelsniederlassung in Diu allein wegen unserer Flottenstärke. Er hat vor einigen Jahren Krieg gegen uns geführt und wurde besiegt. Daraufhin hat er einen Friedensvertrag mit Portugal unterzeichnet. Aber im Grunde haßt er uns. Und auch wenn er Euch aufgrund des Empfehlungsschreibens meines Vaters nicht behelligt, ist der Weg von hier nach Surat voller Gefahren.«

»Aber ... Euer Vater hat uns doch versichert, der Weg wäre nicht beschwerlich. Warum sollte er uns belügen?«

»Weil er Euch nicht hier in Goa haben will. Und am liebsten wäre es ihm, wenn Ihr niemals nach Europa zurückkehren würdet. Er hat den Befehl, alle Eindringlinge zu vertreiben. Diese Handelszone gehört Portugal und niemandem sonst. Er lügt, wenn er behauptet, die Reise wäre ein Spaziergang. Der Weg ist im Gegenteil ebenso beschwerlich wie gefährlich.«

Sie hatten die letzten Bäume des kleinen Wäldchens erreicht, und Richard blickte den Weg zurück; er konnte die sitzende Gestalt Magdalenas gerade noch erkennen.

»Er hat uns freundlich empfangen.«

»Ihr seid kampferprobt, und Euer Schiff ist mit Kanonen bestückt. Er entledigt sich Eurer lieber mit List und Tücke als mit Gewalt.«

Sie hatte sich abgewandt, wie um den Rückweg anzutreten, aber Richard ergriff ihre Hand und zog sie in den Schutz der Bäume.

»Es ist Euer Vater, dem Ihr Hinterlist vorwerft.«

Ihre Züge waren in der Dunkelheit nur schattenhaft zu erkennen, aber so nah, daß er ihren Atem auf seinem Gesicht fühlen konnte.

»Mein Vater befolgt lediglich Befehle«, entgegnete sie. »Er tut seine Pflicht. Aber ich möchte nicht, daß Euch etwas zustößt.«

Er küßte ihre Lippen.

Sie schnappte leise nach Luft. Dann schlang sie ihm die Arme um den Hals, und ihre Finger gruben sich in seine Schultern.

»O Senhor«, hauchte sie, als er den Kopf hob.

»Das ist nicht allein Dankbarkeit für Eure Warnung«, sagte er und küßte sie erneut.

Diesmal teilten sich ihre Lippen, und sie gestattete ihm, sie an sich zu ziehen.

»Was soll ich tun?« flüsterte er ihr ins Ohr.

»Bleibt in Goa, repariert Euer Schiff und segelt davon.«

Das war zwar nicht die Antwort, auf die er gewartet hatte, aber sie war dennoch ermutigend.

»Und wohin sollen wir segeln?«

»Ich weiß es nicht. Vielleicht findet Ihr weiter östlich einen Weg, der Euch zu diesem Prester John führt. Vielleicht wäre es aber auch am besten, wenn Ihr die Suche aufgeben und nach England zurückkehren würdet.«

Seine Lippen legten sich erneut auf die ihren, und diesmal schmiegte sie sich an ihn. Seine Hand fand die Knöpfe im Rücken ihres Kleides, und geschickt öffnete er einige von ihnen. Sie schien nichts davon zu merken.

»Würdet Ihr mich begleiten, wenn ich nach England zurückkehre, Elena?«

Diesen Trick hatte er schon bei zahlreichen ähnlichen Gelegenheiten angewandt, und immer mit Erfolg.

»O Senhor«, hauchte sie erneut.

Richard schob die Hand unter ihr Kleid und fühlte ihr Unterhemd. Nur ein dünnes Hemdchen. Mehr gestattete das Klima nicht, und für ein Korsett war sie zu jung und zu schlank, auch wenn das Klima es zugelassen hätte – nicht einmal ihre Mutter trug eines.

»Werdet Ihr bleiben?« fragte sie.

»Zu bleiben und Euch wiederzusehen wäre mein sehnlichster Wunsch«, entgegnete er.

Sein ganzer Arm war inzwischen unter ihrem Kleid verschwunden, und seine Hand glitt über ihre Pobacken.

Sie erschauerte.

»Dann werdet Ihr bleiben?«

»Ich werde erst mit meinem Vetter sprechen müssen. Er ist

der Gesandte. Aber ich werde ganz sicher mein möglichstes tun, ihn zu überzeugen.«

»O Senhor, Senhor ...« Sie machte eine halbe Drehung, so daß seine Hand ganz automatisch zwischen ihre Schenkel glitt. »O Senhor ...«

Bei Gott, dachte Richard, ich werde dieses entzückende Wesen gleich hier und jetzt, bei unserer ersten Begegnung, nehmen. Und wenn ihr Vater tatsächlich beabsichtigt, uns in den Tod zu schicken, hat er es nicht anders verdient, als daß seine Tochter entjungfert wird.

»Elena? Elena, wo bist du?«

Sie waren so miteinander beschäftigt gewesen, daß sie die nahenden Schritte der Anstandsdame überhört hatten. Richard trat hastig von dem Mädchen zurück, während Elena nach hinten langte, um die Knöpfe ihres Kleides zu schließen.

»Wir sind hier, Magdalena«, sagte sie. »Wir reden über Politik.«

»Ha«, schnaubte Magdalena, aber es war zu dunkel, als daß sie etwas Verdächtiges hätte bemerken können.

Richard drückte Elenas Hand, als sie sich auf den Weg zurück zum Haus machten.

Die *Bonaventure* war auf den Strand gezogen und kielgeholt worden. Geschütze und Fracht waren entfernt und das Schiff mit langen Leinen an geeigneten Bäumen vertäut worden. Die Engländer hatten sich aus den Segeln Zelte fabriziert, da es im Ort keinerlei Unterbringungsmöglichkeiten für sie gab.

Thomas und Richard teilten sich ganz selbstverständlich eins der Zelte, und am nächsten Abend, als ihre Diener sich zurückgezogen hatten, berichtete Richard von Elenas Warnung.

»Welcher Unsinn«, erklärte Thomas.

»Warum sollte sie grundlos so schlecht von ihrem eigenen Vater reden?« gab Richard zu bedenken.

»Du bist ein Teufelskerl, Dick. Und jetzt sag mir rund heraus, hast du dieses Mädchen verführt?«

»Vor den Augen des alten Drachen?«

»Ihr müßt euch so weit von der Anstandsdame entfernt haben, daß sie eure Unterhaltung nicht mithören konnte. Oder hat diese Magdalena sich ebenfalls gegen ihren Dienstherrn verschworen?

»Also ... es ist uns gelungen, einige Sekunden allein zu sein«, gab Richard zu.

»Und in dieser Zeit hast du dem Mädchen Avancen gemacht.«

»Nun ... vielleicht habe ich das Kind liebkost. Aber ich versichere dir, daß sie es wollte und nicht den leisesten Versuch unternommen hat, sich meinen Zärtlichkeiten zu entziehen.«

»Richard, deine Schwäche für das schöne Geschlecht wird dich eines Tages um Kopf und Kragen bringen. Ich bin überzeugt, daß sie sich nicht gewehrt hat. Kannst du dir das Leben eines jungen Mädchens an einem so öden Ort wie diesem vorstellen? Es muß die Hölle sein. Sie muß ihre Tage damit verbringen, von einem gutaussehenden jungen Seemann zu träumen – er muß ja zwangsläufig Seemann oder Passagier eines Schiffes sein, um überhaupt l erzukommen –, der sich in sie verliebt und sie fortbringt, wenn nicht zurück nach Portugal, so doch zumindest zurück in die Zivilisation.«

»Du solltest Dichter werden.«

»Es hat eine Zeit gegeben, da ich Gedichte geschrieben habe«, entgegnete Thomas. »Aber ich bin nicht so naiv romantisch, daß ich nicht erkenne, wenn man versucht, mich hinters Licht zu führen. Liebst du das Mädchen?«

»Ich habe sie doch gerade erst kennengelernt.«

»Hast du die Absicht, sie zu heiraten?«

»Gott bewahre!«

»Nun, dann laß mich dir eins sagen. Wenn du, wie diese junge Dame es wünscht, vier Monate hierbleibst, bis das Schiff wieder seetüchtig ist, wirst du bis dahin höchstwahrscheinlich mit ihr verheiratet sein.«

Richard konnte nicht leugnen, daß Elena sich als sehr selbstbewußte und zielstrebige junge Dame erwiesen hatte.

»Unter den gegeben Umständen ist es wohl das beste, wenn wir so schnell wie möglich von hier verschwinden«, fuhr Thomas fort. »Ich habe Dom Jaimes freundliches Anerbieten, uns Führer, Lasttiere und Teiber zu beschaffen, bereits dankend angenommen. Wir brechen übermorgen auf.«

»Und was, wenn Elena die Wahrheit gesagt hat und es ihrem

Vater nur darum geht, sich unserer so schnell wie möglich zu entledigen?«

»Das glaube ich keine Sekunde. Und wenn dem so wäre, müssen wir ihn überraschen, indem wir unsere Mission erfolgreich durchführen und zurückkehren, um ihn zur Rede zu stellen. Aber ich wiederhole, daß ich nicht daran glaube. Wie dem auch sei, wir sind gekommen, eine Mission zu erfüllen, und genau das werden wir tun. Außerdem muß ich gestehen, daß dieser ›Berg des Lichts‹ mich reizt – sofern es ihn überhaupt gibt.«

Richard hatte nur eine weitere Gelegenheit, unter vier Augen mit Elena zu sprechen, und zwar am darauffolgenden Tag, dem ersten Weihnachtstag. Dom Jaime hatte die Engländer am Nachmittag zu einem großen Dinner geladen. Zu den Gästen gehörten auch einige Händler mit ihren Frauen, und der Gouverneur hatte Bottomley sogar gebeten, doch seine Mannschaft mitzubringen. Es gab Zuckerrohrschnaps und Wein zu trinken, und in der Hitze des Tages dauerte es nicht lange, bis Stimmung aufkam.

Richard hatte keine Mühe, einen Platz neben Elena zu ergattern, wenngleich er wußte, daß es unmöglich sein würde, sich unbemerkt mit ihr in die Büsche zu schleichen.

»Ich muß mich verabschieden«, sagte er. »Mein Vetter ist fest entschlossen, den Marsch nach Gujarat anzutreten, und ich muß ihn begleiten.«

Sie wandte nur leicht den Kopf, aber ihre Ohren glühten. »Dann werde ich Euch niemals wiedersehen.«

»Aber, aber, wir sind doch nicht von gestern. Wir sind überzeugt, erst Surat und dann Delhi ohne größere Schwierigkeiten zu erreichen.«

»Ich werde Euch niemals wiedersehen«, wiederholte sie traurig.

»Ich werde in etwa einem Jahr zurück sein«, sagte er und konnte nicht widerstehen, hinzuzufügen: »Werdet Ihr auf mich warten?«

»Wenn Ihr bei meinem Vater um meine Hand anhaltet.«

Wirklich eine junge Dame, die wußte, was sie wollte.

»Also … Ich denke, damit sollte ich bis zu meiner Rückkehr warten«, entgegnete Richard. »Ich würde nicht wollen, daß Ihr Euch an einen Mann bindet, von dem Ihr annehmt, daß er in den Tod läuft. Ich wünsche mir nur Euer Wort, daß Ihr dieses eine Jahr auf mich warten werdet.«

Er wunderte sich über seine Beharrlichkeit. Er hatte keinerlei Absichten, sie zu ehelichen. Es war nur die unwiderstehliche Herausforderung, sie dazu zu bringen, ihm ihre Liebe zu offenbaren.

Zweifellos würde ihn seine Schwäche, so wie Thomas es prophezeit hatte, eines Tages Kopf und Kragen kosten.

»Ich werde Euch niemals wiedersehen«, sagte Elena ein drittes Mal und wandte ihre Aufmerksamkeit dem Mann auf ihrer anderen Seite zu.

Sie hatte ihn ganz offensichtlich abgeschrieben.

Es schien, als hätten sich alle Bewohner der Kolonie eingefunden, dem Aufbruch der Expedition beizuwohnen. Thomas und Richard waren selbstverständlich die Anführer. Begleitet wurden sie von ihren vier Dienern, Barnes, Evans, Rogers und Smith, die mit Arkebusen und einem beträchtlichen Vorrat an Pulver und Munition sowie mit ihren Ladestöcken und Messern ausgerüstet waren, während die Blunts zusätzlich zu ihren Arkebusen mit Degen und Dolch bewaffnet waren.

Ihre Karawane setzte sich aus sechs Eseln, die Vorräte und Ausrüstung trugen, zwei Führern – Männer, die Dom Jaime, wie er stolz verkündete, persönlich ausgewählt hatte – sowie sechs Treibern für die Lasttiere zusammen.

»In vier Monaten wird Euer Schiff seetüchtig hier auf Euch warten, Sir Thomas«, versprach Kapitän Bottomley, dem die Trennung schwerzufallen schien.

»Nun, ich bezweifle, daß wir es in nur vier Monaten schaffen werden«, entgegnete Thomas. »Erwartet uns in – sagen wir – sechs Monaten zurück. Oder zumindest erhaltet Ihr bis dahin Nachricht.« Er schüttelte Dom Jaime die Hand. »Ihr seid uns ein wahrer Freund gewesen, Senhor. Seid versichert, daß ich Euch Eure Gastfreundschaft vergelten werde, wann immer sich Gelegenheit dazu bietet.«

»Es war mir eine Freude, Euch hier zu haben, Sir Thomas. Viel Glück.«

»Viel Glück«, schloß sich Kommandant Goncalves den guten Wünschen des Gouverneurs an.

Richard ließ suchend den Blick über die Menge schweifen, in der Hoffnung, Elena irgendwo zu entdecken, aber sie war nirgendwo zu sehen.

Thomas trat an die Spitze der kleinen Kolonne, gab das Zeichen zum Aufbruch, und sie setzten sich in Bewegung. Sie folgten einem deutlich sichtbaren Trampelpfad, der sich durch die Bäume schlängelte. Die Führer gingen den Eseln voran, die mit Seilen aneinandergebunden waren.

Wenn wir die ganze Strecke so gut vorankommen, wird es ein Spaziergang, dachte Richard.

Dom Jaime blickte der kleinen Karawane nach, bis sie nicht mehr zu sehen war, und wandte sich dann an Goncalves.

»Endlich sind wir sie los«, brummte er. »Wir werden nie wieder von ihnen hören.«

»Was ist mit dem Kapitän und den Seeleuten?« fragte Goncalves.

»Sollen wir ihr Schiff reparieren«, entgegnete Dom Jaime. »Gebt Ihnen soviel Schnaps sie trinken können und versorgt sie mit eingeborenen Frauen. Wenn sie erst betrunken und krank sind, wird das Fieber sie wegraffen.«

## Kapitel 2

## Das Land der Pfauen

Sie folgten dem Pfad zwei Tage lang und legten eine beachtliche Strecke zurück. Am zweiten Tag gelangten sie zu einem Dorf. Die Bewohner hießen sie willkommen und setzten ihnen scharfe Currygerichte vor, während sie von dunkelhäutigen Kindern mit großen Kulleraugen bestaunt wurden. Die Blunts und ihre englischen Diener konnten ihrerseits den Blick nicht von den wohlgeformten lächelnden indischen Mädchen abwenden, die keine Anstalten machten, ihre nackten Brüste zu bedecken.

Die Verständigung war schwierig, da die Inder weder Türkisch noch Arabisch sprachen. Der höhergestellte ihrer beiden Führer, Prabhankar, der außerdem des Portugiesischen mächtig war, fungierte als Dolmetscher, aber so etwas wie eine private Unterhaltung war natürlich unmöglich.

»Und das ist auch ein Glück«, grollte Thomas. »Ich schwöre bei Gott, Richard, wenn du dich an einer dieser Frauen vergreifst, fessle ich dir für den Rest des Weges die Hände.«

»Ich würde nicht im Traum daran denken, diesen Frauen zu nahe zu treten«, protestierte Richard.

»Nun, du mußt zugeben, daß dein portugiesisches Fräulein dich an der Nase herumgeführt hat. Diese Menschen sind die freundlichsten, die mir je begegnet sind. Prabhankar, frag den Häuptling, ob es bis Surat so bleiben wird.«

Richard wandte seine Aufmerksamkeit wieder den Mädchen zu. Er zweifelte nicht daran, daß ein Schäferstündchen mit einem von ihnen ein erinnerungswürdiges Erlebnis wäre. Aber ihre Lebensbedingungen waren in seinen Augen abstoßend. Keiner der Dorfbewohner trug Schuhe, und er erkannte schnell, daß der Eindruck der Freizügigkeit nur durch den Mangel an Kleidern erweckt wurde. Und doch trug jedes Mädchen mindestens einen Goldreifen an Knöchel oder Handgelenk. Prabhankar erklärte, das wäre ihr ganzer Besitz und ihre Aussteuer und daß man jene, die in der Dorfgemeinschaft höher gestellt waren, daran erkannte, daß sie mehrere dieser kostbaren Schmuckstücke besaßen. Ihre Behausungen waren nicht mehr als Hütten von wenigen Quadratmetern, in denen die ganze Familie lebte, der bis zu zehn Personen angehören konnten. Sie kochten an einem gemeinsamen Feuer, und die bescheidene Ziegenherde und das Kornfeld gehörten anscheinend ebenfalls der Allgemeinheit.

Um nichts in der Welt würde er in solchen Verhältnissen leben wollen.

Der Häuptling sagte Prabhankar, daß die meisten Menschen zwischen seinem Dorf und Surat freundlich gesinnt wären, wenngleich in den kargeren Regionen weiter nördlich Räuberbanden ihr Unwesen trieben. Er fügte hinzu, daß die Tiger eine weit größere Gefahr darstellten. Aber die größte Unbill von allen wäre der Regen, der, wie er behauptete, sehr bald einsetzen würde.

»Wie ist das möglich?« fragte Thomas. »Dom Alvarado hat doch gesagt, der Monsun würde erst in einigen Monaten einsetzen, wenn wir längst in Delhi sind.«

»Es ist noch lange hin, bis der Monsun einsetzt, Sahib«, bestätigte Prabhankar. »Aber ich denke, wir sollten uns dennoch beeilen.«

»Was ist denn an Regen so gefährlich?« fragte Richard.

»Es wird sehr stark regnen, Sahib. Wir müssen versuchen, den Fluß vor Beginn der Regenfälle zu überqueren.«

Richard kratzte sich verlegen am Kopf; der Inder hatte offensichtlich noch nie einen Regenschauer in England erlebt.

Es war entsetzlich schwül, und die Engländer setzten ihren Weg schweißgebadet fort. Sie beneideten die Inder, die nur mit Kniehosen und ärmellosen Jäckchen bekleidet waren.

»Aber da wir Engländer sind, werden wir angemessen gekleidet bleiben«, gemahnte sie Thomas.

»Das wird schwierig, sofern wir in Surat nicht eine Näherin auftreiben können«, bemerkte Richard und betrachtete den Riß im Ärmel seines Hemdes, dort, wo er zu dicht an einem Dornenbusch vorbeigegangen war.

Drei Tage nach dem Dorf, in dem sie so freundlich empfangen worden waren, gelangten sie an ein weiteres, dessen Bewohner sie, nachdem sie ihre Waffen gesehen hatten, ebenfalls willkommen hießen. Die Menschen lebten in großer Angst; in der Umgebung des Dorfes trieben Tiger ihr Unwesen, die bereits mehrere Ziegen und ein Kind fortgeschleppt hatten. Die Dorfbewohner wagten sich kaum noch auf die Felder.

»Was meinst du?« fragte Richard seinen Cousin. »Sollen wir die Biester aufspüren und erlegen?«

»Wir sind nicht nach Indien gekommen, um Tiger zu jagen«, entgegnete Thomas. »Wir haben eine Mission zu erfüllen.«

Also nahmen sie Abschied und setzten ihren Weg fort. Von einem Pfad war inzwischen nichts mehr zu sehen, wenngleich Prabhankar den Weg zu kennen schien. Der Urwald wurde immer dichter. Gewaltige Bäume ragten aus dem Gestrüpp und bildeten eine reich belaubte Kuppel über ihnen, so daß sie die Sonne nur noch selten zu Gesicht bekamen. Es dauerte nicht lange, und die Inder mußten mit ihren langen Messern einen Weg durch das Unterholz hacken. Dennoch stolperten sie immer wieder, und das Konzert von Tierlauten um sie herum war um so beunruhigender, als sie die Echsen, Schlangen und Zikaden nicht zu sehen bekamen. Dann hörten sie das Rascheln und Knacken von Ästen, begleitet von einem kehligen Grollen. Ihre indischen Begleiter gerieten in helle Aufregung, und die Esel stießen eine Kakophonie von Schrien aus, die weithin zu hören waren.

»Das wird den Feind zu uns führen«, sagte Richard.

»Sie wissen bereits, wo wir sind, Sahib«, versicherte ihm Prabhankar. Er versuchte, eine gleichmütige Miene aufzusetzen, obwohl er offensichtlich große Angst hatte.

»Wer sind sie?« fragte Thomas.

»Tiger, Sahib.«

Richard lachte laut auf. »Scheint, als würden wir doch noch zu unserer Tigerjagd kommen, Vetter … wenn auch umgekehrt. Sie jagen uns.«

»Wie viele sind es?« fragte Thomas knapp.

»Nur einer, Sahib.«

»Ein Tiger, und die Männer sind starr vor Angst?«

»Ein Tiger kann sehr gefährlich sein«, versicherte ihm Prabhankar.

Thomas blickte zu Richard hinüber, der mit den Schultern zuckte. »Er ist der Experte.«

Als sie an diesem Abend ihr Lager aufschlugen, brachten sie die Esel in die Mitte und banden sie sorgfältig fest, damit sie sich nicht in Panik losreißen konnten. Die Eselstreiber schlugen mit ihren Messern eine recht große Fläche kahl, und Prabhankar entfachte ein größeres Feuer als gewöhnlich.

Funken stoben in die stehende Luft und landeten in den Bäumen, wo sie einige Sekunden weiterglommen, ehe sie verloschen. Es bedurfte keiner großen Phantasie, sich den ganzen

Wald als Flammenmeer vorzustellen – das Holz war von den heißen Monaten trocken wie Zunder.

Aber Prabhankar schien das Risiko eines Buschfeuers dem Angriff eines Tigers vorzuziehen.

»Also«, sagte Thomas. »Prabhankar behauptet, daß dieses Tier im Dunkeln angreifen wird. Wir sechs Weißen werden also die ganze Nacht jeweils zu zweit abwechselnd Wache halten. Ich möchte, daß die Lunten die ganze Zeit brennen. Jedes Paar wacht drei Stunden und alarmiert beim ersten Anzeichen von Gefahr das ganze Camp. Alles klar?«

»Barnes und ich übernehmen die mittlere Wache«, erbot sich Richard.

Thomas nickte; er hatte es von seinem besten Mann nicht anders erwartet.

Nach dem Essen legte Richard sich sofort hin, da sein Schlaf unterbrochen werden würde. Er schlief sofort ein; er hatte in Spanien oft genug auf harter Erde kampieren müssen. Er träumte nicht, und es kam ihm vor, als hätte er erst vor wenigen Sekunden den Kopf auf der gefalteten Decke gebettet, als ihn jemand wachrüttelte.

Thomas neben ihm schnarchte selig, aber die Esel waren unruhig. Zwar schrien sie nicht, stampften und scharrten jedoch nervös mit den Hufen.

»Hat er sich blicken lassen?« fragte er Evans, der ihn geweckt hatte.

»Schwer zu sagen, Sir. Wir haben Geräusche gehört, die wir nicht zuordnen konnten. Aber die Esel sind unruhig.«

Richard nickte. Barnes war inzwischen ebenfalls wach, und die beiden setzten sich nebeneinander hin, den Blick in entgegengesetzte Richtungen. Richard legte sein Rapier über die Knie und eine Arkebuse griffbereit neben sich auf die Erde. Barnes war mit seinem Kurzschwert und ebenfalls mit einer Arkebuse bewaffnet. An jedem der geladenen Gewehre glühte die Lunte.

»Schlafen Sie bloß nicht ein«, gemahnte Richard ihn.

»Keine Bange, Sir«, versicherte ihm Barnes.

Tatsächlich war es Richard, der immer wieder einnickte. Die Nacht war ebenso drückend heiß, wie der Tag es gewesen war, ohne einen Windhauch, und er wurde von zahllosen summenden und brummenden Insekten umschwärmt. Barnes hatte Holz nachgelegt, und das Feuer brannte munter. Richard starrte in die hypnotisierenden flackernden Flammen und machte den Fehler, an die dunklen Brüste zu denken und hin und wieder von ihnen zu träumen.

Ein Rippenstoß von Barnes, und er war sofort hellwach.

»Hören Sie, Sir.«

Richard legte den Kopf schräg und hörte etwa sechs Meter entfernt ein Rascheln im Unterholz. Das Geräusch war zu laut, um von einer Schlange verursacht zu werden.

Dann sah er glühende Augen im Dunkel des Waldes. Sie waren riesig, rot, und starrten ihn unverwandt und ohne zu blinzeln an.

Er sprang auf.

»Alles zu mir!« rief er. »Aufwachen! Aufwachen!«

Noch während er das Camp weckte, stürmte aus dem Dickicht ein Schatten auf ihn zu. Im schwachen Licht konnte er nicht klar erkennen, was es war, aber es war riesig – seiner Schätzung nach mindestens zweieinhalb Meter lang – und gelbschwarz. Er warf sich zur Seite, während Barnes in der anderen Richtung Schutz suchte. Beide Männer waren sofort wieder auf den Füßen, legten die Läufe ihrer Arkebusen in die Gabeln am Ende der Stützen und feuerten. Die Gewehre spuckten Feuer und Blei, aber sofern sie den Tiger trafen, ließ sich dieser davon nicht im mindesten stören. Ein weiterer Satz trug das gewaltige Tier am Feuer vorbei in die Mitte der Esel. Mit zwei Prankenhieben brachte er einen zur Strecke, kappte die Leine und war gleich darauf, die erlegte Beute in den Fängen, krachend im Unterholz verschwunden.

Die übrigen Esel schrien wie am Spieß, und die Männer hätten es ihnen am liebsten gleichgetan. Die Treiber redeten aufgeregt durcheinander, während Richard seinen Degen wieder in die Scheide steckte und den riesigen Tatzenabdruck im weichen Boden betrachtete. Welche Kraft mußte ein Tier besitzen, das in der Lage war, einen ausgewachsenen, einige hundert Pfund schweren Esel mühelos in den Fängen davonzutragen!

»Jesus!« Thomas war an seine Seite getreten. »Hast du die Bestie denn nicht gesehen?«

»Ich habe sie gesehen«, entgegnete Richard. »Aber da war es schon zu spät.«

»Sie haben ihn getroffen, Sahib.« Prabhankar deutete auf einige Blutstropfen in der Nähe des Feuers. »Wir können von Glück sagen, daß wir die Esel bei uns hatten, sonst hätte er einen von uns getötet.«

»Du siehst erschüttert aus«, bemerkte Thomas.

Richard nickte. »Mir ist nie ein Tier begegnet, das so riesig, stark und schnell gewesen wäre«, sagte er. »Aber beim nächsten Mal werde ich wissen, was ich zu erwarten habe, Cousin.«

Der Tiger kehrte jedoch nicht zurück. Es war verlockend anzunehmen, daß er verblutet war, wie unwahrscheinlich das auch sein mochte. Wie sehr sie auch alle von der Gewalt des Angriffs erschüttert waren, vergaßen sie den Tiger zwei Tage später, als Prabhankar durch die Bäume auf große dunkle Wolken deutete, die aus Südosten heranzogen.

»Sieht aus, als stünde uns ein Schauer bevor«, meinte Richard. »Wenn der Regen die Luft abkühlt, habe ich nichts dagegen einzuwenden.«

»Wir müssen den Fluß überqueren, bevor der Regen einsetzt, Sahibs«, drängte Prabhankar. »Aber wir müssen auf Krokodile achten.«

»Krokodile?« fragte Thomas. »Was sind das für Tiere?«

»Drachen, Sahib, mit gepanzerter Haut. Es gibt keine Waffe, die ein Krokodil töten könnte. Wir können nur hoffen, daß wir keinem begegnen.«

Thomas blickte zu Richard hinüber, der die Achseln zuckte. Nach der Begegnung mit dem Tiger belächelte er die Schauermärchen der Einheimischen über riesige Bestien nicht mehr. Andererseits konnte er sich nicht vorstellen, daß es ein Tier geben sollte, das unverwundbar war.

Es fing an zu regnen.

»Wir müssen schnell über den Fluß«, sagte Prabhankar und trieb die Männer an.

»Sollen wir nicht lieber das Ende des Schauers abwarten?« fragte Thomas. »Außerdem ist es in einer Stunde dunkel. Ich würde diesen Drachen lieber im Hellen begegnen.«

»Dieser Regen wird einige Tage anhalten, Sahib. Und innerhalb von zwölf Stunden ist der Fluß unpassierbar. Wir müssen jetzt rüber.«

Wieder warf Thomas Richard einen Blick zu. Der sah in den Himmel, als gerade ein greller Blitz aufzuckte, unmittelbar gefolgt von ohrenbetäubendem Donnergrollen. Noch ehe sie sich von diesem ersten Donner erholt hatten, folgte bereits der nächste.

Die Esel begannen zu schreien, als sie ins Wasser getrieben wurden, auf das die Regentropfen klatschte wie Gewehrkugeln.

»Dies ist ein gottverlassenes Land«, grollte Thomas.

Sie bekamen keine Krokodile zu Gesicht – Richard nahm an, daß die Ungeheuer, sofern es sie überhaupt gab, vor dem Regen Schutz gesucht hatten – und erreichten das andere Flußufer unversehrt, wenn auch durchnäßt bis auf die Haut, da das Wasser ihnen stellenweise bis zum Hals gereicht hatte. Aber das spielte ohnehin keine Rolle; der Regen hätte sie innerhalb kürzester Zeit nicht weniger durchnäßt.

An ein Feuer war nicht zu denken, und so mußten sie sich zum Abendessen mit einer ungekochten Mahlzeit begnügen.

»Was sagtest du, wie lange der Regen anhalten wird?« fragte Thomas Prabhankar.

»Vielleicht vierundzwanzig Stunden, vielleicht eine Woche«, entgegnete der Inder.

»Eine Woche?« fragte Richard ungläubig.

»Und dann hört er auf?« fragte Thomas.

»Dann müßte er eigentlich aufhören, Sahib. Das ist nicht der Monsun. Während des Monsuns kann es zwei Monate am Stück regnen.«

»Vielleicht hatte mein portugiesisches Fräulein ja doch recht«, meinte Richard.

»Bei Gott«, sagte Thomas. »Wenn wir wieder in Goa sind, drehe ich diesem Alvarado den Hals um.«

Während der folgenden Woche begann Richard sich zu fragen, ob das Kernwort betreffs ihrer Rückkehr nach Goa nicht eher ›falls‹ war als ›wenn‹.

Der Regen ließ zuweilen etwas nach oder hörte sogar ganz auf, aber nur für ein oder zwei Stunden, während derer die drohenden Wolken und das unablässige Donnergrollen keinen Zweifel daran bestehen ließen, daß das Gewitter sich noch längst nicht ausgetobt hatte.

Immer häufiger frischte auch der Wind auf und heulte durch den Dschungel. Sogar die größten Bäume bogen sich unter den Naturgewalten, und immer wieder wurde einer der Baumriesen entwurzelt oder knickte um wie ein Streichholz. Äste und Zweige wurden mit der Geschwindigkeit von Musketenkugeln durch die Luft geschleudert, manchmal mit einer Wucht, die ausreichte, einen Mann von den Füßen zu reißen, so daß sie aneinandergeklammert weiterstolperten.

Ihre Kleider waren seit Tagen triefnaß, und sich umzuziehen wäre sinnlos gewesen, da der Regen auch ihr gesamtes Gepäck durchweicht hatte. Sie gaben es auf, sich zu rasieren, und fragten sich, warum ihre Bärte wucherten, während die der Inder nur spärlich wuchsen. Ihre Lebensmittel verdarben, und ihre Vorräte wurden knapp. Thomas und Richard hatten erwartet, bei Bedarf jederzeit ein Stück Wild schießen zu können, aber ihr Pulver war ebenso naß wie alles andere – ganz zu schweigen davon, daß sie die Lunten nicht am Glimmen hätten halten können.

»Kannst du dir einen Feldzug unter solchen klimatischen Bedingungen vorstellen?« fragte Richard.

»Unmöglich«, stimmte Thomas ihm zu.

Und doch taten sie in gewisser Weise genau das. Im Gegensatz zu den Indern, die sich allesamt bis auf ihre Dhotis entkleidet hatten, das Wasser von ihrer nackten Haut abperlen ließen und mit bloßen Füßen durch den Schlamm stapften, zogen sich die Engländer in ihren Wamsen, Hosen und Lederschuhen Blasen und schmerzende Schürfwunden zu. Dennoch zögerten sie, ihre Kleider abzulegen, vor allem die Schuhe. Richard war der erste, der sich dazu entschloß, und er verspürte sofortige Erleichterung, auch wenn er immer wieder zusammenzuckte, wenn sich ein im Schlamm verborgener Stein oder Ast in seine nackten Sohlen bohrte.

Abgesehen von der Gefahr, von einem umstürzenden Baum erschlagen zu werden, erkannte Richard, daß die Durchquerung des Urwalds während eines Gewitters am sichersten war. Zwar bekamen sie während der letzten vierzehn Tage ihres Marsches nach Surat mehr Wildtiere zu sehen als zuvor, jedoch waren die Pythons und Giftschlangen, Tiger und Elefanten, Spinnen und Echsen ebenso wie die Menschen allein darauf bedacht, vor der Flut in höhergelegene Regionen zu fliehen.

Aber die Gefahren, die vom Regen ausgingen, waren nicht zu unterschätzen. Manchmal reichte ihnen das Wasser bis zu den Knien, und Flüsse, von denen Prabhankar behauptete, daß sie bei Trockenheit mühelos zu überwinden waren, hatten sich in anderthalb bis zwei Meter tiefe, reißende Ströme verwandelt. Bei der Überquerung eines dieser Flüsse verlor einer der Esel das Gleichgewicht und wurde von der Strömung fortgerissen. Als sie das arme Tier einige Zeit später wiederfanden, war es ertrunken.

Damit war die Zahl ihrer Lasttiere auf vier geschrumpft, und diesmal hatten sie außerdem einen Teil ihrer Munition und ihres Schießpulvers eingebüßt.

Aber schließlich, nach dem härtesten Marsch, den Richard je unternommen hatte, kamen die Minarette von Surat in Sicht.

Die Wachen am Stadttor schienen verblüfft, diesen jämmerlichen Haufen aus dem Urwald auftauchen zu sehen, und musterten die blassen Gesichter der Engländer neugierig, als glaubten sie, ihre normale Hautpigmentierung wäre vom Regen – der übrigens immer noch anhielt – fortgewaschen worden.

Sie wurden zu einer Karawanserei dirigiert, einer von Mauern umgebenen, teilweise überdachten Fläche, die Händlern auf der Durchreise vorbehalten war und in der die ersten drei Tage des Aufenthalts kostenlos waren.

»Eine sehr zivilisierte Einrichtung, wenn das Umfeld zivilisiert wäre«, bemerkte Richard.

Der Regen hatte zahlreiche Handelsleute überrascht, die nun gezwungen waren, ihren Aufenthalt zu verlängern und zu bezahlen, was sie Fremden gegenüber nicht gerade freundlich stimmte. Es herrschte bereits großes Gedränge. Männer, Frauen,

Kinder, Pferde, Esel, Hunde, große Ballen und Kisten waren unter dem Schutzdach zusammengepfercht. Prabhankar hatte große Mühe, ein Plätzchen für seine kleine Reisegesellschaft zu organisieren, und als Richard sich auszog, um endlich einmal wieder trocken zu werden, starrten ihn ein halbes Dutzend nackte Jungen und Mädchen aus großen Augen an.

Als er ihnen jedoch zulächelte, lächelten sie zurück.

Sie erhielten endlich wieder eine warme Mahlzeit und wurden sich bewußt, wie erschöpft sie tatsächlich von ihrem Gewaltmarsch waren.

»Du mußt doch von der Gefahr gewußt haben, daß wir in den Regen geraten«, sagte Richard zu Prabhankar. »Und doch bist du mit uns gekommen. Warum?«

»Dom Alvarado ist mein Herr«, entgegnete Prabhankar. »Ich muß gehen, wohin er mich schickt.«

Richard fragte sich unwillkürlich, wie viele englische Diener ihrer Herrschaft so ergeben waren.

Nicht, daß er Grund zur Klage gehabt hätte, was seine eigenen Diener betraf. Sie lebten auf, sobald sie wieder trocken waren, und machten sich eifrig an die Arbeit. Und wenngleich es unmöglich war, die Schäden, die Urwald und Regen verursacht hatten, völlig zu kaschieren, hatten sie Richard und Thomas bald wieder so weit präsentabel hergerichtet, daß sie sich am Hof Mahmud Begarhas blicken lassen konnten.

Richard sah sich ihre Umgebung genauer an. Die Ankunft der weißen Männer hatte nicht nur die Aufmerksamkeit der Kinder erregt, sondern auch das Interesse einiger Händler, und Richard hatte inzwischen von Prabhankar genügend Hindustani aufgeschnappt, um zu verstehen, daß beinahe alle Karawanen Salz transportierten.

»Salz?« fragte er verblüfft.

»Ein sehr kostbares Gut, Sahib«, erklärte ihm Prabhankar. »Die Menschen von Gujarat verkaufen Salz in alle Welt. Wegen der Hitze in der Trockenzeit und der daraus resultierenden Verdampfung findet man hier die größten Salzvorkommen. Das Salz ist eine einträgliche Einnahmequelle.«

Richard entschied, diese erstaunliche Information hinzunehmen – wenn auch mit leiser Skepsis. Wahrlich fasziniert war er jedoch, als ein anderer Händler ein Tuch ausrollte, in das eine Sammlung glitzernder Smaragde und Rubine eingewickelt war.

»Als nächstes wirst du mir erzählen, daß diese in Gujarat auch im Überfluß zu finden sind«, sagte er.

»O ja, Sahib. Es ist ein reiches Land.«

»Nun … vielleicht sollten wir hierbleiben, bis wir sicher sein können, daß der Regen endgültig aufgehört hat. Wir alle könnten eine Verschnaufpause brauchen.«

»Das entscheiden wir, nachdem wir bei diesem Sultan waren«, entgegnete Thomas.

»Der Sultan ist ein mächtiger Mann«, warnte sie Prabhankar. »Ihr müßt ihm mit dem ihm gebührenden Respekt begegnen.«

»Ich behandle jeden mit Respekt«, erwiderte Thomas. »Es sei denn, er erweist sich dieses Respekts als unwürdig.«

Der Regen setzte sich mit trostloser Eintönigkeit fort – der Wind hatte sich vorübergehend gelegt –, als sie durch die Straßen der Stadt zum Sultanspalast gingen. Er stand am Kopfende eines großen Platzes, gleich neben einer großen Moschee. Menschen betraten oder verließen das Gotteshaus, und jeder von ihnen wusch sich in dem Springbrunnen im Hof die Füße. Sie könnten sie ebensogut einfach in den Regen halten, dachte Richard bei sich.

Den Platz erreichte man über eine breite Straße, in der sich offenbar ein Markt befand, der jedoch aufgrund des schlechten Wetters nur wenige Kunden anlockte. Hunde trappelten geduckt von Unterschlupf zu Unterschlupf, spärlich bekleidete Kinder lugten aus dunklen Hauseingängen und musterten die weißen Männer neugierig, aber ganz offensichtlich machten die Einwohner von Surat bei Regen die Läden dicht.

Die Stadt selbst war recht groß. Wenngleich Surat etwa zehn Meilen vom Meer entfernt erbaut worden war, handelte es sich bei der Stadt am Tapti um einen Seehafen, und am Ufer des Flusses drängten sich unzählige Boote verschiedenster Bauart. Der Fluß war nicht sehr breit, durch die anhaltenden Regenfälle jedoch so stark angeschwollen, daß er drohte, über die Ufer zu treten. An vielen Stellen lief das Wasser knöchelhoch durch die Straßen und spülte allerlei Abfall fort.

Richards geübter Blick registrierte, daß Teile der Stadt vor nicht allzu langer Zeit offenbar niedergebrannt worden waren.

»Mit wem führt der Sultan Krieg?« fragte er Prabhankar.

»Mit den Portugiesen natürlich, Sahib. Die Portugiesen haben die Stadt vor knapp zwölf Jahren angegriffen und niedergebrannt.

»Allmächtiger!« grollte Richard. »Und du hat uns hergebracht, du Schurke?«

»Die Portugiesen sind heute nicht mehr im Krieg mit Gujarat«, entgegnete Prabhankar. »Nach dem Sieg der Portugiesen wurde ein Friedensvertrag unterzeichnet.«

»Alvarado hat uns davon erzählt«, erinnerte Thomas seinen Vetter.

»Das ist richtig. Aber er hat vergessen zu erwähnen, daß die Stadt niedergebrannt wurde. Und Elena hat mir erzählt, daß der Sultan die Portugiesen und alle, die mit ihnen zu tun haben, haßt.«

»Er wird sich uns gegenüber ehrenhaft verhalten, wenn wir ihm gegenüber ehrenhaft sind«, entgegnete Thomas mit Überzeugung.

Richard hoffte, daß er recht hatte, als sie den Palast betraten.

Hier war es ihnen zumindest möglich, unter dem Dach eines großen Innenhofes Schutz vor dem Regen zu finden. In diesem Hof war ein gepflegter und schöner Garten mit Springbrunnen angelegt, die in Anbetracht des Wetters etwas fehl am Platze wirkten, und mit verschiedenen fremdartigen Pflanzen, die im strömenden Regen Blätter und Blüten hängen ließen. Sie befanden sich inmitten einer recht großen Gruppe von Männern – die meisten dunkelhäutig und mit einem Turban auf dem Kopf –, die sich untereinander unterhielten und die Neuankömmlinge mit einer Mischung aus Neugier und Argwohn beäugten. Sie alle wurden von prächtig gekleideten Wachen in karminroten Seidenuniformen, gewölbten Helmen und gezückten Krummsäbeln beobachtet.

Man brachte ihnen jedoch keine Feindseligkeit entgegen. Prabhankar tuschelte mit einem der Hausmeier, der näher trat und sie inspizierte, bevor er in einem der Gänge verschwand, die um den Garten herum führten.

Auf der anderen Seite befand sich ein großer, offener, aber ebenfalls streng bewachter Durchgang, durch den hindurch sie weitere Bittsteller sehen konnten. Offensichtlich war das der Raum, in dem der Sultan Audienz hielt. Aber sie mußten sich über eine Stunde gedulden, ehe der Majordomus zurückkehrte und sie hingeleitete. Böse Blicke von seiten jener, die schon vor ihnen dagewesen waren, folgten ihnen.

»Mit Audienzen scheint es sich auf der ganzen Welt gleich zu verhalten«, bemerkte Thomas. »Was genau ist eigentlich ein Sultan, Prabhankar?«

»Ein König, Sahib, was sonst?«

»Aha«, entgegnete Thomas.

Richard interessierte sich weit mehr dafür, daß im Audienzsaal Frauen anwesend waren – obwohl es sich um einen moslemischen Staat handelte. Oder doch nicht? Er hatte in der Stadt ebenso Hindu-Tempel wie Moscheen gesehen, und die wenigen Frauen, die er bislang zu Gesicht bekommen hatte, hatten keinen Schleier getragen. Und auch die Frauen, die sich in einiger Entfernung hinter dem Thron drängten, auf dem der Sultan saß, waren unverschleiert. Der Thron war von einigen Männern umgeben, die zwar Turbane und fließende Gewänder trugen, jedoch keinen sehr wohlhabenden Eindruck machten.

Richard wußte, daß er sich, zumindest für den Augenblick, auf den Potentaten konzentrieren mußte. Er trat mit der Arkebuse, ihrem Geschenk an den Sultan, vor.

Die vorangegangene Audienz näherte sich ihrem Ende. Sie sahen, wie der Inder sich so tief verneigte, daß er beinahe mit der Stirn den Boden berührte, und sich dann unterwürfig zurückzog, wobei er ehrerbietig eine Hand an Brust, Mund und Stirn führte.

»Folgt seinem Beispiel, Sahibs«, raunte Prabhankar ihnen zu.

Der Majordomus flüsterte dem Sultan etwas ins Ohr, während Richard eingehend Mahmud Begarha musterte.

Er war nicht beeindruckt. Begarha war untersetzt und unglaublich dick, was aufgrund seiner lässigen Bekleidung nicht zu übersehen war. Soweit Richard erkennen konnte, trug der Sultan unter den Fettwülsten an Bauch und Hüften nur einen Lendenschurz. Ein Bein hatte er angezogen, so daß der Fuß auf dem Thron ruhte, während das andere herabbaumelte.

Beide Beine waren nackt, und er trug auch keine Schuhe. Ein weites Wams bedeckte dürftig den massigen Oberkörper. Aber der Turban, der den vergleichsweise kleinen Kopf schmückte, war mit Smaragden verziert, die im schwachen Licht funkelten.

Das Gesicht war erstaunlich schmal, mit angespannten Zügen; die Hand, die der Sultan hob, als die Engländer sich dem Thron näherten, erinnerte an eine Klaue.

»Seid Ihr verrückt, bei diesem Regen zu reisen?« fragte er, als sie sich ehrerbietig vor ihm verneigt hatten. Richard und Thomas waren erleichtert, daß er Arabisch sprach, so daß sie sich mit ihm verständigen konnten.

»Wir sind in einer wichtigen Mission unterwegs, Eure Hoheit«, erklärte Tomas.

»Ihr seid verrückt. Mir wurde berichtet, Ihr wärt keine Portugiesen. Wer seid Ihr?«

»Wir dienen dem mächtigen König eines Landes namens England.«

Begarha warf seinen Wesiren einen fragenden Blick zu, aber sie zuckten nur mit den Schultern und schüttelten den Kopf.

»Wir haben noch nie etwas von diesem Land gehört. Ein mächtiger König, sagt Ihr? Was will er hier?«

»Er läßt Eure Hoheit grüßen und hat mir aufgetragen, Euch dieses wertvolle Gewehr zu überreichen.«

Auf dieses Stichwort trat Richard vor, die Arkebuse mit beiden Händen darreichend. Einer der Wesire nahm sie entgegen und zeigte sie dem Sultan. Keiner der Männer zeigte Verwunderung ob der ungewöhnlichen Waffe. Vermutlich hatten sie bereits beim Kampf gegen die Portugiesen Bekanntschaft mit Schußwaffen gemacht.

»Dieses Gewehr ist von schlechter Qualität«, sagte Begarha.

Richard blickte zu Thomas hinüber, aber dieser war seit Jahren Diplomat und nicht so schnell aus der Ruhe zu bringen.

»Eure Hoheit werden feststellen, daß es überaus treffsicher ist«, entgegnete er.

»Dann zeigt es mir.«

Richard vermutete, daß der Sultan sehr gut über Waffen Bescheid wußte und sie bewußt herausforderte.

»Ich bedaure, Eure Hoheit«, sagte Thomas. »Aber bei Regen funktioniert sie nicht. Unser Pulver ist zu feucht.«

»Dann ist es nutzlos«, sagte Begarha. »Was will Euer König von mir?«

»Seine Hoheit König Heinrich bittet Euch, seine Gesandten auf ihrem Weg zum Hof Prester Johns zu unterstützen.«

Thomas wartete hoffnungsvoll auf Begarhas Erwiderung, aber der Sultan warf erneut einen Blick auf seine Wesire, die wieder nur mit den Schultern zuckten.

»Wer ist dieser Prester John?«

Auch diesmal ließ Thomas sich seine Enttäuschung nicht anmerken. »Ein großer König, der im Norden herrscht«, entgegnete er.

»Ihr sprecht von Ibrahim Lodi Shah«, sagte Begarha verächtlich, »dem Sultan von Delhi.«

»Mir wurde gesagt, Prester John wäre weit mächtiger als der Herrscher von Delhi, Eure Hoheit.«

»Es gibt in Indien keinen Herrscher, der mächtiger wäre als Ibrahim Lodi«, entgegnete Begarha. Er lächelte mit zusammengepreßten Lippen. »Wenn Ihr zu ihm wollt, dann geht und vergeudet nicht meine Zeit. Ich weiß, daß Ihr aus Goa kommt. Die Portugiesen sind meine Feinde. Eines Tages werde ich sie zerquetschen wie ein Elefant eine Nuß. Und jetzt fort mit Euch. Verlaßt meine Stadt. Wenn Ihr Lodi sucht, geht zu ihm.« Wieder lächelte er. »Und grüßt ihn von mir.«

Er winkte sie ungeduldig fort, aber Thomas blieb beharrlich.

»Ich bitte Euch, uns in Eurer Stadt Obdach zu gewähren, damit meine Männer, denen der Marsch durch den Urwald alles abverlangt hat, sich ausruhen und wir uns neue Vorräte besorgen können. Im Namen meines erlauchten Herrn, König Heinrich von England, erbitte ich Eure Unterstützung.«

Begarha funkelte ihn zornig an. »Ich weiß von keinem König Heinrich«, bellte er. »Von einem Land namens England habe ich auch noch nie gehört. Ich weiß, daß nur Verrückte bei Regen den Urwald durchqueren. Ihr seid verrückt. Und jetzt hinfort mit Euch. Ich werde Euch nicht unterstützen. Verlaßt meine Stadt. Verlaßt mein Land. Wenn Ihr übermorgen noch hier seid, werdet Ihr gepfählt. Ich habe gesprochen.«

Diesmal war Thomas sprachlos vor Verblüffung.

»Wir müssen gehen, Sahib«, flüsterte Prabhankar ihm zu. »Schnell.«

Richard packte Thomas am Arm und verbeugte sich tief, seinen Vetter förmlich zwingend, es ihm gleichzutun. Dann zog er ihn hastig mit sich aus dem Audienzsaal.

»Daran ist nur dein Herr Schuld«, knurrte Thomas zu Prabhankar, als sie wieder in der Karawanserei angelangten. »Das Geschenk wurde verschmäht, und Alvarado hat uns nicht genügend über den Konflikt zwischen Portugal und Gujarat informiert. Ganz sicher wußte er, daß man uns keinen freundlichen Empfang bereiten würde. Er ist ein hinterlistiger Schurke.«

»Ebenso wie du, Prabhankar«, stimmte Richard seinem Vetter zu, verkniff sich jedoch die Bemerkung, daß Elenas Voraussagen sich bewahrheitet hatten.

»Mir wurde befohlen, euch zu führen, wohin auch immer Ihr zu gehen wünscht, Sahibs. Aber mir wurde ausdrücklich verboten, Euch zu raten.«

Thomas funkelte ihn böse an. »Nun, dann wirst du uns zu diesem Lodi führen«, sagte er.

»Sahib?«

Richard war nicht weniger überrascht. »Heißt das, du willst diese verfluchte Expedition fortsetzen? Bei diesem Wetter?«

»Wir haben keine andere Wahl«, entgegnete Thomas. »Wir müssen Gujarat verlassen, gleich bei welchem Wetter. Entweder kehren wir nach Goa zurück, oder aber wir setzen unsere Suche fort. Wenn wir nach Goa zurückgehen, gestehen wir damit unser Versagen ein. Außerdem bin ich ganz und gar nicht sicher, daß wir dort willkommen wären. Ich bin inzwischen ziemlich sicher, daß es Alvarados Absicht war, uns in den Tod zu schicken.«

Er blickte auf Prabhankar, der den Kopf hängen ließ.

»Ziemlich sicher«, wiederholte er. »Wenn wir aber weitergehen und bis zu diesem Lodi gelangen, den sogar Begarha als großen König bezeichnet hat, können wir womöglich doch noch etwas erreichen. Außerdem brauchen wir bis Delhi nur ein paar Wochen.«

»Hat Alvarado behauptet«, bemerkte Richard.

Sie wandten sich beide Prabhankar zu.

»Ich weiß nicht, wie weit es bis Delhi ist, Sahibs«, sagte Prabhankar. »Ich bin nie dort gewesen.«

»Aber du kannst uns hinführen?«

»Zweifellos, Sahibs.«

»Dann ist es also entschieden. Ibrahim Lodi! Offensichtlich ist er derjenige, in dessen Besitz sich Alvarado zufolge dieser Berg-des-Lichts-Diamant befindet. Wenn dies zutrifft, muß dieses Delhi eine reiche Stadt sein, und wenn Lodi ein großer König ist, wird er auch wissen, wo Prester John zu finden ist.«

»Und wenn es gar keinen Prester John gibt?« fragte Richard.

»Das lasse ich nicht gelten. Aber sollte dem tatsächlich so sein, könnte Lodi sich als wertvoller Verbündeter erweisen. Ich sage dir eins, Richard, ich werde nicht nach Goa zurückkehren, es sei denn im Triumph.«

Richard wollte in diesem Punkt nicht widersprechen, wenngleich er sich des Gefühls nicht erwehren konnte, daß sein Vetter seinen Ehrgeiz etwas zu weit trieb.

Und dieses Gefühl sollte ihn nicht trügen. Sie verließen die Karawanserei. Thomas hatte mit einigen englischen Silbermünzen aus der Reisekasse Vorräte von den Händlern erstanden, die allesamt den Kopf geschüttelt hatten ob des Wahnsinns der weißen Männer, ihren Weg im Regen fortzusetzen.

Diesen Standpunkt teilten auch die Eselstreiber, die sich, als sie erfuhren, daß sie nicht nach Goa zurückkehren, sondern weiter nach Norden, in unbekanntes Land, ziehen sollten, angeführt von Bhalat, dem jüngeren der beiden Führer, davonmachten. Prabhankar tat sein Bestes, sie zurückzuhalten, aber vergeblich.

»Es wundert mich, daß du nicht mit ihnen gehst«, bemerkte Richard.

Prabhankar machte ein gekränktes Gesicht. »Mein Herr hat mir befohlen, die Sahibs zu führen, wohin sie es wünschen«, protestierte er.

»Und du bist sicher, daß du den Weg ins Königreich dieses Lodi finden wirst?«

»Alle Straßen führen nach Delhi«, entgegnete Prabhankar.

Das klang vielversprechend, aber ihr vorrangigstes Problem war ihre Karawane. Die Engländer hatten keine Ahnung vom Eseltreiben, und es regnete immer noch in Strömen. Unter weniger extremen Bedingungen wären sie vielleicht sogar belustigt gewesen.

Bemerkenswerterweise und zu ihrer Erleichterung führte Prabhankar sie landeinwärts und in die Berge. Der Urwald lichtete sich, und es hörte endlich auf zu regnen.

»Von jetzt an wird es trocken bleiben«, versicherte ihnen Prabhankar.

»Gott sei Dank«, sagte Richard. »Stimmt es wirklich, daß du noch nie so weit von Goa fort gewesen bist?«

»Nie«, bestätigte Prabhankar.

Richard war beunruhigt, während Thomas seinen Optimismus wiedergefunden hatte.

»Jetzt besteht kein Zweifel mehr daran, daß wir die richtige Entscheidung getroffen haben«, sagte er. »Wie weit ist es noch bis Delhi?«

Prabhankar zuckte die Achseln. »Ich habe mit den Männern in der Karawanserei gesprochen. Sie haben gesagt, von Surat aus braucht man etwa zwei Monate bis Delhi.«

»Zwei Monate!« rief Richard entsetzt aus.

»Was schätzt du, welche Entfernung wir täglich zurücklegen?« fragte ihn Thomas.

»Zehn, vielleicht zwölf Meilen. Bis Delhi wären es also an die sechshundert Meilen!«

»Nun«, entgegnete Thomas achselzuckend, »das ist nicht weiter als von der Südküste Englands nach Edinburgh, und diese Strecke habe ich bereits mehrmals zurückgelegt. Und in weit weniger als zwei Monaten.«

»Auf einem schnellen Pferd und bei anständigem Wetter«, entgegnete Richard.

Aber mit jedem Tag kamen sie schneller voran, und auch das Wetter besserte sich zusehends. Der Himmel wurde wieder blau, und die Temperaturen sanken. Als sie auf einem hochgelegenen Plateau zwischen zwei Flußtälern kampierten, mußten sie sogar zum erstenmal ihre Decken hervorholen. Auf weiten Flächen war Weizen angebaut, was auf fruchtbaren Boden schließen ließ. Auch waren sie von zahlreichen Dörfern umgeben. Sie konnten den Rauch der Feuer sehen, aber Prabhankar hielt es für sicherer, sich von den Dörfern fernzuhalten, bis ihre Vorräte erschöpft waren.

»Ich weiß nicht, wie freundlich diese Leute Fremden gesinnt sind, Sahib«, erklärte er.

Richard erinnerte das Gebiet, das sie nun durchwanderten, an das spanische Plateau, über das er als Soldat so oft gezogen war, nur daß hier anstelle der gepflegten Olivenbaumhaine, so weit das Auge reichte, Weizen angebaut war, der, wenn er im Wind wogte, an eine aufgewühlte See erinnerte. Die wenigen Bäume, die sie sahen, waren riesig und trugen eigenartige Namen wie Tamarinden und Mangos.

Es gab Wild im Überfluß, und die Tiere schienen kaum mit Menschen in Berührung gekommen zu sein, ganz zu schweigen von Schußwaffen. Richard konnte die Stütze für die schwere Arkebuse aufstellen und die Lunte anzünden, während ein Reh ihn aus einer Entfernung von nur fünfzehn Metern neugierig beobachtete. Das Tier war so arglos, daß Richard Gewissensbisse verspürte, als er abdrückte.

Sie sahen mehrere Tiger, von denen sich ihnen jedoch keiner näherte, da offenbar auch sie reichlich leichte Beute machten, sowie einige Elefantenherden. Auch diesen wich Prabhankar aus. Manchmal nahm er einen Umweg von mehreren Meilen in Kauf, damit die Tiere ihre Witterung nicht aufnehmen konnten.

Wie er seinen Weg fand, vermochte Richard nicht zu sagen, aber vermutete, daß er sich an Sonne und Sternen orientierte, und er wußte, daß Delhi nordöstlich von Surat lag.

Er war ein hervorragender Führer, wie verachtungswürdig sein Herr auch sein mochte. Aber trotz aller Vorsicht blieben sie von den Bergstämmen nicht unbemerkt. Etwa zwei Wochen nachdem sie aus Surat aufgebrochen waren, bemerkten sie, daß sie verfolgt wurden.

Richard kletterte auf einen hohen Mangobaum und blickte den Weg zurück, den sie gekommen waren. Das Gelände war sehr hügelig, als er jedoch mehrere Minuten auf seinem Beobachtungsposten ausgeharrt hatte, sah er, wie die Sonne von einem glänzenden Gegenstand reflektiert wurde, dann von einem zweiten. Einige Minuten später waren die reflektierenden

Gegenstände in einer Senke verschwunden, und das Blitzen hörte auf.

Er kletterte den Baum wieder herunter.

»Hinter uns ist eine Gruppe bewaffneter Männer«, sagte er. »Und ich glaube, sie haben Pferde.«

»Pferde«, sagte Thomas. »Wenn wir Pferde hätten …« Er blickte zu Prabhankar hinüber. »Glaubst du, daß wir diesen Leuten Pferde abkaufen könnten?«

»Nein, Sahib. Das sind gefährliche Männer. Wenn sie bewaffnet und beritten sind, muß es sich um Marathen handeln, blutrünstige Diebe, die versuchen werden, uns zu töten, um unsere Waffen und Esel zu stehlen.«

Thomas zupfte an seinem Bart und wandte sich an seinen Vetter. »Was schlägst du vor?«

»Daß wir weitergehen und die Augen offenhalten. Etwas anderes bleibt uns gar nicht übrig. Wenn sie uns angreifen, müssen wir uns verteidigen, so gut wir können.« Er grinste breit. »Und auf die Pferde achten.«

»Bei Gott, mir ist noch nie ein Mann begegnet, der auf einen Kampf so erpicht gewesen wäre wie du, Vetter«, grollte Thomas. »Aber ich bin froh, dich an meiner Seite zu haben.«

Sie setzten ihren Marsch fort. Richard bildete die Nachhut, um ihnen im Ernstfall Rückendeckung zu geben. Er lauschte auf Hufgetrappel, konnte jedoch vor Einbruch der Dunkelheit nichts hören. Dann glaubte er, galoppierende Pferde zu hören.

»Werden sie bei Nacht angreifen?« fragte er Prabhankar.

»Ich denke schon, Sahib.«

»Das wird uns zum Vorteil gereichen, würde ich sagen.«

Er wählte einen Lagerplatz unter drei großen, dicht beieinanderstehenden Bäumen, die sie von hinten schützen würden. Dann stellte er die Stützen für die Arkebusen in einem Halbkreis auf. Das Feuer wurde außerhalb der Stützen entfacht, und während sie aßen, hielt einer von ihnen Wache. Dann legten sie Holz nach und zogen sich in den Kreis innerhalb der Arkbusenstützen und Bäume zurück. Die Arkebusen waren bereits geladen, und die Lunten glimmten. Das war zwar verschwenderisch, aber Richard erachtete es als notwendig. Degen lagen neben jedem Mann griffbereit auf dem Boden.

»Weißt du etwas über die Kampfweise dieser Leute?« fragte Richard Prabhankar.

»Ich habe nie gegen sie gekämpft, Sahib, aber ich habe gehört, daß einem Marathen sein Pferd alles bedeutet.«

Richard nickte. »Sie besitzen keine Schußwaffen?«

»Nein, Sahib.«

»Pfeil und Bogen?«

»Ich glaube nicht, Sahib. Die Leute aus den Bergen kämpfen mit Säbel und Lanze.«

»Auch das sollte uns zum Vorteil gereichen«, sagte Richard zufrieden.

Wie in jener Nacht, als sie mit dem Angriff des Tigers gerechnet hatten, hielten sie jeweils paarweise Wache, aber diesmal nickte Richard nicht ein. Kämpfen war sein Beruf. Er war jedoch bereits abgelöst worden, als er von seinem Cousin geweckt wurde.

»Hörst du das?« fragte Thomas.

Richard sog schnuppernd die kühle Bergluft ein. Der Mond war untergegangen, und es war sehr dunkel. Er schätzte, daß es zwei Stunden vor Tagesanbruch war.

Es wehte eine leichte Brise von Westen, die das leise Klirren von Zaumzeug herübertrug. Er schluckte. Sein geübtes Ohr verriet ihm, daß sich nicht weniger als zwanzig Pferde näherten. Sie selbst waren, er eingeschlossen, zu siebt, und er hatte keine Ahnung, wie es um Prabhankars kämpferische Fähigkeiten stand.

»Jeder Mann an sein Gewehr«, befahl er den Dienern, »aber schießt erst auf mein Kommando.«

Er baute ebenso auf den Überraschungseffekt und den Lärm wie auf die Kugeln. Seine Männer würden keine Gelegenheit haben nachzuladen, und somit würde vieles von der ersten Salve abhängen.

Die Marathen konnten hinter dem immer noch hoch auflodernden Feuer nichts erkennen. Die glimmenden Lunten würden sie für Funken halten, dessen war Richard sich sicher. Er starrte in die Dunkelheit, sah jedoch nichts. Und doch wurde das Klirren immer lauter, bis er schließlich glaubte, Stahl schimmern zu sehen.

»Haltet euch bereit«, wies er seine Männer an.

Sekunden später ertönte der dumpfe Klang einer Trommel und gleich darauf ohrenbetäubendes Kampfgeschrei. Aus der Dunkelheit heraus preschten nicht zwanzig, sondern eher vierzig Männer auf das Feuer zu.

»Feuer«, rief er.

Abzüge wurden bestätigt, Pulver entzündet, und die sechs Arkebusen feuerten beinahe gleichzeitig. Die Marathen hatten Steigbügel an Steigbügel angegriffen, und die Kugeln flogen ihnen aus einer Entfernung von nicht mehr als fünfzehn Metern entgegen. Zwei Männer stürzten und rissen mehrere ihrer Kumpane, die neben ihnen ritten, mit sich. Der Rest schwenkte verunsichert nach rechts und links an den Bäumen vorbei.

»Mir nach«, brüllte Richard und stürmte vor, den Degen in der Hand. Thomas war an seiner Seite, die Diener und Prabhankar hinter ihnen. Keiner der gestürzten Marathen war tot, aber benommen von dem Lärm, dem Aufblitzen des Mündungsfeuers und den fliegenden Kugeln. Sie waren nicht in der Verfassung, sich gegen die Angreifer zu wehren. Degen blitzten auf, Stahl klirrte, und vier von ihnen starben. Die anderen flohen in die Dunkelheit.

Unglücklicherweise waren auch die Pferde im Dunkel verschwunden.

Richard führte seine Männer zurück hinter die Arkebusenstützen, und sie machten sich daran, die Gewehre so schnell wie möglich nachzuladen.

»Werden sie wiederkommen?« fragte er Prabhankar.

Der Führer hatte einen der Banditen mit dem Messer getötet. »Ich glaube, sie werden wieder angreifen, Sahib. Die Marathen sind ein kriegerisches Volk.« Er grinste im Dämmerlicht des anbrechenden Tages, während er seine Klinge säuberte. »Aber nicht so kriegerisch wie Ihr.«

Die Marathen griffen wieder an, aber erst nach etwa einer Stunde, und bis dahin waren die Arkebusen wieder schußbereit.

Die Inder hatten jedoch aus dem ersten gescheiterten Angriff gelernt, und hinzu kam, daß es rasch heller wurde. Nun konnten sie sehen, daß sie es nur mit einer Handvoll Männer zu tun hatten.

Sie teilten sich in zwei Gruppen von jeweils an die fünfzehn Mann und griffen von zwei Seiten gleichzeitig an. Richard durchschaute ihre Taktik. Er reagierte sofort, brüllte einen Befehl, und die Arkebusen wurden rasch herumgeschwenkt, was jedoch bedeutete, daß jeder Reitergruppe anstatt sechs nur drei Gewehre gegenüberstanden. Er bezweifelte, daß auch nur eine Kugel traf, und dann hatten die Marathen den Ring durchbrochen und waren mitten unter ihnen. Mit schrillen Schreien schwenkten sie die Säbel und stießen mit ihren Lanzen zu. Die meisten der Marathen waren recht kleine, dunkelhäutige Männer mit Hakennasen und eiferndem Gesichtausdruck. Bald mußten sie jedoch feststellen, daß die Engländer im Nahkampf gefährliche Gegner waren. Die Diener setzten geschickt ihre Arkebusenstützen und Dolche ein, Thomas schwang seinen Degen, während Richard eine Lanze abwehrte und einen Angreifer durchbohrte, der vom Pferd stürzte, einen zweiten Marathen mit einem gezielten Degenhieb ebenfalls aus dem Sattel schleuderte und einem dritten das Rapier in den Unterleib bohrte.

Der Kampf währte nur wenige Sekunden, ehe die Marathen davongaloppierten und sich in einiger Entfernung sammelten.

Diesmal hatten sie sieben Männer verloren; vier waren tot, drei verletzt – Prabhankar entledigte sich ihrer rasch, indem er ihre Köpfe an den Haaren zurückbog und ihnen mit seinem Dolch die Kehle durchschnitt.

Richard hatte keine Gelegenheit, gegen seine Methoden zu protestieren – er war mit den Verlusten in den eigenen Reihen beschäftigt.

Smith war tot, und auch Evans würde nicht mehr lange leben; seine Eingeweide waren zur Hälfte aus einer klaffenden Bauchwunde hervorgequollen. Rogers war ebenfalls verwundet, jedoch anscheinend nicht lebensgefährlich, und Thomas hatte einen Schnitt am Arm, den er mit einem Taschentuch verband. Nur Barnes, Prabhankar und er selbst waren noch unversehrt.

»Kümmere dich um Rogers, Cousin«, sagte Thomas. »Barnes,

Sie und Prabhankar helfen mir, die Stützen wieder aufzustellen und die Arkebusen nachzuladen.«

»Die Marathen sind Diebe, keine Krieger«, sagte Prabhankar verächtlich; er hatte seine Meinung von ihnen gründlich geändert.

Richard säuberte seine Klinge und steckte den Degen wieder in das Gehenk an seinem Gürtel. Er wandte sich fragend an seinen Vetter. »Was jetzt?«

»Wir gehen weiter, sobald wir dazu in der Lage sind.«

Damit meinte er, sobald Evans gestorben war, was allem Anschein nach nicht lange dauern würde. Thomas kniete sich neben ihn und betete, während die anderen Gräber aushoben und Smith bestatteten. Die toten Marathen ließen sie liegen.

»Die Wildtiere werden sich ihrer annehmen«, versicherte Prabhankar ihnen.

Aber Richard durchsuchte die Gefallenen nach Waffen und nahm einen Krummsäbel und eine Lanze an sich. Barnes und Prabhankar taten es ihm gleich.

Auch hatten sie das Glück, zwei Pferde erbeutet zu haben. Sie waren während des Kampfgetümmels davongelaufen, jedoch später auf der Suche nach ihren Herren zurückgekehrt. Es waren kleine, gutmütige Tiere, und Richard bezweifelte, daß sie einen Mann seiner Größe weit würden tragen können, aber sie erwiesen sich schon bald als nützlich, vor allem für Rogers.

Nachdem sie Evans beerdigt hatten, glich ihr Marsch nach Nordosten nun einem Alptraum. Marathen bekamen sie keine mehr zu Gesicht – zweifellos hatte sich die Wehrhaftigkeit der Fremden herumgesprochen –, aber ihr Vorwärtskommen wurde durch die zunehmende Schwäche des Dieners beeinträchtigt. Zwei Tage nach dem Scharmützel begann die Wunde zu eitern, und es bestand kein Zweifel mehr daran, daß auch er sterben würde.

Sie setzten ihn auf eins der Pferde und stiegen in ihrer Verzweiflung auf der Suche nach einem Dorf in ein Tal hinab. Dort wurden sie ehrfürchtig empfangen. Die Kunde, daß diese fremdartigen, hellhäutigen Männer die Marathen in die Flucht geschlagen hatten, hatte sich wie ein Lauffeuer verbreitet. Sie bekamen zu essen, und man bot ihnen diskret an, sich unter den Frauen im Dorf eine Gefährtin für die Nacht auszuwählen.

Nicht einmal Richard nahm diese Geste der Gastfreundschaft in Anspruch. Der Dorfälteste konnte nichts für Rogers tun, der inzwischen im Delirium war. Das an sich war schon schlimm, aber aus Richards Sicht war noch weitaus schlimmer, daß die Wunde – kaum mehr als ein Kratzer –, die Thomas sich bei dem Kampf gegen die Marathen zugezogen hatte, einfach nicht heilen wollte.

»Das macht nichts«, sagte Thomas. »Wir können jetzt nicht mehr zurück. Wir müssen weiter nach Delhi.« Er grinste. »In Delhi werden sie meinen Arm sicher heilen können.«

Richard wußte, daß der Starrsinnn aus seinem Vetter sprach. Aber er wußte auch, daß Thomas recht hatte; sie hatten keine andere Wahl mehr, als weiter zu marschieren. Zu viert würde es ihnen niemals gelingen, sich bis Surat durchzuschlagen, geschweige denn bis Goa.

Aber Richard fragte sich, ob sie in Delhi die erhoffte Hilfe finden würden.

Richard verfluchte das Schicksal. Oder seine eigene Dummheit, sich, anstatt nach Spanien, dem Land der Freunde und willigen Señoras – die Señoritas waren im Umgang mit dem gutaussehenden Engländer zurückhaltender gewesen – zurückzukehren, dieser zum Scheitern verurteilten Expedition angeschlossen zu haben.

Hatte man ihnen nicht von den zahlreichen Expeditionen berichtet, die, von den Königshäusern Europas ausgesandt, Prester John zu suchen, verschollen waren? Zweifellos würden ihre Gebeine auch unter dieser erbarmungslosen Sonne bleichen.

Sie begruben Rogers und setzten ihren Weg fort. Thomas setzten sie auf eins der Pferde, da er inzwischen fieberte. Sie hatten aufgehört, die Tage zu zählen, aber Richard schätzte, daß sie seit Surat mindestens einen Monat unterwegs waren. Einen Monat! Prabhankars Schätzung nach hatten sie erst die Hälfte der Strecke hinter sich gebracht. Dann trafen sie jedoch auf eine Karawane nach Süden, deren Mitreisende sie wie alle anderen staunend, aber nicht feindselig betrachteten, als sie ihnen von ihrer Begegnung mit den Marathen berichteten.

»Sie sind keine Menschen, sondern Teufel«, sagte der Anführer der Karawane. »Aber Ihr sagt, Ihr hättet sie besiegt? Ihr seid wahrlich Männer unter Männern.«

Der Karawane gehörte auch ein Bader an, der sich dazu bewegen ließ, sich Thomas Arm anzusehen, der inzwischen dick angeschwollen und entzündet war. Der Bader beschloß, die Schwellung aufzustechen, was er auch tat, nachdem er Thomas eine Substanz mit Namen *Bhang* zu kauen gegeben hatte, die aus Hanf gewonnen wurde und Thomas in einen Rausch versetzte. Aber der Schmerz mußte ungeheuer sein, denn er schrie dennoch wie von Sinnen, und es bedurfte mehrerer Männer, ihn festzuhalten, während Unmengen stinkenden Eiters aus der Wunde abgelassen wurden. Dann wurde er ruhiger, und die Wunde wurde verbunden.

»Er muß jetzt ausruhen«, sagte der Medikus.

Richard kaute unschlüssig auf der Unterlippe, da die Karawane nach Süden zog, er jedoch wußte, wie Thomas' Entscheidung lauten würde.

»Frag ihn, wie viele Tage es noch bis Delhi sind«, sagte er zu Prabhankar.

Prabhankar unterhielt sich mit dem Anführer der Karawane, und übersetzte dann für Richard, der nur grob verstanden hatte, was gesagt wurde, und dem das ganz und gar nicht gefiel.

»Er sagt, es wäre Zeitverschwendung, nach Delhi zu gehen, Sahib. Delhi war einst eine blühende Stadt, aber vor vielen Jahren wurde sie von einem großen mongolischen Eroberer namens Timur zerstört. Habt Ihr den Namen schon einmal gehört?«

Richard hatte tatsächlich von Timur, auch als der Lahme bekannt, gehört, die Geschichten über seine Grausamkeit und Zerstörungswut jedoch für Legenden gehalten. Er war nicht sicher, ob er jetzt glauben sollte, daß dieser Timur tatsächlich existiert hatte.

»Du sagst, das wäre vor vielen Jahren gewesen.«

»Vor mehr als hundert, Sahib. Aber die Stadt wurde nicht wiederaufgebaut. Die Lodi-Sultane haben die Hauptstadt an einen Ort namens Agra verlegt.«

»Hast du schon von diesem Ort gehört?«

»Nein, Sahib. Ich habe nur von Delhi gehört. Aber jetzt ist mir klargeworden, daß es sich bei dem Delhi, von dem ich gehört habe, nicht um eine Stadt, sondern um ein Land gehandelt hat.«

»Das Ganze entwickelt sich von Tag zu Tag mehr zu einem aussichtslosen Unterfangen«, knurrte Richard. »Und wo liegt dieses Agra, sofern es überhaupt existiert?«

»Das ist eine gute Nachricht, Sahib. Agra liegt viel näher als Delhi. Der Führer der Karawane sagt, daß wir die Stadt innerhalb von zwölf Tagen erreichen können.«

»Dann brechen wir dorthin auf, sobald Sir Thomas wieder bei Kräften ist.«

Prabhankar teilte dies dem Führer der Karawane mit, der die Achseln zuckte.

»Frag ihn, ob wir in Agra auf Hilfe hoffen können«, sagte Richard.

Der Inder zuckte erneut mit den Schultern.

In dieser Nacht kampierten sie dicht bei der Karawane, und Richard konnte, abgesehen von Thomas' Stöhnen, seit langem das erstemal ruhig schlafen.

Barnes seinerseits war so angetan von diesem ersten Anzeichen wahrer Zivilisation nach so langer Zeit, daß er ins Hauptlager ging, um sich den Tanz der Bajaderen anzusehen und Kums, ein Getränk aus gegorener Stutenmilch, zu probieren.

Die Karawane brach bei Sonnenaufgang auf. Richard blieb an Thomas' Seite und beobachtete das Treiben. Prabhankar mischte sich ein letztes Mal unter die fahrenden Händler. Es herrschte große Geschäftigkeit. Pferde und Esel wurden angeschirrt, Zelte zusammengefaltet, und schließlich setzte die Wagenkolonne sich in einer gewaltigen Staubwolke in Bewegung.

Nach einer halben Stunde kehrte Prabhankar zurück. Aber ohne Barnes.

»Er hat sich der Karawane angeschlossen, Sahib«, erklärte der Inder.

»Er ist fort? Mit der Karawane?« fragte Richard schockiert. »Wie konnte er das nur tun?«

»Er hat dem Führer zwei Gewehre sowie einen Sack Pulver und Kugeln dafür geboten, daß er ihn sicher nach Surat bringt, Sahib.«

Richard sprang auf und durchwühlte ihre Ausrüstung. Zwei der Arkebusen und ihr halber Munitionsvorrat fehlten.

»Dieser Schurke«, grollte er. »Binde das Pferd los, Prabhankar. Ich werde ihn zurückholen.«

»Davon muß ich abraten, Sahib.«

Richard funkelte ihn böse an. »Und warum? Er ist mein Diener.«

»Pratap Rao, der Führer der Karawane, war sehr erfreut über die Gewehre, Sahib. Er würde sie nicht wieder herausgeben. Und Barnes Sahib hat versprochen, ihm das Schießen beizubringen. Pratap Rao wird ihn nicht gehen lassen. Außerdem ... was ist ein Diener wert, der seinen Herrn im Stich läßt?«

Richard kaute unschlüssig auf der Unterlippe.

»Barnes Sahib hatte Angst«, sagte Prabhankar verächtlich.

Richard musterte ihn forschend. »Hast du keine Angst, Prabhankar?«

»Es ist das Privileg eines Dieners, sich zu fürchten, Sahib, während ein Herr immer mutig sein muß. Aber es ist die Pflicht eines Dieners, seinem Herrn zu folgen, sogar dann, wenn dieser von ihm verlangt wegzulaufen.«

Richard kratzte sich am Kopf, nicht sicher, was der Getreue Prabhankar damit sagen wollte. Aber wenigstens war er treu. Während Barnes ... mit wachsender Verzweiflung blickte er der Karawane hinterher, die langsam in der Ferne verschwand.

»Es ist die Absicht meines Cousins, nach Delhi – oder wie es jetzt scheint, nach Agra – zu reisen und Sultan Ibrahim Lodi aufzusuchen«, sagte er. »Und dann wünscht er den Weg bis an den Hof Prester Johns fortzusetzen.«

Prabhankar neigte den Kopf.

Aber das waren nur Worte.

Thomas Blunt kam einige Stunden später zu Bewußtsein, schwach, aber bei klarem Verstand. Er war ebenfalls wütend, als er erfuhr, daß Barnes sie schmählich im Stich gelassen hatte. Aber er war dennoch, wie Richard es vorausgesehen hatte, nicht gewillt aufzugeben.

»Wenn du wieder bei Kräften bist«, sagte Richard, liegen noch mindestens zwölf Tage Marsch vor uns.«

»Eine Kleinigkeit nach allem, was hinter uns liegt«, entgegnete Thomas.

Er war immer noch zuversichtlich, aber innerhalb von vierundzwanzig Stunden schwoll sein Arm wieder an, und auch das Fieber stellte sich wieder ein.

»Ich glaube, der Sir Sahib wird sterben«, sagte Prabhankar.

»Das ist unmöglich«, erklärte Richard. »Wir müssen erneut den Eiter ablassen.«

Der Medikus hatte ihnen etwas von dem *Bhang* überlassen.

Prabhankar machte ein skeptisches Gesicht. »Er wird sterben«, sagte er noch einmal.

Richard verspürte große Lust, ihn zu schlagen. Statt dessen setzte er sich zu Thomas und erklärte ihm die Lage. »Die Wunde will einfach nicht heilen«, sagte er. »Ich weiß nicht mehr weiter.«

Thomas war nur in Abständen bei Bewußtsein. Aber jetzt öffnete er die Augen und sah zu seinem Vetter auf. »Es ist hart, in einem so heidnischen Land wie diesem begraben zu werden. Was meinst du Richard, ist mein letztes Kind ein Junge oder ein Mädchen?«

»Zweifellos ein Sohn«, entgegnete Richard.

»Und hat meine Lizzie die Strapazen der Geburt überlebt?«

»Ohne Zweifel. Aber du wirst sie wiedersehen, Thomas. Du wirst nicht sterben.« Ganz gleich, was Prabhankar sagt, dachte er.

»Ich sterbe«, sagte Thomas. »Und du riskierst dein eigenes Leben, indem du bei mir bleibst. Gib mir meine Gürteltasche.«

Richard gab ihm die Tasche, die Thomas während der ganzen Zeit an seinem Gürtel getragen hatte.

»Sie enthält das Empfehlungsschreiben des Königs und alles Geld«, sagte Thomas. »Befestige sie an deinem Gürtel und schütze sie mit deinem Leben. Schwörst du das?«

»Selbstverständlich.«

»Schwörst du auch, diese Mission fortzuführen, den Hof Lodi Shahs aufzusuchen und von dort aus weiterzuziehen an den Hof Prester Johns?«

»Wir werden diese Mission gemeinsam fortführen, Thomas.«

»Schwöre es!« forderte Thomas eindringlich.

»Ich schwöre«, entgegnete Richard.

Thomas lächelte. »Dann bin ich zufrieden.«

In dieser Nacht starb er.

Richard und Prabhankar begruben Thomas bei Tagesanbruch, und Richard schlug Holz, um ein Kreuz anzufertigen, wobei der Inder ihm interessiert zusah. Dann überdachte Richard ihre Lage.

Er besaß noch vier Esel und ein Pferd. Ihre Vorräte waren reichlich, da sie nur noch zu zweit waren, und die vier Arkebusen sowie das verbliebene Pulver und die Munition reichten noch für eine Verteidigungsaktion – vorausgesetzt, sie bekamen es nicht mit vierzig Angreifern gleichzeitig zu tun. Außerdem besaß er noch sein Rapier, Thomas' Pallasch und die Waffen, die er den toten Marathen abgenommen hatte.

Diesen Pluspunkten stand der Umstand gegenüber, daß seine Kleider völlig zerlumpt waren und seine Stiefel sich in ihre Bestandteile aufgelöst hatten, so daß er wie Prabhankar barfuß ging. Aber das stellte kein großes Hindernis dar – seine Fußsohlen waren inzwischen so hart wie Leder, seine Haut war von der Sonne gegerbt und sein Bart einige Zentimeter lang.

Und er besaß noch die kostbare Gürteltasche – und hatte eine Mission zu erfüllen. Ein unmögliches Unterfangen, wie er jetzt erkannte. Wie sollte ein einzelner Mann – auch wenn er von einem getreuen Diener begleitet wurde – quer durch Asien marschieren?

Aber vielleicht würde Ibrahim Lodi Shah, den jeder als den mächtigsten König Indiens zu betrachten schien, ihm gestatten, einige seiner Leute anzuheuern.

Das war seine einzige Hoffnung.

Richard und Prabhankar setzten ihre Reise fort. Jetzt war offensichtlich, daß sie sich der Zivilisation näherten. Sie begegneten mehreren Karawanen und einer großen Zahl von Menschen, die von einem Dorf zum anderen unterwegs waren. Die Dörfer – von denen man einige als kleine Städte bezeichnen konnte – lagen dicht beieinander.

Der weiße Mann mit den fremdartigen Waffen erregte überall Aufsehen, und während sie allgemein freundlich empfangen wurden, waren sie, wie sich herausstellte, für Diebe eine unwiderstehliche Versuchung. Eines Nachts schliefen sie in einer Hütte, die ein Dorfoberhaupt ihnen zur Verfügung gestellt hatte, und wähnten sich dort fälschlicherweise sicher. Am nächsten Morgen mußte Richard jedoch feststellen, daß seine sämtlichen Kleider gestohlen worden waren. Sie waren ohnehin in bedauernswertem Zustand gewesen, aber ihr Verlust traf ihn dennoch hart, da er nun nur noch die Lumpen besaß, die er am Körper trug. Glücklicherweise hielt er im Schlaf Degen und Gürteltasche immer an die Brust gedrückt.

»Es wäre zwecklos, sich zu beschweren, Sahib«, sagte Prabhankar. »Wahrscheinlich hat das Dorfoberhaupt die Diebe selbst geschickt.«

Sie ließen also die Dörfer hinter sich und setzten ihren Weg, wann immer möglich, über die Berge fort. Inzwischen war es nachts empfindlich kalt, so daß sie eng zusammenrückten, um sich gegenseitig zu wärmen. Bei Tage brannte die Sonne sengendheiß auf sie herab. Sie marschierten unermüdlich weiter, jetzt nur noch mit zwei Eseln und dem Pferd – von den beiden anderen Lasttieren war eines eingegangen, während sie das zweite verkauft hatten, da sie immer weniger zu transportieren hatten. Zwei zerlumpte Vogelscheuchen, die mit grimmiger Entschlossenheit einen Fuß vor den anderen setzten und an nichts anderes dachten als an ihr Ziel.

Bis sie eines Morgens einen Berghang hinab in ein fruchtbares Tal stolperten … und in eine Schar Pfauen.

## Kapitel 3

## Der Löwe

An den Ufern des Jumna-Flusses gelegen, tauchte Agra überraschend aus dem Morgennebel vor ihnen auf: Die Stadt war ganz offensichtlich noch sehr neu und doch vor kurzem erst zerstört worden. Richard erfuhr später, daß sie erst ein halbes Jahrhundert zuvor von einem von Ibrahim Lodis Ahnen gegründet worden war, der entschieden hatte, daß dieses unzweifelhaft attraktive Fleckchen Erde in einem fruchtbaren Flußtal etwa hundert Meilen südlich von Delhi der ideale Ort war, eine neue

Hauptstadt als Ersatz für die völlig zerstörte alte zu errichten. Und dann war Agra vor knapp zwanzig Jahren von einem gewaltigen Erdbeben heimgesucht worden, von dem die Bewohner immer noch flüsternd sprachen. An einigen Stellen waren die Wiederaufbauarbeiten noch im Gang.

Die Stadt war von einer hohen Mauer umgeben, und sämtliche Tore wurden bewacht. Richard und Prabhankar mußten sich einer großen Menschenmenge anschließen, die in die Stadt wollte, und auf Prabhankars Rat hin verbarg Richard alle europäischen Waffen einschließlich seines Rapiers in den Lastkörben der beiden Esel. Mit seinem schwarzen Haar, dem langen Bart und der inzwischen braungebrannten Haut konnte er durchaus als Inder durchgehen, aber Prabhankar bestand dennoch darauf, daß er sein Hemd auszog, um es ihm dann turbanähnlich um den Kopf zu wickeln. So verkleidet betraten die beiden Männer die Stadt und konnten einigermaßen sicher sein, nicht sofort als Fremde erkannt zu werden.

Staunend betrachteten sie die zum Teil recht imposanten Häuser aus in der Sonne getrockneten Backsteinen und die offensichtlich wohlhabenden, geschäftig umhereilenden Menschen. In Agra war das Nebeneinander von Moscheen und Hindu-Tempeln noch weit auffälliger als in Surat, und verschleierte moslemische Frauen gehörten ebenso zum Straßenbild wie dunkelhäutige Inderinnen in bunten Saris.

Aber Richard registrierte auch, daß die Hindus den Moslems mit einstudiertem Respekt begegneten. Sie waren die Eroberten, und das nun schon seit Jahrhunderten.

Prabhankar machte rasch eine Karawanserei ausfindig, wo sie sich waschen konnten und etwas zu essen erhielten. Richard kaufte von einigen seiner kostbaren Münzen indische Kleider und ließ dann Prabhankar bei den Tieren zurück, während er sich auf den Weg zum Sultanspalast machte.

Er war so zuversichtlich wie schon lange nicht mehr, nicht nur, weil er sein Ziel erreicht hatte, sondern weil Agra für beträchtliche Macht und großen Reichtum sprach. Auch waren viele der Einwohner des Arabischen oder Persischen kundig.

Auch in bezug auf die Hautfarbe war eine reiche Palette von

Brauntönen vertreten, vom Kaffeebraun der Südinder bis hin zu Nuancen, die sich nicht sehr von seiner eigenen, weit helleren Haut unterschieden. Zu seiner Erleichterung wurde er trotz seiner Größe auf dem Weg zum Palast kaum beachtet – offenbar hielt man ihn für einen Pathanen aus dem Norden.

Lodis Palast war ein prächtiges Gebäude aus weißem Marmor, das sich über mehrere Morgen Land erstreckte und mit unzähligen Springbrunnen und Wasserbecken geschmückt war, die durch plätschernde Wasserrinnen miteinander verbunden waren.

Auch herrschte dort großes Gedränge, zumindest unter den äußeren Säulengängen, wo es von Männern aller Schattierungen und Klassen wimmelte. Aber Richard war inzwischen mit der Prozedur vertraut und trat an einen stattlichen Majordomus mit einem Turban heran.

»Du willst zum Badshah?« Der Mann musterte ihn abschätzig von Kopf bis Fuß und registrierte seine ärmliche Kleidung und die staubigen Füße. »Scher dich fort.«

Richard holte eine Silbermünze hervor.

»Ich habe wichtige Neuigkeiten für den Sultan.«

Der Majordomus betrachtete die Münze verächtlich.

»Was kann es schon Wichtiges geben, was der Badshah nicht bereits wüßte?«

»Was ich zu sagen habe, werde ich nur dem Sultan persönlich berichten«, beharrte Richard und fischte eine zweite Münze aus der Börse.

Nachdem er noch zwei weitere Münzen hinzugefügt hatte, geleitete der Majordomus ihn einen überdachten Gang hinunter, der um einen prächtigen Innenhof herumführte, in dem Pfauen und ihre Hennen auf und ab schritten und ihre kehligen Schreie ausstießen. Das Mosaik, das den Boden des Hofes bedeckte, war stark verschmutzt, aber die Vögel selbst mit ihrem blau-grün schimmernden Gefieder waren von erlesener Schönheit.

An der Tür zum nächsten Saal stand ein weiterer Majordomus, der ebenfalls Silber verlangte. Richard erkannte, daß dies eine kostspielige Angelegenheit werden würde. Aber er hatte sein Leben riskiert, um hierherzugelangen, und zögerte jetzt nicht, die notwendigen Geldmittel einzusetzen, um zum Badshah vorgelassen zu werden.

Er wurde eingelassen und betrat einen Raum, in dem mehrere Männer vor einem Tisch standen, an dem eine schillernde Gestalt mit einem Turban und blauem Seidengewand saß.

Richard hatte noch nie von einem König gehört, der an einem Tisch sitzend Audienz hielt, aber er ließ sich seine Überraschung nicht anmerken und reihte sich in die Schlange der wartenden Bittsteller ein.

Etwa eine Stunde später war er an der Reihe, vor den Tisch zu treten.

»Trage dein Anliegen vor«, sagte der Mann auf arabisch, nachdem der Majordomus ihm etwas ins Ohr geflüstert hatte.

»Ich komme von jenseits des Meeres, großer König«, sagte Richard. »Ich überbringe Eurer Hoheit Grüße von König Heinrich VIII. von England. Mir wurden kostbare Geschenke für Eure Hoheit mit auf den Weg gegeben, aber unglücklicherweise wurden wir von Marathen überfallen und beraubt. Wenngleich es uns gelang, die Diebe in die Flucht zu schlagen, verloren wir den Großteil unserer Habe.«

Der Mann am Tisch musterte ihn eindringlich. »Du bist ein Dummkopf und ein Lügner, Fremder. Du bist ein Dummkopf anzunehmen, ich würde dir eine solche Geschichte glauben. Und du bist ein Dummkopf anzunehmen, daß der Badshah jemanden wie dich persönlich empfangen würde.«

Richard warf dem Majordomus einen Blick zu, aber der machte ein ausdrucksloses Gesicht.

»Von Marathen beraubt, sagst du«, fuhr der Wesir fort. »Zweifellos bist du selbst ein Dieb und Räuber. Mir wurde gesagt, deine Börse enthält Silbermünzen.«

»Diese Silbermünzen sind mein Eigentum«, entgegnete Richard. »Wenn Ihr Euch eine dieser Münzen anseht, werdet Ihr feststellen, das sie das Abbild meines Königs, des Großen Heinrich von England, trägt.«

»Gib mir eine dieser Münzen, Fremder«, befahl der Wesir.

Richard zögerte, kam jedoch dann der Aufforderung nach.

Der Wesir betrachtete die Münze eingehend. »Jetzt gib mir die Tasche«, verlangte er.

»Dieses Geld gehört mir«, entgegnete Richard.

Der Wesir funkelte ihn zornig an. »Es ist gestohlenes Geld, das ich jetzt beschlagnahme. Sei froh, daß ich dir nicht wegen

Diebstahls die Hand abhacken lasse. Sollte mir die geringste Anschuldigung gegen dich vorgetragen werden, wird das deine Strafe sein.« Darauf wandte er sich an den Majordomus. »Nimm die Börse und wirf ihn hinaus.« Ehe Richard begriffen hatte, wie ihm geschah, hatten ihn zwei Männer bei den Armen gepackt, und ein anderer ihm die Börse entrissen.

»Diebe und Schurken!« brüllte Richard und versuchte, sich zu befreien. Er war zweifellos stärker als jeder der beiden Inder, aber inzwischen traktierten ihn vier Palastwachen mit Schlägen auf Kopf, Schultern, Arme und Beine.

Von der Anzahl seiner Gegner überwältigt, ging Richard zu Boden und wurde aus dem Saal und den überdachten Gang hinunter geschleift. Während er sich gedemütigt und verzweifelt fühlte wie noch nie in seinem ganzen Leben, beachteten ihn die Umstehenden kaum. Minuten später wurde er auf die Straße geworfen und prompt von einem streunenden Hund angepinkelt.

Er setzte sich auf, rappelte sich mühsam hoch und blickte zurück auf das Eingangstor des Palastes. Der Majordomus sprach mit einigen Wachen, die sich ihm zuwandten und ihn anstarrten. Zweifellos würde ihm der Zutritt verwehrt werden, sollte er erneut versuchen, zum Sultan vorzudringen.

Aber im Augenblick war er ohnehin zu erschüttert, auch nur daran zu denken. Er begriff nur soviel, daß man ihn nach allen Strapazen, die er auf sich genommen hatte, an den Hof Ibrahim Lodis zu gelangen, bestohlen und geprügelt hatte wie einen Hund – und daß er das Schreiben des Königs verloren hatte.

Er hatte versagt. Er hatte Thomas, der sein Leben gelassen hatte, diese Mission erfolgreich abzuschließen, schändlich im Stich gelassen.

Und jetzt wußte er nicht, wohin er sich wenden sollte. Er wußte nicht einmal, ob es ihm möglich sein würde, nach Goa zurückzukehren.

Und was Prester John betraf … *der* blieb so nebulös wie eh und je.

Mit hängenden Schultern kehrte er zurück zur Karawanserei und berichtete Prabhankar, was sich zugetragen hatte.

»Das ist sehr schlimm«, stimmte der Inder ihm zu. »Was werdet Ihr jetzt tun, Sahib?«

Richard registrierte, daß Prabhankar zum erstenmal seit Beginn ihrer Expedition nicht ›wir‹ gesagt hatte.

»Offen gestanden, ich weiß es nicht. Wie lange können wir kostenlos hierbleiben?«

»Insgesamt drei Tage, Sahib. Aber für das Essen müssen wir dennoch bezahlen. Wir haben nicht mehr viel übrig.«

Richard nickte.

»Wir werden eins der Tiere verkaufen müssen. Kannst du dich darum kümmern?«

»Ja, Sahib. Das Pferd wird das meiste Geld einbringen.«

Prabhankar führte das Tier fort, und Richard wartete mit den zwei ihm verbliebenen Eseln in der Ecke der Karawanserei, in der sie sich niedergelassen hatten. So entmutigt er sich auch fühlte, und wie erschöpft und zerschlagen er auch sein mochte, arbeitete sein Gehirn doch auf vollen Touren – jetzt, da seine anfängliche Verzweiflung langsam nachließ, begann er, über seine Zukunft nachzudenken. Er mußte sich der Tatsache stellen, daß die Mission endgültig gescheitert war. Jeder, bei dem Thomas Unterstützung gesucht hatte, hatte ihn an einen anderen verwiesen, von dem er hoffte, daß er sich des lästigen Engländers ein für allemal entledigte. Früher oder später würde jemand auch ihn, den einzigen Überlebenden, ins Jenseits befördern. Darum mußte er sich geschlagen geben und zurück nach Goa kriechen, wieder zu Kapitän Bottomley und dem Rest der Schiffsbesatzung stoßen und die Rückreise nach England antreten. Dom Jaime Alvarado würde sich zweifellos ins Fäustchen lachen. Er fragte sich, was wohl Elena zu dem Fiasko sagen würde.

Jedenfalls mußte er sich ganz darauf konzentrieren, zur portugiesischen Niederlassung an der Küste zurückzukehren. Vermutlich würde er für das Pferd ein hübsches Sümmchen einstreichen, und er war auch bereit, einen der beiden verbliebenen Esel zu verkaufen. Prabhankar und er besaßen ja nicht mehr viel. Es würde zweifellos ein höllischer Marsch werden, aber sie waren beide jung und kräftig. Sie mußten nur dafür sorgen, daß ihnen unterwegs keine Marathen begegneten.

Nachdem er seinen Entschluß gefaßt hatte, fühlte er sich gleich viel besser und gestattete sich den Gedanken, daß er keine Schuld an seinem Versagen trug; die Mission war von

Beginn an zum Scheitern verurteilt gewesen – sofern Prester John überhaupt existierte, sollte er ganz offensichtlich nicht von Europäern gefunden werden.

Er döste sogar von Zeit zu Zeit, wenngleich er sich der Blicke der anderen Bewohner der Karawanserei bewußt war und nicht die Absicht hatte, einzuschlafen und sich erneut bestehlen zu lassen. Nach einigen Stunden verspürte er jedoch Hunger und begann sich zu fragen, was wohl mit Prabhankar geschehen sein mochte.

Dann ging ihm auf, daß Prabhankar keineswegs etwas zugestoßen war – er würde nicht zurückkommen.

Wieder fühlte er sich, als hätte man ihm einen Tritt in die Magengrube versetzt. Prabhankar hatte gesagt, er würde ihn führen, wohin er wollte. Aber war seine Treue nicht an das Silber der Europäer gebunden gewesen? Jetzt, wo man ihm das Silber genommen hatte, hatte Prabhankar angefangen, an sich selbst zu denken, und er hatte das wertvolle Pferd mitgenommen, das Richard ihm aufgetragen hatte zu verkaufen.

Richard erkannte, daß seine Lage verzweifelter war als je zuvor. Er besaß noch zwei Esel, sprach jedoch kaum ein Wort Hindustani, und wenn er versuchte, die Tiere selbst zu verkaufen, würde man ihn zweifellos übers Ohr hauen. Und doch hatte er offenbar keine andere Wahl.

Und was die Rückkehr nach Goa betraf, ganz auf sich gestellt und ohne Führer … Aber auch diesmal gestattete er sich nicht zu verzweifeln.

Es war noch ein wenig kaltes Curry übrig, das er aß und mit Wasser aus dem Brunnen der Karawanserei herunterspülte. Da inzwischen die Nacht hereingebrochen war, beschloß er, etwas zu schlafen. Am nächsten Tag würde er versuchen, die Esel zu verkaufen.

Und nach dem schurkischen Prabhankar Ausschau halten.

Er schlief mit dem Degen auf dem Schoß, die Stricke der Esel um ein Handgelenk geschlungen, aber niemand versuchte, ihn zu bestehlen. Als er bei Tagesanbruch erwachte, blickte er in die Gesichter zweier Männer, die sich über ihn beugten.

Richard sprang auf, den Degen in der Hand, sah dann aber, daß keiner der beiden Männer bewaffnet war. Er ließ seine Hand sinken.

»Bist du der, der von jenseits des Meeres gekommen ist?« fragte einer der beiden Männer auf arabisch.

»Ja«, entgegnete Richard.

»Unser Herr möchte dich sprechen?«

»Euer Herr?«

»Ghopal Das.«

Der Mann ging offenbar davon aus, daß der Name seines Herrn allseits bekannt war.

»Und wo ist dieser Herr?« fragte Richard.

»In seinem Haus. Er bittet Euch, ihn dort aufzusuchen.«

»Ich kann meine Habe und meine Tiere nicht hier zurücklassen.«

»Ihr könnt alles mitnehmen.«

Richard überlegte und kam zu dem Schluß, daß er nichts zu verlieren hatte. Er steckte den Degen weg und führte die beiden Esel hinter den Männern her, aus der Karawanserei heraus und durch die gerade erwachenden Straßen der Stadt. Die Stimme des Muezzins ertönte, aber keiner der Diener des geheimnisvollen Ghopal Das folgte dem Aufruf zum Gebet.

Schließlich gelangten sie an eine hohe Mauer und betraten durch ein kleines Tor einen Hof vor einem großen prächtigen Haus.

»Dies ist das Haus von Ghopal Das«, erklärten seine Führer.

Richard war beeindruckt.

Er war sogar noch tiefer beeindruckt, als er das Haus betrat, das mit weichen Teppichen ausgelegt war und angenehm duftete. Er wurde eine überdachte Galerie entlanggeführt, die einen dieser Innenhöfe umgab, die, wie er inzwischen wußte, ein typisches Merkmal indischer Architektur waren. In der Mitte des Hofes fiel ihm ein Springbrunnen in Form einer wasserspeienden zusammengerollten Python auf.

Weißgekleidete Dienstboten beiderlei Geschlechts verneigten sich vor ihm, als er an ihnen vorbeischritt und schließlich in ein Zimmer geführt wurde, in dem weitere Diener warteten, diesmal ausschließlich Jungen. Dieser Raum war mit einem riesigen Bett, geschnitzten Stühlen und einem reich verzierten Tisch eingerichtet. Auf dem Tisch standen köstlich duftende Speisen bereit, nicht nur Curry-Gerichte, aber offenbar allesamt scharf gewürzt. Auf dem Bett lagen elegante Kleider für ihn bereit: Ein Dhoti und Sandalen, eine mit Goldfäden bestickte weiße Weste und ein weißer Turban.

Aber den verlockendsten Anblick bot eine dampfende Wanne in der Mitte des Zimmers.

»Unser Herr wünscht, daß sein Gast sich wohl fühlt, ehe er ihn begrüßt«, erklärten die beiden Männer, die ihn hergebracht hatten. »Diese Jungen werden Ihnen jeden Wunsch erfüllen.«

Andere Diener hatten inzwischen die Esel von ihren Lasten befreit und trugen nun Richards ganze Habe herein. Dann wurde die Tür hinter ihm geschlossen, und die Jungen machten sich sofort an die Arbeit. Ehe er protestieren konnte, zogen sie ihm die eigenen schmutzigen Kleider aus und führten ihn zur Badewanne. Während er im heißen Wasser saß – ein göttliches Gefühl – seiften sie ihn ein und massierten ihn, wobei sie sich ihrer Dhotis entledigten und solchen Eifer an den Tag legten, daß Richard bald erkannte, daß der Bote des geheimnisvollen Ghopal Das durchaus ernst gemeint hatte, daß die Jungen ihm jeden Wunsch erfüllen würden.

Es war so lange her, seit er das letzte Mal geliebt hatte, daß sein Körper gegen seinen Willen auf die zärtlichen Hände reagierte. Andererseits hatte er so lange schon keine Gelegenheit mehr gehabt, auch nur an Zärtlichkeiten zu denken, daß er nicht den Wunsch verspürte, jetzt mit kleinen Jungen anzufangen.

Nachdem er fertig gebadet hatte, wurde er aufgefordert zu essen. Die Mahlzeit war köstlich, auch wenn dazu nur Wasser gereicht wurde. Aber das war zweifellos gut so; er hatte keine Ahnung, was dieser Ghopal Das von ihm wollte, und in seiner Situation erschien es ihm ratsam, einen klaren Kopf zu bewahren. Andererseits war dies seit ihrer Ankunft in Goa das erst Mal, daß er wahre Gastfreundschaft genießen durfte – und welche Gastfreundschaft!

Nach dem Essen wurde er angekleidet. Die Jungen hatten inzwischen seine Habe inspiziert, um zu sehen, ob etwas dabei war, was er brauchte, und bestaunten das Rapier und die Arkebusen. Sie wollten ihm die Waffen reichen, aber er schüttelte den Kopf. Er zog es vor, unbewaffnet zu bleiben, da er sich im Haus des wohlhabenden Unbekannten ohnehin nicht wirkungsvoll würde verteidigen können.

Dann brachte man ihn endlich zu Ghopal Das.

Der Weg führte über weitere überdachte Galerien und um weitere Innenhöfe herum. Auf dem größten dieser Höfe spielten einige junge Frauen ein eigenartiges Spiel: sie hielten Krummstäbe in den Händen und jagten mit großem Eifer einem kleinen Ball hinterher.

Sie boten einen faszinierenden Anblick, da sie nur mit Dhotis bekleidet waren, die sie von den Hüften bis zu den Knöcheln bedeckten. Der Rest ihrer braunen Körper, einschließlich der Füße, war splitternackt und schimmerte von Schweiß. Das glänzende rabenschwarze Haar trugen sie zu Pferdeschwänzen gebunden. Sie waren alle noch sehr jung und anziehend.

Auch schienen sie in keiner Weise verlegen, als die Gruppe von Männern vorbeiging – wenngleich sie ihr Spiel unterbrachen und Richard anstarrten, kicherten und tuschelten, machten sie keinerlei Anstalten, ihre Brüste zu bedecken.

Jetzt wurde ihm erst recht bewußt, wie lange er zur Enthaltsamkeit gezwungen gewesen war.

Sie gingen an den Mädchen auf dem Hof vorbei und betraten einen großen Raum mit hoher Decke. Auch hier waren die Wände mit komplizierten Schnörkeln verziert, und es standen zahlreiche kunstvoll geschnitzte Möbelstücke herum. Auf einem der Stühle saß in sehr aufrechter würdevoller Haltung ein Hindu, in dem Richard sofort Ghopal Das erkannte. Er wurde flankiert von zwei weiteren Männern. Bei dem einen handelte es sich aufgrund der Ähnlichkeit zweifellos um seinen Sohn.

Alle drei Männer waren ähnlich gekleidet wie Richard, schlicht, aber in feinsten Stoffen. Richard schätzte Ghopal Das auf etwa fünfzig Jahre. Er hatte einen Schnäuzer und ein rundes, ansonsten glattrasiertes Gesicht. Auch sein Körper war füllig.

»Willkommen in meinem Haus«, sagte er auf arabisch.

»Es war sehr freundlich von Ihnen, mich als Gast in Ihr Haus zu bitten, Sir«, entgegnete Richard.

Ghopal schien erfreut und bedeutete ihm, Platz zu nehmen. Richard setzte sich und hielt sich ebenfalls sehr gerade.

»Mir wurde berichtet, daß Ihr von weit her kommt. Von jenseits des Meeres. Ich habe Männer gekannt, die das Meer gesehen haben«, sagte Ghopal. »Ist es wirklich möglich, es zu überqueren?«

»Meine Landsleute tun das regelmäßig«, entgegnete Richard, wobei er großzügig die Spanier und Portugiesen als Landsleute mit einbezog. »Meine Heimat ist eine Insel im Ozean.«

»Sind Eure Leute stark?«

»Es gibt keine stärkeren«, behauptete Richard.

Ghopal Das tauschte einen Blick mit den beiden Männer, die seinen Stuhl flankierten.

»Wie weit ist diese Insel von Indien entfernt?« fragte er.

»Sehr weit. Wir sind sieben Monate gesegelt, um Goa zu erreichen.«

»Goa?«

»Das ist ein Ort an der indischen Küste. Von dort aus ist es ein dreimonatiger Marsch bis Agra.«

»Ihr seid beinahe ein Jahr gereist, um hierherzugelangen«, bemerkte Ghopal. »Um Lodi Shah aufzusuchen? Warum?«

Richard hatte bereits entschieden, daß es für den Augenblick besser war, Prester John zu vergessen. Viel dringlicher war, aus dieser vielversprechenden Wende der Ereignisse das meiste herauszuholen.

»Mein König ist ein mächtiger Mann, der es als sein Anrecht betrachtet, daß ihn alle Herrscher dieser Welt kennen und achten.«

»Und da hat er einen Mann geschickt?«

»Als wir Goa verließen, waren wir eine große Gesandtschaft«, erklärte Richard. »Aber wir haben durch Krankheit und Wegelagerer große Verluste erlitten.«

»So daß Ihr Agra mit einem einzigen Diener erreicht habt, der sich nun auch noch davongemacht hat«, bemerkte Ghopal.

Richard erkannte, daß er gründlicher beobachtet worden war, als er angenommen hatte.

»Ich bedaure gestehen zu müssen, daß das den Tatsachen entspricht«, entgegnete er.

»Mir wurde berichtet, daß Ihr eigenartige Waffen bei Euch tragt«, sagte Ghopal.

»Meine Waffen besitze ich noch«, gab Richard zu.

»Würdet Ihr uns ihren Nutzen demonstrieren?«

»Wenn Ihr es wünscht.«

»Jetzt gleich?« fragte der jüngere Mann, der das erstemal das Wort ergriff.

»Sicher.«

Diener wurden geschickt, die Waffen zu holen, und Ghopal Das führte Richard in einen weiteren Innenhof, in dem weder junge Frauen noch Diener zugegen waren und der auf der gegenüberliegenden Seite von einer nackten Mauer eingefaßt war. An der Wand lehnte eine Art Zielscheibe, aus der zweieinhalb Meter lange Speere ragten, was darauf schließen ließ, daß sich erst kürzlich jemand hier im Speerwerfen geübt hatte.

Die Speere wurden entfernt, während Richard sein Rapier aus der Gepäckrolle hervorholte.

»Das ist ein eigenartiges Schwert«, bemerkte Ghopal Das. »Es hat keine scharfe Klinge.«

»Aber eine Spitze«, entgegnete Richard.

»Wer kämpft schon nur mit der Schwertspitze?« fragte der Sohn des Hauses.

»Wenn Ihr mich angreifen würdet, zeige ich Euch, was es damit auf sich hat.«

Der junge Mann blickte zu seinem Vater hinüber, der zustimmend nickte. Ein Dienstbote eilte davon und kehrte gleich darauf mit einem der in Asien weit verbreiteten Krummsäbel zurück. Er besaß ein Heft und eine scharfe Klinge, war jedoch etwa ein Drittel kürzer als das Rapier.

»Seid Ihr bereit?« fragte der junge Mann.

Richard nickte und nahm Haltung an wie bei einem Duell, den Degen in der rechten, den Dolch in der linken.

Der junge Inder musterte ihn einen Augenblick und stürmte dann säbelschwingend auf ihn zu. Richard wich dem direkten Angriff mühelos aus, aber er war hier, um seine Kampftechnik zu demonstrieren, und so ging er etwas früher als in einem ernsthaften Kampf zum Gegenangriff über und parierte den Säbel mit seinem Dolch. Die beiden Klingen sprühten Funken, als der Säbel bis zum stählernen Heft des kürzeren Dolches hinabglitt. In diesem Augenblick stach Richard mit dem Degen durch die Lücke zwischen Arm und Körper des Inders und durchbohrte den Stoff seiner weiten Tunika.

Dann sprang er zurück. »Ihr seid tot«, sagte er.

Der junge Mann sah an seiner Tunika hinab und blickte dann mit zornsprühenden Augen auf.

»Genug, Ramdaj«, befahl Ghopal Das. »Das war gekonnt.«

»Manchmal kann man die beiden Waffen umgekehrt noch effektiver einsetzen«, erklärte Richard. »Indem man die Klinge des Gegners mit dem Degen blockiert und mit dem Dolch zustößt.«

»Ich verstehe.« Ghopal deutete auf die Arkebuse. »Ist das eine ebenso wirkungsvolle Waffe?«

»Nein. Aber sie tötet auf Entfernung.«

Richard zündete die Lunte an und stellte den Stützstecken auf. Die Inder sahen ihm interessiert dabei zu. Offenbar sollte er auf die Zielscheibe schießen, aber er wollte seine Demonstration effektvoller gestalten und wählte statt dessen einen von mehreren großen leeren Tontöpfen, die an der angrenzenden Wand standen. »Gestattet Ihr mir, einen dieser Töpfe zu zerstören?«

»Wenn Ihr glaubt, daß Ihr es könnt«, entgegnete Ghopal sichtlich verblüfft.

Richard lud das Gewehr und rammte die Kugel tief in den Lauf. Dann legte er den Lauf auf die Gabel des Steckens und zielte sorgfältig. Er feuerte, und die Inder schrien ob des Knalls und der Rauchwolke erschrocken auf. Dann blickten sie staunend auf den Tontopf. Die Kugel hatte ihn nur gestreift, aber der Aufprall hatte genügt, daß ein Riß den Topf von oben bis unten durchzog.

»Bei Krishna«, rief Ramdaj aus.

»Sind alle Soldaten Eures Königs so bewaffnet?« fragte Ghopal.

»Alle«, entgegnete Richard, ohne auf den speziellen Nutzen von Pikenieren und Arkebusiers einzugehen.

»Dann muß er, wie Ihr gesagt habt, wirklich ein mächtiger Kriegsherr sein.«

»Verfügt er auch über Elefanten?« fragte Ramdaj eifrig.

»Nein«, entgegnete Richard. »Diese Tiere sind in meinem

Land unbekannt.« Er sah ihnen ihre Enttäuschung an und fügte hinzu: »Aber er besitzt noch weit effektivere Waffen.«

»Was sollen das für Waffen sein?« fragte Ghopal.

»Schußwaffen, so wie diese.« Er tätschelte die Arkebuse. »Aber viel größer. Sie können eine Steinkugel eine halbe Meile weit schleudern, also etwa achthundert Schritte, und alles niedermachen, was sich ihr in den Weg stellt.«

»Ich habe von solchen Waffen gehört«, sagte Ghopal.

»Aber in Indien gibt es keine?«

»Nein«, bestätigte Ghopal. »Laßt uns unser Gespräch im Haus fortsetzen, Blunt Sahib.«

An diesem Abend speiste Richard mit Ghopal Das, seiner Gattin, den beiden Töchtern und Ramdaj.

Da es sich um einen Hindu-Haushalt handelte, war keine der Frauen verschleiert. Die Hausherrin war dunkelhäutig und würdevoll und mußte in ihrer Jugend sehr schön gewesen sein. In der Mitte ihrer Stirn war ein roter Punkt aufgemalt. Ihre Töchter, deren Stirn den gleichen Punkt aufwies, waren jedenfalls hinreißend, mit geraden, etwas langen Nasen, vollen Lippen, strahlend weißen Zähnen und funkelnden schwarzen Augen. Es war schwer, ihr Alter zu bestimmen, aber Richard schätzte die ältere, Shana, auf sechzehn oder siebzehn, und die jüngere, Ghona, auf vielleicht dreizehn oder vierzehn. Beide hatten am Morgen an dem Schläger- und Ballspiel teilgenommen. Jetzt waren sie frisch gebadet, und ihr Haar war sorgfältig geflochten. Wie ihre Mutter trugen sie Saris, hellblau und dunkelgrün, die bei jeder Bewegung ihre Körper umschmeichelten und genügend Rundungen verrieten, um den männlichen Geist zu verwirren – vor allem den eines Mannes, der bereits einen Teil der mädchenhaften Reize zu sehen bekommen hatte.

Leider sprachen sie ebenso wie ihre Mutter kein Arabisch, und Richards Kenntnisse des Hindustani reichten für eine Unterhaltung – zumindest für eine mit Worten – nicht aus. Aber er machte sich recht gut mit Blicken und Lächeln verständlich und beschloß, die Sprache bald zu erlernen, und sei es nur, um dahinterzukommen, warum er auf so wundersame Weise aus dem Abgrund der Verzweiflung gerettet worden war. In Ghopal

Das' Haus bekam er Mahlzeiten und Kleidung vom Feinsten und wurde behandelt wie ein Mitglied der Familie. Er beteiligte sich zur großen Belustigung der Mädchen sogar an einer Partie ihres Ballspiels.

Er hätte nur zu gern mehr getan, als mit ihnen Ball zu spielen, hielt sich jedoch wohlweislich zurück – Richard glaubte keine Sekunde daran, daß seine Aufnahme in den Kreis einer solchen Familie ein reiner Wohltätigkeitsakt war.

Der Versuchung zu widerstehen wurde ihm durch die Statuen und Figurinen von Göttern und Göttinnen, die in jedem Zimmer, jedem Innenhof und in Wandnischen aufgestellt waren, nicht eben erleichtert. Es handelte sich unweigerlich um Akte; die männlichen Figuren mit erigiertem Penis, die weiblichen mit ebenfalls hervorgehobenen geschlechtlichen Merkmalen. Bei Menschen, die solchen Gottheiten huldigten, lag die Vermutung nah, daß ihre moralische Ethik sich ganz entscheidend von der christlichen unterschied. Tatsächlich aber stellte Richard schon bald fest, daß Religion und gesellschaftliche Struktur der Hindus ebenso faszinierend wie streng moralisch waren. Was den lockeren Umgang mit der Nacktheit betraf, ließ sich dieser leicht durch das indische Klima erklären. Kleider trug man nur zu Schmuckzwecken.

Ghopal Das und seine Familie waren *Vaishyas:* Sie betrachteten sich als dritthöchste Form menschlichen Lebens, über sich nur die *Brahmanen,* die als einzige Menschen auf der Erde befugt waren, *Dharma* durchzuführen, Opfer an den universellen Allmächtigen Gott, Brahman, und die *Kshattriyas.*

Diese Religion basierte auf einer Heiligen Schrift, der *Rigveda,* die weit älter war als die christliche Bibel, sowie auf einem späteren Werk, dem *Upanishads.* Aus diesen Schriften ging hervor, daß die Brahmanen von jenen Menschen abstammten, die Indien von den nordischen, dunkelhäutigen Urvölkern erobert hatten, die von ihnen in den Süden vertrieben oder versklavt worden waren. Jene Sklaven und ihre Nachfahren wurden *Panchamas* oder Kastenlose genannt.

Das Kastensystem hatte sich langsam entwickelt. Als die Brahmanen Indien erobert hatten, hatte ein goldenes Zeitalter geherrscht: Alle Brahmanen waren edel und mutig gewesen und den Göttern gefällig, während die Panchamas gehorsam und untertänig gewesen waren. Im Laufe der Zeit hatten jedoch einige der Brahmanen ihr stetes Streben nach Rechtschaffenheit aufgegeben und somit ihren Platz in der Elite eingebüßt. Sie waren Kshattriyas geworden, Berufssoldaten.

Aber auch das waren noch glückliche Zeiten gewesen, in denen die Brahmanen und die Kshattriyas ein blühendes und geordnetes Reich regierten. Doch dann folgte ein weiterer Abstieg, eine Zeit, in der manche Menschen nach Reichtum strebten anstatt danach, Gott zu gefallen. Diese Menschen, die tiefer sanken als die Kshattriyas, wurden Vaishyas genannt, Händler. In dieser Zeit lernten die Menschen das Unglück kennen – mit Ausnahme der Panchamas natürlich, die niemals Glück gekannt hatten.

Traurigerweise stand den Menschen ein weiterer Abstieg bevor, eine neue Ebene, wo Faulheit und Sünde alle ins Elend stürzten. Jene, die so tief gesunken waren, wurden Shudras genannt, Bauern. Das war das Stadium, in dem sich den Brahmanen zufolge die Welt derzeit befand, eine Zeit, die durch die Eroberung eines so großen Teils des Subkontinents durch die Moslems überschattet war.

Dem Kastensystem konnte man nur durch den Tod entfliehen, und dabei spiele die Doktrin der Reinkarnation eine große Rolle.

Ziel eines jeden Menschen war es, das Stadium der *Moksha* zu erreichen, in dem sämtliche weltlichen Ambitionen, Gelüste und Ängste vergessen waren und man im Einklang mit den Göttern lebte. Hatte man dieses Stadium erreicht, wurde man nicht mehr wiedergeboren. Diesen seligen Zustand zu erreichen war jedoch kein leichtes Unterfangen. Daraus ergab sich auch der Begriff des Karma oder von Ursache und Wirkung, das häufig mit Schicksal verwechselt wurde. Man wurde je nach seinem Verhalten in seinem vorherigen Leben wiedergeboren. Man konnte also zum Beispiel als Schlange beginnen und als Brahmane enden, aber nicht einmal das garantierte das Stadium der Moksha nach dem Tod. Wenn der Mensch nämlich als Brahmane kein tugendhaftes Leben führte, wurde er niederen Standes wiedergeboren, kehrte möglicherweise sogar zum Anfangsstadium der Schlange zurück.

Die Götter nahmen eine kaum weniger zweideutige Stellung

ein. Brahman selbst, der als der Schöpfer betrachtet wurde, wurde als Dreifaltigkeit dargestellt. Insoweit entsprach dieser Glaube christlichem Denken, aber die anderen zwei ›Partner‹ hatten nichts mit Jesus und dem Heiligen Geist gemein. Zweiter Gott war Vishnu, der Bewahrer, der Beschützer der Welt und der Gott, der das Dharma ins Leben gerufen hatte. Wie alle Götter hatte er jedoch viele Gesichter und konnte in einer Vielzahl von Avatars oder Inkarnationen in Erscheinung treten, von denen die berühmtesten die als Rama, Held des epischen Gedichtes *Ramayana,* und als Krishna, der heilige Hirte, waren.

Er wurde inmitten seiner Jünger sitzend, auf einer zusammengerollen Riesenschlange schlafend oder stehend, verschiedene Waffen in den vier Händen haltend, dargestellt.

Dritter im Bunde und weit beunruhigender als die anderen beiden Götter der Dreieinigkeit war Shiva, der Zerstörer, der das kosmische Muster abrundete und häufig mit erigiertem Phallus dargestellt wurde. Im Gegensatz zu Vishnu war er eine völlig widersprüchliche Figur, denn Shiva galt ebenso als Zerstörer wie als Erneuerer, als absoluter Asket und doch gleichzeitig auch als Inbegriff der Sinnlichkeit.

Richard empfand dieses Pantheon als seltsam befriedigend.

Am vierten Tag seines Aufenthaltes wurde Richard von Ghopal erneut in sein Privatgemach gebeten.

»Mir scheint, daß Karma Euch hier nach Delhi und zu mir geführt hat«, sagte er. »Was sind Eure Absichten, Sahib Blunt? Lodi hat Euch abgewiesen und Euch ebenso der Unterlagen, die Euch als Gesandten Eures Königs auswiesen, wie Eures Geldes beraubt.«

»Glaubt mir, Ghopal Das, ich bin mir meiner Lage durchaus bewußt. Ohne Euch stünde ich vor dem Nichts. Und was meine Absichten betrifft … Nun, so sehr ich Eure Gastfreundschaft zu schätzen weiß und wie dankbar ich Euch auch bin, wird, fürchte ich, bald der Augenblick gekommen sein, da ich nach Goa und von dort in meine Heimat zurückkehren muß.«

»Ihr sagtet, bis Goa wäre es ein dreimonatiger Marsch. Würdet Ihr diese Reise tatsächlich allein wagen?«

»Ich habe keine andere Wahl.«

»Das wäre Euer sicherer Tod. Ich entsende in zwei Wochen eine Karawane nach Südwesten. Ihr werdet Euch ihr anschließen, und ich werde einige meiner Diener anweisen, Euch bis zu diesem Ort Goa zu geleiten.«

»Warum solltet Ihr das für mich tun? Ich würde Euch nie für Eure Güte entschädigen können.«

»Ich glaube doch«, entgegnete Ghopal. »Ihr habt jetzt einige Tage unter meinem Dach verbracht, und ich habe Euch sehr genau studiert. Ich halte Euch für vertrauenswürdig. Darum werde ich auch offen mit Euch sprechen. Ich bin überzeugt, daß Ihr nur Haß für Lodi Shah empfindet.«

»Es fällt mir schwer, einen Mann zu hassen, den ich noch nie zu Gesicht bekommen habe«, erwiderte Richard. »Aber ich empfinde für ihn weder Loyalität noch Respekt.«

»Glaubt mir, er ist hassenswert. Er ist böse, grausam und hinterlistig. Außerdem ist er ein Moslem und haßt mein Volk. Seid Ihr mit der Geschichte dieses Landes vertraut?«

»Leider nein.«

»Dann hört mich an. Dies war viele Jahrhunderte lang ein fruchtbares, blühendes und angesehenes Land. Habt Ihr von Alexander dem Großen gehört?«

»O ja, natürlich.«

»Er ist vor beinahe zweitausend Jahren in dieses Land eingefallen und hat den damaligen König Porus in einer großen Schlacht besiegt. Alexander ging wieder, aber dann wurde das Land von den Maurya regiert, bemerkenswerten Männern. Habt Ihr von Ashoka gehört?« Richard schüttelte den Kopf.

»Er war der größte König, der dieses Land je regiert hat. Er hat Gebiete bis weit in den Süden erobert und Delhi zum Mittelpunkt des Universums gemacht. Nach den Maurya kamen die Gupta, die beinahe ebenso mächtig waren wie ihre Vorgänger. Aber nach den Gupta waren unsere Herrscher weniger erfolgreich. Das große Reich wurde in mehrere verschiedene Staaten unterteilt.«

»Ich habe im Süden davon gehört«, sagte Richard.

»Und so wurden wir Opfer Mahmuds von Ghazni, des größten Kriegsherrn der damaligen Zeit. Fünfzehn Mal ist er von den Bergen Afghanistans in unser Land eingefallen, hat die

Städte geplündert und unsere Frauen verschleppt. Er war ein Moslem.«

Ghopal Das brütete einige Sekunden vor sich in, als wäre das das schlimmste aller Verbrechen.

»Seine Überfälle haben das Land schwach und uneins gemacht. Einhundertfünfzig Jahre später marschierte Mohammed von Ghur bei uns ein und blieb. Das war vor dreihundertfünfzig Jahren, Sahib. Seitdem werden wir von Moslems regiert. Zahlreiche Moslemdynastien haben auf dem Thron von Delhi gesessen, denn die Moslems bekriegen sich untereinander mehr als jede andere Nation. Und sie waren machtlos, als Timur der Mongole vor hundertfünfundzwanzig Jahren aus dem Norden in Indien einfiel, ihre Armeen besiegte und Delhi eroberte. Er war auch ein Moslem.

Aber Timur ging wieder, und das Land blieb verwüstet und wehrlos zurück. Ein afghanischer Kriegsherr, Buhlul Lodi, nutzte die Gelegenheit und erklärte sich vor siebzig Jahren selbst zum Badshah. Mein Vater hat mir das alles erzählt. Von allen Moslems, die dieses Land regiert haben, sind die Lodis meinem Volk die schlimmsten Tyrannen gewesen.«

»Darf ich frage, was das Wort Badshah bedeutet?«

»Nun, anerkannter König: Herr des Landes. Der derzeitige Badshah ist ein Nachfahre dieses Buhlul. Er regiert mit Waffengewalt und hat auf diese Weise einige meiner Landsleute gefügig gemacht, während der Rest von uns ohne Unterstützung von außen hilflos ist. Und wo sollten wir diese fremde Unterstützung herbekommen? Es stimmt zwar, daß Lodi viele Feinde hat. Es gibt da vor allem einen bestimmten Mann, einen tatarischen Räuberhauptmann namens Zahir-ud-Din Muhammad, auch Babur der Löwe genannt, den Lodi besonders fürchtet. Dieser Babur hat sich zum Sultan von Kabul ernannt und überfällt seit einigen Jahren regelmäßig die Gegend südlich des Khyber-Passes, aber ebenso wie Mahmud Ghazni zieht er sich hinterher wieder zurück. Wie Ihr anhand seines Namens sicher schon gefolgert habt, ist dieser Babur ebenfalls Moslem und würde uns Hindus zweifellos auch mit Verachtung begegnen. Mein Volk ist schon zu viele Generationen moslemischer Herrschaft unterworfen. Es hat resigniert. Und doch müssen wir uns eines Tages von dieser Knechtschaft befreien, und dazu brauchen wir einen zuverlässigen Verbündeten. Mir scheint, Ihr könntet der Mann sein, um zu helfen, diesen Traum zu verwirklichen.«

»Ich?« fragte Richard unbehaglich.

»Ihr, weil Ihr das Vertrauen Eures Königs genießt. Würde er eine mit Schwertern und Feuerwaffen wie die Eure ausgerüstete Armee entsenden, uns zu helfen, würde Lodi ganz sicher besiegt werden.«

»Ah«, sagte Richard. Der Traum des Inders war sogar noch unmöglicher zu realisieren, als er befürchtet hatte. Er hatte noch nie auch nur ein Wort mit König Heinrich gewechselt – wenngleich dieser ihm zweifellos Audienz gewähren würde, falls er von dieser Expedition zurückkehrte. Aber was den Rest anbelangte … »Ghopal Das, Ihr seid offen und ehrlich zu mir gewesen, und so werde ich ebenfalls offen sein. Mein König ist ein großer und gerechter Mann, der nichts lieber täte, als Euch zu helfen, aber Ihr sprecht da von einer Unternehmung gewaltigen Ausmaßes. Es würde ein Vermögen kosten, eine Armee so weit zu entsenden. Einen solchen Krieg zu führen würde die Staatskasse einfach überfordern.«

»Glaubt Ihr, ich würde um Unterstützung bitte, ohne bereit zu sein, dafür zu zahlen?« fragte Ghopal. »Hört mir zu, Blunt Sahib. Sagt Eurem König, daß sich in Lodi Shahs Palast genügend Reichtümer befinden, hundert Armeen zu finanzieren. Habt Ihr nie vom ›Berg des Lichts‹, dem Koh-i-noor gehört?«

»Nun, ja, das habe ich tatsächlich«, entgegnete Richard. »Aber ich kann mir nicht viel darunter vorstellen.«

»Es handelt sich um einen Diamanten von unglaublicher Größe. Er wiegt einhunderteinundneunzig Karat. Und er stellte nur einen kleinen Teil der Schätze in Lodis Schatzkammer dar. All diese Schätze und Kostbarkeiten gehören Eurem König, wenn er Lodi stürzt und es uns ermöglicht, ihn durch einen Herrscher aus unseren Reihen zu ersetzen.«

Richard strich sich mit einer Hand über das Kinn. Das Angebot war zweifellos verlockend.

»Besitzt Ihr denn die Macht, ein solches Versprechen zu geben?« fragte er.

»Ja«, entgegnete Ghopal, ohne zu zögern. »Ich spreche im Namen einer großen Gruppe meiner Landsleute, die ebenso denken wie ich. Diese Männer werden mein Versprechen respektieren.«

»Dann verspreche ich im Gegenzug, mein möglichstes zu tun, meinen König zu einer solchen Expedition zu bewegen«, entgegnete Richard. »Mehr kann ich allerdings nicht tun.«

»Und mehr kann ich nicht verlangen«, stimmte Ghopal zu.

Die Idee war natürlich völlig verrückt. Das heißt, war sie das wirklich? Wenn Kaptän Bottomley bis nach Indien segeln konnte, konnte das auch eine ganze Flotte. Und wo sechs denkbar schlecht vorbereitete Männer mehrere hundert Meilen marschiert und bis auf einen umgekommen waren, konnten da nicht tausend gut ausgerüstete Soldaten, die wußten, was sie erwartete, mit einem zuverlässigen Führer – der er selbst sein würde – Delhi erreichen, ohne daß mehr als die Hälfte von ihnen dabei umkamen? Er zweifelte nicht daran, daß fünfhundert englische Soldaten ausreichend wären, Ibrahim Lodi Shah zu besiegen.

Und wenn König Heinrich nicht interessiert war, konnte er dann nicht eine eigene Armee aufstellen, mit der Aussicht auf den größten Schatz der Welt?

Auf jeden Fall lohnte es sich, darüber nachzudenken.

Er begann, dem Aufbruch der Karawane ungeduldig entgegenzufiebern, auch wenn dies bedeutete, seine angenehme derzeitige Umgebung und die noch angenehmere Gesellschaft seiner neugewonnenen Freunde aufzugeben. Shana wich ihm nur noch selten von der Seite, und sie lachten und zwinkerten einander zu, wenn sie süße Köstlichkeiten aßen, Spiele miteinander spielten oder sich auf einer der Schaukeln vor und zurück schwingen ließen.

Sie war eine ständige Versuchung, da er überzeugt war, daß sie seine Zärtlichkeiten nicht abwehren würde. Wie sehr sehnte er sich danach, die schwellenden mädchenhaften Brüste anzufassen, die sie so ungeniert zeigte, die runden Pobacken zu streicheln, die sich bei jeder Bewegung unter dem seidenen Sari abzeichneten, oder den schwarzen Flaum zu erforschen, der durch den dünnen Stoff hindurchschimmerte.

Aber damit würde er Ghopal Das' Gastfreundschaft und ihr Abkommen verletzen. Je eher die Karawane aufbrach, desto besser.

Und schließlich war es soweit. Am Nachmittag vor seiner Abreise spielte er ein letztes Mal das Ballspiel mit den beiden Mädchen und ihren Dienerinnen und lachte ebenso ausgelassen wie alle anderen, als ihn eine der Frauen mit Hilfe ihres Krummstabes zu Fall brachte und er stürzte, woraufhin eins der Mädchen in einem Gewirr aus Haaren, Armen und Beinen über ihn stolperte. Eine Sekunde später richtete er sich kerzengerade auf, als vom Hauseingang ein lautes Krachen ertönte, gefolgt von Säbelklirren.

Die Mädchen verstummten, blickten in Richtung des Lärms und drängten sich unbewußt dichter an den großen Engländer. Einen Augenblick wußte Richard nicht recht, was er tun sollte, dann wurde der Drang, sich zu bewaffnen, übermächtig – aber die Waffen waren in seinem Zimmer.

Sanft schob er die braunen Schultern von sich fort und blickte auf Ramdaj, der mit rudernden Armen und unverständliches Zeug rufend die Galerie herunterrannte. Er erreichte das Spielfeld, fiel auf die Knie und kippte dann vornüber in den Staub.

Shana schrie. Ein Speer ragte zwischen den Schulterblättern des Jungen aus seinem Rücken.

Ramdaj war tot, noch ehe seine Schwestern ihn erreichten. Er hatte von allen Familienmitgliedern das größte Glück.

Hinter ihm kamen bewaffnete Männer auf den Hof gelaufen, die leuchtendes Blau oder Gold trugen, die Farben Lodi Shahs. Die Klingen ihrer Säbel waren blutig.

Die Mädchen schrien noch lauter und klammerten sich schutzsuchend an Richard. Aber er konnte nichts für sie tun. Die Soldaten umringten sie, und er war überzeugt, daß sie alle massakriert werden würden. Statt dessen wurden die Dienerinnen fortgejagt, und die zwei Töchter des Hauses sowie Richard zum Vordereingang des Hauses getrieben, wo sie auf Ghopal Das und seine Frau trafen, die ebenfalls von bewaffneten Männern umgeben waren.

»Man hat uns verraten«, keuchte Ghopal Das, woraufhin einer der Männer ihm die flache Klinge seines Säbels über den Rücken schlug. Er fiel auf die Knie, wurde jedoch sofort wieder auf die Füße gezogen und durch die Tür auf die Straße gestoßen.

Seine Frau folgte ihm, und Richard und die Mädchen wurden hinter ihnen her gestoßen. Eine beachtliche Menge hatte sich auf der Straße versammelt und gaffte und tuschelte, aber niemand unternahm auch nur den Versuch, ihnen zu helfen, als sie zum Palast geführt wurden.

Richards Gedanken überschlugen sich. Wie Ghopal Das gesagt hatte, mußte jemand seine Pläne, Lodi Shah zu stürzen, verraten haben. Er wußte nicht, was sie erwartete. Aber er hatte genug von diesem Land gesehen, um zu wissen, daß hier Reichtum und Armut ebenso dicht beieinander lagen wie Schönheit, Umgangsformen, Großzügigkeit und unbeschreibliche Grausamkeit und Menschenverachtung.

Er blickte auf die Mädchen. Man hatte ihnen keine Zeit gegeben, sich anzukleiden, und sie hielten sich zitternd bei der Hand, als sie durch die Palasttore und mehrere überdachte Galerien entlang in einen recht kleinen Raum geführt wurden, dessen eine Wand aus einem schweren Vorhang bestand. An der Rückwand stand ein einzelner hochlehniger Stuhl. Und neben diesem Stuhl stand der Wesir, dem Richard bereits bei seinem ersten Besuch im Palast begegnet war.

»Kniet nieder!« befahl der Wesir.

Ghopal Das und die Frauen fielen auf die Knie. Richard folgte ihrem Beispiel. Hier ging es ums nackte Überleben, gleich welche Demütigungen er über sich ergehen lassen mußte.

Kniend warteten sie unter den vernichtenden Blicken des Wesirs, während die Wachen hinter ihnen stehenblieben. Dann teilte sich der Vorhang, und Ibrahim Shah Lodi trat in Begleitung zweier Männer ein, deren prunkvolle Gewänder darauf schließen ließen, daß es sich um hochgestellte Würdenträger handelte.

Aber an die Kleider des Sultans reichten die ihren nicht heran. Er trug einen goldenen Rock über blauseidenen Hosen, goldene Schuhe und einen Turban, den ein riesiger Rubin zierte. Er war unbewaffnet, aber Richard registrierte, daß er Rouge aufgetragen hatte wie eine Frau, und an jedem Finger verschiedene, schwere Ringe trug.

Er hatte einen dünnen Schnäuzer, dessen Enden seitlich an

seinen schmalen Lippen hinabhingen; sie paßten zu seiner Statur.

Einer seiner Begleiter war offensichtlich sein Bruder.

Lodi setzte sich und starrte erst auf Ghopal Das und dann auf Richard. Sogar im Knien überragte Richard die Inder.

»Du bist der Mann von jenseits des Meeres«, sagte Lodi auf arabisch. »Sprich.«

»Ich bin dieser Mann, Eure Hoheit«, bestätigte Richard.

»Du bist in meinem Land und hast dich mit diesem Hund verschworen, gegen mich zu rebellieren.«

»Ich bin in dieses Land gekommen, Euch Grüße meines Königs, Heinrich von England, zu übermitteln, Eure Hoheit. Aber ich wurde nicht zu Euch vorgelassen und statt dessen geprügelt und beraubt. Ghopal Das hat mich in sein Haus aufgenommen, mir Obdach gewährt und zu essen gegeben. Meine Abreise ist für morgen vorgesehen.«

Lodi starrte ihn eine Weile durchdringend an und wandte sich dann an Ghopal.

»Ich wünsche, die Wahrheit zu hören.«

»Der Fremde spricht die Wahrheit, Badshah.«

»Ich weiß, daß dem nicht so ist. Sag die Wahrheit. Jetzt, wo dieser schurkische Mongole es gewagt hat, die Grenze meines Reiches zu übertreten, wollte ihr Euch erheben und mir in den Rücken fallen.«

»Ich habe die Wahrheit gesagt, Badshah. Bis zu diesem Augenblick hatte ich keine Kenntnis von einer Invasion Eures Reiches.«

»Du bist ein Lügner. Du konspirierst gegen mich, du und viele andere deiner minderwertigen Rasse. Gib mir ihre Namen, oder ich töte vor deinen Augen deine ganze Familie – und dann dich selbst.«

Ghopals Schultern zuckten. »Es gibt keine Verschwörung, Badshah.«

Lodi zeigte auf Ghona, die jüngere von Ghopals Töchtern.

»Entjungfert sie.«

Vier der Wachen packten das Mädchen und zerrten es vor den Thron.

»Ghopal«, flehte Richard. »Das könnte Ihr nicht zulassen.«

Ghopal erwiderte nichts darauf. Das Mädchen war bereits

entkleidet und auf den Boden gelegt worden. Drei der Wachen hielten sie fest, während der vierte Mann begann, Ghona zu vergewaltigen.

Sie schien zu schockiert zu sein, um zu schreien oder sich in irgendeiner Weise zu wehren. Nur bei der Penetration kam ein Wimmern über ihre Lippen.

»Nenn mir die Namen deiner Mitverschwörer«, sagte Lodi.

»Es gibt keine Verschwörer«, entgegnete Ghopal Das. »Ich schwöre es bei Krishna, unserem Herrn.«

Lodi kräuselte die Lippen. »Empfinde ich Respekt für einen heidnischen Gott?« fragte er. »Schlagt ihr den Kopf ab und bringt das zweite Mädchen nach vorn.«

Ein Krummsäbel blitzte auf, und Ghonas Kopf rollte über den Boden, einen Ausdruck erstarrten Unglaubens auf dem Gesicht. Ihre Mutter stimmte ein markerschütterndes Wehklagen an. Shana kreischte und klammerte sich an Richard, der sich erhob und die Arme um sie legte. Ein Schlag auf den Kopf brachte ihn ins Stolpern, und noch ehe er sich davon erholt hatte, war ihm das Mädchen entrissen worden. Die Wachen fesselten ihm die Hände.

Hilflos mußte er mit ansehen, wie das Mädchen und seine Mutter entkleidet und vergewaltigt wurden, ehe man ihnen den Kopf abschlug. Sein Blut kochte, als er sah, wie der Leib, den er selbst so begehrt hatte, brutal mißbraucht wurde. Shana schrie bis zu dem Augenblick, da die Klinge ihren Hals durchtrennte, während ihre Mutter stöhnte und wimmerte. Aber dann war es an ihr, das gleiche Schicksal wie ihre Töchter zu erleiden. Ghopal sah ebenfalls zu. Schweigend.

»Deine Familie ist vernichtet«, sagte Lodi. »Jetzt ist dir nichts mehr geblieben, alter Mann.«

Ghopal zog die Schultern hoch.

»Vielleicht hoffst du ja darauf, deine Frauen in der Hölle wiederzusehen«, fuhr Lodi fort. »Das wirst du zweifellos, aber deine Fahrt in die Hölle wird qualvoller sein. Pfählt ihn.«

Ein großer gebogener Sattel wurde hereingebracht und Ghopal Das darübergelegt. Er versuchte gar nicht erst, Widerstand zu leisten. Der Dhoti wurde ihm vom Leib gerissen und seine Beine gespreizt. Vier Wachen hielten ihn fest, eine an jedem Handgelenk und an jedem Fußknöchel, während zwei weitere mit einem langen dünnen Stab und einem Holzhammer bereitstanden.

»Fangt an«, befahl Lodi.

Ghopals Pobacken wurden auseinandergezogen und der Stab in seinen After geschoben. Die zweite Wache schwang den Hammer, und der Stab drang tiefer und tiefer ein. Blut strömte, und nun brach auch Ghopals Gleichmut zusammen. Der alte Mann schrie und wand sich, versuchte, sich von den Händen loszureißen, die ihn fest umklammerten.

Richard starrte voller Entsetzen auf das grausige Schauspiel. Er hatte in seinem Leben mehr als einmal mit angesehen, wie jemand auf grausame Weise starb. Er hatte gesehen, wie in England ein Verräter gehängt, anschließend entmannt und sein Bauch aufgeschlitzt worden war, ehe man ihn köpfte, aber nie zuvor hatte er einen Mann auf so entwürdigende Art und Weise sterben sehen. Daß dies überhaupt geschah, war schon schlimm genug! Aber daß es den Menschen widerfuhr, die noch vor wenigen Stunden glücklich und sorglos gewesen waren ... Und in wenigen Augenblicken würde er das gleiche Schicksal erleiden. Ihm wurde übel, während sein Körper sich mit Luft zu füllen schien.

Ghopals Leichnam wurde weggebracht, und Richard starrte auf Lodi.

»Er war ein Dummkopf«, sagte der Sultan. »Bist du auch ein Dummkopf, Fremder? Wie heißt du?«

Richard mußte den Speichel, der sich in seinem Mund angesammelt hatte, hinunterschlucken, ehe er antworten konnte. »Mein Name ist Blunt.«

»Blunt. Erzähl mir von dieser Verschwörung, Blunt.«

»Ich weiß von keiner Verschwörung, Eure Hoheit.«

»Bildest du dir ein, mich belügen zu können? Einer der Diener des Toten hat eure Unterhaltung belauscht. Du sollst in dein Land zurückkehren und eine Armee nach Agra führen, um mich zu stürzen. Ist dem nicht so?«

»Wenn Ihr das bereits wußtet, Eure Hoheit, war es dann nötig, diesen Mann und seine Familie zu ermorden?«

»Auf Verrat steht die Todesstrafe. Willst du sterben, Fremder?«

»Nein, Eure Hoheit.«

»Nun, dann wirst du wie geplant in dein Land zurückkehren und eine Armee nach Agra führen, um mir bei der Verteidigung des Reiches gegen diesen Babur, den sogenannten Löwen aus dem Norden, beizustehen.«

Richard antwortete, ohne nachzudenken. »Ich will nicht sterben, Eure Hoheit, aber ich würde lieber sterben, als Euch in irgendeiner Weise zu unterstützen.«

Lodi runzelte die Stirn.

»Du bist ein Starrkopf, Fremder«, sagte er. »Werft ihn in eine Zelle, damit er Gelegenheit hat, nachzudenken. Bei unserer nächsten Begegnung wird er tun, was ich verlange.«

Zu spät erkannte Richard, daß er nicht mehr erreicht hatte als einen Aufschub, während er, wenn er vorgegeben hätte, auf Lodis Forderung einzugehen, aus diesem verfluchten Land hätte entkommen, nach Goa und von dort aus mit etwas Glück sogar nach England hätte zurückkehren können – und zweifellos mit Unterstützung des Sultans.

Aber war es wirklich ein verfluchtes Land? Es gab hier soviel Verabscheuungswürdiges – aber das war in England nicht anders. Und daneben gab es hier sehr viel Schönheit und Reichtum, mehr als in England, sogar mehr als in Spanien, in das Jahr für Jahr die Reichtümer Amerikas flossen.

Der ›Berg des Lichts‹ ... Auch wenn er beinahe zweihundert Karat wog, paßte er in ein kleines Säckchen und sicherte seinem Besitzer Wohlstand bis zum Tod. Wie sehr das seine Phantasie beschäftigte.

So wie es Shanas Schönheit getan hatte. Wenn er daran dachte, wie sie nackt auf dem Fußboden vor dem Thron gelegen hatte, verspürte er den brennenden Wunsch, sie zu rächen. Aber er wollte auch eine andere wie sie finden.

Sein innigster Wunsch war es jedoch, an Lodi Rache zu nehmen.

Aber ehe es dazu kam, mußte er noch weiteres Leid erdulden. Er wurde in eine Zelle geworfen, die zur Hälfte unterirdisch war und nur ein einziges kleines, vergittertes Fenster besaß. In dem knapp zwanzig Quadratmeter großen Raum waren bereits zwanzig Männer eingesperrt.

Er konnte sich nicht richtig mit ihnen verständigen, aber sie legten ihm gegenüber keinerlei Feindseligkeit und nur geringe Neugier an den Tag. Zweifellos waren sie dazu einfach zu schwach, denn in der Zelle war es erstickend heiß, und sie bekamen nur einmal täglich etwas zu essen und Wasser. Auch durften sie die Zelle nicht verlassen, egal zu welchem Zweck; der Gestank raubte einem den Atem.

Bei der ersten sich bietenden Gelegenheit sagte Richard den Wachen, daß er es sich anders überlegt hätte und gewillt wäre, dem Sultan zu dienen. Sie ignorierten ihn. Er versuchte es am nächsten Tag wieder, und am darauffolgenden, aber vergeblich. Seine ehemals feinen Kleider wurden schmutzig und fleckig von Schweiß, und mit zunehmendem Hunger schwand seine Hoffnung, sein Gefängnis jemals wieder zu verlassen.

Es fiel ihm schwer, die Maschinerie des Schicksals zu begreifen. Daß die Expedition, er eingeschlossen, ausgelöscht wurde, daß er auf so wundersame Weise von Ghopal Das vor dem Schlimmsten bewahrt worden war, um schließlich die Vernichtung dieses braven Mannes und seiner Familie herbeizuführen, während er selbst sich erneut in einer scheinbar ausweglosen Lage befand. Aber noch lebendig.

Während dieser Zeit wurde ihm bewußt, daß die ganze Stadt von großer Hektik ergriffen wurde. Auch war allerlei Lärm zu hören, der auf Vorbereitungen zu einem Gefecht schließen ließ – das Klappern von Hufen, das Stampfen von Elefanten.

Konnte es sein, daß dieser ›Löwe‹, von dem Lodi gesprochen hatte, tatsächlich auf Agra zumarschierte?

Jetzt war er erpichter als je zuvor auf eine Audienz beim Shah, aber die Wachen zeigten sich noch unwilliger als zuvor.

»Unser Herr hat Wichtigeres zu tun, als dich anzuhören, Barbar«, entgegneten sie auf seine Bitten.

Eine Woche später wurde die Zellentür plötzlich aufgerissen, und die Wachen forderten die Gefangenen auf, herauszukommen. Offenbar wurde das ganze Gefängnis geleert. Richard schätzte, daß er von über tausend nackten oder halbnackten staubigen Leibern umgeben war.

Einige Offiziere in schweren Rüstungen, hinter sich einen großen Truppenverband, stellten ihre Pferde vor ihnen auf. Jeder der Fußsoldaten hielt mehrere Speere.

»Unser Herr, der Sultan, zieht in den Krieg«, verkündete einer der Offiziere. »In seiner Güte hat er beschlossen, daß eure Strafen in Militärdienst umgewandelt werden. Bildet zwei Reihen, um eure Waffen in Empfang zu nehmen.«

Die Männer gehorchten mit erstaunlicher Fügsamkeit und bildeten eine lange Doppelreihe, die langsam an den berittenen Offizieren und zwischen den Rängen der Fußsoldaten entlangstolperte. Jeder Mann bekam einen Speer ausgehändigt. Offenbar wurde keine andere Ausrüstung für nötig erachtet, es wurden weder Schilde noch irgendeine Art von Rüstung verteilt.

Richard blieb keine andere Wahl, als sich seinen Leidensgenossen anzuschließen. Er bekam einen Speer in die Hand gedrückt und marschierte hinter den anderen her aus der Stadt und eine Straße entlang nach Norden. Nach ein paar Meilen stießen sie auf den Rest der Armee von Delhi.

Es war ein beeindruckendes Aufgebot. Einige hundert Elefanten mit riesigen Panzerdecken, die sie vor Pfeilwunden schützen sollten, und von denen jeder eine Art Sänfte mit einem halben Dutzend mit Pfeil und Bogen bewaffneter Männer auf dem Rücken trug; ein großes Kontingent berittener Rajputen – Verbündete Lodis, obwohl sie Hindus waren –, die Kettenhemden und Pickelhauben trugen und mit Schwertern und Speeren bewaffnet waren; ein bunt gekleidetes Kontingent Fußsoldaten, die sich um Offiziere in prunkvollen Rüstungen drängten – und eine riesige Anzahl Speerträger ohne jeden Körperschutz.

Richard schätzte mit geübtem Auge, daß Lodis Heer mindestens fünfunddreißigtausend Mann zählte. Was allerdings ihre soldatischen Qualitäten betraf ... Wäre er der befehlshabende General gewesen, hätte er wenig Vertrauen in die Speerträger gehabt, die ihn umgaben.

Das Heer marschierte mehrere Tage nach Norden, an den Ruinen der alten Hauptstadt Delhi vorbei. Dann wurde ein Lager aufgeschlagen. Da sie nicht weitermarschierten, nahm Richard an, daß die Schlacht dort stattfinden sollte. Richard war ebenso wie seine Leidensgenossen erschöpft von dem Gewaltmarsch und froh, sich nun ausruhen zu können, aber bald schon waren ihre Lebensumstände ebenso unerträglich wie in der kleinen Zelle. Die Speerträger wurden vor den regulären Truppen und den Elefanten zusammengetrieben und bekamen täglich

Curry-Reis in riesigen Schalen zu essen – die Hindus aßen mit den Fingern und drängten sich um die Schalen, um mit bloßen Fingern hineinzulangen. In der Nähe war ein Bach, aus dem sie das Trinkwasser schöpften. Es dauerte jedoch nicht lange, bis das Wasser sich in eine schlammige, übelriechende Brühe verwandelte.

Die ganze Gegend glich schon bald einer riesigen Jauchegrube.

Aber die Armee verharrte. Berittene Boten kamen und gingen. Die Offiziere und die Kavalleriesoldaten vertrieben sich die Zeit mit einem eigenartigen Spiel, das dem der Mädchen in Ghopal Das' Haus nicht unähnlich war. Sie jagten ebenfalls mit speziell geformten Schlägern einem Ball hinterher, allerdings vom Pferderücken aus, wobei sie erstaunliche Geschicklichkeit an den Tag legten, ohne Rücksicht auf ihre eigene Sicherheit oder auf die ihrer Ponys.

Die Hindus wurden unruhig, aber ihre Feldwebel, allesamt Moslems, waren überall, mit furchteinflößenden Peitschen ausgestattet, die Enden mit Eisenkugeln versehen, und sorgten für Gehorsam und Disziplin. Es wurde auch nicht andeutungsweise der Versuch unternommen, den Zwangsrekruten die Grundbegriffe des Kämpfens oder ihrer Funktion als Pikeniere beizubringen.

Vielleicht will Lodi den Feind allein durch den Umfang seines Heeres in die Flucht schlagen, dachte Richard.

Wie dankbar er auch war, der unerträglichen Zelle entflohen zu sei, fiel es ihm schwer, sein jetziges Los als Verbesserung anzusehen. Er zweifelte nicht daran, daß Lodi ihn inzwischen völlig vergessen hatte, und wenngleich es ihm als Berufssoldaten immer wieder gelang, schnell genug zu reagieren, um Peitschenhieben zu entgehen, mußte er dennoch der Tatsache ins Auge sehen, daß er ein halbnackter zwangsrekrutierter Fußsoldat war, der nur mit einem Speer bewaffnet in die Schlacht geschickt werden würde und gerade so viel zu essen bekam, ihn am Leben zu erhalten. Und schon bald würde man ihm befehlen, praktisch Selbstmord zu begehen, da er keine Sekunde daran zweifelte, daß er und seine Genossen im Kampf vorangeschickt werden würden.

Und es gab nichts, was er tun konnte, dem zu entrinnen. Die

Feldwebel waren viel zu wachsam, als daß er sich unbemerkt hätte davonschleichen können. Mehrer Männer hatten versucht zu desertieren, waren jedoch erwischt und vor aller Augen gepfählt worden.

Richard war nicht gewillt, erneut zu riskieren, dieses Schicksal zu erleiden.

Das Heer kampierte bereits seit einer Woche, als sie eines Morgens durch Lärm von Norden geweckt wurden. Unter den Offizieren brach Unruhe aus, Boten wurden ausgesandt, und die Truppen rüsteten sich zum Kampf. Richard nahm seinen Speer und fand sich, wie er vorausgesehen hatte, in einer von mehreren Reihen Fußsoldaten wieder, die zu beiden Seiten der Straße Aufstellung nahmen.

Ganz zweifellos würde es bald zur Schlacht kommen. Die Straße bot eine gute Fläche, und das Land war zu beiden Seiten auf etwa einer halben Meile Breite zu Feldern gerodet worden. Dahinter erstreckten sich dicht bewaldete Hügel; es war kein Platz, diesen weitestgehend undisziplinierten Haufen zu Flankenangriffen zu manövrieren.

Nicht weit von ihrer Stellung entfernt gabelte sich die Straße, links führte sie zu einer Stadt namens Panipat, aber Lodi war offenbar der Ansicht, daß eine befestigte Stadt die Invasoren abschrecken würde – oder aber er hoffte, sie würden umschwenken, um die Stadt anzugreifen, so daß er die feindliche Armee von der Flanke her angreifen konnte. Schwenkten sie nicht ab, würden sie unweigerlich über diese Straße marschieren müssen.

Also war dem Sultan die Strategie vorgegeben. Warum er jedoch die Woche nicht genutzt hatte, weiterzumarschieren und sich den Invasoren in größerer Entfernung von seiner Hauptstadt zu stellen, konnte Richard nicht begreifen.

Jedenfalls nahte der Augenblick der Entscheidung. Der Lärm nahm zu, und eine Kavallerieeinheit auf erstaunlich kleinen, zottigen Ponys kam in Sicht. Die berittenen feindlichen Soldaten trugen Kettenhemden und Stahlhelme und waren, wie die Rajputen, mit Schwertern und Speeren bewaffnet – sowie mit Bogen, die sie über der Schulter trugen.

Richard schätzte ihre Zahl auf etwa tausend. Sie machten halt, als sie das gewaltige Heer entdeckten, schienen jedoch nicht sonderlich beunruhigt. Nicht einmal dann, als die Hindu- Infanterie auf Befehl ihrer Offiziere soviel Lärm wie möglich machte. Tatsächlich schloß sich das gesamte Heer an; die Männer schrien, die Elefanten trompeteten, die *Kourrouns,* lange Messinghörner mit tiefem Klang – erschollen, und die Pauken dröhnten.

Wenn Lärm allein eine Armee besiegen könnte, dachte Richard, hätte Lodi die erste Schlacht gewonnen.

Die Mongolen starrten zu ihnen herüber und zogen sich dann ohne Hast zurück, um sich wieder dem Haupttruppenkörper anzuschließen, der nun auftauchte. Es war eine eigenartige Armee, die ausschließlich aus berittenen Soldaten bestand und von einigen hundert offenen Ochsenkarren begleitet wurde, in denen weitere Männer saßen, sowie von Artilleriegeschützen, die von Maultieren gezogen wurden.

Die Hindus verstanden offensichtlich nichts von Artillerie, da die Geschütze sie nicht zu beunruhigen schienen. Ganz anders als Lodi und seine Offiziere, wie ihren hektischen Rufen zu entnehmen war.

Das mongolische Heer näherte sich ihrem Standort bis auf eine Meile, während die Feldwebel die Hindu-Ränge auf und ab preschten und ihren Männern zuriefen, sie sollten sich bereit machen, sich dem bevorstehenden Angriff zu stellen.

»Sie sind nur wenige, wir sind viele«, brüllten sie. »Wir werden sie überrennen wie der Wüstensand jene verschüttet, die sich zu weit vorwagen.«

Richard sagte sich, daß sie damit sogar recht haben könnten; die Streitmacht der Mongolen war nicht mehr als zehntausend Mann stark.

Eine Gruppe von Offizieren galoppierte zu der vorgezogenen Kavallerie, zweifellos, um die eigene Position zu studieren. Richard sagte sich, daß der Augenblick für einen Sturmangriff gekommen war. Aber Lodi wartete noch. Wieder war seine Strategie offensichtlich; er hoffte, daß allein die Größe seines Heeres ausreichen würde, die Mongolen zum kampflosen Rückzug zu bewegen.

Die Kavallerie zog sich tatsächlich zurück, allerdings nur einige hundert Meter. Die Delhi-Soldaten sahen zu, wie die feindlichen Karren nach vorn gebracht, die Zugtiere ausgespannt und die Wagen zu beiden Seiten der Straße aufgestellt wurden, so daß sie einen soliden Holzwall bildeten. Die Wagenräder wurden aneinandergekettet, so daß sie nicht verschoben werden konnten.

Dann wurden die Maulesel, die die Kanonen gezogen hatten, ausgespannt und die Geschütze aufgestellt. Es waren zwölf an der Zahl, und bald darauf ragten ihre Läufe zwischen den Karren hervor. Auch die Kanonen wurden an die Wagenräder gekettet.

Es war offensichtlich, daß die Mongolen nicht an Rückzug dachten.

Jetzt wurden auch die Hindus gewahr, daß sie einer neuartigen Waffe gegenüberstanden, und die Männer begannen, aufgeregt zu tuscheln.

»Du!« Ein Offizier trat stockschwingend in die Mitte von Richards Kompanie und zeigte auf ihn. »Der Sultan will dich sehen.«

Die Hindus starrten ihm nach, als er dem Offizier folgte. Der Speer wurde ihm abgenommen, damit er nicht bewaffnet vor Lodi erschien, und als er den Kommandoposten erreichte, wurde er vor dem Pferd des Sultans in den Staub gestoßen.

»Blunt«, sagte Lodi und zeigte mit dem Krummsäbel auf ihn. »Sind dir diese Waffen vertraut?«

»Ja, Eure Hoheit«, entgegnete Richard und rappelte sich hoch auf die Knie.

»Müssen wir sie fürchten?«

»Ihre Kugeln werden große Löcher in Eure Männer reißen, Eure Exzellenz. Aber es braucht einige Zeit, die Kanonen neu zu laden.«

»Ha!« rief Lodi aus. »Bringt ihn weg.«

»Eure Exzellenz«, rief Richard. »Ich möchte Euch sagen, daß ich es mir überlegt habe und bereit bin, in mein Land zurückzukehren und meinen König und seine Armee herzuführen, um Euch im Kampf gegen diese Leute beizustehen.«

»Ha! Was soll mir das jetzt nützen? Bist du ein Feigling, daß du dich davor fürchtest zu kämpfen? Wenn du die Schlacht überlebst, werde ich dir vielleicht wieder Gehör schenken. Schafft ihn fort.«

Richard wurde in die Ränge der Pikeniere zurückgebracht, denen gestattet worden war, sich zu setzen oder hinzuhocken, solange die Mongolen keine Anstalten machten anzugreifen. Sie starrten wie gebannt auf die Kanonenläufe; offenbar hatten sie inzwischen erkannt, welche Gefahr von diesen fremdartigen Geschützen ausging.

»Wird der Sultan sie nicht angreifen und vernichten, Blunt Sahib?« fragte Prabhankar.

Richards Kopf fuhr herum, und er starrte verblüfft auf seinen ehemaligen Diener, der wie er selbst nur mit einem Dhoti bekleidet und mit einem Speer bewaffnet war.

»Bei Gott!« rief er aus. »Ich sollte dich mit bloßen Händen erwürgen.«

»Sind wir nicht Leidensgenossen, Blunt Sahib? Von unserem Karma hierher verschlagen? Ich habe versucht, mich von Euch fortzustehlen, bin mit einem Schurken wegen des Preises für das Pferd aneinandergeraten und wurde verhaftet und ins Gefängnis geworfen. Ihr habt Hilfe bei Ghopal Das gefunden und seid darob ebenfalls hier. Ganz offensichtlich ist es der Wille des Schicksals, daß wir Seite an Seite leben und sterben.«

Richard sagte sich, daß der Inder möglicherweise recht hatte.

»Ich weiß nicht, ob der Sultan vorhat anzugreifen oder nicht«, entgegnete er. »Aber eins ist sicher; wenn er es tut, sind wir in den vordersten Reihen.«

»Gegen Kanonen marschieren«, sagte Prabhankar schaudernd. Natürlich hatte er von den Portugiesen in Goa von der Zerstörungskraft der Geschütze gehört und auch die Kanonen an Bord der europäischen Schiffe gesehen. »Ich glaube, daß wir beide sterben werden, wenn der Befehl zum Vormarsch gegeben wird, Blunt Sahib.« Er seufzte. »Und das für einen Mann, den wir alle hassen und fürchten.«

Richard sah ihn nachdenklich an, als eine Idee in seinem Hirn keimte. Jetzt war später Nachmittag, und Lodi hatte offensichtlich nicht die Absicht, an diesem Tag anzugreifen. Die Mongolen ihrerseits schienen abzuwarten, daß er den ersten Schritt tat. Es bedurfte nur eines Funken, um das Feuer zu entfachen ... und konnte ein anderes Schicksal schlimmer sein als das, Lodis Gefangener zu sein?

Dahingegen war einem Mann, der diesem Löwen möglicherweise zum Sieg verhalf, alles offen. Außerdem gefiel ihm der Gedanke an einen Mann, den man den Löwen nannte. Der Name klang nach Größe und Mut.

»Prabhankar«, sagte er. »Ich glaube, es wäre für uns besser, für den Mongolen zu kämpfen als für Lodi.«

Prabhankar runzelte die Stirn. »Ihr wollt desertieren, Blunt Sahib? Das würde Euch nicht gelingen, und Lodis Schergen würden Euch einen spitzen Stab in die Eingeweide jagen.«

»Allein würden weder du noch ich es schaffen, Prabhankar. Aber was, wenn unser ganzes Regiment desertieren würde? Wären die Offiziere dann überhaupt in der Lage, uns aufzuhalten oder alle zurückzuholen?«

»Das gesamte Regiment?« Prabhankar zupfte an seiner Nase.

»Sie sind alle Hindus. Sie alle hassen Lodi. Sie sind nur hier, weil ihnen niemand gesagt hat, was sie sonst tun sollen. Du sprichst ihre Sprache. Geh zu ihnen, sobald es dunkel wird. Sag ihnen, daß Lodi uns morgen den Kanonen entgegen schicken will. Sag ihnen, daß die Kanonen uns alle, jeden einzelnen Mann, töten werden. Sag ihnen, daß der Rest des Heeres erst angreifen wird, wenn wir alle tot sind, weil Lodi glaubt, daß den Mongolen bis dahin die Munition ausgegangen sein wird. Sag ihnen, daß unsere einzige Chance darin besteht, in der Nacht zu fliehen – alle zusammen – und uns in den Dienst des Mongolengenerals zu stellen.«

Prabhankar dachte darüber nach. »Ich habe gehört, die Mongolen wären Moslems, genauso wie Lodi.«

»Sie können nicht genauso sein wie Lodi, sonst würden sie ihn nicht bekriegen. Und auch wenn sie Moslems sind – werden sie uns nicht dafür belohnen, wenn wir uns ihnen anschließen und an ihrer Seite kämpfen?«

Prabhankar dachte auch darüber nach. »Es ist ein großes Risiko«, gab er schließlich zu bedenken.

»Das Risiko ist geringer, als wenn wir hier darauf warten, von Kanonenkugeln zerfetzt oder hingerichtet zu werden«, konterte Richard. »Auch wenn Lodi die Schlacht gewinnt, was glaubst du, was dann aus uns wird? Wird er uns nicht wieder ins Gefängnis werfen und dort verfaulen lassen? Wir haben nur eine Chance, zu überleben, wenn wir uns auf die Seite der Mongolen schlagen.«

Prabhankar war überzeugt. Nach dem Abendessen – wie gewöhnlich Curry-Reis – begannen sie, von einer Hindu-Gruppe zur nächsten zu schleichen und sie zu einer Generaldesertion aufzufordern. Anfangs stießen sie auf einigen Widerstand, der jedoch rasch schwand, als Prabhankar seine Landsleute über die Zerstörungskraft der Geschütze aufklärte und ihnen darüber hinaus erzählte, der mongolische Kriegsherr, Babur der Löwe, wäre für seine Großzügigkeit jenen gegenüber bekannt, die für ihn kämpften.

Das war natürlich eine bloße Vermutung, die ihre Wirkung jedoch nicht verfehlte.

Sie arbeiteten die ganze Nacht und gewannen immer mehr Männer für ihr Vorhaben, bis Richard schließlich schätzte, daß fast das gesamte Regiment auf ihrer Seite war.

»Sie wollen wissen, wann es soweit ist«, sagte Prabhankar. »Der Tag bricht bald an.«

»Nun, dann handeln wir sofort«, entgegnete Richard. »Ehe jemand entdeckt, was wir vorhaben. Sag deinen Leuten, sie sollen sich bereit halten und auf mein Signal warten.«

Prabhankar gab die Anweisung weiter, während Richard die Offiziere beobachtete, die die ganze Nacht im Lager patrouillierten. Er spürte eine leichte Benommenheit. Sollten die Hindus sich als feige erweisen und ihm nicht folgen, würde man ihn über den Sattel legen, und er würde den gräßlichsten und demütigendsten aller Tode sterben. Aber mit offenen Augen in den Tod zu gehen, nur weil ein feiger Tyrann es befahl, war ebenso undenkbar.

Prabhankar kehrte zurück. »Die Männer sind bereit, Blunt Sahib.«

»Dann los.« Richard holte tief Luft und erhob sich, den Speer in der Hand. Er wünschte, es wäre sein Rapier. Er suchte ein langes Stück trockenes Holz, trat an das nächste Lagerfeuer und hielt den Stock hinein, bis er Feuer gefangen hatte. Dann schwenkte er die Fackel über den Kopf. »Mir nach!« brüllte er. »Los! Mir nach! Lauft!«

Darauf rannte er los, geradewegs auf den nächsten Feldwebel zu. Der Mann schrie auf, aber Richard durchbohrte ihn mit seinem Speer, ehe er Anstalten machen konnte, sich zu wehren. Richard nahm den Krummsäbel des Toten an sich und setzte, die Fackel in der linken Hand, seine Flucht nach vorn fort.

Weitere Feldwebel erschienen aus der Dunkelheit, um ihn aufzuhalten, hielten jedoch inne, als hinter ihm lautes Gebrüll ertönte und die Hindus von Prabhankar angeführt vorstürmten. Die Offiziere wurden innerhalb von Sekunden überrannt, dann führte Richard, der immer noch die brennende Fackel schwenkte, die Männer die Straße hinunter.

Hinter ihnen erklangen Signalhörner, als das Heer des Sultans erwachte; Befehle wurden gerufen, Waffenklirren ertönte, aber niemand wußte so genau, was überhaupt los war.

Im Lager der Mongolen herrschte Stille. Aber Richard zweifelte nicht daran, daß sie wach waren und das Geschehen beobachteten, bereit, das Regiment, das sich ihnen in der Dunkelheit näherte, zu vernichten.

»Halt!« rief er, als die Horde aufgekratzter Hindus etwa eine halbe Meile von Lodis Lager entfernt, aber noch außer Reichweite der mongolischen Geschütze war. »Sie sollen stehenbleiben, Prabhankar.«

Er schwenkte die Fackel, und Prabhankar rannte schreiend die vorderste Reihe der Deserteure auf und ab, bis diese endlich, den Kanonen der Mongolen gefährlich nahe, zum Stehen kamen. Jetzt waren hinter den Barrikaden aus Ochsenkarren Lichter zu sehen, aber die Kanonen schwiegen.

»Sag ihnen, sie sollen hier warten«, sagte Richard zu Prabhankar und ging allein weiter, die Fackel hoch über den Kopf haltend.

Langsam näherte er sich den aneinandergeketteten Wagen. Er war sich bewußt, daß er jeden Augenblick von einem Pfeil oder einer fliegenden Steinkugel niedergestreckt werden konnte, und das Herz schlug ihm bis zum Hals. Langsam kamen die einzelnen Wagen in Sicht.

Richard blieb stehen. »Ich suche den Löwen!« rief er auf arabisch.

Nach kurzem Schweigen rief eine Stimme zurück: »Wer ist da? Was hat dieser Tumult im Dunkeln zu bedeuten?«

»Mein Name ist Richard Blunt«, entgegnete Richard. »Ich war Gefangener Lodi Shahs. Aber jetzt bin ich gekommen, dem Löwen zu dienen, und ich habe ein Regiment Hindu-Pikeniere mitgebracht, das sich ebenfalls seinem Befehl unterstellen will.«

Wieder herrschte eine Weile Schweigen. Dann rief der Mann ihm zu, er solle näher kommen.

Richard tat, wie geheißen und ging weiter, bis er den ersten Wagen erreichte, wo er plötzlich von mehreren Mongolen mit Fackeln umringt war. Er konnte seine eigene fallen lassen, die beinahe abgebrannt war.

»Richard Blunt ist ein eigenartiger Name, und Ihr seid ein eigenartiger Kerl«, sagte eine Stimme aus der Dunkelheit. »Woher kommt Ihr?«

»Meine Heimat ist weit fort«, sagte Richard. »Jenseits des Ozeans. Ein Land namens England.«

Er wartete.

»Ihr seid wirklich weit gereist«, sagte die Stimme, was, so unglaublich es auch schien, darauf schließen ließ, daß der Sprecher von der fernen Insel gehört hatte. »Habt ihr wirklich Hindu-Pikeniere da draußen?«

»Ja.«

»Sagt ihnen, sie sollen näherkommen, aber langsam. Vergeßt nicht, daß meine Kanonen geladen und auf sie gerichtet sind.«

Richard wandte sich um, und eine Welle der Erleichterung durchflutete ihn.

»Prabhankar!« rief er. »Sag deinen Leuten, sie sollen näher kommen, aber langsam.«

Die Hindus tauchten in Gruppen aus der Dunkelheit auf, die Speere über der Schulter.

»Sind solche Männer mir von Nutzen?« fragte die Stimme.

»Das glaube ich schon«, entgegnete Richard. »Aber so oder so sind sie Lodi jedenfalls nicht mehr von Nutzen.«

Der Mann im Dunkel lachte. »Das ist wahr, Engländer.«

Die Mongolen traten beiseite, und ein Mann näherte sich Richard. »Ihr habt den Löwen gesucht«, sagte der Mann. »Ihr habt ihn gefunden. Ich bin Babur.«

## Kapitel 4

## Der Mogul

Richard sah sich einem Mann um die Vierzig gegenüber, der nicht sehr groß war, aber mit breiten Schultern und Hüften, die auf gewaltige Kraft schließen ließen. Trotz seines Alters war er schlank und durchtrainiert.

Aber das Außergewöhnliche an ihm war sein Gesicht. Er hatte einen dünnen Schnurrbart, der zu beiden Seiten seines Mundes hinabhing, und dazu einen dünnen Bart. Lippen und Kinn waren stark ausgeprägt und wirkten streng, jedoch bar jener Grausamkeit, die Lodi Shahs Zügen anhaftete. Die Nase war etwas flach, die Stirn hoch, und seine schwarzen Augen, in denen ein Ausdruck außergewöhnlicher Intelligenz lag, waren beinahe hypnotisch. Er trug weite weiße Hosen, eine lange blaue Tunika, einen blauen Turban und Stiefel aus Ziegenleder. An seiner Hüfte steckte ein Krummsäbel mit juwelenbesetztem Heft, und in der Hand hielt er eine Roßhaarpeitsche, in deren Riemen fünf Knoten geknüpft waren.

Babur schien ebenfalls zu gefallen, was er sah.

»Ich habe gehört, daß die Männer aus Westeuropa außergewöhnlich groß und schlank sind«, sagte er.

»Es gibt viele, die größer sind als ich, Hoheit«, entgegnete Richard.

»Dann kann ich mich glücklich schätzen, daß Lodi nur einen von Euch in seinen Reihen hatte. Und doch fällt es mir schwer, einem Deserteur Bewunderung entgegenzubringen.«

»Ich bin Lodi keine Loyalität schuldig«, sagte Richard. »Er ist ein grausamer, feiger Schakal, der meine Freunde massakriert hat. Mich hat er nur deshalb am Leben gelassen, weil er glaubte, ich könne ihm noch von Nutzen sein.«

»Und jetzt seid Ihr mit diesem armseligen Haufen zu mir geflüchtet.«

»Dieser armselige Haufen stellt einen großen Teil des Heeres des Sultans dar, Eure Hoheit. Diese Männer hassen ihn ebenso wie ich, weil sie Hindus sind und er ein Moslem ist.«

»Warum sollten sie dann für mich kämpfen? Auch ich bin ein Moslem.«

»Ihr braucht sie nur gerecht zu behandeln, und sie werden Euch treu dienen.«

Babur musterte ihn eine Weile und nickte dann. »Vielleicht habt Ihr recht. Gebt diesen Männern zu essen und laßt sie sich ausruhen«, befahl er seinen Offizieren. »Bringt sie auf die linke Seite des Lagers. Und Ihr, Engländer, kommt mit mir.«

Richard wies Prabhankar an, den Mongolen zu gehorchen. Dann folgte er, von mehreren mongolischen Rittmeistern umringt, die offenbar sichergehen wollten, daß er ihrem General kein Übel wollte, Babur ins Lager. Anerkennend betrachtete er die gutgekleideten Männer, die geladenen Kanonen und die unruhigen Pferde. Jeder einzelne Mann war wach und verfolgte das Geschehen aufmerksam.

Babur führte ihn zu einem Zelt im hinteren Abschnitt des Lagers. Es war eher ein Haus aus Segeltuch als ein Zelt. Es erstreckte sich über eine beträchtliche Fläche und war in mehrere Zimmer unterteilt, durch Wände aus Ziegenfellen voneinander abgetrennt.

Babur trat ein, und Richard folgte ihm. Laternen glühten, und er war verblüfft von den üppigen Kissen und Teppichen.

Nur fünf Männer ihrer Eskorte begleiteten sie hinein, darunter ein Mann in Baburs Alter, jedoch größer und schmaler mit raubvogelähnlichen Zügen. Ein zweiter war um einiges älter und ganz offensichtlich mit ersterem verwand. Die anderen drei waren kaum mehr als Jungen und sahen ihrem Vater sehr ähnlich.

»Meine Berater, Dawlet Khan Lodi und Abbas Khan Lodi«, stellte Babur die beiden älteren Männer vor.

Richard verneigte sich. Sein Gesichtsausdruck verriet seine Verwunderung.

»Ja, sie sind mit dem Badshah verwandt«, sagte Babur. »Dawlat Khan ist sein Vetter und Gouverneur von Lahore. Abbas Khan ist Badshas Onkel. Sie haben Grund zur Fehde mit dem Badshah und sind meine Berater. Und das ist mein *Tavachi,* Kamran.« Er lächelte. »Er ist außerdem mein Sohn.«

Der junge Adjutant – Richard erfuhr bald, daß er erst sechzehn war – musterte den Engländer aus tiefgründigen schwarzen Augen.

»Askari und Hindal sind ebenfalls meine Söhne«, fuhr Babur

fort. »Sie sind noch sehr jung, werden aber schon bald die Kriegskunst erlernen. Setzt Euch.« Er machte es vor, indem er sich mit gekreuzten Beinen auf dem Teppich niederließ. Dawlat, Abbas und die drei Prinzen nahmen rechts und links von ihm Platz. Richard setzte sich dem Löwen gegenüber.

Junge Frauen kamen herein, um ihnen Kaffee zu servieren, und Richard bemerkte überrascht, daß sie nicht verschleiert waren. Dabei waren sie ganz zweifellos keine Hindus. Ihren Zügen nach zu urteilen gehörten sie ebenfalls dem Stamm der Mongolen an. In ihren bestickten Blusen und den weiten Pluderhosen boten sie einen höchst erfreulichen Anblick. Der Kaffee, den sie servierten, war süßer als jeder, den Richard bislang gekostet hatte.

»Er enthält eine Substanz namens Zucker, die aus einer bestimmten Bambusart gewonnen wird«, erklärte Babur. »Kennt Ihr Zucker?«

»Ich habe ihn hier in Indien kennengelernt. In England ist er unbekannt.«

»Strebt Ihr in England nicht nach Süße?«

»Wir benutzen Honig zum Süßen. Allerdings ist Kaffee in England ebenfalls unbekannt.«

»Ah.« Babur musterte ihn. »Ein Engländer. Ich habe viel von Eurem Volk gehört, ebenso von den Franzosen und Spaniern. Kennt Ihr diese Völker?«

»Ich habe in Spanien als Soldat gedient, Eure Hoheit. Unter der Flagge des Kaisers.«

»Ihr seht aus wie ein Mann, der es gewohnt ist zu befehlen«, sagte Babur ruhig. »Wir müssen Euch etwas Passendes zum Anziehen besorgen.«

Speisen wurden hereingebracht, und Babur bedeutete Richard zuzugreifen. Er selbst aß nur wenig, aber die beiden Lodis und die jungen Männer langten kräftig zu.

Während des Essens dachte Richard über sein Gegenüber nach, den der Sultan als Tatarenräuber bezeichnet hatte und der doch so viel von der Welt wußte und sogar von England gehört hatte. Darin lag ein Rätsel. Aber ein reizvolles Rätsel.

»Habt Ihr von uns gehört, Engländer?« fragte Babur.

»Ganz Europa hat von den Ottomanen gehört«, entgegnete Richard, bestrebt, mehr zu erfahren.

Baburs Augen blitzten. »Wir sind keine Türken. Wir sind Mongolen. Wir haben die Türken in der Vergangenheit oft genug besiegt und werden dies auch in Zukunft wieder tun.« Dann wurde seine Stimme weicher. »Aber die Türken sind ein mächtiges Volk, und im Augenblick sind wir mit ihnen im Frieden. Ich habe türkische Kanoniere, weil nur sie sich auf den Umgang mit Kanonen verstehen. Habt Ihr von Timur dem Lahmen gehört?«

»Ich habe von seinen Heldentaten gehört«, entgegnete Richard vage.

»Ich bin sein direkter Nachfahre«, sagte Babur voller Stolz.

Wieder hatte er Richard überrascht. Diesmal war er sogar sprachlos. Der Name Timur war in Europa tatsächlich Legende, obwohl eine sehr verschwommene. Man wußte von ihm nur, daß er wie ein Tornado aus Zentralasien hervorgebrochen war, was ja auch Ghopal Das bestätigt hatte.

Und dieser Mann war sein Nachfahre.

Er hatte bestimmt von Prester John gehört.

Aber Richards Instinkt riet ihm, sich in dieser Sache zu gedulden. Möglicherweise war er, obwohl seine Lage aussichtslos geschienen hatte, wieder auf den Füßen gelandet. Oder lag das nur an der gefährlichen Situation, in der Babur sich augenblicklich befand?

Jedenfalls könnte es ihm zum Vorteil gereichen, sich zu beweisen, ehe er nach mehr strebte.

»Werdet Ihr Lodi Shah angreifen?« fragte er. Das Wasser lief ihm im Mund zusammen; das Lamm war das erste Fleisch in über einer Woche. Es war pikant gewürzt und schmeckte einfach himmlisch.

»Wir werden ihn massakrieren«, verkündete Kamran mit glühenden Augen.

»Wie stark ist Lodis Heer?« fragte sein Vater.

»Also ... Ich schätze, er verfügt über mindestens dreißigtausend Mann.«

Babur blickte zu Dawlat hinüber.

»Ich würde sagen, diese Schätzung ist korrekt«, stimmte Dawlat zu.

»Und er hat Elefanten«, bemerkte Babur. »Ich denke, es wäre unklug von mir, ihn anzugreifen. Außerdem ist das nicht mehr nötig.«

»Aber ich bin sicher, daß viele mehr von seinen Männern bereit wären zu desertieren. Solltet Ihr angreifen …«

»Ebensogut könnten sie für ihn kämpfen. Nein, nein, Engländer, unsere Position ist in der Defensive gefestigter. Wir warten, daß er den ersten Schritt macht.«

»Und was, wenn er nicht angreift?«

»Er wird. Er muß, jetzt, wo einige tausend seiner Männer ihm weggelaufen sind. Er wird sich sagen, daß, wenn er noch länger wartet, noch mehr zu mir überlaufen könnten. Er wird angreifen. Ich bin sogar ziemlich sicher, daß er noch heute angreift.«

Richard war verblüfft von der ruhigen Zuversicht des mongolischen Generals. Aber wie sich bald herausstellte, sollte Babur recht behalten.

Der Tumult im Delhi-Lager hielt die ganze Nacht an, beruhigte sich jedoch bei Tagesanbruch. Richard, der gemeinsam mit Babur hinter der Wagenbarrikadade stand – er trug jetzt einen Stahlhelm und ein Lederwams, ein Kettenhemd in seiner Größe war nicht aufzutreiben gewesen –, konnte sehen, daß das feindliche Heer frühstückte.

Die Mongolen hatten bereits gefrühstückt. Babur erteilte seine Befehle. Die Hindus bezogen links von ihm Stellung, dort, wo sie die Nacht über kampiert hatten. Am äußeren Flügel waren sie ungeschützt, aber Babur stellte zwei Kavallerieregimenter zu ihrer Unterstützung ab.

»Wer befehligt sie?« fragte er Richard.

»Ich bin ihr Kommandant.«

Babur runzelte die Stirn. »Werden sie Euch folgen?«

»Ja, Hoheit.«

»Dann führt sie an. Haltet die Stellung, aber achtet auf mich. Wenn ich die Peitsche hebe, führt Ihr Eure Männer in die von mir angezeigte Richtung.«

Richard salutierte. Er hatte ein Pferd bekommen und bot einen auffälligen Anblick an der Spitze seiner Männer.

»Sag ihnen, daß wir am heutigen Tage Lodi Shah und seiner Tyrannei ein Ende machen werden«, wies er Prabhankar an. »Sag ihnen, daß Babur der Löwe unser Freund ist und als unser Freund regieren wird, wenn Lodi besiegt ist. Sag ihnen, daß es unser Schaden nicht sein wird, wenn wir ihm gegenüber unsere Loyalität bekunden.«

Prabhankar nickte und hielt eine Ansprache, die die Hindus mit Wohlgefallen aufnahmen. Sie stampften mit den Füßen und hoben die Speere in die Höhe.

»Und Ihr werdet nicht vergessen, wie gut ich Euch gedient habe, Blunt Sahib«, sagte Prabhankar.

»Nein«, entgegnete Richard, »ich werde es nicht vergessen.«

Mit lautem Paukengetöse marschierte das Delhi-Heer vor. Die Kavallerie der Rajputen ritt mit lautem Zaumzeug- und Waffenklirren nach links – und von Mongolen aus gesehen nach rechts. Noch ritten sie im Schritt und wirbelten nur wenig Staub auf.

Zentrum und Rechte wurden von den Hindu-Pikenieren mit ihren moslemischen Offizieren eingenommen. Sie waren sehr zahlreich, aber Richard war immer noch der Überzeugung, daß sie Lodis größte Schwachstelle waren.

Hinter den Pikenieren kamen die Elefanten, die bedächtig einen schweren Fuß vor den anderen setzten. Ihre rot-goldenen Panzer und die in leuchtenden Farben gekleideten Männer auf ihrem Rücken boten einen atemberaubenden Anblick.

Hinter den Elefanten und offensichtlich dazu ausersehen, dem besiegten Feind den Gnadenstoß zu versetzen, kamen die Gardetruppen des Sultans, allesamt Moslems in blau-silbernen Uniformen und Turbanen.

Lodi selbst und sein Stab bildeten das Schlußlicht.

Das Tempo wurde von dem gewaltigen Lärm unterstrichen, denn in das Dröhnen der Pauken mischten sich die schallenden Signalhörner und die Rufe der Männer.

Im Gegensatz dazu verhielt das mongolische Heer sich völlig still. Tatsächlich war von Baburs Heer, abgesehen von den Hindus, wegen der Barrikaden nicht viel zu sehen.

Das Heer von Delhi näherte sich den Mongolen bis auf eine halbe Meile. Dann kam es zum Stehen, und die Feldwebel galoppierten die Reihen der Hindu-Pikeniere auf und ab

Richard konnte sehen, daß sie ihre Peitschen schwangen und Männer zurück in die Reihen prügelten.

Der Lärm nahm noch zu. Dann stürmten die Pikeniere mit ohrenbetäubendem Gebrüll vor.

Die Taktik war offensichtlich. Die Pikeniere sollten dazu benutzt werden, die Defensive der Mongolen zu schwächen. Dann würden die Elefanten losgeschickt werden, um den geschwächten Feind niederzutrampeln, während Kavallerie und disziplinierte Infanterie dem Gegner im Anschluß endgültig den Garaus machen sollten. Aber Lodi war ein fataler taktischer Fehler unterlaufen, der darauf zurückzuführen war, daß er keine Ahnung davon hatte, wie Geschütze eingesetzt wurden, und vor allem, wie lange es dauerte, sie nachzuladen.

Babur, der den Plan seines Feindes durchschaut hatte, gab erst den Befehl, zu feuern, als die Pikeniere nur noch etwa hundert Meter von den aneinandergeketteten Karren entfernt waren. Dann detonierten die Geschütze. Sie waren mit Steinen und Eisenschrapnellen geladen worden, statt mit den runden Steinkugeln, die ihre normale Munition waren. Auf die kurze Entfernung trafen sie die Infanterie wie ein Hagelsturm, nur daß er mit weit größerer Kraft wütete. Männer stolperten vor und zurück, Speere wurden in die Luft geschleudert, und Blut lief in Strömen über die Straße.

Richards Männer wurden unruhig. Immerhin waren es ihre Kameraden, die da abgeschlachtet wurden. Sie wollten es hinter sich bringen.

Aber Richard, der Babur nicht aus den Augen ließ, wartete vergeblich auf das vereinbarte Signal. Statt dessen sah er, wie die Mongolen fieberhaft die Geschütze nachluden.

Die Pikeniere, die immer noch etwa hundert Meter von den Mongolen entfernt waren, wurden von jenen Offizieren, deren Rösser von den Geschossen nicht niedergestreckt worden waren, neu formiert und wieder vorangetrieben.

Nun hagelten Pfeile auf sie herab. Die abgesessene Mongolenkavallerie trat in zwei Reihen vor die Karren, die erste kniend, die zweite stehend, und feuerte ihre Bogen in die vorwärtsmarschierende Masse ab. Es schien, als würde beinahe jeder Pfeil sein Ziel treffen, was auf so kurze Entfernung kein Wunder war. Die Hindu-Infanterie schrie in panischem Entsetzen. Die Zwangsrekruten warfen ihre Speere fort, und die Ränge begannen sich aufzulösen. Da die Mongolen wohlweislich die moslemischen Offiziere anvisiert hatten, waren nicht mehr genügend von ihnen vorhanden, um die in Richtung der Elefanten fliehenden Männer wieder zu sammeln.

Jetzt wurden die Elefanten in die Schlacht geschickt. Lodi mußte erkannt haben, daß sein ursprünglicher Plan fehlgeschlagen war; die Position der Mongolen war ungebrochen stark. Aber die Elefanten waren seine entscheidende Waffe. Wenn sie es nur bis hinten zu den Karren und Kanonen schafften, würde der Feind ganz sicher die Flucht ergreifen.

Die gewaltigen Tiere marschierten geradewegs durch das Meer der zurückweichenden Pikeniere. Männer schrien, als die riesigen Füße sie zermalmten, und die Verwundeten starrten in Todesangst ihrem Schicksal entgegen, das unaufhaltsam immer näher rückte.

Dann waren die Elefanten durch die Reihen der Gefallenen und marschierten auf die Barrikaden zu.

Aber der Entschluß, die Hindu-Pikeniere für einen zweiten Angriff auf dem Schlachtfeld zu belassen, erwies sich nun als folgenschwerer Fehler. Das hatte Baburs Kanonieren Zeit gelassen, ihre Geschütze nachzuladen. Die Bogenschützen zogen sich wieder hinter die Wagen zurück, und die Kanoniere, die wie schon zuvor gewartet hatten, bis der Feind sich bis auf hundert Meter genähert hatte, feuerten die Geschütze ab.

Diesmal waren sie mit großen Steinbrocken geladen worden, die den prächtigen Kriegselefanten entgegenflogen. Nur zwei oder drei der mächtigen Tiere wurden tatsächlich von den Geschossen getroffen, aber das genügte, die ganze Reihe durcheinanderzubringen. Einer der massigen Dickhäuter stürzte und stieß mit dem Elefanten zu seiner Linken zusammen, während ein weiterer verletzter Elefant trompetete und auf seinen Nachbarn losging.

Während die Geschütze neu geladen wurden, bezogen die Bogenschützen wieder vor den Barrikaden Stellung und sandten Pfeil auf Pfeil in den wogenden Fleischberg vor sich. Ein Koloß nach dem anderen geriet vor Schmerz und Furcht außer Kontrolle.

Babur gab den Pikenieren immer noch kein Zeichen, aber er

hatte das gesamte Schlachtfeld die ganze Zeit über genau beobachtet und sah als erster, daß die Rajputen sich zum Angriff vorbereiteten. Sofort rief er seine eigene berittene Reserve auf den Plan. An die fünftausend mongolische Reiter hatten bislang passiv hinter den Barrikaden auf ihren Pferden gesessen und auf das Signal ihres Generals gewartet. Jetzt brachen sie hervor und galoppierten den heranpreschenden Rajputen entgegen.

Richard hielt den Atem an. Die Mongolen waren in der Minderzahl, und darüber hinaus waren ihnen die Rajputen auf ihrem imposanten Schlachtrössern an Größe überlegen. Sie senkten ihre Lanzen und verschärften das Tempo, wobei sie schrille Schreie ausstießen.

Aber auch diesmal stand dem Delhi-Heer eine böse Überraschung bevor. Die mongolische Kavallerie galoppierte geradewegs auf die gegnerischen Reihen zu, riß dann aber plötzlich die Pferde herum. Die Mongolen zückten ihren Bogen, während sie ihre galoppierenden Pferde mit Knien und Hacken führten, legten Pfeile ein und schossen auf die heranpreschenden Reiter. Ihre Treffsicherheit war verblüffend, und Pferde und Rajputen stürzten scharenweise. Der Ansturm war gestoppt, und ehe die Rajputen sich neu formieren konnten, hagelten schon die nächsten Pfeile auf sie, woraufhin die Mongolen ihre Bogen wieder über die Schultern hängten, ihre Lanzen packten und mitten in die versprengten Kavalleristen preschten. Es dauerte nicht lange, und sogar die stolzen Rajputen waren besiegt.

Die Elefanten verbreiteten währenddessen weiterhin Angst und Schrecken – in den eigenen Reihen. Viele rannten wie von Sinnen im Kreis herum, während die Männer auf ihrem Rücken sich verzweifelt an die Sänfte klammerten und in Panik schrien. Andere waren bereits von ihren Mahouts durch einen Lanzenstich ins Hirn getötet worden und zusammengebrochen.

Richard warf einen hastigen Blick auf Babur und sah Kamran die Seite seines Vaters verlassen und auf sich zu galoppieren.

»Babur läßt Euch folgendes ausrichten, Blunt Amir«, keuchte der Junge. »Lodi muß nun seine Hauptstreitmacht einsetzen. Ihr führt Eure Pikeniere parallel zur Straße vorwärts und schwenkt dann hinter die Delhi-Soldaten, sobald diese weit genug vormarschiert sind. Habt Ihr den Befehl verstanden?«

»Ich habe verstanden«, entgegnete Richard. Er zog seinen

Säbel und schwenkte ihn über den Kopf. Die Hindus setzten sich lärmend in Bewegung, links an den Elefanten vorbei, die nunmehr einen kläglichen Anblick boten.

Auch der letzte von Lodis zwangsrekrutierten Pikenieren hatte inzwischen das Weite gesucht, und der Weg war frei, nachdem sie erst die dahingeschlachteten Elefanten passiert hatten. Lodi ignorierte das Flankenmanöver und stellte sich in die Steigbügel, um mit schriller Stimme seinen Männern, die in disziplinierter Formation auf die mongolischen Barrikaden zumarschierten, Befehle zuzurufen. In ihren bunten Uniformen und den geordneten Reihen boten sie einen prächtigen Anblick. Richard erkannte, daß der Sieg der Mongolen keineswegs sicher war, aber seine Sorge erwies sich als überflüssig. Babur hatte alle seine Männer unter Kontrolle, und wenngleich einige tausend seiner Reiter damit beschäftigt waren, den Rückzug der Rajputen in eine wilde Flucht zu verwandeln, stiegen nun einige tausend mehr wieder in den Sattel – einschließlich derer, die zuvor zu Fuß mit Pfeil und Bogen vor den Barrikaden Stellung bezogen hatten – und wurden Lodis letztem Kontingent entgegengeschickt.

Die Gardetruppen wurden, wie schon der Rest des Heeres vor ihnen, von einem Pfeilhagel empfangen, und Richard schätzte, daß der Augenblick gekommen war, nun mit seinen Männern einzugreifen. Dies war eine der erbittertsten Schlachten, in denen er je gekämpft hatte, da die beiden Seiten sich haßten. Kurz vor der Feindberührung stieg er von seinem Pferd und führte seine Männer zu Fuß und mit erhobenem Säbel in den Kampf. Er war von Moslems umgeben, noch ehe er sein Gleichgewicht völlig wiedererlangt hatte, und rief seinen Truppen zu, ihm zu folgen, während er einen Speer abwehrte und seinem Angreifer mit dem Säbel den Schädel spaltete, um gleich darauf einen zweiten Moslem niederzustrecken. Er stolperte keuchend weiter, glitt auf dem blutdurchtränkten Boden aus, wurde von Prabhankar wieder auf die Füße gezogen und stürmte weiter, sich ständig der Tatsache bewußt, daß die mongolische Kavallerie zu seiner Rechten ebenfalls zum Angriff übergegangen war.

Lodis Gardetruppen wurden gesprengt und suchten ihr Heil in der Flucht. Lodi starrte ihnen ungläubig hinterher. Man mußte ihm zugute halten, daß er kein Feigling war. Er gab seinem Pferd die Sporen und versuchte, seine Männer wieder zu sammeln. Richard war nur wenige Schritte von ihm entfernt, als der Sultan von einem Pfeil getroffen wurde und vom Pferd stürzte. Er landete hart, und noch ehe er sich von seinem Sturz erholt hatte, stand Richard über ihm.

Der Sultan war in die Brust getroffen worden und lag im Sterben. Haßerfüllt funkelte er Richard an.

»Du!« stieß er Blut spuckend hervor. »Ich verfluche dich. Der Teufel soll dich holen.«

»Wir sollten versuchen, ihn zu Babur zu bringen«, sagte Richard.

Prabhankar war an seiner Stelle. »Der Mogul wird sich nur für seinen Kopf interessieren«, sagte er, das indische Wort für Mongole benutzend. Er hatte sich irgendwann im Laufe des Gefechts ebenfalls einen Krummsäbel verschafft. Diesen ließ er nun herabsausen und trennte Sultan Ibrahim Lodi Shahs Kopf mit einem einzigen Hieb von den Schultern.

Da die Mongolen keine Gefangenen machten, sondern sämtliche feindliche Verwundeten systematisch köpften, lagen fünfzehntausend von Lodis Männern tot auf dem Schlachtfeld – beinahe die Hälfte seiner gesamten Streitmacht. Die Verluste auf mongolischer Seite waren gering.

Richard hatte noch nie einer Schlacht beigewohnt, bei der mit solcher Inbrunst und Grausamkeit gekämpft worden war.

Babur erteilte seinen Hindu-Verbündeten die Erlaubnis, die Toten zu plündern, woraufhin sie voller Enthusiasmus ausschwärmten. Babur lenkte währenddessen sein Pferd durch die Reihen der Gefallenen. Er schien nicht übermäßig erfreut über das Ausmaß seines Sieges.

»Mein großer Vorfahre«, sagte er, »hätte aus all diesen Schädeln einen Turm errichtet, um die Welt an seine siegreiche Schlacht zu erinnern. Ich werde die Toten in der Sonne verfaulen lassen. Laßt uns essen.«

Der Tag war schon weit fortgeschritten, und Richard hatte großen Hunger, wenngleich es ihm aufgrund des Gestanks, der wie eine Dunstglocke über dem Schlachtfeld hing, schwerfiel, das Essen zu genießen.

»Habt Ihr viele solche Siege errungen, Hoheit?« fragte er.

Babur lächelte. »Nicht genug, sonst wäre ich ein mächtigerer Monarch, nicht wahr? Nein, ich stimme zu, daß dies ein Triumph gewesen ist. Was wir nicht zuletzt Euch zu verdanken haben. Ihr verdient meinen Respekt. Und jetzt sagt mir, was Euch nach Indien geführt hat. Hattet Ihr vorher schon von Lodi Shah oder auch von mir gehört?«

»Nein, Hoheit. Ich hatte von einem großen König namens Prester John gehört und bin von meinem König als Gesandter zu diesem Prester John geschickt worden. Unglücklicherweise hat Lodi Shah mich ebenso meines Geldes wie des Empfehlungsschreibens meines Königs beraubt.«

»Prester John«, sinnierte Babur. »Ihr habt nach einer Legende gesucht.« Er lächelte wieder. »Und diesmal handelt es sich tatsächlich nur um eine Legende.«

Richard hatte Mühe, den Bissen Fleisch hinunterzuschlucken. »Seid Ihr ganz sicher, Sir?«

»Absolut. Ja. Ich habe ebenfalls von dieser Legende gehört. Mir sind in der Vergangenheit schon andere begegnet, die diesen legendären König suchten. Aber ich bin in ganz Asien gewesen und habe Männer gekannt, die sogar noch weiter gereist waren als ich, und nicht einer ist diesem Mann je begegnet. Gäbe es ihn, würde irgend jemand mehr über ihn wissen.«

Richard seufzte. Er hatte entgegen aller Vernunft an seiner Hoffnung festgehalten. Jetzt hatten seine Träume sich endgültig als … Träume erwiesen.

Träume, für die sein Vetter und viele andere gute Männer geopfert worden waren. Und für die vermutlich auch er sterben würde; er schätzte seine Chancen, jemals nach England zurückzukehren, als ziemlich gering ein.

Babur hatte ihn aufmerksam gemustert. Nun fragte er: »Was jetzt, Engländer? Mein Heer wird bald den Marsch zurück nach Kabul antreten, meiner Hauptstadt in den Bergen Afghanistans. Werdet Ihr mich begleiten, oder empfindet Ihr es als Eure Pflicht, bei Euren Soldaten zu bleiben?«

Richard runzelte die Stirn und musterte sein Gegenüber ungläubig. »Ihr wollt nach Afghanistan zurückkehren?«

»Natürlich. Das ist meine Heimat, mein Königreich.« Er lächelte schief. »Jedenfalls zur Zeit.«

»Aber, bei allem Respekt ... warum seid Ihr überhaupt in Delhi einmarschiert, wenn Ihr Euch gleich wieder zurückziehen wollt?«

»Ich unternehme die Feldzüge, um mir Geld und Frauen für meine Männer zu beschaffen«, erklärte Babur. »Dawlat, der Lodi aus tiefster Seele gehaßt hat, hat mich als erster dazu ermutigt. Wenngleich sie entfernte Vettern waren, ist Dawlat von Lodi seiner ganzen Habe beraubt worden. Aber jetzt ist er gerächt, und ich habe genügend Frauen und Reichtümer erbeutet. Meine Karawane befindet sich etwa zwanzig Meilen entfernt. Ich war bereits im Begriff, mich zurückzuziehen, als ich erfuhr, daß Lodi einen Feldzug gegen mich plante. Ich konnte mit ihm im Nacken keinen Rückzug riskieren, und so beschloß ich, mich zuerst zum Kampf zu stellen. Außerdem ...« – er lächelte – »habe ich meinen Männern damit eine Freude gemacht.«

Richards Gedanken wirbelten wild durcheinander. Es gab keinen Prester John. Aber man hatte ihm gesagt, das Königreich von Delhi wäre das mächtigste in ganz Indien, und nun gab es das Königreich von Delhi nicht mehr, solange niemand den verwaisten Thron bestieg. Derjenige, der sich zum neuen Herrscher von Delhi erklärte, konnte zum mächtigsten Herrscher dieses weiten Landes werden. Ein Mann, der sich als wertvoller Verbündeter gegen die ottomanischen Türken erweisen konnte.

Natürlich war Babur Moslem und hatte für diese Kampagne türkische Hilfe hinzugezogen. Aber er hatte genug gesagt, dem zu entnehmen gewesen war, daß er dieses Volk nicht besonders schätzte.

Und er war ein kultivierter, gelehrter Mann ... auch wenn er und seine Leute kämpften wie leibhaftige Teufel. Jedenfalls stellte er die einzige Hoffnung dar, aus dieser katastrophalen Expedition doch noch etwas Positives zu gewinnen.

»Hoheit«, sagte er. »Ist Delhi nicht ein größeres Königreich als Afghanistan?«

Babur sah ihn an. »Ihr meint, ich sollte die Stadt einnehmen? Dawlet sagt, sie wäre nur noch eine Ruine.«

Richard holte tief Luft. »Ich spreche nicht von der Stadt Delhi, Sir. Meiner Ansicht nach solltet Ihr Agra, Lodis Hauptstadt, einnehmen und Euch zum Herrscher über das *Königreich* Delhi ausrufen lassen.«

»Mit fünfzehntausend Mann?«

»Hoheit, wenn Ihr diese Gelegenheit nutzt, ist Delhi Euer. Lodi ist tot, seine Armee in alle Himmelsrichtungen verstreut. Die meisten Einwohner von Delhi haben ihn gehaßt. Die Hindus unter meiner Führung haben für Euch gekämpft und wurden dafür belohnt. Ihr habt Euch ihnen gegenüber als gerechter Mann erwiesen. Schickt sie Eurem Heer voraus nach Agra, damit die Menschen Euch wohlgesonnen aufnehmen. Die Stadt wird in weniger als einer Stunde Euch gehören.«

Babur lächelte. »Ihr seid verwegen, Engländer. Aber das haben Eure Taten ja schon bewiesen. Und möglicherweise habt Ihr recht. In diesem Augenblick ist das Königreich von Delhi wie ein kopfloses Ungeheuer. Aber es wird sich erholen. Die Rajputen werden sich von der Niederlage erholen und ein neues Heer aufstellen. Die moslemischen Prinzen im Süden und Osten werden einen weiteren Lodi einem Mongolen wie mir vorziehen. Ich habe nicht genügend Männer, sie alle zu bekämpfen, und ich verfüge nicht über die Mittel, ein größeres Heer aufzustellen. Ich habe in meinem Leben zu oft den Fehler gemacht, mir etwas zu nehmen, was ich nicht halten konnte.«

»Hoheit«, sagte Richard, »im Palast Lodi Shahs befindet sich der größte Schatz der Welt. Habt Ihr nie vom ›Berg des Lichts‹ gehört?«

Babur musterte ihn stirnrunzelnd. »Ich habe eine Legende gehört.«

»So wie Timur ist dies keine Legende, Hoheit. Es handelt sich um den größten Diamanten, der je gefunden wurde. Ich habe gehört, er wäre so wertvoll, daß sein Gegenwert ausreichen würde, die gesamte Menschheit zweieinhalb Tage lang mit Essen zu versorgen.«

»Habt Ihr ihn gesehen?«

»Ja, Hoheit« log Richard. »Und noch viel mehr. Mit Lodi Shahs Vermögen wärt Ihr in der Lage, ein Heer von der Größe seines eigenen aufzustellen und darüber hinaus ein weit besser ausgebildetes.«

»Das Königreich von Delhi«, flüsterte Babur. »Nun, warum nicht? Schlimmstenfalls können wir uns immer noch mit dem Koh-i-noor nach Afghanistan zurückziehen.«

Richard konnte nur hoffen, daß Ghopal Das die Wahrheit gesagt hatte.

Aber auf jeden Fall waren er und seine Familie gerächt worden.

Ghopal hatte nicht gelogen, was die Leichtigkeit betraf, mit der Babur die Stadt Agra einnehmen würde. Nachdem seine Pikeniere vorausgeschickt worden waren, hatte er seinen Männern einige Tage der Ruhe gewährt, die er genutzt hatte, sich die Ruinen von Delhi anzusehen, um dann mit seinem Heer zu folgen. Er war offensichtlich beeindruckt von der ehemaligen Hauptstadt, wenngleich auch schockiert von der Erotik der hinduistischen Götzen, von denen er viele zerstören ließ.

»Diese Menschen sind besessen von der Fleischeslust«, brummte er. »Wir werden ihnen eine Lektion erteilen müssen.« Darauf gab er Befehl, in Erinnerung an seinen Sieg einen Gedenkgarten am Ufer des Jumna-Flusses anzulegen.

»Dies wird meine Hauptstadt werden«, verkündete er. »Sie wird aus der Asche wiederauferstehen wie der Phönix. Aber erst ziehen wir nach Agra.«

Nur vereinzelte Gruppen von Moslems leisteten Widerstand, als die Mongolen nach Süden marschierten, und diese wurden mühelos zerschlagen. Die meisten von Lodis Anhängern waren bereits, angeführt von seinem Bruder Mahmut, nach Osten geflohen.

Richard war an Baburs Seite, als sie den Palast betraten, mit dem er so schreckliche Erinnerungen verknüpfte. Aber diesmal stellte sich ihm niemand in den Weg. Der verhaßte Wesir war auf dem Schlachtfeld gefallen.

Sie bewunderten die Pfauen, durchstreiften die zahlreichen Räume des Palastes und gelangten in den Thronsaal. »Wo ist die Schatzkammer?« fragte Babur.

Sie brauchten nicht lange, sie zu finden: Sie befand sich in einem Kellergewölbe unterhalb des Thronsaals. Richard betrachtete überwältigt die Barren aus purem Gold, die Kisten voller Edelsteine und schließlich den Koh-i-noor, einen riesigen funkelnden Klumpen. Er sagte sich, daß dies das reichste Land der Welt sein mußte.

Und er hatte es einem Nachfahren Timurs und Dschingis Khans zum Geschenk gemacht!

Babur schien der gleiche Gedanke durch den Kopf zu gehen. Er nahm den riesigen Diamanten an sich und drehte ihn im Licht. »Ein Wunder«, sagte er. »Ich werde ihn meinem Sohn schenken. Meinem Ältesten, Humayun«, fügte er hinzu. »Er wird es zutiefst bedauern, nicht an meiner Seite zu sein, um diesen Triumph auszukosten. Aber auch Ihr habt es verdient, angemessen belohnt zu werden, Engländer. Wollt Ihr hierbleiben und an meiner rechten Seite reiten?«

Richard zögerte nicht. Seine Rückkehr nach England konnte warten, bis er etwas von diesem Reichtum für sich abgezweigt … und mit Babur über eine Allianz gesprochen hatte.

»Gern«, entgegnete er.

»Nun denn«, sagte Babur, »laßt uns sehen, was dieser Palast noch zu bieten hat.«

Er ging voraus zum Harem.

Noch wußte in Agra niemand so genau, was aus Lodi Shah geworden war; das letztemal war er gesehen worden, als er in einem Pulk von Mongolen kämpfte. Möglicherweise war er gefangengenommen worden. Babur hatte nichts bekanntgegeben.

Die Frauen im Harem waren sich somit nicht schlüssig gewesen, wie sie sich verhalten sollten. Lodis Tod hätte dem gesamten Harem auferlegt, sich selbst zu verbrennen.

Nun standen sie in Gruppen hinter den filigranen Wänden um ihre Badebecken herum, fauchten die Eunuchen an, lauschten den Geräuschen der Stadt um sie herum und fragten sich furchtsam, welches Schicksal sie erwarten mochten. Als sie das Stampfen männlicher Schritte auf den Fluren hörten, zu denen früher nur Lodi Zugang gehabt hatte, drängten sie sich furchtsam zusammen.

Die Eunuchen unternahmen keinen Versuch, Babur und seine Offiziere aufzuhalten. Statt dessen verneigten sie sich tief. Ihnen ging es allein darum, ihr eigenes Leben zu retten.

Babur stieß sie beiseite. Er war ein Mann der Berge und Steppen. In seinen Augen waren Frauen der rechtmäßige Besitz eines Eroberers, und für Eunuchen hatte er keine Verwendung; die Frau eines Tartaren ritt offen mit ihrem Gatten und kämpfte, wenn nötig, auch an seiner Seite.

Babur betrachtete die zusammengedrängten Gestalten in den Gewändern aus durchschimmernder Seide. Die meisten trugen nach indischer Sitte den Oberkörper frei. Jede Frau war von würdevoller Schönheit, wenngleich die Würde im Augenblick unter ihrer Furcht litt.

»Lodi Shah ist tot«, verkündete der Löwe.

Die Frauen schwiegen einen Augenblick, um dann in lautes Wehklagen auszubrechen.

»Warum so traurig?« fragte Babur, und das Schluchzen verebbte langsam. »Freut ihr euch nicht, diesen Tyrannen los zu sein? Ihr werdet meinen Männern gehören und lernen, wieder Frauen zu sein. Aber erst werde ich selbst unter euch wählen.«

Die Frauen drängten sich noch enger aneinander.

Babur schritt durch sie hindurch und musterte jedes einzelne Mädchen aufmerksam. Ganz hinten im Hof stand eine kleine Gruppe von sieben Personen. Drei waren Frauen von mindestens dreißig Jahren; eine davon war sogar deutlich älter. Hinzu kamen zwei Mädchen und zwei Jungen. Die Buben waren noch sehr jung, weit vom Pubertätsalter entfernt. Die Mädchen waren älter und auffallend hübsch. Ganz offensichtlich hatten sie nicht dieselbe Mutter; die eine war dunkel, die andere ziemlich hellhäutig – sie waren unübersehbar mit den beiden jüngeren Frauen, die hinter ihnen standen, verwandt.

Babur baute sich vor ihnen auf, und sie erwiderten seinen Blick voller Stolz, wenn sie auch vor Furcht zitterten.

»Euer Mann ist tot«, sagte Babur erneut und versuchte zu ergründen, wer die Frauen sein mochten.

Sie hatten bei der ersten Ankündigung so laut gejammert wie alle anderen. Diesmal nahmen sie die Nachricht gelassener auf.

»Dann müssen auch wir sterben«, sagte die älteste der Frauen.

»Das wird nicht nötig sein«, entgegnete Babur. »Ihr bekommt ein Haus, in dem ihr leben könnt, und für euren Unterhalt wird gesorgt.«

»Was ist mit unseren Kindern?« fragte die hellhäutigere der beiden jüngeren Frauen.

Babur musterte sie. »Bist du Perserin?«

Ihr Akzent hatte dem Mongolen ihre Herkunft verraten.

»Ich bin die Tochter von Shah Ismail«, erwiderte sie stolz. »Er hat mich Lodi Shah zur Frau gegeben.«

Babur nickte. »Ich habe davon gehört, daß der Shah eine persische Prinzessin zur Frau genommen hat. Ihr könnt eure Söhne bei euch behalten, zumindest für das nächste Jahr.«

»Und was ist mit unseren Töchtern?« fragte die dunklere der Frauen.

Babur wandte sich nun ihr zu und musterte dann die beiden Mädchen, die Hand in Hand zusammenrückten.

»Sie sind so hübsch wie ihre Mütter. Und ganz offensichtlich sind sie alt genug, einen Mann glücklich zu machen. Diese werde ich in mein Bett nehmen.«

Er berührte das dunklere der beiden Mädchen an der Schulter, das furchtsam zurückwich und sich an seine Halbschwester drängte.

Die Mutter neigte den Kopf und schlug die Hände vor das Gesicht. Sie hätte sich nichts Besseres erhoffen können.

»Und was das andere betrifft ...« Das Mädchen hielt die Luft an. »Blunt Amir, tretet vor.«

Richard trat an die Seite des Mongolenfürsten. Als sein Blick auf das Mädchen fiel, wurden ihm die Knie weich. Die Haut war tatsächlich sehr hell, heller als seine eigene – beinahe elfenbeinfarben. Es trug einen tiefblauen Sari mit goldbesticktem Saum. Das Gewand verhüllte züchtig den Körper, aber es war dennoch zu erkennen, daß sie bereits sehr frauliche Rundungen und eine makellose Figur besaß. Richard schätzte ihr Alter auf sechzehn Jahre. Ein juwelenbesetztes Stirnband war um ihr schwarzes Haar geschlungen, das ihr glatt und weich über die Schultern fiel.

Ihr Gesicht war schmal mit ebenmäßigen Zügen, ein spitzes Kinn, schmaler Mund, gerade Nase, hohe Stirn. Ein harmonisches Ganzes, das von weit auseinanderstehenden dunklen Augen beherrscht wurde.

Sie war Lodis Tochter. In ihren Adern floß das Blut jenes Mannes, der Shana und Ghona ermordet und ihren Vater den demütigsten aller Tode hatte sterben lassen. Die Lust, die bei ihrem Anblick spontan in ihm aufgestiegen war, wandelte sich in Haß.

»Ich schenke Euch dieses Mädchen als Belohnung für Eure Dienste, Blunt Amir«, sagte Babur.

»Ich danke Euch, Hoheit«, entgegnete Richard. Er erkannte seine eigene Stimme kaum wieder.

»Hoheit«, sagte die Priesterin. »Ist dieser Mann von edlem Geblüt?«

»Er kommt von weit her«, entgegnete Babur. »Aus einem Land, in dem die Abstammung nicht von Bedeutung ist. Er reitet an meiner rechten Seite, und das ist viel wichtiger. Kommt, Blunt Amir, erfreuen wir uns an unseren neuen Frauen. Ich verspüre große Lust nach diesem Mädchen.«

Er trat vor, packte das indische Mädchen am Handgelenk und zog es an sich, wobei er gleichzeitig die Schulter senkte und in ihren Bauch drückte. Sie schnappte nach Luft, als er sie mühelos hochhob.

Blunt folgte dem Beispiel seines neuen Herrn. Er packte das Mädchen am Handgelenk, drückte ihm die Schulter in den Bauch und hob es hoch. Sie war federleicht. Eine Parfumwolke hüllte ihn ein, und er wurde sich jeder Rundung ihres weichen Körpers bewußt. Seine Wange ruhte an ihrem Po, und sein rechter Arm preßte ihre Schenkel an seine Brust. Ihr Kinn stieß gegen seinen Rücken.

Sie hatte keinen Laut von sich gegeben.

Babur wandte sich an seine Offiziere. »Sucht Euch eine Frau aus«, befahl er und wandte sich dann an die Wachen am Haremseingang. »Laßt niemanden ohne meine Erlaubnis herein«, sagte er.

Von den Frauen hatte sich keine gewehrt. Sie wußten, daß es eine ganz normale Taktik war, daß der Eroberer die Frauen und Konkubinen des toten Herrschers für sich und seine Männer beanspruchte. Die drei Ehefrauen konnten von Glück sagen, daß sie nicht den Soldaten überlassen wurden; die Konkubinen konnten nur beten, daß sie von einem der Offiziere auserwählt wurden, statt den gemeinen Soldaten überlassen zu werden.

Stoff raschelte, als die Mongolen sich unter die Frauen mischten und ihnen die Saris auszogen, ehe sie ihre Wahl trafen.

Richards Verlangen wuchs. Er war bei mancher Eroberung dabeigewesen und hatte in der Hitze der Leidenschaft ebenso skrupellos vergewaltigt wie jeder andere Soldat. Aber nie zuvor hatte er so etwas erlebt wie diese geordnete Auflösung von Lodis Harem.

Babur war bereits in einem der angrenzenden Zimmer verschwunden. Richard teilte den Vorhang eines anderen kleinen Zimmers und legte das Mädchen auf den Diwan. Sie rührte sich immer noch nicht, lag einfach nur da und sah stumm zu ihm auf. Die Feindseligkeit in ihren Augen blieb, und ganz offensichtlich wußte sie, was sie erwartete – zweifellos hatte sie es gewußt, seid die Nachricht von der Niederlage ihres Vaters den Palast erreicht hatte.

War dies nicht die süßeste Rache an Lodi?

Richard beugte sich über sie und streifte ihr das juwelenbesetzte Band von der Stirn. Dann schob er eine Hand unter ihren Sari und tastete nach ihrer Brust.

»Ich möchte diesen feinen Stoff nicht zerreißen«, sagte er. »Zieh dich aus.«

Er trat zurück, und sie setzte sich langsam auf. Sie schwang mit geübter Anmut die Beine über den Rand des Diwans, wobei sie es dennoch schaffte, Verachtung für ihn zu bekunden. Sie erhob sich und zog ihr Gewand aus.

Richard starrte auf die weiße Haut und die überraschend großen Brüste. Seine Kleider erschienen ihm plötzlich beengend, und er stand dicht davor zu explodieren. Hastig entkleidete er sich.

Ein Ausdruck des Erstaunens trat auf das Gesicht des Mädchens. Richard ging auf, daß sie zweifellos noch nie einen unbeschnittenen Mann gesehen hatte. Bei den Moslems war es Sitte, daß die Männer beschnitten wurden, wenn sie in die Pubertät kamen.

Aber hatte sie überhaupt jemals das Glied eines erwachsenen Mannes gesehen? Ja, sagte er sich gleich darauf. Sicher hatte sie schon gesehen, wie nackte Sklaven die Straße entlanggetrieben wurden.

»Alles«, befahl er.

Das Mädchen wickelte sich den Sari von den Hüften, und die Seide schwebte zu Boden.

Ihre schlanken Beine und Schenkel waren sogar noch reizvoller als ihre Brüste. Ihr Bauch war flach, aber das seidige Dreieck zwischen ihren Schenkeln war entzückend und duftete zweifellos ebenso betörend wie der Rest von ihr.

Sie sahen sich an. Er wußte, daß er mit ihr tun konnte, was ihm beliebte. Er konnte sie schlagen und demütigen und dabei Shanas Namen rufen. Tatsächlich war er versucht, genau das zu tun. Aber es widersprach seiner Natur, ein wehrloses Wesen zu mißhandeln. Er nahm sie in die Arme. Ganz offensichtlich wußte sie nicht, was er vorhatte, und so legte er ihr eine Hand unter das Kinn und zwang mit sanftem Druck ihren Kopf in den Nacken, um sie zu küssen. Sie schnappte nach Luft, aber er fand ihre Zunge, während er sie fest an sich drückte und jede Rundung ihres Körpers spürte.

Als er sie schließlich anschaute, sah er, daß ihre Wangen gerötet waren. Wieder stieg der Wunsch in ihm auf, ihr weh zu tun, um die Reserviertheit zu durchbrechen, die sie umgab wie ein Panzer – ihre Entschlossenheit, stumm zu leiden. Er brachte es nicht über sich, solche Schönheit und Unschuld zu zerstören. Aber vermutlich würde er ihr so oder so weh tun.

Während sie völlig reglos dastand, streichelte er ihre Brüste und Pobacken. Ihr Atem beschleunigte sich, und ihre Wangen färbten sich tiefrot.

Er deutete auf das Bett, und sie kletterte auf Händen und Knien hinein. Er gab ihr einen Klaps auf den Po, und sie drehte mit sanft schwingendem Haar den Kopf.

»Leg dich hin«, befahl er.

Sie legte sich auf den Bauch, und so packte er sie an den Schultern und drehte sie auf den Rücken. Mit neu erwachter Furcht blickte sie zu ihm auf. Darauf hatte sie niemand vorbereitet.

Er schob ihre langen Beine auseinander und kniete sich zwischen sie. Dann zog er ihre Beine hoch und klemmte sie sich unter die Arme. Sie atmete schwer, und ihr flacher Bauch hob und senkte sich in rascher Folge. Eine Träne rann ihr aus dem Augenwinkel.

Sie sollte auf heidnische Art genommen werden!

Ihre Beine auf diese Weise gespreizt und angehoben, so daß ihr Po den Diwan nicht mehr berührte, fühlte sie sich ihm hilflos ausgeliefert. Richard drang so vorsichtig wie möglich in sie ein und musterte sie dabei eingehend. Sie riß den Mund auf, und ein gequältes Stöhnen entrang sich ihrer Kehle. Dann konnte er sich nicht länger zurückhalten.

Aber er kam schnell.

Hinterher verharrte er auf den Knien und ließ sie langsam hinunter. Sie atmete immer noch keuchend; ihre Augen waren glasig.

»Wie heißt du?« fragte er schließlich.

»Mein Name ist Gila«, entgegnete sie leise.

Die Kunde der Niederlage und des Todes Lodi Shahs verbreitete sich wie ein Lauffeuer in ganz Indien. Sämtliche moslemischen Herrscher im Süden waren arabischer oder persischer Abstammung. Ihre Geschichte bestand größtenteils aus legendären Schlachten, die ihre Vorfahren gegen die Mongolen Dschingis Khans und die Tataren Timurs gefochten hatte. Die Männer aus den Steppen Asiens waren ihre Erbfeinde; und da diese früheren Schlachten unweigerlich verloren worden waren, brachte man den berittenen Bogenschützen aus dem Norden abergläubische Furcht entgegen.

Und nun etablierte sich einer dieser Männer aus dem Norden, der behauptete, direkter Nachfahre Timurs zu sein, als mächtigster Herrscher Indiens.

Jetzt fragten sie sich natürlich, was er noch im Schilde führte.

Babur war sich bewußt, daß seine letzte Eroberung alles andere als gesichert war, und verschwendete nur wenig Zeit mit seiner neuen Konkubine oder damit, die Schönheiten seines neuen Palastes zu genießen. Ein Großteil von Lodis Schatz wurde sofort darauf verwandt, Baburs Heer zu vergrößern.

Krieger wurden aus Afghanistan herbeigerufen, unter der Führung des ältesten Sohnes des neuen Badshahs, Nasim-ud-din Muhammed, bekannt unter dem Namen Humayun, eines achtzehnjährigen Jungen, der in Abwesenheit seines Vaters in Kabul regiert hatte.

Humayun ähnelte seinem Vater in vieler Hinsicht, war jedoch ein noch komplexerer Charakter. Er war gebildeter als Richard Blunt und doch ein ebenso brillanter Reiter und Bogenschütze wie jeder der Männer, die er anführte. In seinen Augen und seiner Seele brannte jedoch eine Ungezähmtheit, die zuweilen beunruhigend sein konnte.

»Er ist ein echter Mongole«, sagte Babur voller Stolz, als er sich näherte.

Kamran sah mit funkelnden Augen zu, wie sein Vater und sein Bruder sich umarmten, und Richard ahnte Schwierigkeiten voraus. Blunts raschen Aufstieg in der Achtung des Löwen hatte der zweite Sohn Baburs ebenfalls eifersüchtig beobachtet.

Es war Babur, der Richards Nähe suchte, nicht nur wegen seines unstillbaren Wissensdurstes, sondern weil er mit seinen eigenen Leuten so wenig teilen konnte. Richard Blunt war wie ein Außerirdischer von einem fremden Planeten und verfügte über so großes Wissen über die Welt jenseits der Grenzen Indiens.

Zahir-ud-din Muhammed war am 15. Februar 1483 geboren – soweit Richard den moslemischen Kalender in den westlichen umzusetzen vermochte. Er gehörte dem Barlas-Clan des mongolischen Chatagai-Stammes an und war somit, wie er behauptete, direkter Nachfahre Timurs, der der Barlas-Sippe im vergangenen Jahrhundert zu großem Ruhm verholfen hatte. Noch bedeutsamer war vielleicht, daß er mütterlicherseits in der dreizehnten Generation ein Nachkomme des großen Dschingis Khan war.

Sein Vater, Umar Shaikh Mirza, hatte die kleine Provinz Ferghana im Norden des Hindukusch regiert. Babur war somit kein einfacher Räuberhauptmann, wenn er sich auch gern selbst so bezeichnete.

Als Timurid und Prinz konnte Umar Shaikh sämtliche Gebiete beanspruchen, die sein großer Vorfahr einst regiert hatte. Unglücklicherweise gab es eine Reihe anderer Timuriden-Prinzen mit denselben Ambitionen, und Zahir-ud-din war seit seiner Pubertät an der Seite seines Vaters in den Krieg gezogen, da es Umar Shaikhs fester Wille war, die alte timuridische Hauptstadt Samarkand zurückzuerobern. Tatsächlich war es ihnen zweimal gelungen die Stadt einzunehmen, die sie jedoch nicht hatten halten können.

Mit nur achtzehn Jahren war der Löwe zum Flüchtling geworden, wenngleich ausgefuchster, ideenreicher und beliebter als jeder andere Befehlshaber in ganz Asien. Er war nach Süden in die Berge geflohen und hatte durch einen geschickten Handstreich die afghanische Hauptstadt Kabul erobert und sich dort niedergelassen.

Aber er träumte immer noch von Samarkand und hatte fünfzehn Jahre lang eine Kampagne nach der anderen gen Norden geführt – vergeblich. Diese ständigen Niederlagen hätten manch einen Mann entmutigt, aber Babur trug seine ständigen Niederlagen mit Fassung und lernte aus ihnen. Dennoch mußte er letztendlich sein Vorhaben aufgeben.

Da eine Expansion nach Norden sich als undurchführbar erwiesen hatte, mußte er sich logischerweise auf den Süden konzentrieren. Die Mongolen kannten nichts anderes als Kriegsführung im großen Stil – sie lebten seit Jahrhunderten von Überfällen auf ihre nächsten Nachbarn.

Baburs erstes Eindringen in Indien hatte 1519 stattgefunden und war nicht mehr gewesen als ein Stoßtruppunternehmen. 1522, nur vier Jahre vor seiner Eroberung Delhis, hatte er mit Hilfe von Dawlat Khan die Stadt Kanbdahar eingenommen, die auf der traditionellen Handelsroute von Zentralasien nach Sind und in den Nordwesten Indiens lag.

In jedem folgenden Jahr war er regelmäßig in das Herrschaftsgebiet Badshah Lodis eingefallen, jedoch nie mit der leisesten Eroberungsabsicht.

Jetzt war das gesamte Königreich mit seinem unermeßlichen Reichtum in seine Hände gefallen. Er dankte Allah für seinen Erfolg. Aber er dankte auch einem Mann, der dazu beigetragen hatte, diese Eroberung möglich zu machen, indem er Richard zu einem seiner Wesire ernannte.

## Kapitel 5

## Das Reich

Weder Babur noch Richard Blunt unterschätzten das gewaltige Ausmaß der Aufgabe, die ihnen bevorstand. Tatsächlich kam es nur wenige Wochen, nachdem der Mogul Einzug in die Stadt gehalten hatte, zur ersten Krise.

Die Schlacht von Panipat war nach europäischer Zeitrechnung am 20. April geschlagen worden. Eine Zeitlang war das Wetter verhältnismäßig kühl geblieben. Aber Mitte Mai war die Sommerhitze hereingebrochen, im Juli gefolgt vom Monsum, der im Inland später einsetzte als an der Westküste. Die Mongolen, die ein gemäßigteres Klima gewohnt waren, litten unter der Hitze und Schwüle – und beklagten sich. Nachdem sie die Schätze Agras geplündert hatten, wollten sie nach Afghanistan zurückkehren, in ein Klima, an das sie gewöhnt waren. Babur mußte all seine Redegewandtheit und Überzeugungskraft aufbringen, um sie davon zu überzeugen, daß ihre Zukunft in diesem fruchtbaren, glutheißen Tal lag.

»Ich muß sie beschäftigen und wieder in den Krieg führen«, erklärte er. »Das ist das einzige Leben, das sie kennen.«

Zum erstenmal war Richard Blunt gezwungen, sich mit den Problemen wahrer Regentschaft auseinanderzusetzen. Er kannte sich in der Geschichte gut genug aus, um zu wissen, daß die englischen Könige *primus inter pares* unter ihren großen Adligen gewesen waren, von denen die meisten Blutsverwandte von ihnen waren. Aber diese unsichere Situation wurde mit dem Massaker im Krieg der Rosen beendet, aus dem Heinrich VII. als unangefochtener Herrscher hervorgegangen war – eine Herrschaft, die von seinem Sohn, Heinrich VIII. bestätigt und untermauert worden war. Auch konnte auf dem Kontinent niemand daran zweifeln, daß Franz von Frankreich und erst recht Karl von Spanien nur mit den Fingern zu schnippen brauchten, damit ihre Männer ihnen gehorchten.

Noch despotischer waren nach allem, was er gehört hatte, die ottomanischen Sultane, und es hatte ganz sicher kein Zweifel daran bestanden, daß Lodi oder auch Begarha von Gujarat, der kürzlich verstorben war und dessen Sohn Bahadur die Nachfolge angetreten hatte, absolute Befehlsgewalt ausübten.

Und doch war Babur, ein Mann, der, davon war Richard überzeugt, ein intelligenterer und geschickterer Taktiker war als alle anderen zusammen, gezwungen, seine wilden mongolischen Krieger zu hätscheln und zu tätscheln. Richard wollte nicht entscheiden, ob die Weigerung zu bedingungslosem Gehorsam einem Erbprinzen gegenüber eine Stärke oder eine Schwäche war.

Babur akzeptierte seine Lage als gegeben, da er nie etwas anderes gekannt hatte. Deshalb war er auch nicht übermäßig beunruhigt, als er erkannte, daß seine Besetzung Agras nur der erste Schritt einer Kampagne war, die abzuschließen einige Zeit erfordern würde. Allerdings konnte er sich der Sorge nicht erwehren, die ihn befiel, als ihm bewußt wurde, gegen welche Mächte er zu kämpfen hatte.

In Kabul hatte er sich inmitten einer Gruppe von Räuberhauptmännern bewährt, die nicht weniger erfolgreich gewesen waren als er selbst. Und seine Überfälle auf Delhi und den Pandschab waren nur allmählich so schwerwiegend geworden, daß sich Lodi gezwungen sah, ihm Paroli zu bieten.

Jetzt, da seine Hauptstreitmacht sich im Süden befand, zogen seine afghanischen Rivalen gegen ihn ins Feld. Hinzu kam, daß die Rajputen ein neues Heer unter Befehl von Rana Sanga aufstellten, dem Herrscher von Chitor, während im Osten Ibrahim Lodis Bruder Mahmud Lodi die Überlebenden von Panipat um sich scharte und eine neue Streitmacht zusammenstellte.

»Ich habe in ein Wespennest gestochen, Blunt Amir«, klagte Babur. »Und jetzt bin ich von allen Seiten von Feinden umgeben. Was nützt es, alle Reichtümer dieser Welt zu besitzen, wenn man im eigenen Land gefangen ist?« Er brütete über seinem Weinbecher – er war mehr ein Mann der Steppe als fanatischer Moslem. »Ich habe mich übernommen.«

»Werden die Afghanen für Mahmud Lodi kämpfen, Hoheit?« konterte Richard.

»Niemals.«

»Werden sie für Rana Sanga kämpfen?«

»Sie sind Erbfeinde der Rajputen.«

»Werden sich die Rajputen und Mahmut Lodi zusammentun?«

»Das habe ich für sehr wahrscheinlich gehalten, da sie das in der Vergangenheit bereits praktiziert haben«, entgegnete Babur.

»Aber, Hoheit, unseren Informationen zufolge befindet sich das Heer der Rajputen im Westen und das Mahmuds im Osten.«

»Und wir in der Mitte«, brummte Babur.

»Das kommt auf den Standpunkt an«, gab Richard zu bedenken. »Da wir zwischen beiden Heeren stehen, könnten wir sie da nicht nacheinander angreifen, ehe sie Gelegenheit haben, sich zusammenzuschließen? In der europäischen Kriegsführung nennt man das an internen Frontlinien operieren.«

Babur musterte ihm stirnrunzelnd; offensichtlich hatte ihn das Leben als Anführer großer Kavallerieangriffe in und außerhalb von Asien nicht viel über Strategie gelehrt, wie brillant sein taktisches Können auch sein mochte.

»Wichtig ist, daß man Prioritäten setzt«, erklärte Richard. »Also, Hoheit, werden die afghanischen Fürsten Euch in Delhi angreifen?«

»Nein, nein«, entgegnete Babur. »Sie werden warten, daß ich hier in Indien besiegt werde und dann über mich herfallen, wenn ich nach Kabul zurückgehe.«

»Nun, dann sind die Rajputen und Mahmud Lodi die Hauptfeinde. Wer von beiden ist gefährlicher?«

»Ohne Frage Rana Sanga. Mahmud ist der wahre Bruder Ibrahims. Er macht keine Anstalten anzugreifen. Er begnügt sich damit, Männer zu rekrutieren und Drohungen auszustoßen. Ich würde sagen, daß er abwarten wird, in der Hoffnung, daß ich den Rajputen unterliege.«

»Dann müssen wir uns erst um die Rajputen kümmern.«

»Bei Allah, Ihr könntet recht haben«, sagte Babur nachdenklich. »Aber wir lassen sie den ersten Schritt machen. Ich habe nicht genügend Männer, eine befestigte Stadt anzugreifen. Auf offenem Gelände liegen die Dinge schon anders.« Er rief nach Dawlat Khan. »Wird Rana Sanga gegen mich ins Feld ziehen?«

»Er wird bis nach dem Monsun warten, mein König«, entgegnete Dawlat Khan.

»Nun, dann haben wir einige Monate Zeit, uns vorzubereiten«, meinte Babur.

Die Regenwolken zogen sich bereits zusammen.

Der mongolische Kriegsherr hatte jetzt ein Ziel, auf das er die Aufmerksamkeit seiner Amire, Bahaturs und tapferen Ritter richten konnte – in den Ritterstand konnte ein Mann bei den Mongolen nur durch Tapferkeit auf dem Schlachtfeld erhoben werden, und der Rang eines Ritters war bei diesem Steppen- und Bergvolk weit angesehener als im Westen.

Babur war während der Regenmonate nicht untätig. Mit Hilfe von Ibrahim Lodis Reichtümern vergrößerte er sein Heer. Er lehrte seine neuen Rekruten die Kampfweise der Mongolen und verstärkte außerdem die Befestigung der Stadt. Aber es war nicht zu übersehen, daß er kein Vertrauen in befestigte Städte hatte. Er war zum Kämpfen auf dem freien Feld geboren.

Richard arbeitete während der folgenden Monate ebenso hart wie jeder andere. Tatsächlich hatte er ebensoviel zu lernen wie jeder der Rekruten, um seine Kampferfahrung mit den Taktiken des Moguls in Einklang zu bringen.

In der europäischen Kriegsführung – zumindest nach Ansicht von Spaniens großem General Gonzalo de Córdoba, der auch zehn Jahre nach seinem Tod noch anerkannter Tutor jedes Soldaten war –, gehören Kavallerieangriffe als Entscheidungsschlachten der Vergangenheit an. Das Konzept war durch die in Crécy, Poitiers und Againcourt eingesetzten englischen Langbögen in Frage gestellt und von den Schweizer Pikenieren endgültig zu Grabe getragen worden.

Gemeinsam mit den Schweizern war das spanische *Tercio*, eine Brigade von etwas dreitausend Mann – als Infanterie bekannt, da jede zumindest nominell von einem *Infante* oder königlichen Prinzen befehligt wurde –, zum entscheidenden Faktor auf dem Schlachtfeld avanciert. Das *Tercio* manövrierte in einem großen Quadrat, das sich zum Großteil aus Pikenieren zusammensetzte, jedoch auch über einen Zug Arkebusiers an jeder Ecke verfügte, und war jedem Kavallerieangriff gewachsen und jeder Infanterie überlegen, die weniger gut ausgebildet und diszipliniert war – also jeder Infanterie der Welt.

Die Kavallerie wurde zum Auskundschaften eingesetzt sowie zur Verfolgung, wenn der Feind besiegt war und das Weite suchte.

Babur begriff den Nutzen einer disziplinierten Infanterie; er hatte gesehen, wozu die berühmten Janitscharen der Ottomanen in der Lage waren. Aber seinem Heer hatten nie Fußsoldaten angehört. Die Mongolen oder Mogulen – wie ihr Name allgemein von den Indern ausgesprochen wurde – waren ein Reitervolk aus den Steppen Asiens, und sie konnten nur kämpfen, wie sie es seit jeher getan hatten: zu Pferde und mit Pfeil und Bogen, um den Weg für den entscheidenden Kavallerieangriff frei zu machen.

Babur war der Erfolg von Richards Pikenieren in Panipat nicht entgangen, und er stimmte zu, daß sich eine disziplinierte Division als sehr nützlich erweisen konnte, wenn ein solcher Mob in die Schlacht geschickt werden konnte. Er erhob Richard in den Rang eines *Tuman-bashi* oder Kommandeurs von zehntausend Mann und trug ihm auf, ein solches Regiment aufzustellen. Richard machte sich mit großem Eifer an die Arbeit. Er rekrutierte seine Männer unter den Hindus, stattete sie mit groben Uniformen aus rotem Stoff aus, die sie über ihren Dhotis trugen, bewaffnete sie mit kleinen Lederschilden und Speeren – deren Schaft er verlängerte, so daß sie eher an echte Piken erinnerten – und drillte sie darauf voranzumarschieren oder Schulter an Schulter zu verharren, ganz gleich, was auf sie zustürmte.

Babur verfolgte seine Manöver mit Interesse, aber es war nicht zu übersehen, daß er ihre Chance gegen eine Rajputen-Kavallerie als eher gering einschätzte.

Der Beginn der wirklich schweren Regenfälle bereitete den Truppenübungen für mehrere Wochen ein Ende. Richard war es zufrieden, da dies ihm gestattete, mehr Zeit zu Hause zu verbringen. Auch war er beeindruckt von der entfesselten Gewalt des Wetters. Im Vergleich dazu war der Regensturm, der auf ihrem Weg nach Surat über sie hereingebrochen war, kaum mehr als ein Sommerschauer gewesen. Er begann zu verstehen, warum Feldzüge und jeder Handel während des Monsuns ruhten. Von Prabhankar erfuhr er, daß die Regenfälle im Süden und an der Küste noch viel schlimmer wären.

Er hatte den Palast geschenkt bekommen, der einstmals Ghopal Das gehört hatte – Babur hatte keine Verwendung dafür, und es gab in Agra viele noch größere Häuser ehemaliger Edelleute Lodis, die er unter seinen Offizieren aufteilen konnte.

Richard fühlte sich zu Hause, und er glaubte, daß das Haus und die überlebenden Dienstboten froh waren, sich in Freundeshand zu befinden. Auch fand er seine Habe unangetastet vor. Er konnte wieder sein Rapier tragen und Babur in die Geheimnisse der Arkebuse einweihen.

Babur war nicht beeindruckt. »Ich habe gehört, daß die Janitscharen mit diesen Waffen ausgerüstet sind«, sagte er. »Sie machen viel Lärm, sind aber bei weitem nicht so effizient wie ein Bogen.«

Richard mußte zugeben, daß er recht hatte.

Was das Rapier betraf, war der Mogul mehr von der Verarbeitung der Toledoklinge beeindruckt als von der Waffe selbst, bis Richard ihm den Kampf mit Degen und Dolch demonstrierte. Darauf machte Babur ein nachdenkliches Gesicht.

Prinz Humayun, der der Demonstration ebenfalls beigewohnt hatte, strich bewundernd mit einer Hand über die Klinge.

»Ein wahres Kunstwerk«, sagte er und grinste Richard zu. »In den Händen eines Künstlers.«

Richard brachte Gila, ihre Mutter und ihren Bruder in Ghopals Haus unter.

Babur amüsierte sich über diese eigentümliche Zurschaustellung europäischer Häuslichkeit.

»Ein Mann muß immer Herr im eigenen Haus sein, Blunt Amir«, sagte er. Sein scharfer Verstand hatte erkannt, daß Richard sich Frauen gegenüber anders verhielt als Mongolen.

Wenn Gila sich ihm nicht widersetzt hatte, dann allein deshalb, weil es zwecklos gewesen wäre und ihr möglicherweise ernsthafte Verletzungen eingebracht hätte. Sie hatte damals nicht gewußt, daß er kein Mongole war, und Schauergeschichten darüber, wie die Mongolen Frauen mißhandelten, waren in Nordindien weit verbreitet.

Tatsächlich war sie verblüfft gewesen, daß er sie gestreichelt und ihren Körper erforscht hatte ... und daß er sie geküßt hatte. Sie hatte ihn aus großen Augen mißtrauisch angestarrt, und gefürchtet, daß er ihr möglicherweise die Zunge abbeißen wollte. Aber ihre Verachtung war geblieben. Sie war einem Barbaren ausgeliefert worden; Verachtung für alles, was ihn betraf, war ihre einzige Verteidigung.

Ihre Mutter, Prinzessin Mujhaba, hatte noch weniger für ihn übrig. Sie war immer noch verhältnismäßig jung – Richard schätzte sie auf Mitte Dreißig – und früher einmal sogar hübscher gewesen als ihre Tochter. Aber, wie sie es nie müde wurde, jedem zu erzählen, der ihr Gehör schenkte, sie war auch die Tochter des verstorbenen Safavid-Herrschers Ismail, der sie Lodi zur Frau gegeben hatte, um die Allianz Delhis bei den ständigen Kriegen der Perser gegen die Ottomanen zu besiegeln. Somit betrachtete sie sich als ebenso blaublütig wie jede andere Prinzessin der Welt. Daraus ergab sich ihre Überzeugung, sie und ihre Tochter wären zu Sklavinnen eines barbarischen Generals herabgesetzt worden, dem es ebenso an Manieren wie an Geld mangelte – mit Ausnahme dessen, was der Mogul ihm zukommen ließ.

Sie in dasselbe Haus aufzunehmen wie ihre Tochter schien ganz offensichtlich ein Fehler zu sein – zumindest hätte jeder andere als Richard Blunt das so gesehen. Höflich, aber bestimmt gab er den beiden Frauen zu verstehen, daß er von ihnen erwartete, daß sie sich *seiner* Lebensweise anpaßten.

Als erstes Problem stellte sich der Harem dar, denn eine solche Einrichtung war im Haus des hinduistischen Ghopal Das nicht vorgesehen gewesen.

Mujhaba war schockiert und beklagte sich lauthals, daß sie behandelt würde wie eine Bedienstete. Richard schenkte ihr keine Beachtung, und sie verbot ihrer Tochter, das Bett mit ihm zu teilen. Als Richard nach Gila schickte, kehrte das Dienstmädchen zurück und teilte ihm mit, die Prinzessinnen hätten sich in ihren Gemächern eingeschlossen. Darauf rief Richard einige seiner Männer zu sich, brach die Tür auf und holte die schreiende Gila gewaltsam heraus.

Bei dieser Gelegenheit war es ganz sicher Vergewaltigung, da sie sich nach Kräften gegen ihn wehrte. Da sie jedoch nicht halb so groß war wie er, war sie letztendlich gezwungen nachzugeben, und dieses Mal nahm er sie auf Mongolenart von hinten, während sie beide knieten.

Mujhaba hatte getobt wie eine Furie.

Richard traf nie wieder auf Widerstand. Wenngleich ihm bewußt war, daß die beiden Frauen die Köpfe zusammensteckten und Komplotte gegen ihn schmiedeten, wußte er, daß er sie nicht zu fürchten brauchte. Er war Baburs Lieblings, und sollte er ermordet werden, würde der – oder die – Schuldige sofort gepfählt werden.

Sein Triumph war vollständig, als Gila schwanger wurde. Aber er verbuchte auch auf anderer Seite Punkte. Gilas Bruder, Tahmasp, ein kräftiger Siebenjähriger, war fasziniert von seinem großen Schwager, und bald schon nahm Richard ihn – sehr zum Leidwesen seiner Mutter – mit zu den Truppenübungen der Hindus.

Aus mir wird ein richtiger Mongole, dachte Richard, als er die Hindu-Mädchen betrachtete, die Prabhankar ihm vorführte und aus denen er sich für die Dauer von Gilas Schwangerschaft eine Konkubine wählen sollte. Er fragte sich, was Lizzie, die Frau seines verstorbenen Vetters, wohl davon halten würde. Arme verwitwete Lizzie, die noch nicht einmal ahnte, daß sie Witwe war. Würde er sie jemals wiedersehen?

Das hing vom Ausgang des bevorstehenden Feldzuges ab. Wenn Babur siegte, war alles möglich. Die Mongolen hatten bei ihrer Durchsuchung des Palastes auch Thomas Blunts Börse gefunden, die achtlos in einen Schrank geworfen worden war. Richard war also wieder im Besitz von König Heinrichs Empfehlungsschreiben – eine ständige Erinnerung daran, warum er überhaupt hier war. Doch es war von größter Wichtigkeit, den richtigen Moment abzuwarten. Nach einem Sieg, ja. Sollte der Mogul jedoch geschlagen werden, würde es ohnehin keine Rolle mehr spielen. Richard machte sich keine Illusion ob des Schicksals, das ihn erwartete, falls man ihn als Gefangenen der Rajputen vor seine haßerfüllte Frau und deren Mutter zerren sollte.

Auch als Sultan des Königreiches von Delhi blieb Babur derselbe rücksichtsvolle, durchweg gutgelaunte zuversichtliche Mann, als den Richard ihn kennengelernt hatte. Und das, obwohl der Mongolenprinz einiges auf der Seele hatte.

Er war sich bewußt, daß sein Schicksal und das seiner Leute im Frühjahr entschieden würde. Darum traf er auch Pläne für einen Rückzug nach Afghanistan, falls er eine Niederlage einstecken mußte. Und das, obwohl er in Agra eine Schönheit und Verheißung gefunden, die in Kabul gefehlt hatten – vielleicht sogar in Samarkand. Mit Eifer suchte er die Stadt zu entwickeln. Aber noch mehr beschäftigte ihn der Gedanke, das alte Delhi als seine neue Hauptstadt wiederaufzubauen.

Indischen Aufzeichnungen zufolge hatte es dort, wo sich heute die Ruinen Delhis befinden, beinahe dreitausend Jahre lang eine Stadt gegeben, da in dem epischen Gedicht *Mahabharata* bereits unter dem Namen Indraprastha erwähnt wurde. Wie die meisten indischen Städte hatte auch diese im Zuge der Kriege und abwechselnden Reiche Höhen und Tiefen gekannt. Aber vor nur vierhundert Jahren war sie die Hauptstadt des berühmten indischen Königs Prithviraja gewesen. Prithviraja war es auch gewesen, der Delhi an die Moslems verloren hatte. Im darauffolgenden Jahrhundert hatte der Sklavenkönig Qutb-ud-Din Aybak den Turm namens Qutb Minar errichten lassen, der immer noch stand.

Einer von Qutb-ud-Dins Nachfolgern, Ala-ud-Din Khalji, hatte drei Meilen entfernt eine neue Stadt gebaut, und dann war von Khaljis Nachfolger, Ghiyas-du-Din Tughluk, eine dritte Stadt errichtet worden, die Tughlukabad genannt wurde. Diese mußte jedoch wegen Wassermangels wieder aufgegeben werden, und so kehrte man zurück zum ursprünglichen Standort, den Tughluks Sohn, Muhammed ibn Tughluk, mit Mauern und Türmen befestigte. Muhammeds Nachfolger aber, Firuz Shah Tughluk, hatte beschlossen, eine fünfte Stadt aus dem Boden zu stampfen und weiter nördlich Firuzabad errichtet, ganz in der Nähe des ursprünglichen Indraprastha.

All diese Städte, die so dicht beieinanderlagen, daß sie beinahe zu einer einzigen verschmolzen, waren 1389 von Timur und seinen Tataren zerstört und nie wiederaufgebaut worden. Babur und seine Architekten überlegten jetzt, wie man das Beste aus den fünf alten Städten machen und sie zu einem homogenen Ganzen zusammenfügen konnte.

Richard war immer wieder erstaunt, wie jemand, den man in England als wilden Banditen abgetan hätte, solches Interesse für

Architektur und Straßenplanung an den Tag legen konnte. Andererseits verfaßte Babur auch Gedichte und war belesener als jeder andere, dem Richard je begegnet war. Vielleicht war er der wahre Prester John!

Aber daneben hatte Babur ernsthafte häusliche Probleme. Er hatte seine gesamte Familie aus Kabul herbringen lassen, damit sie sich an die Schönheit Agras erfreuen konnte. Da er keinen traditionellen geschlossenen Harem unterhielt, wenngleich er die vier Frauen besaß, die ihm der Koran zugestand, sowie zusätzlich mehrere Konkubinen, sah man die Damen draußen auf den Straßen und auf dem Markt sowie bei ihrer ersten Begegnung mit Elefanten, bei der sie kreischten vor Lachen, als sie in eine der Sänften gehoben wurden. Sie waren eine lebhafte und glückliche Familie – mit einer Ausnahme, die ausgerechnet das nach Babur selbst wichtigste Familienmitglied betraf: Nasim-ud-Din Muhammed Humayun.

Von allen Kindern, die Babur gezeugt hatte, war Humayun der älteste Sohn und somit der erklärte Erbe seines Heeres und der von ihm eroberten Gebiete. Humayun war seinem Vater sehr ähnlich: Er war gebildet, interessierte sich für Poesie und Literatur und war doch gleichzeitig ein beachtlicher Soldat. Daß er Baburs Lieblingssohn war, bewies der Löwe dadurch, daß er ihm den ›Berg des Lichts‹, den Koh-i-Noor, zum Geschenk machte. Aber das Klima in Agra bekam Humayun nicht, und er litt häufig an Schüttelfrost, also konnte er nicht in den Sattel steigen oder ernsthaften Geschäften nachgehen.

Babur konsultierte die besten Ärzte der Stadt, aber sie konnten ihm nicht mehr sagen, als daß die Symptome auch bei den Indern häufig aufträten und es keine Heilung gäbe.

Als Babur im Frühling Nachricht erhielt, daß die Rajputen sich in Bewegung gesetzt hätten, führte der Mogul sein Heer dem Feind entgegen. Und Humayun mußte wieder einmal zurückbleiben.

Die Schlacht gegen die Rajputen fand am 16. März 1527 in Khanua statt, etwa vierzig Meilen westlich von Agra.

Obwohl Babur sein Heer während der Regenzeit ständig vergrößert hatte, befehligte er immer noch nicht mehr als zwanzigtausend Mann, da er in Agra und entlang der Verbindungsrouten nach Kabul vertrauenswürdige Garnisonstruppen zurücklassen mußte. Sein Heer bestand zu gleichen Teilen aus mongolischen Reitern wie aus hinduistischen Pikenieren, die von Richard angeführt wurden.

Darüber hinaus verfügte der Mogul über Artilleriegeschütze und Ochsenkarren.

Die Rajputen waren eine gewaltige Heerschar, ein Kaleidoskop von Flaggen und Bannern, dröhnender Trommeln und Pauken. Richard schätzte die Zahl auf etwa hunderttausend Mann. Jeder einzelne war beritten und prunkvoll gekleidet. Die Sonne reflektierte von den polierten Helmen, den Kettenhemden, Schwertern und Lanzen und den kaum weniger prächtigen Geschirren der Pferde. Außerdem verfügte der Feind über fünfhundert Elefanten.

Die Hindu-Infanteristen beobachteten unruhig die herannahenden Massen.

»Ihr müßt mit erhobenen Piken standhalten«, sagte Richard. »Dann können sie Euch nichts anhaben.«

Die Rajputen besaßen immer noch keine Kanonen.

Babur traf die gleichen Vorbereitungen wie zuvor, ließ die Karren aneinanderketten und stellte die Geschütze zwischen ihnen auf. Die Infanterie bezog wieder zur Linken Stellung, die Kavallerie zu einer Rechten.

»Mal sehen, ob diese stolzen Krieger etwas dazu gelernt haben«, sagte er.

Aber sogar seinen Mongolen war angesichts der gewaltigen Übermacht nicht wohl in ihrer Haut. Jetzt machten sich Baburs Führungsqualitäten bemerkbar: Er rief seinem versammelten Heer anschaulich vergangene Triumphe ins Gedächtnis und erinnerte sie an den Ruhm, den sie genossen. Dann wandte er sich der moslemischen Elitekavallerie zu und schwor feierlich, daß er von diesem Tage an der Aufrichtigste unter ihnen sein würde, woraufhin er seinen Trinkbecher und eine Flasche Wein zerbrach, um seinen Schwur zu besiegeln. Den Wein schüttete er in einen Brunnen.

Auf seine leidenschaftlichen, mitreißenden Worte folgte lautstarker Jubel aus den Reihen der Mongolen, aber es war klar, daß diesmal eine andere Taktik angewandt werden mußte. Richard ahnte, worin diese bestehen würde, da es sich um ein Manöver handelte, das zu üben er während des Winters oft genug angehalten worden war.

Die erste Division der Rajputen-Kavallerie ging zum Angriff über. Baburs Kanonen grollten, und die Reiter zogen sich überstürzt zurück.

Sofort signalisierte Babur mit seiner Peitsche, und Richard führte seine Infanterie vor die aneinandergeketteten Karren. Dort bildeten sie eine solide Masse, um dem zweiten Angriff zu trotzen, unterstützt von Bogenschützen, die aus dem Sattel gestiegen waren und über ihre Köpfe hinweg auf den heranpreschenden Feind schossen.

Die Pfeile ärgerten die Rajputen, ohne sie jedoch zu irritieren. Ganz offensichtlich sah die Kavallerie in der Masse ungepanzerter Infanteriesoldaten keine Gefahr und galoppierte bis in Reichweite der Speere. Piken mit ihrer ungewohnten Länge waren ihnen jedoch unbekannt. In dem Wissen, daß er einen statischen Kampf austragen und es nicht mit Schußwaffen zu tun haben würde, hatte Richard seine Männer in einer perfekten Replik einer mazedonischen – oder auch Schweizer – Phalanx aufgestellt, und die edlen Schlachtrösser warfen sich vergebens gegen die dreieinhalb Meter langen mit Stahlspitzen versehenen Stangen. Zwar wurden die zwei vorderen Reihen allein durch das Gewicht der Pferdeleiber und die Wucht des Aufpralls zurückgedrängt, aber die Männer dahinter hielten stand, und die gepanzerten Reiter stürzten zu Boden und wurden sofort getötet.

Als die gegnerische Kavallerie zurückwich, zog sich die Phalanx hastig hinter die Barrikaden zurück und formierte sich neu, während die Kanonen die zweite Salve abfeuerten. Bislang waren die Elefanten noch nicht zum Einsatz gekommen, aber jetzt wurden sie vorgeschickt und erlitten dasselbe Schicksal wie in Panipat. Sie gerieten in Panik, griffen sich gegenseitig an und mußten von ihren Mahouts getötet werden.

Babur hatte seine Kavallerie bis zu diesem Augenblick zurückgehalten, aber jetzt hielt er den Moment für gekommen und sandte sie aus, die linke Flanke der Rajputen anzugreifen. Auch hier zeigte sich, daß die Rajputen aus ihrer Niederlage in Panipat nichts gelernt hatten. Sie wurden vom Pfeilhagel überrascht und verwirrt und waren dem anschließenden Ansturm der Mongolen nicht gewachsen.

Als Rana Sanga, ihr Anführer, getroffen wurde, war die Schlacht beendet. Der Rajputen-Prinz wurde schwer verletzt zurück in den Sattel gehoben und vom Schlachtfeld geleitet. Seine Männer folgten ihm, ohne zu zögern, ein langer Zug entmutigter und geschlagener Reiter.

Während die Mogulen sich um die Verwundeten und Gefallenen kümmerten, ritt Babur zu seinen verschiedenen Truppenverbänden und gratulierte seinen Männern.

»Und wohin jetzt, großer Prinz?« fragte ihn Richard, auf sein blutiges Schwert gestützt.

»Jetzt können wir anfangen, über Mahmud Lodi nachzudenken«, entgegnete Babur.

Richard hätte es vorgezogen, den Rajputen nachzusetzen und sie zu vernichten, um dann eventuell nach Süden, nach Gujarat, zu marschieren.

Er teilte Babur seine Gedanken mit, aber dieser schüttelte den Kopf. »Ich möchte die Rajputen lieber als Verbündete haben als sie in den Staub zu trampeln«, sagte er. »Sie sind hervorragende Reiter. Unter richtiger Führung würden sie meine Streitkraft bedeutend verstärken. Außerdem müssen wir uns jetzt um Lodi kümmern.«

Richard mußte sich wieder gedulden.

Kurze Zeit nach der Schlacht von Khanua brachte Gila einen Sohn zur Welt.

Als Richard ihr Gemach betrat, lag sie so mißtrauisch wie eh und je auf dem Diwan, während ihre Mutter am Kopfende über sie wachte. Eine der Dienerinnen reichte ihm den Säugling.

»Er wird groß und stark werden wie sein Vater«, sagte sie freundlich.

Richard betrachtete das runzlige Gesicht und die winzigen gekrümmten Finger, die sich um seinen Zeigefinger schlossen.

»Sein Griff ist der eines Bahatur«, sagte die Dienerin.

Richard löste seinen Finger aus dem Griff des Kindes und trat neben den Diwan.

»Geht es dir gut?« fragte er.

»Es geht mir gut, Herr.«

Das war das erstemal, daß sie zu erkennen gab, daß sie ihn nun als ihren Gatten anerkannte. Mujhaba funkelte sie böse an, aber Richard war entzückt.

»Wie willst du ihn nennen?« fragte er.

Sie schien unsicher. »Wollt Ihr ihm nicht einen Namen geben?«

»Das überlasse ich lieber dir.«

Sie befeuchtete sich die Lippen, nicht sicher, ob er sie nicht verspottete. »Ich würde ihn Zaid nennen«, sagte sie nach einigem Zögern. »Nach meinem Bruder.«

»Zaid«, stimmte Richard zu.

Zaid Blunt, dachte er. Das war ein Name, den er voller Stolz eines Tages an König Heinrichs Hof verkünden konnte.

Nach moslemischer Sitte galt eine Frau als unrein, solange sie stillte, und aus eben diesem Grund gab Gila ihrem Sohn nur drei Monate lang die Brust und besorgte ihm dann eine Amme. Drei Monate später war sie wieder schwanger.

Babur schien es nicht eilig zu haben, gegen Mahmud Lodi ins Feld zu ziehen, der seinerseits keine Anstalten machte, nach Westen zu marschieren.

Es gab vernünftige strategische Gründe, eine Begegnung mit Lodi hinauszuzögern, bis die Verhandlungen mit Rajputana abgeschlossen waren. Zu diesem Zweck tauschte Babur Botschaften mit den Prinzen der Rajputenstaaten und versuchte, eine Allianz mit ihnen zu erreichen, wie sie zwischen ihnen und Lodi bestanden hatte. Damals waren religiöse Differenzen überwunden worden, und der Mogul sah keinen Grund, weshalb das nicht wieder möglich sein sollte.

Richard beobachtete jedoch mit leisem Unbehagen, daß der Löwe sich darüber hinaus immer mehr an den Annehmlichkeiten seiner neuen Eroberung erfreute. Wenngleich der Mogul dahingehend erzogen worden war, die feineren Dinge des Lebens zu schätzen, hatte er fast sein ganzes Leben im Sattel verbracht, um gegen seine oder seines Vaters Feinde zu kämpfen. Niemand konnte sich mit seinem Können auf dem Gebiet der Kriegsführung messen, und doch war er immer ein Träumer geblieben, und nun endlich war einer seiner Träume in Erfüllung gegangen. Er schien noch größeren Gefallen daran zu finden, entlang der Springbrunnen und künstlichen Seen spazierenzugehen, die er auf dem Palastgelände in Agra hatte anlegen lassen, und mit den Gärtnern die Anordnung der Blumenbeete zu besprechen als daran, seinen nächsten Feldzug zu planen.

Seine Bahaturs beobachteten diese Verwandlung mit ungläubigem Staunen.

Noch mehr beunruhigten Richard Blunt die deutlichen Spuren des Alters, die sich bei Babur bemerkbar machten. Babur war im Sommer 1527 erst vierundvierzig, bewegte sich jedoch, als wäre er mindestens zwanzig Jahre älter. Seine Gelenke schmerzten von den vielen Jahren des Kämpfens. Auch schenkte er bezeichnenderweise dem hübschen indischen Mädchen, das er in sein Bett geholt hatte, keine Kinder.

Das vorzeitige Altern schien Babur jedoch nicht weiter zu beunruhigen. »Ich habe ein ausgefülltes Leben gelebt, Blunt Amir«, sagte er. »Ein Mann kann die ihm zugedachte Zeitspanne nicht überschreiten. Wenn Mahmud Lodi erst vernichtet ist ...«

»Wann wird das sein, Hoheit?« fragte Richard.

Babur lächelte. »Ihr seid ungeduldig wie alle meine Offiziere. Sie alle wollen zu Ruhm und Ehre gelangen. Wir ziehen gegen Mahmud, sobald mein Abkommen mit den Rajputen-Prinzen besiegelt ist. Auch bin ich nicht ganz tatenlos. Ich habe Boten in die Städte im Osten geschickt, die den Menschen einflüstern, wie mächtig ich bin und wie schwach Lodi sich im Vergleich zu mir ausnimmt. Schlachten werden häufiger in Gedanken gewonnen als auf dem Feld. Habt Ihr das in Europa noch nicht erkannt?«

Richard mußte zugeben, daß das nicht der Fall war. »Man kann den Willen eines Opponenten, zu kämpfen und zu siegen, unterminieren«, fuhr Babur fort. »Es heißt, schon Dschingis Khan und Timur hätten diese Taktik angewandt, um sich ihre großen Triumphe zu sichern.«

»Ich muß gestehen, daß die europäischen Könige noch viel zu lernen haben, Hoheit«, stimmte Richard ihm zu und sagte sich, daß die Zeit reif sein mochte, seine eigene Kampagne zu starten – die Mission, die er immer noch nicht erfüllt hatte. »Es wäre großartig, wenn zwischen den Mogulen und den Engländern eine Allianz zustande käme.«

»Zwischen einem Moslem und einem Christen?«

»Nun, Hoheit, *ich* bin ein Christ, und trotzdem diene ich Euch. Und Ihr sucht eine Allianz mit den Hindu-Rajputen zu besiegeln. Verbietet Eure Religion es Euch denn, Euch mit Christen zu verbünden?«

Babur lächelte. »Allerdings. Das heißt jedoch nicht, daß ein Mann sein Gewissen nicht zuweilen zum Wohle eines lobenswerten Zieles beugen könnte. Aber welchen Nutzen hätte ich von einer Allianz mit England?«

»Besitzt Ihr Schiffe, Hoheit?«

»Schiffe?« fragte Babur stirnrunzelnd.

»Wißt Ihr über den Ozean Bescheid?«

»Ich habe den Ozean nie gesehen, Blunt Amir. Meine Kenntnis des Meeres wurde mir von anderen angetragen. Aber welchen Nutzen hätte ich vom Ozean?«

»Wenn Ihr Euer Königreich weiter ausdehnt, werdet ihr früher oder später ans Meer gelangen. Wenn es soweit ist, werdet Ihr die Bedeutung des Handels über das Meer erkennen – und die Bedeutung einer Flotte, die Eure Handelsschiffe beschützt. Mein Land könnte Euch diese Schiffe bauen.«

Babur strich sich mit einer Hand über den Bart.

»Und welchen Nutzen hätte ich von einer Allianz mit Eurem König?«

»Der Nutzen läge natürlich im Handel. Mein Land stellt die feinsten Wollerzeugnisse der Welt her. Qualitativ hochwertige Kleider, die einen im Winter warm halten.«

»Haben wir nicht unsere eigenen Schafe und Rinder, die uns mit Kleidern versorgen?«

»Gewebte Kleider sind bequemer, Hoheit«, argumentierte Richard.

»Hm. Und was könnten wir Eurem König im Gegenzug bieten?«

»Dieses Land ist reich an Gold und Edelsteinen. Beides wäre im Westen hoch willkommen.«

»Gold gegen Wollkleider?« sinnierte Babur.

»Wir Engländer verstehen auch eine ganze Menge von Kanonen und ihrer Verwendung.«

»Ich erhalte meine Kanonen von den Ottomanen.«

»Die Ottomanen sind aber unsichere Nachbarn, Hoheit.«

Babur lächelte erneut. »Jetzt kommt Ihr endlich auf den Punkt, Blunt Amir. Eure Leute in Europa fürchten die Ottomanen – und das mit gutem Grund. Ich habe gehört, daß dieser neue Sultan, Suleiman, gen Wien marschiert.«

»Solltet Ihr eine solche Macht nicht ebenfalls fürchten, Hoheit?«

Babur dachte darüber nach.

»Ich würde Euch als Botschafter im Westen dienen«, fügte Richard eifrig hinzu.

Babur musterte ihn eindringlich.

»Ich ziehe es vor, Euch hier zu haben, Blunt Amir. Mit Eurer Ankunft hat mein Schicksal sich zum Guten gewendet. Vielleicht ist das ja nur Aberglaube, aber Tatsache ist, daß keiner meiner Offiziere so viel von Fußtruppen versteht wie Ihr.« Er sah die Enttäuschung auf Richards Gesicht und legte dem jüngeren Mann eine Hand auf den Arm. »Wir werden noch darüber reden – wenn ich die Angelegenheit Lodi geregelt habe.« Er lächelte. »Und wenn wir wissen, wie Suleiman mit Wien verfahren ist. Oder Wien mit Suleiman.«

Offenbar fürchtete er die Ottomanen mehr, als er zugeben wollte, und zog es vor abzuwarten, in der Hoffnung, daß Suleiman sich übernahm.

Während des nächsten Monsuns begann er, seinen Sekretären seine Memoiren zu diktieren.

Richard war verblüfft. Heinrich VIII. wurde als Wunder seiner Zeit betrachtet, weil er fließend lesen und sogar Gedichte verfassen konnte. Aber der Gedanke, daß der König eines beliebigen europäischen Landes – inmitten eines noch nicht beigelegten Konfliktes – sich die Zeit nahm, seine Lebensgeschichte aufzuschreiben, wäre einfach absurd gewesen.

Babur hingegen sah darin nichts Ungewöhnliches.

»Wie Ihr seht, werde ich alt, Blunt Amir«, sagte er. »Sollte ich denn nicht zum Wohle meiner Nachfahren niederschreiben, was ich gesehen, gelernt und erfahren habe? Außerdem wird es mir während der langen Monate des Wartens die Zeit vertreiben.«

Gila brachte im Frühling 1528 eine Tochter, Iskanda, zu Welt. Sie hatte sich sogar völlig mit ihrem Schicksal versöhnt und fand sogar, wie Richard festzustellen glaubte, Gefallen an ihrem ungewöhnlichen Gatten.

Nur ihre Mutter fuhr fort, ihm mit Verachtung und Feindseligkeit zu begegnen. Richard zweifelte nicht daran, daß sie ihrer Tochter das Leben schwer machte, aber Gila schien mit dem Loyalitätskonflikt leben zu können.

Aber für Häuslichkeit blieb wenig Zeit. Als der Monsun endete, befahl Babur seinem Heer, nach Osten zu marschieren. Babur hatte mit den Rajputen Frieden geschlossen, und wenngleich er wußte, daß die Hindu-Prinzen nur auf den Ausgang seines Feldzuges gegen Lodi warteten, war er beruhigt, zumindest den Rücken vorübergehend frei zu haben.

Die mongolische Streitmacht war jetzt fünfundzwanzigtausend Mann stark, und Babur setzte nun auch einige Elefanten ein, wenn sie auch weniger als Kriegswaffen gedacht waren als dazu, bei unwegsamem Gelände eine Bresche für das Heer zu schlagen. Der Schwerpunkt seiner Armee waren nach wie vor Reiter und Kanonen, wenngleich er mit seiner Division Hindu-Pikeniere sehr zufrieden war.

Muhammed Humayuns Gesundheit erlaubte ihm, seinen Vater zum erstenmal in den Krieg zu begleiten. Dawlat Khan galt inzwischen als so loyal, daß man die Befehlsgewalt über Agra in seine Hände geben konnte. Kamran begleitete das Heer ebenfalls, wie gewöhnlich als *Tavachi* oder Adjutant. Prinz Askari war ebenfalls dabei, während Hindal in Agra blieb.

Humayun übernahm das Kommando über den rechten Flügel der Kavalleriedivision, Baburs Elitetruppe, ritt jedoch die meiste Zeit an Richards Seite. Sie unterhielten sich über England und Europa, und der junge Mann studierte aufmerksam die ungewohnten Manöver der Pikeniere.

»Wie würden *wir* Eurer Meinung nach gegen ein spanisches Heer abschneiden, das ausschließlich aus Fußsoldaten besteht, wie Ihr es beschrieben habt, Blunt Amir?«

»Offen gestanden bin ich der Überzeugung, daß ein gut ausgerüstetes und diszipliniertes Infanterie-*Tercio* jede Kavallerie besiegen würde«, entgegnete Richard.

»Würde unser Pfeilhagel diese Disziplin denn nicht zunichte machen?«

»Vielleicht, sofern es überhaupt dazu käme. Aber vergeßt nicht, daß unsere *Tercios* über ein Kontingent Arkebusiers verfügen, die Eure Reiter auf Distanz halten würden.«

Humayun hatte selbstverständlich Richards Schußwaffen begutachtet und sogar einen Schuß abgefeuert. Er war damals nicht beeindruckt gewesen und schien jetzt nicht beeindruckt.

Aber sein Interesse am Westen war ermutigend, und Richard hoffte immer noch, Babur überreden zu können, ihn als Botschafter nach Hause zurückkehren zu lassen …

Jegliche Hoffnung, daß der Feldzug gegen Lodi schnell vorüber sein würde, mußte bald aufgegeben werden. Der Sultan, wie er sich selbst bezeichnete, ging einem offenen Kampf offensichtlich aus dem Weg, zog sich vor der herannahenden mongolischen Armee zurück und wartete, daß der Monsun ihm zur Hilfe kam. Und so kam es auch, nachdem Babur das Jumna-Tal hinunter bis nach Prayag, der alten Heiligen Stadt der Hindus, marschiert war, wo der Jumna sich mit dem Ganga vereinte und den Ganges bildete. Bis dahin waren sie nur auf geringen Widerstand gestoßen. Es hatte nur vereinzelte Scharmützel mit fanatischen Hindustämmen gegeben, die Lodi ebenso gehaßt hatten wie den Mogul, weil beide Moslems waren. Das beträchtliche Kontingent Hindus im Dienste des mongolischen Heeres trug jedoch entscheidend dazu bei, die Furcht zu zerstreuen, die Lodis Propaganda und Schauermärchen von blutigen Massakern verbreitet hatten.

Von den Einwohnern Prayags erfuhr Babur, daß der Ganges mehrere hundert Meilen weit nach Osten strömte, ehe er sich ins Meer ergoß.

Er rief Richard zu sich. »Kann das stimmen?«

»Ich halte es für sehr wahrscheinlich, Hoheit.«

»Und dieses Meer, von dem sie sprechen, ist das der Ozean?«

»Das würde ich meinen, Hoheit.«

In Wahrheit hatte er keinen Schimmer.

»Vielleicht tausend Meilen und dann der Ozean. Das müssen wir tun, Blunt Amir. Zu sterben, ohne dieses Meer gesehen zu haben, wäre meiner unwürdig.« Er schwieg eine Weile nachdenklich. »Glaubt Ihr, daß Timur je den Ozean gesehen hat?«

Sie hatten manche Stunde damit verbracht, Timurs Feldzüge zu diskutieren, die ihn von Zentralasien nach Rußland, Persien, in die Türkei und nach Indien – allerdings nicht weiter als Delhi – geführt hatten und schließlich nach China, wo er gestorben war.

»Nach allem, was Ihr mir erzählt habt, würde ich das verneinen. Möglicherweise hat er das Mittelmeer gesehen, aber das ist nur ein Binnenmeer ...«

»Dann wäre das endlich etwas, worin ich ihn übertreffen könnte«, sagte Babur mit stiller Befriedigung.

Richard spürte, daß der Wunsch, den Ozean zu sehen, Baburs unersättlichen Geist mehr reizte als die Entscheidungsschlacht gegen Lodi. Jedenfalls waren sie nicht weiter gekommen als bis zur Heiligen Stadt Benares, als der Regen einsetzte. Lodi hoffte zweifellos, daß Babur bis dahin nach Agra zurückgekehrt wäre, aber statt dessen schlug der Mogul um Benares herum sein Lager auf.

»Ich habe noch nie ein solches Klima gekannt«, gestand er. »Wir haben in Turkistan sehr kalte Winter, aber auch im Schnee sind Feldzüge möglich – manchmal sogar leichter, da die Flüsse zufrieren. Aber dieser Regen verwandelt das ganze Land in einen einzigen Sumpf ... es ist wie ein Fluch.« Wie immer grinste er. »Aber wir müssen das Beste daraus machen. Keiner von uns wird nach Agra zurückkehren, solange Mahmud Lodi nicht tot ist.«

Er fand Frauen für seine Offiziere und Soldaten, und sie machten es sich im strömenden Regen, der noch heftiger war als in Agra, so gemütlich wie eben möglich.

Unnötig zu sagen, daß Babur schon nach kurzer Zeit begann, sich für die Stadt zu interessieren, die vor beinahe tausend Jahren von Ashoka, dem großen buddhistischen Kaiser, gegründet worden war. Eine der berühmten Säulen stand sogar noch. Nach dem Niedergang des Buddhismus in Indien war Benares zum

Zentrum hinduistischer Gottesanbetung und hinduistischer Lehren geworden.

Unglücklicherweise war die Stadt 1194 christlicher Zeitrechnung von den moslemischen Herrschern Delhis erobert worden, die sie systematisch ihrer materiellen und geistigen Schätze beraubt hatten. Alle, denen es möglich gewesen war, waren geflohen; die Zurückgebliebenen waren fast alle umgekommen. Jetzt waren große Teile der Stadt zerstört, und die wenigen, die mehr schlecht als recht dort lebten, schienen die Ankunft des moslemischen Heeres als ein weiteres Unglück hinzunehmen.

Babur sandte Boten in die umliegenden Länder und lud Gelehrte ein zurückzukehren, was einige von ihnen zu Richards Überraschung tatsächlich taten.

»Dies ist ein großes Land«, sagte Babur. »Und das nicht nur in seiner Fläche. Zentralasien ist gewaltig, aber nur spärlich bevölkert. Dieses Land ist reich an Menschen, Vieh und Landwirtschaft. Es könnte das mächtigste Land der Welt sein. Es wird meine Aufgabe sein, es dazu zu machen.«

Als der Regen aufhörte, wünschte Babur den Marsch nach Südosten fortzusetzen. Er wollte dem Flußtal bis zum Meer folgen, wo der Ganges sich in mehrere Nebenflüsse teilte.

Jedoch erhielten sie Nachricht, daß Mahmud Lodi mit einem großen Heer vor der zerstörten Stadt Pataliputra lagerte, die früher Ashokas Hauptstadt gewesen war.

»Erst müssen wir uns um Lodi kümmern«, beschloß Babur. Er befahl seiner Armee, nach Pataliputra zu marschieren, das etwas hundertfünfzig Meilen nordöstlich lag und wo ein weiterer Fluß, der Gogra, in den gewaltigen Ganges strömte. »Wenn wir erst mit Lodi fertig sind, folgen wir dem Heiligen Fluß bis zum Meer«, verkündete Babur.

Das Heer war froh, wieder unterwegs zu sein. Fünf Monate in einer so unwirtlichen Umgebung waren zu lang gewesen. Es hatte viele Kranke und Tote gegeben.

Richard sah, wie ein Pferd zu ihm aufschloß, und wandte sich dem Reiter zu. Es war Humayun, und Richard war entsetzt von seinem Anblick. Das Gesicht des jungen Prinzen war gelb, und er zitterte unkontrolliert. »Es ist eine Plage«, seufzte er.

»Ihr solltet im Bett liegen«, sagte Richard.

»Wie kann ich im Bett liegen, wenn mein Vater in einen so wichtigen Krieg zieht?« fragte Humayun.

Richard zuckte die Achseln. Er konnte Humayuns Entschlossenheit verstehen. Außerdem hatte er auf dem Marsch von Goa anhand des armen Thomas beobachten können, daß es keinen großen Unterschied machte, sich bei einem dieser Fieberanfälle ins Bett zu legen. Entweder man erholte sich wieder, oder man erholte sich nicht.

Mahmud Lodis Heer war nicht mehr in Pataliputra, und statt dessen blickte Babur auf die Ruinen einer weiteren ehemals blühenden Stadt.

»Auch diese Stadt muß wiederaufgebaut werden«, sagte er. »Ebenso wie Payrag und Benares. Es gibt so vieles, was ich tun möchte, Blunt Amir. Ein Mann könnte sich zwei Leben lang mit diesem Land beschäftigen. Aber Lodi ist mir wichtiger.«

Sie erhielten Nachricht, daß der Sultan sich den Gogra hinauf zurückgezogen hatte. Das mongolische Heer wurde in Marsch gesetzt, und eine Woche nach ihrem Aufbruch aus Pataliputra stießen sie endlich auf Lodis Außenposten.

Er hatte listig erneut den Fluß überquert, stets darauf bedacht, das Wasser als Barriere zwischen sich und seinem Verfolger zu nutzen. Und jetzt kontrollierten seine Männer die einzige Furt. Babur stellte seine Geschütze entlang des Flußufers auf und bombardierte die feindliche Stellung. Aber die Entfernung war zu groß, und im Urwald büßten die Kanonen viel von ihrer Effektivität ein, da die Steingeschosse gegen große Bäume prallten.

Babur zupfte verärgert an seinem Bart, während er über den rasch dahinfließenden Strom blickte. »Dieser Schurke will mich hinhalten«, grollte er. »Was sollen wir tun, Blunt Amir?«

Aber dieses eine Mal wußte auch Richard keine Antwort. Also schlug das Heer sein Lager auf, während die Generäle über die Lage berieten.

»Er kann bis in alle Ewigkeit mit uns Verstecken spielen«, brummte Kamran.

Humayun sagte nichts dazu. Wenngleich er sich von seinem Anfall erholt hatte, wirkte er noch sehr schwach.

»Ein Ming-bashi möchte Euch sprechen, Herr«, verkündete einer der Tuman-bashis. »Er sagt, er kenne eine andere Furt.«

»Ist das wahr? Führ ihn herein.«

Der Ming-bashi oder Kommandeur von eintausend Mann war verhältnismäßig klein, etwa im gleichen Alter wie Babur und hatte den klaren Blick und die blasse Gesichtsfarbe eines Mannes aus den Bergen.

»Ich kenne Euch«, sagte Babur. »Ihr seid Farid Khan, der Afghane.«

Farid verneigte sich.

»Und Ihr kennt eine unbewachte Furt?«

»Mein Regiment gehört zur Nachhut, Hoheit. Einige meiner Männer haben versucht, einen Büffel einzufangen, aber das Tier flüchtete sich in den Fluß und watete ans andere Ufer. Meine Männer wären ihm gefolgt, aber ich habe sie zurückgehalten und die Stelle gekennzeichnet.«

»Bei Allah!« krächzte Babur. »Ihr werdet belohnt werden, Farid Khan. Wo ein Büffel durch den Strom zu waten vermag, kann es auch ein Mann. Oder tausend Männer. Oder zehntausend Männer. Aber wir müssen schnell und unauffällig handeln. Blunt Amir, Eure Pikeniere werden den Fluß als erste durchqueren und die Furt sichern. Ihr werdet heute nacht im geheimen das Lager verlassen, während ich den Feind von Euch ablenke und seine Aufmerksamkeit auf diesen Punkt gerichtet halte. Ihr werdet die Furt halten, bis ich mit den Haupttruppen nachkomme. Euch ist doch sicher klar, daß Mahmud Lodi nach dem Grund forschen wird, wenn wir diese Stellung aufgeben. Möglicherweise greift er Euch mit seiner ganzen Streitkraft an.«

»Das ist mir klar, Hoheit.«

»Ich werde Euch hinführen, Blunt Amir«, erbot sich Farid der Afghane.«

Richard und seine Pikeniere entfernten sich unauffällig aus dem mongolischen Lager und kehrten zurück bis zu jener Stelle, die Farid markiert hatte. Nichts deutete auf eine Furt hin; nur ein kaum wahrnehmbares Kräuseln der Wasseroberfläche ließ eine seichtere Stelle ahnen, wenn auch nichts über die tatsächliche Wassertiefe Aufschluß gab.

»Sobald es dunkel ist, werden wir, Ihr und ich, gemeinsam hinüberwaten, ja?« sagte Farid Khan.

Richard erteilte Prabhankar seine Befehle: Er sollte mit seinen Männern nachkommen, sobald er sah, daß er und Farid das andere Ufer sicher erreicht hatten. Dann folgte er dem Afghanen ins Wasser. Farid watete ohne das leiseste Anzeichen von Furcht in die Mitte des Flusses. Das Wasser war ziemlich tief und reichte dem kleinen Mann stellenweise sogar bis zum Kinn. Richard, dem das Wasser nur bis zur Brust reichte, streckte eine Hand aus, um den Afghanen zu stützen, aber Farid grinste nur und watete weiter. Ein paar Minuten später kletterten sie ans gegenüberliegende Ufer. Blunt blickte zurück und betrachtete befriedigt die lange Schlange dunkelhäutiger Männer, die Prabankhar folgte.

Richard schickte einen Boten zu Babur ... und wartete. Er hatte angenommen, daß Farid zum Hauptlager zurückkehren würde, aber statt dessen zog der Afghane es vor, sein Regiment ebenfalls über den Fluß zu holen, um an der Seite der Hindus zu kämpfen.

An diesem Nachmittag zog Lodi, beunruhigt vom Rückzug des mongolischen Heeres nach Süden, ebenfalls flußabwärts. Als seine Späher die Hindus entdeckten, durchschaute er, was vor sich ging. Er startete sofort einen Großangriff, die Feuertaufe für die Hindus, da sie zum erstenmal nicht auf Unterstützung von Kavallerie oder Artillerie zählen konnten. Glücklicherweise verfügte Lodi nur über ein verhältnismäßig kleines Kontingent effektiver Kavallerie, und natürlich besaß er auch keine Geschütze, so daß sie bis zum Abend durchhielten.

Am nächsten Tag versuchte Babur, mit dem Hauptheer den Fluß zu überqueren, aber Lodi griff erneut an, so daß es wieder den Pikenieren überlassen war, die Furt zu halten. Erst am Abend hatten Babur, alle seine Soldaten, Pferde und Geschütze die Furt passiert. Der Transport der Kanonen war ein Meisterstück, da er extra Flöße für die schweren Geschütze hatte bauen lassen, die von Männern an beiden Ufern mit dicken Seilen hinübermanövriert wurden.

Am dritten Tag war er also bereit. Die Schlacht wurde diesmal nicht nach dem gewohnten mongolischen Muster geführt, da Babur beschloß anzugreifen, um zu verhindern, daß der Feind ihm erneut entkam. Die Hindus, auf die er mehr und mehr vertraute, bildeten eine Speerspitze und marschierten gegen Lodis bereits aufgeriebene Streitmacht, während die Kavallerie die Flanken angriff. Die Artillerie feuerte, während Richard und seine Männer die feindliche Front ›stabilisierten‹ und die Mongolen von beiden Seiten Pfeile auf das eingekesselte Heer niederprasseln ließen, um schließlich zum Nahangriff überzugehen, sobald Lodis Männer zu weichen begannen.

Der Rückzug der feindlichen Armee verwandelte sich in eine wilde Flucht, und das indische Heer wurde regelrecht vom Schlachtfeld gefegt.

»Ihr habt Euch wahrlich eine Belohnung verdient«, rief Babur Farid zu. »Von diesem Moment an tragt Ihr den Titel ›Sher Khan – der tapfere Krieger‹.«

Farid neigte dankend den Kopf.

»Und was Euch betrifft, Blunt Amir«, fuhr Babur fort, »so habt Ihr wieder einmal Euren Wert bewiesen. Hiermit ernenne ich Euch zum Bahatur, einem meiner auserwählten Ritter.«

Lodi wurde als Gefangener vor Babur gezerrt.

Er fiel auf die Knie. »Heil Euch, mächtiger Mogul-Krieger«, sagte er. »Ihr seid wahrlich von den Göttern ausersehen, über dieses Land zu herrschen. Welche Dummheit von mir, zu versuchen, mich Euch zu widersetzen.«

Babur musterte ihn nur stumm.

»Schenkt mir das Leben, großer Prinz«, fuhr Lodi fort, »und ich werde Euer treuester Diener sein.«

»Du bist nicht zum Diener geeignet«, entgegnete Babur, »und noch viel weniger zum König. Ja, es war dumm von dir, dich mir zu widersetzen. Du hast denselben Fehler begangen wie dein Bruder. Er ist wenigstens den ehrenhaften Tod eines Kriegers gestorben. Pfählt ihn und seine Offiziere«, befahl er. »Und köpft seine Soldaten.«

Babur hatte jedes Recht, stolz zu sein, da er sich zu seinem Königreich Kabul das gesamte große Königreich von Delhi gesichert hatte, so daß sein Reich sich nun an die zweitausend Meilen von Nordwesten nach Südosten erstreckte. Über eine Karte von Europa gebreitet, würde das Gebiet von London bis Buda reichen. Nicht einmal der Heilige Römische Kaiser regierte über ein so ausgedehntes zusammenhängendes Reich.

Babur blieb ein erschreckend vielschichtiger Charakter. Noch am Abend seines Triumphes über Lodi diktierte er langsam ein weiteres Kapitel seiner Memoiren, solange die Einzelheiten der Schlacht ihm noch frisch im Gedächtnis wären, wie er erklärte. Am nächsten Morgen wurde er an Humayuns Lager gerufen. Der junge Mann hatte in der Schlacht so hart gekämpft wie jeder andere, war jedoch jetzt kaum noch in der Lage, sich zu rühren.

»Wird er sterben?« fragte Babur den Chirurgen sorgenvoll.

»In diesem Klima wäre das ganz sicher möglich, Herr.«

Baburs Züge verdüsterten sich.

»Dann müssen wir so schnell wie möglich nach Agra zurückkehren«, beschloß er. »Ich werde ein andermal zurückkehren, um dem Fluß bis zum Ozean zu folgen.«

Babur ließ sich nicht anmerken, wie groß seine Sorge um den jungen Mann tatsächlich war. Er wußte, daß mehr auf dem Spiel stand als nur das Leben seines ältesten Sohnes. Humayun war sein einziger in Frage kommender Erbe. Kamran hatte bisher keinerlei Begabung erkennen lassen, was Verwaltungsfragen oder Führungsqualitäten anbelangte, Askari war zu ungestüm und Hindal noch zu jung.

Das Heer marschierte im Eiltempo zurück nach Agra. Babur, jetzt anerkannter Herrscher über das gesamte Königreich von Delhi, ließ Garnisonstruppen in den wichtigsten Städten zurück. Außerdem sandte er Botschafter nach Bihar und Bengalen, Länder, die zuvor schon Ibrahim Lodis Überlegenheit anerkannt hatten, um sie aufzufordern, sich nun ihm zu unterwerfen. Er hörte nie auf, über all die Probleme nachzugrübeln, die sich ihm in der Zukunft stellen könnten. Aber die Neuigkeiten von Mahmud Lodis Niederlage erschreckten Sultan Nasir ed-din Nasrat Shah von Bengalen derart, daß er Babur ohne zu zögern als seinen Herrn anerkannte.

Sher Khan, zum Tuman-bashi und Amir befördert, gehörte zu jenen, die mit einem Regierungsposten im Osten betraut wurden. Aber nur Humayun war wirklich wichtig für Babur. Nach einem Gewaltmarsch hielten sie Einzug in Agra. Babur und die Trage mit dem kranken Prinzen gehörten der Vorhut an. Richard folgte an der Spitze des restlichen Heeres. Da sie erst am Jahresende in der Stadt eintrafen, erwartete Richard, den Hof des Moguls in Trauer vorzufinden. Aber Humayun klammerte sich immer noch verzweifelt ans Leben.

Richard war nun anerkannter Mongolengeneral oder *Tumanbashi,* wenngleich er bei seinen Mitoffizieren immer noch als Ungläubiger galt. Aber niemand konnte seine soldatischen Fähigkeiten oder das Ansehen, in dem er beim Großmogul stand, anzweifeln.

Sein Ruf war ihm vorausgeeilt; als er sein Haus betrat, verneigten die Diener sich tief vor ihm. Gila erwartete ihn, Zaid an ihrer Seite und Iskanda in den Armen. Der Junge war inzwischen drei, das Baby noch kein ganzes Jahr alt. Sie sah ebenso ungewöhnlich wie bezaubernd aus, da sie das schwarze Haar und die helle Haut ihrer Mutter, jedoch die blauen Augen ihres Vaters geerbt hatte.

»Mein Gebieter.« Gila verneigte sich respektvoll.

Er nahm ihr Iskanda aus den Armen. Das Baby starrte ihn aus großen Augen an, weinte jedoch nicht.

»Sie erkennt Euch«, sagte Gila.

»Mit der Zeit wird sie ihren Vater kennenlernen.« Er reichte das Baby einem Kindermädchen und wandte sich an Zaid. »Und du, kleiner Soldat, weißt du, wer ich bin?«

»Ihr seid Blunt Bahatur, der große Krieger, mein Vater«, entgegnete der Junge.

Richard lachte angesichts der feierlichen Erwiderung des Jungen und wirbelte ihn durch die Luft. »Eines Tages werden wir gemeinsam Seite an Seite in die Schlacht reiten, Zaid Blunt. Und jetzt geh, ich habe mit deiner Mutter zu reden.«

Er ließ Zaid hinunter und schickte die Kindermädchen fort. Tuschelnd eilten sie hinaus.

»Wie geht es deiner Mutter?« fragte Richard.

»Es geht ihr gut, Herr«, entgegnete Gila. Sie zitterte kaum merklich.

»Ich werde sie gleich begrüßen. Und was macht dein Bruder Tahmasp?«

»Es ist sein größter Wunsch, an Eurer Seite in den Krieg zu ziehen.«

»Dieser Wunsch wird ihm bald erfüllt werden.«

Sie trug einen Sari aus durchschimmerndem blaßgrünen Stoff und darüber eine etwas dunklere Tunika. Eine Perlenkette schmückte ihre Stirn, und an den Handgelenken und Fußknochen klirrten Goldreifen. Aber einen Nasenring trug sie nicht: Sie war niemals Sklavin!

Für ihn war sie die schönste Frau, die er je gesehen hatte. Sie mußte inzwischen an die neunzehn Jahre alt sein. Er streifte ihr die Tunika von den Schultern. Ihre Figur war während seiner Abwesenheit voller geworden. Ihre Brüste füllten seine Hände. Langsam wickelte er den Sari von ihrem schlanken Leib.

»War mein Herr auf seinem Feldzug einsam?« fragte sie leise.

»Sehr einsam«, entgegnete er, nahm seine nackte Ehefrau auf die Arme und legte sie auf den Diwan.

Nie zuvor war sie ihm mit solcher Leidenschaft und Wärme begegnet. Wenn tatsächlich das Schicksal mich hergeführt hat, könnte ich hier glücklich sein, dachte er.

Was Babur als nächstes unternehmen würde, war von der Gesundheit Humayuns abhängig.

»Ich verstehe das nicht«, klagte der Mogul, schritt die überdachten Galerien der Palastgärten entlang und starrte in den Regen.

»Eine oder auch zwei Wochen ist er völlig gesund, dann bekommt er wieder einen Anfall und ringt mit dem Tod. Er erholt sich wieder, wird aber von Mal zu Mal schwächer.«

»Ich habe diese Krankheit schon in Spanien beobachtet«, sagte Richard. »Sie kann Jahre anhalten, sofern der Betroffene ihr nicht erliegt.«

»Mein Sohn ein Invalide«, sagte Babur bitter. »Wie kann der Prinz der Mongolen ein Invalide sein? Was soll ich tun, Blunt Bahatur? Keiner dieser sogenannten Ärzte kann meinem Sohn helfen.«

»Ich weiß auch nicht, was Ihr tun könnt außer beten, Hoheit.«

Babur musterte ihn eine Weile und nickte dann. »Da Ihr mir auf dem Schlachtfeld solches Glück gebracht habt, werden wir gemeinsam für das Leben und die Gesundheit meines Sohnes beten.«

Er führte Richard trotz der Proteste der Imame, der Heiligen Männer, und der Muftis, der Rechtsgelehrten, in die Moschee, und gemeinsam knieten sie vor dem Mehrib, dem nach Mekka ausgerichteten Türbogen. Hier betete Babur lautlos, aber dann rief er seine führenden Imame herbei und brachte sie in das Zimmer, in dem Humayun lag, blaß, schwach und von Schüttelfrost geplagt.

Wieder kniete Babur nieder, und diesmal betete er laut: »Allah Akhbar, Allah Akhbar.« Seine Stimme hallte von den Wänden wider. »O gnädiger Mohammed, der du zur Rechten Gottes sitzt, sieh herab auf diesen armen Sünder und erbarme dich meines Sohnes. Du hast mir Macht geschenkt, aber was habe ich von Ruhm und Reichtum auf Erden, wenn mein Sohn todkrank ist und sich nicht von seinem Leiden erholt? Ich flehe dich an, ihm Gesundheit zu schenken. Dafür lege ich mein Leben in deine Hände. Strecke mich hier und jetzt nieder. Töte mich oder schlage mich mit den schrecklichsten Krankheiten. Ich werde mein Schicksal mit einem Lächeln hinnehmen, wenn nur mein Sohn wieder gesund wird, o Prophet.«

Er verstummte, verharrte jedoch noch einige Minuten in Gebetshaltung, ehe er sich erhob und siebenmal um das Bett herumging, um seinen Schwur zu besiegeln.

Wieder einmal hatte er Richard in Staunen versetzt. Er konnte sich schwerlich vorstellen, wie Heinrich VIII. oder Karl von Spanien oder auch Suleiman, König der Türken, erklärte, sein eigenes noch junges Leben für das seines Sohnes opfern zu wollen.

Dieser Mann verdient es, Indien zu regieren, dachte er. Er verdient es sogar, ganz Asien zu regieren. Ist er nicht der weiseste und großmütigste Monarch der Welt?

Zu Blunts Überraschung begann Humayun praktisch von diesem Tage an zu genesen. Der junge Prinz hatte einen schweren Fieberanfall erlitten, der ihn ans Bett fesselte, und ein weiterer Anfall innerhalb einer oder zweier Wochen schien wahrscheinlich. Aber zwei Wochen vergingen, ohne daß das Fieber wieder auftrat. Einen Monat später, als der Regen aufgehört und die Sonne die stehenden Wasser getrocknet und die Mücken verjagt hatte, wurde Humayun zusehends kräftiger …

»Ihr habt ein Wunder bewirkt, Hoheit«, sagte Richard.

»Zweifellos ist es ein Wunder«, stimmte Babur ihm zu. »Jetzt bin ich wieder ein glücklicher Mann.«

»Dann müssen wir uns neuen Welten zuwenden, die es zu erobern gilt«, sagte Richard.

»Das ist richtig. Nächstes Jahr werden wir wieder gen Osten ziehen, und diesmal werde ich dem Ganges bis zum Meer folgen.«

»Das sind an die tausend Meilen, Hoheit«, gab Richard zu bedenken. »Es gibt einen kürzeren Weg zum Ozean.«

»Erzählt mir davon«, entgegnete Babur.

»Wenn Ihr nach Südwesten marschiert, zum Königreich Gujarat, sind es nur knapp siebenhundert Meilen bis ans Meer, und zwar durch fruchtbares Land.«

»Erzählt mir von Gujarat«, forderte Babur ihn auf.

Richard kam der Aufforderung nach und berichtete dem Mogul außerdem von den Handelsniederlassungen der Portugiesen entlang der Küste.

»Ich verstehe«, sagte Babur. »Und Ihr würdet diese Portugiesen durch Engländer ersetzen.«

»Es ist genügend Platz für beide, Hoheit. Aber England ist das größere Land.«

Babur lächelte nachsichtig. »Eure Idee interessiert mich. Was hätte es für einen Sinn, durch die Länder zu marschieren, die ich bereits erobert habe. Nach dem nächsten Monsun werden wir nach Gujarat aufbrechen.«

»Was hältst du davon, Prabhankar?« fragte Richard. »Nächstes Jahr wirst du als Ming-bashi Baburs des Großen nach Hause zurückkehren.«

»Meine Familie wird tot sein, wenn ich Goa erreiche«, sagte Prabhankar wehmütig.

»Warum das? Man wird ihnen kein Haar krümmen, wenn man weiß, daß es sich um deine Familie handelt.«

»Ich meinte, daß sie bereits tot sind, da ich jetzt bereits seit fünf Jahren fort bin.«

Waren es wirklich schon fünf Jahre? Das bedeutete, daß Richard vor sechs Jahren England verlassen hatte. Sechs Jahre, seit er seine Familie das letzte Mal gesehen hatte. Lizzie mußte inzwischen an die Dreißig sein, so wie er selbst. Wartete sie immer noch auf die Rückkehr ihres Mannes, oder hatte sie ihn schon lange aufgegeben und wieder geheiratet?

Und was war mit Master Bottomley und der *Bonaventure?* Sicher waren sie schon lange nach Hause gesegelt und hatten in der Heimat berichtet, daß die Blunts im indischen Urwald verschollen waren.

Und was war aus Elena geworden? Sie war inzwischen zweiundzwanzig und ganz sicher verheiratet. Erinnerte sie sich noch an den großgewachsenen Engländer, mit dem sie so schamlos geflirtet hatte? Gab sie ihrem hinterlistigen Vater die Schuld an seinem Tod?

Er sagte sich, daß es eine angenehme Erfahrung werden würde, als Tuman-bashi des Großmoguls in Goa Einzug zu halten.

Aber dann erkannte er, daß dies nie geschehen würde, denn so mysteriös Humayuns Genesung war, so rätselhaft war nun die Erkrankung Baburs zu Beginn des Monsuns.

Niemand wußte, was ihm fehlte, ganz sicher war es jedoch nicht das Wechselfieber. Viel eher schien ihn eine erdrückende Müdigkeit zu beschleichen. Das seltsame Leiden machte sich das erste Mal im Juli bemerkbar, als er nach einem langen Tag im Sattel – er hatte seine Truppen inspiziert – ganz plötzlich von so großer Schwäche befallen wurde, daß er beinahe vom Pferd gefallen wäre.

Aber die Ärzte, die ihn untersuchten, konnten nichts feststellen, und vierundzwanzig Stunden später schien Babur wieder so energiegeladen wie eh und je.

Bis zum nächsten Schwächeanfall. Nach dem dritten solchen Anfall erkannte Babur, daß er ernsthaft krank war.

»Ich sollte mich beeilen, meine Memoiren fertigzuschreiben«, vertraute er Blunt mit einem grimmigen Lächeln an. »Sonst werden sie nie vollendet.«

»Ihr seid noch keine fünfzig«, widersprach Richard. »Ihr steht in der Blüte des Lebens, Hoheit.«

»Das Alter eines Mannes ist eine mathematische Rechnung von seiten anderer«, entgegnete Babur. »Das hat nichts mit dem eigenen Kopf und Körper zu tun. Manche Männer sind mit sechzig oder sogar siebzig noch jung. Andere sind mit vierzig schon alt. Ich gehöre unglücklicherweise zu letzteren. Das heißt, vielleicht ist das gar kein so großes Unglück. Ich mag zwar erst sechsundvierzig Jahre alt sein, aber sind die letzten fünfundzwanzig Jahre meines Lebens nicht ausgefüllter gewesen als die der meisten Menschen?«

Und vielleicht zahlst du jetzt den Preis dafür, dachte Richard grimmig.

Die Monate verstrichen, und der Mogul wurde sichtlich schwächer. Er plante immer noch einen Feldzug nach Gurajat im darauffolgenden Frühling, aber seine Tuman-bashis erkannten, daß es keinen Feldzug geben würde, es sei denn, er würde von Humayun angeführt, und der Prinz war als Heerführer noch eine unbekannte Größe. Als der Regen wieder einsetzte, wurden die Kriegsvorbereitungen stillschweigend aufgegeben. Die Soldaten warteten darauf, daß ihr Löwe sich erholte.

Babur verbrachte seine Zeit damit, seine Memoiren zu diktieren. Er war so bestrebt, den persönlichen Bericht seiner Taten für die Nachwelt fertigzustellen, daß er häufig redete, bis er heiser war. Manchmal begehrte er gegen sein Kismet auf, das ihn auf so viele verschlungene Pfade geführt hatte. Indien schien als er den verschlungensten zu betrachten. »Warum bin ich hergekommen?« fragte er dann. »Hindustan hat nichts zu bieten. Hier gibt es keine Schönheit, keine Weisheit, keine Wissenschaft ... nicht einmal vernünftige Bäder. Ich verfluche den Tag, an dem ich deinem Rat gefolgt und nach Agra marschiert bin, Blunt Bahatur.«

Richard neigte den Kopf und wartete ab, daß das Gewitter vorbeizog, was, wie er wußte, nicht lange dauern würde. Solange der Mogul die Vergangenheit neu erlebte, würde er nicht sterben, und so betete er, daß Babur damit fortfuhr.

Aber dann war die Arbeit eines Tages fertig. »Mein Lebenswerk ist vollendet, Blunt Bahatur. Setzt Euch zu mir und erzählt mir mehr von den Ländern jenseits des Meeres.«

Richard redete bis tief in die Nacht, und Babur lauschte andächtig seinen Worten. Er atmete ruhig, und hin und wieder fielen ihm die Augen zu.

Dann riß er sie plötzlich weit auf und fuhr hoch. »Schickt nach Muhammed Humayun«, befahl er. »Schickt nach Kamran. Holt meine Söhne herbei.«

Boten wurden ausgetauscht, und die jungen Männer eilten in die Gemächer ihres Vaters. Auch die Frauen kamen und versammelten sich am Fußende des Diwans. Einige von ihnen weinten bereits.

Babur hielt Humayuns Hand.

»Sorg für deine Brüder«, sagte er.

Dann starb er.

Nach moslemischer Sitte hatte Babur schon vor langer Zeit in Kabul sein eigenes Mausoleum errichten lassen, und dorthin mußte er zur Bestattung gebracht werden. Dies bedeutete einen Siebenhundertfünfzig-Meilen-Marsch, für den sie mindestens zwei ganze Monate brauchen würden, und das mitten im Winter. Blunt rechnete aus, daß Babur am 26. Dezember 1530 gestorben war.

Die Route führte erst durch das Tal des Jumna nach Delhi und von dort über die Berge, ehe sie wieder in ein großes Tal hinabstiegen, durch das gewaltige Flüsse strömten wie der Sutlej und der Indus. Dann wandten sie sich nach Norden und stiegen bergan, bis sie Peshawar am Fuße des gewaltigen Hindukusch erreichten. Von dort aus marschierten sie über die Bergpässe, auf denen sie den Karren mit dem einbalsamierten Leichnam des Moguls häufig durch hüfthohen Schnee ziehen mußten, ehe sie schließlich in der afghanischen Festungsstadt anlangten.

Kabul fehlte es an der Schönheit Agras, aber die Stadt besaß wegen ihrer Lage in einer von Bergen umgebenen Talschüssel eine ungeschliffene Pracht. Auch war sie geschichtsträchtig, da beinahe alle Eroberer Indiens, angefangen bei dem unsterblichen Mahmud von Ghazni im elften Jahrhundert sich als erstes Kabuls bemächtigt hatten.

Unglücklicherweise war wenig Zeit für Erkundungen oder

müßige Betrachtungen. Während dieser Monate stagnierte das Mogulenreich und wartete auf den festen Zugriff eines neuen Herrschers. Richard hatte erwartet, daß die Rajputen die Situation ausnutzten, aber sie hielten sich an ihr Abkommen mit dem verstorbenen Helden.

Richard persönlich empfand tiefe Trauer. Er war auf der Suche nach einer Legende nach Indien gekommen – und hatte eine lebende Legende gefunden. Wenn Babur nur zehn Jahre länger gelebt hätte, hätte er zweifellos das gesamte Land südlich der Berge erobert und wäre wahrhaft zum Herrscher des größten Reiches seit jenem seines berühmten Vorfahren geworden. Nun war alles in Gefahr. Und die Zukunft gehörte Humayun.

Es war bereits später Frühling, als Humayun nach Agra zurückkehrte. Er hatte seine vertrauenswürdigen Bahaturs, Blunt eingeschlossen, vorausgeschickt. Kaum daß er in seinem Palast Einkehr gehalten hatte, rief er Richard zu sich und winkte seine Wesire fort. Er war zweiundzwanzig Jahre alt. In diesem Alter war Babur bereits als der Löwe und unangefochtener Führer seines Volkes betrachtet worden. Aber Humayun hatte ein zu behütetes Leben geführt und schien sich beinahe vor der gewaltigen Aufgabe zu fürchten, die nun in seine Hände gelegt war.

»Ihr wart in vielen Dingen der Vertraute meines Vaters, Blunt Bahatur«, sagte er. »Ihr kanntet seine Gedanken. Was glaubt Ihr, womit ich mich als erstes befassen soll? Was hätte mein Vater von mir erwartet?«

»Das Heer wartet auf Befehl, nach Gujarat zu marschieren, Hoheit.«

Humayun nickte. »Und Ihr werdet es begleiten. Ihr kennt Land und Leute?«

»Ich habe dieses Land durchquert«, entgegnete Richard vorsichtig. Wenn er je aus Agra herauskommen wollte, war jetzt der richtige Augenblick. »Aber Gujarat an sich ist von geringster Bedeutung; Eurem Vater ging es um die Küste.«

»Es war der Traum meines Vaters, den Ozean zu sehen«, brummte Humayan. »Aber was ist so phantastisch an diesem Ozean?«

»Seine Anziehung liegt an der Fähigkeit des Menschen, ihn in

Schiffen zu überqueren – viel unbeschwerlicher als Wüsten und Berge.«

»Wie Ihr selbst es getan habt«, sagte Humayun.

»Und wie ich es erneut tun würde, Hoheit, um den Reichtum Europas zu Eurer Unterstützung herbeizuholen. Das war der Wunsch Eures Vaters.«

Humayun musterte ihn. »Er wollte Euch fortschicken?«

»Er wollte mich als Gesandten in meine Heimat schicken, um unsere Nation zu vereinen.«

»Das wäre ein Fehler gewesen«, entgegnete Humayun. »Ich werde Euch nirgendwohin schicken, Blunt Bahatur. Ihr werdet jetzt und für immer an meiner Seite reiten. Und Ihr werdet mir Glück bringen, so wie Ihr meinem Vater Glück gebracht habt.«

Richard sank das Herz.

## ZWEITES BUCH

## DER PHÖNIX

*The world's great age begins anew,*
*The golden years return,*
*The earth doth like a snake renew,*
*Her winter weeds outworn:*
*Heaven smiles, and faiths and empires gleam,*
*Like wrecks of a dissolving dream.*

Percey Bysshe Shelley
Hellas

## Kapitel 6

## Der Flüchtige

Wie eine träge Schlange zog die mongolische Armee sich aus Biahr zurück, wand sich an den Ufern des Flusses entlang, bewegte sich über sanfte Hügel und verschwand in grünen Wäldern, um noch erschöpfter als zuvor wieder aufzutauchen.

Das Heer des Moguls war besiegt worden.

Humayun ritt an der Spitze seiner Männer, Kamran auf der einen und Richard Blunt auf der anderen Seite.

»Sher Khan«, brummte der Mogul. »Wer ist dieser Sher Khan?«

»Ihr seid ihm einmal begegnet, Hoheit, unmittelbar vor der Schlacht am Gogra«, erinnerte ihn Richard. »Er hat uns die Furt gezeigt.«

»Hätte ich ihm doch damals den Kopf abgeschlagen«, grollte Humayun. »Aber in jenen Tagen habt Ihr uns noch Glück gebracht, Blunt Bahatur. Jetzt scheint ein Fluch über uns zu liegen.«

Richard hatte gewußt, daß dieser Vorwurf unausweichlich gewesen war. Eigentlich war nur überraschend, daß er so lange auf sich hatte warten lassen.

Es war Frühling 1540, und in den neuneinhalb Jahren seit Baburs Tod waren die Mongolen von einer Katastrophe in die andere gestolpert.

Und dabei hatte Humayuns Regentschaft recht vielversprechend begonnen.

Richard hatte seine Enttäuschung ob der Entscheidung des Moguls, ihm die Rückkehr nahe England zu verwehren, heruntergeschluckt und sich mit seinem angeborenen Optimismus gesagt, daß die Lage sich durchaus ändern könnte, wenn sie Gujarat erst erobert hatten. Er hatte gar keine andere Wahl gehabt, als den Feldzug gegen Bahadur Shah siegreich abzuschließen.

Und so war es ja anfangs auch gewesen. Die mongolische Kavallerie hatte mit Hilfe der Geschütze und der Hindu-Infanterie die Truppen Gujarats ebenso mühelos in die Flucht geschlagen wie jene der Rajputen und der Lodis. Bahadur Shah war geflohen, aber zu viele seiner Soldaten waren ebenfalls entkommen und zu einer neuen Armee formiert worden, und im dichten Urwald des Südens waren die Mongolen weniger erfolgreich. Auch mangelte es Humayun an dem militärischen Genie seines Vaters, um einen Weg zu finden, mit der neuen Situation fertig zu werden. Richard hatte ihn angefleht, den Hindus freie Hand zu lassen. Sie kannten sich im Urwald aus und konnten in ihn vordringen, während die Mongolen trotz ihrer Kampf-oder-stirb-Einstellung das dunkle Dickicht furchtsam beäugten und vor dem Rascheln der Echsen im Unterholz zurückschreckten.

Humayun hatte sich geweigert, seinen englischen *Condottiere* auf eigene Faust vorgehen zu lassen – offenbar fürchtete er, Richard könnte die Seiten wechseln oder einfach verschwinden. Er hatte sich darauf konzentriert, so viele Städte wie nur möglich zu erobern und seinem liebsten Zeitvertreib zu frönen, alte Tempel zu besichtigen, alte Bücher zu studieren und sie sich wenn möglich anzueignen. Er blieb ein tapferer Soldat und ein interessierter, oft sogar faszinierender Gefährte, aber während Babur seine Gelüste den Pflichten als Befehlshaber untergeordnet hatte, stellte Humayun zu oft das Heer hinter ein seltenes Schriftstück zurück.

Kamran blieb das grimmige Gegenstück zu seinem sorglos fröhlichen Bruder.

Die Städte Mundu und Champanir waren erwartungsgemäß gefallen. Aber Badadur Shah hatte sein Heer wieder nicht in den Kampf geschickt, und während dieser Zeit hatte der Sultan von Gujarat seine Armeen reorganisiert. Nach einigen Jahren der Feldzüge hatte Humayun Gujarat für annektiert erklärt und war zurück nach Delhi geritten, wo er die Arbeit seines Vater fortsetzen und in der Nähe der alten eine neue Stadt, Din Panah, errichten wollte.

Kamran ließ er mit Richard Blunt an seiner Stelle als Befehlshaber in Gujarat zurück, aber Kamran wollte keinen Rat annehmen, und so wie Babur es vorausgesehen hatte, erwies er sich als völlig unzulänglicher General. Als Bahadur Shah nach sechs ermüdenden Jahren die Offensive ergriffen hatte, waren die fiebergeplagten, unzufriedenen Mongolen, deren Anführer unfähig gewesen waren, sie zu mobilisieren, aus dem Land vertrieben worden.

Es war die erste Niederlage der mongolischen Armee seit Panipat gewesen; nur die Veteranen konnten sich noch an das Auf und Ab von Baburs Anfangsjahren erinnern – die meisten Soldaten hatten unter ihm nur Siege erlebt.

Das galt vor allem für die Hindus, die unter mongolischer Führung nie unterlegen waren.

»Böse Zeiten sind über uns hereingebrochen, Blunt Sahib«, grollte Prabhankar, der trotz allen Pessimismus ebenso wie Richard gehofft hatte, im Triumph nach Goa zurückzukehren.

Richard wußte, daß dieser Traum sich nun niemals erfüllen würde. Er war so dicht davor gewesen und hatte es doch nicht geschafft. Er würde seine Heimat nie wiedersehen.

Zu Hause gab es jedoch genügend Ausgleich dafür. Als er 1530 aus Agra fortgeritten war, hatte Gila ihr drittes Kind unter dem Herzen getragen. Jetzt hatte er einen fünfjährigen Sohn, Mahmud, der aus furchtsamen Augen das erstemal zu seinem Vater aufblickte.

Zaid war zu einem kräftigen Neunjährigen herangewachsen, der größer war als alle anderen Jungen seines Alters, und Iskanda war mit ihren acht Jahren bereits eine kleine Schönheit.

»Wir werden bald einen Ehemann für sie suchen müssen, Herr«, sagte Gila.

»Bald«, stimmte Richard zu. Aber er hatte keine Gelegenheit, sich näher damit zu befassen. Das häusliche Glück im Kreise seiner Familie war nur von kurzer Dauer. Nachrichten von einer Revolte in den Ostprovinzen des Reiches erreichten Agra.

Wenigstens war Tahmasp als sein treu ergebener Tavachi an Richards Seite, als das Heer ins Tal des Jumna marschierte.

Babur hatte die Verwaltung der Ostprovinzen in die Hände verschiedener Amirs gelegt, jedoch keinen Zweifel daran gelassen, daß er sie im Auge behalten und in naher Zukunft zu einer persönlichen Inspektion zurückkehren würde.

Durch seinen Tod waren sie sich selbst überlassen worden, und es hatte sich schon bald herausgestellt, daß sein Nachfolger sich nicht für Verwaltungsfragen interessierte. Richard verstand selbst nicht viel davon, aber sogar er konnte den eingehenden Berichten entnehmen, daß Bihar ungenügend verwaltet wurde, daß Tyrannei und Unfähigkeit in diesem fruchtbaren Land Hand in Hand gingen. Insofern hatte er sich damit abgefunden, daß der Gujarat-Feldzug ein Ende genommen hatte, wenn auch mit einer Niederlage. Es war zwar das Ende eines persönlichen Traums, aber er hatte erkannt, daß Sicherheit und Gedeihen des Reiches, die Babur sich innerhalb so kurzer Zeit in Nordindien geschafften hatte, ihm wichtiger waren als seine persönlichen Ambitionen. Er hatte sich dafür entschieden, den Mogulen zu dienen, und er würde mit der Dynastie aufsteigen oder untergehen.

Tatsächlich war es ihm gelungen, Humayun zu überreden, nach Osten zu marschieren, als die Kunde von Sher Khans Revolte sie erreichte.

Farid! Er mußte inzwischen an die sechzig sein. Und doch hatte nie auch nur der geringste Zweifel an seinem Mut oder an seinen Fähigkeiten bestanden. Und beides hatte er durch die Geschwindigkeit, mit der er Bihar und Bengalen förmlich überrannt und die mongolischen Garnisonen mit einer Mischung aus List und Können besiegt hatte, erneut unter Beweis gestellt.

Und so mußte Humayun nach Osten ziehen, um den alten Mann für seine Dreistigkeit zu strafen.

Anfangs hatte es den Anschein gehabt, als würde der Feldzug nur eine Wiederholung von Baburs Kampagne aus dem Jahre 1529 werden. Die Rebellen wichen einer Konfrontation aus, und Humayun eroberte bei der Verfolgung des Abtrünnigen eine Stadt nach der anderen zurück.

Richard hatte als erster den Unterschied zwischen den beiden Feldzügen bemerkt und erkannt, wie katastrophal dieser Unterschied war. Als Babur damals gen Osten marschiert war, hatte er ein Heer von Agenten und Informanten vorausgeschickt, die in Feindesland die Kunde von Baburs Größe, die Unmöglichkeit, ihn zu besiegen, verkündet hatten – während Babur parallel den Hindus freundschaftlich die Hand reichte.

Humayun hatte keine Zeit für die Hindus. Zwar war ihm bewußt, daß sie Teil seines Reiches waren, und er wußte sie auch als Soldaten zu schätzen, aber als Menschen interessierten sie ihn allein als historische Kuriositäten.

Nun wurden Spione im Lager der Mogulen entdeckt, die die Schwächen der Mogulenherrscher und die Größe Sher Khans predigten. Wenn sie erwischt wurden, wurden sie erst gefoltert und anschließend gepfählt, aber sie schrien die Größe Sher Kahns bis zum letzten Atemzug hinaus.

Die ersten Männer desertierten, und es waren nicht nur einfache Soldaten. Tukbashis verschwanden mit ihrer gesamten Kompanie. Noch beunruhigender war die Neuigkeiten, daß die örtlichen Amire, wie inkompetent sie auch sein mochten, Babur treu ergeben gewesen waren, nun jedoch ebenfalls in Sher Kahns Lager überwechselten.

Richard hatte sich für Rückzug und Konsolidierung ausgesprochen, aber Humayun wollte nichts davon hören.

»Rückzug würde bedeuten, das Land diesen Afganischen Schurken zu überlassen. Fürchtet Ihr die Zahl der Männer, die er behauptet, ins Feld schicken zu können? Was sind schon Zahlen? Hat mein Vater nicht Lodi besiegt, obwohl dessen Heer doppelt so viele Mönner zählte? Hat er nicht die Rajputen besiegt, trotz einer Übermacht von eins zu vier? Ihr wart dort, Blunt Amir. Ist es nicht so gewesen?«

Richard mußte zustimmen, daß dem tatsächlich so gewesen war.

»Und bin ich ein geringerer Krieger als mein Vater?«

Hierauf gab es keine ehrliche Antwort, und Richard beschloß, den Mogul nicht daran zu erinnern, daß diesmal dem zahlenmäßig überlegenen Heer ein großes Kontingent Mongolen angehören würde; Babur hatte es nie mit einer solchen Situation zu tun gehabt.

Trotz seiner Probleme hatte Humayun die Festung von Chimar belagert, hauptsächlich deswegen, weil dies ihm ermöglichte, sein Hauptquartier in Benares aufzuschlagen. Er verbrachte mehrere Monate dort und erforschte die archäologischen Schätze der alten Stadt, während sein Heer immer mehr schrumpfte, bis Sher Khan schließlich beschloß, daß die Zeit reif war.

Die Schlacht wurde am 26. Juni 1539 in Chausar ausgetragen. Zeit und Ort hatte Sher Khan ausgewählt, als er sicher war, dem mongolischen Heer überlegen zu sein. Humayun, der sich in der Defensive befand, setzte klassische mongolische Taktiken ein, aber diesmal standen ihm Männer gegenüber, die mit diesen Taktiken vertraut waren. Als Humayun seine Infanterie voranschickte, um einen Kavallerieangriff der Rebellen aufzuhalten, ging plötzlich von beiden Seiten ein Pfeilhagel auf sie nieder, abgeschossen von berittenen Bogenschützen, die sich unbemerkt durch den Wald genähert hatten.

Humayun hatte den Wald als Gefahrenquelle abgetan, da er seiner Ansicht nach keine Reitermanöver zuließ. Was einen Sturmangriff anbelangte, mochte er ja recht gehabt haben, aber er hatte nicht bedacht, daß der Wald sich sehr wohl zu Pferde durchqueren ließ, und dieser plötzliche Angriff kam für die Mongolen völlig unerwartet. Richard, selbst von einem Pfeil verwundet, versuchte, einen Teil seiner Leute dem neuen Feind zuzuwenden, aber die Phalanx-Formation, die bei einem Frontalangriff so unschlagbar war, gestattete keine spontanen Manöver auf dem Schlachtfeld. Die Standhaftigkeit der Hindus geriet ins Wanken. Verwirrt und verunsichert ergriffen die Pikeniere die Flucht.

Richard war von ihnen mitgerissen worden, aber dann gelang es ihm, sie neu zu formieren und die meisten von ihnen wieder in die Schlacht zu führen. Aber inzwischen war der Kampf verloren. Der Mogul befahl den Rückzug.

Sher Khan feierte seinen Sieg, indem er den königlichen Titel Farid-ud-din Sher Shah annahm und sich somit zu Lodis Nachfolger erklärte – die dreizehn Jahre, in denen Babur und sein Sohn Nordindien regiert hatten, sollten als Interregnum betrachtet werden.

»Bei Allah, er wird noch vor mir im Staub kriechen, ehe ich ihm einen Pfahl in den Hintern rammen lasse«, grollte Humayun zornig, als er davon erfuhr.

Aber dieser Tag lag zweifelsohne in weiter Zukunft. Jetzt war es Humayuns Heer, das sich zurückzog, verfolgt von der stetig anwachsenden Armee der siegessicheren Rebellen. Ein Stützpunkt nach dem anderen fiel. Und doch war Humayun nicht gewillt, die Verluste in Grenzen zu halten. Er hätte sich schnellstens nach Agra zurückziehen und neue Truppen rekrutieren sollen, die noch nicht von Sher Shahs Propaganda angesteckt waren.

Doch Humayun baute darauf, daß der Monsun ihm eine Verschnaufpause verschaffte.

Zwar machte der Monsun den Kämpfen vorübergehend ein Ende, aber während der Regenmonate schrumpfte sein Heer immer mehr.

Und als der Monsun vorüber war, wurde Humayun immer weiter zurückgedrängt. Seine Männer stapften entmutigt und in Gedanken bereits besiegt die Ufer des Ganges entlang.

»Was kann ich tun?« fragte Humayun seine Tuman-bashis.

»Wir müssen uns zum Kampf stellen«, sagte Kamran. »Sind wir Feiglinge, daß wir uns ständig zurückziehen? Laß uns sterben wie Männer, die unseres Vaters würdig sind.«

Humayun wandte sich fragend Richard zu.

»Ich bin dafür, daß wir uns weiter zurückziehen, Hoheit. Farid ist uns auf den Fersen. Er hat einen Sieg errungen. Darauf begründet sich sein Ruf. Er kann die Verfolgung jetzt nicht abbrechen. Führen wir ihn bis Agra, ins Zentrum unserer Macht. Unser Vorteil wird sein Nachteil sein.«

»Eine schwere Entscheidung«, murmelte Humayun.

»Der Engländer fürchtet sich«, schnaubte Kamran verächtlich. »Er will sich hinter Steinmauern verstecken.«

»Meine militärische Laufbahn straft diese Worte Lügen, Hoheit«, entgegnete Richard ruhig.

»Trotzdem glaube ich, daß mein Bruder recht hat. Wir müssen uns zum Kampf stellen«, entschied Humayun. »In Kanauj.«

Kanauj war die nächste Stadt auf ihrem Weg. Richard konnte Humayuns Entschluß einfach nicht begreifen. Kanauj lag nur etwa hundert Meilen von Agra entfernt.

Aber die Befehle wurden erteilt, und das mongolische Heer hielt Einzug in der Stadt.

Kanauj war geschichtlich berühmt als Schauplatz der letzten jemals abgehaltenen *Swayamvara* oder öffentlichen Wahl eines Ehemannes für eine Hindu-Prinzessin – es war die letzte, weil sie in einer Katastrophe geendet hatte. Das war im Jahre 1175 gewesen. Während Jayachandra, der Gaharwar von Kanauj, die

Freier seiner Tochter begutachtet hatte, hatte sein Vetter, der berühmte Prithviraja Chauhan von Delhi, sie einfach entführt. Jayachandra war außer sich gewesen, und der daraus resultierende Krieg zwischen den Nachbarstaaten galt als Ursache für die Schwächung der Hindus, die es Muhammad Ghor und seinen Moslems ermöglicht hatte, Nordindien zu erobern.

Aber das lag weit zurück, und in diesen Tagen war Kanauj nur noch ein heruntergekommenes Dorf. Wie so viele große Städte Indiens war es zu oft umkämpft, erobert und geplündert worden.

Richard erinnerte sich, daß Babur davon geträumt hatte, all diese zerstörten Städte wiederaufzubauen und in neuem Glanz erstrahlen zu lassen. Humayun begnügte sich, sie der wenigen noch verbliebenen archäologischen Schätze zu berauben.

Davon gab es in Kanauj tatsächlich noch viele. Humayun übertrug Kamran die Befehlsgewalt über das Heer, während er auf Erkundungstour ging.

Kamran folgte sklavisch den Taktiken seines Vaters, und Richard erinnerte sich, daß Babur des öfteren gesagt hatte, aus seinem jüngeren Sohn würde nie ein General werden. Unverständlicherweise weigerte er sich, den Fluß zu nutzen, um seine linke Flanke zu sichern, und zog statt dessen bis kurz vor die Stadt. Die Neuerungen, die er einführte, trugen in Richards Augen ebenfalls dazu bei, ihre Position zu schwächen, vor allem, als er die Hindu-Pikeniere in zwei Divisionen teilte. Die eine unterstellte er Prabhankar, was noch vernünftig war, aber die andere einem Mann namens Hemu, einem untersetzten, vierschrötigen dunkelhäutigen Inder, der zwar ein mutiger Kämpfer war – Richard hatte ihn erst kürzlich zum Ming-bashi befördert und ihm ein Regiment überlassen –, jedoch über keinerlei Erfahrung im Kommandieren einer Division verfügte.

Kamran erklärte, daß die Hindus seiner Ansicht nach in ihren Taktiken zu eingefahren wären und bei zwei getrennten Divisionen die Gefahr einer Panik wie in Chausar vermindern würde. Richard behielt das Oberkommando, aber der Prinz ließ es sich nicht nehmen, den Engländer zu demütigen. »Und diesmal haltet die Stellung und kämpft, Blunt Amir«, sagte er.

»Wir werden kämpfen«, versicherte ihm Richard. Wenn es ihnen diesmal nicht gelang, Farid zumindest standzuhalten, gab es für sie alle nur wenig Hoffnung.

Aber große Hoffnung gab es ohnehin nicht für sie. Die Moral der Mongolen war auf dem Tiefpunkt angelangt, und sie brummten unwillig, als sie den Pauken und Trompeten lauschten, die Farids nahendes Heer ankündigten.

Humayun hörte den Lärm ebenfalls und eilte herbei, um das gewaltige Heer der Rebellen zu betrachten, das vom Fluß her über die Ebene strömte und verwundert innehielt, als er er sah, daß der Feind in so ungünstiger Position Stellung bezogen hatte.

Sofort wurden große Kavallerieverbände nach rechts und links ausgesandt, während die Infanterie in der Mitte vormarschierte. Humayuns Artillerie dröhnte, und Lücken wurden in die Ränge der Rebellen gerissen, aber diese Männer wußten nur zu gut, wie lange es dauerte, die Geschütze nachzuladen, und setzten ihren Vormarsch fort.

Richards Infanterie wurde ihnen entgegengeschickt, und die beiden Regimenter trafen vor der Stadt und dem Lager der Mongolen aufeinander. Nach der Katastrophe in Chausar hatte Richard hart mit seinen Männern gearbeitet, und trotz des ständigen Rückzugs war es ihm gelungen, ihnen den Glauben an sich selbst zurückzugeben, sie davon zu überzeugen, daß sie Mann für Mann jeder Infanterie in Indien mindestens ebenbürtig wären. Erleichtert sah er, daß sie der Übermacht standhielten und die Phalanx sich wieder einmal als sinnvoll erwies, als die Division hinter ihren Piken vorwärtsmarschierte.

Um beide Divisionen befehligen und das Geschehen überblicken zu können, war Richard zusammen mit einigen Adjutanten zu Pferd im Rücken der Phalanx geblieben. Jetzt erkannte er, daß die Rebellenkavallerie zur Rechten, die er nach dem Desaster in Chausar am meisten fürchtete, umgeschwenkt war und sich im Augenblick mehr als eine Meile vom Schlachtfeld entfernt befand.

Sofort schickte er Tahmasp zu Humayun und bat darum, daß der Mogul die Kavallerie am linken Flügel, die von Kamran befehligen wurde, zum Angriff gegen die Flanke der Rebelleninfanterie schickte, ein Manöver, von dem er überzeugt war, daß es ihnen den Tagessieg sichern würde.

Seine Männer kämpften verbissen, aber der Druck, dem sie gegenüberstanden, war groß, und schon begann der eine oder andere sich suchend umzublicken.

Richard sah ebenfalls über die Schulter. Zehn Minuten waren seit seiner Bitte vergangen, und noch immer war die Kavallerie nicht eingetroffen, wenngleich von jenseits des Lagers eine große Staubwolke aufstieg.

Dann sah er Tahmasp heranpreschen.

»Es ist alles verloren, Blunt Bahatur. Alles ist verloren. Prinz Kamran hat seine Männer vom Schlachtfeld zurückgezogen.«

Richard starrte ihn konsterniert an. Dann blickte er auf seine Männer.

Er hielt sich bei Hemus Division auf, als Tahmasp ihm die Nachricht überbrachte, und der Hindu hatte jedes Wort gehört.

Sofort entfernte er sich von Richards Seite und befahl seinen Trompetern, zum Rückzug zu blasen, aber anstatt sich dann am hinteren Ende der Truppen zu plazieren, wie es zu erwarten gewesen wäre, ritt er zur Flanke seiner Division und rief seinen Männern säbelschwingend zu, ihm zu folgen.

Richard durchschaute seine Absicht sofort.

»Er will desertieren«, sagte er und gab seinem Pferd die Sporen. Aber einer von Hemus Soldaten schlug ihm seine Lanze über den Rücken, und Richard stürzte betäubt aus dem Sattel.

»Ich hole ihn zurück, Blunt Amir«, rief Tahmasp und stieß seinem Pferd die Hacken in die Seiten, während Richard sich aufrappelte und benommen den Kopf schüttelte. Er besaß noch seinen Degen, und der Mann der ihn aus dem Sattel geholt und ihn mit dem Schlag hätte töten können, starrte ihn eine Sekunde verblüfft und furchtsam an, ehe er hinter seinen Kameraden her die Flucht ergriff.

Richard war versucht, ihnen hinterherzulaufen und zu versuchen, sie wieder zu sammeln, aber er wußte, daß er das nicht tun würde, und noch war die Schlacht nicht vorüber. Er blickte sich suchend nach seinem Pferd um und sah Prabhankar auf sich zu stolpern, während die zweite Division, als sie erkannte, daß sie im Stich gelassen worden war, zurückzuweichen begann, wenn auch die meisten Männer weiterhin dem Feind zugewandt blieben.

»Sie sind verloren.« Prabhankar war schweißgebadet und blutverschmiert.

»Wir müssen sie aufhalten.«

Verzweifelt schwang Richard sich wieder in den Sattel,

drängte sein Pferd unter die Pikeniere und teilte mit der flachen Klinge Hiebe aus. Einer der Männer stieß mit der Lanze nach ihm. Richard wich der Pike aus und streckte den Mann nieder.

Aber es war tatsächlich alles verloren. Die zweite Hindu-Division schwenkte nach rechts und schulterte die Waffen, um zu demonstrieren, daß sie nicht länger kämpfte, während die erste sich auflöste und floh, wobei sie die Piken wegwarf und sich die roten Uniformjacken vom Leib riß, in der Hoffnung, verschont zu werden. Richard warf einen hastigen Blick zurück auf das Lager und Humayuns Standarte, aber diese wurde gerade nach hinten getragen. Humayun floh ebenfalls.

Einen Augenblick lang war Richard unentschlossen. Es bestand kein Zweifel daran, daß dies das Ende des kurzlebigen mongolischen Reiches in Indien war. Er fühlte eine Welle des Zorns und der Verzweiflung in sich aufsteigen. Aber er konnte den Mongolen jetzt nicht den Rücken kehren – seine Frau und seine Familie warteten in Agra auf ihn. Er mußte nach Hause, und da er keine Männer mehr zu befehligen hatte, blieb ihm nichts anderes übrig, als wie der feige Prinz ebenfalls davonzulaufen.

»Rettet euch«, rief er den wenigen Stabsoffizieren zu, die bei ihm geblieben waren. Dann wendete er sein Pferd. Aber er hatte zu lange gezögert. Die Pikeniere der Rebellen hatten ihn erreicht.

Er zerschlug eine Lanze und stach einen Mann nieder, dann traf ihn ein harter Schlag auf den Rücken, und er stürzte zum zweiten Mal an diesem Morgen aus dem Sattel. Er landete inmitten einer grimmigen, grölenden Horde Männer. Er lag auf dem Rücken und starrte auf die Piken, von denen ihn zweifellos jeden Augenblick mindestens ein Dutzend durchbohren würden.

Aber dann wurden die Männer von einem Offizier zurückgerufen.

»Blunt Amir!« sagte der Tuk-bashi. »Der große Khan wird Euren Tod mit ansehen wollen.«

Richard wurde auf die Füße gezerrt und durch die Reihen toter und sterbender Männer geführt. Ein oder zwei riefen seinen

Namen, wurden aber von den Messern ihrer Scharfrichter rasch zum Schweigen gebracht.

Der Gestank von Blut und Tod hing schwer über dem Schlachtfeld, und die Geier kreisten bereits.

Farid saß auf dem Rücken seines Pferdes, umgeben von seinem Stab. Vor ihm knieten mehrere mongolische Kommandeure, unter denen Richard auch Prabhankar entdeckte.

An Farids Seite war Hemu, der Richard angetan hatte, was Richard einst Lodi angetan hatte. Wenigstens konnte er Richard nicht in die Augen sehen; aber daß seine Desertion im entscheidenden Augenblick der Schlacht von langer Hand vorbereitet und Fahrid möglicherweise sogar bekannt gewesen war, stand für Richard fest.

Farid lächelte, als Richard zu seinen Füßen in den Staub geworfen wurde.

»Blunt Amir!« sagte er. »Ich fürchtete schon, Ihr wärt im Kampf gefallen.«

Richard richtete sich mühsam auf, bis er vor Farid kniete. Seine Kehle war ausgedörrt, und er hatte ein flaues Gefühl im Magen. Er wußte, daß er in wenigen Minuten den demütigendsten und grausamsten aller Tode sterben würde.

»Du hast wenigstens bis zuletzt wie ein Mann gekämpft«, sagte Farid. »Mir wurde berichtet, daß Humayun und sein jämmerlicher Bruder beide geflohen sind.«

»Sie sind geflohen, als sie sahen, daß einer meiner Tumanbashis sich auf Eure Seite geschlagen hat«, entgegnete Richard und funkelte Hemu zornig an.

»Aber gehört das nicht zu den Taktiken, die Babur selbst bei mehr als einer Gelegenheit angewandt hat?«

Richard antwortete nicht darauf, da er es nicht leugnen konnte.

»Was die Prinzen betrifft, sind sie wohl kaum würdige Söhne Baburs. Ich werde sie finden. Hol ein Pferd für Blunt Amir«, befahl er einem Adjutanten. »Er wird an meiner Seite reiten.«

Hemu warf seinem neuen Herrn einen verblüfften Blick zu und schien protestieren zu wollen, zog es jedoch dann vor zu schweigen.

Richard traute seinen Ohren nicht. »Soll ich denn nicht hingerichtet werden?«

»Das wäre pure Verschwendung. Haben wir nicht Seite an Seite gekämpft und große Ehren errungen? Ihr seid ein guter Soldat, Blunt Amir. Vielleicht sogar der beste, der mir je untergekommen ist. Und Ihr seid kein Mongole. Wollt Ihr nicht für mich kämpfen, jetzt, wo es das mongolische Heer nicht mehr gibt?«

Richard versuchte, sich die Lippen zu befeuchten, aber vergeblich. »Ich werde Euch dienen, wenn Ihr es wünscht.«

»Ich wünsche es.« Farid lächelte. »Wenn ich besiegt werde, dürft Ihr wieder die Seiten wechseln, wenn Ihr könnt. Pfählt die anderen«, sagte er. »Aber auf hohen Pfählen, so wie es bei den Türken Brauch ist. Sie sollen als Monument meines Triumphes und ihrer Niederlage dienen.«

»Hoheit!« Richard stand mühsam auf. »Könnten diese Männer Euch nicht ebenso dienen wie ich selbst?«

»Nein«, entgegnete Farid. »Sie sind Mongolen. Sie werden immer hin und her gerissen sein zwischen mir und ihrem eigenen Volk. Ihr seid ein Einzelgänger, der in diesem Land nur denjenigen zum Freund hat, der ihn in seinen Dienst nimmt. Wäre Babur nicht gestorben, hätte ich nicht versucht, Euch abzuwerben.« Er lächelte grimmig. »Aber wenn Babur nicht gestorben wäre, hätte ich diesen Sieg nicht errungen. Dann hätte ich diese Revolte gar nicht gewagt. Aber Humayun ... wie könnt Ihr überhaupt zögern, einem solchen feigen Köter den Rücken zu kehren?«

Jedes seiner Worte über die Mongolen entsprach natürlich der Wahrheit.

»Ich habe sehr wohl einen Freund, Hoheit«, sagte Richard und zeigte auf Prabhankar. »Dieser Mann ist sei fünfzehn Jahren mein treuer Kamerad. Wo ich hingegangen bin, ist auch er hingegangen. Wem immer ich gedient hatte, hat auch er gedient. Er wird Euch ebenso treu sein wie ich selbst. Und er ist auch kein Mongole.«

Farid musterte den Hindu, und Prabhankar versuchte zu lächeln.

»Pfählt den Schurken«, schnaubte Hemu verächtlich.

»Ich denke, das werde ich nicht tun«, sagte Farid. »Er soll Euch weiter dienen, Blunt Amir. Holt ihm ebenfalls ein Pferd«, befahl er.

»Da ist noch mein Schwager, Hoheit.«

»Der Hund ist tot«, brummte Hemu.

»Habt Ihr ihn getötet?«

»Ich habe ihn sterben sehen. Er war ein Sohn Lodi Shahs. Er hatte den Tod verdient.«

»Ich bedauere den Tod Eures Schwagers, Blunt Bahatur«, sagte Farid. »Wenigstens ist er ehrenvoll gestorben. Und jetzt müssen wir uns eilen, damit wir Humayun und seinen Bruder noch einholen.«

»Ihr habt mir das Leben gerettet, Blunt Sahib«, sagte Prabhankar. »Ich habe bereits den Pfahl in meinen Gedärmen gespürt.«

»Ich denke, damit sind wir quitt«, entgegnete Richard. Er grübelte darüber nach, wie er Gila und ihrer Mutter Tahmasps Tod beibringen sollte.

»Vielleicht. Was habt Ihr jetzt vor, Sahib?«

Sie ritten etwas abseits von Farids Stab nebeneinander her.

»Was ich vorhabe?«

»Ihr könnt doch nicht ernsthaft erwägen, diesem Räuberhauptmann zu dienen.«

»Prabhankar«, entgegnete Richard streng. »Babur war bei unserer ersten Begegnung auch nicht mehr als ein Räuberhauptmann.«

»Und jetzt steht Humayun, sofern er überlebt, dasselbe Schicksal bevor«, sagte Prabhankar.

»Wir werden Farid treu dienen«, warnte ihn Richard.

Prabhankar grinste. »Bis sich etwas Besseres ergibt.«

Farid holte weder Humayun noch Kamran ein. Die Spur des Moguls und seines Bruders verlor sich in den Bergen. Manche sagten, er wäre nach Persien geflohen, andere, daß er sich nach Kabul, dem alten Stützpunkt seines Vaters, zurückgezogen hätte.

Wieder andere behaupteten, er wäre von Pathanen getötet worden.

Aber was immer zutreffen mochte, er war aus dem Königreich Delhi verschwunden.

## Kapitel 7

## Der Reisende

Farid Khan oder Sher Shah von Sur, wir er selbst sich gerne nannte, saß auf seinem Pferd und betrachtete die halbfertige neue Stadt Din Panah, Humayuns Meisterwerk.

»Reißt sie bis auf die Grundmauern nieder und beginnt mit dem Bau einer neuen Stadt. Das hier wird der Sher Shahi sein. Die letzte Stadt Delhis.«

Zweifellos genoß er seine neugewonnene Macht. Aber trotz seiner nach außen hin demonstrierten Arroganz ließ er davon seinen gesunden Menschenverstand nicht beeinträchtigen – oder seine Gier nach Arbeit jedweder Art.

Er hatte sich kaum mit seinem neuen Königreich vertraut gemacht, als er auch schon sämtliche Steuerabgaben wieder einführte und den Fakihs befahl, die Zahlen zu analysieren sowie die Ernteabgaben und die Gold- und Edelsteinanteile aus den Minen in der Nähe der Stadt zu bestimmen, die der Krone zu entrichten waren. Anhand dieser Berechnungen stellte er präzise Richtlinien für die Zukunft auf, wieviel wann und wer zu bezahlen hatte.

Gleichzeitig ordnete er das Bettler- und Prostitutionswesen, erweiterte und drillte sein Heer und führte Friedensverhandlungen mit den Rajputen, Gujarat und den Ländern im Süden.

»Ich will nichts von ihnen«, sagte er ebenso jovial wie aufrichtig. »Das Königreich von Delhi genügt meinen Bedürfnissen völlig.«

Seine Racheakte dienten eher dem Zweck, seine Macht zu demonstrieren, als daß sie einem grausamen Zug seines Charakters entsprachen. Jene Amire, die von Humayun auf ihre Posten befördert worden und nicht so schlau gewesen waren, mit ihm zu fliehen, wurden gepfählt, ihre Frauen, Konkubinen und Töchter den Soldaten überlassen.

Humayun war so übereilt geflohen, daß er nicht einmal lange genug in Agra haltgemacht, um seine Frauen oder kostbaren Bücher zu retten – wobei Richard das Gefühl hatte, daß letztere für den flüchtenden Mogul den größeren Verlust darstellten –, hatte jedoch den ›Berg des Lichts‹ mitgenommen. Richard fragte sich, ob der große Diamant nicht vielleicht Unglück brachte und die Unsicherheit eines Erbes symbolisierte. Wäre Humayun ein jüngerer Sohn gewesen und in der Lage, sich ganz dem Studieren und Lernen zu widmen, wäre er ein viel glücklicherer Mensch geworden.

Aber wären Kamran oder Askari Babur bessere Erben und Nachfolger gewesen? Richard bezweifelte es.

Jedenfalls hegte Sher Shah Humayuns Frauen gegenüber keinerlei Groll. Daß er Humayuns Lieblingsfrau, eine Inderin, in sein Bett befahl, war ein rein symbolischer Akt der Eroberung; er wurde langsam zu alt für Vergewaltigung. Die restlichen Frauen schickte er nach Kabul.

Humayuns riesige Bibliothek erfüllte ihn mit Staunen.

»Vieles davon ist heidnisches oder obszönes Zeug«, sagte er, schlug eines der hinduistischen Werke auf und betrachtete die Zeichnungen: Er konnte nicht lesen.

»Kann das gedruckte Wort obszön sein, wenn es auch nur ein Iota Wissen an nachfolgende Generationen weitergibt?« fragte Richard. »Dies ist eine berühmte Bibliothek. Ihr Erhalt wird Eurem Namen noch größeren Glanz verleihen.«

Sher Shah sah ihn an und lachte.

»Ihr habt recht, Blunt Bahatur. Die Bibliothek wird erhalten bleiben, aber ich werde nicht zulassen, daß meine Söhne oder gar meine Töchter diesen Raum betreten.«

Richards Freude über seine Rückkehr nach Agra und in sein Haus war nicht ungetrübt.

Natürlich wußte jeder über Humayuns Flucht und die Niederlage des Heeres Bescheid. Aber viel mehr war in der Stadt nicht bekannt, und Gila starrte ihn aus großen Augen an.

»Herr?« rief sie verwundert aus, als sie ihn sah.

»Ich bin es wirklich«, versicherte er ihr und küßte sie, um es ihr zu beweisen.

Zaid und Iskanda schienen ebenso verwundert. Nur der kleine Mahmud nahm seine Rückkehr wie selbstverständlich hin.

»Ich dachte, Ihr wärt tot oder mit dem Mogul geflohen«, sagte Gila.

»Statt dessen habe ich die Seiten gewechselt.«

»Ihr kämpft für Farid Khan? Ich dachte, Ihr wärt den Mongolen treu ergeben.«

»Ich hatte die Wahl, entweder in Sher Shahs Dienste zu treten oder zu sterben«, erklärte Richard. »Verdammst du mich dafür? Liegt dir irgend etwas an den Mongolen, abgesehen davon, daß sie Moslems sind wie du? Das ist Sher Shah auch.«

»Sunniten«, sagte Gila verächtlich.

Sie hatten nur selten über Religion gesprochen, da die ihren zu verschieden waren. Aber er wußte, daß Gilas Mutter als persische Prinzessin im moslemischen Glauben der schiitischen Minderheit erzogen worden sein mußte, die ursprünglich aus Persien stammte und der Hauptgrund für den nicht enden wollenden Krieg zwischen Persien und dem ottomanischen Reich war.

»Und?« fragte er.

Sie seufzte und zuckte die Achseln.

»Ihr könnt dienen, wem Ihr wollt, Herr. Ich bin nur froh, daß Ihr am Leben seid.«

Aber sie war kühl; sie empfand seinen Seitenwechsel immer noch als Verrat an Humayun.

Aber das Schlimmste stand ihm noch bevor, da er ihr nun Tahmasps Tod beibringen mußte. Im ganzen Haus ertönte lautes Wehklagen. Die Frauen schlugen sich gegen die Brust und rauften sich die Haare, angeführt von Mujhaba, die Richard haßerfüllt anfunkelte, als wäre er persönlich für den Tod ihres Sohnes verantwortlich. Richard sagte sich, daß er wohl tatsächlich für den Tod des Jungen verantwortlich war – er hatte ihm gestattet, an seiner Seite in den Krieg zu ziehen.

Zum erstenmal erwog er, sich eine zweite Frau zu nehmen.

Zaid war inzwischen alt genug, ihm Zuhörer und Gefährte zu sein. Er war bereits ein guter Polospieler, und Richard begann, ihm Schach beizubringen, ihn im Umgang mit Jagdfalken zu unterweisen und ihm von England zu erzählen. Was das andere betraf, beschloß er abzuwarten, bis Gila über ihre Trauer hinweg war, die in seinen Augen mehr gespielt denn echt war.

Zu Richards Überraschung schien jetzt, wo er das Vertrauen des Shahs genoß, sogar Hemu seine Freundschaft zu suchen. Bis er herausfand, was wirklich dahintersteckte.

»Ihr müßt wissen, daß ich meinen Entschluß, mich von Humayun abzuwenden, nicht leichtfertig getroffen habe, Blunt Bahatur«, sagte der Hindu. »Aber Ihr müßt ebenfalls wissen, daß der Mogul unfähig war, dieses Land zu regieren.«

»Zweifellos«, stimmte Richard zu, der nicht riskieren wollte, des Verrats angeklagt zu werden.

»Und es hat sich alles zum Guten gewendet«, fuhr Hemu fort. »Hier bin ich, in meinem Amt als Tuman-bashi einer Hindu-Division bestätigt ... als Euer Nachfolger.«

»Ja«, entgegnete Richard kühl.

»Zweifellos, damit Ihr frei seid, Euch um wichtigere Dinge zu kümmern«, fuhr der Inder fort. »Deshalb scheint mir, daß wir beide Grund zum Feiern haben. Haben wir nicht aus den tiefsten Tiefen der Verzweiflung Gutes gewonnen?«

Richard musterte ihn abwartend.

»Und so habe ich mir gedacht, daß es unserem Herrn, der sich an unserem gemeinsamen Erfolg zweifellos erfreut, noch größere Freude bereiten würde zu sehen, daß wir uns auch im Blut vereinen.«

»Ich habe eine Frau«, sagte Richard. »Ebenso wie Ihr.«

»Was nicht bedeutet, daß wir nicht eine zweite haben sollten. Ich weiß, daß Eure Sitten andere sind. Für mich jedoch gilt das nicht. Ihr habt eine außergewöhnlich hübsche Tochter.«

»Die erst zwölf Jahre alt ist.«

»Beinahe im heiratsfähigen Alter. Ich weiß, daß es unseren Herrn freuen würde«, sagte er noch einmal.

Richard sah ihm fest in die Augen. »Hemu«, sagte er, »auch wenn Ihr der letzte Mann auf Erden wärt, würde ich Euch meine Tochter nicht zur Frau geben, wäre sie auch eine hundert Jahre alte Jungfer.«

Einen Augenblick blitzten Hemus Augen vor Zorn, dann neigte er den Kopf.

»Ich muß mich in Geduld üben«, sagte er.

Gila war entsetzt, als Richard ihr von dem Antrag erzählte.

»Diese miese kleine Ratte!« erboste sie sich.

Richard strich ihr begütigend über das Haar.

»Er wird sie niemals zur Frau bekommen, Liebes. Aber ... wir müssen tatsächlich daran denken, einen Mann für Iskanda zu finden.«

Mit Ausnahme seiner Abneigung gegen Literatur sah Richard in Sher Shah viele Ähnlichkeiten mit Babur. Wie beim großen Mogul galt Sher Shahs Hauptinteresse dem Wiederaufbau und dem Erhalt des Reiches, das er erobert hatte. Darüber unterhielt er sich oft bis tief in die Nacht mit Richard.

»Ihr seid durch diese Länder gereist«, sagte er, als er nach zwei Jahren hektischer Betriebsamkeit sein Königreich als gesichert betrachtete. »Ihr kennt diese Menschen. Sagt mir, wo die größte Gefahr liegt.«

»Die größte Gefahr droht von den vereinten Rajputen-Staaten.«

»Sie haben einem Friedensabkommen zugestimmt.«

»Ihr derzeitiger Herrscher hat diesem Abkommen zugestimmt, Hoheit. Aber die Rajputen sind ein Volk, für die der Krieg die einzig annehmbare Lebensweise darstellt. Ihr Anführer braucht nur zu sterben und von einem jüngeren Prinzen abgelöst zu werden, der darauf brennt, sich seine Sporen zu verdienen, und schon habt Ihr sie am Hals.«

Sher Shah machte ein nachdenkliches Gesicht.

»Schließt Ihr jeden Versuch Humayuns aus, sich seinen Thron zurückzuholen?«

»Ich bezweifle, daß er das überhaupt will, aber auch wenn das der Fall wäre, würde er Verbündete brauchen. Bei den Rajputen wird er keine Unterstützung finden.«

»Aber es gibt andere. Warum glaubt Ihr, daß er sich derzeit in Sind aufhält? Ich habe gehört, daß er Boten nach Persien und sogar nach Konstantinopel ausgesandt hat. Werden diese Leute sich mit ihm verbünden?«

»Vorausgesetzt, daß der Sultan nicht anderweitig gebunden ist, könnte er bei den Ottomanen Unterstützung finden, Hoheit. Sein Vater Babur hat mit ihnen verhandelt.«

»Und sie sind das mächtigste Volk auf Erden«, bemerkte Sher Shah deprimiert.

Das konnte Richard nicht bestreiten. »Humayun wird lange brauchen, sich die Unterstützung der Ottomanen zu sichern«, entgegnete er beruhigend. »Sei es auch nur, weil er gleichzeitig Hilfe von den Persern erbittet. Die Perser und die Ottomanen hassen einander.«

»Aufgrund religiöser Differenzen«, stimmte Sher Shah ihm

zu. »Trotzdem. Wenn ich nach Norden auf die Berge blicke und an die großen Kriegsherren denke, die aus den Steppen dahinter hervorgegangen sind, Dschingis Khan, Timur ... und auch Babur. Wer weiß, wie lange es dauern wird, bis ein weiterer wie sie aus dem Volk der Mongolen hervorgeht? Und wenn ich den Völkern im Süden nicht trauen kann ... ich brauche Verbündete, Blunt Bahatur. Aber wo soll ich sie finden?«

Richard wollte seinen Ohren nicht trauen, als sich ihm völlig unerwartet die Gelegenheit bot, die Babur und sein Sohn ihm verwehrt hatten. Vielleicht.

»Ich kenne ein Volk, das sich willig mit einer Macht wie der Euren vereinigen würde«, sagte er. »Sei es auch nur, weil diese Menschen eingeschworene Feinde der Ottomanen sind.«

»Erzähl mir von diesem Volk«, forderte Sher Shah ihn auf.

Richard ließ sich nicht zweimal bitten.

»Männer wie Ihr«, sinnierte Sher Shah. »Militärisches Können. Geschütze. Schußwaffen. Und Schiffe. Das sind Wunder, von denen meine Leute nur wenig oder gar nichts wissen. Könnt Ihr mir das alles wirklich versprechen, Blunt Bahatur?«

»Allerdings«, versprach Richard. »Wenn Ihr mir erlaubt, in meine Heimat zurückzukehren.«

»Wie lange würde eine solche Reise dauern?«

»Zwei Jahre, vielleicht auch drei.«

Richard schlug das Herz bis zum Hals.

»Und wie wollt Ihr nach England reisen? Wird Euer Schiff noch in diesem Ort, Goa, auf Euch warten?«

»Nach siebzehn Jahren? Nein, wohl kaum.«

»Vielleicht findet Ihr dort ein anderes Schiff.«

Richard dachte darüber nach. Aber in den siebzehn Jahren seit er Goa verlassen hatte, war ihm nichts von europäischen Angelegenheiten zu Ohren gekommen. Er hatte keine Ahnung, welche Kriege inzwischen ausgebrochen, welche Bündnisse geschlossen und welche Feindschaften entstanden waren. Und somit wußte er auch nicht, wie Dom Jaime Alvarado – oder wahrscheinlicher sein Nachfolger im Gouverneursamt – einem Engländer auf Wanderschaft begegnen würde.

»Es wäre besser, wenn ich über Land reisen würde, Hoheit.«

»Ist dies denn möglich? Ihr würdet das Land meiner Feinde durchqueren müssen.«

»Nur Humayun ist derzeit Euer Feind, und wir wissen, daß er sich in Sind aufhält«, entgegnete Richard. »Wenn ich als Euer Gesandter reisen und der Welt verkünden würde, daß Ihr Delhi erobert habt und mit allen Menschen in Frieden leben wollt, würde ich bestimmt überall freundlich empfangen werden. Ich würde die Gelegenheit nutzen, Eure Größe und Macht zu verkünden. Auf diese Weise könnte ich möglicherweise Humayuns Pläne unterminieren, wie immer diese auch aussehen mögen. Und was Europa betrifft, bin ich immer noch im Besitz des Empfehlungsschreibens, das König Heinrich von England meinem Vetter damals mit auf den Weg gab. Mit diesem Schreiben werde ich unbehelligt nach Hause gelangen.«

Das hoffte er zumindest. Aber war das nicht das, wovon er siebzehn Jahre lang geträumt hatte?

»Welche Route würdet Ihr nehmen?«

»Ich würde nach Norden reisen, durch den Hindukusch, und dann einer der asiatischen Karawanenstraßen folgen.«

»Um diese zu erreichen, müßtet Ihr Afghanistan durchqueren. Die Straße nach Samarkand führt über Kabul. Das ist Humayuns Territorium.«

»Ich bin schon auf dieser Route gereist, Hoheit. Ich kenne sie gut. Ich werde nicht als Blunt Bahatur reisen, sondern als gewöhnlicher Händler. Ich werde mich Balchi nennen. Niemand wird mich behelligen. Außerdem ist Humayun ja selbst nicht dort.«

Sher Shah strich sich nachdenklich über den Bart.

»Laßt mich über Euren Vorschlag nachdenken«, sagte er.

Richard war überzeugt, die Erlaubnis zu erhalten, und machte sich an die Vorbereitungen für die lange Reise.

Als erstes mußte er beschließen, was mit seiner Familie geschehen sollte. Aber er empfand diese Reise als Antwort auf all seine Probleme. Er liebte Gila und seine Kinder aufrichtig. Wenn er sie für zwei oder drei Jahre von Mujhaba trennte, würde sie endlich jeden Einfluß auf Tochter und Enkel verlieren, und er und Gila würden sich hoffentlich wieder versöhnen.

»England wird dir gefallen«, versicherte er ihr.

Gila war skeptisch, aber gleichzeitig auch von Vorfreude und Ehrgeiz erfüllt. »Wird meine Mutter uns begleiten?«

»Eh … nein.«

Sie schmollte und fragte dann: »Werden wir denn auf dem Weg nicht auch Persien besuchen?«

»Ich fürchte, nein«, gestand er. »Unser Weg führt über Konstantinopel.«

»Die Ottomanen!« Sie erschauerte. »Sie sind abscheuliche Menschen.«

»Wir werden ja nur durch das Land hindurchreisen, ohne uns länger aufzuhalten«, versprach er.

Seine zweite Entscheidung betraf die Ware, die er brauchen würde, um seine Rolle als Balchi glaubwürdig spielen und unterwegs handeln zu können. Er war schon immer fasziniert gewesen von den verschiedenen, in Indien angebauten Kräutern, aus denen Heilmittel gewonnen wurden wie das Bangh, das Thomas kurz vor seinem Tod zur Linderung seiner Schmerzen bekommen hatte. Dieses Mittel war in ganz Zentralasien verbreitet. Auf den Feldern im Nordwesten Delhis wurde eine weitere Pflanze mit leuchtendroter Blüte angebaut, deren Samen zu einem weißen Pulver gemahlen wurde, das, wie man ihm erklärte, beim Einatmen nicht nur Schmerz vertrieb, sondern auch allerlei berauschende Gefühle erzeugte.

Er probierte es an sich selbst und stellte fest, daß es stimmte. Er fühlte sich einige Stunden recht eigenartig, so stark und kräftig wie eh und je, selbstsicher und klarsichtig, danach lechzend, das Lager mit Gila zu teilen …

Er sagte sich, daß die Nomaden der Steppen Gefallen an dieser wirkungsvollen Alternative zu Bangh finden würden, und bestellte eine große Menge des weißen Pulvers.

»Du bleibst als stellvertretender Kommandeur der Division hier in Agra«, erklärte er Prabhankar. »Bist du nicht stolz?«

»Unter Hemu! Ich würde es vorziehen, Euch zu begleiten, Blunt Bahatur«, entgegnete Prabhankar. »Haben wir die Reise nicht gemeinsam angetreten? Es wäre das beste für uns beide, sie auch gemeinsam zu beenden.«

»Du redest, als käme ich nicht zurück, alter Freund. Natürlich komme ich wieder. In etwa drei Jahren. Dann setzen wir unseren Weg wieder gemeinsam fort.«

»Aber wer wird Euch begleiten?«

»Ich werde Ramdas mitnehmen. Er ist ein guter und vertrauenswürdiger Mann.«

Prabhankar war keineswegs beruhigt. Ramdas stammte aus den Bergen im Nordosten, aus einem Land namens Nepal, das noch nicht einmal die Autorität Sher Shahs anerkannte. Er war untersetzt und trug als einzige Waffe einen großen, eigenartig gebogenen Dolch, den er als einen Kukri bezeichnete.

Prabhankar traute ihm nicht.

Es war Herbst 1542; das Jahr war zu weit fortgeschritten, um die Reise anzutreten. Die Bergpässe im Norden würden bald wegen Schnees unpassierbar sein. Aber Richard traf alle Vorbereitungen, um im Frühling aufzubrechen. Nie hatte er sich so überschwenglich und zuversichtlich gefühlt. Er war zweiundvierzig Jahre alt, im besten Mannesalter, gesund und stark wie nie zuvor. Er war so viele Jahre in den Krieg gezogen, hatte so zahlreiche Schicksalsschläge gemeistert, daß er sich einfach nicht vorstellen konnte, daß seine Mission scheitern könnte.

Und er freute sich unbändig darauf, Gila und seinen Kindern etwas von der Welt zu zeigen.

Er machte keinen Hehl aus seiner Vorfreude, was sich bald als Fehler erweisen sollte. Drei Tage vor seiner Abreise, als die Karawane bereits beladen und die Maultiertreiber angeheuert waren, rief Sher Shah ihn zu sich.

»Mir blutet das Herz bei dem Gedanken, Euch gehen zu sehen, Blunt Bahatur«, sagte er.

»Auch mir blutet das Herz bei dem Gedanken, Euch zu verlassen. Aber ich hoffe, Euch bei meiner Rückkehr für die Trennung entschädigen zu können.«

»Und wann wird das sein?«

»Nun, so bald wie möglich. Wie ich schon sagte, rechne ich nicht damit, länger als drei Jahre fort zu sein.«

»Drei Jahre«, sinnierte Sher Shah. »Das ist eine lange Zeit für einen Mann meines Alters. Ich möchte, daß Ihr zurück seid, ehe ich sterbe.«

»Ihr habt noch länger als drei Jahre zu leben, Hoheit.«

»Aber was, wenn es nicht bei drei Jahren bleibt, Blunt Bahatur? Ich habe darüber nachgedacht und bin zu dem Schluß gekommen, daß es das beste wäre, wenn Ihr Frau und Kinder hierlassen würdet.«

»Eure Hoheit?« Richard war wie vor den Kopf geschlagen.

»Eine Reise wie die, die vor Euch liegt, wäre für sie zu beschwerlich«, sagte Sher Shah, einen unergründlichen Ausdruck in den Augen. »Und wenn Ihr tatsächlich, wie Ihr sagt, nur drei Jahre fort sein werdet ... nun, das ist nicht länger als ein Feldzug.«

Richard wollte protestieren, entschied sich aber dagegen; er wollte nicht riskieren, daß der Shah kurzerhand das ganze Projekt strich.

Offensichtlich fürchtete der alte Fuchs, daß Richard nicht beabsichtigte, jemals zurückzukehren. Oder daß er sich mit dem Gedanken trug, sich wieder Humayun anzuschließen. Nun, wenigstens würde er jetzt nicht versucht sein, das eine oder das andere zu tun.

»Dann gebe ich meine Familie in Eure Obhut.«

»Das ist sie bereits, Blunt Bahatur.«

»Hoheit, ich möchte unter keinen Umständen, daß meine Tochter während meiner Abwesenheit verheiratet wird.«

»Wie soll eine Tochter in Abwesenheit ihres Vaters verheiratet werden?« entgegnete Sher Shah. »Außerdem ist das Mädchen noch sehr jung. Sie wird bis zu Eurer Rückkehr warten. Ihr habt mein Wort.«

Gila war am Boden zerstört. Sie weinte und klammerte sich an ihn. »Drei Jahre, Herr. Drei Jahre.«

»Wir sind während des Krieges mit Gujarat länger getrennt gewesen«, sagte er beschwichtigend.

»Aber damals wußte ich, wo Ihr wart«, jammerte sie.

»Aber ich kann Euch doch sicher begleiten«, sagte Zaid. »Ich bin fünfzehn. Ich kann Euer Tavachi sein.«

»Du hast eine wichtigere Pflicht zu erfüllen«, erwiderte Richard. »Du mußt auf deine Mutter und deine Schwester aufpassen und aus Mahmud einen tapferen Krieger machen. Das wird während der nächsten Jahre deine Aufgabe sein.«

Drei Tage später verließ er Delhi in nördlicher Richtung.

Sher Shah hatte ihm bei der Zusammenstellung seiner Karawane freie Hand gelassen und ihm darüber hinaus einen großzügigen Geldbetrag mit auf den Weg gegeben. Richard hatte alles sorgfältig geplant, da er sich der Gefahren seiner Reise sehr wohl bewußt war. Er hatte seine Karawane aus fünfzig von Maultieren gezogenen Karren zusammengestellt, die darauf hindeuteten, daß er tatsächlich ein sehr wohlhabender Händler war. Einschließlich der Maultiertreiber und Wachen sowie deren Frauen befanden sich an die dreihundert Personen im Wagenzug. Für sich selbst nahm Richard keine Frau mit auf die Reise.

Mit einem Turban und den Seidengewändern eines Moslems bekleidet sowie mit dem Bart, den er sich hatte wachsen lassen, war er überzeugt, unerkannt Afghanistan betreten und sich einer der großen Karawanen anschließen zu können, die von und nach Asien zogen, von China nach Europa, und in jedem Land, das sie durchquerten, willkommen waren, ungeachtet der Nationalität oder Religion.

Aber um nach Kabul zu gelangen, der ersten Station ihrer Reise, mußten sie die großen Berge überqueren, die bis in den Himmel aufzuragen schienen und deren gewundene Pässe von den Pathanen kontrolliert wurden. Für diesen Teil der Reise hatte Sher Shah ihm sogar ein großes Kavalleriekontingent als Eskorte angeboten. Richard hatte abgelehnt. Er wollte keine Aufmerksamkeit erregen, und eine Truppendivision aus Delhi auf ihrer Türschwelle hätten die Mongolen möglicherweise als Invasion gedeutet.

Er nahm dieselbe Route wie damals, als sie Baburs Leichnam nach Kabul geleitet hatten, und ließ Kaschmir und die Sikhs in großzügigem Abstand rechts liegen. Vom Flußtal des Agra aus erklomm die Karawane das Plateau, über das Richard und Prabhankar vor so vielen Jahren völlig entkräftet gekrochen waren. Noch befanden sie sich auf mongolischem Territorium, einst von Babur erobert und nun im Besitz von Sher Shah. Das letzte Mal hatte Richard diesen Weg mitten im Winter zurückgelegt, und er und alle anderen hatten es sehr eilig gehabt. Jetzt im Frühling zeigte sich die Fruchtbarkeit des Landes, das mit Weizenfeldern bedeckt war, und der Fleiß seiner Einwohner. Er war beeindruckt von der flinken Geschicklichkeit, mit der die jungen Mädchen Teppiche woben.

Überall bestaunten die Menschen die Karawane des Blunt Amir, der inzwischen in ganz Nordindien zumindest dem Namen nach bekannt war.

Sher Shahs Territorium erstreckte sich bis nach Peshawar am Fuß der Berge. Auch hier war das Land zwölf Jahre zuvor schneebedeckt gewesen, und Richard war verblüfft, als er sich inmitten ausgedehnter Zuckerrohrfelder wiederfand, die in der Hitze der prallen Sonne und unter wolkenlosem Himmel prächtig gediehen.

Unmittelbar hinter Peshawar befand sich der Khyber-Paß, das Tor nach Afghanistan.

An eben jenem Khyber-Paß wurde die Karawane zum erstenmal angegriffen. Männer rollten Felsbrocken auf sie herab und näherten sich ihnen dann in Begleitung ihrer Frauen in grimmigem Schweigen.

»Was sind denn das für Kreaturen?« knurrte Ramdas.

Sie hatten keine allzu große Mühe, den Angriff abzuwehren, aber einige Tage später entfernten sich drei Männer vom Lager und wurden gefangengenommen. Richard rief seine Wachen zusammen, spürte die Marodeure auf und griff an. Die Pathanen flohen, als sie jedoch die entführten Männer fanden, hatte man sie entkleidet und entmannt und ihnen Augenlider, Ohren und Nase abgeschnitten.

Sie waren bei lebendigem Leibe so verstümmelt worden.

Drei Pathanen waren bei der Attacke gefangengenommen worden, zwei Männer und eine Frau. Die zornigen Maultiertreiber verbrannten sie bei lebendigem Leibe.

Richard ließ sie gewähren.

Richard hatte keine andere Wahl, als nach Kabul zu reisen, da die einzige Straße, die vom Khyber-Paß durch Afghanistan nach Balkh und an die Grenze Transoxaniens führte – wo er hoffte, sich einer westwärts ziehenden Karawane anschließen zu können –, durch die Stadt führte. Aber es war bereits früher Sommer, als sie das hochgelegene Tal erreichten, wo er zu seiner Überraschung erfuhr, daß Humayun sich in Kabul aufhielt. Der Mogul hatte offenbar den Versuch aufgegeben, in Sind oder Persien Unterstützung zu finden, und war in seine alte Hauptstadt zurückgekehrt, die ihm immer noch die Treue hielt.

»Er wird uns alle hinrichten lassen«, sagte Dermat Ali, der Wagenmeister.

»Nur wenn er von unserer Anwesenheit erfährt«, entgegnete Richard.

»Wie sollte er das nicht, Blunt Amir?«

»Zum einen solltet ihr alle aufhören, mich so zu nennen. Ich bin Balchi der Händler aus Bijapur. Bijapur ist nie mit den Mongolen im Krieg gewesen. Auf jeden Fall müssen wir die Stadt so schnell es geht durchqueren.«

Richards Plan schien zu funktionieren. Die Karawane hielt in Kabul Einzug, ohne daß irgend jemandem eine Ähnlichkeit zwischen dem ungewöhnlich großen Händler und Blunt Bahatur aufzufallen schien. Richard verbarg vorsichtshalber sein Gesicht zur Hälfte hinter einer Falte seines Gewandes, wann immer sich jemand näherte.

Sie verbrachten zwei Tage in der Karawanserei, um den Tieren etwas Ruhe zu gönnen und ihre Vorräte aufzufüllen.

»Alles ist bereit. Wir können morgen weiterziehen«, sagte Dermat Ali. »Ich muß Euch ehrlich sagen, daß ich erst wieder frei atmen werde, wenn Kabul hundert Meilen hinter uns liegt.«

»Bis dahin dauert es nicht mehr lange«, entgegnete Richard und hörte gleich darauf das Klirren von Stahl.

Er, Dermat und Ramdas sprangen auf und blickten auf das Tor der Karawanserei, durch das nun ein Tuk-bashi mit seinen hundert bewaffneten Männern schritt.

»Wo ist die Karawane aus dem Süden?« fragte er. »Die Karawane des Händlers Balchi.«

»Man hat uns verraten«, murmelte Dermat Ali, und seine Finger schlossen sich um den Griff seines Krummsäbels.

»Nicht«, raunte Richard ihm zu. »Kämpfen wäre zwecklos.«

»Dann sind wir tot«, konstatierte Dermat.

»Wir werden sehen«, entgegnete Richard. »Wir sind die Männer aus dem Süden.«

Der Ming-bashi sah in sein Gesicht. »Euer Name ist nicht Balchi. Ihr seid Blunt Amir. Ich habe an Eurer Seite gekämpft.«

Richard erinnerte sich ebenfalls an den Mann. Er war ein Pathane mit Namen Bairam, der erst unter Babur und anschließend unter Humayun gekämpft hatte.

»Also gut«, stimmte er zu. »Ich war Blunt Amir. Aber der bin ich nicht mehr. Heute bin ich ein Händler, der Ware zum Verkauf nach Balkh bringt. Ihr könnt meine Karawane gern inspizieren.«

»Ich habe Befehl, Euch zum Mogul zu bringen, Blunt Amir. Ich hoffe, Ihr leistet keinen Widerstand. Übergebt mir Euer Schwert.«

Richard zögerte. Soviel zu seinen Hoffnungen. Auch bestand kein Zweifel daran, daß Humayun wußte, daß Richard in Sher Shahs Dienste getreten war.

Er übergab dem Pathanen seinen Krummsäbel.

»Und meine Leute?«

»Sie dürfen bis zu ihrer Weiterreise hierbleiben.«

Richard und Dermat wechselten einen Blick.

»Wenn ich bis morgen früh nicht zurück bin, kehrt ihr am besten nach Agra zurück und berichtet dem Sher, was sich zugetragen hat«, flüsterte er dem Wagenmeister zu.

»Ich verspreche es, Chelebi. Aber ... kommt zurück, ich flehe Euch an.«

Seine Gedanken überschlugen sich, als er durch die Menge der Schaulustigen hindurch zu Humayuns Palast eskortiert wurde, der eher an eine Festung erinnerte als an das prächtige Gebäude, das der Mogul in Agra bewohnt hatte. Noch war Richard kein Gefangener; er war von bewaffneten Wachen umringt, aber nicht gefesselt. Sein Schwert zu verlangen war nur eine Vorsichtsmaßnahme gewesen. Er mußte sich schnellstens schlüssig werden, wie er sich bei der bevorstehenden Begegnung verhalten sollte.

»Wie geht es dem Mogul?« fragte er.

»Sehr gut«, entgegnete Bairam. »Er wird bald wieder gen Agra marschieren und Rache nehmen.«

Das klang nicht sehr ermutigend. Aber jetzt war nicht die Zeit für Spekulationen; er mußte konzentriert nachdenken.

Er wurde an bewaffneten Wachen vorbeigeführt, von denen er viele erkannte – und viele erkannten ihn. Aber niemand grüßte ihn, als er in den Audienzsaal geführt wurde, in dem Humayun auf einem Teppich saß, seine Brüder Kamran und Askari an seiner Seite; die Wesire standen in einer Gruppe hinter ihnen.

»Der Verräter ist gekommen, uns zu besuchen, Bruder«, bemerkte Kamran mit einem säuerlichen Lächeln.

Richard verneigte sich vor Humayun »Ich grüße Euch, Großmogul.«

»Das sagt Ihr, Blunt Bahatur, obwohl Ihr in den Dienst meines Feindes getreten seid?« Humayuns Stimme klang recht milde, aber seine Augen blitzten gefährlich.

»Ich bin nicht aus freien Stücken in den Dienst Eures Feindes getreten, Eure Hoheit«, entgegnete Richard. »Im Gegensatz zu anderen ...« Er gestattete sich einen Blick in Kamrans Richtung. Meine Hindus und ich haben in Kanauj bis zum bitteren Ende gekämpft. Daß mein Leben verschont wurde, verdanke ich allein der Tatsache, daß Farid Khan« – er wußte, daß es unklug wäre, Farids neue Titel zu verwenden – »sich erinnert hat, unter Eurem Vater an meiner Seite gegen Mahmud Lodi gekämpft zu haben, und wünschte, daß ich in seine Dienste trete.«

»Ein Wunsch, dem Ihr ohne Zögern nachgekommen seid.«

»Mich zu weigern hätte den Tod meiner Frau und Kinder bedeutet.«

»Und was ist mit meinen Frauen und Kindern?« knurrte Humayun, schien jedoch nicht so zornig, wie Richard erwartet hätte. »Und so habt Ihr drei Jahre lang dem Usurpator gedient, ohne einen Gedanken an mich, Euren rechtmäßigen Herrn, zu verschwenden.«

Richard holte tief Luft. »Was glaubt Ihr, warum ich sonst hier wäre, Eure Hoheit?«

Die beiden Prinzen starrten ihn verblüfft an; dann lachte Kamran verächtlich. »Habt Ihr beschlossen, Eure Familie letztlich doch aufzugeben, Blunt Bahatur?«

»Unglücklicherweise hat Farid meine Absicht geahnt. Ich hatte seine Erlaubnis, in Verkleidung eines Händlers als sein Gesandter nach Westen zu reisen, um Verbündete für ihn aufzutun. Meine Familie sollte mich begleiten. Darauf habe ich die ganzen drei Jahre hingearbeitet. Natürlich war es meine wahre Absicht, auf direktem Wege herzukommen und mich Euch wieder anzuschließen. Aber nur wenige Tage vor meiner Abreise hat Farid mir dann eröffnet, daß ich meine Frau und Kinder als Geiseln zurücklassen müsse.«

»Bildet Ihr Euch wirklich ein, daß wir Euch das abkaufen?« fragte Kamran.

»Ihr könnt die Mitglieder meiner Karawane fragen, Hoheit. Sie wissen nichts vom wahren Zweck meiner Reise – nur daß Farid mich in geheimer Mission nach Westen geschickt hat.«

Wieder musterten die Brüder ihn eindringlich.

»Und jetzt seid Ihr hier«, sagte Humayun schließlich. »Ist das nicht ein Omen, Bruder?«

»Pah!« war alles, was Kamran dazu sagte.

»Ist dieser Mann nicht unmittelbar vor der Schlacht von Panipat vor unseren Vater getreten und hat dem großen Babur den Sieg beschert?«

»Unser Vater hätte Lodi auch ohne seine Hilfe besiegt«, beharrte Kamran.

»Vielleicht. Vielleicht aber auch nicht«, entgegnete Humayun. »Setzt Euch, Blunt Bahatur.«

Richard setzte sich mit verschränkten Beinen vor sie auf den Teppich. Er konnte nur warten und hoffen, Humayun für sich zu gewinnen.

Süße Speisen wurden aufgetragen.

»Es ist jetzt drei Jahre her, seit ich aus Agra vertrieben wurde«, sagte Humayun. »Drei Jahre, in denen ich versucht habe, Verbündete zu finden, um mir das zurückzuholen, was rechtmäßig meins ist. Aber niemand war gewillt, mir zu helfen – mit Ausnahme der Perser. Und der Shah hat verlangt, daß ich meinem Glauben abschwöre und den seinen annehme, ehe er mir Truppen zur Unterstützung schickt. Es sind drei lange und bittere Jahre gewesen.«

»Das weiß ich«, sagte Richard. »Ich habe mit Euch gefühlt.«

»Und doch ... wer weiß schon, was das Schicksal für ihn

bereithält? Ich werde Euch offen gestehen, daß ich vor sechs Monaten beinahe verzweifelt wäre, Blunt Bahatur. Mir war nichts geblieben als mein Patrimonium, umgeben von Feinden, und ich konnte keinen einzigen Verbündeten finden. Die Türken werden den Krieg in Europa nicht abbrechen, die Perser wollen niemand sonst bekriegen als die Türken. Wohin sollte ich mich wenden? Und ich wurde langsam alt, und meine Frauen hatten mir immer noch keinen Erben geboren. Wißt Ihr, daß mich das am meisten bedrückt hat?«

»Das verstehe ich sehr gut, Hoheit.« Richard konnte nicht widerstehen, einen raschen Blick auf Kamran zu werfen, dessen Gesicht jedoch ausdruckslos war.

»Und dann, im vergangenen November, ist ein Wunder geschehen«, fuhr Humayun fort. »Da war ich ein Mann von vierunddreißig Jahren. Mit sechzehn hatte ich mir die erste Frau genommen. Achtzehn Jahre, Blunt Bahatur, und in all dieser Zeit war ich unfähig, einen legitimen Sohn zu zeugen. Aber im vergangenen November wurde mir ein wahrer Sohn geboren.«

»Meine herzlichsten Glückwünsche.«

»Der Shah von Persien war nur bereit, mir eine seiner Töchter zur Frau zu geben. Da stand ich, der Mogul, mit nur einer einzigen Frau«, sagte Humayun »Und sie hat mir einen Sohn geschenkt. Ist das nicht ein Wunder?«

»Zweifellos, Hoheit«, stimmte Richard ihm zu und fragte sich im stillen, inwieweit er und Humayun nun durch Heirat miteinander verwandt waren. Seine Söhne Zaid und Mahmud und dieser neugeborene Prinz waren sicher Vettern, gleich welchen Grades.

»Ich habe ihn Abu-ul-Fath Jalal-ud-Din Muhammad Akbar genannt«, erklärte Humayun stolz.

Richard schluckte. Der Name bedeutete übersetzt ›Hier ist der größte aller Nachkommen des Propheten‹.

»Er wird der größte Herrscher werden, den die Welt je gesehen hat«, verkündete Humayun.

»Daran zweifle ich nicht«, stimmte Richard zu und warf Kamran, dessen Gesicht immer noch ausdruckslos war, erneut einen verstohlenen Blick zu.

»Für ihn muß ich Agra zurückerobern und Delhi wiederaufbauen, damit er, wenn die Zeit gekommen ist, ein Königreich erbt, das seines Namens würdig ist«, sagte Humayun »Ich habe in den vergangenen sechs Monaten an nichts anderes gedacht, jedoch keine Antwort auf mein Problem gefunden – bis heute.«

»Du willst doch diesem elenden Hund nicht etwa vertrauen?« fragte Askari ungläubig.

»Ich sagte, daß sein geheimnisvolles Erscheinen, ausgerechnet zu diesem Zeitpunkt, ein Omen sein muß. Und ist er nicht der beste Soldat, den wir haben? Blunt Bahatur, gemeinsam werden wir gen Delhi ziehen, so wie wir vor siebzehn Jahren an der Seite meines Vaters dort einmarschiert sind.«

Richard mußte nun rascher denken als je zuvor. Im Gegensatz zu Humayun glaubte er nicht an Omen. Dafür glaubte er daran, daß seine Frau und Kinder sofort hingerichtet werden würden, wenn er mit einer mongolischen Armee die Grenze überquerte. Vermutlich würde man sie den grausamsten aller Tode sterben lassen. Man würde sie pfählen.

Irgendwie mußte er Zeit gewinnen und vielleicht auch etwas eigene Kraft sammeln.

»Bei allem Respekt, Hoheit, dies wird kein leichtes Unterfangen werden.«

»Ein wirklich lohnendes Unterfangen ist niemals einfach. Aber gemeinsam werden wir siegen. Ich weiß es.«

»Zweifellos«, stimmte Richard ihm zu. »Aber darf ich Euch daran erinnern, daß ich, als ich Eurem Vater in Panipat gegenübertrat, nicht allein war? Ich hatte sechstausend Mann bei mir.«

»Und jetzt befehligt Ihr eine Karawane«, schnaubte Kamran verächtlich.

Richard ignorierte ihn und wandte sich an Humayun. »Farid hat mich auf diese Mission nach Europa gesandt, um ihm die Unterstützung meines Königs und seiner Armee zu sichern. Diese Maßnahme habe ich Euch schon vor langer Zeit empfohlen. Wenn Ihr sie mir vor zehn Jahren gestattet hättet, hätte Farid Euch niemals besiegen können.«

»Besteht denn das Heer Eures Königs aus Halbgöttern?« fragte Askari.

»Es besteht aus Männern wie mir«, entgegnete Richard, wobei er dem Prinzen unverwandt in die Augen sah. »Ausgerüstet mit Waffen, wie sie in ganz Indien noch niemand gesehen hat.«

Kamran schnaubte erneut, aber Humayun lauschte seinen Worten aufmerksam.

»Diese Männer werde ich hierherführen – aber nicht zu Farids Unterstützung, sondern zu Eurer. Dann werden wir tatsächlich im Triumph in Delhi einmarschieren.«

»Wie lange werdet Ihr brauchen?«

»Zwei Jahre«, entgegnete Richard. Was machte es schon, wenn er übertriebenen Optimismus an den Tag legte, sofern man ihm nur gestattete, seine Reise fortzusetzen.

Er hatte noch Zeit genug, sich zu entscheiden, auf wessen Seite er sich stellen würde, wenn er nach Indien zurückkehrte – zusammen mit tausend englischen Soldaten.

»Zwei Jahre«, wiederholte Humayun. »Und Ihr versprecht, bis dahin mit Euren Männern zurück zu sein?«

»Wenn du das glaubst, Bruder, bist du ein Dummkopf«, sagte Kamran.

»Ich kann nicht hierher zurückkehren, Hoheit«, entgegnete Richard. »Mit einer ganzen Armee quer durch Europa zu marschieren würde Krieg mit jedem Land bedeuten, das wir durchqueren. Ich werde meine Armee übers Meer herholen, in einer ganzen Flotte von Schiffen. Wir werden Gujarat dem Erdboden gleichmachen und von dort aus nach Norden in Eure Richtung marschieren. Ich werde Euch frühzeitig Bescheid geben, so daß Ihr zu uns stoßen könnt. Gemeinsam können wir ganz Indien erobern.«

Er glaubte beinahe selbst daran.

»Bei Allah«, murmelte Humayun. »Wenn das wirklich möglich wäre ...«

»Es ist möglich«, sagte Richard. »Ich schwöre es, beim Barte des Propheten.«

Richard sagte sich, daß ein solcher Schwur für ihn als Christen wohl nicht bindend war.

»Wahrlich, Blunt Amir«, sagte Ramdas, als die Karawane Kabul über die Straße nach Norden verließ. »Ihr seid ein Mann, der Wunder bewirken kann. Ich hätte erwartet, daß wir um diese Zeit alle tot wären.«

»Es war nur eine Frage der Dialektik«, entgegnete Richard. »Jetzt müssen wir uns nur beeilen.«

Das war leichter gesagt als getan. Von Kabul aus waren es zweihundert Meilen bis Balkh, und da es fast nur bergab ging und es beinahe Sommer war, kamen sie gut voran und trafen nach nur zehn Tagen dort ein. Dann mußten sie sich jedoch zähneknirschend in Geduld fassen und auf die Ankunft der nächsten Karawane aus dem Osten warten.

Da Samarkand nur weitere zweihundert Meilen nördlich lag, war Richard versucht, einen Abstecher in die Stadt zu machen, von der er soviel gehört hatte und die zu erobern Babur so viele Jahre seines Lebens geopfert hatte, aber er wagte nicht, die Ankunft der anderen Karawane zu verpassen. Balkh selbst hatte sich, obwohl zu einem bedeutenden Knotenpunkt auf der Karawanenstraße geworden, nie so ganz von der Eroberung und Plünderung Dschingis Khans vor dreihundert Jahren erholt; nur wenige der Gebäude waren im Laufe der Jahrhunderte wiederaufgebaut worden.

Nachdem sie zwei endlose Wochen gewartet hatten, traf die heißersehnte Karawane endlich in Balkh ein, und nach einigen weiteren Tagen des Kaufens und Verkaufens setzte sie ihren Weg zum dreihundertfünfzig Meilen entfernten Herat in Khorasan fort.

Die Route führte durch die Berge, aber die gutbewaffnete Karawane hielt sorgfältig Ausschau nach Wegelagerern, die jeden Moment von den Bergen in den Süden heranstürmen konnten; im Norden befand sich die Hochebene.

Die Karawane bot einen prächtigen Anblick, wie sie sich die uralte Straße entlangschlängelte. Insgesamt gehörten ihr an die zwanzig verschiedene Gruppen an, jede einzelne eine Miniaturwelt für sich. Es gab Händler mit eigenartigen Erfindungen aus China, Maschinen, von denen man die Zeit ablesen konnte, Schriften, die die Zukunft voraussagten, dazu Ballen mit Seide und – natürlich – chinesische Mädchen, die zum Verkauf feilgeboten wurden. Aber es waren auch Händler aus dem Südosten mit Gewürzen dabei und solche aus dem Süden, die Gold, Diamanten und Rubine anboten. Richards Opium schien von geringem Wert, als er jedoch einige der anderen Händler ein wenig von dem süßlichen Pulver schnupfen ließ, schienen sie sehr beeindruckt.

Ihre Begeisterung war so groß, daß er es erneut selbst probierte. Und wieder tauchte er in eine Welt eigenartiger Phantasien ein, teils schöne, teils furchterregende.

Als er wieder zu sich kam, lag er mit einem nackten, gelbhäutigen Mädchen in den Armen in einem Zelt und blickte in die besorgten Augen Ramdas'.

»Bei Gott!« Er setzte sich auf und blickte auf das Mädchen herab, das ihn unsicher anlächelte.

»Ihr habt sie gekauft, Herr«, erklärte Ramdas. »Das war vor zwei Tagen, und Ihr habt seither nicht mehr von ihr abgelassen.«

»Die Karawane!«

»Sie zieht weiter, und Ihr ebenfalls. Erinnert Ihr Euch denn nicht mehr daran?«

»Nur vage, wie in einem Traum.« Er richtete den Blick wieder auf das Mädchen.

»Ting-lu«, erklärte sie.

»Sie beherrscht unsere Sprache nicht«, sagte Ramdas. »Aber sie beherrscht die Sprache der Liebe.«

Er verdrehte die Augen.

Richard zweifelte nicht, daß sein treuer Diener sich während seines Rausches mit ihr amüsiert hatte. Ebenso wie er selbst.

Aber er lebte lange genug in Asien, um zu wissen, daß er sie jetzt nicht mehr zurückgeben konnte. Außerdem war sie ein hübsches kleines Ding, wenn auch mit kleinen Brüsten und Pobacken.

»Zieh dich an«, sagte er und reichte ihr ihre Kleider.

»Dieses Opium ist wirklich ein starkes Rauschmittel«, sagte Ramdas. »Wenn er nur genug davon hätte, könnte ein Mann die ganze Welt erobern.« Er grinste breit. »Vorausgesetzt, er läßt selbst die Finger davon.«

Kein schlechter Gedanke, dachte Richard.

Herat war eine alte Stadt, seinerzeit von Alexander dem Großen gegründet. Es waren sogar noch Spuren der Zitadelle, die er errichtet hatte, zu sehen. Wie jede Stadt einer gewissen Größe in der Gegend war auch Herat von Dschingis Khan zerstört worden, aber anders als die meisten anderen war Herat von Timur im Laufe seiner Blitzeroberung der asiatischen Welt wiederaufgebaut worden. Timur hatte erkannt, wie wichtig die Stadt als

Handelszentrum war, und inzwischen war sie zu einer geschäftigen, blühenden Metropole geworden.

Richard machte gute Geschäfte mit seinem Samenpulver. Und warum auch nicht? sagte er sich. Immerhin waren diese Leute nicht seine Freunde.

Von Herat führte die Straße nach Nishapur, Rai, Hamadan und Kermanshah im Irak.

Auf dem Weg nach Nishapur ging es wieder steil bergauf, da die Stadt sich viertausend Fuß über dem Meeresspiegel befand, obwohl sie das Zentrum eines großen Baumwoll- und Weizenanbaugebietes war. Ihre Berühmtheit gründete vornehmlich darauf, daß sich dort das Grab des persischen Philosophen und Poeten Omar Khayyam befand, der im zwölften Jahrhundert gelebt hatte. Nishapur lag knapp über zweihundert Meilen von Herat entfernt – weitere drei Wochen mühsamen Vorwärtskommens – dann vierhundertfünfzig Meilen, etwa sechs Wochen, bis Rai.

Rai war sogar in noch desolaterem Zustand als Balkh. Die Stadt war von den Mongolen dem Erdboden gleichgemacht worden, aber sogar die Ruinen ließen noch ahnen, daß Rai tatsächlich einmal die schönste Stadt Asiens gewesen war; die Gebäude waren mit blauer Fayence oder glasierten Ziegeln verkleidet gewesen. Die Stadt war einstmals für ihre exquisiten Keramikarbeiten berühmt, und die wenigen Menschen, die noch dort lebten und diese alte Tradition aufrechterhielten, waren gern bereit, mit der Karawane zu handeln.

Richard sorgte sich wegen der Dauer der Reise durch dieses weite Land. Er war Mitte März aus Agra aufgebrochen und Mitte Mai in Kabul eingetroffen. Jetzt war Ende Juni, und er hatte noch nicht einmal die Grenzen des ottomanischen Reiches erreicht!

Hamadan, wo sie zehn Tage nach ihrem Aufbruch aus Rai eintrafen, befand sich ebenfalls in großer Höhe, an die sechstausend Fuß über dem Meeresspiegel, während gleich dahinter der zwölftausend Fuß hohe Mount Alvand aufragte.

Da sie mitten im Sommer eintrafen, fand die Karawane sich

in einer wunderschönen Umgebung wieder, reich an Früchten, die Richard größtenteils unbekannt waren, und mit einem geradezu idealen Klima. Er erfuhr, daß Hamadan viele hundert Jahre lang den Königen von Persien als Sommerresidenz gedient hatte – die Stadt war auf den Ruinen des alten Ecbatana errichtet worden –, jedoch dann von Timur zerstört worden war, weil sie sich dem Mongolen widersetzt hatte.

Kermanshah jedoch, das nur knapp über hundert Meilen südwestlich lag, war von den Mongolen unbehelligt geblieben. Während die Karawane sich dort aufhielt, war das Wetter wunderbar warm und klar, und wieder waren sie umgeben von einer reichen Palette an Früchten und Gemüsen, die in dem fruchtbaren Boden prächtig gediehen.

Kermanshah war das Zentrum der persischen Teppichindustrie, und auch hier trieb die Karawane regen Handel, wobei die Händler darauf aus waren, die Teppiche zum Weiterverkauf weiter westlich so billig wie möglich zu erstehen, während die Hersteller jammerten und klagten, daß man ihnen und ihren Familien die Lebensgrundlage entzöge und sie alle elend verhungern würden. Und doch schienen alle Parteien sehr zufrieden mit dem Preis, auf den man sich letztendlich einigte.

Richard, der sich nicht auf die orientalische Art des Handelns verstand, schickte Ramdas in seinem Auftrag los und zog es vor, mit Ting-lu, die er immer mehr ins Herz schloß, in seinem Zelt zu bleiben.

Sie war eine entzückende Gefährtin, auch wenn sie nur wenig Fortschritte gemacht hatten, die Sprache des anderen zu erlernen.

Ting-lu sang ihm mit dünner, hoher, aber nicht unmelodischer Stimme etwas vor; erledigte sämtliche Näh- und Flickarbeiten und wechselte sich mit Ramdas mit dem Kochen ab, wobei sie Speisen zauberte, die, wenn auch scharf gewürzt, eine willkommene Abwechslung zum ewigen Curry-Reis waren. Wann immer er sich langweilte, blickte sie bedeutungsvoll auf ihr gemeinsames Lager.

In diesem Punkt war sie unersättlich.

Er fragte sich, wie man ihr in England begegnen würde. Und vor allem, wie sie sich mit Gila vertragen würde, wenn er sie mit nach Agra nahm.

Ramdas kehrte mit zwei wunderschönen Teppichen zurück, die er, wie er stolz verkündete, für die Hälfte des ursprünglich verlangten Preises erstanden hatte.

In Kermanshah teilte sich die Karawane; einige der Händler zogen nach Tabriz im Norden und von dort aus in die östlichen Regionen Anatoliens. Richard zog es vor, mit der anderen, größeren Gruppe weiter ins hundertfünfzig Meilen entfernte Bagdad zu ziehen. Dieser Entschluß basierte auf mehr als nur dem Wunsch, eine der großen Städte der Antike zu sehen; die Route, der sie folgen würden, versprach außerdem auf den nächsten paar hundert Meilen ein besseres Vorankommen.

Der Abstieg von den Bergen in die Ebene des Tigris im Juli war buchstäblich atemberaubend. Die angenehm lauen Tage und kühlen Nächte wurden von Temperaturen abgelöst, die bei Tage jedes Vorwärtskommen unmöglich machten und einen bei Nacht in der bedrückend schwülen Luft schwitzend wachhielten.

Bagdad selbst, so viele Jahre lang Heimatstadt der Abdasis-Kalifen, wo unter Harun-al-Rashid die moslemische Kultur ihren Höhepunkt erreicht hatte, war 1543 nur eine weitere halbzerstörte Provinzstadt. Dschingis Khan selbst war nie so weit gekommen, wohl aber sein Sohn Hulagu. Hulagu hatte die Mauern der Stadt gestürmt und, wie es hieß, an einem einzigen Tag achthunderttausend ihrer Einwohner abgeschlachtet.

Es fiel schwer zu glauben, daß überhaupt einer das Massaker überlebt haben sollte.

Bagdad war ein pestilenter Ort, und Richard konnte es kaum erwarten, ihn hinter sich zu lassen. Aber sie mußten einige Wochen dort bleiben, da sich in Bagdad die Karawanen vollständig auflösten und neu bildeten. Einige der Händler zogen nach Südosten, nach Basra und zum Persischen Golf. Andere zogen gen Süden in die arabische Wüste und von dort aus nach Mekka und Dschidda. Wieder andere setzten die Reise nach Westen in Richtung Syrien fort, um von dort aus in südliche Richtung nach Palästina, Ägypten und Nordafrika zu ziehen.

Die Karawane, der Richard sich anschließen wollte, würde nordwestlich nach Anatolien ziehen.

Aber es kam zum unausweichlichen vierzehntägigen Aufenthalt, der nötig war, die Mitglieder der neuen Karawane zu versammeln, Wachen anzuheuern und Streitigkeiten beizulegen. Während dieser Zeit erkrankte Ting-lu. Die anderen hatten die Gluthitze schon in Indien kennengelernt, aber für Ting-lu, die aus dem Norden Chinas stammte, war das Klima völlig neu. Sie bekam Fieber und Schüttelfrost. Sie erinnerte Richard an Humayun während seiner schlimmsten Anfälle, und er wußte, daß es keine Hoffnung für sie gab.

Aber er schnupfte etwas von seinem eigenen Opium und verbrachte nach Ting-lus Bestattung zwei ganze Tage im Bett. Anschließend machte er sich düsterer Laune auf den Weg in die Türkei.

Mosul befand sich über zweihundert Meilen nördlich von Bagdad. Man erreichte es, indem man dem Lauf des Tigris folgte. Das war unabdingbar, da zu beiden Seiten hinter den Bewässerungskanälen, die von dem großen Strom gespeist wurden, nichts als Wüste lag.

Dies war eine neue Erfahrung für Richard, eine Erfahrung, gegen die sich sogar die Qualen im indischen Dschungel während des Monsuns als Zuckerschlecken ausnahmen. Die Sonne brannte von einem strahlend blauer Himmel herab, und sogar das Wasser des Flusses, das glücklicherweise ständig erreichbar war, war lauwarm.

Aber nun betrat er endlich Ottomanisches Gebiet, da die Türken ihr Reich zehn Jahre zuvor bis tief in den Süden ausgeweitet hatten. In Mosul bekam er auch das erstemal die berühmten Janitscharen zu Gesicht, jene Fußsoldaten, die halb Europa erobert hatten. Sie waren alle geborene Christen, wie man ihm erzählte, die jedoch als kleine Jungen entführt und als Moslems aufgezogen worden waren – und als Militärmönche, die nur dem Sultan unterstanden. Sie trugen buschige Schnäuzer und Bärte und beachteten die Händler kaum, wenn sie in ihren eindrucksvollen blau-roten Uniformen und den mit weißen Roßhaarbüschen geschmückten Helmen durch die Straßen schlenderten.

Richard drängte sich der Gedanke auf, daß, wenn alles planmäßig verlief, er eines Tages möglicherweise ein englisches *Tercio* gegen diese stolzen Krieger in den Kampf führen würde.
Er zweifelte nicht am Ausgang einer solchen Begegnung.

Jetzt führte der Weg nach Westen: Nach Aleppo, Antioch, Konia und Konstantinopel.
Richard hatte Konstantinopel als Anfang vom Ende seiner Reise betrachtet, erfuhr jedoch nun zu seiner Bestürzung, daß noch elfhundert Meilen vor ihm lagen.
»Wir werden die große Stadt erst erreichen, wenn in den höheren Regionen bereits Schnee liegt«, sagte der Karawanenführer, Hildis Abbas.
Und dann galt es noch, ganz Europa zu durchqueren.

Richards Erkenntnis, daß er auch günstigstenfalls nicht weniger als drei Jahre für die Reise brauchen würde, führte dazu, daß er ein wenig von seinem Interesse für das faszinierende und historisch reizvolle Land verlor, durch das sie zogen.
Aleppo, eine weitere von Timur zerstörte Stadt, war von den Ottomanen wiederaufgebaut worden und zu einem der größten Märkte Westasiens aufgestiegen. In der Stadt, die auf einem Hügel etwa vierhundert Fuß oberhalb eines fruchtbaren Tals lag, herrschte große Betriebsamkeit. Sie wurde von massiven Mauern geschützt, die im dreizehnten Jahrhundert errichtet worden waren, jedoch den Mongolen nicht standgehalten hatten. Inzwischen hatten die Ottomanen sie verstärkt, und sie sahen mit ihren Wachttürmen, die die hohen Erdwälle vor den Festungsgräben überragten, uneinnehmbar aus.
Richard stellte fest, daß er sich nun tatsächlich im Land der Burgen befand, die hier viel größer und zahlreicher waren als in England oder sogar in Spanien. Dies war das Land, um das die Kreuzritter gekämpft und das sie dreihundert Jahre zuvor sogar einige Zeit gehalten hatten. Und auch in Antioch, einem weiteren großen Markt, auf dem sich Händler aus dem ganzen Mittleren Osten versammelten, hatten sie massive Befestigungsmauern errichtet.

In Antioch faßte Richard dann auch den Entschluß, sich endgültig von seiner Karawane zu trennen. Seit Ting-lus Tod war sie ihm irgendwie verändert erschienen, und vor allem hatte er inzwischen sein gesamtes Opium mit beträchtlichem Gewinn verkauft. Auch waren viele seiner Leute gestorben oder einfach davongelaufen, um irgendwo ein neues Leben anzufangen, und ihm waren nur noch zwanzig Maultiere und hundert Männer geblieben.

Er gab die geschrumpfte Karawane in Dermats Obhut und trug ihm auf, sie nach Agra zurückzuführen und Sher Shah – und Humayun, falls seine Anwesenheit in Kabul entdeckt würde – mitzuteilen, daß sein Herr die Reise allein, mit Ramdas als einzigem Diener, fortsetzen würde.

Sie ritten mit nur vier Packeseln in der Hauptkarawane weiter; der Verkauf des Opiums hatte Richard zu einem reichen Mann gemacht.

Aber er gab sich jetzt verstärkt als Balchi aus, moslemischer Händler, der nach Konstantinopel reiste, um die größte Stadt der Welt zu sehen. Die Maskerade war sehr wichtig, als die Karawane Konia erreichte, das Iconium der Römer und heute Zentrum des fundamentalistischsten islamischen Glaubens, wie sich aus der Sekte der Wirbelnden Derwische schließen ließ, die hier ihren Ursprung hatte. In Konia mußten Richard und Ramdas beide die Rolle gläubiger Moslems spielen und in der Moschee zu Allah beten, sonst wären ihrer beider Leben in Gefahr gewesen.

Den Warnungen entsprechend, die man Richard mit auf den Weg gegeben hatte, erwies sich der letzte Abschnitt seiner Reise, die Überquerung des Hochplateaus Zentralanatoliens, als schwierigster Teil der ganzen Route, vor allem jetzt, da der Sommer hinter ihnen lag, das Wetter sehr wechselhaft war und es nachts empfindlich kalt wurde.

Richard hatte seit ihrem Aufbruch aus Mosul die Ohren offengehalten, um möglichst viel über Sitten und Bräuche der Türken zu erfahren. Nach allem, was man ihm gesagt hatte, waren jene, die in kosmopolitischen Städten wie Konstantinopel lebten, überaus tolerant, solange die Ungläubigen angemessene

Steuern zahlten und sich in Zurückhaltung übten. Und so gab sich Richard, als er und Ramdas den Bosporus überquerten und die gewaltigen Festungsanlagen bestaunten, die die Stadt mit den prachtvollen, weithin sichtbaren Moscheen umgaben, als christlicher Engländer zu erkennen, der in Begleitung seines hinduistischen Dieners reiste.

Daß er den ganzen Weg aus Indien über Land marschiert war, nachdem seine Galeone Schiffbruch erlitten hatte, wie er behauptete, erregte Aufmerksamkeit, und er wurde zum Großwesir, Ibrahim Pasha, geführt, einer illustren Persönlichkeit, wenn auch noch überraschend jung.

Richard zeigte ihm seine Empfehlungsschreiben von Sher Shah, und Ibrahim befragte ihn eingehend zu Macht und Stärke des Königreiches von Delhi. Er schien sehr erleichtert zu erfahren, daß die Mongolen für niemanden mehr eine Gefahr darstellten.

Richard stellte fest, daß er großes Glück hatte, während eines fünfjährigen Waffenstillstands zwischen Suleiman und Ferdinand, Bruder des Kaisers des Heiligen Römischen Reiches, in Konstantinopel eingetroffen zu sein. Ferdinand war Herrscher über Österreich und hatte jahrelang einen planlosen Krieg gegen die Ottomanen geführt. Nicht, daß die Ottomanen sich im Frieden befanden; sie kämpften immer noch gegen die Spanier und Genuesen im Mittelmeerraum, aber wenigstens gab es in Zentraleuropa keine Kampfhandlungen.

In Konstantinopel fand Richard einen europäischen Schneider, bei dem er für sich und Ramdas Kleider anfertigen ließ. Nun packte er auch seinen Degen wieder aus und schnallte ihn um. Es war ein eigenartiges Gefühl, nach so vielen Jahren wieder eine Weste aus braunem Samt über einem blauen Seidenwams zu tragen, mit Schlitzen an Brust und Ärmeln, durch die das weiße Hemd schimmerte. Dazu trug er ebenfalls braune Kniehosen und Schuhe mit brauner Samtkappe, und um das Ganze abzurunden, einen braunen Samtmantel. Den Bart stutzte er auf eine Länge von etwa zweieinhalb Zentimetern.

Ramdas in weißem Wams und weißer Kniehose, wie es sich für einen Diener geziemte, sah kaum weniger elegant aus; er betrachtete sich stolz in jeder spiegelnden Oberfläche, an der sie vorbeikamen.

Richard erhaschte nur einen kurzen Blick auf den großen Suleiman, der als der Erhabene bekannt war, als dieser sich zu jener Moschee begab, die seinen Namen trug. Der Sultan war umgeben von Höflingen und Wachen in bunter Aufmachung, so daß man nicht einmal sein Gesicht sehen konnte.

Konstantinopel war ein Quell nicht enden wollender Freuden, auch wenn man ihnen zur Entspannung nur Jungen anbot. Die Versuchung, dort zu verweilen, bis das Wetter sich besserte, war groß, da es nun sehr kalt und naß wurde. Zeit war jedoch das, wovon Richard am wenigsten besaß, und so zogen sie weiter, sobald ihre neuen Kleider fertig waren.

Sie stießen bis zur österreichischen Grenze auf keine von Menschenhand geschaffenen Schwierigkeiten, da die Reise über mehrere hundert Meilen durch von den Ottomanen kontrolliertes Gebiet führte. Die Türken hatten sogar die Räuberbanden in den Bergen ausgemerzt.

Oder es war den Räubern zu kalt. Die Temperatur schien täglich zu fallen, und die Reisenden fröstelten trotz der Pelzmäntel, die Richard in Belgrad gekauft hatte. Ramdas, der nicht einmal als kleiner Junge in den Bergen Nepals solche Temperaturen gekannt hatte, litt ganz besonders unter der beißenden Kälte. Häufig war die Straße zugeschneit, was zu langen Verzögerungen führte. Aber Richard drängte, und da das Ende seiner langen Reise immer näher rückte, wuchs seine Zuversicht mit jedem Schritt.

Als sie jedoch die Grenze Österreichs passierten, stand ihm ein beträchtlicher Schock bevor. Er hatte in Konstantinopel und Buda von verschiedenen religiösen Umwälzungen im Westen gehört, aber die Türken interessierten sich naturgemäß nicht sonderlich für diese Angelegenheiten. Jetzt forderte man von ihm, sich als gläubiger Katholik zu beweisen. Wie es schien, hatte kurz nach seiner und Thomas' Abreise in den Osten ein deutscher Priester namens Luther, der verschiedene Mißstände – darunter den Verkauf von Ablaßbriefen für diverse Sünden – angeprangert und schließlich die gesamte Struktur der Kirche vehement kritisiert hatte, für Unruhe gesorgt.

Er war natürlich exkommuniziert worden und hätte wie so

viele vor ihm, darunter auch Savonarola, gut und gerne auf dem Scheiterhaufen enden können. Aber er hatte in den deutschen Prinzen mächtige Beschützer gefunden, was dazu geführt hatte, daß beinahe ganz Norddeutschland vom Papst abgefallen war und den ›lutheranischen‹ Glauben angenommen hatte.

Wie auch immer das Fegefeuer aussehen mochte, zu dem sie letztendlich verdammt waren, Richard sah in der Bewegung eher eine politische als eine religiöse Motivation, und ebenso wie die Türken nahm er die Sache nicht allzu ernst. Bis er sich danach erkundigte, was in der Zwischenzeit in England so alles geschehen war.

»England!« rief der Wirt aus, mit dem er sich über die Veränderungen in Europa unterhielt – er gehörte zu den wenigen Österreichern, die Spanisch sprachen. »Dort ist es am allerschlimmsten. Dieser abtrünnige König hat sich zum Oberhaupt der Religion erklärt, und wißt Ihr auch, warum? Nicht aus geheiligten Beweggründen, da könnt Ihr sicher sein. Dieser König wollte nur seine Ehefrau loswerden und sich eine neue nehmen.«

»Und aus diesem Grund hat er mit Rom gebrochen?« fragte Richard verblüfft.

»Was hätten Sie an seiner Stelle getan? Die Königin war eine Tante des Kaisers. Also wurde Heinrichs Gesuch um Scheidung – das darauf gründete, daß sie zuvor mit seinem Bruder verheiratet gewesen war – abgelehnt. Da hat er mit der Kirche gebrochen. Und seither das Heiraten wie einen Sport betrieben. Er hat gerade seine fünfte Frau köpfen lassen und die sechste geehelicht. Er ist schlimmer als die Türken: Suleiman läßt seine Frauen wenigstens alle am Leben.«

»Und das englische Volk hat das alles hingenommen?«

»Das Volk hatte doch gar keine andere Wahl. Jeder, der sich weigert, Heinrich als Oberhaupt der Kirche anzuerkennen, landet auf dem Richtblock.«

Richard kratzte sich am Kopf.

»Ihr solltet es Euch also noch einmal überlegen, mein Freund«, riet ihm sein Informant.

Wenigstens herrschte in Westeuropa Frieden. Richard schätzte, daß der Papst nur zu gern einen Kreuzzug gegen die Lutheraner begonnen hätte, was ihm jedoch unmöglich war, solange die Türken die Ost- und Südgrenzen besetzt hielten. Also behielten die großen christlichen Mächte untereinander einen unbehaglichen Status quo bei.

Auch war der König von England nicht so verhaßt, wie der wienerische Wirt es behauptet hatte. Vor allem in Frankreich gewann Richard den Eindruck, daß die Leute von König Heinrichs Eskapaden eher belustigt als schockiert waren. Sie erwarteten mit Interesse den Ausgang von Britanniens Erklärung religiöser Unabhängigkeit – offenbar rechnete man nicht damit, daß das Land sich dem Luthertum anschloß; die Trennung von Rom fußte auf persönlichen Interessen und nicht auf einer Ideologie –, während gleichzeitig Wetten darüber abgeschlossen wurden, wie lange die sechste Ehe des Königs halten würde.

Auf der anderen Seite mußte Richard sich seiner eigenen Position gegenüber dem neuen System klar werden. Zwanzig Jahre lang hatte er nicht weiter über seine Religion nachgedacht; ein hastig heruntergeleiertes Gebet in kritischen Situationen, mehr Frömmigkeit hatte er in all dieser Zeit nicht an den Tag gelegt. Kein einziges Mal hatte er seit seiner Abreise aus England einen Fuß in ein christliches Gotteshaus gesetzt. Auch war er nicht um die halbe Welt gereist, um nun bei einem Streit wegen der Eskapaden eines Königs den Kopf zu verlieren.

»So wie wir in Konia gute Moslems waren, Ramdas«, sagte er, »werden wir in England brave englische Christen sein.«

»Natürlich, Sahib«, stimmte Ramdas ihm zu.

Als sie im Januar in Dover eintrafen – Richard hatte sein erstes Weihnachtsfest nach zwanzig Jahren in Paris gefeiert –, kauften sie als erstes frische Pferde und machten sich unverzüglich auf den Weg nach London.

»Blunt, sagt Ihr?« fragte der Sekretär und beäugte den großgewachsenen Mann, der vor ihm stand, argwöhnisch; er war zweifellos gut gekleidet, aber seine Haut war beinahe so dunkel wie die seines Dieners. »Sir Thomas Blunt und sein Schiff mitsamt der Besatzung sind vor vielen, vielen Jahren auf See verschollen. Man wird Euch einen Betrüger schimpfen, Sir.«

»Wollt Ihr damit sagen, daß die *Bonaventure* und Master Bottomley nie zurückgekehrt sind?« fragte Richard.

»Von dem Schiff wurde nach seinem Auslaufen aus Plymouth nie wieder etwas gehört.«

Richard überreichte dem Mann das Empfehlungsschreiben, das der König damals Thomas Blunt mitgegeben hatte. »Seid vorsichtig damit, es ist zwanzig Jahre alt.«

Der Sekretär faltete das brüchige Pergament vorsichtig auseinander. »Heilige Mutter Gottes«, murmelte er und schluckte. »Ihr seid Sir Thomas Blunt?«

»Sir Thomas Blunt ist in Indien gestorben«, entgegnete Richard. »Ich bin sein Vetter. Ich weiß nicht, was aus Master Bottomley und seinen Leuten geworden ist, aber es ist eine Tatsache, daß er Indien erreicht hat und Sir Thomas und ich bis weit ins Landesinnere vorgedrungen sind. Nun bin ich mit großen Neuigkeiten für Seine Hoheit zurückgekehrt.«

»Das ist wirklich unglaublich«, sagte der Sekretär. »Nun, mal sehen, was sich machen läßt. Aber merkt Euch eins, Master Blunt: Der König legt großen Wert darauf, mit Majestät angesprochen zu werden. Ich weise Euch in Anbetracht Eurer langjährigen Abwesenheit darauf hin.«

Richard nickte verstehend, auch wenn er es als eigenartig und als Zeichen überwältigender Arroganz empfand – kein englischer König war je anders als mit ›Eure Hoheit‹ angesprochen worden.

»Da ist noch etwas«, fuhr der Sekretär fort. »Seine Majestät ist derzeit nicht bei bester Gesundheit. Er leidet an schlimmen Geschwüren am Bein und an anderen Körperteilen. Er ist zuweilen aufbrausend. Ihr tätet gut daran, das nicht zu vergessen.«

Richard war gezwungen, in der Nähe von Whitehall eine Bleibe zu suchen und sich mehrere Tage zu gedulden. Der Sekretär, ein Mr. Walsingham, sagte ihm, er solle sich jeden Morgen bei Hof einfinden. Dort gesellte er sich zu anderen Männern – und auch Frauen —, die auf eine Audienz beim König hofften. Alle beobachteten verstohlen den fremdartigen, dunkelhäutigen Mann, der etwas abseits ganz für sich allein wartete.

Die ersten beiden Tage ließ König Heinrich sich gar nicht

blicken. Am dritten Tag stapfte er offensichtlich übel gelaunt durch die Halle und herrschte sein Gefolge an, das um ihn herumschwirrte, ohne die Menge, die sich vor ihm verneigte oder knickste, auch nur eines Blickes zu würdigen.

Richard war verblüfft. Er hatte den König vor seiner Abreise gesehen. Damals war Heinrich ein wahrer Hüne mit breiten Schultern und muskulösem Leib gewesen, mit einer Mähne flammendroten Haars und gesunder Gesichtsfarbe, jung und stark, der Makel der zu kleinen Augen durch den lachenden Mund aufgehoben.

Jetzt war er nur noch ein hinkender Schatten seiner selbst. Die Schultern waren gebeugt und die Muskeln einem gewaltigen Bauch gewichen. Das Haar, das unter seiner Kopfbedeckung hervorlugte, war dünn und von grauen Strähnen durchzogen. Das Gesicht war eine fleckige zornige Maske, die jetzt von den Augen beherrscht wurde, die wie kleine Kohlen inmitten aufgedunsener, roter, schlaffer Wangen glühten. Wenn er diesen abstoßenden Riesen mit jemandem wie Babur oder Sher Shah verglich … Dabei war der König erst zweiundfünfzig, keine zehn Jahre älter als er selbst und mindestens zehn Jahre jünger als der Sur.

Ihm sank das Herz. Aber er war hier und mußte sein Bestes versuchen.

Zwei Tage später blieb der König vor Richard stehen, der hastig einen Kratzfuß machte.

»Blunt? Blunt, sagt Ihr?« donnerte der König. »Wo ist Thomas? Er war ein braver Mann. Wo ist Thomas?«

»Ich bedaure, Euch mitteilen zu müssen, daß Thomas tot ist.«

»Tot, ja?«

»Ja, Eure Majestät, er wurde von Räubern ermordet. In Indien.«

»Indien?«

»Ihr habt Sir Thomas nach Indien geschickt, Prester John zu suchen, Eure Majestät.«

»Prester John! Ha! Und jetzt wollt Ihr mir sicher erzählen, daß es ihn nicht gibt.«

»Wenn ich unter vier Augen mit Euch sprechen dürfte, Majestät ...«, fragte Richard, da die Menschen, die ihnen am nächsten standen, die merkwürdige Unterhaltung neugierig verfolgten.

»Unter vier Augen, Sir? Wozu sollte das gut sein? Seid Ihr ein Verräter?«

Es fiel Richard schwer, nicht die Beherrschung zu verlieren. Nach der respektvollen Behandlung und der Bereitwilligkeit, mit der Männer wie Babur ihn aufgenommen hatten ... und das hier war *sein* König!

»Dann muß ich Euch eben hier mitteilen, daß Prester John tatsächlich nur eine Legende ist, Eure Majestät!«

Der König funkelte ihn böse an.

»Aber ich bin auf einen wahrhaft großen König gestoßen, der im Norden Indiens lebt und mit dem Handel zu treiben sehr zu unserem Vorteil wäre. Auch könnte er uns als Verbündeter gegen die Ottomanen von Nutzen sein. Was Prester John betrifft, habe ich mit Männern gesprochen, die ganz Asien bereist haben, ohne auch nur eine Spur von ihm zu finden.«

»Ha! Heißt das, daß es ihn nicht gibt? Wie ist der Name dieses großen Königs, von dem Ihr erzählt?«

»Sein Name ist Farid, Eure Majestät, aber sein Titel lautet Sher Shah von Sur.«

»Was soll das sein? Ein Reimespiel?« Heinrich blickte von rechts nach links, und seine Höflinge kicherten pflichtschuldig.

»Das ist sein Titel, Eure Majestät. Er herrscht über ein Land, das viermal so groß ist wie England.«

Heinrichs Augen blitzten wütend.

»Ihr seid ein Märchenerzähler, Sir. Damit wäre dieses Land größer als Frankreich und Spanien zusammen.«

Richard weigerte sich, die Augen niederzuschlagen. »Ich spreche die Wahrheit, Hoheit. Ich habe dieses Land bereist.«

»Und dieser komische Kauz ist ein Christ?«

»Nein, Hoheit. Er ist Moslem. Aber er haßt und fürchtet die Türken so wie wir alle. Er ist bereit, ein Bündnis mit uns einzugehen.«

»Die Türken? Was gehen mich die Türken an? Sie kämpfen gegen den Kaiser. Sollte nicht jeder treue Engländer ebenfalls gegen den Kaiser kämpfen?« Er legte erneut eine Pause ein, und wieder ertönte pflichtgetreues Lachen von seinen Speichelleckern. »Dieser König, von dem Ihr sprecht, will mit uns Handel treiben, sagt Ihr? Und was wünscht er von uns zu erwerben?«

»Er möchte moderne Waffen, Hoheit. Und Männer, die mit ihnen umzugehen verstehen. Tausend Mann mit Arkebusen und ein Dutzend Kanonen ...«

»Bei Gott, eine ganze Armee! Und zweifellos will er auch noch eine Flotte, sie in sein Land zu bringen. Und womit gedenkt er zu bezahlen?«

»Mit Gold, Silber und Edelsteinen, die in seinem Land in großen Mengen vorkommen.«

Heinrich kniff die Augen zu schmalen Schlitzen zusammen, streckte dann abrupt die Hand aus und zeigte anklagend auf Richard.

»Ihr seid ein Schurke, Master Blunt. Ihr träumt davon, ein englischer Cortes oder Pizarro zu werden. Ihr würdet irgendein indisches Fürstentum zu Eurem persönlichen Ruhm und Reichtum erobern. Indien – pah, das Land ist für sich schon halbe Legende. Und Ihr meint allen Ernstes, ich sollte mich mit einem heidnischen Moslem verbünden? Hinweg mit Euch, Sir. Mir aus den Augen. Ihr seid ein Halunke. Hinweg mit Euch.«

Darauf ging er weiter und ließ den sprachlosen Richard einfach stehen. Als er sich von seiner Verblüffung erholt hatte, wollte er dem König nacheilen, aber der Sekretär, mit dem er als erstes gesprochen hatte, hielt ihn zurück.

»Seid Ihr lebensmüde, Mann?« flüsterte Walsingham.

»Aber er versteht nicht.«

»Er versteht sehr gut, was er zu verstehen wünscht. Ich an Eurer Stelle würde den Hof verlassen, Master Blunt. Ihr habt Seine Majestät verärgert. Verlaßt den Hof und sucht Euer Glück woanders.«

Richard starrte ihn an und blickte dann zu den Höflingen hinüber, die begannen, die Halle zu verlassen. Einige tuschelten miteinander und sahen lächelnd in seine Richtung.

Ich würde diese aufgeblasenen Wichte zu gern einer Kavalleriedivision mit Rajputen gegenüber sehen, dachte Richard grimmig.

»Zieht Euch zurück, Master Blunt«, drängte Walsingham erneut. »Ihr seid jung genug, auf die Zeit vertrauen zu können. Zwei, drei Jahre ... wer weiß, was dann sein wird.«

Offensichtlich spielte er damit auf die schwache Gesundheit des Königs an.

»Ich habe aber keine Zeit, Sir«, entgegnete Richard und verließ den Saal.

Richard und Ramdas ritten durch den Schnee nach Hampshire, dem Dorf, das er einst sein Zuhause genannt hatte. Er hatte eine familiäre Pflicht zu erfüllen, auf die er sich freute, wenngleich er der hübschen Lizzie eine traurige Nachricht überbringen mußte.

Aber er brauchte außerdem etwas Zeit zum Nachdenken. Seine Gedanken drehten sich im Kreis. Es hatte Zeiten gegeben, da er geglaubt hatte, wenn der König ihm seine Unterstützung verweigerte, auf eigene Faust eine Armee aufstellen und im Triumph nach Goa segeln zu können. Jetzt mußte er jedoch einsehen, daß dies unmöglich war. Er konnte nicht wagen, hier Männer zu rekrutieren, ohne daß dies bekannt würde, und in diesem neuen England mit seinem unberechenbaren Herrscher würde er zweifellos des Verrats bezichtigt werden.

Seine Mission war auf der ganzen Linie gescheitert.

Und doch mußte er nach Delhi zurückkehren. Alles, was er liebte, alles, was ihm wichtig war, befand sich in Indien.

Und Sher Shah – der ausgeglichenste Mann, den er kannte – würde ihm sein Versagen nicht verübeln. Vorausgesetzt, er hatte nicht von Richards Abmachung mit Humayun erfahren. Aber dieses Risiko mußte er eingehen.

Er hätte gar nicht in diesem neuen England bleiben wollen, auch wenn ihn nicht zehntausend Meilen von Gila und seinen Kindern getrennt hätten. Dies war nicht das Land, an das er sich aus seiner Jugend erinnerte.

Richard lenkte sein Pferd die vertraute Auffahrt hinauf. Das Herrenhaus hatte sich nicht verändert, einmal abgesehen davon, daß es noch dichter mit Efeu bewachsen war als damals. Aber die Dienstboten, die herauskamen, ihn zu begrüßen, die Stallburschen und der Lakai, waren ihm allesamt fremd.

»Was wünscht Ihr, Herr?« fragte ihn der Lakai.

»Ich möchte zu Lady Blunt«, entgegnete Richard.

Der Lakai starrte an ihm vorbei auf Ramdas.

»Ihr seid hier nicht bekannt, Sir.«

»Das bin ich sehr wohl, Bursche. Mein Diener allerdings nicht, insofern habt Ihr recht. Ist das wichtig?«

»Es war nur eine Frage, Sir. Lady Blunt … nun Sir, ich habe angenommen, Ihr wärt fremd hier.«

»Sie ist doch nicht etwa tot, hoffe ich?«

»O nein, Sir. Aber sie ist seit zwölf Jahren Mistress Plummer.«

»Wer ist da, Buller?«

Richard wandte den Kopf und sah eine großgewachsene, etwas dickliche Lady aus einer Seitentür treten. Obwohl sie wegen der Kälte dick eingemummt war, erkannte er sie sofort.

»Lizzie?« fragte er.

Sie starrte ihn aus großen Augen an. »Richard? O mein Gott …«

Sie schien einer Ohnmacht nahe zu sein, und Richard und der Lakai eilten zu ihr, um sie aufzufangen und ins Haus zu tragen.

»Ich kann doch meine Herrin in diesem Zustand nicht allein lassen.«

»Wir sind miteinander verwandt, Mann«, entgegnete Richard.

Buller zögerte, aber nun erholte sich Elizabeth von ihrem Schwächeanfall.

»Dies ist tatsächlich mein Vetter, Buller. Bitte laßt uns allein.«

»Kümmert Euch um meinen Diener und um die Pferde«, befahl ihm Richard.

Buller verneigte sich und verließ den Raum.

Richard trat ans Feuer, zog die Handschuhe aus und rieb sich die Hände.

»Ich wollte dich nicht erschrecken.«

Seine Kusine Elizabeth fächelte sich Luft zu, obwohl es trotz des Kaminfeuers im Zimmer eher kühl war. Der große neue Fensterflügel führte zum Rosengarten hinaus, war jedoch offenbar nicht so ganz für Winterwetter geeignet.

»Ist Thomas bei dir?«

»Thomas ist tot.«

Sie seufzte leise, sichtlich erleichtert.

»Niemand könnte dir einen Vorwurf daraus machen, daß du wieder geheiratet hast, Lizzie«, sagte Richard.

»Richard …« Sie streckte ihm die Hände entgegen. Er ergriff sie, zog seine Kusine auf die Füße und umarmte sie. »O Richard … Ich habe um Thomas getrauert. Das habe ich wirklich. Ich habe acht Jahre um ihn getrauert.«

»Das ist ein Jahr länger, als es das Gesetz verlangt.«

Sie hob den Kopf, den sie an seine Schulter hatte sinken lassen. »Du nimmst es mir übel. Aber was sollte ich denn tun? Es gab keine Nachricht von euch oder eurem Schiff. Darum nahm man an, daß alle umgekommen wären.« Sie musterte ihn stirnrunzelnd. »Was ist geschehen?«

»Setz dich, und ich erzähle dir alles.«

Sie lauschte seinem Bericht mit wachsendem Staunen.

»So viele Abenteuer«, sagte sie, als er geschlossen hatte. »Und Thomas … Der arme Thomas. So dicht am Ziel gewesen zu sein …«

»Welchem Ziel, Lizzie? Wir sind einem Phantom nachgejagt. Und doch ist Indien ein verheißungsvolles Land. Aber … König Heinrich will nichts unternehmen. Ich muß mit leeren Händen zurückkehren.«

»Zurückkehren? Warum mußt du überhaupt zurück? Bleib hier, Richard. Mr. Plummer ist derzeit nicht da, aber ich weiß, daß er dir Arbeit geben wird. Er ist ein sehr wohlhabender Mann.«

»Lizzie, hast du mir denn nicht zugehört? Ich habe eine Frau und Kinder. Ein Zuhause.«

»Frau und Kinder. Dunkelhäutige Heiden.«

»Sie ist eine Prinzessin, Lizzie. Ihr Blut ist so blau wie das, das in Heinrichs Adern fließt.«

»Still!« Sie blickte ängstlich zur Tür. »Das ist Verrat.«

»Das ist ein weiterer Grund, weshalb ich dieses Land so schnell wie möglich verlassen muß. Wenn ich hier bliebe, würde ich mich wahrscheinlich jeden Tag des Verrats schuldig machen.«

Sie sah ihn an, immer noch seine Hände haltend. »Möchtest du nicht den Jungen sehen?« fragte sie.

»Den Jungen?«

»Meinen Sohn. Thomas' Sohn. Er ist jetzt hier. Ferien von Cambridge.«

»Und ob ich Thomas' Sohn sehen möchte«, sagte Richard.

Aber zuvor lernte er drei stramme Mädchen kennen, vier, sechs und acht Jahre alt, die ganz offensichtlich von ihrer Mutter vergöttert wurden. Es waren natürlich Plummers Kinder.

Ihrem Sohn brachte Elizabeth weniger Liebe entgegen, und das nicht nur, weil sein Name Blunt war.

Richard konnte sie verstehen. Peter Blunt war neunzehn Jahre alt. Er hatte die Größe der Blunts geerbt, war jedoch schrecklich dürr, und trotz seines jungen Alters schien er, so wie er ständig blinzelte, schlechte Augen zu haben. Er sah genauso aus, wie man sich einen Gelehrten vorstellte. Aber, sagte sich Richard, was hatte ich denn erwartet?

Peter interessierte sich brennend für Richards Geschichte, so daß er sie, diesmal beim Abendessen, von neuem erzählte.

»Wie gern ich an Vaters Seite gegen diese Marathen gekämpft hätte«, sagte Peter mit leuchtenden Augen.

Ich bezweifle, daß du uns von großem Nutzen gewesen wärst, dachte Richard. Aber er lächelte und sagte: »Wir hätten dich gut brauchen können, das kannst du mir glauben.«

»Nimm mich mit, wenn du zurückgehst, Vetter Richard. Ich bitte dich.«

»Peter!« rief Lizzie entsetzt.

»Bin ich nicht Vaters Sohn, Mutter?« Er blickte auf die drei Mädchen, die staunend von einem zum anderen sahen. »Hier in diesem neuen Haushalt bin ich nichts – ein Stiefsohn. Sollte ich nicht danach streben, dem Namen meines Vaters Ruhm und Ehre anzutragen?«

Lizzie warf Richard einen Blick zu.

Er zupfte an seiner Nasenspitze.

»Das ist kein reines Abenteuer, Junge«, sagte er. »Uns steht eine Reise ans andere Ende der Welt bevor.«

Das machte Peter nur um so enthusiastischer.

Richard versuchte es auf andere Weise.

»Hinzu kommt, daß wir für die Moslems nur als Soldaten akzeptabel sind – oder wenn wir ihnen auf andere Weise von Nutzen sind.«

»Gibt es denn in diesem Land keine Dichter und Gelehrten, Vetter? Könnte ich sie nicht unsere englischen Verse lehren, unsere englischen Philosophien … oder sogar unsere englische Religion?«

»Letzteres ganz sicher nicht«, entgegnete Richard. »Man darf niemals am Glauben eines Moslem rühren. Der Versuch, ihn zu bekehren, wäre tödlich. Und was die beiden anderen Punkte betrifft, bezweifle ich, daß Sher Shah große Verwendung für deine Gedichte hätte. Nein, ich ... bist du ein guter Fechter?«

Peter schüttelte den Kopf.

»Verstehst du, mit der Arkebuse umzugehen?«

»Nein, Vetter.«

»Nun, ich fürchte, dann ...«

»Ich bin ein guter Bogenschütze.«

Richard musterte ihn stirnrunzelnd.

»Mit dem Bogen umgehen zu können wird immer noch verlangt«, erklärte Peter.

»Und du kannst wirklich mit dem Bogen umgehen?«

Margaret, die älteste von Lizzies Töchtern, klatschte in die Hände. »Peter ist der beste Bogenschütze auf der ganzen Welt!« krähte sie.

Richard sah zu Lizzie hinüber.

»Das ist er wirklich«, bestätigte sie. »Er übt mehrere Stunden täglich.«

»Dann wirst du mir eine Kostprobe deines Könnens geben müssen«, sagte Richard lächelnd.

## Kapitel 8

## Die Heimkehr

»Dort«, sagte Richard und zeigte auf die Reihe grüner Bäume, die aus dem Ozean auftauchte. »Goa! Endlich.«

Ja, endlich. War es möglich, daß er über vier Jahre für die Rückkehr gebraucht hatte?

Nun, es hatte sechs Monate gedauert, einen Kapitän zu finden, der bereit war, das Risiko einer solchen Reise einzugehen; diesmal gab es kein Empfehlungsschreiben des Königs, das ihm ermöglicht hätte, dem Kapitän einer Galeone die Fahrt nach Indien zu befehlen. Tatsächlich war es ihm nur dadurch gelungen, daß er angeboten hatte, das halbe Schiff zu erwerben und für die Fracht aufzukommen, was beinahe seine gesamten Geldreserven auffraß.

Die Reise selbst war eine Katastrophe gewesen. An der afrikanischen Küste waren sie in einen heftigen Sturm geraten und gestrandet. Daß das Schiff hatte gerettet werden können, grenzte an ein Wunder. Allerdings war die Bordwand beschädigt worden, und sie hatten Bäume fällen und biegen müssen, um die zersplitterten Planken zu ersetzen.

Wenigstens hatten sie insofern Glück gehabt, als die Schwarzen, denen sie begegnet waren – kleine bärtige Männer, die nichts an sich gehabt hatten, was man auch nur im entferntesten hätte zivilisiert nennen können –, ihnen freundlich gesonnen gewesen waren. Im Austausch gegen eine Arkebuse, etwas Pulver und Munition hatten sie sich bereit erklärt, den gestrandeten Seeleuten zu helfen. Dennoch hatte es weitere sechs Monate gedauert, ehe das Schiff wieder seetüchtig gewesen war.

Dann war es zur Meuterei gekommen. Die Besatzung hatte gemeint, sie hätte genug durchgemacht, und wollte zurück nach England segeln. Richard hatte abgelehnt, und daraufhin war es zu einer Konfrontation gekommen, die durch das Sirren eines Pfeils beendet wurde, der sich in den Hals des Anführers der Meuterer gebohrt hatte, der tot in den Sand gesunken war.

Richard hatte seinen jungen Vetter schon viel früher schätzen gelernt.

Er hatte die Beharrlichkeit bewundert, mit der der Junge trotz der Tränen und des Flehens seiner Mutter an seinem Entschluß, Richard zu begleiten, festgehalten hatte. Richard wußte natürlich, daß er sich rigoros hätte weigern müssen, Peter auf ein solches Abenteuer mitzunehmen. Aber er hatte gespürt, daß der Junge sich nicht mit seinem Stiefvater verstand, und außerdem hatte er größtes Verständnis für jeden, der dem England Heinrichs VIII. den Rücken kehren wollte.

Also hatte er versprochen, ihn heil und gesund und reich wie Krösus nach Hause zurückzuschicken. Es war nicht das erstemal, daß er ein Versprechen gegeben hatte, von dem er wußte, daß er es kaum würde halten können. Aber er hatte einen treuen Gefährten für sich gewonnen.

Die beiden Engländer waren charakterlich sehr verschieden.

Peter schien sich weit mehr für Bücher zu interessieren als für Frauen. Vielleicht war es eine Frage des Alters, wenngleich Richard sich noch gut erinnerte, daß er selbst im zarten Alter von siebzehn Jahren das erstemal überhastet das Schlafgemach einer Lady hatte verlassen müssen.

Auch waren ihrer beider Leben völlig anders verlaufen. Mit neunzehn war Richard bereits ein erfahrener Soldat gewesen, während Peter in dieser Beziehung noch ein völliger Grünschnabel war. Aber er war lernwillig und wußte unleugbar mit dem Bogen umzugehen. Was er nun unter Beweis gestellt hatte.

Richard hatte sich gefragt, ob der Junge den Nerv haben würde, einen Menschen zu töten. Jetzt wußte er es.

»Ich bin wirklich froh, dich bei mir zu haben, Vetter«, sagte er und erinnerte sich, daß Thomas einst die gleichen Worte zu ihm gesagt hatte.

Und so hatte die Geschichte sich wiederholt, denn Richard war jetzt so alt wie Thomas gewesen war, als sie zu jener ersten Reise aufgebrochen waren. Der Unterschied war, daß er im Gegensatz zu Thomas wußte, was ihn erwartete. Und er hatte nicht die Absicht zu sterben, ehe sie Delhi erreicht hatten.

Und nicht einmal dann.

Das Schiff wurde schließlich so seetüchtig gemacht wie unter den gegebenen Umständen möglich, und die Besatzung kehrte, wenn auch murrend, auf ihre Posten zurück. Darauf hatte die Reise sich nur stockend fortgesetzt, da sie die ersetzten Planken nicht richtig hatten kalfatern können und der Rumpf in Abständen undicht geworden war, woraufhin sie das Schiff wieder kielholen mußten.

Das Murren wurde lauter, und zweifellos stand eine zweite Meuterei bevor. Aber Richard hatte den Männern glaubhaft gemacht, daß sie über die Hälfte der Strecke hinter sich hatten und es somit sicherer wäre weiterzusegeln als umzukehren. Auch hatte er der Besatzung versichert, daß sie in Goa alle Reichtümer dieser Welt erwarteten und sie dort das Schiff vernünftig reparieren konnten, ehe sie die Heimreise antraten. Wenigstens letzteres stimmte.

Jedenfalls beklagte sich niemand mehr, wenn die Männer sie

auch nicht aus den Augen ließen, wenn die Blunts auf Deck patrouillierten, Richard stets mit dem Degen an der Seite und Peter seinen Bogen griffbereit, Ramdas ihr treuer Schatten.

Richard nutzte die langen Stunden, wie Thomas es vor so vielen Jahren getan hatte, indem er Peter die Sprachen beibrachte, die er brauchen würde: Hindustani, Persisch und Portugiesisch. Auch erzählte er ihm viel über das Land, dem sie sich näherten, obwohl ihm bewußt war, daß Worte allein nicht ausreichten, es zu beschreiben.

Der Junge wurde täglich kräftiger, da er nun mehr Zeit an der frischen Luft verbrachte als in seinem Studierzimmer; gemeinsam mit der Besatzung kletterte er in das Takelwerk und holte Taue ein. Er war immer kräftiger gewesen, als er aussah, zumindest in den Armen, was den Stunden zu verdanken war, die er auf das Bogenschießen verwandt hatte. Jetzt wurden auch die Beine stämmiger, die Augen klarer; er verwandelte sich in einen würdigen Blunt.

Und so erreichten sie endlich das Arabische Meer, und keine einzige feindliche Dhau war in Sicht.

»Wir haben alles Pech zu Beginn der Reise erfahren«, erklärte Richard gut gelaunt.

Und doch war seine gute Laune nicht ungetrübt. Er hatte so gut wie kein Geld mehr und wußte nicht, welchen Empfang man ihnen in Goa bereiten würde. Ganz sicher kehrte er nicht im Triumph zurück, so wie er es sich ausgemalt hatte.

Auch wußte er nicht, was ihn nach vierjähriger Abwesenheit – immerhin war er zwölf Monate länger fort gewesen als geplant – in Delhi erwartete.

Aber wenigstens waren sie jetzt endlich angekommen.

»Richard Blunt?« fragte die Frau. »Ist es denn die Möglichkeit!«

Er hatte auf die portugiesische *Doña* einen ganz ähnlichen Effekt wie auf Lizzie. Aber eigentlich sollte er sich fragen, ob es denn die Möglichkeit wäre.

»Elena?« fragte er.

Der Fleischberg vor ihm brach in so schallendes Gelächter aus, daß der ausgeprägte Damenbart zitterte.

»Ihr habt mich vergessen, Halunke«, rief sie.

»Wie könnte ich das«, protestierte er. »Aber ...« Er blickte auf den Mann an ihrer Seite, der ganz und gar nicht belustigt schien.

»Das ist mein Mann, Dom Duarte d'Escantara.«

»Ihr seid mir gegenüber im Vorteil, Senhor«, sagte Duarte. »Ihr scheint meine Frau zu kennen.«

»Nun ...«

Richard blickte auf Elena und von ihr auf die Menge, die sich am Wasser versammelt hatte, um die Engländer willkommen zu heißen. Die Zahl der Einwohner schien sich mindestens verdoppelt zu haben. Die Niederlassung selbst umfaßte nun eine größere Anzahl von Wohn- und Lagerhäusern sowie eine neue, größere Kirche, aber schöner war sie nicht geworden.

Und doch gab es etwas Schönes zu sehen – das Mädchen, das hinter d'Escantara und seiner Gattin stand. Ganz offensichtlich handelte es sich um ihre Tochter. Das Mädchen hatte weiche, hübsche Züge und eine viel fraulichere Figur als ihre Mutter in ihrem Alter; die roten Strähnen in ihrem Haar, die sie zweifellos von ihrem Vater geerbt hatte, verliehen ihr ein ebenso ungewöhnliches wie reizvolles Aussehen.

»Dann seid Ihr doch nicht umgekommen«, stellte Elena fest.

Richard fand, daß ihr Hirn ebenso gelitten hatte wie ihre Figur. »Nein«, entgegnete er. »Sonst würde ich wohl kaum hier stehen.«

»Aber wie habt Ihr überlebt? Wir haben nie wieder etwas von Euch gehört.«

»Nie wieder?« fragte er überrascht. Was mochte aus den Eselstreibern geworden sein, die ihnen davongelaufen waren? Nun, das geschah ihnen nur recht. »Das ist eine lange Geschichte. Aber wenn ich mit dem Gouverneur über mein Schiff und einige andere Dinge sprechen könnte ...«

Elena brach erneut in schrilles Gelächter aus. »Aber Ihr sprecht doch bereits mit dem Gouverneur, lieber Richard.«

Richard starrte d'Escantara an.

»Er ist Papas Nachfolger«, erklärte Elena. In ihren Augen las er den Zusatz: Was glaubt Ihr wohl, weshalb ich ihn geheiratet habe? »Selbstverständlich werden wir Euer Schiff reparieren, lieber Richard, und wir werden auch sonst für Euch tun, was immer Ihr für notwendig erachtet. Aber erst werdet Ihr heute mit uns zu Abend essen und mir von Euren wunderbaren Abenteuern erzählen.« Sie wandte sich lächelnd Peter zu. »Und bringt Euren hübschen jungen Freund mit.«

»O Richard«, sagte Elena. »Wenn man bedenkt, daß Ihr vor zweiundzwanzig Jahren an eben diesem Tisch gesessen und meine Hand gestreichelt habt. Wir haben geflirtet«, erklärte sie ihrem Gatten. »Damals wollte ich mit ihm allein sein.«

»Ach, wirklich, Senhora?«

Aber Richard vernachlässigte d'Escantara, der offensichtlich bei seiner Frau unter dem Pantoffel stand.

Wie es auch ihm hätte ergehen können.

»Ich wollte ihm erklären, daß mein Vater ihn und seinen Vetter in den Tod schickte. Ich habe Euch gewarnt, nicht wahr, Richard?«

»O ja, das habt Ihr.«

»Aber Ihr habt nicht auf mich gehört.«

»Nun, mein Vetter war so fest entschlossen ...«

» ... in den Tod zu gehen.« Sie winkte einem indischen Diener, der daraufhin Wein einschenkte. »Und jetzt erzählt uns alles, was sich zugetragen hat.«

»Das werde ich. Aber vorab hätte ich noch eine Frage. Wie geht es Eurem Vater?«

»Mein Vater ist tot. Meine Mutter und meine Schwester ebenfalls. Ich bin die letzte Überlebende der Familie Alvarado, zumindest in Goa. Abgesehen von der süßen Juana hier natürlich.«

»Natürlich«, sagte Richard. »Mein Beileid. Also, wo soll ich anfangen?«

Er lächelte dem jungen Mädchen zu und warf dann Peter einen verstohlenen Blick zu, aber der Junge schien sich für alles zu interessieren, von den summenden Insekten über das Zirpen der Zikaden draußen im Garten und die barfüßigen Diener bis hin zu den fremdartigen Früchten und Gemüsesorten, die man ihnen vorsetzte, nur nicht für das Mädchen.

Vielleicht interessiert er sich gar nicht für Mädchen, dachte Richard traurig.

Er redete eine Stunde lang, wobei er wohlüberlegt einiges ausließ, aber sogar d'Escantara hörte ihm aufmerksam zu, als er von Agra und Kabul, Bagdad und Konstantinopel, Babur und Farid erzählte.

»Himmel, was für eine Geschichte!« rief Elena aus, als er geendet hatte. Juana klatschte begeistert in die Hände.

»Dann haben Sie jetzt also den Kreis geschlossen«, sagte d'Escantara. »Welchem Zweck dient Ihre neuerliche Expedition?«

»Nun, ich will nach Delhi zurückkehren.«

»Nach Delhi?« rief Elena ungläubig aus. »Warum wollt Ihr Euer Leben erneut aufs Spiel setzen?«

»Das habe ich Euch doch erklärt. Ich habe Frau und Kinder dort.«

»Pah!« Ihre Reaktion war dieselbe wie Lizzies.

»Dann werdet Ihr entsprechend Ausrüstung benötigen«, bemerkte d'Escantara.

»Das ist richtig«, sagte Richard.

»Hm. Und Ihr verfügt selbstverständlich über die erforderlichen Geldmittel, für das zu bezahlen, was Ihr benötigt?«

»Die habe ich nicht. Aber das Schiff gehört zur Hälfte mir, und die Fracht ist mein Eigentum. Sie besteht aus Pulver, Munition und den modernsten Arkebusen. Diese, bis auf einige wenige, die ich für die Reise benötige, und meinen Anteil an der Galeone verkaufe ich Euch im Austausch gegen die Ausrüstung, die ich brauche.«

»Dieses schwimmende Wrack?«

»Sie wird instand gesetzt werden, und die Besatzung wird für Euch nach Europa zurücksegeln. Ihr mögt ja nicht viel von König Heinrichs neuer Religion halten, aber seine Silbermünzen sind immer noch von Wert. Ich halte das für ein faires Geschäft, vorausgesetzt, Ihr versprecht, gerecht mit meinen Leuten zu verfahren.«

D'Escantara strich sich mit einer Hand über den Bart.

»Ich halte das für ein hervorragendes Geschäft«, sagte Elena.

»Vetter«, sagte Peter in dieser Nacht, als sie im Dunkeln lagen und dem Summen der Insekten lauschten. »Ich habe so den Verdacht, daß Ihr ein Halunke seid.«

»Ein Halunke? Ich?«

»Ihr geht sehr großzügig mit Versprechungen um. Und was

Eure Versicherung betrifft, daß wir über eine gute und vertrauenswürdige Besatzung verfügen ...«

»Ich habe vor langer Zeit gelernt, daß in dieser Welt nur das Überleben zählt, Junge. Wenn Dom Duarte die Wahrheit über diese aufmüpfigen Kerle erst erfährt, wenn wir bereits aufgebrochen sind, ist das sein Problem.«

Am nächsten Tag versammelte Richard die Besatzung und ließ sie mit Hilfe der Portugiesen und Inder das Schiff kielholen. Dann erklärte er seinen Männern, daß er seinen Anteil am Schiff und an der Fracht an den Gouverneur verkauft habe, der sie bezahlen und das Schiff instand setzen würde, damit sie nach England zurücksegeln konnten.

»Ihr habt von Gold und Diamanten gesprochen«, sagte der Maat.

»Das ist richtig, Master Cutler. Ich versichere Euch, daß Gold und Edelsteine in diesem Land überall herumliegen. Ihr braucht sie nur auszugraben. Aber erst muß das Schiff repariert werden.«

Da sie in der Minderzahl waren, blieb ihnen nichts anderes übrig, als sich damit zufriedenzugeben, und da keiner von ihnen Portugiesisch oder Hindustani sprach, würde es einige Zeit dauern, ehe sie die Wahrheit erfuhren.

Richard empfand kein Mitleid für sie. Tatsächlich behandelte er sie besser als sie es in Anbetracht ihrer Meuterei verdient hatten. Wenn sie nicht gegen d'Escantara rebellierten, würden sie nach Hause zurückkehren, wenn sie Glück hatten, sogar mit Geld in den Taschen. Sollten sie aber doch rebellieren, würden sie bekommen, was sie verdienten, daran zweifelte er nicht.

Und daß er d'Escantara hinters Licht geführt hatte – nun, Alvarado war mit ihm nicht anders verfahren.

Sein Aufenthalt in Goa verlief besser, als er zu hoffen gewagt hatte. Jetzt wollte er nur so schnell wie möglich in den Norden aufbrechen.

Aber eine Karawane zusammenzustellen war diesmal nicht so einfach. D'Escantara tat, was er konnte, aber es fehlte ihm an der Überzeugungskraft und am Durchsetzungsvermögen seines verstorbenen Schwiegervaters. Die goanischen Inder begegneten Ramdas, der von so weit her kam, mit Mißtrauen, und während die erste Expedition zumindest bis Gujarat gezogen war, weigerten sich die Männer jetzt, sich Bahadur Shahs Territorium auch nur zu nähern – sie waren überzeugt, daß er Blunt wiedererkennen würde.

Und so mußte Richard mit jedem einzelnen verhandeln und ihnen etwas vorlügen, was die Reichtümer betraf, die sie zweifellos auf einem solchen Marsch zusammentragen würden. Details wie die Marathen vergaß er einfach zu erwähnen.

Während sein Vetter verhandelte, drohte, schmeichelte und organisierte, erkundete Peter die Handelsniederlassung. Er genoß es, wieder allein zu sein, nachdem er so lange Zeit mit den aufrührerischen Gefährten an Bord eines kleines Schiffes verbracht hatte.

Die Reise war ganz anders gewesen, als er sie sich vorgestellt hatte. Andererseits hatte er nicht so recht gewußt, was er erwarten sollte. Er hatte sein ganzes Leben im Schatten seines Vaters gestanden, den er nie gesehen hatte. Niemand sagte auch nur ein böses Wort über Sir Thomas Blunt. Man sprach von ihm als von einem perfekten Ritter, einem Freund des Königs, einem Abenteurer und Gelehrten.

Dieses Erbe war erdrückend gewesen für einen jungen Mann, der sonst nichts geerbt hatte. Sir Thomas hatte seine Witwe recht gut versorgt zurückgelassen, aber für Rücklagen hatte es nicht gereicht. Lizzie hatte ihr Bestes getan, aber mit den Jahren hatte sich die Situation zugespitzt, bis ihr Mann schließlich sieben Jahre fort gewesen war und sie ganz legitim wieder hatte erlauben können, daß Junggesellen um ihre immer noch schöne Hand anhielten.

Peter erinnerte sich nur schemenhaft an jene frühen Jahre; er war zu jung und zu häufig krank gewesen. Zuweilen war sein Gesundheitszustand so kritisch gewesen, daß man um sein Leben gefürchtet hatte. Er konnte sich jedoch noch gut daran erinnern, daß seine Mutter häufig von seinem Vater, von seiner Sanftmut und seinen Fähigkeiten erzählt hatte.

Zuweilen hatte sie sogar von dem ungestümen jungen Vetter gesprochen, der ihn auf jener letzten Expedition begleitet hatte.

Peters neuer Vater hatte ebenfalls von der Vergangenheit gesprochen, sich ihrer jedoch bedient, um den Sohn des Verschollenen zu verletzen. Nicht einmal Martin Plummer hätte es gewagt, Sir Thomas Blunt zu kritisieren. Statt dessen hatte er Spaß daran gehabt, Peter klarzumachen, daß er seinem Vater weder physisch noch intellektuell jemals würde das Wasser reichen können.

Peter hatte ihm geglaubt. Er hatte nicht um die Erlaubnis gebeten, an den Hof zu gehen, hatte keine Sprachen gelernt und sich damit abgefunden, daß er sein ganzes Leben ein Bürger zweiter Klasse sein würde. Sogar das Bogenschießen, das ihm so große Freude gemacht hatte, als er kräftiger geworden war und sein Talent in dieser Disziplin entdeckt hatte, war eben nur ein Sport. Zivilisierte Armeen setzten keine Bogenschützen mehr ein.

Und so fühlte er sich, als wäre er hundert Jahre zu spät auf die Welt gekommen. In diesen Tagen war jedermann gebildet, und jeder Gentleman verstand, mit dem Degen umzugehen. Aber seine Träume hatte ihm niemand nehmen können, und einer seiner Träume war gewesen, daß sein Vater nicht tot war, sondern eines Tages im Triumph aus dem Osten zurückkehrte.

Statt seines Vaters war seine Reinkarnation erschienen, dieser dunkelhäutige Mann, groß, stark und selbstsicher, der genügend Abenteuer für zehn bestanden hatte und doch entschlossen war, zu seiner geheimnisvollen Braut und seinen barbarischen Shahs und Sultanen zurückzukehren.

Als er dieser Legende gelauscht hatte, hatte Peter erkannt, daß *das* seine einzige Chance war, wenigstens zu versuchen, es seinem Vater gleichzutun. Die Risiken hatten ihn nicht abgeschreckt. Risiken waren nur dann von Bedeutung, wenn man etwas zu verlieren hatte, und er besaß nichts. Sogar seine Mutter liebte ihre drei Töchter mehr als ihn. Er machte ihr keinen Vorwurf, befand jedoch, daß ihn dies von größerer Verantwortung ihr gegenüber befreite.

Und so hatte er die Reise angetreten, im Laufe derer er einen Menschen getötet hatte, keinen unzivilisierten Inder, sondern einen Engländer wie er selbst. Er hatte sich bewiesen, zumindest in Vetter Richards Augen. Aber was war mit ihm selbst? Er hatte eine fremde Welt betreten, und dies war die einzige Welt, die er von nun an kennen würde.

Plötzlich hatte er großes Heimweh nach England. Aber da dies sein frei gewähltes Schicksal war, mußte er das Beste daraus machen.

Peter wußte, daß Richard für Goa nur Verachtung empfand, aber er war fasziniert von der portugiesischen Handelsniederlassung. Er fand die Menschen und die Vegetation in höchstem Maße interessant und versuchte, das eine oder andere indische Mädchen zu zeichnen. Ihre allgegenwärtige Nacktheit erinnerte ihn an die Mädchen, die er in der Heimat gekannt hatte, ohne daß er sich je gefragt hätte, was sich unter den Röcken und Blusen verbergen mochte. Wenn diese zierlichen Kindfrauen sich nun von hinten an ihn heranschlichen und sich über seine Schulter beugten, um zu sehen, was er da malte, erforderte es seine ganze Willenskraft, der Versuchung zu widerstehen, das nackte Fleisch zu berühren, wenn er auch nicht so recht wußte, was sich aus diesen Berührungen ergeben würde. Vetter Richard hatte eine dieser Exotinnen geehelicht, wenn auch eine Perserin von edlem Geblüt.

Jedenfalls faßte er nie eines der Mädchen an. Er fürchtete sich einfach zu sehr vor ihrer Reaktion. Oder vor der Reaktion ihrer Brüder und Väter.

Seine Lieblingsbeschäftigung bestand darin, am Strand spazierenzugehen und in das klare seichte Wasser zu starren, in dem die Fische deutlich zu sehen waren, einige klein und bunt, andere groß und bedrohlich, vor allem die Rochen mit ihren dunklen Leibern und den peitschenähnlichen Schwänzen.

Er mochte die Hitze, an die er sich während der Reise gewöhnt hatte, beneidete jedoch die indischen Jungen, die ohne zu zögern ihre Dhotis ablegten und ins Wasser sprangen, wo sie dann in völliger Unschuld schwammen, tauchten und miteinander rangen.

Die Versuchung, es ihnen gleichzutun, wurde täglich größer, bis er ihr eines Tages, als er sich an einem einsamen Strandabschnitt befand und weit und breit niemand zu sehen war, schließlich nachgab. Er zog Hemd und Hose aus und watete ins Wasser.

Nie zuvor hatte er etwas so Himmlisches erlebt wie das Gefühl des Wassers, das mit jedem Schritt mehr von seinem Körper umspülte. Die See war völlig ruhig und angenehm warm, ganz anders als die rauschenden Mühlbäche, in denen er schwimmen gelernt hatte.

Er ging weiter, bis das Wasser ihm bis zum Hals reichte, und verharrte dann reglos. Als er zum Strand zurückblickte, sah er Juana und ihre Anstandsdame zwischen den Bäumen hervorkommen. Im Gehen betrachteten sie gemeinsam ein Buch und waren ganz in ihr Gespräch vertieft.

Peter verhielt sich völlig ruhig. In wenigen Minuten würden sie vorbeigegangen sein, ohne ihn bemerkt zu haben.

Juana hatte ihm auf den ersten Blick gefallen. Mit ihrem rotschwarzen Haar, den dunklen Augen und der elfenbeinfarbenen Haut war sie außerdem Teil der Fremdartigkeit dieses Landes gewesen. Sie bot einen reizvollen Anblick, da sie offensichtlich nur ein Minimum an Unterwäsche trug und ihre schlanken Beine in der Sonne durch den dünnen Baumwollstoff ihres Rockes schimmerten.

Plötzlich zeigte sie auf seine Kleider im Sand.

»Wo ist der Bursche?« fragte Doña Philippa, deren Stimme weit über das Wasser schallte.

Peter überlegte, unterzutauchen, verwarf den Gedanken jedoch gleich wieder. Außerdem war es bereits zu spät.

»Senhor Blunt«, rief Juana. »Sie sind aber weit draußen.«

»Komm jetzt, Juana«, drängte Doña Philippa.

»Aber Senhor Blunt … sehen Sie denn den Hai nicht?« Ihre Stimme klang plötzlich schrill.

Peter warf hastig einen Blick über die Schulter. Tatsächlich pflügte in der Nähe eine dreieckige Rückenflosse durch das Wasser. Und er hatte sich im Arabischen Meer zur Genüge von der Gefräßigkeit dieser Fische überzeugen können, die sich auf die Abfälle gestürzt hatten, die über Bord geworfen worden waren.

Er warf sich nach vorn und schwamm so schnell er konnte – er hielt erst inne, als er hüfthohes Wasser erreicht hatte.

»Beeilt Euch, Senhor Blunt, beeilt Euch«, rief Juana und lief in ihrer Sorge bis ans Wasser.

Doña Philippa war nun ebenfalls ganz aufgeregt.

Er stolperte vorwärts und betrat triefend den rettenden Strand.

Juana klatschte in die Hände.

»Juana!« Doña Philippa hastete den Strand hinunter und packte ihren Schützling energisch am Arm. »Bedeckt Euch, Senhor. Schämt Ihr Euch denn nicht?«

Peter griff nach seinem Hemd und wickelte es sich um die Hüften. Seine Wangen glühten. Juana wandte den Blick von ihm ab und sah hinaus aufs Meer.

»Es war doch nur ein Delphin«, sagte sie.

Peter wandte sich um und sah das Tier elegant in regelmäßigen Abständen aus dem Wasser auf- und wieder eintauchen. Juana war an dieser Küste geboren und aufgewachsen; zweifellos erkannte sie auf den ersten Blick, ob eine Rückenflosse zu einem Hai oder einem Delphin gehörte.

Sie lächelte ihn an.

»Ich werde unser kleines Geheimnis für mich behalten, Senhor Blunt. Und Doña Philippa wird auch kein Wort darüber verlauten lassen. Es ist nämlich ein ziemlich großes Geheimnis, nicht wahr?«

Sie lachte schallend und folgte ihrer Anstandsdame den Strand hinunter.

Peter hoffte inständig, daß sie Wort hielt. Er vermochte nicht zu sagen, wie ihr Vater oder ihre Mutter reagieren würden, wenn sie erfuhren, was geschehen war. Aber beim gemeinsamen Dinner mit den d'Escantaras an diesem Abend konnte er nicht anders, als immer wieder verstohlen zu ihr hinüberzusehen. Und sie ihrerseits sah ihn beinahe ständig an und fuhr sich wiederholt mit der Zunge über die Lippen.

Das Luder erinnerte sich an seine Nacktheit!

»Ich würde sagen, wir sind bald soweit«, verkündete Richard. »In zwei Tagen brechen wir auf.«

»Ihr habt so hart gearbeitet«, sprudelte Elena hervor. »Aber nur noch zwei Tage? Wir haben Eure Gesellschaft so genossen.«

Ihr Gatte räusperte sich. »Du möchtest doch sicher nicht, daß Mister Blunt vom Monsun überrascht wird, oder?« fragte er.

»Bah, bis dahin sind es noch mindestens drei Monate. Und dies ist die heißeste Zeit des Jahres.«

»Wir werden durch den Urwald marschieren, dort ist es schattig«, erinnerte sie Richard. »Außerdem gehen wir in nördliche Richtung. Aber da die Reise nach Delhi drei Monate dauert, sind wir jetzt schon spät dran.«

»Es ist so warm, Mama«, sagte Juana plötzlich. »Könnte ich vielleicht im Garten spazierengehen?« Sie warf Peter einen Blick zu. »Vielleicht möchte Senhor Peter mich begleiten.«

Elena lachte schallend und klatschte in die Hände.

»Natürlich wird er dich begleiten!« krähte sie. »Doña Philippa! Doña Philippa!« Sie hob den Zeigefinger. »Aber ihr bleibt die ganze Zeit in Sichtweite von Doña Philippa, hast du verstanden?«

Juana war bereits aufgesprungen.

»Wollt Ihr mir nicht Gesellschaft leisten, Senhor Peter?« fragte sie.

Peter warf seinem Vetter einen hilflosen Blick zu, stammelte eine Entschuldigung und führte das Mädchen in den Garten. Doña Philippa folgte ihnen schwerfällig.

Die Nacht war sehr warm, nur wenig kühler als der Tag, und der Garten war erfüllt vom Summen der Insekten.

Juana fächelte sie von ihrem Gesicht fort, während sie den Pfad hinunterschlenderte, der von duftenden Büschen gesäumt war.

»Hat Euer Aufenthalt in Goa Euch gefallen, Peter?«

»O ja, sehr, Senhorita. Ich möchte mich für heute nachmittag entschuldigen ...«

»Unsinn«, sagte sie. »Ich habe die Situation provoziert. Bin ich nicht ein ungezogenes Mädchen?«

»Also ...«

»Papa würde mich auspeitschen, wenn er davon wüßte. Vielleicht solltet Ihr mich auspeitschen, da Ihr davon wißt.«

»Senhorita«, protestierte er unbehaglich.

»Doña Philippa, wo seid Ihr?« rief Juana.

»Hier, Kind, hier. Aber ihr geht so schnell.«

Sie waren jetzt außer Sichtweite des Hauses.

»Ich weiß«, sagte Juana mitfühlend. »Aber ich habe ein Geschenk für Euch.«

»Ein Geschenk?« fragte die ältere Frau argwöhnisch.

»Verzeiht, Peter.«

Juana wandte sich halb von ihm ab, und ehe er begriff, hatte sie ihren Rock bis zu den Hüften hochgezogen und holte darunter eine Flasche hervor.

Er erhaschte nur einen flüchtigen Blick auf weiße, strumpflose Beine.

»Sie ist etwas warm geworden, fürchte ich«, sagte Juana und hielt der Anstandsdame die Flasche hin.

»Du ungezogenes Kind«, rief Philippa ohne große Überzeugung aus und nahm die Flasche an sich.

»So, und jetzt setzt Ihr Euch auf diese Bank und trinkt nach Herzenslust. Versprecht mir, daß Ihr Euch nicht von der Stelle rührt, bis ich wiederkomme.«

»Aber Juana, deine Mutter ...«

»Wird nichts davon erfahren, Teuerste – oder sie erfährt ebenfalls von Eurer kleinen Schwäche. Wir werden nicht lange weg sein.«

Sie hakte Peter unter und führte ihn mit sich fort ins Dunkel.

»Ihr scheint alles gut geplant zu haben«, bemerkte er. Er fühlte sich so unbehaglich wie nie zuvor, war sich jedoch gleichzeitig ihrer Nähe nur zu bewußt.

»Doña Philippa und ich haben vor einiger Zeit eine Abmachung getroffen«, erklärte Juana. »Und was ist schon dabei? Sie tut, was ihr am meisten Spaß macht ... und ich hoffe, auch etwas Spaß zu bekommen.«

Diesmal klang ihre Stimme etwas atemlos ob ihrer eigenen Gewagtheit.

Peter befeuchtete sich die Lippen. »Ich glaube wirklich ...«

Sie waren einer Krümmung des Weges gefolgt und waren nun völlig unter sich.

»Daß Ihr etwas von mir sehen solltet, nachdem ich so viel von Euch gesehen habe?« fragte sie.

Peter traute seinen Ohren nicht und starrte sie sprachlos an.

»Im Dunkeln würdet Ihr allerdings nicht viel davon haben«, fuhr sie fort. »Aber es gäbe da eine andere Möglichkeit.«

Sie schlang die Arme um seinen Hals und küßte ihn auf den Mund. Dazu mußte sie sich auf die Zehenspitzen stellen und sich hochziehen, bis ihre Füße den Boden nicht mehr berührten.

Peters Hände legten sich wie von selbst auf ihre Hüften, um sie zu stützen, und als sie zu rutschen begann, schlossen seine Hände sich durch den dünnen Stoff um ihre Pobacken und hielten sie fest, während sie sich leidenschaftlich küßten.

»O Peter«, hauchte sie und schmiegte sich an seine Brust. »Ich bete Euch an.«

Peters Gedanken überschlugen sich. Er hatte keine Ahnung, was er mit diesem wundervollen Wesen anfangen sollte, das sich ihm buchstäblich an den Hals geworfen hatte.

»Wollt Ihr mich nicht besitzen?« flüsterte sie und führte ihn zu einer Bank.

Richard ließ zufrieden den Blick über seine Karawane schweifen. Im Gegensatz zu seinem Vetter Thomas vor zweiundzwanzig Jahren verstand er inzwischen einiges von Karawanen.

Er verfügte über vier Karren, die mit Lebensmitteln, Waffen und Munition vollgeladen waren. Hinzu kamen sechs Maultiere. Er hatte zwanzig Treiber angeheuert, die er Ramdas unterstellt hatte. Freiwillige vom Schiff hatte er abgelehnt; wenn Barnes und seine Freunde sich als so enttäuschend erwiesen hatten, hatte er von diesem Pack von Meuterern erst recht nichts zu erwarten. Er zweifelte nicht daran, daß er, Peter und Ramdas mit jeder Notsituation fertig werden würden, vor allem, da sie eine sicherere Route gewählt hatten und sie zu einer günstigeren Jahreszeit reisen würden.

Er wünschte, Peter wäre etwas weniger nervös, jetzt, da die Expedition tatsächlich begann; der Junge war schrecklich aufgekratzt. Aber ganz sicher würde er sich beruhigen, wenn sie erst unterwegs waren.

»Wie großartig das alles aussieht«, sagte Doña Elena. »Wie sehr ich wünschte, ich könnte mit Euch gehen, Richard. Und wie sehr ich hoffe, daß nicht wieder zwanzig Jahre vergehen, ehe wir uns wiedersehen.«

»Ich werde mein möglichstes tun«, log Richard mit gewohnter Galanterie. »Also, wir machen uns jetzt besser auf den Weg.« Er ließ den Blick über die Eingeborenen und das halbe Dutzend Portugiesen schweifen, die sich versammelt hatten, um sie zu verabschieden. Dom Duarte war nicht unter ihnen. »Überbringt

Eurem Mann meine besten Wünsche und meinen aufrichtigen Dank für seine großzügige Hilfe.«

»Ich möchte mich dafür entschuldigen, daß er nicht hier ist. Er hat so viel zu tun ...«

»Und grüßt auch Eure reizende Tochter.«

Elena seufzte. »Vermutlich schmollt sie. Ich fürchte, meine süße Juana fühlt sich nicht wohl.«

»Ich habe selten ein glücklicheres oder gesünderes Kind gesehen.«

»Sie ist kein Kind mehr, Richard. Und unglücklicherweise wird sie dasselbe Schicksal erleiden wie ich selbst. Duarte hat bereits einen Ehemann für sie ausgewählt. Erinnert Ihr Euch an Kapitän Niñez?«

Richard hob die Brauen. Der Kapitän war ein untersetzter stämmiger schwarzbärtiger Mann von mindestens vierzig Jahren.

»Ist er nicht ein wenig zu alt für Eure Tochter?«

»Was bleibt uns denn übrig? Das Mädchen muß heiraten, und Niñez ist der einzige, der als Ehemann zur Auswahl steht.«

»Heißt das, daß sie verlobt sind?«

»Nein, noch nicht. An ihrem nächsten Geburtstag. Aber sie weiß es. Und darum schmollt sie von Zeit zu Zeit und verbirgt ansonsten ihren Ärger hinter vorgetäuschter Fröhlichkeit.«

»Elena, da dem so ist, hättet Ihr nicht erlauben dürfen, daß sie nachts mit Peter spazierengeht«, sagte Richard nachdenklich. »Das hätte zu einer verfänglichen Situation führen können.«

»Ach, Unsinn. Im Gegensatz zu Euch, lieber Richard, ist dieser Junge ein Unschuldslamm. Das sieht doch ein Blinder. Dennoch nehme ich an, daß Juana aus reiner Frustration in ihrem Zimmer sitzt und schmollt. Peter ist ein gutaussehender junger Mann.«

»Ich glaube, je eher ich Peter von hier wegbringe, desto besser für uns beide«, entgegnete Richard. »Also, adieu, Elena.«

»Wollt Ihr mich nicht zum Abschied küssen, Richard?«

»Aber gern, Elena.« Er drückte ihr einen Kuß auf die Lippen, und sie erschauerte zufrieden. »*Até à vista*«, sagte er, woraufhin er zu seinen wartenden Leuten eilte.

Der Weg, so wie Richard sich an ihn erinnerte, war in zweiundzwanzig Jahren sehr viel besser geworden und konnte nun beinahe eine Straße genannt werden. Die Karawane kam bestens voran und erreichte am frühen Nachmittag das erste Dorf. Trotz der Hitze beschloß Richard weiterzuziehen; wenn sie jeden Tag etwa eine Stunde herausschlugen, würden sie in vierzehn Tagen einen Tag sparen, und sein einziges Ziel war es nun, nach Agra zu gelangen.

Er war zufrieden damit, wie sich alles entwickelte, vor allem aber mit der Energie, die sein Vetter an den Tag legte. Der Junge lief die ganze Zeit die Karawane auf und ab, überzeugte sich davon, daß mit den Wagen alles in Ordnung war, und trieb die Nachhut an.

Die Sonne ging bereits unter, als Richard die Karawane stoppen ließ. Nach mongolischem Vorbild ließ er die Karren in einem Quadrat aufstellen, innerhalb dessen Tiere und Männer sicher schlafen konnten, sofern jemand zuverlässig Wache hielt.

»Wir drei werden abwechselnd Wache halten müssen«, erklärte er Peter und Ramdas. »Jeder von uns nimmt zur Unterstützung zwei der Treiber dazu.«

»Wie weit sind wir heute gekommen?« fragte Peter.

»Wir haben eine beachtliche Strecke geschafft. Nicht weniger als fünfundzwanzig Meilen, würde ich sagen. Das ist ein vielversprechender Anfang.«

»Dann besteht nicht die Gefahr, daß uns jemand aus Goa folgt?« fragte Peter.

»Diese Gefahr hat nie bestanden«, entgegnete Richard verwundert.

»Nun ... also, dann muß ich dir etwas gestehen, Vetter.«

Richard wölbte die Brauen.

»Ich ...« Peter war krebsrot im Gesicht. »Am besten zeige ich es dir. Das arme Mädchen muß ja inzwischen halb tot sein.«

Richard sprang auf die Füße, während Peter auf den Wagen zuhastete, für den er während des Tages das größte Interesse bekundet hatte. Richard sah, wie Peter einen Sack herunterhob, in dem er Schießpulver vermutet hatte.

Die Inder begannen aufgeregt zu schnattern, als Peter den Sack öffnete und eine hochrote, schweißgebadete Juana zum

Vorschein kam, die nichts weiter am Leib trug als ein langes Unterhemd.

»Entschuldigt mich«, sagte sie und rannte ohne ein weiteres Wort ins Gebüsch.

»Hast du den Verstand verloren?« herrschte Richard seinen Vetter an. »Hat *sie* denn völlig den Verstand verloren?«

»Wenn zu lieben heißt, den Verstand zu verlieren, Vetter, ja, dann sind wir verrückt.«

»Liebe? Wie kannst du sie lieben! Wie lange kennst du das Mädchen denn?«

»Drei Wochen.«

Juana kehrte aus dem Gebüsch zurück. »Peter, Liebster, ich habe schrecklichen Durst.«

»Natürlich, meine Liebe.« Eilig schenkte er ihr einen Becher Wasser ein.

Richard musterte das Mädchen eingehend; das Hemd verbarg so gut wie nichts.

»Solltet Ihr Euch nicht besser etwas anziehen?« fragte er.

»Meine Sachen liegen im Wagen«, entgegnete sie. »Aber erst möchte ich mich etwas abkühlen.«

Richard wandte sich seinem Vetter zu, der seinen Blick mit einem Ausdruck erwiderte, der besagte, daß die junge Frau ihren eigenen Kopf hatte.

In jeder Beziehung, dachte Richard grimmig.

»Ich sollte euch beide in Ketten legen«, grollte er.

»Warum das?« Juana trank gerade ihren zweiten Becher Wasser. »Wir sind Mann und Frau.«

»Was?«

»Wenn auch nicht vor den Menschen, so doch vor Gott.«

Richard starrte seinen jungen Vetter verdattert an.

»Es ist einfach passiert«, erklärte Peter lahm.

»Auf diesem Spaziergang.« Trotz seines Zorns spürte Richard plötzlich den unwiderstehlichen Drang zu lachen. Er selbst und Elena hatten den Jungen als harmlos eingestuft … und er hatte getan, was sie beide sich zweiundzwanzig Jahre zuvor versagt hatten.

»Ich bin mir Eurer Lage bewußt, Senhorita«, sagte er. »Eure Mutter hat mir davon erzählt. Peter, diese junge Dame hat diesen verrückten Plan zu dem alleinigen Zweck ausgeheckt, sich einen unliebsamen Ehemann vom Hals zu schaffen.«

»Ist das ein Verbrechen?« fragte Juana. »Ich habe Niñez schon immer gehaßt. Und er ist nicht mein Mann. Er ist nicht einmal mein Verlobter. Ich habe lediglich gehandelt, ehe es dazu kommen konnte. Nachdem ich«, fügte sie hastig hinzu, »dem einzigen Mann begegnet war, den ich aufrichtig lieben kann.«

Sie legte den Arm um Peters Taille.

»Du glaubst ihr?« fragte Richard seinen Vetter.

»Aber natürlich tue ich das. Ich liebe sie.«

»Und wie stellt ihr euch vor, wie es weitergehen soll? Wollt ihr allein nach Goa zurückkehren?«

»Wir wollen dich begleiten.«

»Du willst dieses junge Mädchen tausend Meilen durch den Urwald schleppen, in ein Land, das du selbst noch nie gesehen hast?«

»Ich freue mich darauf, liebster Vetter«, sagte Juana.

»Und was soll ich sagen, wenn Euer ... dein Vater Männer schickt, die dich zurückholen sollen?«

»Das wird er nicht«, entgegnete Juana voller Überzeugung. »Ich habe meine Flucht sorgfältig geplant. Ich habe einige Kleider an einen einsamen Strand gelegt und meinen Eltern eine Nachricht hinterlassen, in der steht, daß ich lieber ins Wasser gehe als Niñez zu heiraten.«

»Das hast du deinen eigenen Eltern angetan?« fragte Richard erschüttert.

»Ich hatte keine andere Wahl«, entgegnete sie achselzuckend. »Außerdem, werden sie nicht um so glücklicher sein, wenn sie erfahren, daß ich noch lebe?«

Peter hatte sich wirklich eine berechnende junge Dame ausgesucht. Aber Richards zweite Reaktion war Belustigung. Elena und ihr Mann hatten geplant und über den Kopf des Mädchens hinweg die Heirat beschlossen, aber Juana hatte durch ihre Entschlossenheit all diese Pläne über den Haufen geworfen.

»Nun denn«, sagte er. »Willst du deinem Vetter nicht einen Kuß geben, Juana?«

»Aber gern«, sagte sie und trat lächelnd auf ihn zu.

## Kapitel 9

## Die Rückkehr des Moguls

Richard wollte ebenso Gujarat wie das Staatenbündnis der Rajputen umgehen, und so hatte er eine neue Route gewählt, die weiter östlich verlief.

Hier hatte das Gelände innerhalb weniger Tage nach ihrem Aufbruch aus Goa begonnen anzusteigen, aber da Trockenzeit war, konnten sie am Tal des Flusses Krishna entlang ganz Bijapur durchqueren. Er reiste als Gesandter des Hofes von Sher Shah, und das funktionierte einwandfrei, da er genügend Arkebusen als Geschenk für die örtlichen Hakims oder Gouverneure mit sich führte.

Im Vergleich zum alptraumhaften Marsch vor über zwei Jahrzehnten war es eine höchst angenehme Expedition. Sie hatten gutes Wetter, die Karawane kam gut voran. Er hatte nur befürchtet, daß Juanas Anwesenheit sie behindern könnte, aber in Wirklichkeit erwies sie sich als Bereicherung. Sie ging jedes Hindernis mit Entschlossenheit und Enthusiasmus an, ob sie nun mit hochgehaltenem Rock einen Fluß durchwatete oder ihre Kleider auf indische Art wusch, indem sie sie auf einen Stein legte und mit einem Stock bearbeitete. Wie nicht anders zu erwarten, litt ihr Teint ebenso wie ihre Garderobe, und schon bald mußte sie ihre Locken und überhaupt jeden Versuch, sich zu frisieren, aufgeben. Aber sie lächelte weiter.

Ebenso wie Peter. Ihre gegenseitige Zuneigung ließ sich nicht leugnen, und wenngleich es Richard schwerfiel zu akzeptieren, daß sie sich aufrichtig liebten – in seinen Augen war Juana zu berechnend und Peter zu jung –, bemerkten alle, daß sie körperlich nicht voneinander lassen konnten. Er erlaubte ihnen, sich ein eigenes Zelt etwas abseits vom Gemeinschaftslager zu bauen, und beneidete sie, wenn sie sich jede Nacht für die Intimität ihrer Umarmungen zurückzogen.

Aber jeder Tag brachte ihn seiner geliebten Gila näher.

Peter und Juana waren gleichermaßen vom Urwald fasziniert, von der Dichte der Bäume und des Unterholzes, dem Rascheln der Eidechsen, dem Zirpen der Zikaden, den brodelnden Ameisenhaufen, den Vögeln und Affen hoch oben in den

Bäumen und den löwenschwänzigen Makaken oder Wanderoos, schwarze, an Paviane erinnernde Kreaturen, die sich im Geäst ebenso zu Hause fühlten wie auf dem Boden.

Sie begegneten auch einer Vielzahl größerer Lebewesen. Wegen der Trockenheit führte der Fluß nur wenig Wasser, und sie konnten häufig Krokodile beobachten, die sich in Schlammlöchern sonnten oder erstaunlich leise im Wasser verschwanden. Sie wichen den Pythonschlangen aus und bewunderten die Tiger. Da sie eine verhältnismäßig große Gruppe waren, drohte ihnen von den gewaltigen Raubkatzen kaum Gefahr. Peter, der seinen geliebten Bogen stets über der Schulter trug, ließ sich nur mit Mühe davon abbringen, auf eines der gelb-schwarzen Ungeheuer zu schießen, das eines Abends um das Lager strich.

»Wenn wir ihn angreifen, greift er uns an«, erklärte Richard.

»Glaubst du denn nicht, daß ich ihn mit einem einzigen Pfeil erlegen könnte, Vetter?«

»Ich glaube, das brächtest nicht einmal du zustande«, entgegnete Richard und dachte an seine nächtliche Begegnung mit dem Tiger vor so vielen Jahren.

Nach etwas über einer Woche gelangten sie nach Raichur an der Grenze von Golconda. Raichur war die eigentliche Hauptstadt von Bijapur, und Richard war gezwungen, dem Sultan sein Empfehlungsschreiben zu präsentieren und einige Tage im Palast zu bleiben. Er wurde gastlich bewirtet, aber es wurde von ihm erwartet, daß er dem Herrscher berichtete, was es an Neuigkeiten gab.

Yusef Adil interessierte sich sehr dafür, was in Goa vor sich ging, das am anderen Ende seines Reiches lag; er selbst war nie dort gewesen, da sein Vater die Hafenstadt noch zu seinen Lebzeiten den Portugiesen überlassen hatte. Aber er war ein friedlicher kleiner Mann, der mit der Situation zufrieden schien.

Richard hingegen war erschüttert von dem, was der Sultan ihm eröffnete: Sher Shah von Sur war tot.

Farid war schon zwei Jahre zuvor gestorben. Nicht, wie man es hätte erwarten können, an den Folgen einer Krankheit oder des

Alters wegen, sondern an den Begleitumständen seiner Lebensweise – im Krieg. Während der Belagerung der Stadt Kaninjar war ein mit Schießpulver beladener Wagen explodiert und hatte ihn in Stücke gerissen.

»Wie ist die Lage in Delhi?« fragte Richard bestürzt.

»Der Sohn des Sur, Islam Shah, hat die Nachfolge angetreten«, antwortete der Sultan. »Aber die wahre Macht liegt in den Händen des Befehlshabers der Armee, eines Mannes namens Hemu.«

Hemu, dachte Richard. Ausgerechnet! Aber er erinnerte sich noch gut an Islam Shah. Er war ein gerechter Mann und begeisterter Soldat. Wenn er Delhi erreichen konnte, ehe Hemu seine Pläne umsetzen konnte …

Yusef Adil musterte ihn aufmerksam. »Sind das schlechte Nachrichten für Euch, Blunt Amir?«

»Das kann ich erst sagen, wenn ich in Delhi bin«, entgegnete Richard. »Aber je früher ich dort bin, desto besser.«

Was mochte aus Gila und den Kindern geworden sein? fragte er sich, krank vor Sorge. Sher Shah hatte versprochen, sie zu beschützen, aber dann war er unerwartet gestorben. Wußte sein Sohn von diesem Versprechen?

»Wirst du umkehren?« fragte Peter, als er die Neuigkeiten erfuhr.

»Nein, im Gegenteil, wie müssen uns noch mehr beeilen.«

Juana betrachtete die beiden Männer mit sorgenvollem Blick; Richard und Peter waren ihre ganze Familie, und was die beiden Vettern anging, betraf sie selbst in gleichem Maße.

»Laß uns nur hoffen, daß wir uns den Weg nach Delhi nicht freikämpfen müssen«, sagte Peter lächelnd.

Er hatte keine Ahnung von den Gefahren, die in der neuen Situation lauerten.

Von Raichur zogen sie vierhundertfünfzig Meilen nach Norden, um den großen Fluß Narmada an der Grenze von Kandesh und Gondwana zu überqueren.

Drei Wochen lang kämpften sie sich durch unwegsames,

hügeliges Gelände zwischen hoch aufragenden Bergen. Aber auch diesmal ließ man sie dank Richards Passierschein als Gesandter des Sultanats von Delhi überall unbehelligt passieren. Farid hatte sich anscheinend einen solchen Ruf geschaffen, daß er sogar noch im Tod gefürchtet wurde.

Der Narmada, ein breiter und tiefer Strom, war das bisher schwierigste Hindernis, das sie zu überwinden hatten. Aber schließlich erreichte die Karawane unter großem Geschrei und mit Hilfe einiger Einheimischer, begleitet vom perlenden Lachen einer triefnassen Juana, das andere Ufer und konnte die Reise fortsetzen.

Jetzt hatten sie die Hälfte der Strecke hinter sich, und während der nächsten zweihundert Meilen, in denen sie das Hochland überquerten, hielten sich die angenehm warmen Temperaturen. Als sie zwei Wochen nach der Überquerung des Narmada ins Jumna-Tal hinabsteigen, zogen von Südosten schwarze Regenwolken heran, aber jetzt waren sie beinahe zu Hause.

Eine Woche später erreichten sie Agra, und Richard war ebenso überrascht wie erleichtert, daß der Gouverneur der Stadt kein anderer war als Prabhankar.

Prabhankar, jetzt eine schillernde Erscheinung in einer blaßblauen Tunika über weißen Hosen, einem Turban, den ein Rubin zierte, und einem Säbel, dessen Griff mit Edelsteinen besetzt war, war völlig verblüfft, ihn zu sehen.

»Blunt Bahatur!« rief er aus. »Wir haben Euch für tot gehalten.«

»Das hat man mir überall gesagt, wo ich gewesen bin«, entgegnete Richard.

»Habt Ihr vom Tod des Sur gehört?«

Richard nickte.

»Aber jetzt seid Ihr mit einer englischen Armee zurückgekehrt. Wie weit ist sie noch fort?«

»Etwa zehntausend Meilen«, erwiderte Richard. »Es gibt keine englische Armee. Mein König war nicht interessiert.«

»Ah. Aber Ihr seid trotzdem gekommen.«

»Agra ist mein Zuhause«, sagte Richard. »Ist meine Familie wohlauf?«

»Ihr wart noch nicht dort?«

»Ich wurde direkt zu dir gebracht, alter Freund.«

»Als ich das letzte Mal von Eurer Familie gehört habe, ging es ihr gut«, sagte Prabhankar vorsichtig.

Richard runzelte die Stirn. »Sind Sie denn nicht hier in Agra?«

Prabhankar wich seinem Blick aus.

»Sie sind in Delhi, Blunt Bahatur. Alle sind Islam Shahs Wunsch gefolgt und nach Delhi übergesiedelt.«

»Ich verstehe.« Das klang ganz vernünftig, wenn die neue Stadt jetzt tatsächlich die Hauptstadt des Reiches war.

Aber er spürte, daß Prabhankar ihm nicht alles gesagt hatte.

»Dann erzähl mir von unserem neuen Herrn.«

»Ich denke, Ihr solltet Euch selbst ein Bild machen«, entgegnete Prabhankar. »Wenn er von Eurer Rückkehr erfährt, wird er Euch sofort sehen wollen.«

Das klang nicht unbedingt ermutigend. Richard dachte darüber nach und brachte dann Peter und Juana zu Ghopal Das' Haus. Juana war sprachlos ob der Geräumigkeit und Pracht, der architektonischen Feinheiten und der vielen, sich tief verneigenden Diener.

Aber sogar den Dienern widerstrebte es, von Gila und den Kindern zu berichten, und sie wiederholten nur immer wieder, daß sie nun in Delhi lebten.

»Das alles ist irgendwie rätselhaft«, sagte Richard zu Peter. »Ich denke, unter den gegebenen Umständen wird es am besten sein, wenn ich erst einmal allein nach Delhi reise. Ich schicke nach euch, sobald ich sicher bin, daß wir dort willkommen sind. Solltet ihr innerhalb von zwei Wochen nichts von mir hören oder erfahren, daß mir etwas zugestoßen ist, müßt ihr mit der Karawane zurück nach Goa, euch so gut es geht mit Juanas Eltern arrangieren und versuchen, ein Schiff zu finden, das euch nach Europa bringt.«

Peter machte ein zutiefst besorgtes Gesicht. »Aber sollte ich denn nicht an deiner Seite sein, wenn du dich in Gefahr begibst, Vetter?«

»Und wer würde sich um Juana kümmern, wenn wir beide

getötet würden? Ich glaube nicht, daß ich mich wirklich in Gefahr begebe. Ich möchte nur für den Fall der Fälle vorsorgen.«

Der Junge war nicht glücklich darüber, aber es blieb ihm nichts anderes übrig, als dem älteren Mann zu gehorchen. Prabhankar stellte Richard bereitwillig indische Kleidung, Rüstung und Pferd sowie eine Eskorte zur Verfügung, die eines Amirs würdig war. Am nächsten Tag brachen sie auf. Ramdas blieb bei Peter in Agra, da er in Richards Augen der einzige war, der das junge Paar nötigenfalls zurück nach Goa führen konnte.

Richard legte die hundert Meilen in drei Tagen zurück; er machte nur halt, um den Pferden in Abständen eine Ruhepause zu gönnen. Seine Hast lag nicht allein in seiner Ungeduld, die Familie wiederzusehen: Er wollte, daß Hemu von ihm selbst von seiner Rückkehr erfuhr.

Delhi hatte sich in den vier Jahren seiner Abwesenheit bis zur Unkenntlichkeit verändert. Die Stadt, die Humayun begonnen hatte zu errichten, war nach Farids Wunsch dem Erdboden gleich gemacht worden, und an ihrer Stelle waren strahlendweiße Gebäude und Mauern, wunderschöne Gärten und künstliche Teiche entstanden, über denen immer noch einem Leuchtturm gleich der alte Qutb-Minar-Turm aufragte.

Richard ritt auf direktem Wege zum Palast und ließ dort seine Ankunft melden. Die Leute drehten die Köpfe und starrten ihn an; zu seiner Überraschung eilten sogar viele herbei, um ihn zu begrüßen. Man führte ihn sofort zum neuen Sultan.

Keine Teppiche. Islam Shah saß auf einem reich verzierten Thron, mit einem Kopfputz, der aussah, als bestünde er aus einem mit goldenem Stoff überzogenen Bastrahmen. Seine Tunika war ebenfalls aus goldenem Stoff, an seinen Fingern funkelten Ringe, und der Schaft seines Krummsäbels war mit Edelsteinen besetzt.

Zu beiden Seiten des Throns standen Wesire und Generäle, aber anders als bei den Mongolen waren keine Frauen anwesend.

Vor den Offizieren stand Hemu, nicht minder prächtig gekleidet als sein König.

»Blunt Bahatur! Welche Freude«, begrüßte ihn Islam Shah.

Richard verneigte sich, ehe er sich dem Thron näherte. Der Sultan erhob sich und trat vor, um ihn in die Arme zu schließen.

Als er wieder Platz genommen hatte, trat Hemu vor, um ihn zu begrüßen. Stimmengemurmel wurde laut, so als wären die Umstehenden überrascht von dieser Geste.

»Wir hielten Euch für tot«, sagte Hemu. »Eure Gattin allerdings nicht. Meine liebe Mutter hat nie an Eurer Rückkehr gezweifelt.«

Richard musterte ihn stirnrunzelnd. »Eure Mutter?«

»Nun, das ist sie, ebenso wie Ihr mein Vater seid«, sagte Hemu lächelnd.

Richard hatte plötzlich das Gefühl, als wüchse ein riesiger Klumpen in seinem Bauch.

»Und Ihr seid Großvater geworden«, fuhr Hemu fort.

Völlig konsterniert starrte Richard den Sultan an.

»Ich habe in Eurem Namen gehandelt, Blunt Bahatur, weil wir alle Euch für tot hielten«, sagte dieser. »Ich konnte mir keine größere Ehre für Eure Familie vorstellen, als sie mit der meines Großwesirs zu vereinen. Und jetzt kommt her, setzt Euch an meine rechte Seite und berichtet mir von Euren Abenteuern – und von dem, was Ihr mitgebracht habt.«

Hemu lächelte ihn an. Richard mußte sich anstrengen, nicht die Beherrschung zu verlieren. Er hätte den kleinen Mann am liebsten auf der Stelle erwürgt. Iskanda im Bett dieses Ungeheuers! Und sie war bereits Mutter. Weil er nicht dagewesen war, sie zu beschützen.

»Ich habe Euch nichts mitgebracht, Hoheit«, sagte er schließlich. »Mein König hatte andere Verwendung für seine Soldaten.«

Islam Shah kniff die Augen zusammen, lächelte jedoch gleich darauf wieder.

»Aber Ihr habt mir Euch selbst gebracht. Was könnte ich mir mehr wünschen? Ihr könnt Euch entfernen. Ich weiß, daß Eure Frau Euch sehnsüchtig erwartet. Aber ich werde bald wieder nach Euch schicken.«

Richard hielt Gila an den Schultern und betrachtete sie eingehend. Sie war siebenunddreißig und seit über zwanzig Jahren seine Frau. Und für ihn war sie immer noch die schönste Frau der Welt. Sogar jetzt, da ihre Züge von Sorge gezeichnet waren und graue Strähnen ihr pechschwarzes Haar durchzogen.

»Ich habe mit Hemu gesprochen.«

Sie seufzte. »Zu Farids Zeiten wurde ich respektvoll behandelt. Aber nach seinem Tod … Hemu hat unsere Familie regelrecht in Besitz genommen. Islam Shah hat nichts getan, uns zu helfen. Er ist in jeder Beziehung Hemus Werkzeug. Hemu wollte natürlich Iskanda zur Frau. Aber er hat sich als der große Wohltäter aufgespielt, der nur das Beste für uns wollte.«

»Wo sind sie?« fragte Richard.

»Zaid ist im Osten beim Heer. Er ist Tuk-bashi, und man erzählt sich ruhmreiche Geschichten über ihn. Aber gesehen habe ich ihn schon ewig nicht mehr.«

»Und Mahmud?«

»Mahmud ist auf Wunsch des Sultans im Ausbildungslager.«

»Aber er ist doch erst sechzehn!«

»Er wird zum Soldaten ausgebildet. Der Sultan wünscht es so.«

»Und deine Mutter?«

Ihre Lippen zuckten. »Meine Mutter ist tot. Hemu hatte nichts damit zu tun, zumindest nicht unmittelbar. Sie hat den Gedanken nicht ertragen, einem Hindu niederer Kaste ausgeliefert zu sein. Das hat ihren Geist und ihr Herz gebrochen.«

»Das tut mir leid – für dich. Aber jetzt bist du Großmutter.«

»Und du Großvater. Er ist ein kräftiger Junge. Aber … er ist Hemus Sohn.« Sie sah ihm fragend in die Augen. »Was wirst du tun?«

»Es gibt nichts, was ich für Iskanda tun könnte.« Er setzte sich neben sie. »Ich hätte niemals fortgehen dürfen. Und schlimmer noch, ich habe meinen jungen Vetter und seine Braut mitgebracht, in Erwartung großer Dinge.«

Gila legte ihm eine Hand auf den Arm. »Es wird Großes zu vollbringen geben, Herr. Islam Shah benötigt dringend Männer wie Euch, sei es nur, um der Macht Hemus entgegenzuwirken. Und Hemu ist kein Verwalter. Euer Vetter und seine Frau werden hier zu Ruhm und Ansehen gelangen, dessen bin ich sicher. Aber Richard, es ist so lange her …«

Er küßte sie auf den Mund.

Wie sehr Richard auch spürte, daß Hemu ihn immer noch verabscheute und daß er sich seiner Familie nur aus Rache bemächtigt hatte, um sie letztendlich zu vernichten, mußte er zugeben, daß man ihn stilvoll empfangen hatte. Auch konnte er weder an dem Haus etwas bemängeln, das Hemu Gila überlassen hatte – es stand dem in Agra in nichts nach –, noch an dem Lebensstil, den man ihr gestattete.

Islam Shah war die Freundlichkeit und Herzlichkeit in Person. Falls er enttäuscht war, daß Richard nicht mit einer Armee zurückgekehrt war, ließ er sich das nicht anmerken. Hemu war natürlich hoch erfreut. Seine Macht gründete auf jenen Divisionen Hindu-Pikenieren, die inzwischen den Großteil des Heeres ausmachten – eine Streitmacht, die ich selbst aufgestellt habe, dachte Richard wehmütig.

Hemu hätte nicht liebenswürdiger sein können. Schon am Tag nach Richards Ankunft lud er ihn zum Abendessen in sein Haus ein.

»Ein junger Vetter! Ein zweiter Blunt!« rief er aus. »Ich habe lieber zwei Blunts an meiner Seite als ein ganzes Heer. Ist der Junge ein ebenso bemerkenswerter Soldat wie Ihr, mein Vater?«

»Noch nicht ganz«, entgegnete Richard vorsichtig.

»Er muß herkommen. Ich werde sofort eine Eskorte nach Agra schicken, ihn herzuholen.«

»Zu gütig.«

»Ich tue nur, was nötig ist, Blunt Amir. Daß Ihr zurück seid … meine Erleichterung ist grenzenlos. Ich werde offen zu Euch sein, Vater. Seit Sher Shahs Tod steckt das Königreich in Schwierigkeiten. Sher Shah hat beinahe ständig Krieg geführt und seine Feldzüge von den Steuereinnahmen finanziert. Seit seinem Tod gibt es erhebliche Schwierigkeiten mit den Steuern. Unsere Gouverneure versäumen es, sie einzutreiben, und ich habe niemanden, den ich schicken könnte, sie an ihre Pflichten zu erinnern. Ich selbst kann nicht fort, solange der Sultan von Feinden umgeben ist, den Rajputen im Süden und Humayun im Norden. Wußtet Ihr, daß der verräterische Mongole immer noch Kabul hält?«

»Ja, das habe ich gehört.«

»Ich habe Gesandte zu ihm geschickt, um mit ihm zu verhandeln, aber er hat meine Botschafter einfach ignoriert und mit leeren Händen zurückgeschickt.«

»Sein Vater hätte ihnen den Kopf abgeschlagen.«

»Ja, Ihr habt recht. Humayun ist nicht der Mann, der sein Vater war. Wofür wir dankbar sein können. Und doch versperrt er uns den Zugang zur Handelsroute nach Zentralasien. Er erstickt uns und hält sich bereit, beim ersten Anzeichen von Schwäche über uns herzufallen. Jetzt, wo Ihr zurück seid, muß das ein Ende nehmen, Blunt Bahatur ... Ja, wir müssen dem ein Ende machen. Ich weiß, daß der Sultan mit Euch darüber sprechen will; in diesen Dingen sind wir einer Meinung.« Er lächelte listig. »Zumindest weitgehend. Als erstes werdet Ihr unsere Steuereintreiber an ihre Pflichten erinnern. Geht, wo nötig, mit Strenge vor, Blunt Bahatur. Die Staatskasse ist so gut wie leer. Und wenn wir dann alle wieder reich sind, werden wir uns um diesen Humayun kümmern. Gemeinsam werden wir, Ihr und ich, die Schlange ausräuchern und großen Ruhm über uns bringen. Und über unseren Herrscher, den Sultan, natürlich.«

Es war eine große Versuchung, alles zu glauben, was Hemu sagte. Wenn es nur wahr sein könnte, würde er wieder an die Spitze gelangen, als Schwiegervater des Großwesirs, Befehlshaber des Heeres. Aber er brachte es einfach nicht über sich, dem Hindu zu trauen.

Er erinnerte sich noch zu gut an Kanauj und an die Szene im Anschluß an die verlorene Schlacht.

Auch kochte er immer noch vor Zorn bei dem Gedanken, daß seine Tochter Iskanda Hemus Bett teilte.

Er bat um die Erlaubnis, das Mädchen zu sehen, aber dieser Wunsch wurde ihm abgeschlagen; Hemu hatte Islam Shah ermutigt, Lodis Harem-System wieder einzuführen, als wollte er alles ausmerzen, was an mongolische Kultur erinnerte ... oder auch an hinduistische.

Das hielt den Sultan jedoch nicht davon ab, nach Juana schicken zu lassen, als sie und Peter schließlich in Delhi eintrafen. Richard konnte schlecht etwas dagegen einwenden, da allgemein bekannt war, daß seine eigene Frau Gila sich unverschleiert in der Öffentlichkeit zeigte.

Und ganz offensichtlich gefiel Islam Shah das, was er sah, ebensogut wie Hemu. Prabhankars Frau hatte Juana in Agra unter ihre Fittiche genommen, und so war sie mit aller Eleganz einer Agha eingetroffen, in einem blaßgrünen Sari und passender Tunika, das hochgesteckte Haar von einem goldenen Band gehalten. An ihren Handgelenken blitzten goldene Reifen, und ihr Teint war durch großzügige Verwendung von Eselsmilch während der Woche, die sie und Peter auf Nachricht von Richard gewartet hatten, einigermaßen wiederhergestellt.

Eine Frau wie sie hatte der Sultan noch nie zu Gesicht bekommen – die rötlichen Strähnen in ihrem Haar, ihre rosigen Wangen unter der sonnenverbrannten Haut und die für ihr Alter ungewöhnlich fraulichen Rundungen.

Islam Shah strich sich über den Bart. »Sind alle Frauen im Westen so verführerisch wie diese?« Peter hatte der Sultan bisher kaum eines Blickes gewürdigt. Nun sah er flüchtig zu ihm hin. »Ihr könnt Euch glücklich schätzen, junger Blunt. Wir sprechen uns noch.«

»Was für ein gräßlicher Mensch«, sagte Juana, als sie ihr neues Zuhause betraten.

»Sie sind unsere Herren – zumindest für den Augenblick«, gemahnte sie Richard. »Und jetzt möchte ich euch Gila vorstellen.«

Juana hatte offensichtlich gründlich über die Begegnung mit der Frau ihres angeheirateten Vetters nachgedacht – so wie sie über alles nachdachte – und sich einen Schlachtplan zurechtgelegt. Als Gila den Raum betrat, fiel Juana mit geneigtem Kopf auf die Knie. Die Prinzessin durchschaute das Theater nicht – sie fand, daß ihr der Respekt, den die junge Frau ihr scheinbar entgegenbrachte, zustand. Sie zog das Mädchen auf die Füße und umarmte es.

»Du bist mir gleich doppelt willkommen, Kind«, sagte sie. »Nicht nur, weil du die Frau eines Verwandten meines Gatten bist, sondern auch, weil du den Platz der Tochter einnehmen wirst, die ich verloren habe.«

Es war schön, zu Hause zu sein, auch wenn es ein neues und fremdes Zuhause war. Aber Richard fühlte sich schon bald in Delhi heimisch.

Peter erfüllte alles an Delhi mit Erstaunen und Entzücken, sogar der Regen, der bald einsetzte und nicht wieder aufhörte.

Richard verbrachte während der Regenmonate den Großteil seiner Zeit im Palast. Er machte sich mit Hilfe von Hemus Wesiren mit den Steuerabgaben vertraut und nutzte die Zeit außerdem, seinen Schwiegersohn zu studieren.

Der kleine Hindu schien gar nicht recht zu begreifen, was er mit seinem Aufstieg alles erreicht hatte. Er lebte in ebenso großem Pomp wie der Sultan selbst, stets begleitet von einem Dutzend Wachen mit gezücktem Krummsäbel.

Humayuns berühmte Bibliothek, die als die größte und wertvollste Bücher- und Schriftensammlung in ganz Indien galt, war unbeschädigt geblieben. Da Hemu jedoch weder Türkisch noch Arabisch, Persisch oder Sanskrit lesen konnte und selbst mit seiner eigenen Muttersprache Schwierigkeiten hatte, sammelten die Bände Jahr für Jahr mehr Staub an.

Islam Shah, der nicht viel gebildeter war als Hemu, schenkte seiner Umgebung nicht die geringste Aufmerksamkeit. Er war Soldat, und seine Lieblingsbeschäftigung bestand darin, seine Gardetruppen zu inspizieren, obwohl er sich gleichzeitig davor fürchtete, in den Krieg zu ziehen.

Auch Hemu lebte in ständiger Furcht, die jedoch, wie Richard vermutete, auf seiner Kastenangehörigkeit beruhte. Tatsächlich war er ein Unberührbarer, wie es hieß, ein Nachfahre jener dunkelhäutigen Ureinwohner des Subkontinents, die von den Eroberern aus dem Norden überrannt und versklavt worden waren.

Wie interessant er sie auch fand, hatte Richard den Hindu-Bräuchen und ihren sozialen Strukturen nie große Aufmerksamkeit geschenkt; ursprünglich war er in eine von Moslems beherrschte Welt gekommen, in der sogar Inder angesehener Kasten wie Ghopal Das als Untermenschen betrachtet worden waren. Aber ihm war durchaus bewußt, daß das Klassensystem der Hindus das strengste der Welt war und daß für jene, die den unteren Schichten angehörten, ein gesellschaftlicher Aufstieg nahezu unmöglich war – außer in Kriegs- oder Revolutionszeiten.

Als guter Soldat war Hemu von Humayun in den Rang eines Kommandeurs erhoben worden. Auch unter Farid hatte er großes Ansehen genossen. Und bei Farids Tod hatte er dann die Gelegenheit genutzt. Aber er war sich dennoch bewußt, daß Moslems und Hindus ihn gleichermaßen als Usurpator betrachteten, als einen Mann, an den sie auf offener Straße nicht einmal das Wort richten würden, wäre er nicht der Liebling des Sultans. Hemu kompensierte diese unterschwellige Verachtung mit der Anhäufung eines Vermögens.

Das von Sher Shah eingeführte Steuersystem war zu gut durchdacht, um durch zwei Jahre der Nachlässigkeit völlig vernichtet zu werden, aber es hatte zweifellos gelitten. Große Summen, die dem Staat zustanden, waren entweder gar nicht bezahlt worden oder in die Taschen eines anderen gewandert.

Richard erkannte in diesem Winter, wie wacklig Islam Shahs Thron war. Die Beziehung des Sultans zu den Rajputen war unsicher. Sie hatten gesunden Respekt vor seinem kriegerischen Vater gehabt, aber der Sohn hatte sich nie auf dem Schlachtfeld bewiesen. Abgesehen von der Bedrohung durch die Rajputen hatte der Gouverneur des Pandschab, Sikundar Sher, ein Neffe Farids, sein Land zum unabhängigen Staat erklärt. Er hatte über ein Jahr schon keine Steuern mehr gezahlt und behauptete, daß alles Geld gebraucht würde, sein Fürstentum gegen die Mongolen aus Kabul zu verteidigen. Und im Osten lebten weitere Verwandte von Farid, die Anspruch auf den Thron erhoben.

Richard steckte in einem Zwiespalt. Er verachtete und mißtraute Hemu, und doch war dieser mit seiner Tochter verheiratet und hatte den Rest der Familie mehr oder weniger in der Hand. Auch konnte er nicht sicher sein, daß Sikundar Sher oder Farids andere Neffen bessere Sultane abgeben würden als Islam Shah; nach allem, was er von ihnen wußte, bezweifelte er das.

Der Gedanke an Humayun, einen Mann, den er respektierte und dem er trauen konnte, ließ ihn nicht mehr los. Aber auch nach Farids Tod hatte Humayun keinen Versuch unternommen, Delhi zurückzuerobern. Vermutlich war er immer noch damit beschäftigt, Bücher und Antiquitäten zusammenzutragen.

Aus Delhi zu fliehen würde für Richard bedeuten, alles, was er besaß, einschließlich seiner Kinder, Hemu auszuliefern, es sei denn, er fand einen Weg, seine Familie mitzunehmen. Das hielt ihn jedoch nicht davon ab, Pläne für den Fall zu schmieden, daß Hemu sich gegen ihn wandte. Im Augenblick hielt er es jedoch für das beste, dem Aufsteiger und seinem unfähigen Herrn mit all der Loyalität zu dienen, die er aufzubringen vermochte.

Und so kam es, daß er, als Hemu ihn beim Nachlassen des Monsuns fragte, wo er mit den administrativen Reformen beginnen wolle, antwortete: »Ich kann nichts Besseres empfehlen, als dem Beispiel des großen Babur zu folgen. Wir müssen die Prioritäten festlegen. Sikundar mag von einem unabhängigen Pandschab träumen, aber er fürchtet die Mongolen und beschäftigt sich ausschließlich mit ihnen. Gleichzeitig ist er ein guter General und verfügt über eine mächtige Armee; wir werden jeden Mann und jede Menge Geld brauchen, ihn zu besiegen. Die Rajputen sind zur Zeit zu sehr damit befaßt, sich selbst zu bekriegen, um sich gegen Euch zu verbünden. Aber auch gegen sie werden wir jeden Mann und große Summen brauchen. Darum sollten wir uns meiner Ansicht nach zuerst um die östlichen Provinzen kümmern, wo das größte Chaos herrscht und uns die meisten Steuern vorenthalten werden.«

»Dann gebe ich diese Aufgabe vertrauensvoll in Eure Hände, Blunt Amir«, sagte Hemu mit einem schiefen Lächeln. »Bringt mir Geld – und die Köpfe jener, die versucht haben, uns zu betrügen.«

Richard beschloß, seinen Vetter mitzunehmen, damit der Junge praktische Erfahrungen über seine Wahlheimat sammelte. Peter war schrecklich aufgeregt, wenngleich er bedauerte, sich von Juana, die ein Kind von ihm erwartete, trennen zu müssen.

»Wie oft war ich in Abwesenheit meines Herrn schwanger?« schalt ihn Gila. »Eure Frau ist hier bei mir in den besten Händen. Geht und verdient Euch Eure Sporen, damit Ihr Amir werdet wie Euer Vetter.«

Juana weinte bitterlich.

Richard wurden fünfhundert berittene Soldaten zugeteilt. Ein großes Kontingent zum Steuereintreiben, ein kleines, um eine Rebellion niederzuschlagen … oder sich gegen den Sultan zu erheben.

Als erstes ritt er nach Agra. Seinen Listen zufolge war Prabhankar bei den Steuerabgaben korrekt gewesen.

»Blunt Bahatur«, sagte Prabhankar. »Es ist schön, Euch wohlauf zu sehen und mit fünfhundert Man an Eurer Seite.«

»Soll das heißen, daß du nicht erwartet hast, mich jemals wiederzusehen?«

»Alles ist möglich.«

»Aber helfen würdest du mir nicht.«

»Ich würde Euch helfen, wann immer es mir möglich ist, Blunt Amir. Sind wir nicht alte Freunde und Kriegskameraden? Aber was könnte ich schon für Euch tun? Ich verfüge über mehr als fünftausend Soldaten, die mir treu ergeben sind. Die meisten von ihnen sind Veteranen oder die Söhne von Veteranen aus unseren Feldzügen, ich denke also, daß sie auch Euch folgen würden. Aber Hemu verfügt über ein weit größeres Heer.«

»Sind deine Männer auch der Erinnerung an den Mogul treu?«

Prabhankar musterte ihn forschend. »Das ist Verrat, Blunt Bahatur.«

»Ich spreche nur von dem, was sein könnte. Von dem, was vielleicht eines Tages unabwendbar sein wird, alter Freund. Wirst du mich verhaften lassen?«

»Ich Euch verhaften? Undenkbar.«

»Würdest du dann wieder mit mir reiten?« Er hob den Zeigefinger. »Nur, falls es notwendig werden würde.«

Prabhankar seufzte. »Ich habe Frauen und eine Familie, und ich bin ein wohlhabender Mann. Es ist wahr, daß ich dies Sher Shah zu verdanken habe, aber Islam Shah – oder besser Hemu – hat mich in meinem Amt bestätigt, weil er vertrauenswürdige Männer um sich braucht. Ich weiß, daß er ein falscher Hund ist, der es gern gesehen hätte, wenn Farid mich nach der Niederlage von Kanauj hätte pfählen lassen. Ich weiß, daß er seiner Stellung nicht würdig ist. Aber ihm habe ich Reichtum und Macht zu verdanken. Ich möchte weder meinen Reichtum noch meine Frauen und Söhne verlieren. Würdet Ihr das wollen, Blunt Bahatur?«

Diesmal war es Richard, der seufzte. »Ich respektiere deine Haltung, Prabhankar Hakim.«

Er erhob sich von dem Teppich, auf dem er gesessen hatte, aber Prabhankar hob eine Hand.

»Gebt mir Bescheid, wenn der Tag gekommen ist, da Ihr Euch mit Hemu überwerft und Ihr über ein Heer verfügt, das groß genug ist, gegen ihn anzutreten. Dann werde ich mit meinen fünftausend Mann zu Euch stoßen.«

Richards Herz tat einen Sprung. »Kann ich mich darauf verlassen, Prabhankar Hakim?«

»Ihr habt mein Wort, Blunt Amir.«

Richard hatte einen Verbündeten gefunden.

Aber einstweilen mußte er Hemus Befehle ausführen. Als erstes ritt er nach Kanauj, dessen Gouverneur, Sandal Khan, im vergangenen Jahr nur einen Bruchteil der Steuern abgeführt hatte. Richard führte seine Männer zum Palast und ließ sie auf ihren Pferden im Hof zurück, während er mit einem Dutzend seiner besten Soldaten hineinging.

»Ich grüße Euch. Ich habe von Eurer Rückkehr gehört, Blunt Bahatur«, sagte Sandal. »Die Sonne scheint in diesem Jahr strahlender ...«

»Ich bin gekommen, Euch festzunehmen«, fiel Richard ihm ins Wort.

Sandal starrte ihn verdattert an, als die Soldaten ihn an den Armen packten. Seine Wesire sahen einander an, ein oder zwei griffen nach den Heften ihrer Säbel, aber im Grunde begriffen sie nicht, was vor sich ging. Die fünfhundert Mann im Hof waren vielleicht nur die Vorhut eines großen Heeres – und außerdem reichten auch fünfhundert Soldaten unter Führung von Blunt Bahatur aus, die Leibgarde Sandal Khans zu vernichten.

Richard führte seine Männer rasch durch sämtliche Räume des Palastes. Auf der Suche nach der Schatzkammer versetzten sie die Konkubinen in helle Aufregung und jagten den Eunuchen einen höllischen Schrecken ein. »Das alles wird für den Transport nach Delhi verpackt«, instruierte er Ramdas. »Sandal wird uns begleiten, verkehrt herum auf ein Maultier gebunden, damit alle Zeugen seiner Demütigung werden.«

Peter musterte seinen Vetter mit einer Mischung aus Bewunderung und Erstaunen; das war ein völlig neuer Richard Blunt.

Während der nächsten vier Jahre führte Richard weitere Steuereintreibungskampagnen durch. Von Kanauj zog er nach Payrag, dann nach Benares und schließlich nach Bihar. Je nach seinen Listen verhaftete oder belohnte er, und in jeder Stadt rekrutierte er weitere Männer als Garnisonstruppen. Als er im Jahre 1551 in Bihar einritt, befehligte er bereits mehrere tausend Mann. Auch traf er dort zu seiner Freude auf seinen Sohn Zaid, der inzwischen ein erwachsener Mann von vierundzwanzig Jahren und Ming-bashi der örtlichen Truppen war.

Zaid hatte von seinem Kommen erfahren und erwartete ihn bereits mit unverhohlener Freude. Während Richard seinen Sohn umarmte, konnte er kaum glauben, daß dieser großgewachsene und kraftvolle junge Mann die Frucht seiner Lenden sein sollte.

In Bihar waren die Steuerabgaben ebenso im Rückstand wie in allen anderen Regionen, aber hier freute sich die Armee, daß der Gouverneur schmachvoll nach Delhi gebracht wurde.

Zaid und Peter musterten einander argwöhnisch, kamen jedoch dann zu dem Schluß, daß sie sich mochten.

Richard ernannte Zaid zum Tuman-bashi und betraute ihn mit der Befehlsgewalt über die Hälfte seiner Truppen; auch wenn er sich bisher nicht von den Fähigkeiten des Jungen hatte überzeugen können, konnte er zumindest auf seine rückhaltlose Loyalität bauen.

Zwei Jahre später, als Blunt das Delta des Ganges erreichte, befehligte er zwanzigtausend Mann.

Bislang war er jedes Jahr zur Regenzeit nach Delhi zurückgekehrt – um Hemu und dem Sultan Bericht zu erstatten, aber auch, um bei seiner Frau zu sein. Auch Peter konnte es kaum erwarten, in die Hauptstadt zurückzukehren, um seine geliebte Juana in die Arme zu schließen. Ihr erster Sohn, Thomas, war Ende 1548 geboren worden, 1550 kam William zur Welt, 1552 ihre Tochter Isabella. Peter war ein glücklicher Mann.

Und nach und nach ließ auch Richards Mißtrauen nach, vielleicht, weil er so selten am Hof des Sultans war.

Bengalen lag jedoch zu weit von Delhi entfernt, als daß sie rechtzeitig vor dem Monsun in die Hauptstadt hätten zurückkehren können, und so beschloß Richard, daß sie die Regenzeit in Pataliputra abwarten und im Frühling weiterziehen würden.

»Wie weit werden wir ziehen?« wollte Peter wissen. Dies war das erste Mal, daß er ein ganzes Jahr von Juana getrennt sein würde.

»Wenn der Monsun vorüber ist, werden wir dem Fluß durch Bengalen folgen, bis dorthin, wo er ins Meer mündet«, entgegnete Richard. »Von diesem Marsch hat Babur früher geträumt, aber er starb, bevor er sich diesen Traum erfüllen konnte. Jetzt werden wir für ihn aufs Meer blicken.«

»Du hast diesen Mann wirklich respektiert, nicht wahr?« fragte Peter.

Der Junge war inzwischen so groß und breit wie sein Vetter Zaid. Er hatte gelernt, wenn auch nicht mit dem Rapier, so doch zumindest mit dem Krummsäbel umzugehen, und seine Reitkunst stand der der Mongolen in nichts nach. Aber er trug immer noch seinen englischen Langbogen bei sich und genoß es, den staunenden Soldaten, die die kleinen, aus Knochen zusammengefügten Bogen und kurzen Pfeile der Steppenreiter gewöhnt waren, sein Können zu demonstrieren. Sie bemängelten jedoch, daß es sich bei Peters Bogen um die Waffe eines Fußsoldaten handelte, da er zu unhandlich war, vom Rücken eines galoppierenden Pferdes aus treffsicher abgeschossen zu werden. Peter widersprach dem nicht.

»Ja«, sagte Richard. »Er war der bemerkenswerteste Mann, dem ich je begegnet bin.«

»Es gibt heute keine Männer mehr wie ihn«, stimmte Zaid ihm zu. »Mit einer Ausnahme vielleicht.«

Richard lachte, als sein Sohn ihn vielsagend ansah.

»Willst du etwa, daß ich den Usurpator spiele?«

»Du hast eine Armee im Rücken, Vater, und du bist ein weit besserer Soldat als Hemu.«

»Mag sein. Aber meine Armee ist nicht sehr groß, und ich bin weder Moslem noch Hindu. Ich fürchte, meine Regentschaft wäre nur von kurzer Dauer.«

Im Südosten regnete es weit heftiger als irgendwo sonst im ganzen Land, und vier Monate lang galt ihre Hauptsorge dem

Bemühen, in den Häusern, die vor Feuchtigkeit tropften, trocken zu bleiben.

Während sie darauf warteten, daß die Wolken sich endlich verzogen, verbrachte Richard seine Zeit damit, Peters Hindustani- und Arabischkenntnisse aufzufrischen und mit Zaid Schach zu spielen. Es bereitete ihm große Freude, seinen Sohn nach so langer Trennung neu kennenzulernen. 1543 hatte er einen enthusiastischen Jugendlichen zurückgelassen; jetzt hatte er einen reifen Erwachsenen vor sich, der über alles, was im ganzen Königreich vor sich ging, bestens informiert war.

Langsam besserte sich das Wetter. Richard war gerade bei den Vorbereitungen zum Aufbruch, als überraschend ein Bote aus Delhi eintraf. Der Ming-bashi namens Miran Bahatur war ein berühmter Krieger und Kommandeur von Hemus persönlicher Leibgarde. Und er war durch den sintflutartigen Regen geritten, um zur Armee im Osten zu gelangen.

»Schlimme Neuigkeiten, Blunt Bahatur«, sagte er. »Es hat eine Katastrophe gegeben. Der Sultan ist tot, und sein Sohn wurde ermordet.«

Richard starrte ihn verständnislos an; im ersten Augenblick konnte er einfach nicht begreifen, was er da hörte.

»Wer hat das getan?« fragte Peter.

»Nun, wie Ihr wißt, war Prinz Firuz erst zwölf Jahre alt. Er wurde zum Sultan erklärt, unter Regentschaft seines Onkels Mubariz Khan. Aber nur einen Monat später hat Mubariz den Tod seines Mündels bekanntgegeben und sich das Sultanat selbst angeeignet – als Muhammad Adil Shah Sur.«

»Dann wißt Ihr also nicht mit Sicherheit, daß der Prinz ermordet wurde?« meldete sich Zaid zu Wort.

»Daran besteht kein Zweifel«, beharrte Miran.

»Welche Rolle hat Hemu bei der ganzen Sache gespielt?« fragte Richard.

»Er befürwortet einen legitimen Nachfolger, Blunt Bahatur. Es gibt viele Prinzen des Hauses Sur, die einen größeren Anspruch auf den Thron haben als Mubariz. Also hat Hemu den neuen Sultan zum Usurpator erklärt und in Delhi die Kontrolle übernommen. Mubariz ist nach Süden geflohen, aber es besteht kein Zweifel daran, daß es zum Bürgerkrieg kommen wird. Der Befehl an Euch lautet, unverzüglich nach Delhi zurückzukehren.«

Richard sagte sich, daß der Bahatur ihnen deshalb nicht in die Augen sehen konnte, weil er zu Hemus Marionetten gehörte. Aber in dieser Krisensituation standen Hemu und er wenigstens auf derselben Seite. »Meine Armee wird noch diese Woche aufbrechen.«

»Aber General Hemu wünschte Euch an seiner Seite zu haben, Blunt Bahatur. Eure Armee wird sich bei ihrem Eintreffen sicher als nützlich erweisen, aber Eure Anwesenheit ist ihm mehr wert als eine ganze Armee.«

Das war pure Schmeichelei, aber die Angespanntheit des Boten war offensichtlich – und es handelte sich um einen direkten Befehl von Hemu.

Zaid war mißtrauisch. »Geh nicht ohne deine Männer, Vater«, warnte er.

»Dann würde man mich zum Rebellen stempeln«, entgegnete Richard. »Und deine Mutter und Peters Frau wären in Hemus Hand. Ich glaube, nicht einmal Iskanda wäre sicher. Darum muß ich gehen, aber ich werde eine angemessene Eskorte mitnehmen – und du folgst so schnell du kannst mit den Truppen. Auf diese Weise befolgen wir alle Befehle und sind doch gegen Verrat gewappnet.«

Da er sein ganzes Leben Soldat gewesen war, diskutierte Zaid nicht weiter. Peter war nicht so leicht zu überzeugen.

»Ich werde dich ganz sicher begleiten«, beharrte er. »Bin ich nicht dein Tavachi?«

Miran Bahatur hatte keine Einwände; auch nicht, als Richard zehn seiner besten Männer als Eskorte auswählte.

Ramdas war selbstverständlich auch darunter.

Am nächsten Tag brachen sie auf. Der Regen hatte so gut wie aufgehört, aber die Flüsse führten immer noch Hochwasser, und viele der Straßen und Wege waren weggespült worden. Darum kamen sie nur langsam voran, aber nachdem sie die Armee hinter sich gelassen hatten, schien Miran weniger nervös, und er schien es auch plötzlich nicht mehr so eilig zu haben.

»Ich traue diesem Kerl ebenso wenig wie seinem Herrn«, sagte Peter.

»Er ist auch unser Herr«, erinnerte ihn Richard. Aber er begann dennoch, Fragen zu stellen.

»Welcher von Prinz Firuz' Vettern schwebt denn Hemu als Nachfolger vor?« fragte er Miran.

»Diesen Punkt möchte er dringend mit Euch besprechen, Blunt Bahatur«, erklärte Miran. »Vielleicht wäre Sikundar Shah am geeignetsten ... Wer weiß?«

Sikundar Shah? sagte sich Richard verwundert. Sikundar würde sich niemals von einem Unberührbaren leiten lassen – und dessen mußte auch Hemu sich bewußt sein. Irgend etwas ging da vor. Daß Hemu auch nur in Betracht zog, den Thron an sich zu reißen, war undenkbar. Aber ganz sicher schwebte ihm ein Säugling als titulärer Sultan vor. Und deshalb wurde Blunt eingeladen – oder besser befohlen –, an einer weiteren unrechtmäßigen Aneignung des Thrones teilzuhaben.

Einen Monat nachdem sie die Armee verlassen hatten, befanden sie sich noch einen Tagesmarsch von Kanauj entfernt. Das Wetter hatte sich inzwischen entschieden gebessert, und die Straßen begannen zu trocknen.

Sie schlugen ihre Zelte auf, und wie gewöhnlich gesellte Peter sich zu einem Plausch vor dem Abendessen, das Ramdas draußen vor dem Zelt zubereitete, zu Richard.

Es war Richard mit seinem geübten Gehör, der als erster das Klirren von Waffen um das Zelt herum wahrnahm. Er sprang auf und hastete zu seinem Schwert, aber ehe er es erreicht hatte, war Miran mit zwei Männern eingetreten.

»Ihr steht unter Arrest«, knurrte er.

Peter starrte ihn ungläubig mit offenem Mund an.

»Und Ihr werdet auf der Stelle hingerichtet«, fuhr Miran fort.

»Wessen werde ich beschuldigt?«

Miran lächelte. »Euer Verbrechen ist, daß Ihr seid, was Ihr seid, Blunt Bahatur. Ihr seid zu erfolgreich. Unser Herr hat keine weitere Verwendung mehr für Euch.«

»Es gibt gar keinen Bürgerkrieg?« fragte Richard.

»Nun, möglicherweise kommt es dazu«, entgegnete Miran.

»Aber unser Herr hat so das Gefühl, daß Ihr ihn nicht darin unterstützen würdet, Delhi für die Hindu-Nation zurückzuerobern.«

»Mit ihm selbst als Sultan?«

»Nein, nein. General Hemu wird Rajah sein, nicht Sultan.«

»Er ist verrückt, wenn er glaubt, damit durchzukommen.«

»Er hat eure Reaktion vorausgesehen. Aber da Ihr der Schwiegervater unseres Herrn seid, werdet ihr nicht gepfählt, sondern geköpft.«

Richard blickte zu Peter hinüber, der schockiert und wie gelähmt zu sein schien.

»Und mein Vetter?«

»Nun, auch er wird geköpft werden«, entgegnete Miran lächelnd, »da der Rajah Gefallen an seiner Frau gefunden hat.«

»Meine Frau?« Peter sprang nun ebenfalls auf.

»Wie kann der Rajah die Frau eines anderen für sich beanspruchen?« fragte Richard, verzweifelt bemüht, einen Ausweg aus ihrer scheinbar hoffnungslosen Lage zu finden.

Miran grinste breit. »Das wäre illegal, da stimme ich Euch zu. Aber es steht dem Rajah sehr wohl zu, die Witwe eines anderen zur Frau zu nehmen. Und jetzt ...«

Er brachte den Satz nie zu Ende. Statt dessen stieß er einen spitzen Schrei aus und fiel nach vorn. Blut sprudelte aus seinem Mund.

Ramdas stand im Zelteingang; Blut tropfte von dem eigenartig gebogenen Dolch in seiner Hand.

Mit einem Fluch schlug einer von Mirans Männern mit dem Säbel nach ihm. Ramdas versuchte, den Schlag zu parieren, aber die Klinge des Krummsäbels glitt von der des Kukri ab und schnitt in seine Kehle.

Aber Ramdas' Eingreifen hatte Richard Zeit verschafft, zu seinem Säbel zu gelangen, mit dem er nun Ramdas' Mörder durchbohrte. Der zweite Soldat stürzte sich auf Richard, traf jedoch auf Peters Klinge und starb kurz darauf.

Als Richard neben seinem treuen Diener auf die Knie fiel, warf Peter durch den Zelteingang einen Blick nach draußen.

»Vielleicht dreißig Mann«, sagte er leise. »Und unsere Leute sind im Nachteil.« Er griff nach seinem Bogen.

»Dann sind wir verloren«, sagte Richard und ließ Ramdas'

Kopf langsam auf den Teppich sinken, voller Verachtung für sich selbst, daß er so blind in die Falle gegangen war.

»Ha.« Peter lachte leise und trat hinaus, den Langbogen in der Hand.

Der Rest der Mörderbande war am anderen Ende des Lagers damit beschäftigt, Blunts völlig verdatterte Eskorte zu entwaffnen. Aber von Mirans Schrei alarmiert, hatten sich einige von ihnen dem Kommandozelt zugewandt, und ehe sie reagieren konnten, durchbohrte ein Pfeil den ersten von ihnen. Leblos brach er zusammen.

Noch ehe die anderen sich von ihrer Überraschung erholt hatten, sank ein zweiter von ihnen tot zusammen, dann ein dritter. Der Rest ergriff die Flucht, verblüfft von der tödlichen Geschwindigkeit und Treffsicherheit der Pfeile.

Richard trat an Peters Seite.

»Bei Gott, das war Rettung in höchster Not.«

Peter ließ den Bogen sinken, und seine Züge verdüsterten sich. »Was hat er mit Juana gemacht, Vetter?«

»Das müssen wir herausfinden«, entgegnete Richard. »Wenigstens wissen wir jetzt, woran wir bei Hemu sind.«

Doch Richard wußte, daß die Lage sich nicht zum Besseren gewendet hatte. Hemu, der Möchtegern-Rajah, hatte immer noch Gila und Juana in seiner Gewalt, und beim ersten Anzeichen dafür, daß Richard mit seiner Armee eine Revolte plante, würde man sie hinrichten. Aber was, wenn Hemu ihn für tot hielt? Wenn er es schaffe, die Stadt vor Mirans Männern zu erreichen, könnte es vielleicht gelingen, die Frauen herauszuholen und zu fliehen. Aber wohin? Zurück nach Goa, als mittellose Flüchtlinge?

Oder nach Kabul? Dort mußte er hin. Mit Humayuns Hilfe würde er sich an Hemu rächen können. Sofern es ihm gelang, Kabul zu erreichen.

Sobald sie Ramdas und die anderen Toten beerdigt hatten, schwangen sie sich in den Sattel und ritten in scharfem Tempo gen Delhi; einen Mann hatten sie zu Zaid geschickt, um ihn von den Vorfällen zu unterrichten.

Glücklicherweise erfuhren sie in Kanauj, daß keiner der

Überlebenden von Mirans Truppe die Stadt bisher erreicht hatte. nachdem der Mordanschlag so gründlich danebengegangen war, wollten sie sich wohl Zeit lassen, Hemu unter die Augen zu treten.

Das gab den Blunts einen Vorsprung, und sie preschten mit ihrer kleinen Eskorte weiter. Bei Bedarf beschlagnahmten sie frische Pferde. Die beiden Vettern waren sehr schweigsam. Die entspannten Abende, an denen sie gemeinsam auf die von Ramdas zubereitete Mahlzeit gewartet hatten, gehörten der Vergangenheit an.

Dann, eine Woche nachdem sie aus Kanauj aufgebrochen waren, ritten sie in Delhi ein.

Die Wachen an den Stadttoren machten keine Anstalten, sie aufzuhalten, was Richards Vermutung bestätigte, daß der Mordversuch ein geheimer Schachzug Hemus gewesen war.

Sie begaben sich auf direktem Wege zu Gilas Haus. Gott sei Dank war es bereits dunkel; wenngleich auf den Straßen noch rege Betriebsamkeit herrschte, erkannten nur wenige Blunt Bahatur und seinen Vetter. Der Tuk-bashi am Tor würde selbstverständlich berichten, wer alles die Stadt betreten hatte, aber der Bericht würde ganz sicher nicht vor dem Morgen im Palast eintreffen.

Während Richard und Peter ins Haus eilten, wurden die Hoftore hinter ihnen geschlossen.

Firdat, der Majordomus, war überrascht und verblüfft.

»Die Prinzessin? Die portugiesische Agha?«

»Sie sind hier, Herr. Aber …« Der Mann schien tief betrübt.

Peter lief schon ins Haus und nahm den Bogen von der Schulter, als erwarte er, auf Feinde zu treffen. Gemeinsam eilten sie zu Gila.

»Richard? O Richard!« Sie warf sich in seine Arme.

Er drückte sie an sich und küßte sie. Dann hielt er sie auf Armeslänge von sich.

Sie trug einen weißen Trauersari.

»Wo ist Juana?«

Sein Vetter war bereits in den hinteren Zimmern verschwunden.

»Hemu hat nach ihr geschickt ...«, stammelte Gila.

Plötzlich tauchte Peter wieder auf, seine Frau auf den Armen. Juana hatte dunkle Blutergüsse im Gesicht, und als Peter sie auf die Füße stellte, schwankte sie unsicher.

»Sie ist vergewaltigt worden«, sagte Peter schockiert und verbittert.

»Sag mir, was passiert ist«, drängte Richard die junge Frau.

Juana holte tief Luft.

»Dieser Mann, der Regent, hat nach mir geschickt und mir gesagt, ihr wärt beide tot, ihr wärt im Osten von Rebellen getötet worden. Er sagte, er würde mich in seinen Harem aufnehmen, aber erst wolle er sehen ... was ich zu bieten habe. Ich habe mich gewehrt, Vetter Richard. Ich habe mich gegen ihn und die Eunuchen gewehrt, die mich festgehalten haben ...«

»Aber du bist geflohen?«

»Als er fertig war, ließen sie mich los, und ich habe mich auf ihn gestürzt wie eine Furie. Ich habe ihm das Gesicht zerkratzt. Er ließ mich auspeitschen und schickte mich dann nach Hause. Er sagte, er würde wieder nach mir schicken, wenn ich vernünftig geworden wäre.«

»Dann hat er mich zu sich befohlen«, sagte Gila.

»Hat er dich auch vergewaltigt?« fragte Richard entsetzt.

Gila lächelte. »Nicht einmal Hemu würde seine eigene Schwiegermutter vergewaltigen. Nein, er sagte mir, ich solle Juana zur Räson bringen. Wenn das Mädchen sich ihm gegenüber zuvorkommender zeigte, würde er mir erlauben, in diesem Haus zu bleiben und meine Söhne in höhere Ränge erheben. Ich konnte nicht mehr tun als versuchen, Zeit zu gewinnen. Zeit wofür wußte ich nicht – bis jetzt.«

»Ich bringe ihn um«, schwor Peter.

»Ja«, stimmte Richard zu, »aber nicht jetzt. Das wäre Selbstmord. Wir müssen sofort weg von hier und Verbündete für unseren Rachefeldzug suchen.«

»Aus Persien?« rief Gila aus.

Richard schüttelte den Kopf. »Aus Kabul. Ich habe Zaid bereits dorthin geschickt.«

Sie machte ein unglückliches Gesicht.

»Und Iskanda?«

Richard seufzte. »Wir können im Augenblick nichts für sie

tun. Wir können nur hoffen, daß nicht einmal Hemu so weit geht, die Mutter seines Sohnes hinrichten zu lassen.«

»Wir laufen davon«, sagte Peter verbittert. »Ich hätte nie gedacht, daß du so etwas je in Betracht ziehen könntest, Vetter.«

»Wir verschieben den Kampf lediglich auf einen günstigeren Zeitpunkt, Peter. Hemu wird den Thron von Delhi nicht halten können. Er wird scheitern, dafür werden wir sorgen.«

Eine knappe Stunde später brachen sie auf: Richard und Gila, Peter, Juana und ihre drei Kinder, ihre Kindermädchen und Firdat. Sie gingen sehr diskret vor, und niemand sonst vom Hauspersonal wurde informiert.

Sie lenkten ihre Pferde im Schritt durch das Nordtor. Dann trieben sie sie zu einer rascheren Gangart an und galoppierten in Richtung des militärischen Ausbildungslagers, in dem Mahmud stationiert war.

Richard hatte keine Mühe, den jungen Tavachi zu überzeugen, sie zu begleiten, und sie setzten ihren Weg fort, jetzt in nordwestliche Richtung – in den Pandschab und das Land Sikundar Shahs.

Es gab keinen anderen Weg nach Kabul.

Richard und Sikundar hatten in den vergangenen Jahren oft genug gegeneinander gekämpft, aber Richard wußte, daß der Afghane trotz seiner kriegerischen Ader ein offener Mann war.

Sikundar seinerseits betrachtete den Mann, der inzwischen allgemein als Hemus Steuereintreiber bekannt war, mit einiger Skepsis.

»Seid Ihr gekommen, mich zu pfählen, Blunt Bahatur?« fragte er. »Ohne Armee?«

»Ich habe mich von Hemu abgewandt«, entgegnete Richard. »Oder besser, er hat sich von mir abgewandt.«

Sikundar wölbte die Brauen.

»Er möchte die Geschichte umkehren und sich zum Rajah ausrufen lassen.«

»Und Ihr wollt das Haus Sur verteidigen?« Sikundar schien

nun noch überraschter. »Seid Ihr gekommen, mir den Thron anzubieten?«

»Ich bin gekommen, Euch zu warnen, Sikundar Shah. Ich weiß, daß Hemu einen Feldzug gegen Euch plant, sobald er sein Heer mobilisiert und sich Mubariz Khans entledigt hat.«

Sikundar strich sich nachdenklich mit einer Hand über den Bart.

»Haben Eure Spione Euch dies nicht schon berichtet?« fragte Richard.

»Ich habe davon gehört«, gab Sikundar zu. »Ich frage Euch: Seid Ihr gekommen, für mich zu kämpfen, Blunt Bahatur?«

»Ich glaube nicht, daß Ihr allein Hemu besiegen könntet, Sikundar Shah. Nein, ich bin auf dem Weg nach Kabul.«

»Ihr würdet die Mongolen in mein Land führen? Das kann ich nicht erlauben.«

»Hört mich an, Sikundar. Hemu ist eine größere Bedrohung als Humayun. Wenn Hemu gestürzt ist, wird Humayun tatsächlich den Thron von Delhi wieder für sich beanspruchen, aber wenn Ihr ihn unterstützt, wird er Euch ganz sicher als Herrscher über den Pandschab bestätigen. Was wollt Ihr mehr?«

Sikundar zupfte an seinem Bart. »Sollte ich nicht selbst den Thron von Delhi besteigen?«

»Wollt Ihr denn das wirklich?«

Sikundar lächelte. »Nein, wie Ihr wohl wißt, ist das Reich für einen Herrscher zu groß.« Er grübelte einige Minuten. »Zumindest für diesen. Ich bin Afghane, und meine Leuten leben in diesen Bergen. In meinen Augen war mein Onkel schon immer übertrieben ehrgeizig. Ich möchte keine fremde Nation regieren.«

»Und doch ist auch Eure Herrschaft gefährdet, solange Ihr von Feinden umgeben seid: Im Norden die Mongolen, im Osten die Sikhs, im Südwesten die Rajputen und im Südosten Hemu. Und Eure Verwandten sind auch nicht unbedingt vertrauenswürdig. Glaubt Ihr nicht, daß Mubariz Khan versuchen würde, Euch zu vernichten, wenn er wieder an die Macht käme? Glaubt ihr wirklich, Euch angesichts dieser Bedrohungen ewig halten zu können? Wäre es für Euch nicht viel eher von Vorteil, Euch mit dem einzigen Mann zu verbünden, dem Ihr trauen könnt?«

Nicht zum erstenmal spekulierte Richard mit einer Reihe von

Halbwahrheiten und setzte auf die Gier und den Überlebenswillen eines Mannes.

Sikundar konnte sich auf diesen Vorschlag einlassen, er konnte ebenso Richards Kopf als Friedensangebot an Hemu überbringen lassen.

Sikundar musterte ihn einige Sekunden, ehe er nickte. »Geht zum Mongolen.« Er blickte an Richard vorbei auf die Frauen. »Eure Frau, Eure Tochter und Euer Sohn werden hier bleiben, bis Ihr mit Humayuns Wort, mich als Herrscher über den Pandschab zu bestätigen, zurückkehrt.« Er hob abwehrend den Zeigefinger, als Richard Anstalten machte zu protestieren. »Es wird ihnen nichts geschehen, das schwöre ich beim Propheten.« Er lächelte. »Es sei denn, Ihr verratet mich.«

Peter war entsetzt.

»Und was, wenn wir diesem Humayun nicht willkommen sind?« fragte er.

»Dann müssen wir hierher zurückkehren und für Sikundar kämpfen.«

»Sag, Richard, ist das Leben hier im Osten immer so unsicher?« fragte Peter.

»Das ist überall auf der Welt so, wenn man mit Königen und Prinzen verkehrt«, entgegnete Richard. »Willst du mir erzählen, daß unser eigener König Heinrich nicht aus einer Laune heraus Köpfe rollen läßt? Und vergiß nicht, daß es dein eigener Wunsch und freier Wille war, mich zu begleiten.«

Peter funkelte ihn an, dann grinste er. »Nun, das ist richtig, und bis vor einem Monat glaubte ich, daß ich mich verbessert hätte.«

Sie verließen Sikundar und machten sich auf zum Khyber-Paß, um Kabul vor dem ersten Schnee zu erreichen.

Sie reisten bis zur mongolischen Grenze unter dem Schutz Sikundar Shahs, aber Richard hielt es dennoch für sicherer, daß sie sich als Pathanen verkleideten, um Schwierigkeiten mit den Bergstämmen zu vermeiden, die Sikundars Herrschaft nur widerwillig anerkannten.

Sie wurden nicht behelligt, aber dennoch häufig aufgehalten, und die Schneefälle setzten früher ein als gewöhnlich. Und so war es Mitte Dezember, als sie schließlich vor dem Mogul standen.

»Blunt Bahatur!« Humayun schien erfreut, Richard zu sehen. Er selbst war kaum gealtert, tatsächlich schien seine Gesundheit sich sogar gebessert zu haben, da er recht korpulent geworden war. Richard rechnete nach, daß der Mongole inzwischen über vierzig war.

Von Humayuns Brüdern war nichts zu sehen, aber neben ihm stand ein Junge, der offensichtlich sein Sohn war. Im ersten Augenblick dachte Richard, es handle sich um den Jungen mit dem großartigen Namen Akbar, aber dann wurde ihm klar, daß er das nicht sein konnte. Als er vor knapp sieben Jahren das letzte Mal in Kabul gewesen war, war Akbar gerade erst auf die Welt gekommen. Diesen Jungen schätzte er auf etwa fünfzehn.

»Das ist mein Sohn«, erklärte Humayun, dem Richards Interesse nicht entgangen war. »Sein Name ist Mirza Mohammed.«

Richard verstand: Der Junge war der Sohn einer einfachen Konkubine.

»Ihr seid gesegnet«, sagte er. »Und Euer Bruder Kamran?«

Humayuns Züge verdüsterten sich. »Erinnert mich nicht an diesen Schurken. Er hat gegen mich rebelliert und versucht, mich zu stürzen. Jetzt lebt er als Geächteter irgendwo in den Bergen. Sollte er es wagen zurückzukehren, lasse ich ihm den Kopf abschlagen. Aber Ihr, Blunt Bahatur! Erst höre ich, daß Ihr tot seid, dann erfahre ich, daß Ihr ohne Soldaten zurückgekehrt seid, und schließlich, daß Ihr Islam Shahs Steuereintreiber geworden seid. Und jetzt steht ihr vor mir wie ein räuberischer Pathane. Könnt Ihr mir das alles erklären?«

Richard erzählte ihm, was er bereits Sikundar erzählt hatte, nur daß er diesmal die andere Seite der Medaille präsentierte.

»Ich habe gehört, daß Hemu über ein großes Heer verfügt«, sagte der Mogul schließlich. »Und jetzt besitzt er auch noch Kanonen. Werden die Rajputen ihn unterstützen?«

»Die Rajputen würden ihn als Usurpator betrachten. Aber möglicherweise würden sie ihn im Kampf gegen Euch unterstützen, weil sie Euch mehr fürchten als ihn.«

»Nun denn, was habt Ihr mir anzubieten? Ihr habt keine Armee.«

»Ich bringe Euch drei Dinge von großem Wert, Hoheit. Das erste ist meine Kenntnis von Hemu. Er ist ein ängstlicher Mann und unfähig zu begreifen, was er die Dreistigkeit hatte, sich anzueignen. Er ist ebensowenig in der Lage, einem entschlossenen Angriff standzuhalten wie seinerzeit Mahmud Lodi.«

»Der Mut eines Mannes ist ein unsicherer Faktor, Blunt Bahatur. Wenn es zur Katastrophe kommt, könnte er sehr wohl kämpfen wie eine in die Enge getriebene Ratte. Was habt Ihr mir noch zu bieten?«

»Das Weitere ist sicherlich greifbarer. Als erstes das Angebot einer Allianz mit Sikundar Shah.«

»Diesem Banditen? Fallen seine Pathanen nicht plündernd und brennend über mein Land her?«

»Das ist die Lebensweise der Pathanen, Hoheit. Ihre Wildheit muß lediglich in die richtigen Bahnen gelenkt werden. Sikundar ist gewillt, sie gegen seinen – und Euren – wahren Feind zu richten: Hemu.«

»Und was verlangt er dafür?«

»Er will als Vizekönig des Pandschab, den er bereits regiert, anerkannt werden. Einen besseren könntet Ihr nicht finden. Nur Sikundar allein ist in der Lage, dieses wilde Volk zu kontrollieren.«

Humayun schnaubte. »Und was habt Ihr mir als drittes anzubieten?«

»Das ist das bedeutendste von allem. Den Gouverneur von Agra mit seiner Armee.«

Humayun runzelte die Stirn. »Prabhankar?«

Offenbar war er gut informiert über das, was im Königreich von Delhi vor sich ging.

»Seine Loyalität gilt mir und nicht Hemu. Gebt mir Zeit, ihm eine Nachricht zu schicken. Wenn Ihr dann in das Sultanat einmarschiert und Hemu gezwungen ist, gegen Euch ins Feld zu ziehen, wird Prabhankar in seinem Rücken die Standarte der Revolte schwenken.«

»Bei Allah, ein gewagter Plan.«

»Ein Plan, der Eurem Vater ganz sicher gefallen hätte.«

»Ja, ich glaube, Ihr habt recht. Aber einen Krieg anzufangen ...« Humayun erhob sich, trat ans Fenster und sah hinaus in die wirbelnden Schneeflocken.

Babur muß sich im Grab umdrehen, dachte Richard.

»Ist es denn nicht der Sinn Eures Lebens, Delhi zurückzuerobern, Hoheit?«

Es dauerte einige Minuten, ehe Humayun darauf antwortete. Dann fragte er fast beiläufig: »Ist die Stadt noch so schön wie damals?«

»Noch viel schöner, Hoheit.«

»Der Palast?«

»Es gibt einen neuen Palast.«

»Und was ist mit meiner Bibliothek? Wurde sie verbrannt, vernichtet, in alle Winde verstreut?«

»Eure Bibliothek ist noch vollständig. Sie ist im ganzen Land berühmt.«

Humayun wandte sich ruckartig um. »Es gibt sie noch?«

»Sie ist vollständig erhalten geblieben.«

»Bei Allah, das ist wahrlich eine gute Nachricht. Schickt Euren Boten nach Agra, Blunt Bahatur, und macht Euch bereit, an meiner Seite zu reiten. Wir werden im Frühling gen Delhi marschieren.«

Richards Plan ging in allen Punkten so auf, wie er es gehofft hatte. Noch vor Ende des Winters unterzeichneten Humayun und Sikundar ein Abkommen, das Königreich von Delhi zu erobern. Inzwischen hatte Richard auch Antwort von Prabhankar erhalten. Im April setzte sich die mongolische Armee gen Süden in Marsch; Mirza blieb als Stellvertreter seines Vaters in Kabul zurück wie Babur vor einem Vierteljahrhundert Humayun in der Hauptstadt zurückgelassen hatte. Kamran war nicht zurückgekehrt, um mit seinem Bruder Frieden zu schließen, und Humayun zog es vor, Askari und Hindal an seiner Seite zu wissen. In Peshawar stießen Sikundar und seine Pathanen zu ihnen; Richard und Peter waren wieder mit ihren Frauen vereint.

Das einzige, was ihr Glück überschattete, war, daß sie nichts von Zaid gehört hatten. Aber das schürte nur ihren Haß und ihren Rachedurst.

Mahmud zog das erstemal in den Krieg, als Tavachi seines Vaters.

Das Heer marschierte nach Süden und folgte der Route, die Richard so vertraut war. Sie erhielten Nachricht, daß Hemu gegen sie mobil machte und sich ihm ein Kavalleriekontingent der Rajputen angeschlossen hatte.

»Jetzt hängt alles von Prabhankar ab«, brummte Humayun.

Richard konnte nur beten, daß der Hindu es sich nicht anders überlegt hatte.

Eine Woche später kam es in Hemus Lager zu großen Unruhen. Ein Deserteur berichtete dem Mogul, daß die Stadt Agra ihre Loyalität zu ihm verkündet hatte.

Hemu brach hastig das Lager ab und marschierte nach Süden. Die Mongolen und Pathanen folgten ihm. Aber es gelang Hemu, zwei Jahre lang einer Konfrontation auszuweichen – dann floh er schutzsuchend zu den Rajputen.

»Ich wollte seinen Kopf«, sagte Richard bedauernd, als er von Hemus Flucht erfuhr.

»Ich bezweifle, daß er lange überleben wird«, versicherte ihm Humayun.

Am darauffolgenden Tag hielten sie, von der Bevölkerung umjubelt, Einzug in Delhi.

Hemus Harem wurde traditionsgemäß aufgelöst. Richard war nur an Iskanda und ihrem Sohn interessiert. Ihre tränenreiche aber glückliche Wiedervereinigung tröstete die Familie ein wenig über den Tod Zaids hinweg, der, wie sie inzwischen erfahren hatten, von Hemus Spionen ermordet worden war.

Der Sieg der Mongolen schien perfekt. Die Rajputen waren zerschlagen, und das Sultanat hatte lange genug unter Hemu und seinen Steuereintreibern gelitten. Aber jene, die sich an Richard als obersten Steuereintreiber erinnerten, erinnerten sich auch daran, daß er gerecht mit ihnen verfahren war. Humayun seinerseits sah in ihm den Begründer eines Sieges, von dem er zehn Jahre lang geträumt hatte – den zu verwirklichen er selbst jedoch zu träge und zu unentschlossen gewesen war. Richard wurde sofort auf einen weiteren Feldzug durch das ganze Land geschickt, um die mongolische Herrschaft zu festigen. Diesmal gelangte er tatsächlich bis zur Bucht von Bengalen.

Prabhankar wurde zum Bahatur ernannt und in seinem Amt als Gouverneur von Agra bestätigt.

Sikundar war die einzige Enttäuschung, da er, kaum daß Delhi zurückerobert war, den Pandschab zum unabhängigen Staat erklärte. Er behauptete, das wäre Teil der Abmachung mit dem Mogul gewesen. Humayun rief Blunt zurück und ließ ihn gegen Sikundar marschieren. Die Pathanen wurden besiegt, und Sikundar floh in die Berge Afghanistans.

»Ich verstehe ihn nicht«, gestand Richard. »Der richtige Zeitpunkt für eine Revolte wäre gewesen, als Ihr gegen Hemu marschiert seid.«

»Er ist zum Pathanen geworden, und alle Pathanen sind verrückt«, entgegnete Humayun, der seine alte Verbindlichkeit wiedergefunden hatte, jetzt, da der Sieg vollkommen war. »Aber wir werden sie schon zur Räson bringen.«

Er ernannte seinen Sohn Akbar zum neuen Hakim des Pandschab, unter Anleitung Bairam Khans, Humayuns liebsten Tuman-bashi, der, wenngleich selbst Afghane, nichts für die Sur-Familie übrig hatte.

»Sorg dafür, daß sie zu würdigen Untertanen des Königreiches von Delhi werden«, sagte Humayun, wobei er nicht seinen Sohn, der erst dreizehn Jahre alt war, ansah, sondern Bairam.

Beide verneigten sich, aber es war Akbar, der darauf antwortete.

»Es wird geschehen, wie Ihr es wünscht, Vater.«

Das war das erste Mal, daß Richard dem Jungen begegnete; bis dahin war er in der Obhut seiner persischen Mutter gewesen. Aber jetzt zwang man ihn in jungen Jahren in die Rolle eines Mannes – wenngleich Bairam der eigentliche Hakim sein würde.

Richard wünschte, er könnte sich darüber freuen – er traute Bairam nicht so recht, vielleicht weil er inzwischen allen Afghanen mißtraute –, aber er war beeindruckt von der Gelassenheit und Selbstsicherheit des Jungen. In ihm lag große Hoffnung für die Zukunft, obgleich Richard verblüfft war zu erfahren, daß der junge Prinz weder lesen noch schreiben konnte; dies schien unglaublich für einen Sohn Humayuns, dessen größte Freude das geschriebene Wort war.

Aber die Gegenwart war angenehm. So wie Gila es sich gewünscht hatte, schien es ihnen endlich vergönnt, einen ruhigen Lebensabend zu genießen. Sie hatten einen Sohn verloren, aber ihre Tochter wiedergefunden – und einen Enkelsohn, einen hübschen kleinen Kerl namens Iskander. Hemu hatte auf eine Reinkarnation Alexanders des Großen gehofft.

Und sie genossen die Gesellschaft Peters und seiner jungen Familie. Der Junge hatte sich bewiesen, wenngleich er, dank Hemus Taktik, noch nie auf dem Schlachtfeld gekämpft hatte.

»Aber mir ist das ganz recht so«, versicherte er Richard.

»Und wirst du nun, wo du so viele Abenteuer bestanden hast, nach England zurückkehren und deiner Mutter deine Frau und Kinder vorstellen?«

»Ich habe daran gedacht«, gestand Peter. »Aber ich ziehe es vor, noch eine Weile in diesem sagenhaften Land zu bleiben. Außerdem sind meine Kinder noch viel zu jung, um ihnen die Strapazen einer solchen Reise zumuten zu können.«

Noch eine Weile! Der Mogul saß erst seit knapp einem Jahr wieder auf dem Thron des Sultanats, als er, damit beschäftigt, seine geliebte Bibliothek zu katalogisieren, von einer Leiter stürzte und sich den Schädel brach.

## Kapitel 10

## Akbar

Richard wurde sofort verständigt, aber als er bei Humayun eintraf, war dieser schon tot. Agra war von einem leichten Erdbeben erschüttert worden, aber außer im Königspalast war nur wenig Schaden entstanden. Jahre später wurde dann bekannt, daß an eben diesem Tag das schlimmste Erdbeben der

Geschichte die Provinz Shensi in China verwüstet hatte. Zwei Stunden lang hatte die Erde gebebt, und achthundertdreißigtausend Menschen waren umgekommen.

In Agra, so viele tausend Meilen entfernt, war nur ein einziger gestorben. Aber dieser eine war ausgerechnet der Großmogul.

Richard starrte konsterniert auf den Leichnam. Humayun war erst siebenundvierzig Jahre alt – genauso alt wie Babur, als er gestorben war. War das die diesen brillanten Menschen von Gott bestimmte Lebensdauer?

Die Situation war jetzt weit ernster als bei Baburs Tod. Damals waren zwei erwachsene Männer dagewesen, seine Nachfolge anzutreten. Daß sie sich später überworfen hatten, spielte keine Rolle, die Machtübertragung war ohne Proteste vonstatten gegangen.

Aber Humayuns Erbe war ein Junge von vierzehn Jahren – der ganz unter dem Einfluß Bairam Khans stand. Bairam hatte sich bisher als loyaler Anhänger der Mongolen erwiesen. Jetzt lag das ganze Königreich in seiner Hand.

Außerdem lauerten Hemu und die Rajputen im Südwesten; sie würden schon bald von der neuen Situation erfahren.

»Was sollen wir tun?« fragte Prabhankar.

»Es gibt nur eins, was wir tun können: Wir müssen Prinz Akbar aus Lahore kommen lassen«, entgegnete Richard.

Prabhankar musterte ihn eine Weile schweigend, bevor er etwas dazu sagte. »Ich denke, es gibt da eine Alternative. Wir könnten auch nach Prinz Mirza schicken. Wäre das Königreich in den Händen eines erwachsenen Mannes nicht besser aufgehoben als in denen eines vierzehnjährigen Jungen?«

Peter Blunt nickte zustimmend.

»Dem kann ich nicht zustimmen«, sagte Richard. »Ich glaube, das würde mit ziemlicher Sicherheit zu einem Bürgerkrieg unter den Mongolen führen. Akbar ist der rechtmäßige Thronerbe. Niemand hat erwartet, daß er so bald würde regieren müssen, aber jetzt, da sein Vater tot ist, wird man es von ihm erwarten. Einige mögen tatsächlich Mirza bevorzugen, aber dem würden sich niemals alle anschließen. Nein, wir müssen so schnell wie möglich Prinz Akbar herholen. Wenn er erst hier ist ... nun, es wird an uns sein, ihn zu unserem – und auch seinem – Besten zu beeinflussen. Auch müssen wir uns bereit machen, Hemu entgegenzutreten, wenn er gen Delhi marschiert, genau das wird er nämlich tun, sobald er von Humayuns Tod erfährt.«

»Was befehlt Ihr also, Blunt Amir?« fragte Prabhankar.

»Peter, du reitest im Eiltempo nach Lahore, informierst Prinz Akbar vom Tod seines Vaters und erklärst ihm, er müsse nach Delhi aufbrechen. Nimm das. Das ist der Koh-i-noor-Diamant. Humayun hat ihn immer um den Hals getragen. Überreiche ihn Akbar als Zeichen unserer Loyalität und Beweis für den Tod seines Vaters. Ich meinerseits werde seinen Tod, so lange es geht, geheimhalten. Wenn dies nicht mehr möglich ist, werde ich den Leuten sagen, daß Akbar bereits auf dem Weg ist. Und ich werde das Heer gegen die Bedrohung der Rajputen mobilisieren. Prabhankar, du mußt es mir in Agra gleich tun. Ich brauche dich wohl kaum daran zu erinnern, was uns erwartet, falls es Hemu gelingen sollte, wieder an die Macht zu kommen. Also, beeil dich, um Gottes willen. Beeil dich.«

»Ich begleite dich«, verkündete Juana.

»Ich werde Tag und Nacht im Sattel sein«, warnte Peter sie.

»Dann werde ich Tag und Nacht an deiner Seite reiten. Ebenso wie deine Kinder.«

»Du hast völlig den Verstand verloren«, protestierte Gila. »Drei Kleinkindern solche Strapazen zuzumuten!«

»Sie müssen mit uns kommen«, beharrte Juana.

Peter kaute unschlüssig auf der Unterlippe. Wie sehr er sie auch liebte, er wußte sehr wohl, daß seine Frau stets darauf bedacht war, das zu tun, was sie als das beste für sich erachtete – für sich selbst und, wie Peter annahm, auch für ihn und ihre Kinder.

Er wünschte, er wüßte, was diesmal ihre wahren Beweggründe waren, denn eigentlich war der Plan unsinnig.

»Sag mir, warum du mich begleiten willst. Hast du Angst?«

Sie musterte ihn einige Sekunden schweigend. »Ja«, sagte sie schließlich. »Ich habe Angst.« Ihre Hand schloß sich mit festem Griff um seinen Arm. »Begreifst du denn nicht, Liebster?

Glaubst du wirklich, daß dein Vetter in der Lage ist, die Stadt gegen Hemu und sein gesamtes Heer zu verteidigen?«

»Sollten er und seine Familie dann nicht mit uns fliehen?«

»Natürlich sollten sie das. Aber sie werden es nicht tun. Dein Vetter ist ganz besessen von seinem Pflichtgefühl.«

Peter wußte, daß sie recht hatte, und doch sagte er sich, daß er es versuchen müsse, und so kehrte er zurück in den Palast, um mit Richard zu sprechen.

»Du bist noch hier?« fragte der ältere Mann bei seinem Eintreten. »Ich dachte, du wärst bereits aufgebrochen.«

Peter erzählte ihm von Juanas Bedenken.

»Sie mag recht haben, was meine Sicherheit betrifft«, stimmte Richard zu. »Und ganz sicher hat sie recht, was meine Pflichten anbelangt. Reite, Peter, reite. Der einzige Weg, mir zu helfen, besteht darin, Akbar nach Delhi zu bringen, ehe Hemu vor den Stadttoren aufmarschiert.«

Peter brach an diesem Abend mit einer zehn Mann starken Eskorte auf, begleitet von Juana, zwei ihrer Dienstmädchen und den drei Kindern mit ihren Kindermädchen.

Indem sie die direkte Route nahmen, die an der Grenze zum Land der Sikhs entlangführte, würde die Strecke von Delhi nach Lahore nur dreihundert Meilen betragen, und er war fest entschlossen, sie in einer Woche zu schaffen.

Anfangs hielten die Frauen die Reise für ein großes Abenteuer. Es war Januar, der Monsun lag hinter ihnen, und in den Tälern war die Luft frisch, kühl und trocken. Aber nach nur zwei Tagen waren sie völlig erschöpft, und jetzt näherten sie sich den Bergen und somit unwegsamerem Gelände. Es wurde bitter kalt, und sie hatten mit Schnee und eisigen Winden aus dem Hindukusch zu kämpfen.

Bei jeder Gelegenheit wechselten sie die Pferde, wobei Peter ebenso seinen Rang als Blunt Amirs Tavachi einsetzte wie Gold- und Silbermünzen, mit denen Richard ihn großzügig versorgt hatte. Er erzählte niemandem von Humayuns Tod; die Neuigkeit würde sich noch früh genug durch Gerüchte verbreiten, und bis dahin würde Akbar hoffentlich schon auf dem Weg nach Delhi sein.

Akbar! Richard hatte ganz recht: Das Leben war voller Überraschungen, wenn man mit den Großen dieser Welt verkehrte. Jetzt war er geschickt worden, einen Sultan zu holen, einen vierzehnjährigen Jungen, von dem er nichts wußte. Welche Ambitionen, welche Ängste, Begierden und Haßgefühle verbargen sich in diesem noch unfertigen Geist, die eines Tages hervorbrechen und sich der Welt kundtun würden? Und wie stand es um seine Stärken?

Peter war Bairam Khan von Anfang an mit Mißtrauen begegnet, und nun hatte Bairam zwei Jahre alleinigen Einfluß auf den jungen Sultan ausgeübt.

Bairam persönlich empfing ihn, als er sechs Tage nach seinem Aufbruch aus Delhi in Lahore einritt.

Bei seiner Ankunft war Peter nur in Begleitung dreier Männer seiner Eskorte. Die Frauen waren einfach außerstande gewesen mitzuhalten, als Strecke und Wetter immer schlechter geworden waren. Sie hatten gejammert, daß sie noch alle vor Erschöpfung umkommen würden.

Juana hatte sich als einzige nicht beklagt, sich bewußt, daß ihre Beharrlichkeit sie alle in diese Lage gebracht hatte. Als er jedoch in ihr blasses, angespanntes Gesicht gesehen hatte, wußte er, daß auch sie die Strapazen nicht durchstehen würde.

»Es war Irrsinn, euch mitzunehmen«, sagte er. »Du und die Kinder solltet in Delhi sein. Dort hättet ihr es warm und bequem.«

»Ich ziehe es vor, in Lahore und in Sicherheit zu sein«, entgegnete sie entschieden.

»Nun, ihr seid jetzt in Sicherheit. Bis Lahore sind es nur noch wenige Tage. Aber ich muß weiter, ich darf keine Zeit verlieren. Kommt in gemäßigterem Tempo nach. Wir sehen uns dann dort.«

Damit hatte sie sich einverstanden erklärt.

»Blunt Amir ist also in Delhi geblieben«, bemerkte Bairam Khan listig.

»Um das Sultanat gegen Hemu und seine Rajputen zu verteidigen.«

»Natürlich«, entgegnete Bairam glatt.

Peter war verärgert.

»Ich bin geritten wie der Wind, um herzukommen. Wollt Ihr nicht wenigstens den Sultan vom Tod seines Vaters unterrichten?« Er reichte Bairam den ›Berg des Lichts‹.

»Das werde ich, junger Blunt.« Bairam nahm den Diamanten entgegen.

Die nächsten Stunden ließ man Peter warten. Er ging rastlos auf und ab, voller Sorge um Juana und die Kinder, seine Vettern ... Dann führte ihn ein Majordomus in ein Zimmer, in dem der junge Akbar inmitten reich bestickter Kissen auf einem Teppich saß. Er hatte Schach gespielt, und die Figuren lagen um ihn herum verstreut auf dem Boden. Der Koh-i-noor war achtlos zwischen sie geworfen worden. Auch für vierzehn wirkte er recht klein und zierlich mit angespannten Zügen. Er trug eine prächtige Tunika, war jedoch barfuß. In seiner Nähe stand eine große Kohlenpfanne, die beinahe unerträgliche Hitze verströmte.

Er schien nicht sonderlich betrübt ob der Neuigkeit, die ihm soeben überbracht worden war. Aber vielleicht war das nur verständlich; immerhin hatte er in seinem jungen Leben nur sehr wenig Zeit mit seinem Vater verbracht.

Peter verneigte sich tief.

»Erzählt mir, wie mein Vater gestorben ist«, befahl Akbar mit hoher, klarer Stimme.

Peter sah zu Bairam hinüber. Hatte er das denn nicht bereits getan?

»Es gab ein Erdbeben, er fiel von einer Leiter in seiner Bibliothek und schlug mit dem Kopf auf, Hoheit.«

»Kann ein Prinz auf diese Weise sterben?«

Peter war beunruhigt. Was mochte Bairam dem neuen Sultan erzählt haben?

»Unglücklicherweise ist es bei Eurem Vater so gewesen. Habt Ihr die Erschütterung hier in Lahore nicht gespürt?«

Akbar musterte ihn. Trotz seiner Jugend waren seine Augen durchdringend und kalt.

»Wir haben eine Erschütterung gespürt«, bestätigte er schließlich und schwieg dann einige Minuten, ehe er fortfuhr. »Und jetzt wünscht Blunt Bahatur meine Anwesenheit in Delhi.«

»Er wünscht, daß Ihr Euren rechtmäßigen Platz einnehmt, Hoheit, um der Welt zu zeigen, daß Delhi einen Sultan hat.«

»Ihr meint, er will sich des Sultans bemächtigen«, bemerkte Bairam.

Peters Kopf fuhr zurück. War es das, was Richard vorhatte? Sein Vetter hatte stets seinen Vorteil zu nutzen gewußt.

»Habt Ihr darauf keine Antwort, junger Blunt?« fragte Akbar.

»Ich … mein Vetter ist Euch als rechtmäßigem Thronerben treu ergebe, Hoheit. Wenn ich davon nicht überzeugt wäre, wäre ich dann trotz Schnee und Eis sofort zu Euch geeilt, hätte ich dann das Leben meiner Familie aufs Spiel gesetzt, um hierher zu gelangen?«

»Sie sind hier?« fragte Akbar überrascht.

»Ich habe sie einige Meilen vor der Stadt zurücklassen müssen, weil ich Euch die Nachricht ohne Verzögerung überbringen wollte, Hoheit. Sie werden in den nächsten Tagen hier eintreffen.«

Akbar warf Bairam einen Blick zu.

»Ich meine immer noch, daß es eine Falle seitens Blunt Bahaturs sein könnte, Euch in seine Gewalt zu bringen, Hoheit«, beharrte er.

»Das ist nicht auszuschließen«, stimmte Akbar ihm zu. »Aber falls dem so ist, weiß dieser Mann nichts davon. Ich werde nach Delhi reiten und mein Erbe antreten, wie Euer Vetter es wünscht, junger Blunt. Aber ich werde an der Spitze einer Armee in der Hauptstadt des Königreiches einreiten. Bis dahin werdet Ihr hier an meiner Seite bleiben und mir helfen, diese Armee aufzustellen. Und Eure Familie wird hier in Lahore bleiben, bis ich als Badshah auf dem Thron von Delhi sitze.«

Peter sagte sich, daß dies nicht das erste Mal war, daß Juana einige Zeit als Geisel verbringen würde. Aber seine Hauptaufgabe bestand jetzt darin, den Sultan dazu zu bewegen, sich zu beeilen.

Der Bote war schweißgebadet.

»Es ist ein gewaltiges Heer, Blunt Amir: einhunderttausend Mann. Die gesamten Streitkräfte der Rajputen, und Hemu führt sie an. Er beansprucht jetzt das ganze Land für die Hindus und nennt sich Rajah Bikrmajit. Mein Herr, Prabhankar Amir, möchte wissen, was Eure Absichten sind – und das schnell.«

Richard blickte zu Mahmud hinüber. Außer den drei Männern war niemand anwesend.

»Du mußt dich ausruhen«, sagte er. »Du bekommst meine Antwort morgen früh.«

Der junge Offizier verneigte sich und verließ den Raum.

»Einhunderttausend Mann«, murmelte Mahmud. »Aber du hast noch größere Heere besiegt, oder, Vater?«

Richard zupfte an seiner Nasenspitze. Das habe ich nicht, dachte er bei sich. Aber Babur. Plötzlich befiel ihn Unsicherheit. Wenngleich er gewußt hatte, daß Hemu versuchen würde, den Thron wieder an sich zu reißen, sobald er von Humayuns Tod erfuhr, hatte er nicht erwartet, daß die Hindus so rasch mobil machen würden.

Die einzige Nachricht, die er bisher aus Lahore erhalten hatte, war die, daß Peter sicher dort eingetroffen war und Sultan Akbar nach Delhi aufbrechen würde, sobald einige Vorbereitungen getroffen wären.

Welche Vorbereitungen? Er brauchte Akbar, hier und jetzt.

»Welche Antwort soll ich meinem Herrn überbringen, Blunt Bahatur?« fragte der Tavachi am nächsten Morgen.

Richard hatte einen Entschluß gefaßt – den einzig möglichen.

»Sag deinem Herrn, daß es unsere Pflicht ist, die wichtigsten Städte zu halten, bis der Sultan aus dem Pandschab eingetroffen ist. Sag Prabhankar Hakim, daß er allein für Agra verantwortlich ist und er die Stadt bis zum letzten Mann verteidigen muß. Erinnere ihn daran, daß die Rajputen Reitersleute sind und Pferde keine Stadtmauern stürmen können. Sag ihm, wenn es ihm gelingt, Agra zu halten, und wenn ich Delhi halten kann, dann sei der Usurpator zum Scheitern verurteilt.«

Der Bote verneigte sich und ging.

»Du läßt es auf eine Belagerung ankommen, Vater?« fragte Mahmud stirnrunzelnd.

»Ich habe keine andere Wahl, Junge. Ich habe nicht genügend

Leute – und ich bin mir der Loyalität jener Soldaten, über die ich verfüge, nicht sicher genug, um einen Feldzug zu wagen.«

Er mobilisierte zwanzigtausend Mann. Darunter waren viertausend Veteranen seiner alten Pikenier-Division, denen er glaubte, vertrauen zu können. Hinzu kamen an die dreitausend moslemische Kavalleristen, denen er versprach, daß Akbar bald in Delhi eintreffen und den Thron besteigen würde. Er ließ sie absitzen und schickte sie ebenfalls auf die Mauern.

Der Rest seiner Streitkraft bestand aus Rekruten, die Humayun ihm aufgetragen hatte, zu Soldaten auszubilden. Sie waren enthusiastisch, aber leicht erregbar. Die meisten waren Hindus, und er war nicht sicher, ob sie einen vierzehnjährigen Sultan gegen einen Rajah ihres eigenen Blutes und ihrer Religion unterstützen würden.

»Ich wünschte, du wärst mit Peter gegangen«, gestand er Gila. »Noch ist es nicht zu spät, Delhi zu verlassen.«

»Ist es nicht meine Pflicht, bis zum Ende an der Seite meines Gatten zu bleiben? Sofern unser Kismet vorsieht, daß dies unser Ende sein soll.«

Wie lange war es her, seit er sie in jenes Zimmer in Agra getragen hatte?

»Kann Hemu uns wirklich besiegen, Vater?« fragte Iskanda.

»Offen gesagt ja, er kann. Aber wir werden es ihm so schwer wie möglich machen.«

»Wenn er dich besiegt, Vater, werde ich mir das Leben nehmen«, sagte sie.

Sie war jetzt eine erwachsene Frau von achtundzwanzig Jahren und hatte nicht nur die Schönheit ihrer Mutter geerbt, sondern auch die Statur ihres Vaters und war ungewöhnlich groß für eine Frau.

»Und dein Sohn?« fragte Richard. Der kleine Iskander war acht.

»Ihn töte ich auch.«

»Er ist Hemus Sohn, und du bist seine Mutter. Er wird euch verschonen. Es ist dumm, unnötig zu sterben, Iskanda.«

»Es gibt Schlimmeres als den Tod, Vater«, entgegnete sie ruhig.

Eine Woche später erhielt Richard Nachricht von einer Patrouille der Rajputen südlich der Stadt. Richard hatte inzwischen die Stadt für eine Belagerung gewappnet. Sämtliches Vieh und alle Lebensmittel aus der Umgebung waren in die Stadt gebracht worden. Da es Frühling war, lagen die Weizenfelder brach. Jedem Mann war eine Waffe übergeben und eine bestimmte Aufgabe zugeteilt worden; noch schienen sie willig und guter Dinge.

Richard schwebte eine aggressive Verteidigung vor, und so ritt er nun an der Spitze eines Kavallerieregiments durch das Tor. Die Rajputen, die nicht mit einem Ausfall gerechnet hatten, traten hastig den Rückzug an.

Die Moral innerhalb der Stadtmauern stieg.

Richard schickte eilig einen weiteren Boten nach Lahore, der den Sultan davon in Kenntnis setzen sollte, daß die Belagerung unmittelbar bevorstand und er sich beeilen sollte.

Während der nächsten zwei Wochen ließen sich in der Nähe der Hauptstadt keine weiteren Rajputen blicken. Richard sandte nun seinerseits Patrouillen aus, und die Männer kehrten mit der Nachricht zurück, daß Hemu die Stadt Agra belagerte.

»Das ist eine gute Neuigkeit«, sagte Richard. »Jeder Tag, den Prabhankar standhält, ist ein gewonnener Tag für Akbar. Wenn Prabhankar bis zum Monsun durchhält, haben wir nichts mehr zu befürchten.«

Aber schon drei Tage später berichteten ihm seine Späher, daß Agra sich ergeben hätte.

»Nach nur zwei Wochen?« fragte Richard ungläubig. »Wurde die Stadt im Sturm erobert?«

»Nein, Blunt Bahatur. Rajah Bikramajit hat sie zur Aufgabe aufgefordert, und nach einigem Verhandeln hat Prabhankar Hakim nachgegeben.«

»Er hat uns verraten«, sagte Mahmud.

Es schien keine andere Erklärung zu geben. Und wenn Prabhankar ihn im Stich gelassen hatte …

Es war unmöglich zu verhindern, daß die Neuigkeit in der Stadt die Runde machte. Die Leute versammelten sich auf dem Marktplatz.

»Noch ist es Zeit für dich zu fliehen«, sagte Richard zu Gila.

»Ich kann nirgendwo hin«, entgegnete sie.

Darauf wandte er sich Iskanda zu, aber seine Tochter war offensichtlich entschlossen, bei ihrer Mutter zu bleiben.

Eine Woche später begann das Heer der Rajputen sich vor den Mauern von Delhi zu sammeln. Da auch Truppenverbände in den Norden der Stadt geschickt wurden, stand eine Flucht jetzt außer Frage. Ebenso unmöglich war es nun auch, weitere Boten nach Lahore auszuschicken.

Vielleicht hat sogar mein Vetter Peter mich im Stich gelassen, dachte Richard bitter.

Er stand auf der Mauer über dem Haupttor, als Trompeten schließlich das Eintreffen Hemus ankündigten.

Der Hindu ritt auf einem Elefanten, ganz allein in der Sänfte, flankiert von glitzernden Reitern. Weitere Elefanten folgten ihm.

Vor Hemus Elefant ging ein Maultier, auf dessen Rücken saß, verkehrt herum, der nackte Prabhankar. Seine Fußgelenke waren so fest unter dem Bauch des Tieres zusammengebunden, daß er sich nicht rühren konnte. Außerdem hatte man ihm die Hände auf den Rücken gefesselt. Er ließ kraftlos den Kopf hängen, und auf seinen Schultern waren rote Striemen von einer Peitsche.

Wenn er, wie es den Anschein hatte, Agra verraten hatte, war er seinerseits von Hemu verraten worden.

Er hätte es besser wissen müssen, dachte Richard grimmig.

Die Prozession machte halt, und ein Herold näherte sich, auf seiner Nakara oder Kesselpauke trommelnd.

»Hört mich an!« rief er die Mauern hinauf. »Dies sind die Worte Seiner Hoheit des Rajahs Bikramajit, des Herrschers über das Königsreich von Delhi. Öffnet die Tore und laßt Euren König ein.«

Richard blickte auf ihn hinab. »Sag deinem König, er soll die Tore doch selbst öffnen«, rief er. »Wenn er das kann.«

Die Soldaten in Hörweite brüllten ihre Zustimmung, und das Geschrei wurde rund um die Stadt von den anderen aufgenommen.

Der Herold ließ sich nicht entmutigen.

»Mein Herr und König warnt Euch vor dem Schicksal, das jenen droht, die sich gegen ihn stellen.«

»Hat Prabhankar Hakim ihm nicht die Tore Agras geöffnet?« fragte Richard. »Und doch ist er an Händen und Füßen gefesselt wie zur Hinrichtung.«

»Er wird hingerichtet werden, weil er sein Leben lang ein Feind Seiner Hoheit des Rajahs Bikramajit gewesen ist«, entgegnete der Herold.

»Sag deinem Herrn, daß ich schon viel länger sein Feind bin als Prabhankar Hakim«, erwiderte Richard. »Um mich hinzurichten, muß er erst diese Mauern stürmen.«

Der Herold machte kehrt und ritt zurück zu den Rängen der Rajputen.

Richard wandte sich an Mahmud, der an seiner Seite stand.

»Bereitet alles auf den Ansturm vor«, sagte er.

Aber erst mußte Prabhankar sterben, vor den Augen der Belagerten.

Hemu hatte ihm eine Pfählung im türkischen Stil zugedacht. Der Pfahl war etwa fünfzehn Fuß lang, am einen Ende schmal und sich nach unten verbreiternd, um ihm größere Standfestigkeit zu verleihen.

Fußsoldaten gruben unmittelbar vor dem Haupttor ein Loch. Dann wurde Prabhankar von seinem Maultier gehoben und das schmale Ende des Pfahls in seinen Leib gerammt. Er gab keinen Laut von sich, bis der Pfahl sich in seine Eingeweide bohrte. Er schrie vor Schmerz, bis der Tod ihn erlöste. Dann wurde das Loch aufgefüllt, damit die Belagerten den gräßlichen Anblick ständig vor Augen hatten.

Richard warf Mahmud einen Blick zu. Das Pfählen von Kriminellen gehörte in Delhi zum Alltag, aber bisher hatte sein Sohn nie mitansehen müssen, wie jemand, den er kannte, auf diese grausame Art getötet wurde. Jetzt wußten sie beide, was sie erwartete, falls sie Hemu lebendig in die Hände fielen.

»Wir werden siegen oder sterben, Vater«, sagte er Junge leidenschaftlich.

Die erste Kanone der Belagerer dröhnte.

Die Aufstellung des Heeres ging nur schleppend vonstatten. Bairam Khan schien fest entschlossen, nichts dem Zufall zu überlassen, und Akbar war es zufrieden, militärische Angelegenheiten seinen Beratern zu überlassen.

Es gab vieles zu bedenken, da, wie Peter bald herausfand, er nicht der einzige war, der Bairam mißtraute. Akbars persische Mutter, Hamida Banu Bajgam, und sein ehemaliges Kindermädchen, Maham Anaga, in deren Gesellschaft der junge Sultan einen Großteil seiner Zeit verbrachte, begegneten dem Wesir mit unverhohlenem Argwohn. Peter betrachtete die Damen als potentielle Verbündete, da sie jedoch nur selten in der Öffentlichkeit erschienen, hatte er noch keinen Weg gefunden, ihnen mitzuteilen, daß er ihr Mißtrauen teilte.

Wenn er nicht bei den Frauen war, unterhielt Akbar sich mit Peter über die Außenwelt, von der sein Vater ihn durch seine mangelnde Zuwendung ferngehalten hatte. Der Sultan legte die gleiche Neugier an den Tag wie seinerzeit Babur und Humayun, aber Peter entdeckte zu seinem Erstaunen, daß der Junge weder lesen noch schreiben konnte.

Peter betrachtete den Jungen als unsichere Größe. Humayuns mangelndes Interesse an Akbar und die wenige Zeit, die er ihm gewidmet hatte, standen in krassem Kontrast zu der Liebe und Zuwendung, die Babur seinem ersten legitimen Sohn entgegengebracht hatte. Akbar war allein von Frauen großgezogen worden, außer in politischen und militärischen Angelegenheiten, in denen Bairam sein Tutor gewesen war. Der Afghane hatte dabei den Argwohn und die begrenzte politische Auffassungsgabe des typischen Bergbewohners an den Tag gelegt. Akbar schien die Fähigkeiten seines Lehrers in allen Regierungsangelegenheiten anzuerkennen, wenngleich immer wieder seine eigenen Entschlüsse und Wünsche durchbrachen. Aber war das sein eigener Charakter, der sich manifestierte, oder handelte er nur auf Drängen seiner Mutter und seines Kindermädchens?

Die Frage, wer das Sultanat von Delhi tatsächlich regieren würde, war die größte Unwägbarkeit überhaupt. Eines wußte Peter jedoch sicher: Richard würde sich so rasch wie möglich Bairams entledigen müssen.

Aber im Augenblick wurde Bairam gebraucht, das Heer anzuführen, das Delhi zur Hilfe eilen sollte.

Sofern dieses Heer überhaupt jemals aufgestellt würde. Die Pathanen selbst waren nicht sehr diszipliniert. Aus diesem Grund hatte Bairam Boten nach Kabul gesandt und Prinz Mirza um Unterstützung gebeten. Mirza hatte erwidert, aufgrund der Bedrohung aus dem Norden könnte er keinen Mann entbehren.

»Euer Bruder spielt ein doppeltes Spiel«, grollte Bairam. »Er möchte, daß Ihr allein auf Euch gestellt siegt ode unterliegt. Siegt Ihr, wird er zweifellos seine Loyalität zu Euch kundtun. Im Falle Eurer Niederlage wird er versuchen, Euren Platz einzunehmen.«

»Nun, ich kann nicht gleichzeitig meinen Bruder und Hemu bekämpfen«, entgegnete Akbar. »Außerdem wünsche ich nicht, gegen meinen Bruder Krieg zu führen. Begnügen wir uns mit den Männern, die wir haben.«

»Ihre Zahl ist nicht ausreichend, Hoheit«, beharrte Bairam. »Unter den gegebenen Umständen wäre es das beste, wenn Ihr einen Boten nach Delhi schicken und Blunt Bahatur befehlen würdet, die Stadt aufzugeben und sich uns mit seinen Soldaten anzuschließen. Wer hätte je davon gehört, daß Mongolen eine belagerte Stadt verteidigen? Mongolen kämpfen auf freiem Feld – und in der Schlacht werden wir Hemu besiegen.«

Akbar sah zu Peter Blunt hinüber, der häufig auf Wunsch des Sultans bei diesen Kriegsberatungen zugegen war.

»Bei allem Respekt, Bairam Khan«, sagte Peter. »Mein Vetter befehligt nur wenige Mongolen. Er verfügt nur über etwa dreitausend Mann Kavallerie; der Rest seiner Armee setzt sich aus Fußsoldaten zusammen. Er hat keine andere Wahl als die Rajputenkavallerie von den Stadtmauern aus zu bekämpfen.«

»Und doch wäre er ein wertvoller Verbündeter, wenn er sich mit seinen Männern meinen Pathanen anschließen würde«, entgegnete Bairam.

»Ich stimme dem zu«, sagte Akbar ernst. »Ich werde einen Boten schicken, der Blunt Bahatur den Befehl überbringt, die Stadt aufzugeben und hier zu meinem Heer zu stoßen.«

Peter wollte protestieren. Wenn der junge Sultan die Hauptstadt dem Feind überließ, würde er nie mehr sein als ein Pathanenhäuptling. Aber Richard persönlich würde ihn davon überzeugen müssen, daß es sich lohnte, um das Sultanat zu kämpfen.

Doch er sagte nichts. Denn im Grunde seines Herzens wollte er Richard und Gila hier in Lahore und in Sicherheit wissen.

Die Boten kehrten innerhalb einer Woche zurück und berichteten, daß sie weit nördlich von Delhi auf Patrouillen der Rajputen gestoßen waren. Die Stadt war eingekesselt. Agra war gefallen.

»Wir müssen sofort nach Delhi marschieren«, flehte Peter Bairam und Akbar an.

Der junge Sultan wandte sich seinem Berater zu.

»Wir verfügen noch nicht über genügend Soldaten, Hoheit«, beharrte Bairam. »Blunt Bahatur wird die Stadt halten. Wenn ihm das bis zum Einsetzen des Monsuns gelingt, wird Hemu gezwungen sein, die Belagerung aufzugeben. Bis Ende des Jahres wird Euer Heer groß genug sein, uns den Sieg zu garantieren.«

Akbar musterte ihn eine Weile schweigend und wandte sich dann wieder Peter zu. »Wir müssen auf Blunt Bahatur vertrauen.«

»Dann laßt mich zu ihm gehen«, bat Peter. »Ich werde ihm die Situation erklären und ihm sagten, was wir von ihm erwarten.«

»Ihr würdet es nicht schaffen, in die Stadt zu gelangen«, bemerkte Bairam.

»Und Euer Tod wäre ein großer Verlust«, fügte Akbar hinzu. »Außerdem ist Blunt Bahatur ein erfahrener Soldat. Er wird wissen, was wir von ihm erwarten.«

Der folgende Monat schien Peter der längste seines Lebens zu sein. Er starrte stundenlang nach Süden und hielt Ausschau nach Regenwolken oder einem Boten. Die Kinder lernten ihren in diesen Tagen grimmigen und aufbrausenden Vater von einer völlig neuen Seite kennen. Sogar Juana schreckte davor zurück, in seine Gedanken einzudringen.

Akbar ließ Peter täglich zu sich rufen. Der vorzeitige Tod Humayuns hatte den jungen Sultan tiefer getroffen, als er hatte erkennen lassen. Nachdem er die größte Trauer überwunden hatte, hatte der von Natur aus sensible, neugierige und intelligente Junge begonnen, nicht nur über seine gegenwärtige Lage nachzudenken, sondern sich Gedanken über das Erbe zu machen, das ihn erwartete, wenn er Hemu erst besiegt hatte – sofern es ihm gelang, ihn zu besiegen.

Er war sich der Mängel in seiner Erziehung bewußt, wenn er sich selbst mit der intellektuellen Brillanz seines Vaters und Großvaters verglich. Er wußte, daß es zu spät war, die versäumte Bildung nachzuholen, aber er war dennoch lernwillig und verbrachte täglich viele Stunden mit Diskussionen, nicht nur mit seinen moslemischen Vertrauten, vor allem den beiden Brüdern Shekh Feizi und Abul Fazl, die über moslemisches Recht referierten, und mit Peter Blunt, der diese Gesetze mit dem europäischen Rechtssystem verglich, sondern auch mit einigen Hindus und Parseen, Jainen und Buddhisten, immer bemüht zu verstehen, warum sie alle so verschieden waren.

»Wir Moslems essen kein Schweinefleisch, weil, wie jeder sehen kann, Schweine unrein sind«, erklärte er. »Dagegen ist eine Kuh ein relativ sauberes Tier.«

»Die Hindus glauben, daß sie ihre Kastenangehörigkeit einbüßen, wenn sie Rindfleisch essen«, erklärte Abul Fazl.

»Wie das?«

Darauf hatte Abul Fazl keine Antwort.

Langsam zogen sich im Süden Gewitterwolken zusammen. Aber sie hatten sich noch nicht zu einer geschlossenen Wolkendecke verdichtet, als ein völlig erschöpfter Bote auf einem nicht minder erschöpften Pferd in Lahore einritt.

Der Mann war mehrfach verwundet, seine Kleider waren zerlumpt, und er war halb verhungert, aber Peter erkannte in ihm dennoch sofort Abdul Nissar, einen der Tavachis seines Vetters.

Nissar bekam zu essen und zu trinken und wurde dann vor den Sultan geführt.

»Berichte mir von Blunt Bahatur«, forderte Akbar den Mann auf.

»Blunt Bahatur ist tot, Hoheit.«

Betroffene Stille senkte sich herab. Die Wesire tauschten besorgte Blicke, und Akbar, der Peter anstarrte, sah, wie die Knöchel seiner geballten Fäuste weiß hervortraten.

»Sag mir, wie er gestorben ist«, befahl Akbar dem Boten schließlich.

Nissar holte tief Luft. »Wisset, Eure Hoheit, daß Rajah Bikramajit und die Rajputen zuerst Agra belagert und durch Verrat erobert haben. Prabhankar Hakim wurde auf grausamste Weise vor den Mauern von Delhi hingerichtet. Dann hat das Heer der Rajputen die Hauptstadt eingekesselt. Es waren über einhunderttausend Mann mit Elefanten und Kanonen, Hoheit.«

»Hatte Blunt Bahatur denn keine Kanonen?« erkundigte sich Akbar.

»Blunt Bahatur hatte Kanonen, aber nicht genug. Wir haben unsere Geschütze dennoch abgefeuert und die Stadt gehalten, die Risse und Lücken in der Mauer geflickt, so gut es eben ging, und die Rajputen zurückgeschlagen. Und Blunt Bahatur blickte jeden Tag nach Norden.«

Deutlicher wagte er nicht, einen Vorwurf zu äußern.

»Sag mir, wie der Bahatur gestorben ist«, sagte Akbar erneut.

»Die Lebensmittel wurden knapp, Hoheit, und die Rajputen haben den Fluß gestaut und so die Wasserversorgung unterbrochen. Wir hätten ja weitergekämpft, aber wir hatten kein Schießpulver mehr für die Kanonen. Viele Männer wurden getötet, und der Rest war feige. Die Hindus in unseren Reihen glaubten, sie könnten mit dem Rajah Frieden schließen. Also haben sie Blunt Bahatur ein Ultimatum gestellt. Sie haben ihm eröffnet, daß sie nicht mehr kämpfen würden und er die Stadt an Hemu übergeben müsse.«

»Mein Vetter hat sich ergeben?« fragte Peter ungläubig.

»Nein, junger Blunt. Als er erkannte, daß alles verloren war, hat Blunt Bahatur seine Moslems um sich versammelt, das Tor geöffnet und einen Ausfall gemacht. Er ist mit solcher Gewalt über die Rajputen hergefallen, daß er sie beinahe in die Flucht geschlagen hätte. Aber es waren zu viele, sogar für Blunt Bahatur und seine Männer. Sie wurden niedergemetzelt.«

»Er ist tot? Seid Ihr ganz sicher?«

Der Gedanke, daß Richard lebend in Hemus Hände gefallen sein könnte, war unerträglich.

»Ich habe ihn sterben sehen, junger Blunt.«

»Aber *du* bist noch am Leben«, bemerkte Abkar. »Erzähl mir, was es damit auf sich hat.«

Nissar schluckte hart. »Ich wollte Blunt Bahatur in seinem letzten Kampf beistehen, Hoheit, aber er verweigerte mir die Erlaubnis – ebenso wie seinem Sohn Mahmud. Er befahl uns, in der Stadt zu bleiben. Falls es ihm irgendwie gelänge, die Reihen der Rajputen zu durchbrechen, sollten wir zu seinem Haus laufen und versuchen, Blunt Agha und Iskanda Agha zu retten. Für den Fall, daß er stürbe, sollten wir ebenfalls zu ihm nach Hause gehen und tun, was die Agha uns aufträge. Das haben wir getan – nachdem wir wußten, daß Blunt Bahatur tot war.«

»Und was hat die Agha euch aufgetragen?«

»Iskanda Agha hat sich selbst und ihren Sohn getötet.«

»Und Blunt Agha?«

»Das weiß ich nicht, Hoheit. Sie befahl Mahmud und mir, aus der Stadt zu fliehen und hierherzukommen, um Euch zu berichten, was sich zugetragen hat.«

»Soll das heißen, daß sie dort geblieben ist, um Hemu zu trotzen?« fragte Peter.

»Das weiß ich nicht, Herr. Ich weiß nur, daß sie noch dort war, als wir aufbrachen.«

»Blunt Mahmud hat seine Mutter zurückgelassen?« sagte Akbar nachdenklich.

»Anfangs ja. Es gelang uns, aus der Stadt zu fliehen, aber wir wurden von einigen Rajputen verfolgt. Wir waren noch nicht weit geritten, als Blunt Mahmud sein Pferd gezügelt hat. ›Ich habe mich wie ein Feigling davongeschlichen‹, hat er gesagt. ›Du mußt weiterreiten und dem Badshah berichten.‹ Darauf hat er kehrtgemacht und ist säbelschwingend den Rajputen entgegengeritten.« Seine Stimme brach, und es sah aus, als würde er ein Schluchzen unterdrücken. »Ich hätte dasselbe tun sollen, Hoheit … aber es war sonst niemand da, der Euch die Nachricht hätte überbringen können.«

»Du hast deine Befehle befolgt«, sagte Akbar. »Das ist immer ehrenhaft und mutig. Du wirst belohnt werden. Und jetzt ruh dich aus.«

Nissar verließ schleppenden Schrittes den Raum.

»Meine Familie ist vernichtet«, flüsterte Peter.

Akbar sah zu Bairam hinüber.

»Es wäre Selbstmord gewesen, ins Feld zu ziehen, ehe wir bereit sind«, protestierte der Khan.

»Aber *jetzt* werden wir marschieren«, sagte Akbar.

»Das wäre ebenso dumm, Hoheit. Der Monsun wird bald einsetzen.«

»Ihr redet immer nur davon zu warten und zu warten«, fuhr Peter ihn zornig an. »Wollt Ihr denn überhaupt irgendwann gegen Hemu ins Feld ziehen?«

»Wie kann ein junger Mann niederen Standes es wagen, so mit mir zu reden?« beklagte sich Bairam.

»Weil er seine ganze Familie verloren hat«, entgegnete Akbar ruhig. »Aber Bairam Khan hat recht, junger Blunt. Wir können während der Regenzeit nicht in den Krieg ziehen. Wir werden warten. Aber Ihr habt mein Wort: Euer Vetter wird gerächt werden, sobald der Monsun vorbei ist.« Er lächelte grimmig. »Und ich werde mein rechtmäßiges Erbe antreten.«

In mancher Hinsicht war das Wissen, daß Richard im Kampf gefallen war, eine Erleichterung. Peter hatte sich davor gefürchtet, zu erfahren, daß man Richard die größte Demütigung angetan und ihn gepfählt hätte: Er wußte, wie sehr Richard sich insgeheim davor gefürchtet hatte. Aber er war gestorben, wie er gelebt hatte: aufrecht und im Kampf. Sechsundfünfzig war vielleicht noch zu jung, aber niemand konnte behaupten, daß er auch nur einen Augenblick seines Lebens vergeudet hätte. Gab es auf der ganzen Welt einen anderen, der um das Kap der Guten Hoffnung gesegelt *und* über Land von Delhi nach London gereist war?

Aber Richards Tod ließ ihn und seine Familie ganz allein in dem brodelnden, erschreckenden Hexenkessel Indien zurück. Richard war ebenso allein gewesen, als er vor so vielen Jahren in Delhi eingetroffen war, aber er hatte nicht die Last einer Frau und einer Familie getragen und sehr schnell das Wohlwollen des Moguls gewonnen.

Peter war sich schmerzlich bewußt, daß ihn keine wahre Freundschaft mit irgendeinem Inder oder Mongolen verband. Ebenso wenig konnte er auf das Wohlwollen eines vierzehn Jahre alten Jungen bauen. Trotz seiner zeitweiligen Unabhängigkeitsbekundungen stand Akbar weiterhin unter dem Einfluß Bairam Khans – und daß Bairam ihm nicht wohlgesonnen war,

war kein Geheimnis. Der Afghane wußte, daß er ihm die Verzögerung, die seinem Vetter das Leben gekostet hatte, nie verzeihen würde.

Die Versuchung, der verlorenen Sache den Rücken zu kehren und mit seiner Familie nach Goa zu gehen und sich dort eine Existenz aufzubauen, war beinahe unwiderstehlich.

Juana teilte seine Ängste zweifellos, behielt sie jedoch für sich. Plötzlich war das, was als großes Abenteuer unter Richards Führung begonnen hatte, zum Alptraum geworden. Sie fürchtete sich ebenso vor der Zukunft wie ihr Mann.

Der Regen ließ nach, und das Heer wurde unruhig. Es wuchs nur sehr langsam, verfügte jedoch inzwischen über einen Kern guter Soldaten. Wäre Mirza gewillt gewesen, seine Mongolen gen Süden zu schicken, wäre das Heer vielleicht unbesiegbar gewesen.

Akbar war ein Mann, der zu seinem Wort stand. Beim ersten Anzeichen dafür, daß das Wetter sich besserte, schickte er seine Tavachis in jedes Lager und befahl seinen Ming-bashis, ihre Regimenter zu vereinen. Bairam Khan runzelte die Stirn und klagte, es wäre noch zu früh.

»Unsere größte Hoffnung, Khan Babu«, sagte der Sultan, den Kosenamen benutzend, der übersetzt ›Vater des Königs‹ bedeutete, »besteht darin, bereit zu sein und nach Delhi zu marschieren, ehe Hemu Gelegenheit hat, seine Leute zu mobilisieren.«

Im Oktober ergoß sich die Armee des Moguls über den Sutlej.

Das Heer umfaßte an die vierzigtausend Mann und bestand zu einem Viertel aus mongolischer Kavallerie, die dem legitimen Thronerben treu ergeben war. Weitere zehntausend waren Pathanen. Sie würden zu Fuß marschieren und kämpfen, waren aber im Grunde Guerillas, und Peter bezweifelte, daß sie einer offenen Schlacht gewachsen sein würden. Dasselbe galt für die anderen Rekruten: eine große Division Afghanen, Gruppen verschiedener Bergstämme und sogar ein Kontingent Sikhs, Anhänger jener kriegerischen unabhängigen religiösen Sekte, die im Nordosten des Delhi-Sultanats beheimatet war und mit der nicht einmal Babur gewagt hatte, sich anzulegen. Jetzt wollten sie gegen die Hindus kämpfen, die in ihren Augen schlimmere Todfeinde waren als die Mongolen.

Das Heer folgte der alten Straße, die aus den Bergen führte. Akbars kleines Artilleriekontingent holperte über die ausgetretenen Pfade – nur vier Geschütze und seine Elefanten, wenngleich er, ebenso wie sein Großvater, nicht gedachte, die riesigen, im Kampf unberechenbaren Tiere auf dem Schlachtfeld einzusetzen.

Die mongolische Kavallerie bildete die Vorhut, und die kämpferischen Bergleute deckten die Flanken des Heeres. Sie versetzten die friedliebenden Talbewohner in Angst und Schrecken und waren nur mit Mühe davon abzuhalten, sie auszurauben.

Peter Blunt war zu einem von Akbars persönlichen Tavachis ernannt worden und ritt direkt hinter dem Sultan.

Das Heer hatte sämtliche Frauen zurückgelassen, da es zum Kampf auszog. Aber Hemus Spione schliefen nicht. Er erwartete den Thronanwärter mit seinen Verbündeten, den Rajputen, in Panipat.

Akbars Späher warnten den Sultan, daß das feindliche Heer mindestens einhunderttausend Mann stark war. Die Zahl war inzwischen so oft gefallen, daß Peter nun erkannte, daß es sich lediglich um eine sehr große Anzahl von Männern handelte – bedeutend mehr, als ihr eigenes Heer umfaßte.

Aber die Späher berichteten außerdem von über tausend Elefanten, und das war allerdings eine ernstzunehmende Sache.

»Jetzt könnten wir wirklich einen erfahrenen Soldaten und Strategen wie Blunt Bahatur brauchen«, sagte Akbar.

»Sind hier nicht andere, die unter Babur gekämpft haben?« fragte Bairam pikiert. »Ich war damals nur ein Tavachi, aber ich erinnere mich noch gut an die Einzelheiten von Baburs Strategie.«

»Dann veranlaßt alles Nötige«, entgegnete Akbar.

Bairam erinnerte sich tatsächlich an die erste Schlacht von Panipat, und ihm fiel nichts Besseres ein, als zu versuchen, sie zu wiederholen, ohne zu berücksichtigen, daß die Umstände diesmal ganz anders waren. Erstens verfügten nun beide Seiten über Artilleriegeschütze – wobei die Rajputen mehr davon besaßen. Außerdem verfügten sie über mehr Elefanten, als Lodi je befehligt hatte, wenn die Berichte stimmten. Sie stimmten. Konsterniert starrte das mongolische Heer auf die riesige Herde der grauen Riesen.

Und dann hatte Hemu in den Jahren, in denen er an der Seite von Richard Blunt gekämpft hatte, einiges gelernt. Statt nutzloser Sturmangriffe ließ er die Kanonen in Reichweite des gegnerischen Heers aufstellen und begann, die Mongolen systematisch zu bombardieren. Die Wagenburg bot zwar einigen Schutz, aber die Karren wurden langsam, aber sicher in Stücke geschossen.

Die mongolischen Geschütze erwiderte das Feuer und richteten hoffentlich ebenfalls einigen Schaden an, wenngleich davon nicht viel zu sehen war.

Akbar, der hinter den Barrikaden auf seinem weißen Hengst saß, wurde langsam ungeduldig.

»Wir müssen sie aus ihren Löchern locken, Khan Babu«, sagte er.

Bairam zupfte an einem Bart. Ganz offensichtlich hatte er keine Ahnung, wie er das bewerkstelligen sollte.

»Ein Flankenangriff, Hoheit«, schlug Peter vor. Er hatte sich nicht umsonst jahrelang von Richard die Geschichten seiner zahlreichen Schlachten angehört.

»Auf offenem Gelände? Werden sie nicht durchschauen, was wir vorhaben?« warf Bairam ärgerlich ein.

»Und wenn schon. Sie werden trotzdem darauf reagieren müssen.«

»Und dann?«

Peter verneigte sich im Sattel. »Das überlasse ich Euren fundierteren Kenntnissen der Kriegsführung, Khan.«

Bairam funkelte ihn böse an, aber Akbar klatschte in die Hände.

»Das wird zumindest ihre Front auseinanderreißen. Ihr, junger Blunt, reitet zu Shuja Khan und sagt ihm, er solle seine Pathanen die feindlichen Stellungen von der Flanke her angreifen.«

Bairam war entsetzt. »Ihr wollt Fußsoldaten gegen berittene Rajputen in den Kampf schicken?«

»Die Pathanen stammen aus den Bergen«, entgegnete Akbar. »Sie laufen so schnell wie jedes Pferd.«

»An einem Berghang«, brummte Bairam.

»Ich möchte Euch um Erlaubnis bitten, zu bleiben und mit ihnen zu kämpfen, Hoheit«, bat Peter.

Akbar grinste. »Ich gestatte es Euch. Aber kehrt anschließend zu mir zurück.«

Peter gab seinem Pferd die Sporen und galoppierte hinüber zu Shuja Khans Bergleuten, die unruhig auf und ab gingen, während die Geschosse von einem Lager zum anderen flogen.

»Der Sultan befiehlt, daß Ihr Eure Division nach rechts und dann vorwärts führt«, teilte Peter dem Kommandeur mit.

Shuja schnaubte. »Wie weit vor?«

»Ihr sollt ihre Kavallerie zum Angriff zwingen, Tuman-bashi.«

»Auf uns«, bemerkte Shuja, aber dann lachte er kehlig. »Aber sind wir nicht gekommen, um zu kämpfen?«

Er gab entsprechende Befehle, und die Bergleute brachten ihre Freude lautstark zum Ausdruck. Wie ihr General bereits gesagt hatte, waren sie gekommen, um zu kämpfen.

Peter stieg aus dem Sattel und schloß sich ihnen an, als sie über die Grasfläche stapften. Sie entfernten sich etwa hundert Schritte von der Wagenburg und schwenkten dann in Richtung der feindlichen Linien.

Die Hindus schrien beunruhigt durcheinander, als sie das Manöver sahen, aber in ihre Unruhe mischte sich auch Skepsis. Es war für ihre Kommandeure schwer zu durchschauen, was die Mongolen planten.

Was die Rajputen im Sinn hatten, war jedoch klar. Ihre Kavallerie hatte bislang abwartend den Schußwechsel verfolgt, aber jetzt nahmen mehrere tausend von ihnen Aufstellung und senkten ihre Lanzen.

»Bildet eine Linie. Verteilt euch«, befahl Shuja Khan seinen Männern. »Und denkt daran, auf die Pferde kommt es an. Weicht den Lanzen aus und bringt die Pferde zu Fall.«

Peter hängte sich den Langbogen über die Schulter und zückte seinen Krummsäbel. Er hatte in seinem ganzen Leben noch nie einem Pferd etwas zuleide getan, aber jetzt hieß es töten oder getötet werden. Schrille Schreie ausstoßend und vom Dröhnen ihrer Kesselpauken angetrieben, preschten die Rajputen in Schwadronen, sogenannten Hazaras, dem Feind entgegen. Es waren disziplinierte Soldaten, beritten und mit prächtigen Rüstungen. Richard hatte seinem Vetter davon und von dem großartigen Anblick, den sie boten, erzählt – aber Richard hatte sie mehr als einmal mit Pikenieren und mongolischer Kavallerie besiegt. Pikeniere fehlten an diesem Tag, und die Zahl der mongolischen Kavalleristen war eher bescheiden.

Die feindliche Kavallerie galoppierte Kampfschreie ausstoßend auf die Bergkrieger zu, die in lockerer Formation, die ihnen Platz ließ, nach links oder rechts auszuweichen, dem Ansturm entgegensahen. Peter sah, wie der stumpf-blaue Stahl der Brustpanzer ihm entgegenflog und die Wimpel an den gesenkten Lanzen im Wind flatterten. Er holte tief Luft und sprang säbelschwingend zur Seite, als die erste Reiterreihe ihn erreichte.

Er verfehlte sein Ziel. Das Knie eines Reiters, der mit seiner Lanze auf einen Pathanen zielte, traf ihn an der Schulter. Peter hatte doppelt Glück: Er stürzte und wurde dadurch vom nächsten Reiter verfehlt.

Aber es kamen noch mehr. Immer noch auf den Knien drehte er sich zur Seite, um einem weiteren Lanzenstoß zu entgehen und schwang erneut den Säbel. Diesmal traf die Klinge mit einer Wucht, die ihm die Waffe beinahe aus der Hand gerissen hätte. Pferd und Reiter gingen zu Boden, aber Blunt hatte keine Zeit, sich um den Gestürzten zu kümmern, da er sich dem nächsten Roß stellen mußte, das ihn beinahe niedertrampelte.

Dann waren die Rajputen durch und galoppierten in wildem Durcheinander auf das offene Land hinter den feindlichen Reihen hinaus.

Shuja Khan persönlich tauchte hinter Peter auf. Der Pathanenhäuptling grinste breit. »Das war gute Arbeit. Aber sie werden wiederkommen.«

In etwa einer halben Meile Entfernung sammelten sich die Rajputen auf ihren erschöpften Pferden und wandten sich erneut dem Feind zu. Peter warf einen Blick auf das Schlachtfeld und erschrak. Die Rajputen hatten gleichzeitig von rechts angegriffen und die Sikhs in die Flucht geschlagen. Jetzt marschierte das gesamte Heer der Hindus, zum Klang der Pauken und Trompeten schrille Schreie ausstoßend, siegessicher vorwärts. Eine Welle der Furcht stieg in Peter auf. Zwar hatte er etwas in der Art bezweckt, jedoch keinen Vormarsch der gesamten feindlichen Armee.

Die mongolischen Geschütze feuerten ein letztes Mal und wurden dann von der Masse des Feindes regelrecht verschluckt. Shuja Khan sammelte eilig seine Pathanen und führte sie zurück in Richtung der Haupttruppe, aber noch auf dem Weg dorthin mußten sie erst einen weiteren Kavallerieangriff abwehren. Diesmal hatten sie es leichter, da die Pferde des Gegners erschöpft waren. Dennoch wurden die Pathanen in ein wildes Handgemenge verstrickt.

Peter durchbohrte einen der Rajputen mit seiner Klinge, packte das Zaumzeug des Pferdes und schwang sich in den Sattel. Er konnte hier nichts mehr tun und wollte an Akbars Seite zurückkehren – sofern das überhaupt möglich war.

Das mongolische Heer wurde an allen Enden allein durch die gewaltige Übermacht des Feindes zurückgedrängt. Und nun ritt auch Hemu auf seinem Elefanten vorwärts. Trompeten ertönten, um die Truppen vor ihm zu warnen. Die Soldaten wandten sich ihm jubelnd zu und schwenkten Säbel und Lanzen in der Luft. An ihrer Loyalität ihm gegenüber bestand kein Zweifel.

Ebenso sicher war, daß der Einsatz der Elefanten den stark gebeutelten Reihen der Mongolen den Rest geben würde.

Der Pathanen-Rajputen-Konflikt verlagerte sich nach rechts, und Blunt fand sich auf seinem erbeuteten Pferd einen Augenblick auf freiem Gelände wieder. Die Hindus hatten jetzt die Wagenburg erreicht und rissen die Karren auseinander. Die mongolische Kavallerie war nicht zum Zug gekommen, und er konnte sehen, wie die Reiter ziellos umherritten und Akbar vergeblich versuchte, sie zu sammeln. Aber die Schlacht war verloren. Nur ein Wunder konnte den Mogul jetzt noch retten … und Richard rächen.

Nur ein Wunder! Peter wendete sein Pferd und richtete den Blick auf die nahenden Hindus. Sie verdoppelten ihre Anstrengungen, die mongolischen Wagen zu zerstören, und suchten ganz offensichtlich Akbar selbst zu erreichen. Und so konzentrierte sich ihre ganze Masse – bis auf die Rajputen-Kavallerie, die immer noch mit den Pathanen focht – auf eine relativ schmale Front – nicht breiter als eine Viertelmeile.

In der Mitte dieser wogenden Masse, die sich wie ein Moloch

vorwärtswälzte, stand Hemu aufrecht in der Howdah seines Elefanten und feuerte seine Männer säbelschwingend an.

Die Reichweite eines Langbogens beträgt gewöhnlich zweihundert Yard. Durch ständiges Training war es Peter gelungen, sie um etwa dreißig Yard zu erhöhen – aber nur bei unbeweglichen Zielen und nie in den Wirren eines Kampfgetümmels.

Aber dies war seine letzte Chance.

Er gab dem Pferd die Sporen und preschte geradewegs auf die Reihen der Hindus zu. Männer starrten ihm konsterniert hinterher, in der Annahme, er wolle Selbstmord begehen. Es wurde sogar eine Schwadron ausgeschickt, den einsamen Reiter aufzuhalten. Als er jedoch bis auf dreißig Yard an die feindlichen Truppen heran war, zügelte er das Pferd und sprang aus dem Sattel. Das Pferd keuchte derart, daß er nicht sauber hätte zielen können. Er riß sich den Bogen von der Schulter und zog gleichzeitig einen Pfeil aus dem Köcher. Er legte den Pfeil ein, zielte und schoß.

Die Hindus blieben verdattert stehen und gaben ihm so die Gelegenheit, dem ersten Pfeil einen zweiten hinterherzuschicken. Ehe sie sich von ihrer Verblüffung erholt hatten, wandte er ihnen seine Aufmerksamkeit zu und schoß zwei weitere Pfeile ab. Auf die kurze Entfernung konnte er nicht danebenschießen, und zwei Männer brachen tot zusammen. Dann war er wieder im Sattel und galoppierte davon, um dann einen Augenblick später wieder haltzumachen und sich den ungläubigen Rufen und Schreien der Hindus zuzuwenden.

Er sah, daß Hemus Elefant in die Knie gegangen war, trompetete und den Rüssel von einer Seite auf die andere schwenkte. Sein zweiter Pfeil hatte den grauen Riesen unmittelbar hinter dem Ohr getroffen. Hemu war in der Howdah vornübergefallen und mühte sich vergeblich ab, den Pfeil aus seinem Hals zu ziehen.

»Dummer Junge«, grollte Bairam Khan. »Euer unüberlegtes Handeln hätte uns beinahe den Sieg gekostet.«

»Im Gegenteil, Khan Babu«, widersprach Akbar, den Blick auf Hemus Kopf geheftet. Der selbsternannte Rajah war sterbend vor den Sultan gezerrt und geköpft worden. »Die mutige

Tat des jungen Blunt war unsere einzige Möglichkeit, gegen diese Übermacht zu siegen. Ich habe noch nie einen solchen Schuß auf solche Entfernung gesehen. Ihr seid wahrlich ein Mann unter Männern, junger Blunt.«

»Jeder Engländer ist in der Lage, auf diese Entfernung ein bestimmtes Ziel zu treffen, Hoheit«, entgegnete Peter.

Akbar setzte eine nachdenkliche Miene auf und blickte dann über das Schlachtfeld. Peter fragte sich, ob das Schlachtfeld von Panipat damals nach der Konfrontation mit Lodi den gleichen Anblick geboten hatte – soweit das Auge reichte, bedeckten Sterbende und Tote den Boden. Beim Anblick ihres sterbenden Anführers hatten die Hindus die Flucht ergriffen, und die mongolische Kavallerie, von Akbar persönlich angeführt, hatte keine Mühe gehabt, den fliehenden Feind niederzumachen.

Der Arm des Jungen war blutverschmiert, aber er hatte gekämpft wie ein würdiger Enkel Baburs.

Jetzt lächelte er. »Dann seid Ihr ein gesegnetes Volk«, sagte er. »Ihr seid ein würdiger Nachfolger Blunt Bahaturs, und ich verleihe Euch hiermit dessen Titel. Blunt Bahatur! Ihr werdet für immer an meiner Seite reiten.«

Bairam Khan zupfte grimmig an seinem Bart.

# DRITTES BUCH

# DER KAISER

*Hinaus, hinaus, du Blutmensch, du Lump!*

2. Buch Samuel
Kapitel 16, Vers 7

## Kapitel 11

## Shah der Shahs

»Wir sind alte Männer«, sagte Akbar, »aber der Schatz unserer Erinnerungen ist groß.«

Er blickte beim Sprechen voller Zuneigung auf Peter Blunt, denn Peter, inzwischen, im Jahre 1600 christlicher Zeitrechnung, fünfundsiebzig Jahre alt, war bei weitem der älteste seiner Berater.

Und doch war der Mogul den anderen, die um ihn herum saßen, ebenso zugetan. Sie waren ein seltsamer Haufen, einzigartig in den Annalen der Welt, da ihre religiösen und rassischen Herkünfte so grundverschieden waren.

Da war der englische Christ mit dem rosigen Teint. Dann waren da die ebenso hellhäutigen moslemischen Brüder Abul Fazl und Shekh Feizi. Da war der dunkelhäutige Brahmane Raja Birbal mit den scharfgeschnittenen Zügen, die an einen Raubvogel erinnerten. Und dann war da noch der ebenso dunkle Hindu Soldat Todar Mal.

Ein großer Schatz an Erinnerungen, dachte Peter. Manchmal fragte er sich, wie vieles davon Wirklichkeit war. Dabei brauchte er sich nur umzusehen, einen Steuerbescheid zu lesen oder an der Seite des Badshahs die königlichen Truppen zu inspizieren.

Seit vierzig Jahren war das Heer nicht besiegt worden.

Zu Anfang war das anders gewesen. Der Sieg über Hemu hatte Akbar zwar den Schlüssel zur Hauptstadt eingebracht, aber der vierzehnjährige Junge war damals von einem Meer von Feinden umgeben gewesen, auch in seiner unmittelbaren Umgebung.

Nicht, daß Bairam Khan, Khan der Khane, wie er sich selbst gern nannte, oder Khan Babu, wie Akbar ihn nannte – der Titel, der ihm am meisten bedeutete –, sich selbst je als Feind des Badshahs betrachtet hätte. Sein ganzes Dasein konzentrierte sich ausschließlich auf Macht und Ruhm des Moguls. Aber es sollten Macht und Ruhm sein, die der Khan bestimmte – und kontrollierte.

Akbar hatte die ständige Bevormundung noch vier Jahre hingenommen, und Peter war beinahe verzweifelt, sich ständig bewußt, daß sein eigenes Leben am seidenen Faden hing, da Bairam dem ungläubigen Fremden nicht wohlgesonnen war. Akbars anhaltendes Interesse für Europa – sowie seine grenzenlose Dankbarkeit für Peter Blunts spektakulären Pfeilschuß – waren sein einziger Schutz.

Vielleicht spielten auch Akbars Schuldgefühle, daß er Richard Blunt nicht rechtzeitig zur Hilfe geeilt war, eine Rolle. Schuldgefühle, die noch zugenommen hatten, als er erfahren hatte, daß Agha Gila, die sich geweigert hatte, sich das Leben zu nehmen, mit einem langen Messer, unter dem Sari verborgen, Hemu in seinem Lager aufgesucht hatte.

Da sie die Schwiegermutter des Rajahs war, hatte man sie passieren lassen, aber in dessen Zelt hatte man sie entwaffnet, ehe sie Gelegenheit gehabt hatte, ihre Familie zu rächen. Darauf hatte Hemu sie seinen Soldaten überlassen.

Es hieß, sie wäre unter dem achtundsechzigsten Mann gestorben.

Diese Dinge lasteten auf Akbars Seele. Gila war eine entfernte Kusine seiner Mutter gewesen.

Er selbst hatte keinen Hang zur Lüsternheit. Seine Erziehung hatte ihn gelehrt, Frauen zu benutzen, wenn er sie brauchte, und sie zu verstoßen, wenn ihm danach zumute war, seine Konkubinen dienten allein dazu, ein körperliches Bedürfnis zu stillen. Man hatte ihm nie gestattet, Liebe zu empfinden und zu zeigen – außer für Hamida Banu Bayram –, und so würde er vielleicht nie einen Menschen lieben, nicht einmal seinen Sohn Murad, den eine seiner pathanischen Konkubinen ihm geboren hatte. Und doch war sein Charakter völlig frei von Boshaftigkeit oder Grausamkeit. Was er tat, geschah ohne Zorn oder Furcht.

So hatte er auch nicht von dem Anrecht des Eroberers Gebrauch gemacht, sich Hemus Frauen anzueignen. Er hatte sie zu ihren Familien zurückgeschickt.

Und dann, nach vier Jahren, in denen sich seine Macht über Delhi und den Pandschab – aber wenig mehr – unter Bairams Anleitung langsam gefestigt hatte, war der oberste Minister seines Amtes enthoben worden.

Dafür gab es mehrere Gründe. Zum einen hatte Bairam unerträgliche Arroganz an den Tag gelegt. Er hatte begonnen, darauf zu bestehen, daß jeder ihn mit Khan Babu ansprach, als wäre er ihrer aller Vater. Damit hatte er Hamida beleidigt, und zweifellos hatten sie und Maham Anaga, die in Akbars Privatgemächern dessen Vertraute geblieben waren, auf den jungen Mann eingewirkt. Dann hatte Bairam sich mit einer Politik der Konsolidierung anstatt der Expansion den Unwillen des Badshahs zugezogen. Aber ausschlaggebend war vermutlich das Bedürfnis des Achtzehnjährigen gewesen, endlich seine eigenen Entscheidungen treffen zu wollen.

Bairam hatte den Verlust seiner Stellung nicht widerspruchslos hingenommen. Er hatte vor Wut getobt und war in den Pandschab aufgebrochen, um dort eine Revolte anzuzetteln. Der Badshah und seine treuen Anhänger waren gezwungen gewesen, gegen ihn ins Feld zu ziehen. Bairam hatte seine Niederlage mit Fassung getragen und davon gesprochen, als Buße nach Mekka zu pilgern. Aber er war noch vor seinem Aufbruch von einem alten Rivalen ermordet worden.

Damals wurde bereits allseits anerkannt, daß Akbar die Kunst des Regierens gelernt hatte, und wenn nötig, war er zu ebenso raschem wie gnadenlosem Handeln fähig.

Oder zumindest war es seine Mutter.

Zweifellos trauerte Akbar zuweilen um seinen Khan Babu, der ihm um vieles näher gestanden hatte als sein leiblicher Vater. In die freigewordene Position des Beraters drängte sich die Harem-Partei, angeführt von Maham Anagas Sohn Adham Khan.

Das war in Peter Blunts Augen kaum eine Verbesserung. Aber er überredete Akbar, seinen eigenen Großwesir zu ernennen, Atgah Khan, und mit dessen Hilfe machte er sich daran, den Herrscher dem Einfluß des Frauenvolks zu entziehen.

Das war ein ebenso schwieriges wie gefährliches Unterfangen. Atgah Khan war erst ein Jahr im Amt, als er umgebracht wurde, und niemand zweifelte daran, daß Maham Anagas Sohn dahintersteckte. Akbar rief Blunt und seine anderen Vertrauten zu sich, um mit ihnen zu beraten, was zu tun sei.

»Maham Anaga und ihre Familie müssen fort, Hoheit«, sagte Abul Fazl.

»Und auch Eure Mutter«, fügt Shekh Feizi hinzu. »Ihnen muß ja kein Leid geschehen, Hoheit, aber *Ihr* müßt regieren.«

Unglücklich sah Akbar zu Peter hinüber, der sehr gut verstand, was in dem Jungen vorgehen mußte. Es war schon schlimm genug, sich von dem Kokon zu trennen, der ihn sein Leben lang wie eine schützende Hülle umgeben hatte, aber sich der Verantwortung zu stellen …

Sie wurden durch lautes Hämmern gegen die Türen unterbrochen, die gleich darauf von den Wachen geöffnet wurden, um Adham Khan einzulassen.

»Hoheit«, jammerte er, vor Akbar kniend. »Ich kann Eure Sorge verstehen, aber Atgah Khan hat gegen Euch konspiriert.«

»Es gibt bestimmt viele, die gegen mich konspirieren«, entgegnete Akbar milde.

»Ihr habt recht.« Adham Khan fühlte sich sicherer und erhob sich. »Und darunter einige, die Ihr zu Euren Vertrauten zählt.« Er funkelte Peter böse an. »Es ist nicht recht, daß der Sultan von Delhi einen Ungläubigen in seinen privaten Gemächern empfängt.«

Akbar ließ den Blick über die Anwesenden schweifen.

»Er will, daß Ihr uns alle entlaßt, Hoheit«, sagte Abul.

»Dann muß ich mich jetzt entscheiden«, entgegnete Akbar. »Blunt Bahatur, dieser Mann ist Euer Feind – und auch meiner. Würdet Ihr Euch seiner bitte annehmen?«

Völlig überrascht von dieser plötzlichen Entscheidung zögerte Peter einen Augenblick, ehe er sein Schwert zog.

»Vergießt sein Blut nicht hier in meinen Gemächern«, mahnte Akbar.

Adham Khan war ebenso überrascht von dieser unerwarteten Verurteilung. Er rührte sich nicht, als Peter das Schwert wegsteckte und auf ihn zutrat. Dann versuchte er, seine Waffe zu ziehen, aber Peter, der um einiges größer war als er, hob ihn mühelos hoch und trug ihn hinaus auf den Balkon. Adham Khan schrie und schlug um sich, vermochte jedoch nichts gegen Peter auszurichten, der ihm kräftemäßig weit überlegen war. Peter warf seinem Herrn über die Schulter hinweg einen Blick zu. Akbar nickte knapp. Peter hob Adham Khan über die Brüstung und ließ ihn fallen. Der Khan schlug mit einem dumpfen Knacken fünfzig Fuß tiefer auf dem gepflasterten Hof auf.

Hamida Banu Baygam und Maham Anaga sollten ihre Gemächer für den Rest ihres Lebens nicht mehr verlassen dürfen. Sie starben bald, vor Scham, wie es hieß.

Weit davon entfernt, von seinem Handeln erdrückt zu werden, entfaltete Akbar nach der endgültigen Trennung von den beiden Frauen eine Energie, wie Peter Blunt sie bei keinem anderen Menschen je gesehen hatte. Ein neuer Großwesir, Mun'im Khan, wurde ernannt, und von da an führte der Badshah vierzig Jahre lang beinahe ohne Pause Krieg. Sein Ziel war es, ganz Indien zu erobern, und das war ihm auch beinahe gelungen.

Als ein Mann, der mit achtzehn Jahren schon in der Lage war, simple strategische Prinzipien zu begreifen, die nicht einmal Babur verstanden hatte, hatte er alle damit überrascht, daß er seinen ersten Feldzug gegen Malwa führte, ein Gebiet südlich von Agra. Dies war das Land, das Richard Blunt und Prabhankar fünfunddreißig Jahre zuvor durchquert hatten und dessen fruchtbare schwarze Erde sie in Staunen versetzt hatte. Akbar suchte außerdem sofort Grenzen, die sich verteidigen ließen. Er führte sein Heer quer durch die überraschten und in Zwietracht lebenden kleinen Königreiche bis nach Narmada, wo er dann haltmachte. Der Feldzug hatte ein knappes halbes Jahr gedauert und ihm und seinem Volk eine schier unerschöpfliche Kornkammer eingebracht.

Da er nach Süden gezogen war, hatte er die von Rajputen beherrschten Gebiete unangetastet gelassen, und die Rajputen waren von der plötzlichen Eruption einer Macht, die sie bislang für unbedrohlich gehalten hatten, völlig überrascht worden. Sie hatten sich langsam von ihrer Niederlage in Panpat erholt und neue Kräfte und Mut gesammelt, und es bestand kein Zweifel daran, daß sie bald bereit sein würden, den Jungen, der den Koh-i-noor um den Hals trug, herauszufordern.

Akbar kam ihnen zuvor. Kaum befand sich Malwa in seiner Hand, wandte er sich den ältesten Feinden seines Herrscherhauses zu. Dies war eine sehr viel ernstere Angelegenheit, und der darauffolgende Krieg dauerte ganze sechs Jahre und war der blutigste und fanatischste Konflikt, den Peter je erleben sollte.

Aber Akbar war unerbittlich. Sein militärisches Genie war die erste der herausragenden Facetten seiner Persönlichkeit, die sich der Welt kundtaten. Es war, als wären das Feuer Dschingis Khans, die Unbarmherzigkeit Timurs und das taktische Geschick Baburs in einem einzigen Menschen vereint. Noch keine zwanzig, nur ein Meter fünfundsechzig groß und ohne entsprechende militärische Ausbildung, beherrschte Akbar alle Aspekte der Kriegskunst.

In sein Heer brachte er alle Neuerungen ein, von denen er hörte. Er suchte ständig seine Artillerie zu vergrößern, stellte seine eigenen Geschütze her und veranlaßte, daß seine Kanoniere ständigem Drill unterzogen wurden. Er stellte das Korps Pikeniere wieder auf, das einstmals von Richard Blunt ins Leben gerufen worden war, und bewaffnete jeden Mann nach europäischer Manier mit Musketen. Hinzu kamen seine ungezähmten Pathanen als leichte Truppen. Die Fußsoldaten wurden dem Kommando Todar Mals unterstellt, und ganz Indien war verblüfft, daß ein Moslem einen Hindu mit einem so verantwortungsvollen Posten betraute.

Aber Akbar wußte, wo der Kern seiner militärischen Macht lag, und so konzentrierte er sich vor allem auf seine Kavallerie, bei der er selbst mitritt. Wie in allem vereinte er auch dort die Vorzüge jeder Zivilisation, mit der er in Kontakt gekommen war, und so vereinigte er die Division mongolischer berittener Bogenschützen mit den lanzenbewaffneten Männern, die er im Stil der Rajputen ausgebildet hatte.

So viel zur Organisation. Aber Akbars taktische Talente waren noch herausragender. Er konnte auf einen Blick die Schwächen feindlicher Stellungen erkennen und weigerte sich, je in der Defensive zu kämpfen, wie es ehemals mongolische Tradition gewesen war. Seine Armeen stürmten stets vor, und die Rajputen wurden immer und immer wieder vernichtend geschlagen.

Und doch leisteten sie mit vorbildlichem Mut, der an Verzweiflung grenzte, erbitterten Widerstand – und zwar nicht nur die Männer. Nach sechs Jahren der Niederlagen zogen sich die letzten Überlebenden zu ihrem Stützpunkt in Chitor zurück, eine Stadt, die unterhalb eines gewaltigen Festungsberges lag. Sie verkündeten der Welt, daß sie siegen oder sterben würden.

Chitor war schon zweimal von moslemischen Truppen angegriffen worden: 1303 unter Ala-ud-din Khalji und 1535 unter

Bahadur Shah von Gujarat. Bei beiden Gelegenheiten hatten die Rajputen mit Frauen und Kindern lieber Selbstmord begangen, als sich zu ergeben.

Und so geschah es auch 1568. Das mongolische Heer bezog in seiner ganzen Stärke Stellung unterhalb der wunderschönen Jaina-Türme, die Glück und Sieg symbolisierten und viele Jahre zuvor, in besseren Zeiten, errichtet worden waren. Prompt erschien der Prinz von Chitor auf den Festungszinnen und schrie hinab, daß sie sich niemals ergeben würden. Akbar persönlich feuerte mit einer Muskete auf den Prinzen, der verwundet zusammenbrach. Ihm gelang später die Flucht, aber die restlichen Belagerten wählten den Freitod. Flammen schlugen hoch, und Schreie hallten von der Festung über das Tal, als jeder Mann, jede Frau und jedes Kind vom Holocaust verschlungen wurden.

Es hieß, in Chitor wären dreißigtausend Menschen umgekommen.

Nach der Eroberung Chitors baten sogar die überlebenden Prinzen der Rajputen um Frieden. Wieder wurden sie überrascht: Anstatt die erwarteten Beschlagnahmungen und Hinrichtungen anzuordnen, bestätigte Akbar jeden Prinzen als Herrscher im eigenen Land, wenn auch der Regierung Delhis unterworfen.

Weiterhin brachte Akbar Gesetze heraus, die die althergebrachte Doktrin der moslemischen Überlegenheit gegenüber den Hindus außer Kraft setzten, er strich die Jizya-Steuer, die dem bislang als niedere Rasse betrachteten Volk auferlegt gewesen war, und verlieh jedem Mann in seinem Reich gleiche Rechte.

Auch unterschied sich Akbar von seinen Vorgängern, als er keine Hindu-Frauen zu Konkubinen nahm, sondern eine Rajputen-Prinzessin, die Tochter Raja Bihari Mals von Amber, ehelichte und zur Hauptfrau nahm.

Bemerkenswerterweise für einen Mann, der nie wahre Liebe gekannt hatte, erwies die Verbindung sich als Liebesheirat. Jodha Bai von Amber war eine Schönheit und dazu noch von großer Natürlichkeit. Als Hindu weigerte sie sich, den Purdah zu tragen und zeigte sich ihrem Volk unverschleiert. Akbar war sichtlich stolz auf sie, und seine Freude kannte keine Grenzen, als Jodha Bai Ende 1568 schwanger wurde.

Der Mogul war so besorgt um ihr Wohl, daß er seine Feldzüge unterbrach, um dem berühmten moslemischen Heiligen, Salim Chisti, in seiner Heirat Sikri einen Besuch abzustatten. Zu seiner großen Erleichterung sagte ihm Chisti, daß die Begum ihm drei Söhne schenken würde.

»Dann soll sie fortan hier leben«, verkündete Akbar, und es wurde sogleich mit dem Bau der Stadt Fatehpur – oder ›Siegreiche‹ – Sikri begonnen.

Sikri war ein Bergdorf im Tal des Jumna, etwa zwanzig Meilen westlich von Agra. Ganz in der Nähe befand sich Khanua, Schauplatz von Baburs überwältigendem Sieg über die Rajputen im Jahre 1527. Jetzt verwandelte sich das kleine Dorf in eines der Wunder der indischen Welt, als erst der Palast der Begum und anschließend die Jami Masjid, die Große Moschee, errichtet wurden, deren Südtor, das Buland Darwaza oder Siegestor, für alle Zeit eines der größten Meisterwerke indischer Architektur bleiben sollte.

Im Inneren der Moschee wurde eine Gruft für Chisti gebaut, der kurz nach seiner berühmten Prophezeiung gestorben war.

Diese bewahrheitete sich bald erstmals, als Jodha Bai am einunddreißigsten August 1569 einen Sohn gebar, den Akbar auf den Namen Nur-ud-din Salim taufte und somit der ganzen Welt verkündete, daß dieser – halb Mongole, halb Rajpute mit persischem Blut – der nächste Sultan von Delhi sein würde. Nordindien staunte, aber von den Wüsten Baluchistans bis zum Himalaya anerkannte es Akbar als seinen König.

Er war erst fünfundzwanzig, ein Alter, in dem Timur und Temudschin noch nicht einmal Stammeshäuptlinge gewesen waren und in dem Babur immer wieder mal in Samarkand eingefallen war.

Während Akbar mit den Rajputen beschäftigt war, war Prinz Mirza aus dem Hindukusch gekommen, um seinen jüngeren Bruder, der so rasch und so weit zog, zum Kampf zu fordern. Peter Blunt war mit einem Truppenkontingent ausgesandt worden, ihn aufzuhalten, und Mirza hatte sich ängstlich in den Norden zurückgezogen.

Darauf waren sechs Jahre des Friedens gefolgt, während derer Akbar die riesigen eroberten Gebiete konsolidierte, sich an seiner Frau erfreute, die ihm die zwei anderen prophezeiten Söhne schenkte, Murad und Daniyal, und sich ansonsten der in seiner Familie schon traditionsreichen Leidenschaft fürs Bauen widmete.

Von einem Ende des Reiches bis zum anderen wurde in einem Ausmaß gebaut, wie es in Indien noch nie dagewesen war, und die Träume, in denen Babur seinerzeit geschwelgt hatte, wurden nun Wirklichkeit.

Im Osten war Pataliputra bereits von Sher Shah als Patna wiederaufgebaut worden, aber Akbar weitete die Stadt um ein Zweifaches ihrer ursprünglichen Größe aus. Benares war eine weitere Stadt, die er vergrößerte und verschönerte. Noch wichtiger war, daß diese Stadt durch des Sultans außergewöhnliche Liberalität in Religionsfragen wieder zu einem der Zentren hinduistischen Glaubens wurde. Zahlreiche Gelehrte aus ganz Indien kamen nach Benares, das in neuem geistigen und wirtschaftlichen Glanz erstrahlte.

Akbar widmete sich der Stadt Payrag wegen der Säule Ashokas. Er ließ eine Festung errichten, um sie zu schützen, und nannte die Stadt um in Stadt Gottes – Allahabad.

Im Nordwesten blieb natürlich Lahore seine Lieblingsresidenz, und tatsächlich kehrte er jedes Jahr dorthin zurück, um der erstickenden Schwüle der Regenzeit zu entfliehen. Aber auch Orte wie Multan und Jodhpur erlebten das kaiserliche Expansionsstreben; Jodhpur zog ihn vor allem wegen der gewaltigen Festungsanlage an, die oberhalb der Stadt in den schroffen Fels gebaut worden war. In der Vergangenheit war es kein einziges Mal gelungen, Jodhpur zu erobern.

Delhi wurde nicht vernachlässigt, aber Akbar hatte nicht viel übrig für die Stadt, in der sein Vater gestorben war und die Schauplatz so vieler tragischer Ereignisse gewesen war.

Die wahre Hauptstadt des Reiches war wieder Agra. Wenngleich mehr und mehr kaiserliche Entscheidungen in Fatehpur Sikri gefällt wurden, blieb Agra das Handelszentrum. Und auch hier zeigte sich Akbars Sinn für Schönheit und Ästhetik. Eine Festung zu errichten war an sich noch konventionell; es war ein schönes Gebäude aus rotschimmerndem Sandstein. Aber innerhalb der Festung ließ er eine Moschee ganz aus weißem Marmor errichten, deren Minarette die von den Arabern erfundenen zwiebelförmigen Kuppeln zierten, die sich in der ganzen moslemischen Welt immer größerer Beliebtheit erfreuten. Timur hatte Samarkand mit diesen Kuppeln verschönert, und nun sorgte Akbar für ihre Verbreitung.

Dieses architektonische Meisterwerk wurde Perlenmoschee genannt.

Das waren die glücklichen Jahre.

Akbar sonnte sich in der Liebe seiner Frau und seiner wachsenden Familie. Nachdem sie nämlich die Prophezeiung erfüllt hatte, schenkte Jodha Bai ihrem Mann mehrere Töchter. Aus politischen Gründen hatte der Mongole seinen Harem um mehrere hinduistische und moslemische Nebenfrauen und Konkubinen erweitert. Aber nur einer Frau war er wirklich zugetan. Die gegenseitige Zuneigung zwischen Kaiser und Kaiserin war für alle sichtbar, und das ganze Volk erfreute sich daran. Jodha Bai versuchte nie, Einfluß auf Staatsangelegenheiten zu nehmen, wenngleich sie, wie an vielen von Akbars Entscheidungen abzulesen war, ihre eigenen Ansichten hatte und sich nicht scheute, diese in der Intimität des kaiserlichen Schlafzimmers auch zu äußern.

Akbars Liebe zu seinen Söhnen, vor allem zu Sali, seinem Ältesten, war nicht minder anziehend. Er unterwies den Jungen persönlich in der Kunst der Falknerei und sah aufmerksam zu, wenn der Prinz zu Fuß oder zu Pferd mit Säbel, Lanze und Bogen exerzierte.

»Aus ihm wird ein großer Krieger werden«, verkündete er stolz. »Ein wahrer Jahangir, ein Welteroberer!«

Akbar selbst legte weiterhin unglaubliche geistige und physische Energie sowie grenzenlosen Mut an den Tag.

Wie anstrengend ein Tag auch gewesen sein mochte – danach schwang er sich in den Sattel seines Pferdes und befahl seinen Amiren und Tavachis, ihn auf die Jagd zu begleiten. Und er war glücklich, wenn er einem wilden Tiger gegenüberstand.

Er eignete sich das Beste von allem an, mit dem er in Berührung kam, ließ sich nie von Bräuchen oder Traditionen einschränken, die sich nicht als zeitgemäß und sinnvoll erwiesen. Und so war auch der Koh-i-noor nur selten zu sehen; Akbar bedurfte keiner solchen Zurschaustellung von Reichtum. Auch saß er nicht auf einem Teppich wie noch sein Vater und Großvater; er war zu weit entfernt von seinen Vorfahren und den Steppen Zentralasiens. Lieber hielt er in einem bequemen Stuhl hof, und wenn es warm war, verzichtete er häufig auf Stiefel und mongolische Hosen und kleidete sich wie ehemals die indischen Rajahs nur mit einem Dhoti und einer Tunika.

Sein Volk liebte ihn dafür.

Und Fatehpur nahm täglich an Schönheit und Größe zu.

Für Peter Blunt waren diese Jahre wie ein erfüllter Traum. Er wurde zum Tuman-bashi von Akbars Leibgarde ernannt: Zehntausend der besten Soldaten im ganzen Reich. Nur hier war eine Spur religiöser Intoleranz im Verhalten des Badshahs erkennbar: Mit Ausnahme der Kommandeure waren sämtliche Soldaten Moslems. Jeder Mann der Leibgarde mußte absolut vertrauenswürdig sein. Die Männer rissen sich darum, in die Leibgarde aufgenommen zu werden, und in ihren goldfarbenen Uniformjacken und den roten Hosen, den polierten Helmen und blitzenden Lanzen und Säbeln bot die Garde einen prächtigen Anblick.

Auch zu Hause hätte Peter sich nicht mehr wünschen können. Er war wohlhabend, berühmt und glücklich. Juana sonnte sich im Ansehen ihres Gatten und überwachte persönlich den Bau und die Ausstattung ihres Hauses in Fatehpur. Es befand sich ganz in der Nähe des Palastes der Begum, da sie und Jodha Bai sich rasch angefreundet hatten.

Sofern Juana in dieser Zeit überhaupt etwas bedauerte, dann höchstens, daß sie ihre Eltern nicht benachrichtigen konnte, um sie wissen zu lassen, daß sie lebte und was aus ihr geworden war. Aber alle Länder Indiens, die nicht unter der Herrschaft des Mongolen standen, betrachteten Akbar als potentiellen Feind, und zwischen Delhi und Goa lagen mehrere feindliche Staaten.

Aber eines Tages, schwor sie sich.

Peter unterwies seine Söhne in der Kunst der Falknerei, des Reitens und des Schwertkämpfens, er brachte ihnen die Freuden des Schachspiels und der Poesie näher. Akbar, in dessen Adern persisches Blut floß, hatte eine große Vorliebe für die großen iranischen Schriftsteller und ihre Werke sowie für die wichtigsten Texte in Sanskrit – von Feizi, einem berühmten Gelehrten übersetzt –, die im ganzen Land verbreitet wurden. Sein liebster Dichter war Tulsi Das, der häufig für den Kaiser und dessen Freunde Lesungen hielt.

Peters größte Freude war jedoch Juana. Das junge Mädchen, das damals so sorgfältig geplant, manipuliert und gelogen hatte, um das zu erreichen, was sie sich in den Kopf gesetzt hatte, war sich in all den Jahren treu geblieben. Aber jetzt setzte sie ihre Talente zum Wohl ihrer ganzen Familie ein.

Seit sie im Schatten Akbars lebten, war jede Nacht, die Peter bei ihr zu Hause verbrachte, jede Rückkehr von einem der Feldzüge des Badshas ein Segen für sie. Ganz sicher hatte sie auch Vorsorge für den Fall seines Todes getroffen, aber darüber sprachen sie nie. Ganz sicher würde es ihr nicht an Geld fehlen: Akbars Zuneigung hatte den Befehlshaber seiner Leibgarde zu einem reichen Mann gemacht. Und da sie auch die Freundschaft Jodha Bais genoß, drohte ihr auch persönlich keine Gefahr.

Und so lachten sie und liebten sich. Sie machten einander glücklich. Und sie waren beide ebenso entzückt wie verblüfft, als Juana 1573, im Alter von zweiundvierzig Jahren, wieder schwanger wurde.

In diesem Jahr 1573 hatte Akbar seine Feldzüge wiederaufgenommen. Er war erneut gen Süden gezogen, von Rajputana nach Malwa bis nach Gujarat. Peter erinnerte sich noch gut daran, daß dies Richards großer Traum gewesen war.

Als Gujarat versuchte, den Vertrag zu lösen, mit dem der Staat die Souveränität des Mongolen anerkannte, legte Akbar mit dreitausend berittenen Soldaten in nur elf Tagen über vierhundertfünfzig Meilen zurück und überraschte das Heer Gujarats beim Mittagsschlaf. Der Sultan floh, und die Streitkräfte des Moguls ritten durch die Straßen von Surat.

Nach der Eroberung von Gujarat legte Akbar eine Pause ein und dachte ernsthaft darüber nach, die Pilgerreise nach Mekka zu unternehmen, die jedem gläubigen Moslem einmal im Leben auferlegt war. Glücklicherweise wurde er abgelenkt und gezwungen, seine Aufmerksamkeit gen Osten zu lenken, auf Bihar und Bengalen, wo es wie gewöhnlich vor Unzufriedenheit brodelte.

Die Provinzen wurden innerhalb von zwei Jahren befriedet und Raja Man Singh Kachawa von Amber unterstellt, dem Bruder Jodha Bais, der somit das höchste Amt bekleidete, das je einem Hindu unter moslemischer Herrschaft anvertraut worden war. Kaum war dies vollbracht, wurde eine Armee über den Fluß Narmada gesandt, um Deccan zu erobern.

Dieser Feldzug wurde von Prinz Murad befehligt, Akbars zweitem Sohn, der leider nicht das militärische Geschick seines Vaters geerbt hatte, und so wurde das mongolische Heer zum ersten Mal seit 1556 besiegt.

Akbar konnte die Schlappe nicht gleich auswetzen, da Prinz Mirza, der sich inzwischen Mohammed Hakim nannte, erneut in Nordindien einfiel.

Der Herrscher war fest entschlossen, Mirzas Eskapaden ein für alle Male ein Ende zu machen. Er mobilisierte seine gesamten Streitkräfte gegen die Bergstämme seines Halbbruders und jagte sie zurück in die Berge. Er nahm Kabul ein und stellte Afghanistan unter seine Herrschaft. Mirza wurde zum Gesetzlosen und ward nie wieder gesehen.

Da er sich schon im Norden befand, beschloß Akbar, sein Reich bis über die Berge zu erweitern, worauf ein neunjähriger Krieg begann, in dessen Verlauf Kaschmir, Sind, Orissa und Baluchistan erobert wurden.

Kaschmir wurde von einem Afghanenhäuptling, Prinz Yusuf, regiert, der ohne große Mühe besiegt wurde. Wichtiger war jedoch, daß es die Heimat der Sikhs war, einer Sekte, deren Glauben auf einer Lehre basierte, die von der Hindu-Religion abgeleitet war, fünfhundert Jahre vor der Eroberung Indiens durch die Mongolen von dem berühmten Lehrer Ramanuja gegründet. Die Sikhs hatten die extrem ritualistische Form des

Hinduismus gegen eine einfache Wiederholung des Namen Gottes, das Singen von Hymnen und die Meditation unter Führung eines Gurus eingetauscht, der später ihr politischer und geistiger Führer wurde.

Wie die Buddhisten leugneten die Sikhs vehement die Überlegenheit der Brahmanen-Kaste. Sie waren schon bald gezwungen gewesen, sich selbst und ihren Glauben mit Waffengewalt zu verteidigen, gegen Hindus und Moslems gleichermaßen. Inzwischen hatten sie durch die Werke des Dichters Kabir einige der Lehren des islamischen Mystizismus ihrem Glauben einverleibt. Ihr erster regierender Guru, Nanak, war ebenso mit der hinduistischen wie mit der moslemischen Glaubenslehre vertraut gewesen. Nanak war es, der die Sikh-Religion erst richtig organisiert hatte und von dem sogar der Name *Sikh* stammte, der soviel bedeutete wie Jünger. Er hatte den ersten ausschließlich Sikhs vorbehaltenen Tempel errichten lassen und offen erklärt, es gäbe »weder Hindu noch Muselman«.

Seit Nanaks Tod im Jahre 1539 hatte es vier weitere Gurus gegeben, und der vierte von ihnen, Ram Das Sodji, war es, der sich schließlich Akbar unter der Bedingung ergeben hatte, daß der Badshah ihm und seinem Volk völlige Glaubensfreiheit garantierte. Darauf wurde die Position des Gurus in der Familie Sodji über mehrere Generationen vom Vater an den Sohn weitergegeben.

Kaschmir war ein wunderschönes Land. Sind und Baluchistan waren das genaue Gegenteil und bestanden größtenteils aus Wüste, ausgenommen jene Landabschnitte, die durch den Indus bewässert wurden. Aber das Gebiet bildete eine natürliche Grenze für ein indisches Reich, da es sich bis zu den Bergen erstreckte, die den Subkontinent von Persien trennten.

Als das letzte dieser Länder sich ergeben hatte, konnte Akbar wahrhaft von sich behaupten, Herrscher über ganz Hindustan nördlich des Narmada zu sein.

Aber die triumphalen Feldzüge nahmen ein Ende, als bekannt wurde, daß Jodha Bai schwer erkrankt war. Akbar eilte zurück nach Fatehpur Sikri, und als er dort eintraf, war seine Gattin bereits tot.

Nachdem er sie bestattet hatte, kehrte er Fatehpur Sikri für immer den Rücken. Die schöne Stadt wurde aufgegeben, und Akbar pendelte fortan zwischen Agra im Winter und Lahore im Sommer.

Auch ließ er sich eine eigene Moschee errichten, in der er später zur letzten Ruhe gebettet werden sollte. Die Moschee entstand nicht in einer seiner großen Städte, sondern in dem kleinen Dorf Sikandra, einige Meilen nördlich von Agra, an der Straße nach Delhi.

»Hier werde ich, weitab von geschäftlichen Dingen, in Frieden ruhen und doch ein Auge auf die Angelegenheiten meiner Nachfahren haben können«, sagte er.

In dem Jahr, in dem Jodha Bai starb, war Peter Blunts jüngstes Kind, eine Tochter, die nach ihrer Großmutter Elena benannt worden war, zwölf Jahre alt.

Nachdem er seine Trauer überwunden hatte, fühlte Akbar sich endlich in der Lage, sich dem Süden zuzuwenden. Unter seiner Führung annektierte er im Laufe der folgenden Jahre Khandesh, Berar und Ahmadnagar.

Während der Belagerung Ahmadnagars legte die legendäre Prinzessin Chand Bibi, die Schwester des Sultans Burhanu'l Mulk, eine Rüstung an und ritt an der Spitze ihrer Soldaten gegen die Mongolen in den Kampf. Letztlich war sie doch gezwungen, die Waffen zu strecken. Sie wurde vor den Eroberer gezerrt, voller Stolz, wie man es von ihr erwartete.

Akbar gab ihr das Schwert zurück und schickte sie nach Hause zu ihrem Gatten zurück.

Traurigerweise wurde Chand Bibi später von ihren eigenen Truppen ermordet.

Südlich von Ahmadnagar befanden sich außerdem die berühmten Höhlen von Ajanta, die Akbar mit Begeisterung erforschte. Hier hatten Buddhisten der ersten Stunde an der Innenseite einer siebzig Fuß tiefen Schlucht im Flußtal des Wagurna fast dreißig Tempel und Klöster in den Granit gehauen. Die Höhlen selbst waren schon bemerkenswert, aber darüber hinaus waren sie mit phantastischen Wandmalereien und Fresken geschmückt, die das Leben Indiens zu Asokas Zeiten mit atemberaubender Energie und Vitalität darstellten.

Akbar war nun ob der Schnelligkeit, mit der er weiterzog und kämpfte, nur noch wenige Tage von Goa entfernt. Doch statt weiterzumarschieren, beschloß er, nach Agra zurückzukehren, da ihm die Kunde häuslicher Unstimmigkeiten zugetragen worden war.

Peter war etwas enttäuscht, daß das mongolische Reich nicht bis Goa reichen würde. Aber sie waren mit den Portugiesen in Diu, einem Hafen, den die Europäer sich an der Küste Gujarets gesichert hatten, in Berührung gekommen. Von den Kommissionären dort erfuhr er, daß Juanas Eltern schon lange tot waren.

Aber in diesem Frühling des Jahres 1600 war auch Juana verstorben, und so sah nicht einmal Peter einen Sinn mehr darin, weiter nach Süden vorzudringen.

Akbars Problem hieß Salim. Der inzwischen einunddreißig Jahre alte Prinz war als Stellvertreter seines Vaters zu Hause geblieben und hatte in dessen Abwesenheit einige beunruhigende Charakterzüge an den Tag gelegt.

Diese Züge hatten sich seit dem Tod seiner Mutter verdeutlicht. Niemand hatte je die Fähigkeiten des jungen Mannes angezweifelt. Akbar hatte großen Wert darauf gelegt, daß Salim neben der Kriegskunst auch Schreiben lernte und die Klassiker las. Aber Jodha Bais Tod hatte Salim aus der Bahn geworfen – er war ihr Lieblingssohn gewesen. Obwohl schon mit sechzehn mit einer Prinzessin von Amber, einer Kusine seiner Mutter, verheiratet, die ihm bereits einen Sohn, Khusraw, geschenkt hatte, hatte er sich schon bald die lockeren Sitten des indischen Hofes zunutze gemacht und war in Leidenschaft für ein persisches Mädchen namens Mehr on-Nesa entflammt. Die Verbindung wäre unmöglich gewesen, da Mehr, wenn auch sehr hübsch, nur die Tochter eines Beamten aus Teheran war, der so tief gesunken war, daß er seine Tochter auf der Straße zum Verkauf angeboten hatte.

Sie hatte das Glück gehabt, von einem wohlhabenden mongolischen Händler gekauft worden zu sein, der um vieles älter war als sie und sich eher eine Tochter als eine Konkubine wünschte. Sie hatte die beste Erziehung genossen, und ihre angeborenen Talente sowie ihre Schönheit hatten sie bald zu einem beliebten Mitglied von Akbars Hof gemacht, wo Salim ihr begegnet war und sich unsterblich in sie verliebt hatte. Da Akbar jedoch niemals einer Heirat seines Erben mit einer Bürgerlichen zugestimmt hätte und Salim zu verliebt war, Mehr als einfache Konkubine in seinen Harem aufzunehmen, hatte Akbar das Mädchen prompt mit einem anderen verheiratet, einem persischen Tuman-bashi seines Heeres.

Salin war verbittert gewesen und indiskret geworden. Große Reden darüber, was er tun würde, wenn er erst herrschte, waren bei einem Erstgeborenen nichts Ungewöhnliches. Beunruhigender aber war seine Schwäche für Wein, und es hieß außerdem, daß er auch Opium nahm, wenn ihm der Sinn danach stand.

Aber bei Akbars unerwarteter Rückkehr flehte Salim vor seinem Vater kniend um Vergebung für seine Verfehlungen – und Vergebung gehörte zu den ansprechendsten Charaktereigenschaften Akbars. Er hatte nicht vergessen, daß Salim der Liebling seiner Mutter gewesen war.

Nun saß der Mogul also mit seinen drei ältesten Freunden beisammen und schwelgte in Erinnerungen.

Es war eine besondere Gelegenheit, da Abul Fazl endlich ein Werk beendet hatte, an dem er sehr lange Zeit gearbeitet hatte: Das *Ain-i-Akbari*, die Lebensgeschichte des Moguls. Er überreichte sie jetzt seinem Herrn.

Akbar blätterte die Seiten um. Das Lesen fiel ihm immer noch schwer, aber allein der Umfang des Bandes war beeindruckend.

Er lächelte in die Runde. »Habe ich wirklich so viel getan?«

Es war eine rhetorische Frage.

In den vierzig Jahren seiner Herrschaft hatte er Unglaubliches geleistet und erreicht. Ganz Indien mit Ausnahme der südlichen Staaten Bijapur, Mysore, Golconda und Orissa und des Königreichs Nepal in den Bergen im Norden erkannte ihn als Herrscher an. Und was noch wichtiger war, dieses riesige Land, das etwa zweieinhalb Millionen Quadratmeilen umfaßte – mehr als ganz Europa einschließlich des europäischen Rußlands –, dachte dasselbe und sprach dieselbe Sprache … und war zufrieden. Das war dem Umstand zu verdanken, daß Akbar trotz der vierzigjährigen Kriege parallel zu den Feldzügen die gesamte Verwaltung des gewaltigen Reiches unermüdlich reformiert hatte.

Es hatte mit dem Erlaß begonnen, daß sämtliche Länder, die unter der Knute der verschiedenen Steuereintreiber gestanden hatten, an die Krone zurückgegeben werden mußten. Sie wurden jetzt von Gouverneuren, *Jagidars*, verwaltet, die ebenso wie ihre Bevollmächtigten, die *Mansabdars*, von Akbar ernannt wurden, so daß die Weitergabe des Amtes vom Vater an den Sohn ausgeschlossen wurde.

Die Gouverneure waren Offiziere des Heeres, jedoch auch ausgebildet, zivile Aufgaben zu erfüllen, von denen die bedeutendsten die Verwaltung der örtlichen Justiz und natürlich die Eintreibung der Steuern waren. Außerdem waren sie angehalten, dem Badshah bei Bedarf Soldaten, Pferde und Vorräte zur Verfügung zu stellen.

Aber das Gesetz selbst unterstand nicht dem Mogul, sondern dem ernannten Obersten Richter, Mir-i-adl, dessen Entscheidung in allen Rechtsfragen unanfechtbar war – und sogar für Akbar bindend. Auch wenn Mir vom Großmogul ernannt worden war, bedeutete dies die erste Trennung von Exekutive und Legislative in der Geschichte der Menschheit.

Und so blühte und gedieh das Reich. Peter Blunt schätzte, daß es sich um das reichste Land der Welt handeln mußte.

Aus Bengalen kamen Reis, Lackarbeiten und Textilien; Mangos aus Bihar; Opium und Indigo aus Oudh; Wein aus Kaschmir; Salz, Kaliko und Weizen aus Multan; Salz und Edelsteine aus Sind und Gujarat; Salz und Gewürze aus Kandesh; unerschöpfliche Mengen Weizen aus Malwa und Teppiche, Opium, Textilien aus Delhi … und das Silber für den Sold von Akbars Truppen.

Und doch fand Akbar trotz all seiner Aktivitäten Zeit, sich jeden Donnerstagabend, ganz gleich wo, mit seinen Freunden zusammenzusetzen. Sein Wissensdurst war unstillbar.

Er suchte weiter nach einem tieferen Verständnis der Religionen und lud Menschen jeden Glaubens ein, mit ihm über ihre Überzeugungen zu diskutieren. Seit er den Portugiesen begegnet war, lud er einige ihrer Priester ein, mit ihm zu debattieren. Unglücklicherweise schickte der Gouverneur von Diu zwei Vertreter der neugebildeten Gemeinschaft Jesu. Diese Jesuiten, Antonio Monserrate und Rodolfo Acquaviva, schafften es mit ihrer Arroganz und Intoleranz gegenüber jeder anderen Glaubensform beinahe, den Mogul in Rage zu bringen.

Peter dagegen hing an ihren Lippen, so umstritten die Jesuiten auch sein mochten, denn sie setzten ihn über die Ereignisse in Europa ins Bild.

Sie erzählten ihm, daß nach Heinrich VIII. ein früh verstorbener Sohn und dann zwei Frauen regiert hatten, die ersten beiden Königinnen, die je unangefochten den englischen Thron innehatten. Auch erfuhr Peter von dem großen Krieg zwischen Spanien und England, der mit der Vernichtung der spanischen Flotte durch einen gewaltigen Sturm beendet worden war – den Sturm betrachteten die spanischen Jesuiten als Akt des Teufels zum Schutz seiner Jünger. Sie erzählten ihm vom Bürgerkrieg in Frankreich, vom Tod Suleimans des Großartigen, vom Sieg der christlichen Verbündeten über die ottomanische Flotte bei Lepanto.

Die Kunde von Suleimans Tod hatte Agra natürlich bereits erreicht. Das war 1566 gewesen, noch während Akbars Feldzug gegen die Rajputen, und wenngleich es sich hierbei zweifellos um ein denkwürdiges Ereignis handelte, schien es im Vergleich zum langen Marsch der Ottomanen durch die Geschichte unbedeutend.

Was die Jesuiten Blunt nun erzählten, ließ die Dinge in einem anderen Licht erscheinen: Die Schlacht von Lepanto wurde fünf Jahre nach Suleimans Tod geschlagen, und nun schien kein Zweifel mehr daran zu bestehen, daß das ottomanische Reich bröckelte.

War Akbar nun der größte Herrscher der Welt?

Aber was war mit dem Mann, der in diesen vierzig Jahren an der Seite des Moguls geritten war? Er hatte mehr erreicht, als er in seinen wildesten Träumen zu hoffen gewagt hätte.

Durch die ständigen Feldzüge waren Peter und Juana häufiger getrennt gewesen, als ihm lieb gewesen war – und doch hatten sie vier Kinder.

Leider gehört es zu den unangenehmen Seiten eines hohen Alters, daß man Mitglieder seiner Familie überlebt. Juana und Peter mußten dies erleben; jene sechs Jahre ungetrübten Glücks hatten viel zu bald ein Ende genommen. Thomas war der erste gewesen; er war bei einem Scharmützel während Murads gescheiterter Invasion von Deccan ums Leben gekommen, und kurz darauf war Thomas' Frau vom Stamm der Rajputen bei der Geburt ihres Sohnes gestorben.

Isabella war einem der Fieber erlegen, die Agra während jedes Monsuns heimsuchten; sie war damals mit einem Tumanbashi verheiratet gewesen. Peters jüngerer Sohn, William, war beim Polospiel von seinem Pony gestürzt und hatte sich das Genick gebrochen.

Von ihren vier Kindern hatte nur Elena überlebt. Sie hatte nicht nur das von rötlichen Strähnen durchzogene dunkle Haar ihrer Mutter, sondern auch ihre Schönheit geerbt. Geheiratet hatte sie jedoch nie. Sie blieb an Juanas Seite und half ihr, Thomas' kleinen Sohn William großzuziehen. Aber dann war auch Juana gestorben.

War sie wirklich glücklich gewesen, nachdem sie auf so abenteuerliche Weise aus Goa durchgebrannt war? Peter wußte, daß es ganz sicher Zeiten gegeben hatte, in denen sie bitter bereut hatte, ihre Eltern getäuscht zu haben. Aber das war noch in den frühen Tagen ihrer Ehe gewesen, als sie noch von Ängsten geplagt gewesen war. Seit Akbars Machtübernahme 1562 hatte sie keinen Augenblick mehr gezweifelt. Der Tod ihrer Kinder war die bitterste Enttäuschung ihres Lebens gewesen.

Und so hatte sie sich mit ihrer ganzen Liebe ihrem Enkel zugewandt, dem letzten Blunt. Und diese hingebungsvolle Aufgabe hatte sie an ihre Tochter weitergegeben.

Wenn auch bedrückt ob dieser familiären Tragödien, war Peter Blunt vor den Augen der Welt von Triumph zu Triumph geschritten. Er nahm an, daß nur wenige Männer erfolgreicher sein konnten als er. Sein Name war auf dem ganzen Subkontinent bekannt. Wenn er überhaupt etwas bedauerte, dann höchstens, daß sein Name nicht auch in England ein Begriff war. Wie sehr hätte er sich gewünscht, daß seine Mutter von seinem Triumph erfahren hätte. Aber sie war zweifellos längst gestorben, überzeugt, daß sein Leichnam irgendwo im indischen Dschungel verweste.

Nun begnügte er sich damit, die letzten Jahre in Gesellschaft seiner Tochter Elena zu verleben. Sie war sechsundzwanzig Jahre alt. Ob sie bedauerte, nie erfahren zu haben, was es bedeutete, in den Armen eines Mannes zu liegen? Wenn ja, gestattete sie sich jedenfalls nie, es zu zeigen. Sie lebte für Williams Zukunft.

William Blunt war kein Junge mehr, sondern ein Mann von inzwischen vierundzwanzig Jahren. Er hatte die Größe und Kraft seiner englischen Ahnen geerbt, jedoch die dunkle Hautfarbe seiner Mutter vom Stamm der Rajputen. Auch hatte sie ihm Züge vererbt, die weit anziehender waren als die seines Vaters oder Großvaters. Er war zum Soldaten ausgebildet worden und diente unter dem wachsamen Auge seines Großvaters als Tuk-bashi in der kaiserlichen Garde.

Aber da er der letzte Blunt war, war es an der Zeit, daß er heiratete und Kinder zeugte; die meisten Männer seines Alters hatten mit sechzehn ihre erste Frau genommen.

William war sich bewußt, daß er anders war als seine Kameraden. Alle Blunt-Kinder waren gelehrt worden, England als ihre Heimat anzusehen, auch wenn sie das Land jenseits des Ozeans nie zu Gesicht bekommen hatten. Aber als erwachsener Mann keine Frau zu haben war eine Beleidigung seiner Männlichkeit, ganz gleich, wie viele Konkubinen ihm in der Zwischenzeit zugeführt wurden.

Peter hatte sogar daran gedacht, den Jungen mit Elena, seiner Tante, zu verheiraten. Er glaubte nicht, daß Akbar sich dem widersetzt hätte. Aber Inzest war nach christlichem Glauben immer noch eine Todsünde, und außerdem liebte Elena ihren Neffen wie eine Mutter; der Gedanke, seine Frau zu werden, hätte sie abgestoßen.

Schließlich war es Akbar, der eine Lösung fand. »Warum holt Ihr nicht aus Goa ode Diu eine Frau für Euren Enkel?«

Blunt war überrascht; er hatte nicht geahnt, daß der Mogul sich auch nur im entferntesten für seine familiären Angelegenheiten interessierte.

Akbar hatte gelächelt. »Bin ich nicht der Vater meines Volkes? Muß ich dann nicht ganz selbstverständlich den Wunsch eines Mannes verstehen, die Reinheit seines Blutes zu erhalten? Mein Sohn ist ein Mischling. In seinen Adern fließt mongolisches, persisches und rajputisches Blut. Die Mischung scheint zu brodeln, und das nicht immer im positiven Sinne. Finde für deinen Enkel eine portugiesische Frau.«

Peter hatte den Rat seines Herrn befolgt und dem Gouverneur von Diu geschrieben; er hatte Diu den Vorzug gegeben, für den Fall, daß man in Goa trotz der Jahre noch irgendwelchen Groll gegen ihn hegte.

In Anbetracht seiner Position als Amir und Kommandeur der Garde sowie der Tatsache, daß er zu den reichsten Männern Indiens zählte und außerdem noch dem christlichen Glauben angehörte, würde man seine Bitte mit Sicherheit nicht zurückweisen – schon gar nicht in Diu, wo die Portugiesen sich sehr wohl bewußt waren, daß sie es nur der Großzügigkeit des Moguls zu verdanken hatten, daß sie ihre Handelsniederlassung weiter unterhalten durften.

Aber würde es in der kleinen Kolonie überhaupt eine junge Frau geben, die in Frage käme? Er sah der Rückkehr Taulat Khans, des Tavachis, den er mit dieser Angelegenheit betraut hatte, voller Ungeduld entgegen. Zuviel Aufregung war nicht gut für einen Mann von fünfundsiebzig Jahren. Elena legte ihm beruhigend eine Hand auf den Arm, als Taulat ihnen durch die große Halle ihres Hauses in Agra entgegenkam.

»Es gibt tatsächlich ein Mädchen, das in Frage käme, Blunt Amir. Der Gouverneur von Diu hält sie für durchaus würdig, die Gattin Eures Enkels zu werden«, sagte Taulat.

»Habt Ihr das Mädchen gesehen?« fragte Elena.

»Das habe ich, Agha«, entgegnete Taulat mißbilligend. »Denn

sie zeigt sich unverschleiert in der Öffentlichkeit, in Begleitung nur einer Dienerin. Aber ich denke, das wird Euch nicht stören.«

Peter ergriff das Wort. »Ist sie hübsch?«

»Sie ist eine Schönheit, Blunt Bahatur.«

»Ist das Dichtung oder Wahrheit, Taulat?« hakte Peter nach.

»Ich spreche die Wahrheit, Blunt Bahatur. Haar so schwarz wie eine Rabenschwinge, die Nase einer mongolischen Prinzessin, ein sanft gerundetes Kinn, Lippen so rot wie der edelste Rubin und eine makellose Haut.«

»Sprich weiter«, forderte ihn Elena auf, die über seine bildhafte Beschreibung lächelte.

»Was den Rest betrifft, Agha, so ist sie groß, aber nicht zu groß, und schlank, aber nicht zu schlank. Sie verfügt über alles Notwendige zur Mutterschaft und bewegt sich mit einer Anmut, die die einer Katze noch übertrifft.«

»Ich glaube, Ihr habt wirklich eine Dichterseele«, meinte Elena lachend.

»Und hat dieses Kleinod auch einen Namen?« fragte Peter.

»Ihr Name ist Isabel Dominguez«, entgegnete Taulat.

Peter runzelte die Stirn. »Das ist doch ein spanischer Name.«

»Das ist richtig, Blunt Bahatur. Ihr Vater ist ein wohlhabender spanischer Kommissionär.«

»Und er lebt in Diu?«

Peter begriff, daß das im Grunde gar nicht so ungewöhnlich war; er hatte von den Jesuiten erfahren, daß Spanien das kleinere Nachbarland kürzlich annektiert hatte. Aber Spanien befand sich derzeit im Krieg mit England.

Andererseits befand sich Spanien nicht im Krieg mit dem mongolischen Reich.

»Und wie alt ist sie?«

»Soviel ich weiß, ist sie sechzehn. Ich weiß, daß das alt ist, Blunt Bahatur, und es mag bei Euch die Frage aufwerfen, warum sie nicht bereits verheiratet ist …«

»Nein«, sagte Peter. »In der christlichen Welt ist sechzehn ein gutes Alter zum Heiraten. Habt Ihr ihrem Vater mein Anliegen vorgetragen?«

»Das habe ich.« Taulat schien sich plötzlich etwas unbehaglich zu fühlen.

»Und was hat Señor Dominguez geantwortet?«

»Er hat geantwortet, daß er gar nicht in Worte fassen könne, wie geehrt er sich fühle, daß eine so ruhmreiche und hochgestellte Persönlichkeit wie Ihr um die Hand seiner Tochter anhält …« Er verstummte.

»Weiter«, drängte ihn Peter.

»Daß er jedoch nicht erlauben könne, daß seine Tochter jemanden heirate, den er nie zu Gesicht bekommen habe. Der Mann ist ganz offensichtlich ein Dummkopf«, bemerkte Taulat verächtlich.

»Das ist kein unüberwindliches Hindernis«, sagte Peter. »William wird nach Diu reisen. Wir werden alle nach Diu reisen. Würde dir das nicht gefallen, Elena?«

»Wenn es dir Freude macht, Papa«, entgegnete sie unsicher.

»Nun denn …« Peter erhob sich. »Das habt Ihr gut gemacht, Taulat Khan.«

»Ich hätte es vorgezogen, Euch das Mädchen gleich herzubringen, Blunt Bahatur. Ich war sogar versucht, sie einfach zu entführen.«

»Ich bin froh, daß Ihr das nicht getan habt«, sagte Peter, der daran dachte, wie er selbst vor so vielen Jahren mit Juana durchgebrannt war. »Ich möchte die Angelegenheit auf zivilisierte Art und Weise regeln. Und jetzt laßt uns William die gute Nachricht mitteilen.«

Er eilt mit großen Schritten den Flur hinunter, dicht gefolgt von Elena.

»Papa«, protestierte sie. »Du weißt doch, daß jede Anstrengung Gift für dich ist. Der Arzt …«

»Zum Teufel mit dem Arzt.« Blunt erreichte den Balkon und blickte hinab auf den Hof, wo William und ein Rittmeister aus seinen Reihen einen Übungskampf mit dem Schwert austrugen. Er sah den Männern eine Weile zu und klatschte dann in die Hände. »Genug«, rief er. »Dein Können steht außer Frage. Ich habe Neuigkeiten für dich.«

William sah auf, und ein Lächeln erhellte seine dunklen, scharf geschnittenen Züge.

»Ziehen wir wieder in den Krieg?«

Peter lachte. »Allerdings. Aber nicht mit einem Heer. Du, deine Tante und ich. Das wird unsere Armee sein. Komm rauf und laß dir erzählen.«

Komisch, dachte er, ich bin plötzlich ganz außer Atem.

»Papa!« Elenas Hand schloß sich um seinen Arm. »Simki! Jemand soll …«

William kam gerade die Treppe hoch, als ein Diener aus dem Innenflur trat. Beide sahen gerade noch, wie Elena unter dem Gewicht des alten Mannes, der plötzlich auf ihr zusammengebrochen war, zu Boden sank.

»Großvater?« William packte Peters Arm und zog ihn sanft wieder hoch.

»Es ist nichts«, keuchte Peter. »Junge, ich habe eine Frau für dich gefunden. Ich habe …«

Der Schmerz kehrte zurück und raubte ihm erneut den Atem. Konsterniert starrte er seinen Enkel an.

Er hatte sich das Sterben anders vorgestellt.

## Kapitel 12

## Die Braut

Akbar kam persönlich, um Peter Blunt zu sehen.

»Hat er keinen Tempel, in dem er bestattet werden soll?« fragte er. »Wie kommt das?«

»Er wird nur ein einfaches Kreuz brauchen, Badshah«, erklärte Elena unter Tränen.

»Ein einfaches Kreuz!« donnerte Akbar. »Für meinen treuesten Bahatur? Ich werde ein Kreuz für ihn errichten, das ganz Indien bestaunen wird. Aber sagt mir, was den Herzanfall herbeigeführt hat.«

»Aufregung, Badshah.« Elena teilte ihm die Neuigkeiten aus Diu mit.

»Nun, dann ist er wenigstens als glücklicher Mann gestorben«, sagte Akbar. »Aber jetzt muß der Junge den Wunsch seines Vaters erfüllen und dieses Mädchen heiraten. Ich wünsche es ebenfalls. Ihr werdet ihn begleiten, Elena Agha.«

Sie neigte den Kopf.

Peter Blunt, der große Blunt Bahatur, wurde mit allen Ehren beigesetzt. Die Garde trat in ihren gold-roten Paradeuniformen an, und die Stahlhelme und Rüstungen glitzerten in der Sonne. Der Sarg wurde von William und fünf weiteren Tuk-bashis der Garde getragen, und der Herrscher selbst schritt an der Spitze des Trauerzuges, an seiner Seite Abul Fazl, dahinter Elena, mit einem weißen Sari bekleidet.

Arbeiter hatten bereits mit dem Fundament des Mausoleums am Stadtrand von Fatehpur Sikri begonnen, das über seinem Grab entstehen würde.

»Er wird nie vergessen werden«, verkündete Akbar traurig.

Es war an der Zeit, die Reise nach Diu vorzubereiten.

Elena empfand weniger Trauer ob des Todes ihres Vaters als angesichts dieser Reise. Das mit weitem Abstand jüngste von Peter Blunts Kindern war seit dem Tod der Mutter auf das Unabwendbare vorbereitet gewesen und fand Trost darin, daß ihr Vater so friedlich gestorben war.

Was sie selbst betraf, fürchtete sie nichts. Als weibliches Oberhaupt des Blunt-Haushaltes war sie unangreifbar. Sie wußte, daß ihr Vater ein sehr wohlhabender Mann gewesen war, und sie hatte ihren eigenen Kreis moslemischer Freundinnen, mit denen sie Kaffee trank, süße Speisen genoß und plauderte. Und sie hatte William, den sie lieben und verwöhnen konnte, beinahe, als wäre er ihr eigener Sohn.

Dies waren die angenehmen Seiten des Lebens, in das sie hineingeboren worden war, das Umfeld, das sie bislang nie verlassen hatte.

Ihre Freundinnen waren dem Brauch gemäß ein Jahr nach Beginn ihrer Pubertät verheiratet worden und konnten Elenas Zufriedenheit nicht verstehen. »Wie kann eine Frau ohne die Liebe eines Mannes leben?« fragten sie. »Es gibt keine Erfüllung außer in den Armen eines Mannes«, beharrten sie.

Elena fand den Gedanken abstoßend.

»Ich bin es zufrieden, meinem Vater den Haushalt zu führen«, hatte sie stets erwidert. »Ich wurde in Fatehpur Sikri geboren, und hier werde ich sterben, im Hause meines Vaters.«

Sie hatte ganz sicher nie daran gedacht, Agra zu verlassen,

und wenn, dann höchstens für einen kurzen Aufenthalt in Delhi.

Aber jetzt hatte man ihr befohlen, eine weite Reise anzutreten, ausgerechnet nach Diu, einer portugiesischen Stadt.

Elena war noch nie einem Landsmann ihrer Mutter begegnet, wenngleich Juana großen Wert darauf gelegt hatte, daß sie ihre Muttersprache erlernte. Sie hatte keine Ahnung, was sie in bezug auf Bräuche und Kleidung oder gar Moral erwartete; die Erinnerungen ihrer Mutter waren auf das Goa von vor fünfzig Jahren beschränkt gewesen.

Sie überlegte hin und her, was sie anziehen sollte, beschloß dann, bei ihren Saris zu bleiben. Sie hatte sie ihr ganzes Leben getragen und fühlte sich in ihnen wohl.

William verfolgte die Reisevorbereitungen ebenfalls mit gemischten Gefühlen. Er war mit dem Heer bis weit nach Süden marschiert, aber nie in Diu selbst gewesen.

Jetzt sollte er um die Hand einer Frau anhalten, die sein Großvater und der Mogul für ihn ausgewählt hatten. Und seine Braut war keine indische Jungfrau, die allein darauf bedacht war, ihm zu gefallen, sich ihm zu unterwerfen und ihn zu verehren.

»Du wirst um sie werben müssen«, warnte ihn Elena. »Diese europäischen Frauen sind nicht so unterwürfig wie die Inderinnen.«

William hatte keine Ahnung, wie man eine Frau umwarb, und er war auch nicht sicher, ob er das überhaupt wollte. Elena und seine Großmutter waren die einzigen Frauen, die er bislang als gleichgestellte Persönlichkeiten akzeptiert hatte. Selbstverständlich verneigte man sich tief, wenn eine von Akbars Frauen oder eine andere hochgestellte Agha der moslemischen Hierarchie vorbeikam, aber, wie Elena ihm immer wieder gesagt hatte, seine Mutter war eine Rajputen-Prinzessin gewesen, so daß er ebenso blaublütig war wie sonst jemand im Reich.

Seine sozialen Kontakte hatte er sein bisheriges Leben lang auf Männer beschränkt. Es gehörte sich für einen Tuk-Bashi der kaiserlichen Garde nicht, mit Frauen außerhalb seines eigenen Haushaltes zu verkehren. Wenn er Sex wünschte, rief er einfach eine seiner vier Konkubinen zu sich. Sie waren attraktive indische Mädchen, die viel kicherten und plauderten, aber nie etwas von sich gaben, was auch nur im entferntesten von Bedeutung wäre, und deren einzige Pflicht darin bestand, ihrem Herrn zu gefallen – und das wußten sie auch.

Der Tod seines Großvaters traf ihn viel tiefer als seine Tante. William war erst neunzehn gewesen, als Peter scheinbar so frisch und energiegeladen wie eh und je seinen siebzigsten Geburtstag gefeiert hatte. Es schien unvorstellbar, daß diese Vitalität so plötzlich verlöschen sollte. Großvater hatte so gesund wie immer gewirkt, als er gestorben war.

Jetzt fühlte William sich angesichts des Verlustes eines Mannes, den er zutiefst verehrt hatte, schrecklich einsam und verlassen. Es war das Bewußtsein, daß er die Isolation der Blunts geerbt hatte. Zweifellos hatte Peter dasselbe empfunden, als er von Richard Blunts Tod erfahren hatte; und Richard Blunt, als Sir Thomas in seinen Armen gestorben war. Es war die Trauer, die jede Generation befiel.

Die Schuld lag in ihrer eigenen Entschlossenheit, ihre Identität zu bewahren. Sie waren Diener des Moguls und keines anderen. Obwohl indisches Blut in seinen Adern floß, war nie gestattet worden, daß dies auch nur den geringsten Einfluß auf seine Erziehung hatte. Da er seine Mutter nie gekannt hatte, hatte sie keinerlei Einfluß auf ihn ausüben können, und da sie aus dem fernen Westen Rajputanas stammte, hatte er auch ihre Familie nie kennengelernt. Zweifellos hatte er zahlreiche Vettern, aber er würde sie nicht einmal erkennen, wenn sie vor ihm stünden.

Und so war er weitgehend wie ein christlicher Gentleman erzogen worden, der jeden Abend hinkniete und betete, wenn er auch nie eine Kirche betreten hatte. Und doch war seine dunkle Haut eine ständige Erinnerung an sein indisches Erbe, das er bis zu einem gewissen Grad fürchtete. Er argwöhnte, daß es tief in seinem Herzen, in seinem Kopf und in seinem Bauch lauerte, um eines Tages hervorzubrechen und von ihm Besitz zu ergreifen.

Wie unbeschwerlich es doch war, durch das Land zu reisen, seit Akbar den Bau richtiger Straßen befohlen hatte, die seine größten und wichtigsten Städte miteinander verbanden. Großvater hatte William erzählt, daß Richard Blunt mehrere beschwerliche Monate gebraucht hatte, um von Surat nach Agra zu gelangen. Dieser Tage brauchte man von der Hauptstadt bis zur Küste nur einen Monat, da die Karawane, die Akbar für ihn zusammengestellt hatte, in der Lage war, täglich zwanzig Meilen zurückzulegen.

Es war in jeder Hinsicht eine prunkvolle Karawane: Alles glitzerte golden und rot, und die Lasttiere waren schwer mit Geschenken aller Art beladen, darunter auch ungeheuer kostbare Juwelen. Angeführt wurde der prächtige Zug von vier Elefanten. In der ersten Howdah saßen William und Elena und nahmen die Huldigungen der Dörfer entgegen, die sie passierten.

»Ich komme mir vor wie eine Königin«, gestand Elena.

Diu lag auf einer Insel im Golf von Cambay im Arabischen Meer, unmittelbar vor der Küste Gujarats. Da keine Schiffe zur Verfügung standen, die groß genug gewesen wären, sie hinüberzubringen, mußten die Elefanten zusammen mit dem Großteil des Gefolges auf dem Festland zurückbleiben. William nahm nur sechs Männer seiner Eskorte mit, darunter auch seinen Havildar Talas Ali; Elena wurde von ihren vier Dienerinnen begleitet.

Es war eine sehr kleine Insel, nur etwa fünfzehn Quadratmeilen groß, und der Ort war kaum mehr als ein Dorf. Er wurde von einer besonders schönen Kathedrale beherrscht, war von traumhaften Stränden umgeben und strahlte Friede und Beschaulichkeit aus.

Sie waren angekündigt worden, und der Gouverneur, Dom Enrique Portalado, und seine Frau Doña Luisa, erwarteten sie zusammen mit verschiedenen hochgestellten Persönlichkeiten, darunter auch Don Miguel Dominguez, am Landungssteg.

Der Spanier war ein gutaussehender Mann mit einem Spitzbart und attraktiven Zügen. Er begrüßte Elena mit einem Handkuß und betrachtete ihren Sari mit offenkundigem Interesse – von William schien er weniger angetan.

»Willkommen Senhor Blunt, willkommen Senhorita. Welche Ehre«, begrüßte sie der Gouverneur überschwenglich. »Ich war zutiefst betrübt, als ich vom Tod des großen Bahatur erfuhr.«

»Das ist sehr freundlich von Euch, Exzellenz«, sagte Elena.

Dominguez verfolgte das ehrerbietige Getue des Gouverneurs mit einem Anflug von Verachtung.

»Selbstverständlich seid Ihr für die Dauer Eures Aufenthaltes meine Gäste«, fuhr Portalado fort. »Es ist alles vorbereitet. Und ...«

»Ich würde mich freuen, Euch zum Abendessen in meinem Hause begrüßen zu dürfen«, fiel Dominguez dem Gouverneur ins Wort, den Blick dabei auf Elena gerichtet, während er ihren Neffen praktisch ignorierte.

»Ich glaube, er mag mich nicht«, flüsterte William Elena auf englisch zu.

»Aber das, was du zu bieten hast, wird ihm gefallen«, entgegnete sie.

William erwiderte Dominguez' reservierte Gefühle und übertrug sie auch auf seine Gattin, eine korpulente Frau namens Margharita, die unablässig schwitzte. Bei Isabel war das jedoch ganz anders. Zu seiner Überraschung war das Mädchen tatsächlich so schön, wie Taulat es beschrieben hatte.

Sie war mittelgroß, hatte ein hübsches Gesicht, dessen Züge, die sie von ihrem gutaussehenden Vater geerbt hatte, durch eine kleine Nase und ein gerundetes Kinn weicher wirkten. Ihre grünen Augen funkelten wie Smaragde, ihr Haar war schwarz wie die Nacht, ihr Teint war makellos. Ihr Dekolleté verriet wohlgerundete Brüste über einem flachen Bauch.

Da sie erst sechzehn war, kam ihm der Gedanke, daß sie in dreißig Jahren so aussehen könnte wie ihre Mutter, aber er verwarf den Gedanken gleich wieder als unfair. Er fragte sich, ob es möglich war, daß er sich auf den ersten Blick in sie verliebt hatte.

Unglücklicherweise war offensichtlich, daß sie seine Gefühle nicht erwiderte. Nachdem sie ihn mit einem verblüfften Ausdruck angestarrt hatte, warf sie den Kopf zurück und entzog ihm ihre Hand.

Die Miene ihrer Mutter war sogar noch abweisender.

»Die beiden können mich auch nicht leiden«, sagte er zu Elena.

»Aber das Mädchen ist ein hübsches Ding.«

»Ich habe nie eine schönere Frau gesehen.«

Sein Eifer entlockte Elena ein Lächeln.

»Dann sollst du sie haben.«

William wünschte, er könnte die Zuversicht seiner Tante teilen.

Das erste gemeinsame Essen mit der Familie Dominguez fand im kleinen Kreis statt, aber am folgenden Abend gab es einen großen Empfang im Haus des Gouverneurs, zu dem jeder vom Rittmeister aufwärts sowie sämtliche Kommissionäre und ihre Frauen geladen waren.

Es war bei weitem die größte Ansammlung von Europäern, die William je gesehen hatte. Ihm wurde schon bald bewußt, daß er unter den Gästen der einzige mit indischem Blut war, denn wenngleich die Portugiesen indische Konkubinen unterhielten, waren diese gesellschaftlich nicht anerkannt.

Es waren nur etwa ein Dutzend Frauen anwesend, die Summe aller Damen von Rang innerhalb der kleinen Gemeinde, und diese waren sehr gefragt.

Nach einem prunkvollen Bankett spielten die Lautespieler auf.

Elena und William waren gleichermaßen verblüfft, als die Herren sich über die Hand der ihnen am nächsten sitzenden Dame beugten, sie auf die Füße zogen und in die Mitte des Raumes führten, wo sie begannen zu tanzen.

An Akbars Hof und auch sonst überall in Indien war der Tanz ausschließlich etwas für Natschmädchen, die damit ihre Dienstherren amüsierten. Aber hier vergnügten sich würdevolle portugiesische Damen und Herren in eleganter Abendrobe, die Damen mit Reifröcken, bestickten Miedern und gemusterten Unterröcken, die Herren mit Kniehosen und Seidenwesten. Die Paare begannen, in die Hände zu klatschen, über die Tanzfläche zu stolzieren und gebückt unter Spalieren herzugehen, die die Arme der anderen Tänzer bildeten, wobei sie lächelten und plauderten, was höchst ungehörig schien, da keiner der Herren mit seiner eigenen Frau tanzte.

Niemand hatte Isabel zum Tanzen aufgefordert, und so saß sie allein da und blickte starr vor sich hin. Der Gouverneur, Dom Enrique, eilte auf William zu.

»Die junge Dame wartet auf Euch, Senhor«, erklärte er.

»Wozu?«

»Nun, sie wartet, daß Ihr sie zum Tanzen auffordert.«

»Ich habe keine Ahnung vom Tanzen, fürchte ich«, gestand er.

Dom Enrique schluckte und blickte auf Elena.

»Ich fürchte, ich bin mit diesem Zeitvertreib ebensowenig vertraut«, gestand sie. »Aber ich würde es gern versuchen.«

William sah schockiert zu, wie seine Tante sich zum Entzücken der anderen Gäste langsam in der Mitte des Saales drehte. Elena hatte nicht bedacht, daß sie unter ihrem Sari nur einen dünnen Unterrock und eine ebenso dünne Bluse trug, und als sie nun unter Anleitung ihres Tanzpartners die ungewohnten Bewegungen vollführte, spannte die Seide immer wieder über ihren Brüsten, ihrem Po und im Schritt, so daß ihr Körper auf unziemliche Weise zur Schau gestellt wurde.

Aber was auch immer William davon halten mochte, Elena ihrerseits hatte sich in ihrem ganzen Leben noch nie so amüsiert. Sie war sehr gefragt und wurde nach dem ersten Tanz immer wieder aufgefordert. Schließlich, als der Abend schon recht fortgeschritten war und alle sich aufgrund der ungeheuren Mengen Wein, die ausgeschenkt worden waren, in ausgelassener Laune befanden – ausgenommen William und Isabella, die weiter an entgegengesetzten Enden des Saales vor sich hinstarrten –, forderte Don Pedro Dominguez persönlich Elena zum Tanz auf.

»Ich hoffe, es ist nicht die Absicht Eures Neffen, meine Tochter zu beleidigen«, sagte er kalt.

»Sie beleidigen?«

»Es ist keinem Mann gestattet, sie zum Tanz zu bitten, ehe er es nicht getan hat, da Ihr ja die Ehrengäste seid. Und doch macht er keine Anstalten, sie aufzufordern.«

»Ah. Ich fürchte, William hat sie nur deshalb nicht aufgefordert, weil er nicht tanzen kann. Dieser Brauch ist in Hindustan unbekannt.«

Diesmal war es Don Pedro, der mit einem »Ah« antwortete.

Dann fügte er hinzu. »Aber dann habt Ihr doch auch bisher nie getanzt.«

»Das ist richtig. Aber mein Neffe ist im Gegensatz zu mir sehr schüchtern.«

Don Pedro bedachte ihre Worte mit Interesse und Freude. »Ich habe gehört, Ihr hättet nie geheiratet, Senhorita«, sagte er nach einer Weile und sah ihr dabei tief in die Augen. »Wie ist das möglich bei einer Frau Eurer Schönheit?«

»Es scheint Euch zu gefallen, mir zu schmeicheln, Senhor.«

»Das würde mir nicht im Traum einfallen. Ich stelle nur eine Tatsache fest.«

Elena erwiderte seinen Blick. »Aber Ihr seid verheiratet, Senhor.«

»Das ist richtig, aber wir sind doch zivilisierte Menschen, oder nicht?«

Offenbar war ihm der Gedanke gekommen, daß das bei ihr möglicherweise nicht der Fall war.

»Das will ich doch hoffen, Senhor.«

»Können wir uns dann nicht unter vier Augen treffen und uns unterhalten?«

Elena beschloß, ihn absichtlich falsch zu verstehen.

»Das wäre mir eine große Freude, Senhor. Je eher, desto besser.«

»Nun ... ich gehe morgens immer am Strand spazieren. Dort ist es ruhig, und man ist ungestört. Außerdem ist es sehr reizvoll. Kurz vor Sonnenaufgang, dann ist es am kühlsten.«

»Ich fürchte, daß ist mir zu früh, Senhor. Könnte ich Euch vielleicht später in Eurem Büro aufsuchen?«

»In meinem Büro?« Er wölbte die Brauen. »Das würdet Ihr wagen, Senhora?«

»Warum nicht? Immerhin haben wir einiges zu besprechen.« Sie lächelte ihn an. »Selbstverständlich wird mein Neffe mich begleiten.«

Er runzelte die Stirn. »Ihr habt mich mißverstanden, Senhora.«

»Ganz im Gegenteil, Senhor. Ich habe Euch sehr gut verstanden. Aber ich bin nach Diu gekommen, eine Frau für meinen Neffen zu finden, und nicht, mich mit einem verheirateten Mann einzulassen.«

Don Pedro errötete vor Zorn.

»Also«, fuhr Elena fort. »Wir werden Euch morgen vormittag um elf in Eurem Büro aufsuchen, um die Bedingungen der bevorstehenden Heirat zu besprechen. Gute Nacht, Senhor.«

Sie ließ ihn mitten auf der Tanzfläche stehen und fühlte seine zornigen Blicke in ihrem Rücken.

»Es gibt da gewisse Schwierigkeiten«, begann Don Pedro Dominguez am darauffolgenden Vormittag, als Elena und William ihm in seinem Büro gegenübersaßen. »Einige davon sind recht delikater Natur.«

»Ihr wollt sagen, daß Ihr das indische Blut meines Neffen mißbilligt«, sagte Elena geradeheraus.

»Nun ...« Dominguez schien verlegen. »Da Ihr diesen Punkt selbst angesprochen habt ... Nennt mich einen weichherzigen Vater, aber ich könnte meine Tochter niemals zwingen, einen Mann zu heiraten, den sie ... also ...«

»Den sie abstoßend findet?« half ihm Elena und blickte zu William hinüber, dessen Gesicht vor Zorn wie versteinert war.

»Das habe ich nicht gesagt, Senhorita. Es ist nur so, daß Euer Neffe Isabel nicht gefällt. Und es ist nur natürlich, daß sie sich gedemütigt fühlt, nachdem Euer Neffe sie in aller Öffentlichkeit ignoriert hat.«

»Das habe ich Euch bereits erklärt«, sagte Elena höflich, während William ein verständnisloses Gesicht machte.

»Ich mag mich ja mit dieser Erklärung zufrieden geben, Senhorita – aber Isabel ganz sicher nicht. Aber es gibt andere Schwierigkeiten, die sogar noch gewichtiger sind.« Hastig fuhr er fort. »Da ist die Frage der Nationalität. Euer Neffe ist Engländer, und England und Spanien befinden sich derzeit im Krieg. Ich weiß, daß das unseren portugiesischen Freunden hier nicht wichtig erscheint, aber mir persönlich ist es keineswegs egal.«

»Mein Neffe ist nie in England gewesen«, protestierte Elena. »Und in seinen Adern fließt ebensoviel portugiesisches wie englisches Blut.«

»Und dann ist da noch die Frage der Religion. Gehört Euer Neffe irgendeinem Glauben an, Senhorita?«

»Das Christentum hat in Indien keine Wurzeln«, entgegnete

Elena kalt. »Aber es lebt in unseren Herzen. Mein Neffe ist ein Christ.«

Dominguez lächelte skeptisch. »Es gibt dieser Tage so viele, die sich Christen nennen und in Wahrheit Heiden sind.«

»Ihr habt uns also den ganzen Weg von Agra kommen lassen, um uns zu sagen, daß eine Hochzeit zwischen meinem Neffen und Eurer Tochter unmöglich ist?«

»Senhorita, so sehr ich es bedaure, Euch diese weite Reise umsonst zugemutet zu haben …«

»Allerdings! Der Mogul wird sehr erbost sein«, entgegnete Elena.

Dominguez' Augen weiteten sich. »Der Mogul?«

»Selbstverständlich. Mein Neffe wünscht Eure Tochter nur auf ausdrücklichen Wunsch des Moduls zu ehelichen.«

Zum erstenmal während der Unterhaltung wirkte Dominguez unsicher.

»Es war die Rede davon, Spanien eine eigene Handelsniederlassung zu überlassen«, fuhr Elena fort. »Jetzt frage ich mich, ob der Badshah auch nur das Fortbestehen dieser Handelsniederlassung in Diu weiter billigen wird.«

Dominguez erbleichte.

»Dann sind da noch die Geschenke, die wir Euch und der Senhorita mitgebracht haben. Warum seht Ihr Euch nicht einige davon an?«

Dominguez schien es die Sprache verschlagen zu haben. Elena klatschte in die Hände. Die Diener brachten eine Kiste herein und stellten sie auf den Boden. Elena schlug den Deckel auf.

»Das hätte Eurer Gattin sicher gefallen«, sagte sie und legte einen vierkarätigen Smaragd vor den verblüfften Spanier auf den Tisch. »Und für die Senhorita dieser Diamant …« Er war doppelt so groß wie der erste Stein.

Dominguez schnappte nach Luft.

Elena legte die Edelsteine zurück in die Kiste und gab einem Diener ein Zeichen, diese wieder an sich zu nehmen. »Wir werden Euch jetzt verlassen, Don Pedro.«

Dominguez erhob sich ebenfalls.

»Gestattet mir, die Angelegenheit noch einmal mit meiner Tochter zu besprechen. Vielleicht war ihre erste Reaktion etwas übereilt.«

»Ich erwarte Eure Antwort bis heute abend, Senhor Dominguez«, entgegnete Elena. »Ansonsten wird mein Neffe Diu morgen früh verlassen. Guten Tag.«

Als sie wieder im Haus des Gouverneurs waren, wandte Elena sich an ihren Neffen. »Sag mir, willst du ein Mädchen zur Frau, das dich deiner Hautfarbe wegen verachtet?«

»Ich begehre sie mehr als je zuvor«, entgegnete William seufzend.

Elena legte ihm eine Hand auf den Arm.

»Geh rücksichtsvoll mit ihr um, William. Versprich mir das. Sonst wirst du sie zerstören, und das wäre eine traurige Verschwendung.«

»Es gibt gewisse Erfordernisse, die auch ich als unabdingbar erachte«, sagte Dominguez an diesem Abend, als sie gemeinsam auf der Veranda der Gouverneursresidenz saßen.

»Reden Sie«, forderte Elena ihn auf.

»Erstens muß meine Tochter von ihrem Beichtvater begleitet werden. Pater Thomas. Zweitens werden sie vier ihrer Dienerinnen begleiten. Drittens muß ihr gestattet werden, uns mindestens einmal alle sechs Monate hier in Diu zu besuchen. Und viertens muß jedes Kind, das dieser Verbindung entspringt, im christlichen Glauben erzogen werden.«

»Ich fürchte, den ersten drei Punkten können wir nicht zustimmen«, entgegnete Elena ruhig.

Dominguez' Kopf fuhr hoch.

»Erstens verabscheut der Mogul christliche Priester und würde niemals erlauben, daß ein solcher in der Stadt lebt. Zweitens werden sich meine eigenen Dienerinnen um das Wohlergehen der Gattin meines Neffen kümmern und sonst niemand. Drittens wäre es der Gattin meines Neffen unmöglich, zweimal jährlich eine solche Reise zu unternehmen. Vielleicht ließe sich ein Besuch alle zwei Jahre arrangieren. Aber ...« – sie schenkte ihm ein strahlendes Lächeln – »... ich bin sicher, daß mein Neffe keine Einwände haben wird, daß seine Töchter im christlichen Glauben erzogen werden. Was seine Söhne betrifft, bleibt die Entscheidung allerdings ihm allein überlassen.«

Dominguez runzelte die Stirn. »Ihr seid ein harter Verhandlungspartner, Senhorita. Und doch erwartet Ihr, daß ich erlaube, daß meine Tochter in die indische Wildnis verschwindet.«

»Aber, aber, Senhor. Eure Tochter wird an den zivilisiertesten Ort der Welt gebracht werden. Und sie wird die Frau eines Mannes, auf den Ihr stolz sein solltet.«

»Senhorita Isabel.« William beugte sich über die Hand des Mädchens und streifte sie mit den Lippen. »Dies ist der glücklichste Tag meines Lebens.«

Als er sich wieder aufrichtete, begegnete er ihrem eisigen Blick.

»Für mich ist es der schlimmste Tag meines Lebens«, sagte sie. »Wenn ich auch nicht daran zweifle, daß mich noch viele Schrecken erwarten.«

William bewahrte eine ausdruckslose Miene. »Ich werde meine Bestes tun, Ihren Erwartungen gerecht zu werden, Senhorita«, sagte er.

»Jetzt haßt sie mich erst recht«, klagte er Elena sein Leid.

»Und sie wird dich noch mehr hassen – für einen Sommer. Aber ihr Haß wird sich in Liebe wandeln.«

»Woher willst du das wissen?«

»Das ist die menschliche Natur. Vater hat mir oft davon erzählt, wie der große Richard die indische Prinzessin Gila Lodi für sich erobert hat. Es begann mit einer Vergewaltigung und endete damit, daß sie füreinander ihr Leben gaben.«

Die Trauungszeremonie fand in der Kathedrale St. Matriz statt, und wie es schien, nahm jeder Europäer in Diu daran teil. Es war das größte gesellschaftliche Ereignis, an das sich beinahe alle Anwesenden erinnern konnten. Alle warfen dem dunkelhäutigen jungen Mann in der goldfarbenen Tunika, den tiefroten Hosen und den weichen Lederstiefeln, ein Krummsäbel mit juwelenbesetztem Griff an der Seite, einen golddurchwobenen Turban mit einem funkelnden Rubin auf dem Kopf, argwöhnische Blicke zu. Für Elena war er der bestaussehende Mann, den sie je gesehen hatte.

Die Braut sah in weißer Seide nicht weniger elegant aus. Ihr Gesicht war hinter einem Schleier verborgen, bis der Priester das Paar zu Mann und Frau erklärte. Als William den Schleier zurückschob, sah er, daß ihre Wangen tränennaß waren. Als er sie auf den Mund küßte, hielt sie sich stocksteif und preßte die Lippen fest aufeinander.

Im Gouverneurspalast erwarteten die Hochzeitsgäste erlesene Weine und Speisen und zahlreiche Ansprachen. Isabel hielt die ganze Zeit über bleich und mit zusammengepreßten Lippen den Blick starr geradeaus gerichtet, während William sich der durchdringenden Blicke aller Anwesenden, vor allem Don Pedros und der anderen Spanier, nur zu bewußt war. Wie gern sie mir die Kehle durchschneiden würden, dachte er.

Endlich war auch die letzte Rede gehalten, und Isabel wurde weggeführt, um sie auf die Hochzeitsnacht vorzubereiten. William wurde ebenfalls nach oben geleitet, wo er von seinen Dienern entkleidet und in ein Nachthemd gehüllt wurde. Er nahm die Anzüglichkeiten und Zoten mit einem Lächeln hin und stimmte in das Lachen der Männer ein, als sie ihn den Flur hinunter zum Brautgemach geleiteten.

Isabel lag bereits im Bett, in ein hochgeschlossenes weißes Baumwollnachthemd gehüllt. Ihre Mutter stand auf der einen, Elena auf der anderen Seite des Bettes. Das Mädchen trug eine ausdruckslose Miene zur Schau, und sogar Elena spürte, daß es möglicherweise zur Katastrophe kommen würde.

Die Menge drängte hinter William und seiner Eskorte ins Zimmer und rief Zoten. William sagte sich, daß es sicher nicht leicht sein würde.

»Ihr werdet uns jetzt allein lassen«, rief er, und das Gejohle nahm etwas ab.

»Euch allein lassen?« rief ein betrunkener Gentleman. »Wir sind hier, um dem Vollzug der Ehe zuzusehen.«

»Ihr werdet gar nichts sehen«, knurrte William.

»Hinaus.« Er blickte zornig von einem Gesicht zum anderen. »Alle.«

Elena verließ die Bettseite und scheuchte die Leute zur Tür hinaus. Langsam und brummend verließen sie einer nach dem anderen das Zimmer.

»Ihr auch, Senhor«, fügte William hinzu.

Don Pedro musterte ihr stirnrunzelnd. »Es muß Zeugen für den Vollzug der Ehe geben.«

»Ich bezweifle nicht, daß es Beweise dafür geben wird, und jetzt laßt uns allein. Ihr auch, Senhora.«

Dominguez und seine Frau starrten einander an und blickten dann auf ihre Tochter.

»Es ist besser so.« Es war das erste, was Isabel sagte.

Dominguez zögerte einen Augenblick und nickte dann seiner Frau zu. »Ich gebe meine Tochter in Eure Obhut«, sagte er zu William.

»Eure Tochter ist jetzt meine Frau«, entgegnete William.

Elena blieb in der Tür stehen.

»Du auch, Tante.«

»Vergiß nicht, was ich dir gesagt habe«, sagte sie und schloß die Tür hinter sich.

William sperrte ab, ehe er sich wieder dem Bett zuwandte.

»Ich danke Euch, Senhor«, sagte Isabel.

»Dafür, daß ich den Mob hinausgeworfen habe? Zeugen für den Vollzug der Ehe verstoßen gegen die indischen Sitten.«

»Auch dafür bin ich dankbar«, sagte Isabel. »Vor allem jedoch dafür, daß unsere Ehe in ... in schicklicher Weise beginnen kann.«

»Ich fürchte, das wird nicht ganz möglich sein«, entgegnete er. »Ich muß gestehen, daß ich großes Verlangen nach Euch empfinde. Aber erst ... sollten wir beten.«

Er kniete nieder und wartete. Isabel blieb nichts anders übrig, als es ihm gleichzutun. Vorsichtig stieg sie auf der anderen Seite aus dem Bett, so daß er nur einen flüchtigen Blick auf ihre nackten Füße erhaschte. Sie kniete sich hin und stützte sich mit den Ellbogen auf die Matratze.

William hatte keine Ahnung, was er sagen sollte, und so schwieg er. Das Mädchen, ebenso stumm, wenngleich es die Augen geschlossen hielt.

Sie schlug die Augen auf. »Auch das war sehr rücksichtsvoll von Euch, Senhor«, sagte sie. »Wenn Ihr Euch jetzt freundlicherweise abwenden würdet, damit ich mich wieder ins Bett legen kann ...«

»Abwenden? Liebste Isabel, ich gedenke, Euch anzusehen, und zwar sehr genau.« Er erhob sich, zog das Nachthemd aus und ließ es achtlos zu Boden fallen.

»Senhor!« rief sie entsetzt. »Ihr seid unschicklich.« Sie warf einen hastigen Blick auf seine Erektion und schloß dann wieder die Augen. »Bitte, zieht Euer Nachthemd wieder an.«

»Das ist das erste Mal, daß ich zum Schlafengehen etwas übergezogen habe«, entgegnete William. »Und bei diesem einen Mal wird es auch bleiben.«

Er stand vor ihr, und sie schlug die Augen wieder auf, immer noch kniend, die Hände gefaltet und darauf bedacht, nur in sein Gesicht zu sehen.

»Was wollt Ihr von mir?«

»Nun, Eure Unschuld natürlich. Aber erst möchte ich Euch ansehen. Zieht das Nachthemd aus.«

»Das werde ich nicht!« Isabel hob die Hände an die Kehle. »Ihr seid unschicklich, Senhor. Ich hatte angenommen, Ihr wärt ein Gentleman, aber jetzt muß ich feststellen, daß Ihr tatsächlich ein Wilder seid.«

Darauf brach sie in Tränen aus.

Aber William war zu erregt, Mitleid zu empfinden. Er packte den Kragen ihres Nachthemdes, um sie hochzuziehen, aber sie erhob sich von allein und warf sich auf das Bett. Der dünne Stoff ihres Nachthemdes zerriß.

Als sie erkannte, was geschehen war, stieß Isabel einen spitzen Schrei aus und krabbelte über das Bett. Sie sprang auf der anderen Seite hinunter und versuchte mit dem, was von ihrem Nachthemd übrig war, ihre Blöße zu bedecken.

William ging um das Bett herum und schlang die Arme um sie. Als sie nach Luft schnappte und nach ihm trat, lachte er nur, hob sie hoch und ließ sie auf die Matratze fallen. Sie spuckte ihn an, während sie um den Stoffetzen rangen, aber er war stärker. Er entriß ihr das Nachthemd und warf es quer durch den Raum.

Sie schrie erneut und versuchte, unter die Bettlaken zu kriechen, aber er riß auch diese fort, so daß das Mädchen nackt auf der Matratze lag. Dann warf er die Kissen fort.

Isabel lag keuchend vor ihm und bot mit ihrer weißschimmernden Haut einen atemberaubenden Anblick. Er packte sie, um sie auf den Rücken zu drehen. Sie war wirklich das verführerischste Wesen, das er je gesehen hatte, und sie hatte die makelloseste milchigweiße Haut.

Im Augenblick war sie zu erschöpft, sich zu rühren, starrte ihn jedoch mit allem Haß an, den sie aufzubringen vermochte.

»Ihr seid ein Ungeheuer«, keuchte sie.

»Manche sagen, so sei es beim ersten Mal am besten«, entgegnete er und setzte sich rittlings auf ihre Schenkel.

Als er sie intim berührte, schnappte sie nach Luft und versuchte, den Bauch einzuziehen. Er beugte sich hinab, um ihre Lippen zu küssen, und sie biß nach ihm.

»Also gut«, sagte er. »Ich werde schon andere Lippen zum küssen finden.« Er packte ihre Schenkel und zwang sie auseinander.

Sie schrie erneut, diesmal noch lauter als zuvor, setzte sich auf und grub ihm die Nägel in den Rücken. Der Schmerz ließ ihn hochfahren, und ohne nachzudenken schwang er die Faust. Der Schlag traf sie am Kiefer, und sie rollte zweimal um die eigene Achse, ehe sie mit einem dumpfen Knall auf dem Boden landete.

Jemand trommelte mit den Fäusten an die Tür.

»Öffnet diese Tür, oder ich breche sie auf.« Es war Dominguez.

»Öffnet diese Tür, Don Pedro, und Ihr seid ein toter Mann« warnte ihn William.

Er stieg aus dem Bett und trat vor das Mädchen. Sie war bei Bewußtsein, aber sichtlich benommen.

»Steh auf«, knurrte er.

Langsam rappelte sie sich auf. Sie zitterte am ganzen Leib. Sie hatte sich auf die Lippen gebissen, und ihr Kinn war blutverschmiert. Die weiße Haut neben ihrem Mund färbte sich langsam dunkel.

»Es tut mir leid, daß ich dich geschlagen habe«, sagte er.

»Ihr seid obszön«, zischte sie.

»Ich nehme an, daß ich das in deinen Augen wohl bin«, stimmte er zu. »Das ist mein indisches Blut. Es ist an der Zeit, dieser Farce ein Ende zu machen. Leg dich hin – oder muß ich wieder nachhelfen?«

Sie starrte ihn einige Sekunden an und legte sich dann gehorsam auf die Matratze. William schob zwei Kissen auf und legte sie übereinander neben sie. Dann rollte er sie auf den Bauch und hob sie an den Hüften hoch, so daß ihr Unterleib erhöht auf den Kissen ruhte.

»O Gott«, murmelte sie. »O Gott, erspare mir diese Folter.«

William spreizte ihre Beine und kniete sich zwischen die Schenkel, die Hände auf ihrem Po.

»Ihr seid ein Unhold, Sir«, verkündete Don Pedro. »Wenn es nach mir ginge, würde ich Euch am höchsten Baum der Insel aufknüpfen.«

William verneigte sich knapp. »Guten Tag, Senhor.«

Don Pedro starrte ihn und Elena an und blickte dann auf seine Tochter, die mit hochgezogenen Knien am Kopfende des Bettes kauerte. Bevor er ihren Vater eingelassen hatte, hatte William ihr gestattet, sich in einen Morgenmantel zu hüllen, aber das zerzauste Haar, die geschwollenen Augen und nicht zuletzt der Bluterguß am Kinn verrieten, daß sie eine schlaflose und anstrengende Nacht hinter sich hatte.

Sie kletterte aus dem Bett, lief zu ihrem Vater und redete leise auf spanisch auf ihn ein.

»Was hat sie gesagt?« fragte William, der nur jene Worte verstand, die dem Portugiesischen ähnelten.

»Sie fleht mich an, sie nicht mit Euch allein zu lassen. Und das kann ich auch nicht.«

»Sie ist meine Frau.« William deutete auf die Blutflecken auf dem Laken. »Unsere Ehe ist vor Gott geschlossen und vollzogen worden. Ihr werdet Euch jetzt zurückziehen, Senhor, und zwar allein, sonst klage ich Euch der Entführung an.«

Dominguez zögerte und kaute an der Unterlippe, während Isabel sich weiter an seinen Arm klammerte und ihn auf spanisch beschwor.

Elena trat an die Seite des Mädchens.

»Don Pedro, ich denke, Ihr solltet jetzt besser gehen. Mein Neffe ist im Recht.«

Dominguez zögerte immer noch, dann nahm er Isabel unvermittelt in die Arme und küßte sie auf die Stirn. Er sagte etwas auf spanisch zu ihr, schob sie dann von sich und ging hinaus.

»Nein!« schrie Isabel. »Nein, Papa ...« Sie lief zur Tür, aber William versperrte ihr den Weg.

»Faßt mich nicht an«, zischte sie.

»Du mußt dich jetzt ausruhen.« Er öffnete die Tür und rief zwei von Elenas Dienerinnen herein. »Ihr bleibt hier bei der Blunt Agha«, sagte er.

»Macht das Bett und sorgt dafür, daß sie sich hinlegt. Dann laßt sie schlafen. Ihr dürft sie unter keinen Umständen allein lassen.« Er musterte Isabel kalt.

Als er hinausging, folgte ihm Elena.

»War es wirklich so schlimm, wie es sich angehört hat?« fragte sie.

»Sie hat sich gewehrt wie eine Wildkatze, ja. Aber wir sind jetzt Mann und Frau.«

»Das ist mir nicht entgangen. Aber ich habe so den Verdacht, daß du meinen Rat nicht befolgt hast.«

»Meine liebe Tante, was sollte ich denn tun? Die Ehe mußte vollzogen werden, sonst hätte dieser Schurke Dominguez das Recht gehabt, die Annullierung zu verlangen.«

»Und jetzt haßt sie dich. Ich werde zu ihr gehen.« Sie blickte zu ihm auf. »Wenn du gestattest.«

Er verneigte sich und ging weiter zur Vordertür.

Es war ein strahlender, klarer Morgen, und vom Meer wehte eine frische Brise herüber. Ein ausgesprochen schöner Tag. Mein erster Tag als verheirateter Mann, dachte William bitter. Es schien, als hätte die ganze Kolonie Isabels Schreie gehört.

Es war nicht seine Absicht gewesen, dem Mädchen in irgendeiner Weise weh zu tun. Aber ihr Anblick und das Bewußtsein, daß sie sein war, hatten eine Lust in ihm entfacht, die übermächtig gewesen war.

»Frauen sind am Anfang immer schwierig«, sprach Portalado ihm Mut zu. »Meine Frau hat in der Hochzeitsnacht versucht, mich umzubringen ...«

»Ich danke euch für Eure tröstenden Worte, Senhor. Ich bin sicher, meine Frau *hätte* mich umgebracht, wenn sie eine Waffe gehabt hätte.«

»Seht Ihr, anfangs führen sie sich immer so auf, aber letztlich kommen sie alle zur Vernunft.«

William hatte keine Lust, die Angelegenheit zu vertiefen. Er stieg die Vordertreppe hinunter und ging zum Hafen, um sich die Schiffe anzusehen.

Er hatte erwartet, daß sie sich gegen seine Liebe nicht würde wehren können. Nun, körperlich hatte sie nach dem Kinnhaken auch keinen Widerstand mehr geleistet. Aber sie war so angespannt gewesen, daß er ihr erneut hatte weh tun müssen, als er in sie eingedrungen war. Sie hatte gewimmert und geweint vor Schmerz. Als er, um sich erneut zu erregen, ihre Brüste und ihren Po gestreichelt hatte, hatte sie nur geschaudert und die Augen fest zugekniffen. Und als er sie auf den Rücken gedreht hatte, hatte sie erneut geschrien.

Konnte jemand, der so sehr zu leiden und zu hassen schien, jemals Liebe empfinden? Und doch wünschte er sich, ihre Liebe zu erringen. Sie war wirklich eine Frau, die zu besitzen, zu halten ... und zu lieben lohnte.

Plötzlich fühlte er sich elend und blickte sehnsüchtig auf die Schiffe. Es waren die ersten Hochseegaleonen, die er je gesehen hatte – und sie sahen ganz anders aus als die arabischen Dhaus in Surat. Eines dieser Schiffe konnte eines Tages ihn und Isabel zurück nach England bringen; am Mast eines der Schiffe flatterte sogar die riesige weiße Flagge mit dem roten Kreuz.

Aber wollte er wirklich nach England? Und warum sollte Isabel in ein Land reisen wollen, das die als heidnisch betrachtete? Und was mochte ihn in England erwarten? Sein Leben und seine Zukunft lagen hier in Indien, wo er Akbar dienen würde, so wie seine Vorfahren es getan hatten.

Stiefel knirschten im Sand. Er wandte den Kopf und sah einen Mann, dem er bisher noch nicht begegnet war. Er war groß, aber sehr dürr, mit einem Adlergesicht, das zum Großteil von einem struppigen Bart verdeckt wurde, und er trug Kleider, die kaum als elegant zu bezeichnen waren, wenngleich an seiner Seite ein Degen baumelte.

»Master Blunt?« sprach der Mann ihn zu seiner Überraschung auf englisch an. »Verzeiht die Störung. Ich konnte mein Glück kaum fassen, als mir zugetragen wurde, daß einer der geschätzten Untertanen des Großmoguls sich in Diu aufhält. Als ich dann jedoch den Grund für Eure Anwesenheit erfuhr, wollte ich bis nach Eurer Eheschließung warten. Jetzt habe ich gehört, daß Ihr wieder aufbrechen wollt – und das in Kürze.«

»Morgen«, entgegnete William. »Aber Ihr seid mir gegenüber im Vorteil, Sir.«

»Mein Name ist John Mildenhall.«

»Und Ihr seid Engländer?«

»Das bin ich, Sir.«

»Dann laßt Euch die Hand schütteln«, entgegnete William. »Ihr seid, abgesehen von meinem Großvater natürlich, der erste Engländer, dem ich je begegnet bin. Habt Ihr meinen Großvater gekannt?«

»O nein. Aber der Grund meiner Reise nach Indien wird Euch sicher interessieren.«

William neigte höflich den Kopf.

»Ich repräsentiere ein Konsortium Londoner Händler, die Handelsbeziehungen zum Osten aufbauen möchten, Mr. Blunt. Wir finden es unrecht, daß die Portugiesen und jetzt ihre Herren, die Spanier, das Monopol auf den Handel mit Gewürzen und Seide und allen anderen Kostbarkeiten dieses Landes besitzen.«

»Oh, ich bin ganz Eurer Meinung«, entgegnete William. Er war den Spaniern an diesem Morgen nicht unbedingt wohlgesonnen.

»Die Spanier und Portugiesen beanspruchen außerdem den gesamten amerikanischen Kontinent für sich … Wußtet Ihr, daß unsere Schiffe in diesen Gewässern als Piraten betrachtet werden?«

»Das wußte ich nicht, Sir.«

»Nun, es stimmt. Aber Amerika ist ein unzivilisiertes Land ohne einheimischen Herrscher, den man um eine Handelslizenz bitten könnte. Hier in Indien liegen die Dinge anders.«

Er verstummte hoffnungsvoll.

»Einen solchen Herrscher gibt es hier allerdings«, stimmte William ihm zu.

»Dessen Erlaß auch die Spanier und Portugiesen zu respektieren hätten«, sagte Mildenhall eifrig.

»Ihr möchtet, daß ich Euer Anliegen dem Mogul vortrage?«

»Ich würde euch nach Agra begleiten und ihm meine Bitte persönlich vortragen, Sir.«

»Ich bezweifle, daß es der Mühe wert wäre, Mr. Mildenhall«, sagte William. »Wißt Ihr, daß mein Vetter vor einem halben Jahrhundert nach England zurückgekehrt ist, um dem König nicht nur Handelsrechte, sondern auch eine Allianz zwischen den Mongolen und England anzubieten, und man ihn praktisch davongejagt hat?«

»Ich habe davon gehört«, sagte Mildenhall. »Aber das waren noch andere Zeiten, Sir, und andere Männer.«

»Der Mogul ist noch derselbe und wird sich zweifellos noch gut an diesen Vorfall erinnern. Es wäre besser, wenn Ihr hierbleiben und auf Nachricht von mir warten würdet.«

Mildenhall war sichtlich enttäuscht, verneigte sich jedoch zustimmend. William wandte sich ab und schlenderte den Strand hinunter, blieb jedoch, als drei Männer aus dem Gebüsch traten und ihm den Weg versperrten, abrupt stehen.

Er hatte sie beim Hochzeitsempfang gesehen. Es waren Angestellte von Pedro Dominguez.

Mildenhall hatte sie ebenfalls gesehen. »Braucht Ihr Hilfe, Sir?« rief er.

»Nein«, entgegnete William.

Er fühlte, wie das Blut in Erwartung des bevorstehenden Kampfes durch seine Adern schoß. Er hätte sich kein besseres Ventil für seine schlechte Stimmung wünschen können.

Mildenhall hielt sich nervös im Hintergrund, während William sich den drei Männern näherte, die sich auf etwa dreißig Fuß verteilt hatten und ihm grimmig entgegensahen.

»Guten Morgen«, grüßte er sie.

»Sagt mir, Senhor«, fragte einer von ihnen, »ist Euer Herz so dunkel wie Eure Haut?«

»Ich habe gehört, daß Eure Tante die größte Hure Indiens ist, Senhor«, sagte ein zweiter. »Ist das wahr? Ihr habt doch sicher selbst das Bett mit ihr geteilt.«

William zog seinen Tulwar. Aber die drei Männer hatten Rapiere, die sie nun gemeinsam zückten.

»Genug!« Mildenhall kam den Strand hinuntergelaufen. Er hatte ebenfalls seine Waffe gezogen, einen langen, geraden englischen Degen. »Ihr seid doch auf Mord aus.«

»Ich werde gegen sie kämpfen«, sagte William.

»Selbstverständlich, Sir. Aber nicht gegen alle drei auf einmal.«

»Das hier geht Euch nichts an, Engländer«, sagte einer der Spanier.

»Das sehe ich anders.«

Die drei Männer tauschten einen Blick. Es war nicht ihre Absicht gewesen, William Mann gegen Mann herauszufordern. Sie wußten, daß er ein Berufssoldat und trotz seiner Jugend ein erfahrener Kämpfer war. Aber dieser Engländer war eine unbekannte Größe, und jetzt stand es zwei gegen drei.

»Wie Ihr wollt«, riefen sie und gingen gleichzeitig zum Angriff über.

William trat ihnen entgegen und schwang den Krummsäbel, um die ersten zwei Hiebe zu parieren. Gleichzeitig hatte er mit dem Fuß ausgeholt, und einer der Spanier stürzte in den Sand. William ging an seinen beiden Angreifern vorbei und warf einen hastigen Blick nach links, um sicherzugehen, daß Mildenhall sich des dritten Spaniers annahm.

William hatte keine Ahnung vom Duellieren. Er hatte gelernt, so rasch und so sicher wie möglich zu töten.

Der zweite Spanier hatte sich umgewandt, um William erneut herauszufordern, und rief in seiner Muttersprache, zweifellos, um seinen Kameraden aufzufordern, aufzustehen. William lief auf den Mann zu, der sich gerade aufrappelte, schwang den Säbel und versetzte dem Spanier einen tödlichen Hieb in die Halsbeuge. Der Mann stieß einen spitzen Schrei aus und fiel zurück in den Sand.

Williams rasches und gnadenloses Vorgehen veranlaßte sogar Mildenhall und seinen Opponenten, vorübergehend ihre Degen zu senken – während der zweite von Williams Gegnern offenbar nichts lieber getan hätte als zu fliehen. Aber er konnte sich nicht so recht dazu entschließen.

Sein Zögern kostete ihn das Leben. William hob das Rapier des gefallenen Spaniers auf, wog es in der Hand und warf es in der Art, wie er gelernt hatte, einen Speer zu werfen. Die Spitze des Degens bohrte sich dem Spanier in den Bauch. Er sank auf die Knie, die Hände auf den roten Flecken gepreßt, der sich rasch auf seinem Wams ausbreitete.

William sprang auf ihn zu, schwang den Säbel, und der Kopf des Mannes rollte in den Sand.

Williams wandte sich dem dritten Spanier zu. »Und jetzt zu Euch, Senhor.«

Der Mann starrte von ihm zu Mildenhall, ließ seinen Degen

fallen und rannte, so schnell ihn seine Füße trugen, zurück in den Schutz der Bäume.

»Ich danke Euch«, sagte William.

»Ich denke, Ihr wärt auch ohne mich sehr gut zurechtgekommen«, gestand Mildenhall. »Ich habe noch nie jemanden so erbarmungslos kämpfen sehen. Kämpfen alle Soldaten Akbars so wie Ihr?«

»Dahingehend werden sie ausgebildet. Und ob ich Eurer Hilfe bedurft habe oder nicht, ist unerheblich. Ihr habt nicht gezögert, Euer Leben für mich zu riskieren. Ich nehme meine Weigerung, Euch zu helfen, zurück. Ihr könnt mich nach Agra begleiten. Aber ich habe meine Meinung geändert, was den Zeitpunkt meiner Abreise betrifft. Seid in zwei Stunden am Landungssteg.«

Er stieg über den ersten Mann hinweg, den er niedergestreckt hatte. William schwang den Tulwar und hieb auch ihm den Kopf ab. Dann säuberte er die Klinge an den Kleidern des Toten, steckte den Säbel zurück in die Scheide und hob die beiden abgeschlagenen Köpfe an den Haaren auf.

Mildenhall hatte es die Sprache verschlagen; er schien Mühe zu haben, zu schlucken. »Darf ich fragen, was Ihr mit den Köpfen zu tun gedenkt?« fragte er schließlich gepreßt.

»Ich bringe sie dorthin, wo sie hingehören«, entgegnete William und stapfte durch den Sand davon.

Neugierige erschienen in allen Türen und an allen Fenstern, als William Blunt, einen tropfenden Kopf in jeder Hand, die Straße hinaufging. Die Leute tuschelten aufgeregt, aber niemand schien gewillt, sich dem Tuk-bashi der kaiserlichen Garde in den Weg zu stellen. Nur um ganz sicher zu gehen, rief Talas Ali seine Männer zusammen.

»Ihr solltet nicht allein gehen, Blunt Sahib«, warnte er.

»Ich war nicht allein«, entgegnete William.

Er ging weiter bis zu Dominguez' Lagerhaus, wo der Spanier persönlich in der Tür auf ihn wartete. William warf seinem Schwiegervater die Köpfe vor die Füße.

»Die Leichen Euer Diener warten auf ihr Begräbnis«, sagte er. »Sie sind am Strand.«

Elena empfing ihn zutiefst besorgt auf der Veranda der Gouverneursresidenz.

»Du bist verletzt!« Sie lief ihm entgegen, als sie die braunen Flecken auf seiner Tunika sah.

»Es ist nicht mein Blut, Tante.«

»Was soll ich sagen?« jammerte Portalado. »Ich hatte keine Ahnung, daß Senhor Dominguez so etwas geplant hatte. Ich schwöre es.«

Allein die Tatsache, daß er den Urheber des Anschlages kannte, verriet ihn, aber William verspürte keine Lust auf weitere Auseinandersetzungen.

»Wir werden sofort abreisen«, sagte er.

»Talas, sorg dafür, daß die Schiffe am Steg bereitliegen. Und halte auch einen Platz für den Engländer bereit, der uns begleiten wird.«

William eilte nach oben und riß die Schlafzimmertür auf. Isabel lag mit einem Nachthemd bekleidet im Bett. Die beiden Dienerinnen verneigten sich vor ihrem Herrn.

»Zieh dich an«, befahl William. »Wir brechen sofort nach Agra auf.«

»Mörder!« zischte Isabel. »Du kommst mit Blut an den Händen zu mir.«

William starrte sie an. Die Erregung des Kampfes war noch nicht ganz verklungen.

»Ich habe es mir anders überlegt«, sagte er den Dienerinnen, die bereits Isabels Kleider zurechtlegten. »Kommt in einer Viertelstunde wieder.«

Sie tauschten einen Blick, kicherten und eilten hinaus.

William legte den Schwertgürtel ab und ließ ihn zu Boden fallen.

»O Gott!« rief Isabel entsetzt aus. »Senhor, ich flehe Euch an, habt Erbarmen.«

»Du bist meine Frau, und dein Anblick erregt mich.«

Er zog sich aus. Isabel kniete nieder, die Hände zusammengepreßt.

»Ich habe Schmerzen, Senhor … ich habe Schmerzen.«

Er trat vor sie, und sie ließ sich auf den Bauch fallen.

»Habt Ihr denn kein Mitleid?« stöhnte sie.

Mitleid, dachte er. Das war eine Regung, über die er bisher

nicht viel nachgedacht hatte, denn es war eine Regung, die den Mongolen fremd war.

Er packte Isabel an den Schultern und zog sie auf die Füße. Angespannt blickte sie zu ihm auf.

»Ich werde dir deine Dienerinnen schicken«, sagte er und drückte ihr einen Kuß auf die Stirn.

Die Elefanten und die Eskorte erwarteten sie am Ufer.

William nahm mit seiner Tante in der ersten Howdah Platz, Isabel bestieg mit ihren Dienerinnen den zweiten Elefanten, Mildenhall den dritten.

»Sie wirkt jetzt viel ruhiger«, murmelte Elena.

William grinste. »Ich habe angefangen, um sie zu werben.«

Als sie an diesem Abend das Lager aufschlugen, war er die Höflichkeit in Person.

»Du kannst allein schlafen«, teilte er seiner Frau mit. »Du bist sicher sehr müde.«

Er unterhielt sich eine Weile mit Mildenhall und Elena und zog sich dann in sein Zelt zurück. Wieder hatte er zwei Dienerinnen aufgetragen, die ganze Nacht bei seiner Frau zu wachen.

Am folgenden Tag sah man Isabel sogar über die Kapriolen einer Affenhorde lächeln, die sich von Ast zu Ast schwang. Am Nachmittag setzte William sich zu ihr in ihre Howdah und schickte die Dienerinnen fort.

Er hatte so gut wie beschlossen, in dieser Nacht mit ihr zu schlafen, als jedoch das Lager aufgeschlagen wurde, hörten sie Hufgetrappel. Einige Minuten später preschten ein Tavachi und vier Gardisten ins Lager.

»Blunt Sahib«, rief der Tavachi. »Allah sei Dank, daß ich Euch gefunden habe.«

»Was gibt's?« fragte William stirnrunzelnd, während seine Männer sich um ihn versammelten.

»Ihr sollt so schnell wie möglich nach Agra zurückkehren, Blunt Sahib. Auf Befehl des Badshahs.«

»Ich allein?«

War das eine Verhaftung?

»Ihr und alle Männer, die Ihr aufbringen könnt, Blunt Sahib.«
»Wollt Ihr mir nicht sagen, was geschehen ist?«
»Prinz Salim hat zur Revolte gegen seinen Vater aufgerufen, Blunt Sahib. Der Badschah braucht jeden Mann.«
»Großer Gott!« rief William aus.
»Was wirst du tun?« fragte Elena.
»Ich werde mit achtzig Mann zu Akbar reiten. Talas Ali überlasse ich das Kommando über die Karawane; er wird euch sicher nach Agra geleiten.«
»Und deine Braut?« William sah zu Isabel hinüber, die die Szene mit offenem Mund verfolgte.
»Ich gebe sie in deine Obhut, Tante. Bis wir uns wiedersehen.«

## Kapitel 13

## Der Rebell

Indem er beinahe Tag und Nacht durchritt, erreichte William Agra in weniger als drei Wochen.

Den ganzen Weg über plagte ihn Unsicherheit. Er war ständig darauf gefaßt, daß er und seine Kompanie angegriffen würden – was nicht geschah –, und verstand nicht, warum Akbar ihn, einen vierundzwanzigjährigen Tuk-bashi der Garde, so dringend zu sich gerufen hatte.

Agra war ein einziges großes bewaffnetes Lager, aber Blunt Sahib wurde nirgends aufgehalten. Man führte ihn auf direktem Wege zum Badschah. Akbar schien müde – und älter, als ihn William in Erinnerung hatte –, aber seine Energie und Vitalität waren unvermindert.

»Junger Blunt!« rief er aus, als William zu ihm gebracht wurde. »Blunt Amir!« fügte er hinzu. »Denn so soll man Euch von diesem Augenblick an nennen.«

William straffte die Schultern, verblüfft von dieser unerwarteten Ehre.

Alle, die um den Herrscher herumstanden, vom niedrigsten Tavachi bis zu Abul Fazl, lächelten.

»Tretet näher, Blunt Amir«, fuhr Akbar fort. »Ihr wißt, was geschehen ist?«

»Man hat mich unterrichtet, Hoheit. Allerdings nicht in Einzelheiten.«

»Nun, dieser Hund von einem Sohn, der sich selbst Jahangir nennt, Welteroberer, ist in den Pandschab geflohen und stellt dort ein Heer auf. Und von dort aus hat er mich aufgefordert abzudanken, da ich die mongolischen Herrschern zugedachte Lebensspanne überschritten hätte.« Akbar lächelte. »Als ob ein so elender Hund je Jahangir sein könnte. Solange Euer Großvater noch lebte, hat er nicht gewagt, sich zu rühren, weil er dessen Stärke fürchtete. Aber jetzt hat er zu viele meiner Leute für sich gewonnen, darunter auch Taulat, den persönlichen Tavachi Eures Großvaters, und Ibrahim Hildas, den ich zum Nachfolger Blunt Bahaturs und Befehlshaber der Garde ernannt hatte. Ist eine solche Undankbarkeit zu fassen? Und solche Dummheit? Ich habe oft auf meinem Bett gelegen, nur mit einem Mädchen zur Gesellschaft, und mich in Anwesenheit meiner Garde sicher gefühlt. Hätte ein Babur, der vorhat, sich gegen mich zu wenden, nicht die Gelegenheit genutzt, mich zu ermorden? Statt dessen flieht dieser Jahangir aus meiner Hauptstadt und fordert mich aus der Ferne auf, abzudanken.«

Der Mogul brütete eine Weile vor sich hin.

»Ich werde mit größter Strenge über ihn und jeden Verräter, der ihn unterstützt, vorgehen«, sagte er schließlich. »Mein Heer macht mobil, aber meine Garde ist unglücklich, weil Blunt Bahatur tot und Ibrahim zu den Rebellen übergelaufen ist. Also werde ich einen neuen Befehlshaber ernennen – einen Mann, der einen Namen trägt, dem sie vertrauen.«

Wieder traute William seinen Ohren nicht.

»Jetzt, wo Ihr hier seid, Blunt Amir«, fuhr Akbar fort, »werden wir gegen diesen Jahangir ins Feld ziehen.« Seine Stimme troff vor Verachtung.

Akbar konnte es nicht erwarten zu handeln, und so setzte sich das Heer unverzüglich in Marsch, obwohl der Monsun bevorstand. Auf der Suche nach den Rebellen zogen sie nach Nordwesten, hinter einem Schild mongolischer Reiter, während der Mogul in bester Mongolenmanier Späher und Boten vorausschickte, die das Volk gegen den Rebellen aufhetzten und davor warnten, sich auf seine Seite zu stellen. Sie versprachen Belohnungen für Loyalität und drohten die drakonischsten Strafen im Falle der Untreue gegenüber dem Badshah an.

Sie erfuhren, daß Salim, unterstützt von den Bergstämmen und unzufriedenen Afghanen, tatsächlich eine Armee aufgestellt hatte und die Grenze des Sutlej hielt. Akbar dirigierte sein Heer prompt in Richtung des großen Flusses. Er kam an eben jenem Tag in Sicht, an dem der Regen einsetzte.

Akbar und seine Generäle ritten bis ans Flußufer und betrachteten die rebellischen Truppen auf der anderen Seite, die durch den sintflutartigen Regen kaum auszumachen waren. Aber sie vermochten dennoch zu erkennen, daß es sich um ein großes Heer handelte, mit mehreren Artilleriegeschützen, die die Furt sicherten.

»Die Geschütze sind bei diesem Wetter nutzlos«, erklärte Todar Mal.

»Das ist richtig«, stimmte Akbar ihm zu. »Aber er kontrollierte dennoch die Furt. Was hätte Blunt Bahatur getan?«

William hatte keine Ahnung. Er war nicht zum General ausgebildet worden. Aber er erinnerte sich an das, was sein Großvater ihm von vorangegangenen Feldzügen erzählt hatte.

»Während des Krieges mit Mahmud Lodi, Hoheit, hat das Heer des Großen Babur eine andere Furt gesucht und gefunden und dort den Fluß überquert.«

»Das stimmt. Aber das hier ist der Sutlej. Es gibt im Umkreis von vielen Meilen keine zweite Furt. Wir müssen hier hinüber, und zwar, solange es regnet und mein Sohn seine Geschütze nicht einsetzen kann. Aber wir werden noch einige Tage warten, damit das Pulver auch gründlich durchweicht ist.«

Das Heer schlug ein Lager auf und wartete, während der Regen den Boden überflutete und unter die Zelte sickerte. Es war höchst unbequem, sogar für jene, die einige ihrer Frauen mitgebracht hatten. Williams Konkubinen waren von seiner verfrühten Rückkehr entzückt gewesen – vor allem, da er ohne seine neue Frau in Agra eingetroffen war. Aber er hatte sich dagegen entschieden, sie auf einen so ungemütlichen Feldzug mitzunehmen. Nicht einmal Jalna, die hübscheste, hatte ihn umstimmen können. Jetzt bereute er seinen Entschluß. Zum Ausgleich leistete er Akbar jeden Abend beim Essen Gesellschaft, gemeinsam mit Fazl, Birbal und Prinz Daniyal, dem jüngsten – und letzten – legitimen Sohn des Moguls. Prinz Murad war im vergangenen Jahr an der Wassersucht gestorben, aber Akbar hatte nicht sehr um ihn getrauert. Jetzt war Prinz Daniyal ständig an der Seite seines Vaters. Nachdem Salim diese Revolte angezettelt hatte, war er der zu erwartende Thronfolger.

»Mein Sohn wird sich fragen, was ich damit bezwecke, hier im Regen zu sitzen«, sagte der Mogul. »Aber seine eigenen Leute werden sich ebenfalls fragen, was auf sie zukommt. Morgen, Blunt Amir, möchte ich, daß Ihr Euch den Titel Bahatur verdient wie Euer Großvater. Morgen werdet Ihr den Sutlej überqueren.«

»Ich, Hoheit?«

Akbar lächelte. »Selbstverständlich mit der Armee im Rücken, denn die Männer werden dem Namen Blunt folgen. Fürchtet Ihr Euch?«

William schluckte, als ihm bewußt wurde, daß der Badshah ihm befohlen hatte, entweder die Furt einzunehmen und zu halten oder zu sterben.

»Ich fürchte mich nicht, wohin Ihr mich auch befehlt, Hoheit«, entgegnete er.

Akbar klopfte ihm väterlich auf die Schulter.

»Verzeiht, Hoheit«, sagte Fazl, »aber das, was Ihr vorhabt, ist keine Kleinigkeit – immerhin geht es darum, Euren Lieblingssohn zu vernichten.«

»Er ist jetzt mein Feind«, grollte Akbar.

»Er ist zweifellos irregeleitet und trauert noch um seine Mutter ...«

»Was soll ich denn Eurer Ansicht nach tun? Abdanken?«

»Mein Bruder ist ein Verräter«, sagte Daniyal heftig. »Ihm gehört der Kopf abgeschlagen.«

»Er ist immer noch Euer Bruder«, beharrte Fazl und wandte sich wieder an Akbar. »Ich bitte Euch, Hoheit, laßt mich mit einer Friedensfahne den Fluß überqueren und mit dem Prinzen sprechen, um ihn von dieser Dummheit abzubringen.«

»Glaubt Ihr, daß er Euch anhören wird?« fragte Akbar.

»Ich kann es nur versuchen. Wenn der Prinz sich weigert, mich anzuhören, könnt Ihr ihn mit ruhigem Gewissen töten.«

Akbar musterte seinen langjährigen Vertrauten eine Weile schweigend und sagte dann: »Ihr seid ein guter und treuer Freund, Abul Fazl. Geht zu meinem Sohn und bringt ihn zur Vernunft. Fordert ihn auf, sich zu ergeben und mit Euch zu mir zurückzukehren. Sagt ihm, daß er sonst sterben wird.«

William Blunt war ein Aufschub gewährt worden.

Am darauffolgenden Tag ritt Abul Fazl mit einer Friedensfahne in den Fluß. Das gesamte mongolische Heer versammelte sich, ihm nachzublicken. Akbar selbst wartete auf seinem Pferd am Flußufer.

Es wurde nicht auf Abul geschossen. Nachdem sein Pferd durch den Schlamm das gegenüberliegende Ufer erklommen hatte, sahen sie, daß er durch die Bäume zu den Zelten des Rebellengenerals geführt wurde.

Darauf ritt Akbar zurück zu seinem eigenen Zelt und setzte sich mit seinem Sohn Daniyal zu einer Partie Schach zusammen. William sah zu.

Stunden verstrichen. Dann aß der Mogul mit seinem Sohn und dem Befehlshaber seiner Garde zu Abend. Sie saßen noch beim Essen, als plötzlich großer Lärm ausbrach: das Klirren von Schilden und das Dröhnen von Pauken aus dem feindlichen Lager.

Akbar kehrte ans Ufer zurück und spähte über den Fluß. Der Regen hatte nachgelassen, so daß er die Lanze mit dem bluttropfenden Kopf erkennen konnte, die von johlenden, gröhlenden Männern in die Höhe gehalten wurde.

Akbar starrte stumm auf den Kopf seines Freundes.

»Damit ist der Tod meines Bruders besiegelt«, sagte Daniyal.

»Morgen werdet Ihr den Fluß überqueren, Blunt Amir«, sagte Akbar. Er kehrte zurück zu seinem Zelt. »Und jetzt laßt mich allein. Ich will um einen Freund trauern.«

Der Angriffsplan wurde mit Akbars unveränderter Liebe zum Detail aufgestellt. Wie gewöhnlich ertönten die Signalhörner und Pauken, als das Lager zu neuem Leben erwachte, aber sie gaben dem hinter dem Regenvorhang verborgenen Feind keinen Aufschluß darüber, daß für diesen Tag ein Angriff geplant war. Der Regen prasselte immer noch, und die bleiernen Wolken verrieten, daß der Regen anhalten würde. Morgennebel hing über beiden Lagern.

Akbar ritt erneut zum Flußufer und blickte in den Schlamm.

»Es ist Zeit, Blunt Amir«, sagte er ruhig.

Als Freiwillige aufgerufen worden waren, war praktisch das gesamte Heer vorgetreten. Akbar hatte die ersten tausend Mann persönlich aufgrund ihrer Größe, Kraft und Geschicklichkeit im Kampf ausgewählt. Diese Männer stiegen nun leise zum Ufer hinab. Ihre Schußwaffen hatten sie zurückgelassen – sie wären in diesem Wetter ohnehin nutzlos gewesen. Dieser Kampf erforderte Speere und Säbel. Auch ihre Pferde ließen sie zurück und wateten zu Fuß in die Fluten. Der Flußpegel war vom Regen bereits angestiegen, und das Wasser reichte ihnen auch in der Furt bis zu den Schultern. Sie hielten sich bei den Händen, um eine menschliche Kette zu bilden. William ging allen voran an der Spitze.

Mit klopfenden Herzen und angespannten Muskeln glitt er das schlammige Ufer hinab. Er hatte schon an zahlreichen Kampfhandlungen teilgenommen, aber das war das erste Mal, daß er als Befehlshaber in den Kampf ging. Auch war es das erste Mal, daß er sich in einen scheinbar aussichtslosen Kampf begab. Und vor allem erkannte er, daß er, jetzt wo Isabel auf dem Weg nach Agra war, etwas hatte, wofür sich zu leben lohnte.

Alles hing von diesem Tag ab.

Die wirbelnden Wassermassen drohten ihn von den Füßen zu reißen, während der Regen unablässig über seinen Helm strömte, aber er watete langsam weiter, seine Männer in einer Reihe hinter sich. Glücklicherweise verbarg der anhaltende Regen sie vor dem Feind, und er hatte bereits zwei Drittel der Strecke zurückgelegt, ehe die Wachen am Nordufer erkannten, was vor sich ging. Sofort ertönte ein Signalhorn, gefolgt von Rufen. Er kam immer noch nur schwer voran, aber nach einigen

Schritten ließ die Strömung nach, und das Wasser reichte ihm nur noch bis zu den Hüften.

Am Ufer blickten ihnen die zwanzig Mann entgegen, die nun ihre Bögen auf ihn abfeuerten. Aber ihre Bogensehnen waren durchweicht, und es steckte nicht viel Kraft hinter den Geschossen. Er hob seinen Schild, und die Pfeile prallten harmlos von dem Metall ab.

Jetzt ließ er die Hand des Mannes los, der ihm unmittelbar folgte, und zückte seinen Tulwar.

»Ul-ul-ul Akbar!« rief er aus Leibeskräften, und der Ruf wurde nicht nur von den Männern im Fluß aufgenommen, sondern von der gesamten Armee am anderen Ufer.

Dann reichte ihm das Wasser nur noch bis zu den Knöcheln, und er stapfte an Land. Vier Männer eilten ihm entgegen. Sie waren mit Speeren bewaffnet, fanden jedoch im Uferschlamm keinen festen Halt und glitten immer wieder aus. Er fing den ersten Speerstoß mit dem Schild ab, wich geschickt dem zweiten aus und bekam den dritten in die Rippen – blieb jedoch dank seiner Rüstung unverletzt. Er schwang den Säbel und streckte den vierten Mann nieder, der die Uferböschung hinabrollte.

»Akbar!« rief er erneut und war gleich darauf inmitten der Rebellen, säbelschwingend und parierend, stoßend und schlagend. Einige Zeit, die ihm vorkam wie eine Ewigkeit, schien er ganz allein zu sein. Er wußte, daß er mehrere Verletzungen davongetragen hatte, wenn gleich er den Schmerz kaum spürte, und dann wurde er gewahr, daß einige seiner Männer bereits an seiner Seite kämpften und mit jeder Minute weitere an Land kamen.

Der Kampf war schnell vorüber. Wie Akbar es vorausgesehen hatte, fehlte es den Rebellen an Mut. Bald liefen sie trotz aller Bemühungen ihrer Offiziere, sie aufzuhalten, um ihr Leben. Eben diese Offiziere wurden nun gefangengenommen.

Salim, der selbsternannte ›Jahangir‹, versuchte, in die Berge zu fliehen, wurde jedoch rasch von Akbars Kavallerie eingeholt und zu seinem Vater gebracht. Unter den Gefangenen waren auch Taulat und Ibrahim Hildas; sie standen mit hängenden Köpfen vor dem Mogul, wohlwissend, welches Schicksal sie erwartete.

Sie warteten schweigend im Regen, während Akbar seine Offiziere und vor allem William umarmte.

»Wie ich es prophezeit habe, seid Ihr ein starker Ast eines starken Baumes. Ich wünschte, ich könnte dasselbe von meinem Fleisch und Blut sagen. Und jetzt geht und laßt Eure Wunden versorgen.«

Er funkelte die Gefangenen zornig an. »Widerliche Verräter«, zürnte er. »Bin ich nicht immer gerecht mit Euch verfahren? Ihr habt es verdient zu leiden. Aber es soll vor aller Augen gesehen. Fesselt sie«, befahl er seinen Tavachis. »Entkleidet sie und bindet sie aneinander, auf daß jeder Zeuge ihrer Schande werde – und dann führt sie mit dem Heer zurück nach Agra.«

Die Gefangenen bildeten eine jämmerliche Prozession, die hinter der mongolischen Armee hergezerrt wurde, als Akbar im Triumph nach Hause ritt. William erkannte, daß der Mogul sehr zornig war, was auf sein Alter, die Enttäuschung, die sein Sohn ihm bereitet hatte, und nicht zuletzt auf den Tod Abul Fazls zurückzuführen war. Aber wollte er wirklich seinen Erben hinrichten lassen?

Ganz Agra war auf den Beinen, um der Rückkehr des Heeres beizuwohnen und die Gefangenen anzustarren, deren Rücken blutig waren von den Peitschen der Mongolen. Sie wurden zusammengetrieben und mußten im Freien auf die Verkündung ihrer Strafe warten.

William fand Zeit, nach Hause zurückzukehren und seine Karawane willkommen zu heißen, die in der vergangenen Woche eingetroffen war.

Elena umarmte ihn. »Du hast einen großen Sieg errungen. Aber diese Verbände ...«

»Nur Kratzer. Ich spüre kaum etwas.« Er musterte Isabel mit durchdringendem Blick, und sie verneigte sich leicht. »Freust du dich, mich zu sehen?«

»Ihr seid mein Gatte, Senhor«, entgegnete sie leise.

Er hörte aus ihrer Stimme keine Liebe heraus, aber wenigstens klang sie nicht mehr ganz so haßerfüllt.

Als Befehlshaber der Garde mußte William viel Zeit in der Nähe des Moguls verbringen. Er schlief in einem Vorzimmer nicht weit vom Diwan des Moguls entfernt. Wenn er Glück hatte, konnte er einen Tag in der Woche zu Hause verbringen.

Er stand an Akbars Seite, als Prinz Salim seinem Vater vorgeführt wurde.

»Jahangir!« sagte Akbar verächtlich. »Das ist ein Titel, den man sich verdienen muß und sich nicht einfach aneignet.«

Salim fiel auf die Knie.

»Ich habe einen großen Fehler gemacht, Vater. Ich ersuche Euch um Verzeihung und schwöre, Euch fortan treu zu dienen.«

»Und was ist mit der Ermordung Abul Fazls? Allein dafür sollte ich dich pfählen lassen.«

»Das war ich nicht, Vater, ich schwöre es. Ein Pathane hat ihn umgebracht. Abul Fazl hat meine Offiziere beleidigt. Der Mann hat den Säbel gezückt und Fazl den Kopf abgeschlagen. Es geschah alles so schnell, daß ich keine Gelegenheit hatte, es zu verhindern. Ich war bereit, die Waffen zu strecken und Euch um Vergebung zu bitten – als Fazl tot war, wußte ich, daß ich keine andere Wahl hatte, als zu kämpfen. Schweren Herzens.«

Akbar musterte ihn eindringlich. »Kann ich dir glauben?«

»Ich bin Euer Sohn«, rief Salim aus. »Ich schwöre bei meiner Ehre, daß ich die Wahrheit sage.«

»Wo ist der mörderische Pathane?«

»Er ist im Kampf gefallen, Vater.«

Er ist ein Lügner und potentieller Vatermörder, sagte sich William.

Aber Akbar streckte die Hand aus und legte sie dem Prinz auf die Schulter.

»Ja«, sagte er. »Du bist wahrhaft von meinem Blut, mein geliebter Sohn. Du konntest mich nicht töten, als du die Gelegenheit dazu hattest, und darum werde ich dir auch nicht dein Leben nehmen – wenn ich auch allen Grund dazu hätte. Ich werde dir vergeben. Erhebe dich, Prinz Salim Jahangir.« Er schnippte mit den Fingern. »Bringt dem Prinzen Kleider und Wein.«

William verfolgte die Versöhnung mit größtem Unbehagen.

Dann kehrte der Zorn auf Akbars Gesicht zurück.

»Was deine Männer betrifft, so werden sie sterben. Da sie dir jedoch so blind gefolgt sind, werde ich gnädig sein: Sie werden nicht gepfählt, sondern geköpft werden.«

Der Mogul schien seine gute Laune wiederzufinden, und zwei Tage später wurde Blunt aufgefordert, dem traditionellen Donnerstagsymposium beizuwohnen. Er brachte des Thema John Mildenhall zur Sprache.

»Ein eigenartiger Name«, sagte Akbar. »So ganz anders als Blunt. Das gehört zu den eigenartigsten Dingen bei Eurem Volk – der große Unterschied bei den Namen. Bringt ihn zu mir, damit ich einen weiteren Engländer kennenlernen kann.«

Mildenhall trat in prächtigen bestickten roten Seidenhosen und schwarzem Samtwams vor Akbar. Sein Hemd war am Hals und an den Manschetten gerüscht und der Kragen mit Juwelen besetzt. Seine Kniehosen waren mit bestickten Einsatzstreifen verziert, dazu trug er Kniestrümpfe und Lederschuhe. An seinem schwarzen Samthut steckte eine Feder, und an seiner Seite baumelte ein Degen.

Er bot einen prächtigen Anblick, wenngleich ihm, wie William vermutete, entsetzlich heiß sein mußte. Mildenhall verneigte sich tief vor Akbar.

Salim Jahangir und Daniyal standen dicht bei ihrem Vater, während William es übernahm, die beiden Männer miteinander bekannt zu machen.

Mildenhall sprach persisch.

»Ich habe von den Blunts, die mir stets treue Untertanen waren, viel von Eurem Land gehört«, sagte Akbar. »Und jetzt hat Blunt Bahatur mir mitgeteilt, daß auch Ihr mir dienen möchtet.«

Mildenhall warf William einen hastigen Blick zu, nicht sicher, wie er diese Bemerkung auffassen sollte. William mußte es ihm überlassen, seine eigene Entscheidung zu treffen.

»Nun, ja, Hoheit« begann Mildenhall, »es wäre mir eine große Freude, Euch zu dienen – aber ich muß außerdem meiner Königin dienen.«

»Eine Königin«, sagte Akbar nachdenklich. »Ist sie eine große Kriegsherrin?« Er dachte an Chand Bibi.

»Sie befehligt geschickte Soldaten, die freudig für sie kämpfen.«

Akbar nickte, und William registrierte, daß der Mogul nicht sehr erfreut schien.

»Sagt mir, wir Ihr uns beiden dienen wollt«, sagte er.

Mildenhall warf William erneut einen Blick zu. Er war sichtlich beunruhigt, da auch er merkte, daß das Gespräch nicht günstig verlief.

»Ich würde ebenso Euch wie auch meiner Königin dienen, indem sich unsere Nationen vereinen.«

»Unsere Länder liegen Tausende von Meilen auseinander. Wie wollt Ihr das bewerkstelligen?«

»Durch den Handel, Hoheit, und durch Gedankenaustausch.«

»Womit wollt Ihr handeln?«

William hatte den Engländer bereits gewarnt, keine Stoffe in irgendeiner Form als Tauschware anzubieten.

»Mit modernsten Waffen, Hoheit. Degen wie diesem …« Er zog sein Rapier und reichte es dem Mogul mit dem Griff voran.

Akbar machte keine Anstalten, den Degen entgegenzunehmen.

»Der erste Blunt Bahatur besaß ein solches Schwert«, sagte er. »Es hat ihm gute Dienste geleistet, meine Leute ziehen jedoch ihre althergebrachten Waffen vor.«

»Wir können Euch auch Geschütze, Pulver und Munition liefern. Und Handfeuerwaffen für Eure Infanterie.«

»Meine Infanterie ist bereits mit Schußwaffen ausgerüstet. Aber in Indien sind Schußwaffen nur begrenzt von Nutzen«, sagte Akbar.

»Wenn es regnet, sind sie nutzlos. Und welche Gedanken würdet Ihr aus Eurem Land herüberbringen?«

»Nun, Hoheit, Gedanken zur Philosophie, zur Religion …«

»Die Jesuiten haben mir gesagt, die Engländer wären Heiden.«

»In den Augen der Jesuiten seid sogar Ihr ein Heide, Hoheit«, entgegnete Mildenhall.

Akbars Augen verengten sich, und William befürchtete einen Zornausbruch. Dann lächelte der Mogul.

»Ihr habt eine schnelle Zunge, Engländer. Ihr tätet gut daran, sie im Zaun zu halten. Aber es stimmt, daß die Jesuiten mich für einen Heiden halten.«

Mildenhall holte tief Luft. »Ich glaube, England hat Euer Hoheit mehr zu bieten als Portugal. Ich bin überzeugt, daß Blunt Bahatur mir in diesem Punkt zustimmen wird.«

»Blunt Bahatur ist nie in England gewesen«, bemerkte Akbar. »Der erste Blunt Bahatur war Eurer Ansicht und kehrte in seine Heimat zurück, um eine Partnerschaft anzustreben, wurde jedoch abgewiesen.«

»Das ist viele Jahre her, Hoheit. Königin Elizabeth und ihr Volk sind sehr daran interessiert, mit der ganzen Welt Handel zu treiben.«

»Ich soll also die Portugiesen hinauswerfen, damit Ihr ihren Platz einnehmen könnt«, sinnierte Akbar. »Ich glaube nicht, daß das klug wäre. Die Portugiesen haben sich nie gegen mich gestellt – und sie liefern uns bereits Schußwaffen und feine Klingen, die wir nicht benutzen. Ich glaube, der Handel mit Europa würde meinem Volk schaden, und außerdem bin ich der Ansicht, daß die Einführung europäischer Ideen ihm auch nicht nutzen würde. Und doch respektiere ich die Engländer ob meines Respekts für den Namen Blunt. Ihr mögt bleiben und werdet in meinen Diensten zu Reichtum und Ansehen gelangen, aber ich werde keine weiteren europäischen Handelsniederlassungen in meinem Reich dulden.«

Mildenhall schluckte. »Ich … ich muß zu meinem Auftraggebern und zu meiner Familie zurückkehren, Hoheit.«

Akbar nickte. »Dann geht. Ihr werdet sicher bis Diu geleitet..«

Mildenhall erkannte, daß er entlassen war. Er verneigte sich erneut und entfernte sich rückwärts gehend.

Mildenhall war zutiefst enttäuscht.

»Ich habe Euch gewarnt, daß er nicht so leicht vergißt«, sagte William. »Und leider seid Ihr zu einem ungünstigen Zeitpunkt gekommen. Wißt Ihr, was ich Euch raten würde?«

»Schnellstens von hier zu verschwinden« brummte Mildenhall.

»Ja. Das auch. Aber darüber hinaus solltest Ihr und Eure Londoner Händler in fünf Jahren erneut vorsprechen. Bis dahin wird Gras über Prinz Salims Rebellion gewachsen sein, und der Badshah wird seine gute Laune wiedergefunden haben.«

Mildenhall seufzte. »Es ist ein weiter Weg für eine Abfuhr.«

William lächelte und klopfte ihm tröstend auf die Schulter. »Nun, dann bringt beim nächsten Mal Eure Frau und Kinder mit und nehmt den Vorschlag Akbars, in seine Dienste zu treten, an. Ich versichere Euch, daß Eure Chancen hier besser stehen als in England.«

Mildenhall erwiderte sein Lächeln. »Vielleicht tue ich das wirklich, Blunt Bahatur. Und jetzt möchte ich Euch für Eure Unterstützung danken, wenn sie mir auch nichts genützt hat.«

»Ihr habt mir das Leben gerettet«, erinnerte ihn William.

Nach und nach verblaßte die Erinnerung an die Rebellion, und das Königreich von Delhi kehrte zur Normalität zurück.

Die Arbeiten am Mausoleum über Blunt Bahaturs Grab waren abgeschlossen, und das Gebäude aus weißem und rotem Stein erhob sich majestätisch über der Ebene vor der Stadt. Für William war es eine zunehmend glückliche Zeit.

Da Agra nun Akbars Hauptresidenz war, war die Familie Blunt in Ghopal Das' Haus zurückgekehrt, das schon so lange ihr Zuhause war. Als William endlich Muße hatte, sie dort zu besuchen, zeigte er Isabel die zahlreichen Galerien und Innenhöfe und erzählte ihr, daß Richard Blunt seine Braut, eine echte Prinzessin, damals hierhergebracht hatte.

Elena stimmte zu, daß es gut für das Mädchen war, zu verstehen, was für eine Rolle die Blunts in der Geschichte dieses Landes gespielt hatten. Sie war ganz darauf bedacht, dafür zu sorgen, daß Williams Ehe ein Erfolg wurde. Sie hatte auf der Reise von Diu jede Gelegenheit genutzt, sich mit dem verwirrten und verängstigten Mädchen anzufreunden. Das war nicht sonderlich schwer gewesen, da sie beide ob der Vorfälle im Norden beunruhigt gewesen waren. Aber noch war es nicht gelungen, aus Isabel eine hingebungsvolle Ehefrau zu machen.

»Mein Neffe ist kein schlechter Mensch«, versicherte sie Isabel. »Es steckt viel Gutes in ihm, und er ist außerdem ein sehr mutiger Mann. Er meint es gut mit dir – ich weiß, daß er dich anbetet.«

»Sofern er überhaupt etwas an mir anbetet, dann meinen Körper«, hatte Isabel erwidert.

»Das ist vermutlich wahr. Aber alle Beziehungen zwischen Mann und Frau beginnen mit der körperlichen Anziehung. Er wird lernen, dich um deiner selbst willen zu lieben, wenn du ihn nur akzeptierst. Meine liebe Isabel, du hast gar keine andere Wahl. William ist jetzt dein Mann. Begreifst du denn nicht, daß du dir nur selbst schadest, wenn du ihn ablehnst?«

»Er wird ... mich wieder besitzen wollen«, hatte Isabel schaudernd entgegnet.

»Ich fürchte, das wird er allerdings – weil er ein Mann ist. Aber ich habe gehört, daß es auch für eine Frau sehr schön sein kann.«

»Aber du hast es vorgezogen, auf dieses zweifelhafte Vergnügen zu verzichten«, konterte Isabel bitter.

Darauf wußte Elena keine Antwort: Sie konnte sich nur glücklich schätzen, daß sie nie zur Ehe gezwungen worden war.

An seinem ersten Abend zu Hause schien William guter Dinge zu sein und unterhielt sie mit Klatsch vom kaiserlichen Hof, wobei er seine Frau immer wieder anlächelte. Später am Abend ging er den Flur hinunter zu ihren Gemächern. Nach so langer Zeit wieder im eigenen Bett zu schlafen – und in welcher Gesellschaft!

Seine vier Konkubinen warteten mit geneigtem Kopf vor seiner Tür. Er hatte schon Monate nicht mehr nach ihnen geschickt.

»Wir wünschen unserem Herrn alles Glück«, sagte Jalna.

»Ich werde mich angemessen um euch kümmern«, versprach er und öffnete die Schlafzimmertür.

Auch hier verneigten sich die Dienerinnen vor ihm, aber er hatte nur Augen für Isabel, die in die Kissen gelehnt im Bett saß, das Laken über die Brüste gezogen. Sie trug kein Nachthemd.

William winkte die Dienerinnen fort, und die Mädchen verließen kichernd den Raum.

Langsam durchquerte er das Zimmer und trat ans Fußende des Bettes.

»Sie sagten, Ihr würdet es vorziehen, wenn ich nichts anhabe«, sagte Isabel.

»Womit sie recht hatten.«

Sacht griff er nach dem Laken und zog es herab. Isabel blieb reglos sitzen, die Beine gerade von sich gestreckt. Aber sie zitterte vom Kopf bis zu den Zehenspitzen, schöner noch als in seiner Erinnerung.

»Du brauchst dich nicht zu fürchten«, versicherte er ihr. »Ich werde dir heute nacht nicht weh tun.«

Er setzte sich neben sie und nahm sie in die Arme. Sie war steif, machte jedoch keine Anstalten, sich gegen ihn zu wehren. Er küßte sie auf den Mund, aber sie hielt die Lippen fest aufeinandergepreßt. Als er ihre Brüste liebkoste, erschauerte sie.

Obwohl er sich geschworen hatte, ruhig zu bleiben, fühlte er Zorn in sich aufsteigen. Hatte er denn tatsächlich einen Stein geheiratet?

Er ließ von ihr ab, stand auf und entkleidete sich.

»Wäre es dir lieber gewesen, wenn ich im Kampf gefallen wäre?« fragte er.

»Ich wünsche niemandem den Tod«, entgegnete sie.

»Du hast Glück, daß ich kein Hindu bin, sonst würde ich vielleicht absichtlich mein Leben riskieren, in dem Bewußtsein, daß du auf meinem Scheiterhaufen mit mir verbrannt würdest.«

Nackt trat er vor sie. Sie hielt die Augen fest geschlossen, und ihr nackter Körper war steif vor Anspannung. Wieder fühlte er Zorn in sich aufsteigen. Am liebsten hätte er die Finger in ihrem Haar vergraben und sie aus dem Bett gezerrt, ihre Brüste geknetet, bis sie schrie, und sie dann übers Knie gelegt und bis aufs Blut geprügelt. Aber damit wären sie wieder ganz am Anfang gewesen. Wenigstens leistete sie keinen Widerstand.

»Also gut, Senhora«, sagte er schließlich. »Du haßt mich, aber ich brauche diese Nacht eine Frau. Und da du dich sträubst ...« Er ging zur Tür und öffnete sie. »Jalna!« rief er. »Komm rein.«

Einen Augenblick später stand das indische Mädchen im Zimmer und warf einen verständnislosen Blick auf Isabel, die immer noch mit geschlossenen Augen im Bett saß. Sie hatte keinen Versuch unternommen, sich wieder zu bedecken.

»Ich werde diese Nacht das Bett mit dir teilen, Jalna«, sagte william.

»Ja, Herr.«

Jalna neigte den Kopf und wandte sich zur Tür.

»Hier in diesem Zimmer. Jetzt gleich«, fügte William hinzu.

Jalna warf ihm einen überraschten Blick zu. Isabel hatte die Augen geöffnet.

Jalnas Sari schien ganz von selbst von ihrem schlanken Leib zu gleiten, als sie zaghaft auf das Bett zutrat.

Isabel stieg hastig aus dem Bett und eilte durch das Zimmer, um ihr Nachthemd zu holen.

»Was tust du?« fragte William.

Sie zögerte. »Ich lasse Euch die gewünschte Privatsphäre.«

»Ich habe vor meiner Frau keine intimen Geheimnisse«, knurrte William. »Geh zurück ins Bett.«

Isabel starrte auf den Diwan. Jalna war hinaufgestiegen und saß im Schneidersitz inmitten der Kissen.

»Ihr könnt doch nicht ernsthaft wollen, daß ich bleibe«, protestierte Isabel.

»O doch, genau das will ich – und außerdem verlange ich, daß du hinsiehst. Ich möchte dir zeigen, daß die Vereinigung von Mann und Frau für beide Seiten überaus angenehm sein kann. Und jetzt geh zurück ins Bett.«

Isabel zögerte noch einige Augenblicke, ehe sie gehorchte. Als ihre Schulter Jalnas streifte, erschauerte sie und rückte von ihr ab.

William musterte sie lustvoll; zwei perfekte nackte Frauen, die doch verschiedener nicht hätten sein können.

»Ich bin ein glücklicher Mann«, sagte er, als er sich zu ihnen gesellte.

Jalna übertraf sich selbst im Geben und Nehmen. Und William war nach so langer Zeit in der Lage, seine Lust immer wieder aufflammen zu lassen. Als er schließlich völlig erschöpft mit Jalna in den Armen dalag, ließ Isabel sich vernehmen. »Darf ich jetzt gehen?«

»Nein«, entgegnete er barsch. »Du bist meine Frau, und dein Platz ist an meiner Seite.«

Er schlief tief und fest, Jalna in den Armen und Isabels widerstrebenden Rücken auf der anderen Seite. Als er aufwachte, fühlte er sich unsagbar wohl.

Er streichelte Jalnas Brust, und sie schlug ebenfalls die Augen auf.

»Geh«, flüsterte er ihr ins Ohr.

Jalna hob ihren Sari vom Boden auf und schlich sich auf Zehenspitzen zur Tür. Sie hatte ihren Mitkonkubinen eine Menge zu erzählen.

William rollte sich auf die Seite und betrachtete Isabels schlafendes Gesicht und das zerzauste schwarze Haar auf den Kissen. Isabel hatte sich während der Nacht zugedeckt, und William zog das Laken sacht von ihrem Körper.

»Habt Ihr noch nicht genug, Senhor?« fragte sie leise.

»Von dir nicht, und das wird wohl auch nie der Fall sein.«

Er schob einen Arm unter sie und zog sie auf sich. Sie schrie erschrocken auf und versuchte, sich auf der anderen Seite von ihm rollen, aber er hielt sie fest. Nach einigen Sekunden gab sie sich keuchend und mit gerötetem Gesicht geschlagen.

»Ihr seid ein Tier«, sagte sie. Tränen liefen über ihre Wangen.

»Weil ich Euch liebe?«

»Liebe ...« Ihr Gesicht zuckte, als sein Glied sich zwischen ihren Schenkeln versteifte. Hastig preßte sie die Beine zusammen, spreizte sie jedoch wieder.

Er ließ eine Hand ihren Rücken hinaufgleiten, legte sie ihr auf den Nacken und drückte ihren Kopf herunter, um sie zu küssen.

»Ich liebe dich«, sagte er. »Ich möchte dich noch mehr lieben. Und du bist mein. Gib dich mir hin, Isabel, und ich verspreche dir, du wirst es nicht bereuen.«

Sie starrte in seine Augen. Ihre Nasen berührten sich beinahe, und ihr Atem vermischte sich. Sie hatte aufgehört zu schluchzen, aber ihre Wangen waren noch tränennaß.

William fühlte, wie ihre Beine sich bewegten, sich langsam schlossen. Dann legten ihre Lippen sich auf seine.

Drei Monate später konnte Elena verkünden, daß Isabel schwanger war.

Das erste Nachgeben ihrerseits war nur ein flüchtiges. William nahm an, daß sie ihren Widerstand deshalb vorübergehend aufgab, weil es sie gegen ihren Willen erregt hatte, das Liebesspiel zwischen ihm und Jalna mit anzusehen. Aber am darauffolgenden Abend war sie wieder so kalt und abweisend wie zuvor. Da er seinen Dienst im Palast wieder antreten mußte, war er nicht sicher ob er bei Isabel viel erreicht hatte. Wenigstens war Jalna glücklich.

Sein Zorn wuchs, als er seiner Frau Blumen und Süßigkeiten schenkte, und sie diese mit kalter Gleichgültigkeit entgegennahm.

»Sie verachtet mich, und dabei wird es auch bleiben«, erklärte er seiner Tante. »Warum nehme ich sie also nicht, wie es mir beliebt, schlage oder vergewaltige sie, wie es mir gefällt? Ist es recht, daß eine Frau ihren Mann derart quält?«

»Es ist eine Frage der Werte«, entgegnete Elena ruhig. »Selbstverständlich kannst du sie mißhandeln, wenn das wirklich alles ist, was du von einer Frau wünscht. Wenn dir jedoch an wahrer Partnerschaft, an wahrem Glück gelegen ist, mußt du ihr Wertschätzung, Respekt und Anerkennung entgegenbringen. Hast du Isabel je in irgendeiner Weise Anerkennung gezeigt?«

»Gibt es an einer Frau etwas anders, was ein Mann bewundern könnte, als ihre Schönheit? Und ihre Schönheit habe ich allerdings gelobt.«

»Es gibt Wichtigeres als Schönheit«, erwiderte Elena. »Immerhin ist das eine vergängliche Eigenschaft.«

Dann die Schwangerschaft.

Isabel starrte Elena voller Entsetzen an, als diese ihren Zustand bestätigte. Dann ließ sie sich aufs Bett fallen und weinte bitterlich.

»Du solltest dich freuen«, mahnte Elena. »Das wird dich deinem Mann näherbringen.«

Als Isabel den Kopf hob, lag in ihren Augen ein Ausdruck noch größerer Verzweiflung als je zuvor.

Dann setzte William sich zu ihr und strich ihr zärtlich über das Haar.

»Du machst mich zum glücklichsten Mann der Welt. Isabel, können wir nicht versuchen, miteinander glücklich zu werden? Wenn du mir nur einen kleinen Teil deines Herzens schenkst, kannst du versichert sein, daß das meine ganz dir gehört.«

Aber statt einer Antwort füllten ihre Augen sich erneut mit Tränen.

Richard Blunt der Jüngere wurde 1603 geboren und seine Schwester Laura ein Jahr später. William redete sich sogar ein, daß Isabel ihn endlich als ihren Ehemann akzeptierte.

In diesem Jahre herrschte Frieden im ganzen Reich.

»Jetzt habt Ihr keine Welten mehr zu erobern, Hoheit«, sagte William zum Mogul.

Akbar lächelte. »Das kann niemand sagen, ehe er nicht tot ist. Doch gibt es andere Aufgaben, mit denen ich mich befassen sollte. Tatsächlich habe ich begonnen, lesen zu lernen. Ist das keine Herausforderung, in meinem Alter? Jetzt, da ich mehr Muße habe, will ich sie nutzen. Da sind all die Bücher, die mein Vater zusammengetragen hat ... Ich werde mein Alter genießen, Blunt Bahatur. Wer weiß, vielleicht wird aus mir noch ein weiser Mann.«

Trotz der scheinbaren Beschaulichkeit, die der Mogul an seinem Lebensabend zeigte, machte er sich Sorgen ob der Zukunft seines Reiches und seiner Familie.

Salim Jahangir hatte tatsächlich mit seinem Vater Frieden geschlossen und schien ein absolut loyaler Sohn zu sein. Und doch sprach er auch weiterhin dem Alkohol zu, und es hieß, daß er sogar mehr trank – und häufiger Opium konsumierte – als vorher. Es ging das Gerücht um, daß er seinen Dienern – und seinen Söhnen, die beinahe das Mannesalter erreicht hatten – gegenüber grausam und brutal war. Jedenfalls zeigte sich der älteste seine Söhne, Khusraw, selten ohne ein angespanntes Stirnrunzeln in der Öffentlichkeit.

All das bedrückte den alternden Herrscher. Obwohl er Salim gegenüber stets höflich war, spürte William, daß er wieder an den Fähigkeiten seines Ältesten zweifelte, die Nachfolge anzutreten. Und doch schien es keine Alternative zu geben, da Daniyal dem Alkohol ebenso zusprach wie sein älterer Bruder.

»Ich bin verflucht«, grollte Akbar zuweilen. »Ein Moslem, der mit Trunkenbolden geschlagen ist.«

Alkohol war zweifellos der größte Fluch, der auf dem Hause Babur lastete, was um so erstaunlicher war, als Akbar selbst keinen Tropfen anrührte. Aber Akbar konnte keinen seiner jüngeren Söhne als Thronerben in Betracht ziehen, da keiner von ihnen ein Sohn Jodha Bais war und seine anderen Frauen und Konkubinen ihm nichts bedeuteten.

»Vielleicht Khusraw«, grübelte Akbar. »Er ist ein Mann des Geistes und trinkt nicht.« Er wandte sich Raja Birbal zu. »Was sagt das Gesetz dazu, eine Generation zu überspringen und anstatt des Sohnes den Enkel zum Thronerben zu erklären?«

»Die Thronfolge ist nicht gesetzlich festgelegt, Hoheit«, entgegnete Birbal. »Ihr allein bestimmt, wer Euer Nachfolger wird. Aber falls Ihr Euch für Prinz Khusraw entscheiden solltet, darf Prinz Jahangir Euch nicht überleben.«

Akbar strich sich nachdenklich mit der Hand über den Bart.

»Mein Sohn«, brummte er. »Der Sohn meiner geliebten Frau. Ist er nicht alles, was mir von ihr noch geblieben ist?« Er sah von einem zum anderen. »Ich werde ihm ein Jahr geben, sich zu ändern. Ein Jahr, dann muß eine Entscheidung getroffen werden.« Er warf einen raschen Blick auf seine Wesire. »Sollte er nicht entsprechend vorgewarnt werden?«

Es war offensichtlich, daß er selbst es nicht übers Herz bringen würde, und so stellte sich nun die Frage, wer es wagen würde, dem Prinzen eine entsprechende Warnung zukommen zu lassen. Niemand war erpicht darauf, aber William zögerte nur kurz. So wie bei allen anderen Vertrauten Akbars hing auch seine Zukunft von den Vorkehrungen ab, die der Mogul für die Zeit nach seinem Tod traf. Aber er war auch der jüngste in der Runde und mußte an Isabel und die Kinder denken, um auch deren Zukunft zu sichern.

Wenn Salim sich weigerte, ihn anzuhören, würde er sich mit den jüngeren Prinzen gutstellen müssen.

William beschloß, das Thema anzuschneiden, als er Salim eines Tages auf einen Jagdausflug begleitete. Salim war stolz auf seine Vögel: Er setzte ausschließlich Falkenweibchen ein, die wild eingefangen und dann zur Jagd abgerichtet wurden. Er war glücklich, wenn er zusehen konnte, wie die anmutigen, ausgewachsenen Falken am Himmel ihre Kreise zogen. William hatte die Falken seines Großvaters geerbt, allesamt Nestfalken, deren Abrichtung schon begonnen hatte, noch ehe sie fliegen konnten. Die Falkner waren uneins, welche Methode die besseren Jäger hervorbracht. Blunt optierte für die Nestfalken, die zweifellos dem Falkner gegenüber loyaler und im Umgang sanfter waren.

Aber bei dieser Gelegenheit hatte er bewußt nur seinen liebsten männlichen Falken mitgebracht, der um ein Drittel kleiner war als ein durchschnittliches weibliches Tier. Auch hatte er ihn insgeheim vor dem Jagdausflug gefüttert, so daß er im Vergleich zum Falken des Prinzen einen trägen Eindruck machen mußte.

»Ha, ha«, rief Salim. »Eurem Vogel steht der Sinn nicht nach Jagd, Blunt Bahatur. Das ist ganz zweifellos mein Tag.«

»Ich gebe mich geschlagen, Hoheit.«

»Dann kommt mit und trinkt ein Glas Wein mit mir.«

Die beiden Männer stiegen aus dem Sattel und setzten sich in den Schatten, wo sie von Dienern mit Wein und erlesenen Speisen versorgt wurden. Bei ihnen saß Salims bevorzugter Tavachi, ein Hindu namens Spartu. Spartu war der Enkel Hemus, aber sein Vater war noch ein Kind gewesen, als der selbsternannte Rajah Bikramajit gestorben war, so daß er unter die Generalamnestie gefallen war, die Akbar im Anschluß an seinen Sieg in Panipat erlassen hatte. Der junge Mann hatte sich Salim schon früh angeschlossen. Er war ausgesucht höflich, aber William fühlte sich in seiner Gegenwart unwohl. Dennoch durfte er sich von Spartus Anwesenheit nicht von seinem Vorhaben abbringen lassen.

Als Salim das Glas an den Mund hob, hielt William ihn zurück. Salim wölbte die Brauen.

»Besitzt Ihr die Kraft, den Becher umzudrehen und den Wein auszuschütten?« fragte William.

Salim musterte ihn einen Augenblick stirnrunzelnd und kippte dann mit einer Drehung des Handgelenks den Becher um.

»Was soll daran schwer sein?« fragte er und hielt einem Diener den Becher zum Nachfüllen hin.

»Und jetzt den ganzen Krug?«

Salims Züge verdüsterten sich. »Seid Ihr gekommen, mir Vorhaltungen zu machen?«

»Euch zu warnen, Hoheit, so sehr es mir auch widerstrebt.«

Spartu machte Anstalten, sich zu erheben, aber ein Blick seines Herrn gebot ihm Einhalt.

»Hört mich an«, bat William eindringlich, während Salim ihn unverwandt anstarrte. »Euer Vater liebt Euch mehr als jeden anderen Menschen auf der Welt«, fuhr Blunt fort. »Er liebt Euch als den Sohn Eurer Mutter, und er wünscht sich keinen anderen als Euch zu seinem Nachfolger. Aber er würde sogar einen Sohn opfern, um zu verhindern, daß das Reich in unwürdige Hände fällt.«

Salim musterte ihn kalt. Der Diener hielt immer noch den Weinkrug zum Einschenken bereit, aber schließlich winkte der Prinz ihn fort.

»Mein Vater hat Euch geschickt, mir das zu sagen?« fragte er.

»Das ist richtig, Hoheit.«

»Ihr seid ein treuer Diener des Badshahs.«

»Ich werde ihm bis zu seinem Tod ein treuer Diener sein, Hoheit, und hiernach werde ich seinem Nachfolger ebenso treu ergeben sein.«

»Worte, an die ich mich erinnern werde, Blunt Bahatur.« Salim erhob sich. »Laßt uns nach Agra zurückkehren. Ich werde von nun an ein pflichtgetreuer Sohn sein.«

Von diesem Tage an schien Salim ein neuer Mensch zu sein. Er schwor Wein und Drogen ab, spielte in bestem Einvernehmen Polo mit seinen Söhnen und lächelte den Bewohnern Agras freundlich zu, wenn er durch die Straßen ritt. Aber die meiste Zeit verbrachte er in Gesellschaft seines Vaters. Die beiden Männer schlenderten gemeinsam und ganz in ihr Gespräch vertieft durch die Palastgärten. Sie sprachen endlos über militärische und finanzielle Angelegenheiten des Reiches und diskutierten die Kompetenz und Inkompetenz verschiedener Beamten.

Sie spielten sogar Schach, da Akbar es liebte, Scheinkämpfe auszutragen. Sie spielten jedoch nicht mit Elfenbeinfiguren auf einem gewöhnlichen Brett. Der Badshah ließ ein riesiges Schachbrett im Palastgarten aufbauen, und als Figuren dienten zweiunddreißig hübsche Sklavenmädchen in prächtigen Kostümen, die verrieten, welche Figur sie darstellten. Zu beiden Enden des Bretts wurde jeweils ein Thron aufgestellt, und die Züge wurden den Mädchen von einem Wesir zugerufen. Die Partien gingen manchmal über mehrere Tage, wobei die Stellung der einzelnen Figuren jeden Abend sorgfältig notiert wurde.

Die neue Intimität zwischen Vater und Sohn war für alle eine

Erleichterung, und Akbar schien nicht sonderlich bekümmert, als Prinz Daniyal im April 1604 an der Wassersucht starb.

William registrierte, daß der alternde Mogul die wohl glücklichste Zeit seines Lebens seit dem Tod seiner geliebten Jodha Bai verlebte. Er konnte auf eine überwältigende Herrscherzeit zurückblicken, und jetzt hatte er auch noch den Sohn, den er sich immer gewünscht hatte.

In seinem Glück wurde Akbar überschwenglich. Anläßlich seines Geburtstages ließ er Kisten voller Goldmünzen und Edelsteine bringen und forderte jeden seiner Offiziere auf, sich zu nehmen, soviel er tragen konnte.

Aber William bewunderte Salim nicht minder dafür, daß es ihm gelungen war, seinen Lastern von einem Tag auf den anderen abzuschwören – fast auf ein Fingerschnippen hin. Vielleicht würde er sich doch noch als würdiger Nachfolger erweisen.

Auch privat war William glücklich und zufrieden. Isabel war jetzt nicht mehr nur dem Namen nach seine Frau, und seine Kinder waren stark und gesund. Es waren glückliche Zeiten …

Bis Akbar Anfang Oktober 1605 erkrankte.

Anfangs schien er nur geschwächt. Der Badshah klagte über Übelkeit und ständige Müdigkeit. Die Ärzte wurden gerufen, konnten jedoch nichts feststellen. Sie verabreichten ihm unterschiedliche Medizin, aber nichts schien zu helfen.

In Agra breitete sich große Unruhe aus, und besorgte Beamte steckten die Köpfe zusammen und grübelten, ob der größte Mann, den sie je gekannt hatten, wieder genesen würde.

Niemand schien besorgter als Prinz Salim, der häufig bis tief in die Nacht bei seinem Vater blieb. Bei diesen Gelegenheiten waren sie ganz unter sich, da William sich mit Akbars persönlichen Dienern ins Vorzimmer zurückzog. Oft betraute er aber auch einen seiner Tuk-bashis mit der Wache und ging nach Hause zu seiner Frau.

In der Nacht des fünfundzwanzigsten Oktober blieb er jedoch auf seinem Posten. Nachdem er dem kranken Mogul und seinem Sohn eine gute Nacht gewünscht hatte, zog er sich auf seinen Diwan in einer Ecke des Vorzimmers zurück. Er war noch wach, als Salim seinem Vater recht laut eine angenehme

Nachtruhe wünschte und dann das Zimmer und den Palast verließ. Blunt schlief ein und wurde bei Morgengrauen von einem Diener geweckt, der so entsetzt war, daß er kaum einen Ton herausbrachte.

William sprang sofort auf, eilte ins Schlafzimmer des Moguls und blickte auf seinen Herrn.

Akbar lag mit offenen, glasigen Augen und offenem Mund auf der Seite. Sein Gesicht war schwarz verfärbt, wenngleich nichts darauf hindeutete, daß er erdrosselt worden war.

Er war seit mindestens sechs Stunden tot.

## Kapitel 14

## Der Vatermörder

Es bestand kein Zweifel, daß Akbar vergiftet worden war, und es bestand auch kein Zweifel über den Mörder. Einige Sekunden vermochte Williams Gehirn die Bedeutung der Tat in ihrem ganzen Ausmaß nicht zu begreifen.

Er hatte angenommen, daß Salim ein Mann beinahe übermenschlicher Willenskraft war, nachdem er scheinbar mühelos die Laster aufgegeben hatte, mit denen er sich jahrelang bevorzugt die Zeit vertrieben hatte. Nun, zweifellos besaß er tatsächlich bemerkenswerte Willenskraft, denn derer bedurfte es, seinen Vater zu töten, der außerdem der mächtigste Mann im Land war. Aber das bedeutete, daß seit ihrem Gespräch bei dem Jagdausflug alles nur Theater gewesen war. Der Prinz mußte schon damals den Entschluß gefaßt haben, seinen Vater aus dem Weg zu räumen.

Und dann hatte er seinen Plan mit unglaublicher Kaltblütigkeit durchgeführt und der ganzen Welt vorgespielt, daß Akbar und er sich versöhnt hätten, während er den Badshah nach und nach vergiftet hatte – denn es war offensichtlich, daß der Prinz seinem Vater während der vergangenen drei Wochen immer wieder Gift verabreicht hatte.

Er blickte auf den Diener herab, der auf die Knie gefallen war und vor Furcht zitternd auf den toten Mogul starrte.

Der Diener fürchtete, daß man ihm die Schuld geben würde, weil er den Leichnam gefunden hatte. Man könnte ihm leicht unterstellen, er selbst hätte den Badshah vergiftet.

Oder mir, erkannte William gleich darauf. Wenn die Versöhnung nur Theater gewesen war, würde Salim nicht vergessen haben, wie Blunt Bahatur die Furt erobert und des Prinzen Niederlage heraufbeschworen hatte, wie Blunt Bahatur öffentlich belohnt worden war, während der Prinz nackt und gedemütigt vor dem Mogul gekniet hatte, wie Blunt Bahatur an Akbars Seite gestanden hatte, während der Prinz seinen Vater um Gnade anflehte …

Williams Sorge wuchs: Salim besaß nicht die Großmut seines Vaters.

Der Sklave hob den Kopf. »Was sollen wir tun, Amir?«

William zwang sich zum Nachdenken. Ihm blieben vielleicht noch zwei Stunden zu leben, ob er nun das Verbrechen meldete oder nicht. Denn Salim mußte warten, daß ein anderer den Toten fand; er durfte sich unter keinen Umständen anmerken lassen, daß er vom Tod seines Vaters wußte – nur der Mörder konnte das noch vor der Dienerschaft wissen.

Aber wenn Blunt diese zwei Stunden geschickt nutzte … zwei Stunden!

Wenn er leben wollte, mußte er so kaltblütig wie Salim vorgehen. Aber wenn er starb, würden auch Isabel, Elena und die Kinder sterben.

»Amir?« sagte der Diener.

Der Mann würde ohnehin sterben, vermutlich sogar gepfählt werden. William zog den Säbel und hieb ihm mit einem einzigen Schlag den Kopf ab. Der Leichnam kippte vornüber neben das Bett. Hiermit hatte er zweifellos vor den Augen der Welt seine Schuld bestätigt.

Er säuberte die Klinge, steckte den Säbel in die Scheide und verließ das Zimmer.

Die anderen zwei Diener sahen ihn fragend an.

»Dem Badshah geht es wieder schlechter«, sagte William. »Er will nicht gestört werden. Ich hole den Arzt. Laßt niemanden hinein, bis ich zurück bin. Bojay wird bei ihm bleiben. Habt ihr mich verstanden?«

»Ja, Blunt Bahatur.« Sie verneigten sich.

Er verließ den Raum und ließ Talas rufen. Dann ritt er mit Talas an seiner Seite durch die langsam erwachenden Straßen nach Hause.

»Sattelt die Pferde für meine Frau, meine Tante und die Ayahs meiner Kinder«, wies William ihn an. »Und für Jalna«, fügte er hinzu. Sie war immer noch seine Lieblingskonkubine. »Laßt die Stallknechte schlafen und kümmert Euch selbst darum. Und bereitet sieben weitere Pferde vor.«

»Wir verlassen Agra?«

William nickte. »Gibt es irgend jemanden, den Ihr mitnehmen möchtet?«

Er wußte, daß Talas nicht verheiratet war.

Der Tavachi schüttelte den Kopf. »Ich reite, wohin Ihr reitet, Blunt Bahatur«, sagte er, sichtlich verwirrt.

»Ich werde Euch später alles erklären«, sagte William. »Und jetzt kümmert Euch um die Pferde.«

Als er schließlich seine Familie versammelt und über die Lage informiert hatte, standen auch die Pferde bereit. Aber die Dienerschaft war inzwischen wach; dafür hatte der Nachtwächter gesorgt. William sprach zu ihnen.

»Der Badshah schickt mich auf eine geheime Mission«, erklärte er. »Ihr dürft keinen Lärm machen. Legt euch wieder schlafen. Wenn jemand nach mir fragt, schwört, daß ihr nicht wißt, wo ich bin.«

»Wird man nicht alle töten?« fragte Elena, als sie aus dem Hof ritten.

»Nicht, wenn sie sich an das halten, was ich ihnen befohlen habe«, entgegnete er.

Sie verließen Agra durch das Nordtor und ritten nach Nordwesten in die Berge und von dort hinab in das dahinter liegende Tal.

»Wohin können wir gehen?« fragte Elena. »Nach Diu?«

»Ich bezweifle, daß man uns dort willkommen heißen würde, außerdem würde Salim dort als erstes nach uns suchen. Wir haben nur wenige Stunden Vorsprung vor seinen Leuten. Wenn wir dort nicht innerhalb von vierundzwanzig Stunden ein Schiff finden, würde man uns verhaften.«

»Wohin können wir dann gehen?«

»Nach Lahore.«

»Sind wir dort sicher?«

»Prinz Khusraw ist in Lahore. Er ist unsere einzige Hoffnung.« Er lächelte sie an. »Dies ist nicht das erste Mal, daß unsere Familie sich in den Pandschab zurückzieht – und im Triumph zurückkehrt.«

Elena schauderte. Sie war völlig verwirrt, abgeschnitten von allem, was ihr je etwas bedeutet hatte. Obwohl sie mit der Familiengeschichte vertraut war, lagen die verwegenen Taten ihres Vaters und Richard Blunts lange zurück – das war Geschichte. Ihr eigenes Leben war immer in so ruhigen und sicheren Bahnen verlaufen. Natürlich hatte sie gewußt, daß Akbar eines Tages sterben würde. Aber so wie William und jeder andere in Hindustan hatte sie angenommen, daß sein geliebter Sohn, mit dem er sich wieder versöhnt hatte, in die Fußstapfen seines Vaters treten und sich für die Minister und den Befehlshaber der kaiserlichen Garde nicht viel ändern würde.

Sich davonzuschleichen, nachdem Akbar vergiftet worden war, erschien ihr wie ein Alptraum.

Sie ritten achtzehn Stunden am Tag. Die Ayahs murrten, Isabel und Elena nickten im Sattel ein, und die Kinder wimmerten vor Erschöpfung und Angst. Nur Jalna bewahrte ihre gute Laune und Energie.

Talas und William blickten ständig über die Schulter; auch wenn Diu Salims erste Wahl war, würde er zweifellos Boten nach Lahore schicken, um Khusraw von Akbars Tod zu unterrichten – und diese Boten würden schon am ersten Tag erfahren, wer den Weg vor ihnen geritten war. William schätzte, daß sie wohl kaum mehr als vier Stunden Vorsprung hatten.

Sie wechselten zweimal täglich die Pferde und mußten dennoch am zweiten Tag sechs von ihnen zurücklassen. Die restlichen Tiere konnten sich vor Erschöpfung kaum noch auf den Beinen halten, als sie am Morgen des fünften Tages dreihundertfünfzig Meilen von Delhi entfernt in Lahore eintrafen.

Prinz Khusraw war inzwischen Anfang Zwanzig. Er hatte drei Frauen und mehrere Söhne und als ältester Sohn seiner Prinzen-Generation eine große Zukunft vor sich.

Khusraw war nach einem berühmten persischen Kriegsherrn benannt worden und hatte sich bereits in Akbars Heer als geschickter und tapferer Soldat hervorgetan. Er hatte seinen Großvater sehr verehrt und ihm stets nachgeeifert. William erinnerte sich noch gut daran, wie sein eigener Großvater ihm erzählt hatte, daß er wie der Wind in eben diese Stadt geritten war, um Akbar die Nachricht vom Tod seines Vaters zu überbringen – und was hieraus alles entstanden war. Wenn Khusraw sich als würdiger Nachfahre Akbars erwies, war die Zukunft gesichert.

Khusraw empfing Blunt unter vier Augen und hörte ihm aufmerksam zu, wobei er unablässig an seinem Bart zupfte.

»Mein Vater hat ihn getötet?« fragte er.

»Zweifellos.«

»War Akbar nicht der größte Mann, der je gelebt hat?« brummte er.

»Die Geschichte wird seiner gedenken, Hoheit. Werdet Ihr seinen Tod rächen?«

Khusraw brütete eine Weile vor sich hin. »Ich kann nicht meinen eigenen Vater töten – so wie er den seinen getötet hat. Aber ich werde den Mord an Akbar rächen, Blunt Bahatur.«

»Dann gestattet mir, Euch zur Seite zu stehen, Hoheit, Akbar war mehr als nur mein König. Er war außerdem mein Freund und Führer.«

»Wir werden gemeinsam reiten«, stimmte Khusraw zu.

Die Armee wurde mobilisiert und Grenztruppen aus Peshawar und Amritsar herbeigerufen. Aber sie waren noch nicht eingetroffen, als ein Kavallerieregiment aus Agra in Lahore einritt.

»Wir suchen den Verräter namens Blunt«, teilte der Mingbashi dem Prinzen mit.

»Blunt Bahatur ist hier«, bestätigte Khusraw und bedeutete William vorzutreten.

»Wir haben gehört, daß er hergeritten ist, Hoheit. Seid Ihr über den Tod des Moguls unterrichtet?«

»Blunt Bahatur hat mir die Nachricht überbracht.«

Der Ming-bashi runzelte die Stirn. »Und er steht als freier Mann an Eurer Seite, Hoheit?«

»Er hat mir berichtet, was tatsächlich geschehen ist«, knurrte Khusraw. »Mein eigener Vater sollte für dieses niederträchtige Verbrechen verhaftet werden. Und das wird er auch.«

Der Ming-bashi machte ein verdattertes Gesicht.

»Kehrt zurück zu meinem Vater«, befahl Khusraw, »und sagt ihm, daß ich weiß, daß er ein Vatermörder ist. Sagt ihm, daß ich mit meinen Leuten gegen ihn ins Feld ziehen werde, um den Tod meines geliebten Großvaters zu rächen. Sagt ihm, er täte gut daran, sich kampflos zu ergeben. Sagt ihm, daß ich mich selbst zum Nachfolger Akbars ernenne, da er dieser Ehre unwürdig ist.«

Der Ming-bashi schluckte, antwortete jedoch mutig. »Ihr und die Euren werdet den Zorn des Moguls zu spüren bekommen, Hoheit.«

»Ihr seid es, die meinen Zorn fürchten solltenn«, warnte ihn Khusraw.

Khusraw sprach wie ein Herrscher und sah aus wie ein Herrscher. Er saß zu Pferd und ritt die Reihen seiner Soldaten ab.

Wir ziehen gegen einen Vatermörder in den Krieg«, verkündete er. »Ist das nicht das verdammenswerteste aller Verbrechen?«

Die Pathanen und Sikhs sowie die unzufriedenen Rajputen und Baluchis, die sich ihm willig angeschlossen hatten, hoben ihre Säbel und Speere und jubelten Khusraw zu.

Der Guru Arjun segnete Khusraws Vorhaben.

»Was gedenkt Ihr mit Salim zu tun, wenn Ihr gesiegt habt?« fragte William.

»Er wird den Rest seines Lebens hinter Gittern verbringen, denn ein Mann kann nicht seinen eigenen Vater töten«, entgegnete Khusraw fest.

Wieder bildete der Sutlej die Trennungslinie zwischen den beiden Heeren, als Khusraw jedoch auf Williams Rat hin ein großes

Reiterkontingent zum Fluß schickte, stellten sie fest, daß die Furt unbewacht war.

Sofort wurde die Infanterie nachgeschickt – sie befand sich nur fünfzig Meilen von Lahore entfernt –, um das gegenüberliegende Ufer einzunehmen und zu befestigen. William begann, etwas optimistischer in die Zukunft zu blicken. Vor vier Jahren hatte Salim keinen großen Kampfgeist bewiesen.

»Was sollen wir tun?« fragte Elena, als das Heer sich auf den Marsch vorbereitete.

»Ihr bleibt hier, bis ich zurückkehre«, entgegnete William.

»Und wenn euer Heer besiegt wird?«

»Ich habe einen Beutel Silber aus Agra mitgebracht. Auch lasse ich Talas Ali bei euch; er ist absolut loyal und zuverlässig. Sollten wir unterliegen, nimmst du das Geld, Isabel und die Kinder und machst dich mit Talas und einer Eskorte auf den Weg nach Diu. Dasselbe tust du, wenn du von mir eine Nachricht erhältst, die lautet *›reite‹*. Dann müßt ihr unverzüglich aufbrechen. Versprich es mir, Tante.«

Sie sah ihm lange in die Augen und umarmte ihn.

Auch Isabel verabschiedete sich von ihm. Er küßte die Kinder und nahm dann seine Frau beiseite.

»Unser gemeinsames Leben hat gerade erst angefangen«, sagte er. »Und jetzt wird uns diese Trennung aufgezwungen. Aber wenn Prinz Khusraw siegt, werde ich ihm dienen, wie ich Akbar gedient habe, und wir werden wieder glücklich sein.«

»Ich bin fest davon überzeugt«, sagte sie.

Jalna weinte.

Isabel stand mit zahlreichen anderen Bewohnern von Lahore auf den Zinnen der Stadtmauer, um den Aufbruch des Heeres zu verfolgen. Die Sonne blitzte auf den polierten Helmen, Schilden und Brustpanzern, und eine Staubwolke hüllte die rumpelnden Artilleriegeschütze ein.

Aber während ihres kurzen Aufenthaltes im mongolischen Reich hatte sie größere Armeen marschieren sehen, mit weit mehr Geschützen.

Sie schlang die Arme um den Leib und ging zu Elena.

»Ich möchte dich um einen großen Gefallen bitten.«

»Schon gewährt«, entgegnete Elena.

»Ich möchte, daß du mit den Ayahs und den Kindern nach Diu reitest.«

Elena musterte sie stirnrunzelnd. »Und was ist mit dir?«

»Ich bleibe hier, wie es meine Pflicht ist, um auf die Rückkehr meines Gatten zu warten.«

»Aber du möchtest, daß ich die Kinder jetzt fortbringe?«

»Ich möchte, daß ihr schon morgen aufbrecht, Elena.«

»Dann glaubst du also nicht, daß William siegreich zurückkehren wird?«

Isabel wich ihrem Blick aus. »Ich verstehe nichts von Kriegsführung. Ich habe nur Angst.«

»Dann solltest du mit uns kommen.«

»Das würde William mir niemals verzeihen.« Sie nahm Elenas Hände in die ihren. »Sollte … sollte ich erfahren, daß er gefallen ist, folge ich euch so schnell wie möglich nach. Das verspreche ich.«

Elena befand sich im Zwiespalt. Sie verstand ebensowenig von Kriegen und Schlachten. Sie wußte nur, daß ihr Vater stets siegreich gewesen war und William das militärische Geschick der Blunts geerbt hatte. Jetzt weckte Isabels mangelnde Zuversicht plötzlich Zweifel in ihr. Zwar war Isabel nur ein junges Mädchen von zweiundzwanzig Jahren, und es war nur natürlich, daß ihre erste Sorgen den Kindern galt, aber dennoch …

Und was ist mit mir? fragte sich Elena. William war ihr Leben, und jetzt wurde sie gebeten, ihn im Stich zu lassen, sich in Sicherheit zu bringen, während er um sein Leben kämpfte.

Aber was konnte sie sonst tun? Isabel hatte recht: Wenn eine von ihnen bleiben mußte, dann seine Frau.

»Sobald du von einem Sieg hörst, schickst du mir Nachricht«, forderte sie.

»Sofort«, versprach Isabel und küßte sie. »Bestell meinen Eltern liebe Grüße und sag ihnen, wie glücklich ich bin.«

Am darauffolgenden Tag verließen Elena und die Kinder Lahore mit einer Eskorte unter dem Befehl von Talas.

Jalna wollte in Lahore bleiben, und Isabel machte keine Einwände. Die beiden Frauen hatten sich gezwungenermaßen mehr oder minder angefreundet, und Isabel war froh, nicht allein zurückzubleiben.

Khusraws Heer überquerte den Sutlej unbehelligt, da das jenseitige Ufer immer noch in ihrer Hand war.

Der befehlshabende Tuman-bashi hatte seine Späher weit nach Südosten geschickt, und diese waren inzwischen zurückgekehrt.

»Der Badshah hat seine Armee mobilisiert, Hoheit«, meldete einer von ihnen. »Aber sie lagert immer noch vor den Toren Agras. Er ist noch nicht bereit, in den Krieg zu ziehen.« Der Mann unterdrückte ein Grinsen. »Der Badshah heiratet.«

»Jetzt?« rieg Khusraw ungläubig aus. »Wer ist die Braut?«

»Die Agha Nur on-Mesa, Hoheit.«

»Aber sie ist die Frau eines anderen«, protestierte William.

»Das war sie, Blunt Bahatur. Aber ihr Gatte ist kürzlich gestorben, von einem Mann getötet, der ein Auge auf die Agha geworfen hatte.«

Khusraw und Blunt tauschten einen Blick.

»Könnte mein Vater auch dafür verantwortlich sein?« fragte Khusraw. »Kann ein Mensch so skrupellos sein?«

»Die Agha hat einen neuen Namen bekommen, Hoheit«, fuhr der Tuman-bashi fort. »Sie heißt von jetzt an Nur Mahal, ›Licht der Welt‹! So wie der Mogul sich fortan Jahangir nennt, ›Welteroberer‹.«

»Mein Vater hat den Verstand verloren«, brummte Khusraw. »Wie groß ist das Heer, das er befehligt?«

»Es ist ein großes Heer – doppelt so groß wie das unsere.«

Khusraw sah zu William hinüber. »Warum marschiert er nicht?«

»Weil er weiß, daß Ihr ihn besiegen müßt, Hoheit«, entgegnete William. »Er ist der Mogul. Solange ihr ihn nicht besiegt habt, seid Ihr nicht mehr als ein Rebell.«

»Aber ich brauche mehr Männer«, sagte Khusraw. »Wir werden hierbleiben, während wir weitere Soldaten rekrutieren.«

Blunt zweifelte an der Weisheit dieses Vorhabens.

»Hoheit«, widersprach er. »Ihr müßt Euren Vater jetzt angreifen. Derzeit steht seine Autorität noch auf wackligen Füßen. Akbar wurde ermordet. Zwar hat man mich dieses Verbrechens beschuldigt, aber viele werden sich erinnern, daß Jahangir in der Vergangenheit mit seinem Vater uneins war und vor fünf Jahren erst eine Rebellion angezettelt hat. Und jetzt hat es ganz den Anschein, als wäre der Ehemann Nur on-Mesas ebenfalls ermordet worden, um die Lust des Moguls zu befriedigen. Wenn Ihr furchtlos nach Agra marschiert und erklärt, daß Euer Vater ein Vatermörder ist und die Frau eines anderen gestohlen hat, werden seine Soldaten Euch nur sehr widerwillig bekämpfen. Aber mit jedem Tag, den Salim auf dem Thron sitzt, werden ihn mehr Männer als ihren Herrn anerkennen, ganz gleich, welche Verbrechen er begangen haben mag.«

Khusraw hörte ihm schweigend zu, aber William erkannte bedrückt, daß der Prinz seinen Rat nicht befolgen würde.

»Was Ihr sagt, mag stimmen, Blunt Bahatur«, entgegnete Khusraw schließlich. »Aber sich bei einem Zahlenverhältnis von zwei zu eins auf einen Kampf einzulassen, wäre Selbstmord. Wir werden erst die Zahl unserer Soldaten vergrößern.«

Da erkannte William, daß Khusraw doch nicht zu einem zweiten Akbar bestimmt war. Und daß sie verloren hatten.

Im Lager am Ufer des Sutlejs machte sich bald ein Gefühl von Dauerhaftigkeit breit, während die Tavachis ausgesandt wurden, die Bergstämme aufzurufen, für ihren Prinzen zu kämpfen. Bald fanden sich Frauen und Händler im Lager ein, und es entstand sogar ein Basar. Es dauerte nicht lange, und es war schwer, zwischen Soldaten und Zivilisten zu unterscheiden.

William war unschlüssig. Er konnte die bevorstehende Katastrophe deutlich sehen, aber es fehlte ihm an Erfahrung und Autorität, etwas zu unternehmen, sie abzuwenden.

Khusraw schien recht zufrieden. Er inspizierte in regelmäßigen Abständen seine Truppen und stellte ausgeklügelte strategische Pläne für ihren Marsch auf, wobei er Truppen einsetzte, über die er noch gar nicht verfügte. Aber sogar er wurde unruhig, als seine Späher ihm meldeten, daß ein ganzes Regiment sich während der Nacht davongestohlen hatte.

Der Ming-bashi wurde ihm vorgeführt.

»Wie ist das möglich?« fragte ihn der Prinz.

»Sie wurden abgeworben, Hoheit«, protestierte der Oberst. »Männer, die sich als Händler ausgaben, aber tatsächlich Späher des Moguls waren, haben sich unter meine Männer gemischt.« Er warf William einen ängstlichen Blick zu. »Diese Männer haben behauptet, der Mogul wünsche nicht gegen seinen Sohn zu kämpfen, er wolle nur, daß ihm der Mörder seines Vaters ausgeliefert würde.«

Khusraw runzelte die Stirn. »Der sogenannte Mogul ist der wahre Mörder Akbars.«

Der Ming-bashi sah erneut zu William herüber.

»Der Mogul bestreitet dies, Hoheit. Er behauptet, sein Vater hätte noch gelebt, als er ihn in jener Nacht verlassen hat. Er sagt, Blunt Bahatur wäre der Mörder und wäre dann aus Agra geflohen, um falsche Gerüchte zu verbreiten.«

William blickte zum Prinzen hinüber und fühlte, wie seine Muskeln sich spannten.

»Habt Ihr mich angelogen, Blunt Bahatur?« fragte Khusraw.

»Ich habe in meinem ganzen Leben noch nicht gelogen, Hoheit«, entgegnete William.

Khusraw wandte sich wieder dem Oberst zu. »Eure Männer glauben diese Geschichte?«

»Leider ja, Hoheit.«

»Sie sind also zu meinem Vater übergelaufen. Andere werden folgen, wenn wir nichts dagegen unternehmen. Blunt Bahatur, es wird Eure Aufgabe sein, diese Spione ausfindig zu machen und hinzurichten, da sie Euch des Mordes bezichtigen. Beeilt Euch!«

William salutierte und machte sich an die Arbeit, aber seine Verzweiflung wuchs. Für jeden Mann, den er entlarvte und hinrichtete, fanden sich zwei neue ein, und täglich strömten mehr ins Lager. Jahangir kämpfte in wahrer Mongolenmanier und überließ den Großteil der Arbeit seinen Spionen.

William schickte einen seiner eigenen Tavachis zurück nach Lahore.

»Geh zu Blunt Agha und überbringe ihr die Nachricht: ›Reite, jetzt, sofort‹.«

Während der nächsten Tage desertierten noch mehrere tausend Mann, und es war offensichtlich, daß der Krieg vorüber war, noch ehe er begonnen hatte. Daß Jahangir über alles gut informiert war, wurde durch Meldungen der Späher bestätigt, die berichteten, daß die mongolische Armee sich in Marsch gesetzt hatte. Offenbar waren die Flitterwochen des Badshahs vorüber.

»Was sollen wir tun?« jammerte Khusraw entmutigt.

»Wir sollten uns nach Lahore zurückziehen und den Mogul zwingen, uns dorthin zu folgen«, riet einer der Tuman-bashis.

»Können wir die Stadt denn halten? Wir sind als Belagerte nie erfolgreich gewesen. Und mein Vater wird auch weiterhin meine Soldaten zur Desertion bewegen.«

William seufzte. »Es gibt nur eins, was Ihr tun könnt, Hoheit: Liefert mich Eurem Vater aus und schließt Frieden mit ihm.«

»Habt Ihr eine Vorstellung davon, was er mit Euch machen wird, Blunt Bahatur?«

»Das ist Eure einzige Chance.«

Khusraw dachte lange darüber nach. Trotz seines Versagens als militärischer Befehlshaber war er ein ehrenhafter Mann.

»Ihr seid ein guter und treuer Gefolgsmann gewesen, Blunt Bahatur – zu loyal, als daß ich Euch einem grausamen Tod ausliefern könnte. Und doch habe ich, wenn meine Soldaten sich weigern, für mich zu kämpfen, keine andere Wahl, als mit meinem Vater Frieden zu schließen. Wir werden folgendes tun. Ich stelle Euch unter Arrest und schicke einen Boten zum Badshah, der ihn davon unterrichten soll. Sobald der Bote aufgebrochen ist, wird Euch die Flucht ermöglicht. Ich darf nicht wissen, wohin Ihr Euch wenden wollt, so daß ich es meinem Vater nicht verraten kann. Ich kann Euch nur viel Glück wünschen.«

William neigte den Kopf, aber sein Herz tat einen Sprung. Ihm war eine Chance gegeben worden, zu überleben.

## Kapitel 15

## Der Henker

William fühlte sich unbehaglich dabei, als er seinen Säbel abgab und sich zu seinem Zelt führen ließ, vor dem bewaffnete Wachen Posten bezogen. Es wäre so leicht für Khusraw, es sich anders zu überlegen.

Aber der Prinz war ein Mann, der zu seinem Wort stand. In

dieser Nacht befreite ein Tavachi den Gefangenen, gab ihm seine Waffe zurück und stellte ihm ein Pferd zur Verfügung.

»Reitet wie der Wind, Blunt Bahatur«, drängte er. »Der Mogul wird Euch ganz sicher jagen.«

William schüttelte dem Mann die Hand und schwang sich in den Sattel. Minuten später hatte er das Lager hinter sich gelassen.

Er mußte davon ausgehen, daß Isabel seine Nachricht erhalten hatte und sich mit den Kindern auf dem Weg nach Diu befand. Deshalb ritt er nach Westen und suchte erst einen angemessenen Vorsprung zu erlangen, ehe er sich nach Süden wandte. Da er nur ein Pferd besaß, war er gezwungen, ein gemäßigtes Tempo einzuhalten. In Anbetracht der Tatsache, daß seine Flucht sich noch nicht herumgesprochen hatte, hätte er Ersatzpferde beschlagnahmen können, aber die Armee hatte bereits sämtliche guten Reittiere requiriert.

Er kam gut voran, überzeugt, daß er mindestens zwei Tage Vorsprung hatte.

Zwei Tage nach seiner Flucht aus dem Lager ritt er in ein Dorf, um sich mit Vorräten zu versorgen und sein Pferd zu tränken. Dort traf er auf einen der Ming-bashis, die Khusraw zuvor ausgesandt hatte, weitere Soldaten zu rekrutieren.

»Blunt Bahatur!« rief Semih Ali aus. »Was führt Euch her?«

»Dasselbe wie Euch«, log William. »Der Prinz wird langsam ungeduldig und wundert sich, daß Ihr noch nicht zurückgekehrt seid.«

»Den Grund seht Ihr selbst, Bahatur. Ich habe nicht einen Mann rekrutieren können. Ich bin in Lahore gewesen, in der Hoffnung, dort brauchbare Männer zu finden, aber vergeblich.«

»Lahore«, sinnierte William. »Und wie steht es dort?«

»Die Leute haben Angst«, entgegnete Semih. »Sie harren Tag und Nacht auf den Stadtmauern aus und warten auf Neuigkeiten vom Heer, hoffen auf Nachricht eines Sieges und fürchten, von einer Niederlage zu hören. Auch Eure Frau war unter ihnen. Ich habe sie auf den Zinnen stehen und nach Südosten blicken sehen.«

William runzelte die Stirn. »Wann war das?«

»Gestern. Ich bin heute erst hier eingetroffen und möchte

morgen wieder zum Heer stoßen. Warum begleitet Ihr mich nicht?«

»Gestern!« rief William überrascht aus.

Er hatte seinen Boten schon vor einer Woche zu ihr geschickt. Er mußte spätestens vor vier Tagen in Lahore eingetroffen sein. Und Isabel war noch dort?

Im ersten Augenblick wußte er nicht, was er tun sollte. Seine Flucht zu unterbrechen und nach Lahore zu reiten barg ein beträchtliches Risiko. Aber Isabel und die Kinder dem Zorn Jahangirs auszuliefern war undenkbar.

Warum waren sie dort geblieben?

»Blunt Bahatur?« fragte Semih, verwirrt von seinem Gesichtsausdruck.

»Ihr kehrt zurück zum Heer«, sagte William. »Ich komme nach. Aber erst werde ich meiner Frau einen Besuch abstatten.«

Semih grinste. »Ich verstehe Eure Gefühle, Bahatur. Die Blunt Agha ist eine Perle unter den Frauen.«

William wechselte das Pferd und brach noch in derselben Nacht auf. Bis Lahore waren es etwas sechzig Meilen, und er ritt so schnell er konnte. Bei Morgengrauen erreichte er die Stadt. Der Offizier der Garde schien überrascht, ihn zu sehen, öffnete ihm jedoch ohne Zögern das Tor.

Das Pferd war erschöpft, und so setzte William seinen Weg zu Fuß fort und erreichte eine halbe Stunde später sein Haus. Der dösende Nachtwächter fuhr verdattert auf, als er seinen Herrn erkannte.

»Wo ist die Blunt Agha?« frage William ungeduldig.

»Sie schläft, Herr.«

»Und meine Kinder?«

Der Mann rollte mit den Augen. »Sie sind vor einem Monat nach Süden aufgebrochen, Herr.«

William lief ins Haus und in Isabels Zimmer.

Sie sprang auf und warf sich in seine Arme. Dann schob sie ihn auf Armeslänge von sich. »Es hat eine Katastrophe gegeben?«

»Ja. Daß du noch hier bist, ist eine Katastrophe.«

»Was ist geschehen?«

»Ich werde des Mordes an Akbar beschuldigt und bin auf der Flucht. Ich dachte, du wärst inzwischen in Sicherheit. Hast du denn meine Nachricht nicht erhalten?«

»Was für eine Nachricht?«

»Aber du hast doch Elena und die Kinder fortgeschickt.«

»Das war schon vor vielen Wochen. Ich konnte es nicht ertragen, sie für den Fall einer Niederlage in Gefahr zu wissen.«

»Aber du bist geblieben?«

»Der Gedanke, dich im Stich zu lassen, war mir unerträglich.«

Er schloß sie wieder in die Arme. »Dann laß uns zusammen fliehen.«

William weckte die überraschte Jalna und befahl ihr, sich schnellstens anzukleiden. Im Stall warteten drei frische Pferde, die sie bestiegen. Er wollte niemanden sonst mitnehmen – Geschwindigkeit war jetzt alles, was zählte.

Die Dienerschaft versammelte sich und blickte ihnen nach, aber es waren nur bezahlte Angestellte, für die allein ihr Lohn zählte. William gab ihnen etwas Geld; mehr konnte er nicht für sie tun.

Am frühen Morgen waren sie unterwegs und ritten nach Südwesten. Wieder öffnete der Gardeoffizier ohne Zögern das Tor, aber seine Verwirrung war offensichtlich.

Sie verbrachten die Nacht in einem Dorf, wo sie vom Dorfältesten persönlich willkommen geheißen wurden. Sie taten die ganze Nacht kein Auge zu, da sie von Flöhen geplagt wurden – und in banger Freude ihr Wiedersehen feierten.

William meinte, daß sie in wenigen Tagen in Sicherheit sein würden, aber noch während des Frühstücks am nächsten Morgen wurden sie von Hufgetrappel aufgeschreckt. William trat aus der Hütte und blickte auf die Kavallerietruppen, die sich dem Dorf näherten und offenbar die ganze Nacht durchgeritten waren.

»Schnell!« rief Blunt.

Sie liefen zu den Pferden, wurden aber von den Dorfbewohnern behindert. William hob Isabel auf ihr Pferd, als er sich jedoch selbst in den Sattel schwang, sah er, daß die Soldaten

Pfeile auf sie abschossen und Isabels Pferd getroffen wurde. Es bäumte sich auf, und Isabel verlor den Halt. Sie landete zwar auf den Füßen, vermochte jedoch nicht wieder aufzusteigen.

Blunt wendete sein Pferd, um sie zu sich in den Sattel zu heben, aber noch ehe er bei ihr war, war er von Soldaten umgeben. Er zog den Säbel, aber der Ming-bashi stieg vom Pferd, schlang Isabel einen Arm um die Taille und hielt ihr ein Messer an die Kehle.

Es war Jahangirs rechte Hand, Spartu.

»Ergebt Euch, oder die Agha stirbt«, sagte er.

William zögerte, ließ jedoch dann den Tulwar fallen. Sofort wurde er umringt und aus dem Sattel gezerrt.

Jalna war als erste im Sattel gewesen und losgeritten. Jetzt zügelte sie ihr Pferd und blickte zurück.

»Reite!« rief William ihr zu. »Rette dich.«

Aber sie zögerte und wendete ihr Pferd in Richtung Dorf. Sofort wurde sie von den Soldaten gepackt.

»Der Mogul wird erfreut sein«, strahlte Spartu. »Er kann es kaum erwarten, Euch in Fesseln vor sich zu sehen. Entkleidet ihn.«

William wurden Rüstung und Kleidung vom Leib gerissen, während er traurig zu Isabel hinübersah. Sie hatte, wenn auch ungewollt, seine Gefangennahme und wohl auch seinen baldigen Tod verschuldet.

Aber was würde aus ihr werden?

Und aus Jalna? Treue Jalna. Sie würden gemeinsam sterben.

Seine Handgelenke wurden gefesselt und an einem langen Seil befestigt. Er würde zu Fuß zu Jahangir gehen – oder geschleift werden.

»Was ist mit den Frauen?« fragte der Feldwebel mit einem lüsternen Blick auf Isabel, die in den Armen des Ming-bashis zusammenzuckte. »Können wir sie nicht haben?«

»Unser Herr wird vor allem den Ungläubigen seiner gerechten Strafe zuführen wollen« entgegnete Spartu. »Aber er hat befohlen, Blunt Bahatur und alle, die sich bei ihm aufhalten, nackt zu ihm zu bringen. Wir werden seinen Befehl also befolgen.«

Er überließ es seinen Männern, Isabel und Jalna zu entkleiden, was sie mit größtem Vergnügen taten. Jalna litt stumm, aber Isabel vermochte ein Stöhnen des Entsetzens nicht zu unterdrücken, als sie ihren Körper begrabschten. Auch ihre Handgelenke wurden gefesselt und mit langen Seilen verknotet, die wiederum an den Sätteln dreier Reiter befestigt wurden. Dann begann ihr alptraumhafter Marsch.

Sie brauchten vier Tage, um Jahangirs Lager zu erreichen. Die Gefangenen waren mit zahlreichen Wunden an Beinen, Bauch und Brust bedeckt, da sie mehrmals gestürzt und über den Boden geschleift worden waren. Auf ihren Rücken hatten die Peitschen der Mongolen blutige Striemen hinterlassen. Man hatte ihnen während des Marsches keine Demütigung erspart und sie kein einziges Mal von ihren Fesseln befreit, so daß ihre Handgelenke und Füße geschwollen waren. Nachts hatte man sie gezwungen, unter den Schweifen der Pferde zu schlafen; ihre Notdurft hatten sie im Gehen verrichten müssen. Sie bekamen nur einige Krusten Brot zu essen, die man ihnen unsanft in den Mund stopfte, und mußten mit wenigen Schlucken Wasser vorlieb nehmen.

»Was wird mit uns geschehen?« wimmerte Isabel im Laufe des ersten qualvollen Tages.

»Wir werden sterben«, entgegnete William. »Und zwar auf sehr schmerzhafte Weise, fürchte ich.«

»Ich möchte, daß du weißt, daß ich dich liebe«, sagte Isabel am zweiten Tag, nachdem sie während der kurzen nächtlichen Rast erneut von den Soldaten belästigt worden war. Blutig und schmutzig wie sie war, schienen sie sie immer noch reizvoll zu finden.

»Glaubst du, daß die Kinder vor seiner Rache sicher sind?« fragte sie später.

»Wenn irgend jemand sie retten kann, dann Elena«, versprach er.

»Sag mir, ob es richtig von mir war, sie fortzuschicken.«

»Völlig richtig«, versicherte ihr William.

Am vierten Tag wechselten sie kein einziges Wort. Sie waren einfach zu erschöpft. Dann erreichten sie das Lager.

Jahangir saß auf einem hohen Stuhl auf einem erhöhten Podest und blickte auf seine Gefangenen hinab. An seiner Seite saß die Nur Jahan.

Sie war zweifelsohne eine schöne Frau, die sich in ihrer neuen Rolle äußerst wohl zu fühlen schien und ihrem ermordeten Gatten keine Träne nachweinte. Tatsächlich übertraf die Arroganz ihres Gesichtsausdrucks sogar die des Moguls.

Neben der Kaiserin standen ein Mann, der ganz offensichtlich ihr Bruder war, und ein junges Mädchen, dessen Schönheit sogar die Nur Jahans übertraf. Trotz seiner Schmerzen und seiner Erniedrigung registrierte William, daß sie die Tochter des Mannes und somit Nur Jahans Nichte war.

Es waren insgesamt dreihundert Gefangene: die höchsten Offiziere der Rebellenarmee, allesamt nackt und gefesselt.

Prinz Khusraw stand an der Seite seines Vaters und rang nervös die Hände. Er schien in keiner Weise mißhandelt worden zu sein.

Zur Linken der Begum stand der jüngere Bruder, Prinz Khurram, ein Junge von vierzehn Jahren. Wie sein Bruder war Khurram der Sohn einer Rajputen-Prinzessin, Manamati, und er hatte von allen die dunkelste Hautfarbe. Auch war er offenbar der sanftmütigste von Akbars Nachfahren und schien zutiefst bedrückt von dem Anblick, der sich ihm bot.

Um sie herum standen Gardetruppen, dahinter hatte der Rest des Heeres Aufstellung genommen. Es war ein beeindruckendes Schauspiel.

Der Mogul lächelte, als die letzten zwei Gefangenen ihm vorgeführt wurden.

»Blunt Bahatur«, sagte er.

»Der Mörder!«

William mobilisierte seine letzten Kräfte.

»Ihr wißt selbst am besten, daß das gelogen ist, Hoheit«, sagte. »Der Mörder seid Ihr.«

Jahangirs Augen blitzten gefährlich.

»Ihr werdet es zweifellos noch im Sterben hinausschreien.« Er blickte auf Isabel. »Solche Schönheit«, sagte er. »Trotz ihres kläglichen Zustandes.«

»Meine Leute werden sich um sie kümmern«, sagte Nur Jahan leise. Sie winkte einer ihrer Zofen. »Nehmt die Frau mit und badet sie.«

»Und dann bringt sie zurück – nackt«, fügte Jahangir hinzu. »Solche Schönheit darf der Welt nicht vorenthalten werden.«

»Und das Sklavenmädchen?«

Jahangir starrte auf Jalna.

»Was soll ich mit einem Sklavenmädchen?« fragte er. »Schlagt ihr den Kopf ab.«

Jalna starb ohne ein Wort. Sie hatte seit ihrer Gefangennahme keinen Ton mehr gesagt. Ihre Seele war bereits in jenem Augenblick vor vier Tagen gestorben.

Jahangir, seine neue Frau und die Prinzen saßen Obst kauend da, während die gedemütigten Gefangenen vor ihnen knieten.

Isabel wurde eine halbe Stunde später zurückgebracht. Ihr Haar war noch feucht, aber ihr Körper war sauber und parfümiert. Die Striemen, Schürfwunden und Prellungen waren jetzt deutlicher sichtbar, aber die Schönheit ihres alabasterfarbenen Körpers war dennoch nicht zu übersehen.

»Setzt sie auf ein Maultier«, befahl Jahangir. »Wir kehren zurück nach Agra.«

Ein weiterer qualvoller Marsch im Gefolge der Kavallerie stand den Gefangenen bevor. Das Volk säumte die Straßen und jubelte dem siegreichen Mogul zu, während es die Gefangenen verhöhnte und den nackten Frauen Obszönitäten zurief. Blunt konnte nur dankbar sein, daß Isabel zumindest die Tortur des Marsches erspart blieb – wenngleich sie möglicherweise eine weit schlimmere Folter erwartete. Sie hatten keine Gelegenheit mehr, miteinander zu sprechen.

William blieb nichts anderes, als sich auf seinen Tod vorzubereiten. Es war leicht, die Vergangenheit zu verfluchen, seine Vorfahren und deren Ambitionen. Richard Blunt der Ältere hatte sein Schicksal und das seiner Nachfahren mit dem der Mogulen verknüpft. Er war zu großem Reichtum und Ehre gelangt … aber er und alle seine Nachkommen waren auf tragische Weise umgekommen.

Peter Blunt hatte sich von seinen Ambitionen leiten lassen, in die Fußstapfen seines Vetters zu treten, und war sogar noch höher aufgestiegen als er. Er und seine Frau hatten das Glück gehabt, in hohem Alter zu sterben … aber all ihre Kinder, Elena ausgenommen, waren jung gestorben, die Männer gewaltsam.

Und jetzt stand ihm, dem letzten Blunt, dasselbe Schicksal bevor.

Wie seine Vorfahren hatte er angenommen, daß ihm die Zukunft nur Ruhm und Glück bringen würde. Was für ein Dummkopf er doch gewesen war. Jetzt mußte er für diesen Irrglauben bezahlen. Der Name Blunt würde endgültig ausgelöscht sein.

Spartu quälte William auf dem ganzen Marsch, bohrte spitze Stöcke in sein Fleisch, verhöhnte ihn und spuckte ihm ins Gesicht.

»Der Mogul hat versprochen, denjenigen zum Befehlshaber seiner Garde zu ernennen, der Euch einfängt und zurückbringt«, brüstete er sich. »Der Posten ist jetzt mein. Aber erst habe ich um eine andere Gunst gebeten, und auch die hat der Mogul mir gewährt.« Er grinste. »Ich werde Euch beim Sterben zusehen, Blunt Amir – weil Ihr von meiner Hand sterben werdet. Und der Mogul hat mir außerdem gestattet, über die anderen Gefangenen zu verfügen.« Er blickte zu Isabel hinüber. »Ich kann es kaum erwarten.«

Als sie schließlich in Agra eintrafen, kündigte Jahangir seinen letzten Racheakt an. Aber zuvor, am letzten Tag des Marsches, ließ er sein Heer einen Umweg machen, so daß sie an der verlassenen Stadt Fatehpur Sikri vorbeikamen, wo vor Williams Augen Peter Blunts Mausoleum dem Erdboden gleichgemacht wurde.

»Nicht ein Stein wird übrigbleiben«, verkündete der Mogul. »In ganz Hindustan wird nichts an den Namen Blunt erinnern.«

In Agra ließ Jahangir als erstes Khusraw holen.

»Nun, Verräter?« sagte Jahangir. »Hast du nichts zu sagen?«

Khusraw war sprachlos; er hatte geglaubt, sein Vater hätte ihm vergeben.

»Du bist schon immer ein Dorn in meinem Fleisch gewesen«, fuhr Jahangir fort. »Du bist mir so verhaßt wie inzwischen auch deine Mutter – aber sie hat mich angefleht, dein Leben zu verschonen. Wie könnte ein Ehemann seiner Frau einen Herzenswunsch abschlagen? Und doch mußt du bestraft werden. Holt die glühenden Eisen«, befahl er seinen Tavachis.

Khusraw schnappte entsetzt nach Luft und fiel auf die Knie.

»Gnade, Vater«, flehte er. »Verschont mich, wie einst der große Akbar Euch verschont hat.«

»Akbar war ein Dummkopf«, entgegnete Jahangir. »Aber ich will Gnade walten lassen. Ich werde dir ein Auge lassen, damit du auch in Zukunft die Welt sehen kannst und vor allem den Anblick, den ich dir zugedacht habe, ehe ich dich für den Rest deines Lebens einsperre. Im Kerker wird es so dunkel sein, daß du nicht einmal das eine Auge brauchen wirst.«

Er gab Spartu ein Zeichen. Khusraws Arme wurden auf seinem Rücken gefesselt, und vier Männer hielten ihn fest, während der Hindu das Eisen ins Feuer schob und wartete, bis es weiß glühte. Khusraw schrie, als Spartu ihm das Auge ausbrannte.

Seine Mutter weinte ... Nur Jahan lächelte, und Prinz Khurrams Lippen zuckten.

»Wann wird er wieder bei sich sein?« fragte Jahangir.

»In ein paar Tagen, Hoheit.«

»Dann werden wir ein paar Tage warten.« Jahangir lächelte auf die versammelten Gefangenen herab. »Ja, warten wir ein paar Tage.«

Während sie warteten, ließ Jahangir die Arena vorbereiten. Sie befand sich unmittelbar vor den Palastmauern, und an der Wand selbst ließ er einen überdachten Thron für sich selbst, einen für Nur Jahan und einen dritten für Khurram errichten, den er zu seinem Nachfolger ernannt hatte. Die junge Prinzessin und ihr Vater waren ebenso zugegen. Vor ihnen wurden dreihundert Löcher gegraben.

Prinz Khusraw wurde herbeigeführt, auf einem Elefanten sitzend und von zwei Männern bewacht. Dann wurde William Blunt gebracht, die Hände auf dem Rücken gefesselt.

Isabel war bereits dort und wartete, ebenfalls gefesselt, auf den Tod. Sie sahen einander an, dann ließ sie den Kopf sinken.

Die dreihundert anderen nackten Gefangenen wurden in die Arena geführt und vor ihrem Richter aufgestellt.

Als ein Signalhorn ertönte, wurde mit dem Pfählen begonnen. Es waren Pfählungen im türkischen Stil. Die langen Stangen wurden jedem Mann in den After gerammt und dann aufgerichtet und in den Löchern aufgestellt. Die grauenhafte Hinrichtung dauerte den ganzen Morgen; die Luft war erfüllt von den Schreien und dem Stöhnen der sterbenden Rebellen.

Schließlich stand auf dem Platz vor dem Mogul ein Wald aus dreihundert Pfählen mit ihrer entsetzlichen Last.

»Laßt Prinz Khusraw sich von seinen Verbündeten verabschieden«, befahl Jahangir.

Der Elefant des Prinzen wurde geholt und an den Reihen der Toten und Sterbenden vorbeigeführt, so dicht, daß er sie hätte anfassen können. Khusraw erbleichte und weinte aus dem verbliebenen Auge.

Nachdem er auch am letzten seiner Männer vorbeigeführt worden war, brachte man ihn zum Mogul.

»Jetzt werden wir essen«, verkündete Jahangir. »Und anschließend folgt der zweite Teil des Schauspiels.«

Diesmal wurde Elena in der Gouverneursresidenz nicht willkommen geheißen. Dom Enrique hatte selbstverständlich von Jahangirs Boten Nachricht erhalten und zweifelte nicht daran, daß das, was sie berichteten, der Wahrheit entsprach, auch was Williams Rolle bei der Ermordung Akbars betraf. Er gab sich Elena gegenüber entsprechend kühl und reserviert.

»Wollt Ihr uns nach Agra zurückschicken?« fragte Elena.

»Selbstverständlich nicht«, protestierte er. »Aber je eher Ihr von hier fortgeht, desto besser.«

»Wir müssen bleiben, bis mein Neffe oder meine Nichte hier eintreffen oder uns Nachricht schicken«, beharrte Elena.

Dom Enrique blickte gen Himmel: Er befand sich in einer schwierigen Lage. Wenn er Elena zwang, Diu zu verlassen, und

Prinz Khusraw *doch* triumphierte und Blunt wieder zum Befehlshaber der kaiserlichen Garde ernannt wurde …

»Hoffen wir, daß die Angelegenheit sich rasch aufklärt«, brummte er.

Don Pedro Dominguez begegnete Elena mit unverhohlener Abneigung und den Kindern mit sogar noch größerer Ablehnung. Richard war inzwischen drei Jahre alt und hatte das schwarze Haar seines Vaters geerbt. Wenngleich seine Hautfarbe viel heller war als Williams, besaß er die attraktiven scharf geschnittenen Züge seiner rajputischen Großmutter.

Laura ähnelte mehr ihrer Mutter. Tatsächlich versprach sie, eines Tages ebenso schön zu werden wie diese – wenn auch dunkler.

»Ihr seid also nun auf der Flucht«, schnaubte Pedro verächtlich.

»Nach all den großen Worten.«

»Freut Ihr Euch denn gar nicht, Eure Enkel zu sehen?« fauchte Elena.

Er blickte auf die Kinder hinab. »Wo ist meine Tochter?«

»Sie ist auf dem Weg.«

»Ebenfalls auf der Flucht?«

»Aber nein, Don Pedro. Der Mogul ist tot, von seinem eigenen Sohn ermordet. Mein Neffe steht jetzt im Dienste des Prinzen Khusraw, um Akbar zu rächen. Er wollte seine Kinder in diesen Krisenzeiten in Sicherheit wissen. Ihr solltet ihm das zugute halten.«

»Und wenn der Prinz besiegt wird?«

»Sollte das geschehen, werden mein Neffe und Eure Tochter hier zu uns stoßen, und wir segeln gemeinsam nach England.«

»England!« rief Dominguez voller Abscheu aus.

»Soviel ich weiß, herrscht zwischen Spanien und England wieder Frieden.«

»Ja, es wurde Frieden geschlossen.« Der Gedanke schien ihm ganz und gar nicht zu gefallen.

»Dann besteht kein Grund zu streiten. Da ich jedoch in Eurem Hause nicht willkommen zu sein scheine, werde ich mir woanders Quartier suchen.«

Dominguez runzelte ebenso grimmig wie nachdenklich die Stirn.

»Ihr seid bis zum Eintreffen meiner Tochter in meinem Haus willkommen.«

Elena beschloß, die widerwillige Gastfreundschaft anzunehmen. Obwohl sie über einen ansehnlichen Geldbetrag verfügte, wußte sie nicht, wie lange sie davon würde leben müssen. Sie hatte nicht die Absicht, hier in Diu auch nur ein Teil ihres Schmucks zu verkaufen.

Dann hieß es warten. Elena blieb weitgehend für sich, saß am Strand, während die Kinder im Sand spielten, und grübelte darüber nach, was die Zukunft ihnen allen wohl bringen mochte. Ihr Leben war in den Monaten seit Akbars Tod völlig aus den Fugen geraten. Bis dahin hatte sie keine Furcht und keine Sorgen gekannt.

Jetzt war alles verloren. Sie spürte im tiefsten Inneren ihres Herzens, daß sie William nicht wiedersehen würde. Sie konnte nur beten, daß es Isabel gelang, sich in Sicherheit zu bringen.

Bis dahin mußte sie sich mit dem Dominguez-Haushalt arrangieren: Sie konnte nicht die ganze Zeit allein sein. Sie hatte erwartet, daß man sie nicht mit offenen Armen empfangen würde. Weder Doña Margharita noch Don Pedro waren gewillt, ihr zu verzeihen, daß Isabel sich nun in Lebensgefahr befand.

Aber Doña Margharita war eine Frau und Großmutter. Wenngleich sie sich um ihre Tochter sorgte und den brutalen Hindu, als den sie William betrachtete, haßte und für Isabels mißliche Lage verantwortlich machte, konnte sie ihren zwei Enkelkindern nicht widerstehen.

Bei Don Pedro lagen die Dinge anders. In seinen Enkeln sah er nur Williams Rajputen-Blut. In Elena sah er nur die Frau, die ihn einstmals so verachtungsvoll abgewiesen hatte.

»Nun, Señorita Blunt«, sagte er, als er sie eines Tages allein auf der Veranda antraf, von wo aus sie auf das Wasser blickte, das die Insel vom Festland trennte, und auf die Fähre, die zwischen den beiden Ufern hin und her pendelte. »Heute liegen die Dinge anders als bei Eurem ersten Aufenthalt in Diu.«

Elena sah von rechts nach links.

»Soweit ich sehe, hat sich nur sehr wenig verändert, Don Pedro.«

Er stampfte zornig mit dem Fuß auf. »Ich meinte Eure persönliche Lage. Euer Neffe ist in Ungnade gefallen und inzwischen vermutlich sogar tot.«

»Das möchte ich bezweifeln«, entgegnete Elena schroff.

»Wir werden sehen. Aber wenn es so ist, und wenn meine Tochter mit ihm stirbt, wäre es mein gutes Recht, Euch meine Enkelkinder wegzunehmen.«

Elena schnappte unwillkürlich nach Luft. »Da Ihr sie so offensichtlich verabscheut, wäre dieses Verbrechen in seiner Verwerflichkeit des neuen Moguls würdig«, sagte sie.

»Was ein Verbrechen ist und was nicht, ist Ansichtssache, Señorita«, sagte er lächelnd. »Ich betrachte es zum Beispiel als ein Verbrechen, daß eine Frau Eurer Schönheit nie das Bett eines Mannes geteilt hat.«

»Ihr seid Eurer Frau unwürdig, Señor«, entgegnete Elena.

»Aber Eurer bin ich würdig, meine liebe Elena.« Er nahm ihre Hände in die seinen. »Ich will Euch. Nie habe ich eine Frau mehr begehrt als Euch, wenn ich auch selbst nicht begreife, was mich an Euch so unwiderstehlich anzieht.«

Elena wurde bewußt, daß sie schwer atmete. »Ich habe euch schon vor sechs Jahren abgewiesen, Señor.«

»Vor sechs Jahren konntet Ihr es Euch auch leisten, da Ihr die Macht Akbars im Rücken hattet. Jetzt seid Ihr allein.« Er beugte sich vor. »Ich werde Euch besitzen, Elena. Oder ich nehme Euch die Kinder weg und liefere Euch nackt und in Fesseln der Rache des Moguls aus. Er wäre sicher entzückt, Blunts Tochter in seiner Gewalt zu haben, meint Ihr nicht auch?«

Der Gedanke ließ ihr das Blut in den Adern gefrieren. Ebenso wie der Gedanke daran, eine intime Beziehung zu Don Pedro einzugehen.

»Und was, wenn ich mich Euch hingebe?«

»Dann gestatte ich Euch, die Kinder mitzunehmen, wohin Ihr es wünscht, vorausgesetzt, sie kommen mir nie wieder unter die Augen. Ihr Anblick ist mir unerträglich.«

Elena blickte verzweifelt zu ihm auf. Sie war im Begriff, das letzte zu verlieren, was sie noch besaß – sich selbst. Und sie wußte nicht einmal, ob sie auf sein Wort vertrauen konnte. Er las in ihrem Gesicht, daß sie seiner Forderung nachgeben würde. Aber es gab noch einen Punkt zu berücksichtigen.

»Ich würde nicht wollen, daß Doña Margharita davon erfährt«, sagte er.

»Sollte Blunt Amir von dieser Erpressung erfahren, seid Ihr ein toter Mann«, konterte sie.

Er setzte eine grimmige Miene auf. »Blunt Amir ist tot.«

»Vielleicht«, entgegnete Elena. »Dennoch müßt Ihr einen heiligen Eid schwören, daß Ihr keinen Versuch unternehmen werdet, mir die Kinder wegzunehmen, ganz gleich, wie die Neuigkeiten aus Lahore auch ausfallen mögen.«

Don Pedro holte tief Luft. »Werdet Ihr dann aus freien Stücken mein Bett teilen?«

Elena lächelte kalt. »Es wäre wohl sicherer, wenn Ihr das meine teiltet.«

Und so opferte sie sich zum Wohl ihrer geliebten Kinder. Sie machte sich keine Hoffnungen ob ihres Schicksals, sollten sie der Obhut eines Mannes überlassen sein, der sie haßte. Aber es ging um mehr als das. Vielleicht war dieser ultimative Akt der Selbstverleugnung und Erniedrigung angesichts ihrer verzweifelten Lage ihr eine eigentümliche Befriedigung, eine teuflische, selbstauferlegte Strafe. Vielleicht gefiel es ihr sogar, denn als er sie nahm, sah er ihren nackten Körper sich in einer Mischung aus Qual und Ekstase unter ihm winden.

Elena war seit sechs Wochen in Diu, als die Nachrichten dort eintrafen.

Die Familie Dominguez wurde zum Gouverneurspalast gerufen. Dort trafen sie auf einen vor Angst schlotternden Dom Enrique.

»Ein Bote des Moguls ist hier und verlangt die Herausgabe der Kinder«, erklärte er.

»Ihr meint, die Rebellion wurde niedergeschlagen?« fragte Don Pedro.

Elena brachte keinen Ton heraus. Die Hiobsbotschaft hatte ihr die Sprache verschlagen.

»Allerdings«, entgegnete Dom Enrique. »Und, bei Gott, der Zorn Jahangirs kennt keine Grenzen.«

Elena fand ihre Sprache wieder. »Ich flehe Euch an, sagt mir, was geschehen ist.«

»Nun, die Soldaten des Prinzen sind scharenweise desertiert, und seine Offiziere wurden gefangen. Ich weiß gar nicht, wie ich es in Worte fassen soll.«

»Bitte, fahrt fort.«

Dom Enrique seufzte tief. »Dem Prinzen wurde ein Auge ausgebrannt. Nur eins, damit er mit ansehen konnte, was seinen Gefolgsleuten angetan wurde. Es heißt, er würde für den Rest seines Lebens eingesperrt, aber ich zweifle nicht daran, daß er längst erdrosselt wurde. Der Mogul ließ dreihundert seiner Offiziere pfählen.«

Doña Margharita faßte sich entsetzt mit beiden Händen an die Kehle.

»Und William …?« Elena brachte seinen Namen nur mühsam über die Lippen.

»Blunt war ein anderes Schicksal vorbehalten.«

»O mein Gott«, stöhnte Elena.

»Meine Tochter?« fragte Domiguez.

Dom Enrique seufzte erneut. »Ich wage nicht, es auszusprechen.«

»Ich bestehe darauf.«

»Auch sie wurde öffentlich gepfählt.«

Sie starrten ihn sprachlos an. Noch nie war eine Frau auf diese Art hingerichtet worden.

»Hat William zu diesem Zeitpunkt noch gelebt?« fragte Elena.

»Ja, Señora, er hat noch gelebt – und wurde gezwungen, die Grausamkeit mit anzusehen.«

Elena verstummte. Welche seelische Qualen er gelitten haben mußte.

»Er selbst wurde als Mörder des Badshahs hingerichtet«, fuhr Dom Enrique fort, »und wurde von vier Pferden gevierteilt.«

Doña Margharita schrie auf, aber Elena war immer noch unfähig, auch nur einen Laut hervorzubringen. Vom Liebling eines Kaisers zu einem so entsetzlichen Tod, und das innerhalb von nur vier Monaten.

Aber Isabel … irgendwie war die Vorstellung, wie das hübsche Mädchen sich an einem Pfahl vor Qualen wand, das schrecklichste von allem.

»Ihr und Euer Neffe habt Unheil und Vernichtung über uns gebracht«, zischte Don Pedro sie an.

»Williams einziges Verbrechen war seine Loyalität gegenüber Akbar«, entgegnete Elena heftig. Sie wandte sich an den Gouverneur. »Was hat der Bote Euch noch mitgeteilt?«

»Der Mogul wünscht, daß Blunts Kinder zu ihm gebracht werden. Und auch Ihr.« Dom Enrique seufzte ein drittes Mal. »Wir können uns dem Befehl des Moguls nicht widersetzen«, sagte Don Pedro.

»Du kannst die Babys nicht zu diesem Barbaren schicken!« schrie seine Frau. »Du kannst unmöglich zulassen …«

Don Pedro zog die Schultern hoch und starrte auf den Tisch.

Dom Emrique seufzte wieder. »Doña Elena, Ihr müßt fort von hier, und zwar schnellstens. Ich habe Jahangirs Boten gesagt, daß ich nicht wüßte, wo Ihr Euch aufhaltet, ich es jedoch in Erfahrung bringen würde. Er wird morgen zurückkommen, um Euch nach Agra zu bringen. Ihr müßt Euch noch in dieser Stunde nach Europa einschiffen.«

»Ihr wollt Euch dem Mogul widersetzen?« fragte Don Pedro. »Damit besiegelt Ihr unser aller Todesurteil«

»Wollt Ihr Eure eigenen Enkelkinder in den Tod schicken?« entgegnete Dom Enrique. »Nein, ich sorge dafür, daß unverzüglich ein Schiff aufbruchbereit gemacht wird. Es kann die Küste entlang nach Goa segeln und dort Wasser und Vorräte an Bord nehmen.«

»Das bedeutet unser aller Tod«, widersprach Don Pedro. »Warum liefert Ihr dem Mogul nicht wenigstens die Frau aus? Vielleicht gibt er sich damit zufrieden?«

Elena starrte ihn fassungslos an.

»Señor, Ihr widert mich an«, erklärte Dom Enrique verächtlich. »Diese Dame ist Portugiesin und untersteht als solche meinem persönlichen Schutz. Außerdem dürfte das Hauptinteresse des Moguls kaum ihrer Person gelten. Er will den letzten männlichen Blunt: den Jungen, Euren Enkel. Nein, nein, wenn der Bote morgen wiederkommt, werde ich ihm sagen, daß Señorita Blunt und die Kinder sich ohne mein Wissen eingeschifft haben und sich bereits auf See befinden. Ich wüßte nicht, wie er mich dafür verantwortlich machen sollte.«

Don Pedro seufzte und gab sich geschlagen.

»Ich danke Euch, Exzellenz«, sagte Elena. »Ich danke Euch aus tiefstem Herzen.«

»Wohin werdet Ihr gehen?« fragte Doña Margharita.

Elena überlegte flüchtig. »Als erstes nach Lissabon.«

»Ich werde Euch begleiten«, verkündete Margharita überraschend. »Ich werde bei meinen Enkelkindern bleiben.«

»Du?« rief Don Pedro verblüfft aus.

»Warum nicht? Du versprichst mir seit Jahren einen Besuch zu Hause bei meiner Familie. Ich bringe Doña Elena und die Kinder nach Toledo, wo sie in Sicherheit sind. Und ich auch.«

Don Pedro warf Dom Enrique einen fragenden Blick zu, und der Gouverneur verstand gleich, was im Kopf des spanischen Kommissionärs vorging.

Der Gouverneur zuckte die Achseln. »Meinetwegen könnt auch Ihr in die Heimat segeln, Don Pedro. Aber Ihr solltet Euch beeilen.«

Elena stand am Heck des Schiffes und sah zu, wie die Lichter Dius in der Nacht verschwanden.

Doña Margharita und ihr abscheulicher Gatte waren noch unter Deck beim Essen. Elena wußte nicht, ob Margharita etwas von den nächtlichen Besuchen ahnte, die ihr Mann dem Gästezimmer abgestattet hatte. Aber sie wußte, daß diese Qual nun ein Ende hatte. Dieser kleine Abschnitt ihres Lebens gehörte der Vergangenheit an – ein sehr kleiner Abschnitt, wie sie hoffte.

Wenngleich sie noch nie zuvor auf hoher See gewesen war und schon gar nicht erwartet hatte, je übers Meer zu segeln, empfand sie nicht die geringste Furcht. Nichts konnte schlimmer sein als die Schrecken, die sie hinter sich ließen.

Ihre Familie war vernichtet worden. Jetzt dachte sie an die Legenden, die sich um sie gerankt hatten, um Richard und seine Hindu-Pikeniere, seine schöne persische Frau, seine bemerkenswerten Reisen und Abenteuer … um seinen Tod für den Mogul, mit dem Säbel in der Hand … aber es hatte immer einen anderen Blunt gegeben, die Familientradition fortzusetzen.

Jetzt gab es niemanden mehr außer einem dreijährigen Jungen. Der Siegeszug der Blunts hatte ein Ende gefunden.

Oder nicht? Sie krallte sich mit solcher Kraft an die Heckreling, daß ihre Finger schmerzten. Erst gestern hatte sie sich gefragt, was sie mit dem Rest ihres Lebens anfangen sollte. Jetzt wußte sie es.

Doña Margharita trat zu ihr.

»Ihr werdet dieses Land niemals wiedersehen«, sagte sie. »Das wird keiner von uns, so Gott will.«

Elena wandte den Kopf. »Warum nicht?«

»Ihr könnt doch nicht wirklich beabsichtigen, jemals hierher zurückzukommen – in dieses schreckliche Land?«

»Es ist meine Heimat«, entgegnete Elena. »Und es ist die Heimat des kleinen Richard. Eines Tages werden wir zurückkehren.«

# VIERTES BUCH

# DER GROSSMOGUL

*»With Nature's pride, and richest furniture,*
*His looks do menace heaven, and dare the Gods.«*

Conquest of Tamburlaine
Christopher Marlowe

## Kapitel 16

## Der verlorene Sohn

»Korrigiert den Kurs einen Strich weiter nach Steuerbord, Mr. Aitken«, befahl Francis Day.

Der Maat gab den Befehl weiter, und der Steuermann drehte das Ruder. An diesem Nachmittag blies die östliche Brise landeinwärts, und die Galeone machte trotz der Algen, die zweifellos nach ihrer weiten Reise aus dem fernen England an ihrem Rumpf hafteten, mehrere Knoten Fahrt. Die Besatzung warf besorgte Blicke nach achtern und auf den Kapitän; als das Schiff in die seichte Bucht einlief, war das Land keine Meile mehr entfernt. Für die englischen Seeleute bot es einen erstaunlichen Anblick: Hinter dem weißen Sandstrand standen einige Eingeborenenhütten, umgeben von einer beträchtlichenn, kahlgeschlagenen Fläche, hinter der sich der undurchdringliche grüne Dschungel erhob, der sich, soweit das Auge reichte, nach Norden und Süden erstreckte. In der Ferne hoben sich die Gipfel hoher Berge vom strahlendblauen Himmel ab, aber es war der rasch näher kommende Strand, dem die Aufmerksamkeit der Seeleute galt.

»Erinnert Ihr Euch an gar nichts mehr?« fragte Day den Mann, der neben ihm stand und ihn um einiges überragte.

»Vielleicht wie im Traum«, entgegnete Richard Blunt der Jüngere. »Ich war noch ein kleines Kind, als ich das Land verlassen habe, und damals sind wir aus einer Stadt namens Diu auf der anderen Seite der Halbinsel in See gestochen. Aber Ihr erinnert Euch offenbar noch gut an diese Küste. Und das nach zwölf Jahren?«

»Nun, das war eine Erfahrung, die man niemals vergißt. Wir sind an eben diesem Ort vor Anker gegangen, hier in Madraspatnam. Ich zeige Euch, wo wir unsere Faktorei errichtet haben.«

»Aber sie wurde doch zerstört.«

Day zuckte die Achseln. »Der Kaiser Jahangir hat Mildenhall die Handelslizenz für die Gesellschaft gewährt, ihm jedoch nicht gestattet, eine Faktorei zu errichten. Wir mußte uns anderswo umsehen, und nachdem wir bis hinter Ceylon vorgedrungen waren, haben wir diese Bucht entdeckt. Die Einheimischen schienen friedlich, und auf den Feldern wurde Reis angebaut, eine sehr nahrhafte Diät. Der Standort schien ideal. Wir hielten es nicht für nötig, nach Haiderabad zu reisen, um den Sultan von Golconda um Erlaubnis zu bitten. Das war ein Fehler: Der Sultan fühlte sich übergangen und nahm Anstoß an unserer Faktorei. Die Handelsniederlassung wurde zerstört, ja, und wir mußten das Land überstürzt verlassen.«

»Markierung sieben«, rief der Lotse, der am Bug mit Hilfe eines Bleigewichts die Wassertiefe prüfte.

»Segel einholen, Mr. Aitken«, sagte Day. »Vorbereiten zum Ankern.«

»Aye-aye«, entgegnete der Maat.

Jetzt waren Menschen am Strand und winkten ihnen zu.

Day wandte sich um und blickte über die See hinter ihnen: Weit und breit war kein Schiff zu sehen, und er hoffte, daß es so blieb. Hier auf der Ostseite der Halbinsel war die Gefahr von Angriffen seitens der Eingeborenen gering. Im Gegensatz zu den Arabern waren weder die Mongolen noch ihre Untertanen Seefahrer. Aber man hatte ihn gewarnt, daß sich in diesen Gewässern allerlei Schiffe herumtrieben. Trotz der Katastrophe nach ihrem Versuch, in Hoghlim an der Mündung des Ganges eine Faktorei zu errichten – sie war von den Mongolen angegriffen und an die vierhundert Männer waren als Sklaven verschleppt worden –, waren die Portugiesen fest entschlossen, ihre Privilegien zu verteidigen, und betrachteten jede europäische Flagge als Bedrohung. Zusätzliche Komplikationen gingen von den Holländern aus, die, seit sie ihre Unabhängigkeit von Spanien erkämpft hatten, ihre Schiffe auf alle Weltmeere schickten und ebenfalls erst schossen und hinterher Fragen stellten.

»Und jetzt hofft Ihr also auf mehr Glück«, sagte Richard Blunt. »Ich habe Euch ja gesagt, daß ich nichts über Golconda weiß.«

»Aber Ihr sprecht die Landessprache. Und diesmal werden wir es richtig machen und Haiderabad einen Besuch abstatten. Qutb Ali war ebenso unberechenbar wie Kaiser Jahangir.« Day zögerte, da er wußte, daß der Vater des Mannes an seiner Seite von dem inzwischen verstorbenen Herrscher hingerichtet worden war. Als Richard jedoch schwieg, fuhr er fort. »Aber jetzt, da sie beide tot sind, stehen unsere Chancen nicht schlecht. Ich wünschte, wir wären früher gekommen.«

Denn in diesem Jahr 1639 war Jahangir bereits zwölf Jahre tot. Nach dem traurigen Schicksal, das die erste Expedition erlitten hatte, hatte es langwieriger Verhandlungen und großer Überredungskunst bedurft, die Direktoren der sogenannten East India Company davon zu überzeugen, erneut ihr Glück in Indien zu versuchen.

»Aber mit Eurer Hilfe, Sir Richard, hoffe ich wirklich, diesmal erfolgreicher zu sein.«

Wieder wartete er auf eine Erwiderung, aber Richard Blunt war ein Mann weniger Wort. Er schien tiefen und düsteren Gedanken nachzuhängen.

Es gab niemanden, der sich auch nur vage für den Fernen Osten interessierte, der Richard Blunts Geschichte oder die Saga seiner berühmten Vorfahren am mongolischen Hof nicht kannte und davon gehört hatte, wie sein Urgroßvater als Vertrauter des Großen Akbar ihm bei der Eroberung dieses gewaltigen Landes tatkräftig beigestanden hatte.

Während des Bürgerkrieges, der nach Akbars Tod ausgebrochen war, war der Vater dieses Mannes hingerichtet worden. Das lag über dreißig Jahre zurück. Aber Francis Day hätte viel darum gegeben zu wissen, welche Haßgefühle und Ambitionen Elena Blunt ihrem Neffen mit auf den Weg gegeben hatte. Unzweifelhaft hatte sie einen Soldaten aus ihm gemacht. Da England in den vergangenen Jahren keinen Krieg geführt hatte – König James I. und sein Nachfolger hatten endlos mit dem Parlament wegen der Kosten gestritten –, war Richard Blunt dem Beispiel seiner Vorfahren gefolgt und hatte sich in den Dienst fremder Kriegsherren gestellt. So hatte er im Dienste Gustav Adolphs von Schweden gegen den Kaiser des Heiligen Römischen Reiches gekämpft. Unter diesem berühmten Feldherrn hatte er an den Schlachten von Breitenfeld und Lützen teilgenommen, die der Welt Gustavs Genie offenbart hatten. Auf dem Schlachtfeld von Breitenfeld war Richard Blunt auch vom König persönlich zum Lohn für seine Tapferkeit zum Ritter geschlagen worden.

Aber Gustav war im Augenblick des Sieges in Lützen gefallen, und während der darauffolgenden Jahre war der Krieg, der in Deutschland, Österreich und Böhmen tobte, zu einem gewaltigen Blutbad geworden. Da er keinen anderen Stern hatte finden können, dem zu folgen sich lohnte, war Richard Blunt nach Hause zurückgekehrt; seine Tante war inzwischen verstorben, seine Schwester verheiratet. Er war ein kampferprobter Soldat, ein Held und Ritter, aber ein Mann ohne Ziel gewesen – bis er von dieser neuen Expedition nach Indien gehört hatte.

Ohne zu zögern, hatte er seine Dienste angeboten, obwohl er bereits fünfunddreißig Jahre alt war.

»Es liegt mir im Blut«, hatte er erklärt, »denn die Mutter meines Vaters war vom Stamm der Rajputen.«

Seine Hautfarbe war jedenfalls ungewöhnlich dunkel, hatte Day festgestellt.

»Außerdem hat meine Tante mich Hindustani, Arabisch und Persisch gelehrt, so daß ich diese Sprachen fließend beherrsche.«

»Aber Ihr seid ein Feind des Moguls«, hatte Day eingewendet. »Trotz Eurer Kenntnisse wärt Ihr uns eher hinderlich.«

»Mein Vater hat gegen den Mogul Jahangir rebelliert«, hatte Richard vorsichtig erwidert. »Aber Jahangir ist längst tot. Und hat nicht der neue Kaiser, Shah Jahan, sich einstmals selbst gegen seinen Vater erhoben? Der neue Mogul hat keinen Grund, mich zu hassen.«

»Ihr betrachtet Jahangir als verabscheuungswürdigen, feigen Vatermörder«, hatte Day bemerkt. »Aber diese Ansicht ist nicht weit verbreitet. Kennt Ihr John Mildenhall?«

»Er hat meine Tante vor vielen Jahren einmal besucht.«

»Dann werdet Ihr wissen, daß er nach Indien gereist ist, um Kaiser Akbar in einer Audienz um Handelsprivilegien für die Company zu ersuchen – was ihm verweigert wurde.«

»Der Zeitpunkt war ungünstig. Akbar hatte gerade erst Jahangirs Rebellion niedergeschlagen.«

»Mag sein. Aber als Mildenhall einige Jahre später nach Delhi zurückkehrte, gewährte ihm eben dieser Jahangir seinen Wunsch.«

Es war Mildenhall, der nach seinem zweiten und bei weitem erfolgreicheren Besuch am mongolischen Hof Elena die Einzelheiten des Todes von William und Isabel Blung bestätigt – und den verhaßten Namen Spartu in ihr Hirn eingebrannt hatte.

Richard Blunt konnte sich kaum an Mildenhall erinnern, da

er erst fünf gewesen war, als der Händler Elena besucht hatte. Aber seine Tante hatte ihm oft genug wiederholt, was sie von Mildenhall erfahren hatte.

Und so hatte er zu Day gesagt: »Es ist gut, daß er die Vorteile des Handels mit England erkannt hat. Aber hat nicht Mildenhall auch berichtet, daß Jahangir, als sein General Mahaba Khan ohne seine Erlaubnis eine seiner Töchter heiratete, das Paar entkleiden und öffentlich mit Dornenzweigen auspeitschen ließ? Das müßte doch Aufschluß genug über den Charakter des Mannes geben.«

»Zweifelsohne wurde er provoziert. Seid Ihr Sir Thomas Roe schon begegnet – oder habt Ihr seinen Bericht gelesen? Er war drei Jahre lang Botschafter am Hof Jahangirs. Drei Jahre, in denen er gut behandelt wurde. Es stimmt, daß er vieles von dem, was er dort gesehen hat, kritisiert hat, vor allem die Korruptheit und die Ausschweifungen am kaiserlichen Hof ... und daß er schockiert war von der ständigen Trunkenheit des Moguls. Aber Roe berichtete, daß der Kaiser ein großer Liebhaber der schönen Künste, der Literatur und der Malerei war.«

»Die Nur Jahan war noch grausamer als ihr Gatte«, war Richard ihm ins Wort gefallen.

»Sir Thomas Roe scheint diese Ansicht nicht zu teilen«, hatte Day widersprochen. »Und was ist mit ihrer Nichte, Arjumand, die sie Mumtaz Mahal nennen, ›Licht des Harems‹? Sir Thomas beschreibt sie als noch schöner als ihre Tante – und sie ist die jetzige Kaiserin.«

»Das sind für mich nur Namen, Mr. Day. Ich sage Euch ganz offen, daß meine Meinung über die Mogulen nicht relevant ist. Ich möchte nach Hindustan zurückkehren, da ich es viel eher als meine Heimat betrachte als England. Ich biete der East India Company meine Dienste an. Alles, was ich von Euch verlange, Sir, ist eine klare Antwort. Und ich weiß, daß ich mehr zu bieten habe als jeder andere in England. Also, entscheidet Euch.«

»Nun, wenn Ihr Euch vor Augen haltet, daß allein die Company zählt, wenn ich Euch in meine Dienste nehme«, hatte Day entgegnet.

»Markierung vier«, rief der Lotse vom Bug.

»Anker auswerfen, Mr. Aitken«, sagte Day.

Das Land war jetzt sehr nah, aber er wußte aus Erfahrung, daß die mehr als zwanzig Fuß Wasser unter ihnen sich beinahe bis zum steil abfallenden Strand fortsetzten – und das bei Ebbe.

Er warf Richard Blunt, der mit geöffneten Lippen und halb geschlossenen Augen an Land starrte, erneut einen Blick zu. Ganz offensichtlich hatte Blunt sein ganzes Erwachsenenleben auf diesen Moment gewartet. Und doch hatten sich Days Bedenken, ihn eingestellt zu haben, während der Reise vertieft. Trotz der Monate, die sie gezwungenermaßen eng beisammen verbracht hatten, hatte er keineswegs das Gefühl, den seltsamen Ersten Offizier besser kennengelernt zu haben – er war ihm im Gegenteil noch fremder geworden. Als das Schiff das Kap der Guten Hoffnung umsegelt hatte und in den Indischen Ozean eingefahren war, war Blunt noch schweigsamer geworden, so als wäre er zunehmend in seine ureigensten Gedanken – oder Ängste – vertieft.

»Wollt Ihr mich an Land begleiten, Sir Richard?« fragte er.

Sie ruderten an Land und wurden sofort von den Indern umringt. Die Männer und Frauen waren offensichtlich arm und nur spärlich bekleidet – die Kinder waren nackt, aber wohlgenährt. Vor den ausgedehnten Reisfeldern lagen ihre Fischerboote am Strand. Einige der Einheimischen erkannten Francis Day wieder und unterhielten sich mit ihm in ihrem örtlichen Dialekt, von dem Richard hin und wieder ein Wort verstand. Sie schienen sich über den Engländer und das Schiff zu freuen.

»Meiner Einschätzung nach wird das Wetter noch etwa vier Monate trocken bleiben, Mr. Aitken«, sagte Day seinem Navigator. »Ihr habt also Zeit, das Schiff kielzuholen und den Rumpf von Algen zu befreien. Der Fluß versorgt uns mit Süßwasser, und in den Wäldern gibt es reichlich Wild. Außerdem können wir diesen Leuten Reis und Fisch abkaufen. Ihr werdet Eure Kanone abmontieren und ein Staket errichten, gleich oberhalb des Strandes und nördlich der Reisfelder. Das verteidigt Ihr, wenn nötig. Mit etwas Glück wird es nicht nötig sein. Ihr solltet Euch stets bemühen, in gutem Einvernehmen mit den Einheimischen zu bleiben.« Er verzichtete bewußt auf den Versuch, den Männern zu befehlen, sich unter keinen Umständen mit den indischen Frauen einzulassen.

»Sir Richard und ich müßten vor dem Monsun zurück sein. Sollte das nicht der Fall sein und die Regenzeit sich ankündigen, müßt Ihr auslaufen und in Ceylon Schutz suchen; es gibt dort einige gut geschützte natürliche Häfen. Und Ihr werdet Euer möglichstes tun, Auseinandersetzungen mit den Einheimischen oder den Portugiesen zu vermeiden.«

»Und was ist mit den Holländern, Mr. Day?«

»Selbstverständlich gilt das auch für die Holländer. Aber haltet Euch bereit, Euch zu verteidigen. Wenn der Monsun vorüber ist, kehrt Ihr hierher zurück. Wenn wir nicht bereits hier auf Euch warten oder innerhalb eines Monats hier eintreffen, geht davon aus, daß wir nicht mehr kommen, und segelt zurück nach England. Habt Ihr alles verstanden?«

»Aye-aye, Sir.« Aber Aitken schien besorgt ob der Verantwortung, die nun auf seinen Schultern lastete.

»Nun denn … wir brechen morgen bei Tagesanbruch auf.«

Die Bucht, in der die Engländer vor Anker gegangen waren, befand sich in beträchtlicher Entfernung der Südgrenze des mongolischen Reiches im Hoheitsgebiet des Sultanats von Golconda. Golconda war eines von fünf Sultanaten südlich des Narmada-Flusses, die noch nicht von Delhi annektiert worden waren. Zumindest im Süden war das Land nur spärlich besiedelt. Da Day über eine wehrhafte Eskorte von zwanzig Soldaten und Seeleuten verfügte und ebenso mit Silbermünzen wie mit modernsten Musketen ausgerüstet war, die inzwischen so leicht waren, daß sie ohne Stütze abgefeuert werden konnten, wurden die Engländer auf ihrem Weg nach Norden nicht behindert, sondern überall freundlich empfangen.

Zu ihrem Erstaunen machte man ihnen in mehr als einem Dorf, in dem sie rasteten, ungeschliffene Diamanten zum Geschenk.

»Das reichste Land der Welt – das hat meine Tante immer gesagt«, bemerkte Richard.

»Was ich nicht verstehe«, sagte Day, »ist, warum die Mongolen in Anbetracht dieser Reichtümer nicht bis hierher vorgedrungen sind.«

»Das liegt ganz einfach daran, daß ihre Hoheitsgebiete über genügend Reichtümer verfügen«, entgegnete Richard.

Die Männer konnten ihr Glück kaum fassen; jeder von ihnen würde mit vollen Taschen nach England zurückkehren ... sofern sie überhaupt zurückkehrten.

Zwei Wochen nachdem sie aus Madraspatnam aufgebrochen waren, überquerten sie den Krishna, und einige Tage später erreichten sie Haiderabad, die Hauptstadt Golcondas. Die Stadt war vor weniger als fünfzig Jahren erbaut worden, als die ehemalige Hauptstadt einige Meilen nordwestlich aufgegeben worden war. Die herrschenden Qutb-Shahi-Sultane hatten sich den schier grenzenlosen Reichtum aus ihren scheinbar unerschöpflichen Diamantenminen zunutze gemacht und ein architektonisches Wunder atemberaubender Schönheit geschaffen.

Sogar bei der Lage hatte man auf besondere Schönheit geachtet: Die Stadt befand sich auf einer ebenen Fläche am Ostufer des Musi. Hier waren breite Straßen angelegt und abseits der belebten Handelszentren Villen, Krankenhäuser und Springbrunnen errichtet worden, und natürlich königliche Paläste, die von wunderschönen Gärten und Parkanlagen umgeben und voneinander getrennt waren.

»Bei Gott«, sagte Day überwältigt, »im Vergleich hierzu nimmt sich das verräucherte alte London wie ein Elendsviertel aus.«

Und dabei hatten sie das wahre Wunder der Stadt noch gar nicht gesehen: Den Charminar, der weniger ein Palast war als eine architektonische Komposition im indosarazenischen Stil mit vier gewaltigen Torbögen, aus deren Mitte ein hundertachtzig Fuß hohes Minarett aufragte. Der Charminar bildete das Zentrum der Stadt und war offenbar zu eben diesem Zweck entworfen worden, noch ehe der erste Stein Haiderabads gelegt worden war.

»Ein Land der Wunder«, murmelte Day.

Day und Richard wurden schon bald zum Sultan gerufen, der sie in würdevollem Ernst anhörte.

»Ich habe gehört, daß Bijapur sehr vom Handel mit den Portugiesen profitiert hat«, sagte Abdullah uh-din Qutb, »und vielleicht würden wir in gleichem Maße vom Handel mit den Engländern profitieren. Mein Vater war kein weitsichtiger Mann, und so hat er Euch vor zwölf Jahren abgewiesen. Heute bin ich leider nicht mehr ungebunden. Die Mongolen bedrohen unser Land. Vor vier Jahren haben sie Tribut verlangt. Als ich mich weigerte, wurden meine Armeen besiegt. Jetzt bin ich nur noch ein Diener Shah Jahans.« Er hielt die Muskete, die Day ihm zum Geschenk gemacht hatte, in die Höhe. »Und doch verfügen die Mongolen nicht über so moderne Waffen wie diese. Würde Euer Land uns solche Waffen liefern? Und Geschütze? Die Mongolen besitzen zahlreiche Geschütze.«

»Ihr wollt gegen die Mongolen kämpfen, Eure Hoheit?« fragte Day unbehaglich.

»Muß ich mich für alle Zeiten ihrem Joch unterwerfen? Außerdem ist jetzt der richtige Zeitpunkt. Habt Ihr nicht gehört, daß Shah Jahan durch den Tod seiner Gattin abgelenkt ist und mit jedem Tag in tiefere Trauer verfällt?«

»Die Mumtaz Mahal ist tot?« fragte Day verblüfft.

»Sie ist schon vor einigen Jahren gestorben. Das war ein schwerer Schlag für den Mogul. Es heißt, er wandert allein durch die Flure seines Palastes, schlägt sich auf die Brust und ruft ihren Namen. Sie war eine Frau von außergewöhnlicher Schönheit.«

»Das haben wir gehört, Hoheit.«

»Es heißt, er würde jetzt für sie in Agra ein Mausoleum errichten, von dem die Mongolen behaupten, daß es das schönste Gebäude sein wird, das die Welt je gesehen hat. Ha! Offensichtlich sind sie noch nie in Haiderabad gewesen.«

»Aber wenn die Mumtaz Mahal schon seit einigen Jahren tot ist und der Mogul immer noch um sie trauert, wer hat dann den Feldzug gegen Euch befehligt?«

»Sein Sohn Dara Shukah, den viele bereits als den wahren Kaiser betrachten. Diese Mongolen sind wahrhaft fabelhafte Soldaten. Werdet Ihr mir helfen, sie zu bekämpfen?«

»Nun ...« Day zögerte. Ganz sicher war es nicht die Absicht der Company, an einem Krieg in Indien teilzuhaben.

Richard hatte bisher noch kein Wort gesagt, ergriff aber nun das Wort. »Wir beabsichtigen, von Haiderabad aus den Mogul aufzusuchen, Eure Hoheit.«

Abdullah musterte ihn stirnrunzeln. »Um meine Pläne zu verraten?«

»Aber nein«, protestierte Day und warf Richard einen finsteren Blick zu. »Unsere Gesellschaft möchte mit allen Nationen Indiens Handel treiben, und das mongolische Reich ist die größte der indischen Nationen. Wir sind allein an Handelsprivilegien interessiert.«

»Aber wir könnten Euch Informationen über die Absichten des Moguls beschaffen«, schlug Richard vor, um seinen Patzer wiedergutzumachen.

Abdullah grübelte einige Minuten darüber nach und sagte dann: »Geht nach Agra und kehrt zu mir zurück. Sagt dem Mogul, daß Ihr eine Faktorei in meinem Land zu errichten wünscht – und seht, wie er darauf reagiert. Es ist das beste, ihm die Wahrheit zu sagen, sonst verdächtigt er mich noch des Verrats und schickt mir wieder seine Söhne auf den Hals. Aber merkt Euch: Wenn Ihr mich verratet, werde ich Euer Schiff und die gesamte Ladung beschlagnahmen.«

»Wir werden Euch nicht verraten, Hoheit«, versprach Day.

»Wenn Ihr die Erlaubnis des Moguls erhalten und Eure Faktorei gebaut habt, unterhalten wir uns wieder über die Waren, die Ihr in mein Land liefern werdet«, verkündete der Sultan.

»Eure Direktheit hätte unserem Vorhaben beinahe ein frühzeitiges Ende bereitet«, brummte Day, als er und Richard sich später in den Räumen, die man ihnen zur Verfügung gestellt hatte, an den Speisen labten, die prunkvoll gekleidete junge Männer ihnen servierten, während eine Gruppe Bajaderen, die bis auf goldene Reifen an Handgelenken und Fußknöcheln völlig nackt waren, sie mit ihren Tänzen unterhielten. »Jetzt stecken wir bis zum Hals in einer Intrige. Das war nicht meine Absicht, und wenn die Direktoren davon erfahren ...«

»Ihr wart bereits in dem Augenblick in Intrigen verstrickt, als Ihr in Madraspatnam vor Anker gegangen seid«, entgegnete Richard. »Ganz Hindustan wird von Intrigen regiert. In unserer

Lage ist es besser, offen zu sein. Das einzige, was man in diesem Land niemals verzeiht, ist Hinterlist und Verrat.«

»Und doch sind die Inder selbst Meister dieses Fachs.«

Richard lächelte grimmig. »Da sie wissen, was sie im Falle eines Versagens erwartet, sicher.«

Day ging einiges durch den Kopf.

»Was haltet Ihr von der Neuigkeit, daß die Kaiserin gestorben ist und der Kaiser die Staatsgeschäfte anderen überläßt? Wird sich das zu unserem Vorteil auswirken oder nicht?«

»Das kann ich nicht sagen, ehe ich diesem Prinzen Dara und seinen Brüdern nicht begegnet bin. Meine Kenntnis der Geschichte der Mogulen sagt mir, daß die Söhne des regierenden Sultans beinahe immer Rivalen sind. Es ist also durchaus möglich, daß wir Delhi in einer Zeit des Umbruchs aufsuchen, was sich sehr wohl als vorteilhaft erweisen könnte.«

»Vorausgesetzt, wir unterstützen den, der als Sieger aus dem Konflikt hervorgeht«, brummte Day düster. »Aber was die Direktoren sagen werden, falls wir in indische Politik verwickelt werden ...« Er blickte auf die Mädchen, und die Musik verstummte. Die Tänzerinnen standen lächelnd und glitzernd von Schweiß in einer Reihe vor den beiden Männern. »Sagt ihnen, daß das sehr gut war«, sagte er.

»Sie wissen, daß sie ausgezeichnet tanzen und sehr schön sind. Sie erwarten von Euch, daß Ihr Eure Wahl trefft«, erwiderte Richard.

»Meine Wahl?«

»Mit welcher Ihr die Nacht verbringen wollt. Ihr könnt auch mehr als eine wählen. Sie werden es Euch nicht verübeln.«

Day schluckte hart. Er war offensichtlich in Versuchung: Die Mädchen waren wirklich außergewöhnlich hübsch.

»Welche werdet Ihr nehmen?« fragte er.

»Ich bin nicht der Fleischeslust wegen nach Hindustan gekommen«, entgegnete Richard vorwurfsvoll und verließ den Raum.

Wahrhaft ein eigenartiger Kerl, dachte Day und winkte dem Mädchen, das ihm am besten gefiel.

Sobald sie die Vorräte aufgestockt hatten, machten sie sich wieder auf den Weg. Innerhalb einer Woche erreichten sie mongolisches Herrschaftsgebiet. Obwohl es keine klar definierte Grenze gab, war der Unterschied zwischen den beiden Reichen sofort deutlich.

Den Menschen von Golconda mochten unschätzbare Reichtümer förmlich zu Füßen liegen, und sie mochten auch die schönste Hauptstadt besitzen, die Richard Blunt je gesehen hatte, aber sie schienen beinahe von apathischer Gleichgültigkeit, was die Verbesserung ihres Lebensstandards betraf. Im mongolischen Reich herrschten Ordnung und Betriebsamkeit. Jetzt waren sie im Land des Weizens – des *Malwas* – und bekamen ausgeklügelte Bewässerungsanlagen zu sehen, die Wasser von den Bergflüssen herableiteten, und jedes noch so kleine Dorf war von Mauern umgeben und glich einer Festung – trotz des scheinbaren Friedens.

Der erste Hakim, zu dem sie gebracht wurden, empfing sie mit ausgesuchter Höflichkeit und zeigte sich beeindruckt von der Schußwaffe, die sie ihm zum Geschenk machten, da es sich um eine Waffe modernster Machart handelte: Sie war klein genug, mit einer Hand gehalten zu werden, und doch in der Lage, auf eine Entfernung von dreißig Schritten zu treffen.

»Diese Waffe wird Pistole genannt«, erklärte Day.

»Eine wunderbare Erfindung«, bemerkte Mansur Ali. Als sie ihm jedoch erzählten, daß sie den Mogul um eine Audienz bitten wollten, machte er ein sorgenvolles Gesicht.

»Ich bezweifle, daß der Badshah daran interessiert sein wird, über Geschäfte zu sprechen«, sagte er.

»Das hat man uns schon gesagt, deshalb wäre es vielleicht bessern, wenn wir und gleich an Prinz Dara wenden würden«, sondierte Day die Lage.

»Die Regierungsangelegenheiten liegen tatsächlich größtenteils in den Händen des Prinzen«, stimmte Mansur ihm zu. »Aber er hält sich derzeit im Norden auf und kämpft gegen die Afghanen und Perser.«

»Ihr meint, es herrscht Krieg?« fragte Richard.

Mansur zuckte die Achseln. »Der Badshah führt ständig Krieg gegen die Afghanen und Perser. Werdet Ihr nach Lahore gehen?«

»Das ist ein weiter Weg«, sagte Richard. »Ist denn keiner der anderen Prinzen verfügbar?«

»Meines Wissens hält sich keiner der Prinzen derzeit in Agra auf. Allerdings gäbe es da noch eine Möglichkeit ...« Er verstummte, immer noch die Pistole befingernd.

Day war die Prozedur inzwischen vertraut.

»Diese Pistole ist selbstverständlich nur eine von zweien, die wir Euch als Geschenk zugedacht haben«, erklärte er und nahm eine zweite aus seinem Beutel.

Mansur wog beide Waffen in den Händen. »Das sind wirklich bemerkenswerte Waffen. Wahrlich bemerkenswert. Mir fällt da ein, wenn Ihr Euch tatsächlich Privilegien vom Badshah erhofft, könnte es Euch zum Vorteil gereichen, Agra aufzusuchen. Dort solltet Ihr Euch um eine Audienz bei Prinzessin Jahan Ara bemühen.«

»Einer Prinzessin?« fragte Day verblüfft.

»Sie ist die älteste Tochter des Kaisers und allgemein als sein Lieblingskind bekannt. Möglicherweise könnte sie Euch helfen.« Er grinste breit. »Falls sie Gefallen an Euch findet.«

»Was, zum Teufel, sollen wir einer Prinzessin zum Geschenk machen?« fragte Day. »Sie wird sich weder für Musketen noch für Pistolen interessieren und zweifellos Juwelen besitzen, die weit kostbarer sind als alle, die wir anbieten könnten. Und überhaupt, eine Frau? Seit wann haben Frauen in der moslemischen Welt irgendwelchen Einfluß? Das Ganze gefällt mir nicht.«

»Die Frauen hatten schon immer Einfluß«, entgegnete Richard, »wenn sie ihn auch im verborgenen ausgeübt haben.«

»Mag sein, aber moslemische Frauen empfangen keine fremden Männer.«

»Das mongolische Konzept von der gesellschaftlichen Stellung einer Frau ist von den örtlichen hinduistischen Bräuchen geprägt«, erklärte ihm Richard. »Darum gibt es auch weder Harem noch Purdah außer in streng orthodoxen Familien. Ich denke, diese Prinzessin ist unsere größte Hoffnung, zu Shah Jahan vorzudringen – oder zumindest bei ihm Gehör zu finden. Was wir ihr schenken sollen, weiß ich allerdings auch nicht.«

Day war ganz offensichtlich überzeugt, daß ihre Reise von vornherein zum Scheitern verurteilt war, aber sogar seine Laune besserte sich, als sie sich Agra näherten und von der Pracht des mongolischen Reichs umfangen wurden. Sie kamen an den Ruinen von Fatehpur Sikri vorbei, und Richard hielt Ausschau nach Überresten des Mausoleums seines Großvaters, jedoch vergeblich.

Kurz darauf erblickten sie in der Ferne die Mauern von Agra, bestaunten die Schönheit der Perlenmoschee und blickten überwältigt auf ein Gebäude, das außerhalb der Stadt errichtet wurde. Das Taj Mahal sollte es einmal heißen – *Taj* bedeutet Kappe oder Kopfputz, in diesem Fall ›Krone des Mahal‹, des Harems. Es war noch lange nicht fertig, aber der schimmernde weiße Marmor und der rote Sandstein, die sich inmitten des kunstvollen Hofes erhoben, ließen ahnen, daß die Ankündigung des Moguls, zu Ehren seiner verstorbenen Frau das schönste Gebäude der Welt zu errichten, kaum übertrieben war.

Die Reisenden wurden zum Hakim gebracht, der sich als völlig kompromißlos erwies. »Seine Hoheit gewährt derzeit keine Audienzen«, sagte er ausdruckslos. »Er ist noch in Trauer.«

»Das hörten wir«, sagte Richard, der die Verhandlungen führte, da seine Persischkenntnisse besser waren als Days. »Aber wir sind weit gereist und haben dem Mogul viel zu bieten. Wäre es vielleicht möglich, daß wir mit jemandem sprechen, der eine gewisse Autorität innhat?«

»Ich besitze Autorität«, entgegnete Kazim Khan schroff.

»Bei allem Respekt, Eure Exzellenz, aber habt Ihr die Macht, Handelsprivilegien zu erteilen?«

»Selbstverständlich nicht!«

»Nun … vielleicht irgendein Mitglied der kaiserlichen Familie? Wir haben gehört, daß Ihre Hoheit Prinzessin Jahan Ara sich sehr für derartige Angelegenheiten interessiert.«

»Ihr wünscht eine Audienz bei der Prinzessin? Das hat es noch nie gegeben. Wer hat Euch von ihr erzählt?«

»Mansur Ali, der Hakim von Jhansi.«

»Mansur Ali.« Kazim Khan runzelte die Stirn.

»Ließe es sich nicht vielleicht einrichten? Wir haben hier diese spanische Klinge, die wir Eurer Exellenz gern als Geschenk überreichen würden …«

Kazim Khan nahm das Rapier entgegen.

»Bei Allah«, sagte er. »Ich habe schon einmal eine Waffe wie diese gesehen. Im Palastmuseum. Sie hat früher einmal dem großen Blunt Bahatur gehört, der an der Seite Babur des Löwen gekämpft hat.«

»Habt Ihr Blunt Bahatur gekannt?« fragte Richard leise.

»Nein, nein – das war vor beinahe hundert Jahren. Ich habe den zweiten Blunt Bahatur gekannt, den Befehlshaber der kaiserlichen Garde unter Akbar dem Großen. Und seinen Sohn ...« Er musterte Richard stirnrunzelnd.

»Und *dessen* Sohn?« fragte Richard.

»Bei Allah!« brummte Kazim und starrte ihn aus großen Augen an.

Day, der nur das eine oder andere Wort verstanden hatte, blickte beunruhigt vom einen zum anderen.

»Ich fordere nicht mehr als mein Geburtsrecht«, sagte Richard.

»Ein Blunt«, sagte Kazim wie zu sich selbst. »Aus dem Grabe auferstanden.«

»Werdet Ihr uns zu einer Audienz beim Badshah verhelfen? Oder bei der Prinzessin?«

Kazim nahm das Rapier und studierte die meisterhaft gearbeitete Klinge und den kunstvoll verzierten Schaft. Nachdem er den Degen eingehend betrachtet hatte, sagte er: »Kommt morgen früh in den Palasthof, dann werde ich Euch meine Antwort darauf geben.«

Am darauffolgenden Morgen wurden sie in den Palasthof eingelassen. Dort waren bereits an die dreißig Männer versammelt, die sich mit gedämpfter Stimme unterhielten und alle auf eine Audienz beim Kaiser oder seinem Wesir hofften. Sie warfen den Engländern mit ihren flachen Hüten, gerüschten Hemden, mit Tressen besetzten Wämsern und Hosen, Lederstiefeln und fremdländischen Schwertern neugierige Blicke zu, aber niemand richtete das Wort an sie.

»Wir sollten promenieren«, meinte Richard, und sie gingen langsam auf und ab. Der Innenhof war nicht überdacht, und Wachen und Hausmeier, die die Flure bewachten, die ins Innere des Palastes führten, ließen sie nicht aus den Augen. Von Kazim Khan war weit und breit nichts zu sehen.

Es gab mehrere Geschosse mit Blick auf den Hof. Die Räume über dem Tor waren zweifellos Soldaten der Palastwache vorbehalten. Aber in den unteren Geschossen waren keine Fenster, aber statt dessen kunstvolles Gitterwerk, das jeden verbarg, der von dort aus in den Hof hinabblickte. Richard fühlte, wie seine Nackenhaare sich aufrichtete.

»Ich habe so das Gefühl, daß man uns beobachtet«, murmelte er.

Day hob den Kopf. »Nun, das wäre doch ermutigend«, klagte er. »Sonst würden wir hier nur unsere Zeit verschwenden.«

Nach etwa einer halben Stunde trat Kazim Khan aus einem der Flure.

»Gentlemen, ich habe gute Neuigkeiten für Euch. Blunt Sahib wird eine Audienz gewährt.«

»Und was ist mit mir?« platzte Day heraus.

»Ihr wartet hier«, entgegnete Kazim. »Vielleicht werdet auch Ihr zu gegebener Zeit empfangen.«

Richard schlug das Herz bis zum Hals, als er Kazim einen Korridor entlang folgte, der mit kostbaren Stoffen behangen war. Er war ausgewählt worden, weil sein Name Blunt war.

»Wenn ich Euch einen guten Rat geben darf, Blunt Sahib«, sagte Kazim.

»Ihr solltet sorgfältig auf jedes Wort achten, das Ihr während dieser Audienz sagt.«

»Ich werde Euren Rat beherzigen«, entgegnete Richard.

Schließlich erreichten sie eine gewaltige mit prächtigen Schnitzereien verzierte Doppeltür. Die beiden Wachen grüßten Kazim Khan und öffneten die Türen.

Kazim ging Richard voran, verneigte sich tief, als er vor den Stuhl in der Mitte des Raumes trat und grüßte mit dem traditionellen moslemischen Salaam. Richard folgte seinem Beispiel, so gut er konnte. Gleichzeitig registrierten seine Soldatenaugen Einzelheiten seiner Umgebung.

Es war ein großer Raum mit hoher Decke. Der Fußboden war mit kostbaren Teppichen bedeckt, die Wände mit passenden Stoffen bespannt. Die Decke war mit Menschen beim Spiel bemalt, Männer und Frauen. Dies verstieß gegen das orthodoxe moslemische Gesetz und war somit für sich allein schon interessant.

Es waren mehrere Frauen anwesend, aber außer Kazim Khan kein anderer Mann. Die Frauen waren jung und attraktiv, mit variierender Hautfarbe, die vom hellen Teint der Rajputen oder Perser bis hin zum dunklen Braun Südindiens reichte. Sie trugen verschiedenfarbige Saris und funkelten von erlesenem Goldschmuck ... aber sie alle verblaßten im Vergleich zu der Frau, die auf dem Stuhl saß.

Richard schätzte Jahan Ara auf etwa fünfundzwanzig Jahre. Auch im Sitzen war erkennbar, daß sie recht klein, vielleicht einen Meter fünfundvierzig, und von schlankem Wuchs war. Sie trug einen weißen Sari, was darauf hindeutete, daß sie immer noch um ihre Mutter trauerte, und hatte die nackten Füße angezogen und auf dem Sitzkissen gebettet. Die letzte Falte des Saris bedeckte dem Brauch gemäß ihren Kopf, aber einige schwarze Haarsträhnen lugten unter dem Stoff hervor. Sie trug keinen Schmuck, nicht einmal einen goldenen Armreif. Ihr Teint war sehr hell und makellos. Aber es war ihr Gesicht, das einem den Atem raubte. Es war das anziehendste und vollkommenste Gesicht, das Richard je gesehen hatte, herzförmig, mit feingeschnittenen Zügen, schmalen Lippen, einer geraden, aber kurzen Nase, weit auseinanderstehenden Augen und einer hohen Stirn in vollkommener Symetrie mit dem spitzen Kinn. Dieses atemberaubend schöne Gesicht wurde von den grünen, faszinierenden Augen beherrscht. Es waren junge Augen in Glanz und Klarheit, und doch ließen sie jede erdenkliche Gefühlsregung ahnen – und auch jede erdenkliche Erfahrung.

»Ihr seid dieser Blunt?« fragte sie auf persisch. Ihre Stimme war so klar und weich wie ihre Augen, und sie sprach so leise, daß es kaum mehr war als ein Flüstern.

Richard verbeugte sich.

»Tretet näher.«

Er trat vor und blieb dicht vor ihr stehen. Ihm war, als würden ihre Augen ihn liebkosen. Der Großvater dieser Frau hatte seinen Vater ermordet. Das konnte und durfte er nicht vergessen.

»Kazim Khan, Ihr dürft Euch jetzt zurückziehen«, sagte die Prinzessin.

Kazim Khan verneigte sich und verließ den Raum. Die Türen fielen hinter ihm ins Schloß. Richard war nun allein mit den Frauen. Er war von einer eigentümlichen Mischung aus Mißtrauen und Erwartung erfüllt.

Eins der Mädchen trat mit einem Kissen an seine Seite, das sie auf den Boden legte, woraus er schloß, daß er Platz nehmen sollte.

Richard warf der Prinzessin einen fragenden Blick zu. Sie nickte kaum merklich. Das Kissen lag sehr dicht bei ihrem Stuhl, und als er sich setzte, stieg ihm der Duft ihres Parfums in die Nase.

»Es ist unbequem, mit einem Schwert an der Seite zu sitzen«, bemerkte Ara.

»Und es ist unhöflich, in Gegenwart einer Dame ein solches zu tragen.«

Richard nahm das Degenkoppel ab und reichte es einer bereitstehenden Dienerin.

Eine zweite Dienerin trat mit einem Becher an seine Seite, den er entgegennahm.

»Trinkt«, forderte Jahan Ara ihn auf.

Er zögerte. Immerhin war nicht ausgeschlossen, daß der Becher Gift enthielt. Aber warum sollte die Prinzessin ihn vergiften wollen, wo sie doch ebenso leicht befehlen konnte, daß man ihm den Kopf abschlug? Er trank und schüttelte sich unwillkürlich.

»Das ist Kumiss«, sagte sie. »Habt ihr dieses Getränk noch nie probiert?«

»Vielleicht als kleiner Junge.«

»Erzählt mir von Eurer Kindheit.«

Richard überlegte fieberhaft.

»Meine ersten Lebensjahre habe ich hier in dieser Stadt verbracht«, sagte er schließlich. »Als mein Vater noch im Dienste des Großen Akbar stand.«

»Bevor er sich gegen meinen Großvater erhoben hat.« Sie musterte ihn einige Sekunden lang und sagte dann: »Trinkt noch etwas von der Milch.«

Zweifellos war ihr nicht entgangen, da der Geschmack ihm nicht behagte. Aber er gehorchte, daß er keine andere Wahl hatte. Aber inzwischen war sein Mißtrauen stärker als seine

Erwartungen. Er war dieser Frau hilflos ausgeliefert. Und er hatte sich freiwillig in diese Situation begeben.

»Glaubt Ihr, daß Akbar vergiftet wurde?« fragte sie.

»Ich weiß es nicht, Hoheit. Ich war damals noch ein Kind und wurde von meinem Vater getrennt.«

»Ich war damals noch nicht einmal geboren«, bemerkte sie. »Euer Vater hat an der Seite meines Onkels, des Prinzen Khusraw, gekämpft. Wußtet Ihr, daß mein Vater Khusraw hat töten lassen?«

Er spürte, daß sie ihn unausweichlich auf sein Ende zuführte. Und doch war er der festen Überzeugung, daß nur bedingungslose Ehrlichkeit sein Leben retten konnte. Und wenn sie die Henker rief, mochte er zumindest die Befriedigung haben, sie zuvor zu erwürgen.

»Ich dachte, Prinz Khusraw wäre zu lebenslänglichem Kerker verurteilt worden.«

»Er war ein erbitterter Gegner meines Vaters, sogar aus dem Gefängnis heraus. Der Mann, auf dessen Seite Euer Vater gekämpft hat«, fügte sie hinzu.

»Mein Vater hat gegen Kaiser Jahangir gekämpft, weil er es für das richtige hielt, Hoheit. Soweit ich weiß, hat Euer Vater letztendlich dasselbe getan.«

Wieder musterte sie ihn lange schweigend. »Ihr seid mutig«, sagte sie schließlich. »Aber das scheint allen Blunts eigen gewesen zu sein. Ich habe außerdem von ihrer Ehrenhaftigkeit und ihrer Geschicklichkeit im Kampf gehört. Seid Ihr ein Soldat, Blunt?«

»Ich bin der beste Soldat, den die Blunts je hervorgebracht haben. Mein Ruhm ist in ganz Europa verbreitet.«

Ara wölbte die Brauen. »Dann sind wir zweifellos gesegnet«, sagte sie geheimnisvoll. »Warum seid Ihr nach Hindustan zurückgekehrt?«

»Hindustan ist meine wahre Heimat, Hoheit. Meine Großmutter war eine Rajputen-Prinzessin.«

»Aber Kazim Khan hat mir erzählt, Ihr wärt als Händler gekommen, um Konzessionen von meinem Vater zu erbitten.«

»Das war für mich die einzige Möglichkeit, hierherzugelangen. Im Namen der englischen Company, die für meine Passage aufgekommen ist, ersuche ich um die neuerliche Gewährung der Privilegien, die John Mildenhall vor dreißig Jahren von Kaiser Jahangir zugestanden wurden.«

Sie musterte ihn eindringlich. Dann sagte sie: »Es ist Brauch, angemessene Geschenke zu überreichen, wenn man um Konzessionen ersucht, Blunt.«

»Leider, Hoheit, haben mein Begleiter und ich nicht geahnt, daß unser Anliegen uns zu jemandem wie Euch führen würde. Wir haben moderne Schußwaffen und Klingen mitgebracht, aber ...«

»Nichts, was eine nutzlose Frau interessieren könnte.«

»Ihr könntet niemals eine nutzlose Frau sein.«

Wieder wölbte sie die Brauen. Vielleicht war sie solche Direktheit nicht gewöhnt.

»Wir waren also nicht auf eine solche Begegnung vorbereitet«, fuhr er fort, ehe sie reagieren konnte. »Ich kann Euch nur versprechen, daß Ihr, wenn Ihr unsere Sache unterstützt, von allen Dingen, die wir in Europa beschaffen können, wählen könnt, was Euch beliebt, und wir es Euch bei unserer Rückkehr persönlich überbringen werden.«

»Was mir beliebt?« fragte sie. »Gibt es in Europa irgend etwas, was ich wünschen könnte zu besitzen, Blunt?«

»Ich weiß es nicht, Hoheit. Wir haben vieles zu bieten.«

Sie sahen sich lange in die Augen, dann ließ sie den Blick langsam über seinen Körper gleiten.

»Seid Ihr hungrig?« fragte sie.

»Hoheit?«

»Ich bin hungrig«, sagte sie. »Ich wünsche, daß Ihr mit mir speist.«

»Ich fühle mich unsagbar geehrt, Hoheit.«

Sie blickte zu ihren Dienerinnen hinüber, und sofort traten zwei von ihnen vor.

»Blunt Sahib und ich werden gemeinsam speisen«, sagte sie.

Die Mädchen verneigten sich, und die Prinzessin machte Anstalten, sich zu erheben. Richard rappelte sich hastig hoch, unsicher, ob er ihr behilflich sein sollte oder nicht. Ihre nackten Zehen versanken im dickflorigen Teppich, als sie sich aufrichtete. Wie er bereits vermutet hatte, war sie von recht kleinem Wuchs.

Sie wandte sich von ihm ab und ging auf eine Innentür zu,

eine dezente Wolke ihres Parfums zurücklassend. Richard zögerte, nicht sicher, ob er ihr folgen sollte oder nicht, bis ihm eins der Mädchen nachdrücklich zunickte. Er eilte der Prinzessin nach und fand sich in einem kleinen, aber wunderschönen Innenhof mit kunstvollen Balustraden und reich verzierter Decke wieder. Nur in der Mitte des Hofes war eine kleine Fläche nicht überdacht, und dort befand sich auch ein Becken klaren Wassers, das ständig in Bewegung war. Einige Marmorstufen führten ins Wasser hinab.

Auf der einen Seite des Beckens stand ein Diwan, auf dem die Prinzessin nun Platz nahm.

»Kommt her und setzt Euch neben mich«, forderte sie ihn auf.

Richard gehorchte, wenngleich er sich dabei höchst unbehaglich fühlte. Er hatte bis dato ein enthaltsames Leben geführt und fühlte sich im Umgang mit Frauen unsicher. Die Armee Gustav Adolphs war auf Erlaß des Königs eine sehr moralische gewesen. Frauen waren nur dann zugelassen gewesen, wenn sie mit einem Soldaten verheiratet waren, und auf Vergewaltigung nach einem Sieg hatte die Todesstrafe gestanden. Und so beschränkte sich Richards Erfahrungsschatz in Liebesdingen auf einige wenige Begegnungen mit Prostituierten. Und doch war ihm bewußt, daß er hier von einer Frau verführt wurde, der zu widerstehen schier unmöglich war, und sei es nur aufgrund ihrer Macht. Er begriff nicht, warum sie beschlossen hatte, ihn zu verführen. Oder wie weit sie die Verführung treiben wollte. Übertriebene Zurückhaltung konnte ebenso verheerende Folgen haben wie Übereifer.

Wie vorhin zog die Prinzessin wieder die Füße an, aber nun lehnte sie sich in die Kissen zurück. Sofort eilten die Mädchen mit Currygerichten und scharf gewürzten Speisen herbei, mit denen sie sie, wie Richard erkannte, zu füttern gedachten. Und tatsächlich tunkten sie das Fleisch in den Reis und hoben es ihr an die Lippen.

Ihm wollten sie offensichtlich dieselbe Aufmerksamkeit angedeihen lassen, und wieder beobachtete ihn die Prinzessin aufmerksam.

Bislang war er ganz der Bittsteller gewesen, der demütig um eine kleine Geste der Großzügigkeit ersuchte. Aber nachdem sie ihn in ihren privaten Garten eingeladen und aufgefordert hatte, ihr beim Essen Gesellschaft zu leisten – so ziemlich die größte Ehre, die ein Moslem einem Fremden erweisen konnte –, war er überzeugt, daß sie von ihm erwartete, daß er seine Selbstsicherheit und Charakterstärke unter Beweis stellte.

Und warum nicht, ganz gleich, wohin es führte? Sie war die begehrenswerteste Frau, der er je begegnet war.

Also gebot er dem Mädchen, das ihm einen Bissen in den Mund schieben wollte, mit erhobener Hand Einhalt, schwang das linke Bein über die Polster, so daß er rittlings der Prinzessin zugewandt auf dem Diwan saß, in dem Bewußtsein, daß seine Kniehose unter dem kurzen Wams spannte.

Sie sah ihn ausdruckslos an.

»Auf diese Weise kann ich Euch ansehen«, erklärte er.

Sie begann zu essen. Er folgte ihrem Beispiel, und so aßen sie eine Weile schweigend, während die Mädchen sie mit pikantem Brathähnchen, Curry-Lamm, Brot ohne Hefe und *Raita*, einem Salat aus Gurken und Joghurt, fütterten. Das Essen war köstlich und die Gesellschaft erlesen, wenn auch schweigsam. Das einzige Geräusch war das Plätschern des Wassers im Becken.

Nach dem Essen servierten die Mädchen ihnen gefrorenes Sorbet und trockneten ihnen die Lippen mit Baumwollservietten. Dann wurde eine Obstschale neben den Diwan gestellt, und auf ein Nicken der Prinzessin hin zogen die Mädchen sich zurück und verließen den Hof.

Richards Zuversicht war im Laufe des Mahls gewachsen. Er fühlte sich allem, was diese bemerkenswerte Frau an seiner Seite vorhaben sollte, gewachsen, allerdings hatte er nicht erwartet, daß man ihn mit ihr allein lassen würde. Er schluckte, konnte jedoch nicht den Blick von ihr abwenden, da sie ihn unverwandt ansah, wobei sie kaum einmal blinzelte.

»Ich nehme einen Pfirsich«, sagte sie.

Er langte in die Schale und nahm die gewünschte Frucht heraus. Dann war er gezwungen, sich zu erheben, um sie ihr anzubieten.

»Setzt Euch«, sagte sie. »Hierher.«

Er ließ sich auf die Kissen neben ihr sinken, so daß sein Schenkel den ihren berührte. Wieder hüllte ihn ihr Parfum ein.

»Füttert mich«, befahl sie.

Er befeuchtete sich die Lippen und hob den Pfirsich an ihren geöffneten Mund. Sie grub die Zähne in das Fruchtfleisch, und Saft lief ihr das Kinn hinab. Sie starrte ihn an, ohne richtig zuzubeißen, die Frucht nur festhaltend. Ihre Augen sprachen zu ihm, befahlen ihm … Er holte tief Luft, beugte sich vor und biß in die andere Hälfte des Pfirsichs.

Ihre Lippen berührten sich, und er legte die Hand auf die ihre. Er konnte kaum glauben, daß das alles tatsächlich geschah, daß er gleich eine moslemische Prinzessin in den Armen halten würde.

Sie hob die freie Hand und nahm den Pfirsich aus dem Mund. Er zog den Kopf zurück. Sie ließ die Frucht achtlos fallen und umfaßte sein Gesicht mit beiden Händen. Sie zwang seinen Mund auf den ihren und strich mit der Zunge über seine Lippen.

Richard war sich nicht schlüssig, was er mit den Händen tun sollte. Aber noch ehe er zu einem Entschluß gekommen war, nahm sie den Kopf zurück.

»Wer hat dich zu mir geschickt?« fragte sie.

»Mansur Ali, der Hakim von Jhansi.«

»Mansur.« Sie lächelte. »Er ist ein treuer Diener. Ich glaube, Blunt, es gibt tatsächlich etwas, was Ihr mir zum Geschenk machen könntet. Etwas, was Ihr in diesem Augenblick bei Euch habt.«

Er griff nach ihr, aber sie lächelte nur und erhob sich. Ehe er sich rühren konnte, hatte sie sich elegant ihres Saris entledigt. Dann trat sie an die Marmorstufen und stieg ins Wasser, aber nicht, bevor er Gelegenheit gehabt hatte, sich davon zu überzeugen, daß ihr Körper ebenso makellos war wie ihr Gesicht, zierlich zwar, aber wunderbar proportioniert. Jetzt schwamm sie mit einem anmutigen Zug davon, ehe sie sich umwandte und zu ihm schaute. Er registrierte, daß ihr Haar zu einem kunstvollen Knoten geschlungen und mit einer goldenen Nadel hochgesteckt war.

»Ist Euch nicht auch warm, Blunt?« fragte sie.

Auch wenn er die Wahl gehabt hätte, er konnte nicht anders. Er zog die Stiefel aus und entkleidete sich, wobei er fest damit rechnete, jeden Augenblick von ihren Wachen ergriffen und fortgebracht zu werden, um einen grausamen Tod zu sterben, eines

Sakrilegs und der Majestätsbeleidigung angeklagt und für schuldig befunden.

Und er hatte Day gesagt, er wäre nicht nach Indien gekommen, um seine Fleischeslust zu stillen!

Sie war jetzt am anderen Ende des Beckens, mit dem Rücken an die mit Mosaiksteinchen verkleidete Wand gelehnt, die Arme auf den Beckenrand gestützt. Bei jedem Atemzug hoben sich ihre kleinen, wohlgeformten Brüste aus dem Wasser, um gleich darauf wieder zu verschwinden.

Als er auf sie zuwatete, erkannte Richard, daß das Wasser nur etwa einen Meter fünfzig tief war und ihm nicht weiter als bis zur Brust reichte. Sie lächelte zu ihm auf.

»Ihr seid gut gebaut, Blunt«, sagte sie. »Werdet ihr mir Schreie der Ekstase entlocken?«

Es war unmöglich zu sagen, ob sie dies wollte oder nicht. Aber jetzt war er bei ihr angelangt und stand so dicht vor ihr, daß ihre nackten Leiber sich berührten. Sie nahm die Arme vom Beckenrand, legte sie um seinen Hals und küßte ihn. Dann spreizte sie die Beine und schlang sie um seine Schenkel.

Ehe er wußte, wie ihm geschah, war er in sie eingedrungen, und sie schrie, ob nun vor Lust oder Schmerz, vermochte er nicht zu sagen. Aber er hatte keine Möglichkeit, sich zurückzuziehen; sie hielt ihn mit Armen und Beinen fest umschlungen.

»Ihr seid ein Barbar«, keuchte sie ihm ins Ohr. »Ein Barbar!«

Darauf legte sie den Kopf in den Nacken. »Tragt mich zum Diwan.«

Er hob sie auf die Arme, watete zur Treppe und trug sie hinauf. Vor dem Diwan zögerte er, da sie beide triefnaß waren. Da sie das nicht zu stören schien, legte er sie auf die Kissen.

»Jetzt«, sagte sie.

»Hoheit«, rief eines der Mädchen aufgeregt. »Hoheit ...«

Ara setzte sich auf. »Du wirst ausgepeitscht werden« zischte sie dem Mädchen zu, ihre Stimme so scharf wie ein Peitschenhieb.

Das Mädchen fiel auf die Knie. »Aber Hoheit ... der Badshah ist auf dem Weg hierher.«

Ara betrachete sie einen Augenblick stirnrunzelnd und wandte sich dann Richard zu. »Ihr müßt gehen. Er ist sehr eifersüchtig. Kommt morgen wieder. Ihr werdet bekommen, worum

Ihr gebeten habt, aber unter einer Bedingung: Ihr müßt in Agra bleiben. Und jetzt nehmt Eure Kleider und folgt dem Mädchen. Rasch!«

## Kapitel 17

## Die Prinzessin

Richard führte den höchst gelangweilten und ungeduldigen Francis Day hastig zurück zu ihrer Unterkunft, ehe er wagte, ihm zu erzählen, was sich zugetragen hatte, und ihn schwören ließ, kein Wort darüber verlauten zu lassen. Der Kapitän starrte ihn entgeistert an.

»Ihr habt mit der Tochter des Sultans geschlafen? In einem moslemischen Land? Großer Gott, jetzt werden wir beide gepfählt.«

»Glaubt mir, Francis, ich bin ebenso verwirrt wie Ihr«, protestierte Richard. »Ganz sicher hatte ich nichts dergleichen vor. Ich habe nur auf ihren Befehl gehandelt. Und ich sage Euch etwas; trotz all ihrer scheinbaren Drohungen mir gegenüber wußten ihre Dienerinnen wie auch Kazim Khan – vermutlich sogar Mansur Ali –, was geschehen würde, sobald sie einwilligte, mich zu empfangen.«

»Ihr meint, sie ist eine Art kaiserliche Hure.«

»Mag sein; jedenfalls ist sie keine Jungfrau. Und doch bin ich sicher, daß sie in der Lage ist, ihr Versprechen zu halten.«

»Und Ihr würdet tatsächlich hierbleiben, den Kopf in der Schlinge?«

»Es ist die Heimat meiner Familie«, entgegnete Richard. »Warum also sollte ich nicht hier leben? Außerdem«, fügte er hinzu, »werde ich doch damit der Company einen Dienst erweisen, oder etwa nicht?«

Aber trotz all seiner Abgeklärtheit ging Richard Blunt einiges durch den Kopf. Day hatte absolut recht: Auch wenn die Prinzessin Ara ihm sein Tun befohlen hatte, hatte er nach moslemischem Gesetz das abscheulichste aller Verbrechen begangen, abgesehen von einer Beleidigung des Propheten. Und doch war er ganz offensichtlich nicht der erste, der die Reize der Prinzessin genossen hatte.

Vielleicht war sie eine Art weibliches Monstrum, das nur mit Männern schlief, um sich anschließend an deren Hinrichtung zu ergötzen – immerhin erzählte man sich das von Kleopatra von Ägypten. Aber irgendwie mochte er nicht daran glauben. Sie hätte ihn einfach einsperren lassen können, um sich seiner nach Belieben zu bedienen. Statt dessen hatte sie seine dauerhafte Anwesenheit in Agra zur Bedingung für die Gewährung der Handelskonzession gemacht, um die er sie im Namen der Company ersucht hatte.

Und was war mit ihrem Vater? »Er ist sehr eifersüchtig«, hatte sie gesagt. Natürlich kam es vor, daß ein Vater auf einen Mann eifersüchtig war, der in engerer Beziehung zu seiner Tochter stand, aber so wie sie es gesagt hatte, hatte es geklungen, als wäre er ihr Liebhaber. Kazim zufolge war die Prinzessin das Ebenbild ihrer verstorbenen Mutter, jener Frau, um die der allmächtige Vater auch nach Jahren noch derart trauerte, daß er die Staatsgeschäfte vernachlässigte! War das möglich? In diesem Fall steuerte diese Familie allerdings auf die Selbstzerstörung zu.

Und sie wünschte, daß er in Agra blieb. War das nicht das, was er ohnehin gewollt hatte? Er hatte noch vieles zu erledigen; darunter auch, das Vermögen seiner Familie als rechtmäßiger Erbe in seinen Besitz zu bringen. Und vielleicht Vergeltung an Spartu zu üben.

Außerdem, wenn es ihm auch widerstrebte, es einzugestehen, erregte ihn der Gedanke, wieder mit der Prinzessin allein zu sein.

Am folgenden Morgen fand Francis Day sich seiner Furcht zum Trotz gemeinsam mit Richard im Palast ein. Diesmal wurden sie beinahe sofort zum Empfangszimmer der Prinzessin geführt.

Es war alles genauso wie am Vortag, abgesehen davon, daß Ara jetzt einen blaßblauen Sari trug. Sie musterte die beiden Männer mit solchem Hochmut, daß es Richard schwerfiel zu glauben, daß er sie erst vierundzwanzig Stunden zuvor nackt in den Armen gehalten hatte.

»Ich habe Euer Anliegen dem Badshah, meinem Vater, vorgetragen«, erklärte sie. »Und er geruht, wohlgesonnen zu sein. Auch habe ich ihm erzählt, daß Ihr eine Faktorei für Eure Waren zu errichten wünscht. Welchen Standort habt Ihr da im Sinn?«

»Einen Ort im Süden Golcondas, Hoheit«, entgegnete Day. »Eine Bucht, in der unsere Schiffe, falls man uns gestattet, Wellenbrecher anzulegen, geschützt ankern könnten. Der Ort heißt Madraspatnam.«

»Der Süden Golcondas ist von Agra weit entfernt. Aber so sei es. Habt Ihr beim dortigen Sultan vorgesprochen?«

»Das haben wir, Hoheit. Der Sultan von Golconda ist gern bereit, unserem Anliegen zu entsprechen, vorausgesetzt, der Badshah gibt uns seinen Segen.«

Ara lächelte. »So soll es auch sein. Jetzt habt Ihr den Segen des Badshah. Allerdings ist daran eine Bedingung geknüpft. Der Badshah ist der Ansicht, Eure Gesellschaft sollte auch einen Posten in Agra unterhalten. Ich habe dies bereits Blunt Sahib angetragen, und er hat eingewilligt.«

Day verneigte sich. Er wagte nicht, Richard anzusehen.

»Er wird ein Haus und Bedienstete erhalten und in allen Angelegenheiten als Euer Agent fungieren«, fuhr Ara fort.

Day verneigte sich erneut und fragte dann eilig: »Gibt es kein Geschenk, das meine Gesellschaft Eurer Hoheit zum Zeichen ihrer Dankbarkeit für Eure Unterstützung machen könnte?«

Er richtete sich auf und blickte der Prinzessin in die Augen. Ara erwiderte seinen Blick einige Sekunden und lächelte dann.

»Ihr seid sehr freundlich. Jedoch habe ich bereits alles, was ich mir wünsche. Ihr könnt jetzt gehen. Blunt Sahib, Ihr bleibt noch, damit wir die Einzelheiten Eurer künftigen Unterbringung besprechen können.«

Richard verneigte sich mit klopfendem Herzen.

Ara war ungeduldig, da man sie am Vortag des Objekts ihrer Begierde beraubt hatte. Nachdem sie die Dienerinnen fortgeschickt hatte, liebten sie sich auf dem Diwan im Innenhof. Wie beim ersten Mal schrie sie, aber diesmal wußte Richard, daß es

Ekstase war. Auf dem Diwan hatte er Gelegenheit, ihre makellose und wahrhaft außergewöhnliche Schönheit voll auszukosten.

Als ihre Lust schließlich gesättigt war, konnte Richard nicht anders, als vorsichtig nachzuhaken, um seine Neugier zu befriedigen.

»Wird der Badshah Euch heute wieder besuchen?« fragte er, während er zärtlich ihre Brüste streichelte.

Ara hielt die Augen geschlossen. »Heute nicht«, entgegnete sie. »Er ist frühzeitig gealtert.«

Dies schien seinen Verdacht zu bestätigen, aber er wagte es nicht, weitere Fragen zu diesem Thema zu stellen. Ihre Offenheit war erstaunlich.

»Ihr seid die schönste Frau, die ich je gesehen habe.«

»Manche sagen, ich würde meine Mutter an Schönheit noch übertreffen – und sie war die schönste Frau ihrer Zeit. Habt Ihr von ihr gehört?«

»Ich war noch ein Kind, als ich Hindustan verließ.«

»Ihr Name war Arjumand, und sie war die Nichte meiner Großtante Nur Jahan«, sagte Ara. »Auch sie war sehr schön.«

»Was mich erstaunt, Hoheit, ist, daß eine Frau Eurer Schönheit nicht verheiratet ist«, bemerkte Richard.

Ara lächelte. »Oh, ich bin verheiratet, Blunt. Aber mein Mann ist ein Hakim an der Grenze, zu weit fort, als daß ich mir seinetwegen den Kopf zerbrechen würde.«

»Aber wenn er erfahren würde ...«

»Ihr glaubt, er würde versuchen, seine Ehre zu rächen?« Ara schlug die Augen auf. »Er weiß, daß das sein Tod wäre.« Sie lächelte. »Solange ich Gefallen an Euch finde.«

Sie setzte sich abrupt auf, und seine Hand glitt von ihrem Bauch in ihren Schoß.

»Später«, sagte sie.

Er zog die Hand zurück, als sie sich erhob und ins Wasserbecken stieg. »Komm zu mir ins Wasser«, rief sie über die Schulter hinweg.

Sie trug das Haar heute offen, und es schwamm auf der Wasseroberfläche. Sie schien noch schöner als zuvor – aber ihm war klar, daß er mit der gefährlichsten Frau schlief, die ihm je begegnen würde.

Er folgte ihr ins Wasser und nahm sie in die Arme.

»Warum seid ihr nach Hindustan zurückgekehrt?« fragte sie.

»Ich bin hier geboren, Hoheit.«

»Mein Großvater hat Eure Eltern hinrichten lassen«, entgegnete sie. »Das ist allgemein bekannt.«

»Das ist lange her.«

»Der Sohn eines Rebellen wird oft selbst als Rebell betrachtet.«

»Und die Tochter eines Rebellen, Hoheit?«

Sie sahen sich unverwandt in die Augen. Dann lächelte Ara. »Ihr wißt eine ganze Menge, Blunt Sahib. Vielleicht zu viel. Ja, mein Vater hat gegen den Welteroberer rebelliert. Er wurde besiegt und gezwungen, den Großteil seines Lebens im Exil zu verbringen. Aber anders als bei Jahangir und dessen Vater gab es Frauen, die sie wieder versöhnt haben. Und so wurde mein Vater Nachfolger des Badshah – aber jetzt ist er ein sehr unglücklicher Mann. Habt Ihr davon gehört?«

»Nur gerüchteweise, Hoheit.«

»Mein Vater hat meine Mutter zu sehr geliebt. Bei einem gewöhnlichen Mann ist das ein Segen, bei einem Kaiser eine gefährliche Schwäche. Und ebenso wie seinerzeit Jahangir hat mein Vater vier Söhne.«

»Aber ich habe gehört, sie alle wären dem Badshah treu ergeben«, sagte Richard.

»Im Augenblick«, stimmte Ara ihm zu. »Vielleicht sind sie nicht klug genug, eigenen Ehrgeiz zu entwickeln. Und doch muß ein Herrscher sich stets vor seinen Söhnen in acht nehmen. Soll ich Euch von ihnen erzählen?«

Sie stieg aus dem Wasser und klatschte in die Hände. Sofort erschienen ihre Dienerinnen mit Tüchern, in die Ara gehüllt wurde. Mit tropfenden Haaren nahmen sie auf dem Diwan Platz und ließen sich füttern.

»Ich bin das älteste von Arjumands Kindern«, begann Ara. »Ich habe mehrere Schwestern, aber sie zählen nicht. Mein erstgeborener Bruder, also Sohn meiner Mutter – die Kinder der anderen Frauen des Badshahs sind ohne Bedeutung –, trägt den Namen Dara. Er ist ein großer Krieger und wünscht sich nicht mehr vom Leben, als gegen unsere zahlreichen Feinde zu kämpfen – so wie er es auch jetzt gerade tut. Dara ist ganz anders als mein Vater: Er ist arrogant und aggressiv und träumt davon, ein zweiter Jahangir zu werden.

Mein zweiter Bruder, Shuja, ist der geborene Administrator. Er ist derzeit in Delhi und prüft die Steuerabgaben – er ist meinem Vater in diesen Angelegenheiten ein sehr nützlicher Gehilfe. Aber er neigt dazu, exzessiv zu trinken, und ist recht labil.

Mein jüngster Bruder, Murad, ist noch keine zwanzig und zählt nicht. Er scheint sich nur für die Freuden des Fleisches zu interessieren.«

Sie kaute eine Weile nachdenklich und fuhr dann fort.

»Mein dritter Bruder heißt Mutri es-din Mohammed, wird aber Aurungzib genannt. Wißt Ihr, was das bedeutet?«

»Äh ... ›Zierde des Thrones‹.«

»Wie dumm diese Namen doch sind«, sinnierte Ara. »Mein Großvater wurde Jahangir, Welteroberer, genannt, obwohl er in seinem ganzen Leben nichts erobert hat. Mein Vater wurde Khurram genannt, was ›Lebensfreude‹ bedeutet, und dabei ist er der unglücklichste aller Menschen. Und nun mein vierter Bruder ... er ist zweiundzwanzig und ebenso wie Dara Soldat. Der Badshah glaubt, er wird einmal ein berühmter Soldat sein, vielleicht so berühmt wie Babur.«

»Mein Vorfahre und Namensvetter hat Babur gedient«, erinnerte Richard sie.

»Das weiß ich. Aber ich würde nicht wollen, daß Ihr in Aurungzibs Dienste tretet. Er mag ja ein guter Soldat sein, aber er ist jetzt schon ein mürrischer, schweigsamer Mann. Er beobachtet und schweigt. Er beobachtet meinen Vater und sieht nur schwindende Kraft – aber er schweigt. Aber im Gegensatz zu meinem Vater ist er nicht tolerant. Er verbringt viel Zeit in der Moschee, und wenn er herauskommt, wirft er den Hindus haßerfüllte Blicke zu – und schweigt. Und dabei hat Akbar persönlich erklärt, daß vor Gott alle Menschen gleich sind, unabhängig von ihrer Religion.«

»Ihr mögt Euren Bruder also nicht?« fragte Richard.

»Er mag mich nicht«, stellte sie richtig. »Wenn er hier in Agra ist, beobachtet er mich. Er sagt keinen Ton, aber ich sehe den Zorn in seinen Augen. Er mißbilligt meine Lebensweise.«

Richard verkniff sich die Bemerkung, daß seiner Ansicht nach kein Bruder der Welt eine Lebensweise wie die ihre gutheißen würde.

»Sollte er je Badshah werden«, fügte Ara düster hinzu, »wird es all jenen, denen ich meine Gunst erwiesen habe, schlecht ergehen.«

Richard schluckte hart, während sie ihn unverwandt anstarrte.

»Also wären sie gezwungen, um nicht nur mich persönlich, sondern auch meinen Vater zu schützen, zum Schwert zu greifen.«

»Ich verstehe, Hoheit«, entgegnete Richard, wenngleich er insgeheim dachte, daß es eine Ironie des Schicksals wäre, wenn er kämpfen sollte, um das Leben von Jahangirs Sohn zu schützen. »Gibt es unserer denn viele?« entfuhr es ihm.

Ara lächelte. »Ich bin sicher, es ist kein so großer Krieger wie Ihr darunter, Blunt Sahib.«

Sobald seine Ausrüstung aufgestockt worden war, machte Day sich mit seinen Männern auf den Rückweg nach Golconda – und von dort nach Madraspatnam. Richard nahm im Portiko ihrer Unterkunft von ihnen Abschied.

»Ich vertraue darauf, daß Ihr noch hier seid, wenn ich Nachricht nach Agra schicke«, sagte Day düster.

Richard grinste. »Und ich hoffe, Ihr werdet noch da sein, falls ich Indien übereilt verlassen muß.«

Day schüttelte ihm die Hand. »Möge dieser Tag niemals kommen.«

Vierzehn Tage später konnte Richard sein neues Zuhause beziehen; zu seinem Erstaunen war es der alte Blunt-Palast, der über dreißig Jahre lang größtenteils leer gestanden hatte. Er konnte sich nicht an das Haus erinnern, schlenderte jedoch durch die Flure und betrachtete die trockenen und staubbedeckten Springbrunnen. Handwerker waren bereits dabei, das Haus in seinem alten Glanz erstrahlen zu lassen. Birkal Abbas, Aras Majordomus, war bei ihm.

»Die Prinzessin hat angeordnet, daß keine Kosten und

Mühen gescheut werden, den Palast in ein würdiges Heim für einen berühmten Krieger zu verwandeln«, bemerkte Birkal Abbas trocken.

»Es ist großartig«, sagte Richard wahrheitsgemäß.

»Dies sind Eure Diener.«

Birkal führte ihn in den Küchentrakt, wo zwölf Personen versammelt waren: Sechs Männer und sechs Frauen. Oder besser gesagt, ein Mann und eine Frau – die anderen waren Jungen und Mädchen, nicht älter als fünfzehn und alle ausgesprochen hübsch.

»Ich habe sie selbst ausgewählt«, sagte Birkal. »Macht mit ihnen, was Ihr wollt. Aber denkt daran, daß meine Herrin auch Eure Herrin ist.«

»Ich werde es nicht vergessen«, entgegnete Richard.

Zusätzlich zum Haus wurde ihm auch ein fürstliches Gehalt gewährt. Zunächst hatte Richard Mühe, sich von den neuen Wendungen in seinem Leben nicht überwältigen zu lassen. Es war ihm bewußt, daß er ausgehalten wurde, gleich, welche Position er als Vertreter der East India Company auch innehaben mochte.

Ara zeigte sich offensichtlich deshalb so großzügig, weil sie sich körperlich zu ihm hingezogen fühlte. Auch zweifelte er nicht daran, daß er alles wieder verlieren würde, sobald sie das Interesse an ihm verlor. Es sei denn, sie schaute voraus und glaubte, daß Richard allein sie schützen konnte, falls Shah Jahan sterben oder abdanken sollte.

Ara hatte offensichtlich darüber nachgedacht, denn Richard hatte sich kaum in seinem neuen Zuhause niedergelassen, als sie ihn auch schon drängte, zusammen mit der Palastgarde zu exerzieren.

»Zeigt ihnen Euer Können, Blunt Sahib«, schmeichelte sie ihm.

Die skeptischen Mongolen zeigten schon bald reges Interesse nicht nur für das Rapier, sondern auch für seine Geschicklichkeit im Umgang mit den landesüblichen Waffen. Am Ende einer der Übungsstunden ließ ihn Händeklatschen zu einem der Fenster zum Hof aufblicken. Er begriff, daß sie ihn zu sehen wünschte. Er stieg die Treppe hinauf und fand sie an der Seite eines untersetzten Mannes um die Fünfzig vor, der mit dezenter

Eleganz gekleidet war und dessen Turban eine riesige buschige Feder zierte, die, wie Blunt gleich darauf erkannte, vom Koh-i-noor-Diamanten, der mit einer Spange versehen worden war, gehalten wurde.

Er wußte, daß er dem Kaiser gegenüberstand, und verneigte sich hastig.

»Das ist der Mann, von dem ich Euch erzählt habe, Badshah«, sagte Ara. »Der Engländer namens Blunt. Seine Familie hat in der Geschichte unseres Volkes eine bedeutende Rolle gespielt.«

»Blunt«, sagte Shah Jahan.

Richard richtete sich wieder auf.

»Eure Vorväter waren tatsächlich bemerkenswerte Soldaten«, sagte Shah Jahan.

»Ich danke Euch, Badshah.«

»Aber er ist der beste von allen«, fuhr Ara fort. »Er hat im Dienste des Königs von Schweden gekämpft, von dem Ihr gehört habt und den Ihr bewundert. Ich glaube, ein Mann wie er könnte uns ebenso treue wie wertvolle Dienste leisten und unsere Feinde das Fürchten lehren.«

In den Augen des Badshahs lag ein kühler Ausdruck. »Euer Vater wurde des Mordes an meinem Großvater beschuldigt, Blunt Bahatur«, sagte er.

»Mein Vater war unschuldig, Badshah.«

»Ihr seid Christ?«

»Ja, Badshah.«

»Aber ich habe gehört, der Name Blunt wäre einst gleichbedeutend mit Treulosigkeit gewesen. Werdet Ihr mir treu dienen, Blunt Bahatur?«

»Aus ganzer Seele, Badshah.«

Prinzessin Ara lächelte.

Am folgenden Tag wurde Blunt in den Rang eines Ming-bashis erhoben, und ihm wurde ein Regiment der kaiserlichen Garde unterstellt.

»Wenn Ihr Euch würdig erweist, wird mein Vater Euch zum Tuman-bashi und Befehlshaber ernennen«, riet ihm Ara.

Mit Aras Gunst im Rücken war alles möglich. Tatsächlich war das Leben Richard nie lebenswerter erschienen. Plötzlich war er wohlhabend und von allem erdenklichen Luxus umgeben. Er trug feinste Seide, scheinbar treu ergebene Diener lasen ihm jeden Wunsch von den Augen ab, er schlief in den weichsten Betten, erlesenste Speisen wurden ihm serviert, er besaß einen ganzen Stall voll edler Pferde und brauchte für all das nicht mehr zu tun, als die Prinzessin zufriedenzustellen. Aber er war sich der Gefahren bewußt und verlangte sich selbst und seinem Regiment alles ab, um militärische Perfektion zu erlangen. Auch entging ihm nicht, daß der Kaiser ihn dabei häufig beobachtete.

Und zum erstenmal in seinem Leben entdeckte Blunt die Freuden der Häuslichkeit.

Ara war weniger anspruchsvoll, als er befürchtet hatte – sie schickte nicht öfter als zweimal wöchentlich nach ihm. Zweifellos verbrachte sie einen Teil ihrer Zeit in Gesellschaft ihres Vaters, aber Richard zweifelte nicht daran, daß sie sich je nach Laune auch mit anderen Liebhabern vergnügte. Er war nicht im mindesten eifersüchtig; er könnte sie niemals lieben, wie sehr er sie auch begehren mochte. Und auf eigentümliche Weise war sie sein Passierschein zum Glück geworden, da er bald erkannte, daß sein Erfolg weniger davon abhing, in welchem Maße er Ara im Bett zufriedenstellte, als davon, wie wertvoll sie ihn als Beschützer für jenen Tag erachtete, den sie am meisten fürchtete.

Das war weit beruhigender für einen Mann, der sich sein ganzes Leben nur auf sein Schwert verlassen hatte.

Wenn er also nicht bei Truppenübungen oder bei der Prinzessin war, ritt er seine Pferde und ging mit seinen Falken auf die Jagd, ließ seinen Garten gestalten und wählte sich Konkubinen aus ...

Jedes Mitglied des Haushaltes schien bereit, ja sogar versessen darauf, sein Bett zu teilen, aber er wollte nur eine, ein Mädchen namens Bilkis. Sie war afghanischer Abstammung und als Kind in die Sklaverei verkauft worden. Als sie in seine Dienste trat, war sie fünfzehn. Sie war hellhäutig, hatte eine braune Lockenmähne und wunderschöne dunkle Augen. Darüber hinaus war sie lebhaft und amüsant. Sie war noch Jungfrau gewesen, als Richard sie in sein Bett genommen hatte, aber sie hatte sehr schnell die Kunst des Liebens erlernt, und ihr jugendlicher

Enthusiasmus war ein Quell immer neuer Freuden. Anfang 1641 gebar sie einen Sohn, den er auf den Namen Zaid taufte – nach dem Sohn seines Namensvetters. Er, der nie erwartet hatte, je Vater zu werden, war zum erstenmal in seinem Leben wirklich glücklich.

Was Shah Jahan betraf, mochte er zwar einst gegen seinen Vater rebelliert und seine eigenen Brüder getötet haben, jetzt aber schien er sich seinem frühzeitigen Altern zu ergeben. Wenn es einen Krieg zu führen gab, schickte er seinen Sohn Dara. Finanzielle Angelegenheiten überließ er seinem Wesir. Sein Hauptinteresse galt dem Gedenken an seine Frau. Für sie baute er in einem Ausmaß, das wohl noch niemals irgendwo auf der Welt auch nur ins Auge gefaßt worden wäre.

Das Taj Mahal sollte die Krönung seiner Regentschaft und ihres Andenkens sein, aber das Bauwerk war noch weit von der Fertigstellung entfernt. Inzwischen ließ der Badshah andere Gedenkstätten errichten, wo immer es ihm in den Sinn kam. Er baute in solchem Umfang, daß die Zeit seiner Regentschaft als ›Shah Jahan Periode‹ in die Geschichte der Architektur eingehen sollte. Sein Stil lehnte sich weitgehend an persische Originale an, wie es das erstemal bei jenem Mausoleum für Humayun der Fall gewesen war, das Akbar in Delhi hatte bauen lassen. Hier fanden sich das zweifache Kuppeldach, der von Nischen unterbrochene Bogengang im Inneren eines rechteckigen Frontons, stets von Gärten umgeben, die zusätzlich mit Wasserbecken und Springbrunnen verschönt wurden. Sein Geheimnis waren Symmetrie und die Liebe zum Detail – die es bis dahin in solcher Perfektion nicht gegeben hatte – und, natürlich, die Verwendung weißen Marmors. Dies wurde vor allem beim Taj Mahal deutlich, dessen schillernde Mauern aus jedem Winkel auch die kleinste Lichtveränderung einfingen.

Aber nicht einmal das Taj Mahal war sein krönendes Meisterwerk. Wieder im Andenken an seine schöne Königin ließ er ein phantastisches Kunstobjekt schaffen, das ganz aus Gold, Silber und Edelsteinen bestand. Es handelte sich um einen Thron in Form eines Pfaus mit ausgebreiteten Federn. Er war mit Diamanten, Rubinen, Saphiren, Smaragden und weniger wertvollen Steinen besetzt und von unschätzbarem Wert – wenngleich dreißig Jahre später ein französischer Reisender namens Tavernier versuchen würde, den Wert zu bestimmen und auf einhundertsechzig Millionen Pfund schätzte. Nicht, daß Shah Jahan jemals selbst auf dem Pfauenthron gesessen hätte; als er fertiggestellt war, verlor er das Interesse an dem Kunstwerk, und es stand weitgehend unbeachtet als Staubfänger in einer Ecke seines Palastes.

Richard mochte den Badshah, auch wenn sie Rivalen um die Gunst der Prinzessin waren – eine Tatsache, von der der Kaiser glücklicherweise nichts ahnte.

Blieb die Angelegenheit Spartu. Nicht einmal die Zufriedenheit, die er in Bilkis Armen fand, konnte seinen Rachedurst gegenüber jenem Mann, der persönlich seine Eltern getötet hatte, mildern. Richard holte äußerst diskret Erkundigungen über ihn ein, während sein Bekanntenkreis wuchs und er sogar den einen oder anderen wahren Freund gewann – darunter auch Kazim Khan, der den Engländer in gewisser Weise als seinen Protegé betrachtete.

»Es hat einmal einen Mann namens Spartu gegeben«, sagte er eines Tages. »Er war der Sohn von Hemu, der an der Seite meines Vaters für Akbar gekämpft hat.«

Kazim runzelte die Stirn. »Ja, es gab einen solchen Mann. Er war der Henker Eurer Eltern. Wußtet Ihr das nicht?« Dann fuhr er fort: »Aber das spielt wohl auch keine Rolle mehr. Spartu ist seit vielen Jahren tot.«

Und so blieb Richard nichts, was er hassen konnte. Das Leben war da, es zu genießen.

Es machte ihm sogar Spaß, den Kommissionär zu spielen. Als Francis Day im darauffolgenden Jahr nach Agra zurückkehrte, um ihm von der Fertigstellung der Faktorei in Madraspatnam zu berichten – die Fort St. David benannt worden war –, konnte Blunt seinen Freund mit allem Pomp bewirten. Day war begeistert von Richards Erfolg.

»Das Schiff wird bald zurück sein«, sagte er. »Tatsächlich hoffe ich, daß es mehr als nur eins sein wird, da ich gleich nach meiner Rückkehr in Madraspatnam Nachricht von unserem

Erfolg in die Heimat geschickt habe. Alles, was wir jetzt tun müssen, ist, uns das Wohlwollen des Badshahs zu erhalten, dann sind wir alle gemachte Männer.« Er musterte Richard mit fragendem Blick.

Richards Beziehung zur Prinzessin erfüllte ihn immer noch mit Unbehagen, und auch Richard machte sich darob seine Gedanken. Einerseits war diese Liebschaft immer noch höchst lustvoll, und Aras Verlangen nach ihm hielt die nächsten Jahre an, aber die Gefahr, die ihre geheime Verbindung barg, raubte ihm des öfteren den Schlaf.

Als er einmal über ihre Untreue nachdachte, ging er sogar so weit, sie zu fragen, warum es ihr gestattet war, von ihrem Mann getrennt zu leben.

»Ich bin die Prinzessin Jahan Ara. Ich kann leben, wie es mir gefällt. Geben wir uns für den Augenblick damit zufrieden, uns zu lieben und uns aneinander zu erfreuen.«

»Am Tag des Jüngsten Gerichts werden wir für unsere Sünden büßen müssen.«

»Warum? Unsere Zukunft ist leicht zu kontrollieren. Wenn die Zeit kommt, werden wir einen meiner Brüder als Nachfolger meines Vaters auswählen und ihm die Unterstützung der kaiserlichen Garde anbieten. Ihr bleibt Befehlshaber der Garde, und auch an meinen häuslichen Arrangements wird sich nichts ändern. Glaubt mir, einer dieser vier wird unser Angebot annehmen. Vielleicht Dara.«

»Aber er ist doch ohnehin der legitime Thronerbe«, bemerkte Richard.

»Wenn vier Brüder betroffen sind, gibt es keinen legitimen Thronerben«, entgegnete Ara listig.

Bilkis gebar Isakanda und zwei Jahre später Nasir. Daraufhin drängte Richard sie, Verhütungsmittel zu verwenden – wie er wußte, kannte man sich in Indien mit solchen Mitteln aus. Sie war jetzt zwanzig, und er wollte ihre Schönheit erhalten. Außerdem, waren Kinder nicht Geiseln des Schicksals? Nicht einmal Ara konnte alles voraussehen.

Days Schiffe waren inzwischen mehrmals nach England und wieder zurück gesegelt, und bei jeder eintreffenden Galeone schickte er eine Karawane nach Agra, die neben Handelswaren auch Geschenke für den Badshah und die Prinzessin mitführte. Ara war entzückt von den venezianischen Spiegeln und der englischen Keramik; etwas Ähnliches hatte sie nie zuvor gesehen.

Für Richard erwies sich die Ankunft einer Karawane als weniger freudiges Ereignis. Sie brachte ihm Briefe seiner Schwester Laura, die beunruhigende Neuigkeiten enthielten. In England war eine Revolution ausgebrochen, und König Karl hatte offenbar seinem eigenen Parlament den Krieg erklärt.

*»Überall wird gekämpft und belagert; Scharmützel und Mord sind an der Tagesordnung«*, schrieb Laura Sutton. *»Die Königin ist nach Frankreich geflohen, von wo sie gekommen ist und wo sie hätte bleiben sollen. Gott weiß, daß es keinen loyaleren Anhänger Seiner Majestät gibt als mich, aber in den vergangenen Jahren wurde das Land auf traurige Weise schlecht regiert. Sogar mein Mann und meine Söhne unterstützen Prinz Rupert. Wo soll das nur enden, Richard?«*

Ich sollte dort sein, sagte Blunt sich immer wieder. Aber auf wessen Seite sollte ich kämpfen? Das wenige, das er von Hof und Regierung kannte, hatte ihm genügt. War er England überhaupt noch etwas schuldig? Konnte er dieses Land wirklich als seine Heimat betrachten? Nein, zweifellos war Agra sein wahres Zuhause.

»Ihr seid nachdenklich, Liebster«, bemerkte Ara, als sie aus dem Schwimmbecken stieg.

»In England herrscht Krieg«, entgegnete er.

»Eine Kleinigkeit«, versicherte sie ihm, während die Mädchen mit Handtüchern herbeieilten. »Euer König und seine Soldaten werden die Rebellenhorden mühelos in die Schranken verweisen.«

»Ich glaube, Ihr habt recht, Hoheit. Dennoch mache ich mir Sorgen. Meine Schwester lebt dort.«

»Dann holt Eure Schwester hierher …« Sie wandte stirnrunzelnd den Kopf, als aus ihrem Empfangszimmer plötzlich Lärm ertönte, gefolgt vom Geschrei mehrerer Frauen.

Richard sah, wie das Tor zum Garten weit aufgerissen wurde. Dort stand ein Mann in einer roten Tunika, weißen Hosen und braunen Stiefeln. Sein Turban war aus roter Seide, und an seiner Seite trug er einen Krummsäbel. Ein Soldat vom Scheitel bis zur Sohle.

Wenn auch nicht sehr groß, war er offensichtlich durchtrainiert und stark. Und er war jung, nicht viel älter als fünfundzwanzig, schätzte Richard. Auch war er unschwer als Sohn Mumtaz Mahals zu erkennen. Tatsächlich sah er seiner Schwester sehr ähnlich, mit schmalen, feingeschnittenen Zügen, geblähten Nasenflügeln und einem etwas verkniffenen Mund.

»Was hat das zu bedeuten?« fragte Ara. »Bist du irgendein Bandit, daß du dir gewaltsam Zutritt zu meinen Gemächern verschaffst?«

Der Prinz schloß die Tür hinter sich. »Und bist du eine Hure, daß ich dich nur mit einem Handtuch bekleidet in Anwesenheit eines Ungläubigen antreffe?«

»Verschwinde!« fuhr Ara ihn an. »Bevor ich dich hinauswerfen lasse.«

»Und wer sollte das wohl tun?« erkundigte sich der Prinz spöttisch.

»Deine Dienerinnen oder dein Liebhaber?«

Ara wandte sich Richard zu, der weniger erschrocken als verlegen war. Hier stand er, ein ergrauter Berufssoldat von über vierzig Jahren, in flagranti ertappt wie ein liebeskranker Bauerntölpel. Und was die Situation noch unmöglicher machte, war der Umstand, daß er wie gewöhnlich sein Schwert im Empfangszimmer abgelegt hatte.

Der Prinz fuhr fort. »Sei versichert, daß ich ihm den Kopf abschlage, wenn er mich anrührt.«

Ara biß sich auf die Lippen. »Also gut, Aurungzib, du bist mir gegenüber im Vorteil. Was willst du?«

Prinz Aurungzib trat einige Schritte weiter vor, und Richard musterte ihn eingehend. Er besaß unleugbar das Gebaren eines Kriegers. Und jetzt war außerdem klar, daß er temperamentvoll war.

»Ich wollte mich mit eigenen Augen von deiner verwerflichen Dummheit überzeugen«, entgegnete er.

»Das hast du ja nun«, entgegnete Ara schnippisch. »Und was gedenkst du jetzt zu tun? Willst du es auf dem Marktplatz bekanntgeben?«

»Da dein Lebenswandel allgemein bekannt ist, wäre das wohl reine Zeitverschwendung«, entgegnete Aurungzib.

Ara setzte sich wie gewöhnlich mit angezogenen Füßen.

Blunt, der sich schrecklich albern vorkam, blieb mit trockener Kehle stehen, wo er stand.

»Sie sind aber wenigstens so klug, es nicht auszusprechen«, bemerkte Ara.

»Zweifellos. Aber ich habe bereits mit unserem Vater gesprochen.«

»Und wozu? Vater kennt meine Bedürfnisse und weiß, wie ich sie befriedige.«

Richard wandte abrupt den Kopf, und sie lächelte zu ihm auf.

»Aber natürlich, lieber Richard. Ich habe mit ihm gesprochen, und er war sehr zufrieden mit meiner Wahl.« Sie wandte sich wieder ihrem Bruder zu. »Du hast also deine Zeit vergeudet, Aurungzib.«

»Ich weiß, daß es Zeitverschwendung ist, den Badshah dazu zu bewegen, dich zu bestrafen, Schwester. Dein Gesicht ist dein sicherster Schutz vor jeglichen Strafmaßnahmen. Jedoch ist unser Vater nicht so dumm, wie du zu glauben scheinst. Nachdem ich von deiner skandalösen Liaison erfahren habe, bin ich nach Agra gekommen, um mit ihm zu sprechen, da er in Erwägung zieht, diesen sogenannten Soldaten zum Tuman-bashi und Oberbefehlshaber der Gardetruppen zu ernennen.«

»Und warum nicht?« fragte Ara, die sich inzwischen völlig vom ersten Schrecken erholt hatte. »Blunt Sahib ist ein berühmter Soldat, dessen Name in ganz Europa bekannt ist, und er ist dem Hause Babur treu ergeben. Es könnte keinen Besseren für den Posten geben.«

»Sag, Schwester, welchen Beweis hast du für die Fähigkeiten dieses Mannes – außerhalb des Bettes?«

Aras Augen sprühten vor Zorn. »Ich habe ihn bei den Truppenübungen mit seinen Männern und bei Waffenübungen beobachtet.«

»Manch einer kann mit einem Säbel hantieren und Männer dazu bringen, ihm zu folgen, auch wenn er sie nirgendwohin führt«, konterte Aurungzib. »Was zählt, ist die Begegnung mit dem Feind. Ich habe Vater darauf hingewiesen, daß er möglicherweise sein Leben einem Mann anvertraut, der nicht kompetent ist, es zu schützen.«

Ara runzelte die Stirn. »Vater hat vollstes Vertrauen in Blunt Sahib.«

»Er wird noch größeres Vertrauen in ihn haben, wenn er sich im Krieg seine Lorbeeren verdient hat.«

Ihre Stimme wurde eine Oktave schriller. »Was für ein Krieg?«

»Mir wurde befohlen, gegen die Perser ins Feld zu ziehen, die wieder einmal die nordwestliche Grenze des Reiches überschritten haben. Ich bin nach Agra gekommen, die Befehle des Badshahs entgegenzunehmen und mich von ihm zu verabschieden. Außerdem habe ich ihn überredet, mir Blunt Sahib bei diesem Feldzug als Tavachi mitzugeben.«

Richard hob interessiert den Kopf.

Aras Reaktion fiel heftiger aus. Sie sprang vom Diwan, und das Handtuch glitt von ihrem Körper. »Du hast was?«

»Der Badshah hält das für eine ausgezeichnete Idee. Nur wenn Blunt Sahib ehrenbeladen zurückkehrt, wird er sich des Postens als Kommandeur der Gardetruppen würdig erwiesen haben.«

»Das werde ich nicht zulassen!«

»Der Badshah hat es befohlen.«

»Ich werde selbst mit ihm sprechen.«

»Er hat vorausgesehen, daß du das tun würdest – und er befiehlt dir, ihm fernzubleiben, bis Blunt die Stadt verlassen hat.«

Ara setzte sich wieder. Ihr Gesichtsausdruck verriet, daß sie sich ihrer Niederlage bewußt war.

»Du willst ihn umbringen«, brummte sie bitter.

»Ich würde mein Schwert nicht mit dem Blut eines solchen Mannes besudeln«, entgegnete Aurungzib verächtlich. »Aber ich schwöre dir, sollte Blunt Sahib sterben, dann mit der Waffe in der Hand im Kampf.«

»Du willst ihn aus dem Hinterhalt ermorden lassen.«

»Nur, wenn er dem Feind den Rücken zukehrt. Solange er sich dem Feind stellt, droht ihm von hinten keine Gefahr.«

Ara keuchte, als hätte sie einen Hundert-Meter-Lauf hinter sich.

»Kleidet diesen Mann ein«, befahl Aurungzib den eingeschüchterten Dienerinnen. Zum erstenmal wandte er sich Richard zu. »Und Ihr meldet Euch unverzüglich in meinem Hauptquartier.«

»Erst wird er von mir Abschied nehmen«, zischte Ara. »Du hast gewonnen, Bruder. Und jetzt laß mich allein. Blunt Sahib wird in einer Stunde in deinem Hauptquartier sein.«

Aurungzib zögerte kaum merklich. »Also gut, eine Stunde, oder er wird zum Deserteur und Gesetzlosen erklärt, und jeder wird sich gegen ihn stellen.«

Darauf machte er kehrt und verließ den Garten.

Nachdem die Tür hinter ihm ins Schloß gefallen war, herrschte einige Minuten Stille. Dann seufzte Ara.

»Ich habe ihn unterschätzt. Jetzt wirst du verstehen, warum ich diesen Bruder hasse.«

Richard sagte nichts dazu. Jetzt, da seine anfängliche Verblüffung verflogen war, fühlte er sich seltsam erleichtert. Ausgerechnet er hatte sich von einem jungen Ding den Kopf verdrehen lassen. Er war Soldat und hatte sich schon viel zu lange mit Exerzieren begnügt. Die Vorstellung, mit einem mongolischen Heer in den Krieg zu ziehen – so wie sein Vater und sein Großvater es getan hatten –, war ebenso verlockend wie aufregend. Aber im Dienste eines Mannes, der ihn so offensichtlich verachtete? Im Dienste eines Mannes, der dafür sorgen würde, daß er mit den gefährlichsten Missionen betraut wurde?

»Ihr seid wie versteinert«, sagte Ara. »Fürchtet Ihr Euch, Blunt Sahib?«

Er sah sie an. »Mich fürchten? Nein, Hoheit, ich fürchte mich nicht.«

»Wenigstens ist mein Bruder ein Mann, der zu seinem Wort steht. Aber es werden zahlreiche Gefahren auf Euch zukommen ...« Sie nahm seine Hand. »Ihr müßt zu mir zurückkommen, Richard. Wir haben gemeinsam noch so vieles zu tun.«

»Wenn es unser Karma ist, daß wir wieder vereint werden, Prinzessin, dann werde ich zurückkehren.«

Sie starrte ihn an. »Ihr sprecht so bedachtsam. Mißtraut Ihr mir?«

»Mißtraut ein Mann dem Leben selbst?« Aber er war sich bewußt, daß er log. Sieben Jahre, in denen er gewissermaßen der Gefangene dieser Frau gewesen war, waren eine lange Zeit. Zu lang.

Aber sie schien erfreut von seiner Antwort. »Dann liebt mich ein letztes Mal.«

»Wenn ich zurück bin, Prinzessin. In diesem Augenblick wäre ich, fürchte ich, nicht dazu in der Lage.« Er nahm sie in die Arme und küßte sie. »Wenn ich zurück bin …«

Blunt fragte sich, ob er sie jemals wiedersehen würde. Der Feldzug würde mindestens ein Jahr dauern, und in dieser Zeit würde sie bestimmt einen Ersatz gefunden haben. Vorausgesetzt, daß er überlebte. Und doch war er bester Laune, als er zu seinem Palast zurückeilte und sich hastig von Dhansi, seinem Majordomus, verabschiedete. Er wählte Bhuti, den Jungen, den er unter den Hausangestellten am meisten mochte, zu seinem persönlichen Diener und trug ihm auf, in einer Viertelstunde aufbruchbereit zu sein.

Bilkis, seine Konkubine, war zutiefst betrübt. »Was wird aus uns werden, Herr?« klagte sie.

»Ich werde euch holen lassen, sobald das Hauptquartierlager aufgeschlagen ist«, versprach er.

Dann schloß er das weinende Mädchen ein letztes Mal in die Arme, ehe er das Haus verließ.

Er warf keinen Blick zurück.

Aurungzib kampierte außerhalb der Stadt, ganz in der Nähe des langsam Gestalt annehmenden Taj Mahal. Es war ein kleines Lager, nur der Hauptquartiersstab, aber Richard wurde offensichtlich bereits erwartet. Eine Wache salutierte und kümmerte sich um sein Pferd, dann wurde Blunt zum Zelt des Generals eskortiert. Da er die rot-goldene Uniform der Garde trug, begegnete man ihm allerorts mit Respekt. Wenn Aurungzib über die Liebschaften seiner Schwester unterrichtet war, waren es seine Männer offenbar nicht – oder zumindest ließen sie sich nichts anmerken.

Aurungzib saß im Schneidersitz auf einem Gebetsteppich im Inneren des Zeltes, den Blick auf den Zelteingang aus Ziegenfellen gerichtet. Richard bückte sich beim Eintreten und nahm dann Haltung an.

»Jetzt seht Ihr schon eher aus wie der, der zu sein Ihr vorgebt«, sagte der Prinz. »Was ist das für eine Waffe?«

»Ein spanisches Rapier, Hoheit.«

»Zeigt es mir.«

Richard zog den Degen, drehte ihn mit größter Vorsicht herum und reichte ihm den Prinzen mit dem Heft voran.

Aurungzib nahm die Waffe entgegen. Im Sitzen führte er die Klinge in einer Weise, die verriet, daß er mit dem Schwert umzugehen verstand.

»Und mit einer solchen Klinge zieht ihr in den Kampf?«

»Ja, Hoheit.«

Aurungzib gab ihm den Degen zurück. »Zweifellos wißt Ihr damit umzugehen. Was bedeutet Euch meine Schwester?«

Richard schluckte hart.

»Sie ist eine wunderschöne Frau, die mich erst unterstützt und dann mein Herz erobert hat.«

»Ihr sprecht Persisch wie ein Einheimischer.«

»Mein Name ist Blunt, Hoheit.«

»Ich kenne Euren Namen und die Geschichte Eurer Familie. Ist Ehebruch in England kein Verbrechen?«

»Doch, Hoheit.«

»Und doch wird er dort ebenso geduldet wie hier. Wo immer man auch hinsieht, ist man von Sünde, Sakrileg und Blasphemie umgeben.« Der Prinz brütete einige Sekunden vor sich hin. Dann hob er den Kopf. »Daß Ihr noch am Leben seid, liegt daran, daß ich sehr wohl weiß, daß meine Schwester eine noch größere Sünderin ist als Ihr. Wenn Ihr am Leben bleiben wollt, müßt Ihr Eure berühmten Vorfahren noch übertreffen.« Er blickte Richard unverwandt in die Augen. »Bei Morgengrauen brechen wir auf, um zum Heer zu stoßen.«

Blunt konnte nicht mehr tun, als von einem Tag zum anderen leben – und überleben. Wie Francis Day es so oft formuliert hatte, steckte sein Kopf in der Schlinge; und nur er selbst konnte verhindern, daß die Schlinge sich zuzog.

Und doch erkannte er bald, daß es ihm nicht schwerfallen würde, Aurungzib zu mögen und zu bewundern. Der Junge hatte die Haltung eines Kämpfers, und wenn er auch im Herzen ein Puritaner war, mochte das an mangelnder Erfahrung mit Männern und Frauen liegen. Außerdem konnte man niemanden dafür verdammen, daß er puritanisch war – solange die Moral in einem vernünftigen Verhältnis zum Alltagsleben stand.

Und was das Regieren betraf, tat Ara vermutlich gut daran, ihren Bruder zu fürchten.

Bei Morgengrauen wurde das Lager abgebrochen, und sie ritten zügig gen Norden. An verschiedenen Punkten standen frische Pferde für sie bereit, und sie erreichten Delhi innerhalb von vierundzwanzig Stunden, obwohl Aurungzib viermal haltmachte und mit seiner gesamten Kompanie in Richtung Mekka niederkniete, um zu beten. Die Zeit war zu knapp, als daß Richard sich Orte hätte ansehen können, die durch seine Vorfahren unsterblich gemacht worden waren. Nachdem sie in Delhi erneut die Pferde gewechselt hatten, zogen sie in nordwestliche Richtung weiter. Aurungzib sagte nicht viel, und das war auch nicht nötig. Seine Männer waren außergewöhnlich diszipliniert, und jeder Mann wußte genau, was von ihm erwartet wurde.

»Das ist nicht verwunderlich, Blunt Sahib«, erklärte Todal Ali, der zweite persönliche Tavachi des Prinzen. »Wir sind der ständige Stab des Prinzen. Er exerzierte schon mit uns, als wir noch Kinder waren.«

In Richards Augen waren sie auch jetzt noch kaum mehr als Kinder. Todal Ali war Anfang Zwanzig, und keiner der anderen Männer war älter als der Prinz – ausgenommen Richard natürlich. Die jungen Männer lauerten auf Ermüdungserscheinungen bei dem Engländer, aber trotz seiner vierundvierzig Jahre war Richard so zäh wie jeder einzelne von ihnen.

»Reitet Euer Herr immer in diesem Tempo?« fragte er.

»Immer«, entgegnete Todal Ali.

Vier Tage nach ihrem Aufbruch aus Delhi erreichten sie Lahore, wo das Hauptheer lagerte. Es war eine beträchtliche Streitmacht: Richard schätzte, daß an die dreißigtausend Mann auf einer großen Fläche vor der Stadt kampierten; Zelte, so weit das Auge blickte, Pferche für die Pferde, Musketenstände und eine beeindruckende Zahl von schweren Geschützen.

Alle Männer kamen herbei, um ihrem neuen Kommandeur

zuzujubeln. Richard vermutete, daß Dara, der bisherige Befehlshaber im Nordwesten, nach Dekkan geschickt worden war, um gegen die Marathen zu kämpfen. Die Marathen waren nicht länger nur Wegelagerer und Banditen; sie schlossen sich seit einiger Zeit zu gewaltigen Armeen zusammen, die sogar für große Städte eine Bedrohung waren. Glücklicherweise operierten sie weniger im Westen als im Osten der Halbinsel, so daß Fort St. Davis bislang unbehelligt geblieben war.

Aurungzib erwiderte den Salut seiner Offiziere, zu denen ebenso Hindus wie Moslems zählten, und versammelte sie vor seinem Generalstabszelt.

»Wir marschieren morgen gen Peshawar«, teilte er ihnen mit, »und von dort aus weiter nach Kandahar. Aber erst möchte ich Euch einen neuen Tavachi vorstellen. Obwohl er ein Ungläubiger ist, trägt er einen berühmten Namen: Blunt! Viele von Euch werden sich an Blunt Bahatur erinnern, der durch die Hand meines Großvaters – oder genauer durch die seines Henkers, Spartu den Hindu – starb.«

Richard wandte verblüfft den Kopf. Er hatte nicht erwartet, daß dies erneut zur Sprache kommen würde.

»Nun ist dieser letzte Blunt zu uns zurückgekehrt«, fuhr Aurungzib fort. »Er behauptet, dies wäre seine Heimat. Das mag stimmen. Aber muß er, da er sich selbst als erfahrenen Soldaten bezeichnet, in seinem Herzen nicht auch Zorn für den Sohn des Mannes tragen, der seinen Vater getötet hat?«

Unter den Offizieren wurde zustimmendes Gemurmel laut.

»Dann laßt uns diese Angelegenheit gleich jetzt klären – noch bevor wir in den Kampf ziehen. Hemu der Jüngere, bist du hier?«

»Ich bin hier, Hoheit.«

Ein Hindu trat aus den Reihen der Offiziere vor. Er war ein großgewachsener, gutgebauter Mann, und er musterte Richard mit blitzenden Augen.

Aurungzib wandte sich Blunt zu. »Das ist Euer Feind«, sagte er. »Erweist Euch als Mann.«

Richard erkannte, daß er raffiniert in die Falle gelockt worden war.

## Kapitel 18

## Der Rächer

»Wollt Ihr Eure Eltern nicht rächen?« fragte Aurungzib. »Alle Welt weiß, wie sie gestorben sind und daß Spartu gelacht hat, als er sie unter seinen Händen hat sterben sehen.«

Richard fühlte, wie der beinahe vergessene Haß sich wieder in ihm regte. Jetzt stand Spartus Sohn vor ihm und sollte für die Taten seines Vaters büßen.

Aber vielleicht hatte Aurungzib diese Begegnung nur geplant, damit der Ungläubige getötet wurde, ohne daß er das Versprechen brach, das er seiner Schwester gegeben hatte. Blunt würde auf der Hut sein müssen; aber er mußte kämpfen.

»Ja, ich werde meine Eltern rächen«, sagte er und zog den Degen.

»Da ich herausgefordert worden bin, habe ich die Wahl der Waffen«, sagte Hemu.

»Das ist richtig«, sagte Aurungzib.

»Dann wäre das also entschieden. Laßt Euren Degen fallen, Blunt.«

Richard zögerte einen Augenblick, ehe er gehorchte. Todal Ali hob den Degen rasch vom Boden auf und raunte dem Engländer dabei zu: »Seid Ihr im Umgang mit dem Speer geübt, Blunt?«

»Nein«, gestand Richard.

»Haltet ihn auf Distanz«, riet ihm Todal und zog sich in den Ring der schaulustigen Offiziere zurück.

Einer der Tuk-bashis brachte einen Armvoll Speere herbei. Er teilte sie in zwei Gruppen von jeweils sechs und stach die einen hinter Richard und die anderen hinter Hemu in den Boden. Die Waffen waren aus Holz, jedoch mit einer Stahlspitze versehen und etwa zwei Meter zwanzig lang. Richard hatte noch nie eine ähnliche Waffe in der Hand gehabt. Obwohl Gustav Adolph die Kavallerie wieder in ihren ehemaligen Rang erhoben und zu Sturmangriffen auf den Feind eingesetzt hatte, waren die Reiterscharen nicht mit Lanzen, sondern mit Schwertern bewaffnet gewesen, während seine Pikeniere an die viereinhalb Meter lange Waffen benutzt hatten, die zum Zustechen und nicht zum

Werfen gedacht waren. Diese Speere jedoch konnte man auf beide Arten verwenden.

»Fangt an«, sagte Aurungzib. Ein Stuhl war für ihn herbeigebracht worden, und er machte es sich bequem, um den Kampf zu verfolgen.

Richard wußte, daß er rasch lernen mußte. »Haltet ihn auf Distanz«, hatte Todal Ali ihm geraten. Er sah, wie Hemu hinter sich langte und einen der Speere aus dem Boden zog. Er tat es ihm gleich. Dann bewegte er sich auf den Fußballen balancierend leicht vor.

Hemu machte ebenfalls einige Schritte vorwärts, so daß sie noch etwa neun Meter voneinander entfernt waren. Wie nahe ist *zu* nah, fragte Richard. Welche Distanz sollte er wahren? Er beobachtete seinen Gegner, der damit beschäftigt war, Gewicht und Balance seiner Waffe zu prüfen. Der Hindu wirkte selbstsicher, aber ernst – ohne jede Spur von Arroganz. Er war hier, um zu töten.

Plötzlich schleuderte Hemu ohne Vorwarnung seinen Speer. Durch die flache Flugbahn flog er viel schneller, als Richard erwartet hatte. Es war zu spät, sich zu bücken, und so mußte Richard sich nach rechts werfen und landete auf Händen und Knien. Ehe er sich wieder aufgerappelt hatte, hatte Hemu den nächsten Speer aus dem Boden gerissen und geworfen. Blunt hatte gerade noch Zeit, der tödlichen Spitze auszuweichen, indem er den Körper verrenkte. Trotzdem durchschnitt die Stahlspitze seine Tunika, und er fühlte einen stechenden Schmerz.

Die Zuschauer gröhlten, als sie sein Blut auf die Erde tropfen sahen. Aurungzib lächelte.

Blunt rollte weiter über den Boden und hatte sich gerade auf die Knie aufgerichtet, als Hemu mit zwei Speeren auf ihn zustürmte. Als Richard die eigene Waffe hob, um sich zu verteidigen, blieb Hemu in etwa drei Metern Entfernung stehen und warf seinen dritten Speer.

Wieder versuchte Richard auszuweichen, aber diesmal bohrte sich der Stahl in seinen Schenkel, und der Schmerz ließ ihn wieder in die Knie sinken.

Lächelnd trat Hemu näher, um seinem Gegner den Rest zu geben. Richard mußte seine Waffe fallen lassen, um den Speer aus seinem Oberschenkel zu ziehen, und rollte sich gleichzeitig ab, um dem nächsten Angriff zu entgehen. Blut strömte an seinem Bein herab, und er fühlte, wie seine Kräfte nachließen.

Als Hemu gerade seinen vierten Speer werfen wollte, schwang Richard die blutige Lanze, und der Hindu sprang mit einem Satz außer Reichweite. Da Hemu keine Zeit blieb, zu werfen, stieß er statt dessen mit dem Speer zu. Aber im Nahkampf war Richard bewanderter. »Haltet Distanz«, hatte Todal Alis sicher gutgemeinter Rat gelautet, aber es war ein falscher Ratschlag gewesen. Richard erkannte, daß er nur im Nahkampf eine Chance hatte.

Er senkte den Speer wie ein Schwert, um zu parieren und zuzustoßen, um ihn dann abrupt auf Hemus Gesicht zu richten. Hemu grunzte, zum erstenmal in Bedrängnis, und wich weiter zurück, wobei er den Speer wurfbereit hob. Aber Richard ließ ihm keine Zeit, den Wurf auszuführen. Er stürzte auf den Hindu zu und überraschte ihn mit einer raschen Folge von Stößen. Die ersten drei vermochte er noch abzuwehren, aber beim vierten bohrte sich die Klinge in sein Fleisch.

Es war keine tödliche Wunde, aber er blutete und war verwirrt. Seine anfängliche Selbstsicherheit war verflogen. Er machte kehrt, um davonzulaufen, verzweifelt bemüht, Abstand zwischen sich und seinen Gegner zu bringen. Er erkannte, daß Richard schwerer verwundet war als er selbst und somit rascher ermüden würde.

Richard wußte ebenfalls, daß es seine verbleibenden Kräfte erschöpfen würde, die Verfolgung aufzunehmen. Tief durchatmend richtete er sich sehr gerade auf und schleuderte den Speer mit aller Kraft. Es war ein miserabler Wurf, und zu seinem Ärger sah er, daß der Speer, anstatt in gerader Linie zu fliegen, sich in der Luft um die eigene Achse drehte. Und doch hatte er so viel von seiner schwindenden Kraft in den Wurf gelegt, daß der Schaft Hemu mit solcher Wucht zwischen den Schulterblättern traf, daß er stürzte. Blunt stolperte vorwärts, hob seinen ersten, fallen gelassenen Speer vom Boden auf und bohrte die Spitze tief in Hemus Brust, als dieser noch versuchte, sich hochzurappeln.

Richard stand mit klopfendem Herzen über seinem gefallenen Gegner und sah, wie das Blut aus Hemus Brust spritzte.

Dann war er von den Männern umringt, darunter auch Aurungzib, der sich aus seinem Stuhl erhoben hatte, um sich den Gratulanten anzuschließen.

»Das war ein guter Kampf«, sagte der Prinz. »Und das, obwohl Ihr offensichtlich noch nie mit dem Speer gekämpft hattet. Vielleicht seid Ihr ja doch ein großer Kämpfer, Blunt. Verbindet seine Wunden und bringt ihn zum Arzt«, befahl er seinen Adjutanten.

Richard wurde auf den Boden gelegt, und man schnitt ihm die Kleider vom Leib, um seine Wunden zu verbinden. Dann hob man ihn auf eine Bahre und trug ihn in die Stadt, wo sich mehrere Mediziner um ihn kümmerten. Man ließ ihn Bhang kauen, und er versank in einem Tagtraum, in dem der Schmerz der Wundbehandlung gedämpft war.

Als er wieder bei vollem Bewußtsein war, stand Todal Ali neben seinem Lager.

»Das war ein großartiger Wettkampf, Blunt«, sagte er. »Der Prinz ist sehr zufrieden mit Euch. Er ist hier, Euch zu besuchen.«

Richard versuchte, sich zu bewegen, aber vergeblich. Verbände an seinen Beinen hinderten ihn daran.

Aurungzib trat an seine Bettseite. »Es wird einige Wochen dauern, ehe Ihr wieder reiten könnt«, sagte er. »Ihr werdet also hier in der Obhut der Ärzte bleiben, bis Ihr wiederhergestellt seid. Haltet Euch strikt an ihre Anweisungen, Blunt. Ihr seid mir nur dann von Nutzen, wenn Ihr völlig gesund und in der Lage seid, so scharf zu reiten wie ich selbst. Wenn der Tag gekommen ist, stoßt Ihr zu mir. Habt Ihr das verstanden?«

»Ja, Hoheit.«

»Ganz gleich, wo ich gerade bin, Ihr kommt zu mir.« Aurungzib lächelte grimmig. »Es wird keine Duelle mehr geben, Blunt. Von jetzt an werdet Ihr nur gegen die Feinde des Badshahs kämpfen.«

Das Heer setzte sich in Marsch, und Richard wurde in der Obhut der Ärzte zurückgelassen. Er hatte eine Menge Blut verloren, und es ging vor allem darum, eine Wundinfektion zu verhindern. Einen Monat verbrachte er nur mit Schlafen und Essen. Die Ärzte brachten ihm ein hübsches, zierliches dunkelhäutiges indisches Mädchen namens Hilma, um ihn zu pflegen. Er hatte viel Zeit nachzudenken – mehr als in den vergangenen vier Jahren zusammen. Er war vierundvierzig Jahre alt, und nach über zwanzig Jahren des Kampfes und der Abenteuer hatte er nicht mehr vorzuweisen als eine Beinwunde und eine gewisse Reputation – die man in Hindustan gerade erst anzuerkennen begann.

Sogar der Palast in Agra und der dazugehörige Reichtum gehörten im Grunde Prinzessin Ara und konnten ihm jederzeit wieder weggenommen werden.

Zum Beispiel, falls er nicht zu ihr zurückkehrte.

Er verspürte überraschend wenig Lust dazu. Seine Rückkehr nach Indien schien eine vergessene Liebe zu diesem Land neu entfacht zu haben, die vielleicht aus Elenas Geschichten entstanden war. Es war das reichste Land der Welt, und das aufregendste – und es war seine Heimat.

Und so mußte er sich, ebenso wie seine Vorfahren, einem angehenden Mogul anschließen und in dessen Diensten aufsteigen – ohne Rücksicht auf die Gefahr. Der junge Prinz, in dessen Diensten er jetzt stand, war nur der dritte in der Thronfolge und war wohl kaum zum Alleinherrscher über das Mongolenreich bestimmt.

Blunt war nie einem der anderen Prinzen begegnet. Ara zufolge waren die beiden ältesten unangenehme Zeitgenossen, die sie aber dennoch Aurungzib vorzog, weil sie glaubte, sie manipulieren zu können. Dara genoß den Ruf eines bemerkenswerten Soldaten; da er der älteste Sohn und somit der wahrscheinlichste Thronerbe war, schien es Richard am klügsten, sich an ihn zu halten.

Aber im Augenblick konnte er nichts anderes tun, als Befehlen zu gehorchen, was bedeutete, Aurungzib zu folgen. Es war noch Zeit genug für weitere Entscheidungen, wenn er nach Agra zurückkehrte – sofern das je der Fall sein würde.

Nach vier Wochen erklärten die Ärzte, daß sie mit den Fortschritten seiner Genesung sehr zufrieden wären. Die Wunde an seinem Oberschenkel hatte sich geschlossen, wenn auch eine häßliche Narbe zurückbleiben würde, und die Verletzung an seiner Seite war so gut wie verheilt.

In der darauffolgenden Woche wurde ihm gestattet, eine

kurze Entfernung zu reiten, und man gab ihm seinen Degen zurück.

Eine Woche später erlaubte man ihm schließlich, Prinz Aurungzib zu folgen.

Blunt nahm nur Bhuti und Hilma mit, da er wußte, daß er in hohem Tempo reiten mußte. Er rechnete nach, daß es Ende Oktober war, als er sich auf den Weg zum Heer machte und nach Norden auf die Berge zu ritt, die seine Tante ihm einst so plastisch beschrieben hatte. Es war empfindlich kalt, aber noch fiel kein Schnee. Er wollte unbedingt bei Aurungzib sein, ehe die Berge unpassierbar wurden. Aber die Straße über das Hochplateau war frei, und als Tavachi des Prinzen, der das Siegel des Badshas und die Uniform der Gardetruppen trug, blieb er unbehelligt.

In Peshawar meldete er sich beim Garnisonskommandanten, von dem er erfuhr, daß das Heer tatsächlich fünf Wochen zuvor dort vorbeigezogen war. Noch lag in Peshawar kein Schnee, aber die Gipfel der Berge vor ihm waren weiß.

»Die Pässe werden frei sein, aber Ihr solltet mit einer Eskorte reiten«, entschied Ranjit Khan, der Tuman-bashi. »Es gibt in den Bergen immer noch Wegelagerer, für die ein allein reisender Mann ein zu verlockendes Opfer wäre.«

Und so setzte Richard seinen Weg an der Spitze von zwanzig Männern fort. Sie überquerten den Khyber-Paß, der tatsächlich frei war, wenn ihnen auch von Norden her ein eisiger Wind entgegenwehte. Sofern pathanische Banditen in der Nähe waren, ließen sie sich nicht blicken. Jene Dörfer, durch die sie kamen, zeigten sich sehr gastfreundlich und versorgten sie mit Nahrung und Unterkunft. Dort erfuhren sie auch, daß Prinz Aurungzib erst wenige Wochen zuvor mit seinem Heer vorbeimarschiert war.

Und dann erfuhr Richard, warum sie überall so freundlich empfangen wurden. Die Männer eines Dorfes hatten versucht, einige von Aurungzibs Pferden zu stehlen, und zur Strafe waren sämtliche Dorfbewohner, Männer, Frauen und Kinder, gepfählt worden.

Sie nahmen die Straße nach Kabul. Trotz des sich verschlechternden Wetters war Richard bester Laune: Er folgte derselben Route wie einst Peter und davor Richard Blunt. Sein ganzes bisheriges Leben schien gegen die neue Aufgabe völlig unbedeutend.

Er erfuhr, daß Aurungzib sich eine Woche in Kabul aufgehalten hatte, um sich auszuruhen und seine Männer zu reorganisieren. Dann war er trotz der bevorstehenden Schneefälle weitergezogen. Denn die Perser hatten die Zitadelle von Ghazni etwa siebzig Meilen südwestlich eingenommen, als Verteidigungsbastion für Kahandar, das weitere zweihundert Meilen entfernt lag, und der Prinz gedachte, die Festung zurückzuerobern, ehe der Winter einsetzte.

Blunt wurde vor Murad Baksh geführt; er war der jüngste der vier Prinzen und Hakim von Kabul. Der Prinz hatte das gute Aussehen seines Bruders und seiner Schwester, strahlte jedoch mit seinen dreiundzwanzig Jahren eine Weichheit und Sanftmut aus, die Aurungzib völlig fehlten, sowie eine Sinnlichkeit, die seinem Bruder ein Dorn im Auge sein mußte. Weit davon entfernt, sich an orthodoxe moslemische Praktiken zu halten, empfing er Richard in Anwesenheit spärlich bekleideter Jungen und Mädchen, die er von Zeit zu Zeit mit ungenierter Intimität liebkoste. Ganz offensichtlich schlug er seiner älteren Schwester nach.

»Blunt«, sagte er. »Ich habe von Euch gehört.«

»Ich fühle mich geehrt, Hoheit«, entgegnete Richard.

»Mein Bruder ist ein Sturkopf«, bemerkte er. »Im Winter eine Armee in die Berge des Hindukusch zu führen, ist der sicherste Weg, sie zu verlieren. Schon jetzt liegen hier im Krankenhaus von Kabul mehrere hundert Mann mit Erfrierungen. Ihr tätet gut daran, bis zur Schneeschmelze im Frühling hierzubleiben, Engländer.«

»Mir wurde befohlen, zum Heer zu stoßen.«

In Murads bis dahin eher verträumte Augen trat ein aufmerksamer Ausdruck. »Und wenn ich Euch befehlen würde, hierzubleiben?«

Richard fragte sich, was genau der Junge über ihn gehört haben mochte … und von wem.

»Hoheit, ich bin Soldat im Dienste Eures Bruders. Ich habe vor allen anderen ihm zu gehorchen.«

Murad musterte ihn einige Sekunden und zuckte dann die Achseln. »Dann geht in den Tod, Blunt.«

Richard und seine Eskorte verließen Kabul schon am darauffolgenden Tag, sicher, bald am Ziel zu sein, da Aurungzib erst zwei Wochen zuvor mit seinem Heer aus Kabul aufgebrochen war und der Troß unter den gegebenen Umständen nur langsam vorankommen würde. Tatsächlich holten sie schon eine Woche später die Nachhut ein und stießen zum Haupttruppenkörper, als Ghazni noch einen ganzen Tagesmarsch entfernt war.

Kurz nachdem sie Kabul verlassen hatten, hatte es angefangen zu schneien. Die Pferde kämpften sich auf den Bergpfaden mühsam durch den zuweilen hüfthohen Schnee. Nachts drängten sie sich aneinander, um sich gegenseitig zu wärmen. Richard, Hilma und Bhuti teilten dieselben Decken. Die beiden jungen Hindus waren Richard ein großer Trost in ihrem Eifer, ihm jeden Wunsch von den Augen abzulesen.

Als sie schließlich das Heer erreichten, befanden sie sich mehrere tausend Fuß hoch in den Bergen, und überall lag hoher Schnee. Das Heer erstreckte sich über eine beträchtliche Entfernung entlang der Straße, die Männer dicht gedrängt ob der beißenden Kälte. Die Munitionswagen der Artillerie mußten von mehreren Männern durch die Schneewehen geschoben werden, da die Maultiere den Schneemassen nicht gewachsen waren. Noch ehe sie die Armee erreichten, wußte Richard, daß sie sich in einem schlimmen Zustand befinden mußte. Sie waren an zahlreichen Leichen vorbeigekommen, vornehmlich Frauen und Kinder, die steif gefroren am Wegrand lagen. Einer seiner eigenen Männer fiel zurück und verschwand in einem Schneesturm.

Aber Aurungzib schien unverändert. Dick eingemummt, so daß nur seine Augen als schmale Schlitze zu sehen waren, empfing er Richard mit einem grimmigen Lächeln. »Ich hätte beinahe erwartet, Euch nicht wiederzusehen, Blunt«, sagte er. »Habt Ihr je ein solches Wetter erlebt?«

»Das schon, Hoheit. An einem Feldzug unter solchen Bedingungen habe ich allerdings noch nicht teilgenommen. In Europa wird im Sommer gekämpft.«

»Dann regnet es«, entgegnete Aurungzib. »Eure europäischen Soldaten müssen Weichlinge sein, Blunt. Und doch seid Ihr durch den Schnee zu mir geritten, also seid *Ihr* vielleicht wirklich zäh. Eßt mit mir.«

Richard war sich der Ehre bewußt, als er mit dem Prinzen und seinen Tuman-Bashis in dem riesigen Kommandozelt Platz nahm, in dem ein Feuer brannte und es angenehm warm war. Außerdem waren einige Tavachis, darunter Todal Ali anwesend, aber Aurungzibs ganze Aufmerksamkeit galt Richard.

»Morgen werden wir Ghazni sehen«, sagte er. »Es ist eine starke Festung mit hohen Mauern und einer massiven Zitadelle. Wir müssen sie einnehmen, ehe es richtig anfängt zu schneien. Dann werden wir in aller Bequemlichkeit überwintern und im Frühjahr gen Kandahar ziehen. Ghazni war einst die Heimstatt Mahmuds. Habt Ihr von ihm gehört?«

»Nur gerüchteweise, Hoheit.«

»Er war ein großer Krieger, der fünfzehnmal in Hindustan eingefallen ist und jedesmal reiche Beute gemacht hat. Er hätte das Land erobern können, wenn er es gewollt hätte, aber er hatte keine solchen Ambitionen. Er zog es vor, das Land als Depot zu nutzen, aus dem er nach Belieben schöpfen konnte.« Er lächelte. »Und das war jedes Jahr.« Er schwieg eine Weile und kaute nachdenklich sein gewürztes Lammfleisch. Dann sagte er: »Es hat fünf große moslemische Kriegsherrn gegeben, die aus diesen Bergen hinabgeritten sind, um in Indien oder Persien einzufallen. Mahmud war der erste. Mohammed von Ghor war der zweite. Dschingis Khan der dritte – wenngleich ich persönlich nicht glaube, daß er tatsächlich zum islamischen Glauben übergetreten ist. Timur war der vierte. Und mein Vorfahre Babur der fünfte. Jetzt ist es Zeit für einen sechsten.«

»Zählt Ihr Akbar den Großen nicht zu diesen Persönlichkeiten, Hoheit?« fragte Richard.

»Er war ein bemerkenswerter Soldat«, entgegnete Aurungzib. »Und in vieler Hinsicht ein bemerkenswerter Mann. Aber nein, ich zähle ihn nicht dazu. Er dachte zu sehr an die Menschen und zu wenig an Eroberung.« Er wandte Richard das Gesicht zu. »*Jetzt* ist die Zeit für einen sechsten gekommen.«

Am darauffolgenden Tag begann das Heer mit dem Abstieg ins Flußtal. Und so wie Aurungzib versprochen hatte, kamen die Türme von Ghazni in Sicht. Richard stellte fest, daß es sich um eine wahrhaft starke Festung handelte; zu den hohen Mauern kam der gleichnamige Fluß, der die Zitadelle vor einem Angriff von Osten schützte.

»Ob der Fluß wohl zugefroren ist?« fragte Aurungzib. »Stellt das für mich fest, Todal Ali.«

Der Tavachi lenkte sein Pferd den schmalen Pfad hinab, und die Hufe des Tieres wirbelten kleine Schneewolken auf. Richard betrachtete inzwischen die Zitadelle, über dessen Türmen persische Kriegsflaggen wehten. Aber der kommandierende General hatte, wie sehr ihn das Erscheinen einer mongolischen Armee aus den Bergen um diese Jahreszeit auch erstaunte, nicht die Absicht, sich kampflos zu ergeben. Vor den Augen der Mongolen strömten Soldaten aus den Stadttoren und bezogen am Flußufer Stellung. Geschütze wurden aus der Stadt gebracht und hinterließen tiefe Spuren im Schnee, als sie der Furt gegenüber aufgestellt wurden.

Einige Musketen wurden abgefeuert, als Todal sein Pferd zum Wasser hinunterlenkte, aber er ignorierte die Schüsse. Er stieg aus dem Sattel, hieb mit seinem Säbel auf das Eis und ritt dann zurück zum Prinzen.

»Der Fluß beginnt zuzufrieren, Hoheit, aber noch ist die Eisdecke nicht dick genug, Pferde und Geschütze zu tragen.«

Aurungzib blickte in den Himmel; der Wind war eisig, aber die Wolken hingen tief und verhinderten, daß die Temperaturen weit unter Null sanken.

»Es wird in den kommenden Tagen nicht kalt genug werden«, sagte er. »Wir werden unser Lager hier aufschlagen. Bringt die Geschütze her, damit die Shiiten sehen, daß wir es ernst meinen. Aber ich kann nicht warten, bis die Eisdecke dicker geworden ist. Ich brauche eine Furt, die von der Festung aus nicht zu überblicken ist, also findet mir eine.«

Das Heer traf nach und nach am östlichen Flußufer ein und schlug seine Zelte auf. Der Schnee fiel jetzt beinahe ohne Unterbrechung und begann nun auch das Tal unter einer dicken weißen Decke zu begraben. Den Persern behagte das Wetter offenbar noch weniger als den Mongolen, und wenngleich die Furt nie unbewacht blieb, wurden die Truppen in kurzen Abständen immer wieder ausgewechselt.

»Ihre Männer kämpfen nicht gern bei Kälte«, bemerkte Aurungzib zufrieden. Daß seine eigenen Männer ebenso empfinden mochten, kam ihm gar nicht in den Sinn.

Einstweilen wurden im Schutz des Schneetreibens Patrouillen nach rechts und links ausgeschickt, und nachdem die Armee drei Tage am Fuß der Berge kampiert hatte, kehrte eine der Patrouillen zurück und meldete, daß sie etwa zwölf Meilen flußabwärts eine Furt entdeckt hätte.

»Sie wird von einem persischen Kontingent bewacht, Hoheit«, fügte der Tuk-bashi hinzu.

»Haben sie Geschütze?«

»Wir haben keine gesehen, aber es gibt eine Befestigungsanlage.«

»Kann man sich ihr unbemerkt nähern?«

»Ja, Hoheit. Von diesem Ufer aus. Wir selbst sind nicht bemerkt worden.«

Aurungzib nickte. »Zahid Khan«, sagte er. »Ihr werdet mit zwei Kavallerieregimentern dorthin reiten. Achtet darauf, daß man Euch nicht bemerkt. Schickt mir Nachricht, sobald Ihr dort Stellung bezogen habt.«

Der Tuman-bashi salutierte und eilte davon.

»Und jetzt laßt uns abwarten«, sagte Aurungzib.

Seine Beherrschtheit und Selbstsicherheit waren bei einem so jungen Mann erstaunlich. Er war gekommen, Ghazni einzunehmen, ohne Rücksicht auf das Wetter oder die Gegenwehr der Perser, und das war das einzige, was ihn interessierte. Daß sein Heer entsetzlich unter den ständig sinkenden Temperaturen zu leiden hatte, jeder Mann sich Erfrierungen zuzog und jede Nacht mehrere erfroren, bedeutete ihm nichts. Auch nicht die Tatsache, daß ihre Vorräte beinahe erschöpft waren und sie, wenn es ihnen nicht gelang, die Stadt einzunehmen, elendig verhungern würden, ehe sie nach Kabul zurückkehren konnten – sofern eine Überquerung der Berge im Dezember überhaupt möglich war.

Aurungzib saß in seinem Zelt und spielte mit seinen Tavachis Schach oder las im Koran. Offenbar brauchte er keine Frauen, da er nie nach einer schickte. Auch verriet er niemandem seine taktischen Pläne. In Erinnerung an die Geschichten, die Elena ihm von Baburs und Akbars Feldzügen erzählt hatte, nahm Blunt an, daß er die Stellung vor den Toren Ghaznis aufgeben und das Heer flußabwärts führen würde, wenn die zweite Furt eingenommen war. Aber das wurde mit jedem Tag schwieriger, da der Schnee immer tiefer wurde.

Zwei Tage nachdem er Zahid Khan losgeschickt hatte, wurde Aurungzib ungeduldig. Die Eisdecke über dem Fluß war inzwischen dick genug, daß Fußsoldaten sie überqueren konnten. »Ob er sich verirrt hat?« fragte er und ließ den Blick über seine versammelten Tavachis schweifen. »Blunt«, sagte er dann, »macht Euch mit zehn Mann auf die Suche nach Zahid Khan. Sagt ihm, er muß die Furt morgen früh bei Tagesanbruch einnehmen. Ihr sorgt dafür, daß mein Befehl befolgt wird; ich mache Euch dafür verantwortlich. Wenn er die Furt überquert hat, soll er rasch am Westufer flußaufwärts marschieren. Ich werde zwei Stunden nach Morgengrauen mit der Flußüberquerung beginnen. Wenn er in Sichtweite der persischen Armee kommt, soll er sich durch Signalhörner und Pauken bemerkbar machen und angreifen. Habt Ihr das verstanden?«

»Ja, Hoheit«, entgegnete Richard.

Richard salutierte, wählte seine kleine Eskorte aus und ritt aus dem Lager. Hilma und Bhuti schienen zutiefst betrübt, daß er sie zurückließ; es war das erste Mal, daß sie von ihrem neuen Herrn getrennt sein würden, und sie wußten, daß sie im Falle seines Todes einem brutalen Mongolen geschenkt werden konnten. Aber jetzt war nicht der richtige Zeitpunkt für häusliche Sorgen.

Blunt ritt den Pfad ein Stück zurück, so wie Zahid es getan hatte, um bei den Persern keinen Verdacht zu erwecken. Sogar hier kamen sie nur mühsam voran. Auch als sie den Hauptweg verließen und in einen Seitenpfad nach Süden einbogen, mußten sie sich, obwohl sie sich wieder im Tal befanden, durch das sich der gefrorene Fluß schlängelte, durch tiefen Schnee kämpfen.

»Es ist zu schwierig«, keuchte einer der Männer. »Wir werden Tage brauchen.«

»Wir haben nur einen Tag«, entgegnete Richard.

Er trieb sie Meile für Meile voran, und es war bereits dunkel, ehe sie vor sich den Widerschein eines Lagerfeuers sahen und das Klirren von Zaumzeug hörten.

»Ihr seid seit zwei Tagen unterwegs und habt die Furt noch nicht erreicht?« fragte Richard.

»Hütet Eure Zunge, Engländer«, sagte Zahid. »Es war ein anstrengender Marsch. Die Furt ist noch eine Meile entfernt. Ich habe die Strecke ausgekundschaftet.«

»Wird der Feind denn Eure Lagerfeuer nicht sehen?«

»Nicht hier unten im Tal«, versicherte Zahid. »Meine Männer müssen sich aufwärmen.«

Tatsächlich hielt er sich selbst wärmer als jeder andere, und Richard konnte nur hoffen, daß der Feuerschein vom anderen Ufer aus tatsächlich nicht zu sehen war. Als er Aurungzibs Befehl weitergab, brütete Zahid eine Weile vor sich hin.

»Er erwartet von mir, daß ich mich über die Furt kämpfe und dann in nur zwei Stunden eine Entfernung von vierzehn Meilen zurücklege, für die ich auf dem Hinweg drei Tage gebraucht habe?«

»Vielleicht habt Ihr Euch nicht genügend angestrengt«, wandte Blunt ein.

Zahid funkelte ihn zornig an. »Und was, wenn ich die Stadt erreiche und der Prinz den Fluß nicht überquert hat? Meine Männer würden in Stücke gehackt werden.«

So wie du, dachte Richard, was offensichtlich Zahids Hauptsorge war.

»Der Prinz *wird* den Fluß überqueren«, sagte er. »Aber er erwartet von Euch, Eure Pflicht zu tun.«

»Kehrt zum Prinzen zurück und sagt ihm, seine Befehle werden, wenn irgend möglich, ausgeführt.«

»Ich werde hier bei Euch bleiben«, entgegnete Richard, »um persönlich dafür zu sorgen, daß seine Befehle befolgt werden.«

»Hm«, brummte Zahid. »Nun, dann solltet Ihr Euch besser etwas ausruhen. Ihr werdet Euch ein Zelt mit einem meiner Tavachis teilen.«

»Wann gedenkt Ihr loszumarschieren?«

»Bei Morgengrauen, wie befohlen.«

»Meiner Ansicht nach solltet Ihr *vor* Morgengrauen aufbrechen«, widersprach Richard. »Der Befehl lautet, beim ersten Tageslicht die Furt zu überqueren.«

»Glaubt Ihr nicht, daß der Feind uns hören wird?« schnaubte Zahid.

»Das wird er auch bei Tage, aber in der Nacht werden die Perser weder unsere Zahl noch unsere Absicht erkennen können.«

»Sie könnten Hilfe herbeirufen«, brummte Zahid.

»Das wäre nur um so besser, weil das weitere Männer von der Festung abziehen würde.«

Zahid runzelte die Stirn, gab jedoch beiden Regimentern Befehl aufzusitzen, sobald der Morgen graute.

Blunt nahm hastig eine Mahlzeit ein und legte sich dann zwei Stunden schlafen. Wenngleich erschöpft, war er auch erregt ob des bevorstehenden Kampfes. Er erwachte, kaum daß sich im Lager etwas rührte.

Er war an Zahids Seite, als der Tuman-bashi an der Spitze der ersten Hazzara zum Fluß hinabritt. Der Wind hatte sich gelegt, so daß das Klirren des Zaumzeugs in der Stille weithin zu hören war. Sofort ertönten vom anderen Ufer Rufe.

Richard stieg aus dem Sattel, um die Festigkeit der Eisdecke zu prüfen.

»Das Eis ist sehr dünn«, sagte er zu Zahid. »Es könnte unter den Hufen brechen.«

»Eine rasche Überquerung erscheint mir unmöglich«, klagte Zahid und kratzte sich den Schädel.

Langsam versammelte sich die Kavallerie, während vom anderen Ufer beträchtlicher Lärm herüberdrang. Als es hell genug war, die Eisdecke zu erkennen, konnten sie auch die schattenhaften Gestalten der Perser ausmachen. Sie verschanzten sich hinter einer Palisade aus Felsbrocken.

»Wollt Ihr nicht Befehl geben, den Fluß zu überqueren?« fragte Richard.

Zahid zögerte ein letztes Mal, dann zückte er seinen Säbel und richtete ihn auf das gegenüberliegende Ufer. Die Signalhörner gaben das Signal zum Angriff, und die Kesselpauken ertönten. Zahid lenkte sein Pferd auf das Eis, das sofort unter den Hufen splitterte und brach. Aber darunter war fester Grund, und er kämpfte sich durch das brechende Eis vorwärts.

Richard und die anderen Tavachis folgten; dann kam der Ming-bashi, der das erste Regiment befehligte und an der Spitze seiner Männer ritt.

Die Perser eröffneten mit ihren Musketen das Feuer, aber im Halbdunkel richteten ihre Kugeln nur geringen Schaden an.

Zahid trieb sein Pferd immer weiter vor, bis es plötzlich in tieferes Wasser glitt, das ihm bis zum Sattel reichte.

»Zurück!« rief Zahid. »Das ist keine Furt. Es ist eine Falle. Zurück!«

Das gesamte Regiment befand sich inzwischen in Viererreihen im Wasser, und sie alle zügelten nun ihre Pferde, die unruhig ausscherten und ängstlich wieherten. Die Männer riefen wild durcheinander.

Richard, der erkannte, daß das ganze Regiment jeden Augenblick in Panik ausbrechen würde, hob seinen eigenen Säbel.

»Es *ist* eine Furt!« bellte er und stellte sich in die Steigbügel. »Das ist nur die tiefste Stelle. Mir nach.«

Er trieb sein Pferd an Zahid vorbei und versank ebenfalls etwa einen Meter fünfzig tief im Wasser. Aber er zwang sein Pferd zu schwimmen, und zu seiner Erleichterung gelang es dem Ming-bashi, seine Männer wieder zu sammeln und hinter ihm her zu führen.

Jetzt wurde das persische Gewehrfeuer effektiver, wenngleich die Entfernung noch recht groß war. Eine Kugel streifte Blunt am Arm, durchdrang aber glücklicherweise nicht das wollene Wams, das er unter seiner Tunika trug. Und dann wurde das Wasser wieder merklich seichter; sein Pferd hatte wieder festen Boden unter den Hufen. Er trieb das keuchende Tier vorwärts und erklomm im Kugelhagel das gegenüberliegende Ufer. Männer liefen Säbel schwingend auf ihn zu, aber er preschte einfach durch sie hindurch und galoppierte auf die Palisade zu. Musketenläufe richteten sich auf ihn, und einer schien direkt vor ihm Feuer zu speien, aber Blunt verspürte keinen Schmerz. Er streckte den Mann, der auf ihn gefeuert hatte, mit einem Säbelhieb nieder, dann einen zweiten. Er wich der Pike eines dritten Persers aus und brachte ihn mit der Schulter seines Pferdes zu Fall. Dann hatte er die aufgeschichteten Felsbrocken erreicht. Sein Pferd sprang hinüber. Auf der anderen Seite sah er sich einer großen Anzahl von Soldaten gegenüber, aber jetzt war der Ming-bashi an seiner Seite, gefolgt von seinen Männern. Dann hatte auch das zweite Regiment den Fluß überquert, und die Luft zitterte vom Klang der Signalhörner und Pauken.

Die Perser ergriffen die Flucht.

»Das war Befehlsverweigerung, Tavachi«, brüllte Zahid, als er am Schauplatz des Geschehens eintraf. »Ich hatte den Rückzug befohlen.«

»Der Prinz erwartet uns in zwei Stunden vor den Mauern von Ghazni«, erinnerte ihn Richard.

Zahid schäumte vor Wut. »Ihr steht unter Arrest.«

Richard hielt seinem Blick stand. »Nein«, sagte er. »Ob der mir vom Prinzen verliehenen Autorität lasse ich *Euch* wegen Pflichtversäumnis verhaften.«

Zahid war sprachlos – er war sogar so verblüfft, daß er nicht einmal das Papier zu sehen verlangte, das Richards angebliche Befehlsgewalt bestätigte. Und das war auch gut so, denn ein solches Dokument existierte gar nicht.

»Fesselt ihn«, befahl Richard den Tavachis. »Und ihr anderen folgt mir.«

Alles hing nun vom kommandierenden Ming-bashi des ersten Regiments ab; aber der Oberst zögerte nicht lange. Er schwenkte seinen Säbel, und seine Kavallerie folgte Blunt, der bereits am Flußufer entlanggaloppierte. Innerhalb von Minuten war die gesamte Brigade hinter ihm, während Zahid Khan die Schande über sich ergehen lassen mußte, von seinen eigenen Adjutanten festgenommen zu werden.

Bis zur Festung lagen noch vierzehn lange Meilen vor ihnen, und wenn auch der Weg auf der Westseite des Flusses weniger beschwerlich war, verbarg der Schnee gefährliche Löcher, so daß mehr als ein Reiter stürzte.

Das Dröhnen der Geschütze und die Kampfgeräusche vor ihnen spornten sie an, und nach über zwei Stunden kamen sie in Sichtweite der Türme – und der Schlacht unterhalb der Festung, wo die Perser Aurungzibs Männern erbitterten Widerstand leisteten. Tatsächlich schien der Kampf schon einige Zeit anzudauern, da zahlreiche Leichen langsam zwischen den Eisschollen flußabwärts an ihnen vorbeitrieben.

Richard verlangsamte den Ritt, um den Pferden Gelegenheit zu geben, sich etwas zu erholen. Seine Leute würden dem Prinzen nicht von Nutzen sein, wenn sie auf völlig erschöpften Pferden in den Kampf ritten.

Als die Perser schließlich in Sicht kamen, hatten die Pferde sich soweit erholt, daß Richard schätzte, daß ihre Kräfte für einen Angriff ausreichen würden. Er zeigte mit erhobenem Säbel nach vorn und stellte sich in die Steigbügel.

»Ul-ul-ul Akbar!« brüllte er den alten mongolischen Schlachtruf und gab seinem strapazierten Pferd die Sporen. Die Kavallerie nahm den Ruf auf, breitete sich aus und griff unter seiner Führung die verdutzten Perser von der Flanke an. Da er noch nie in seinem Leben einen Kavallerieangriff befehligt hatte, hatte Richard keinen Schimmer, wie er seine Männer am vorteilhaftesten einsetzen sollte. Aber glücklicherweise waren die Mongolen so gut ausgebildet, daß sie die Schlachtmanöver auch ohne entsprechende Befehle ausführten. Als sie bis auf hundert Schritte an den Feind herangekommen waren, rissen sie die Pferde herum, um ihre Bögen abzuschießen. Dann preschten sie mit beinahe unverminderter Geschwindigkeit wieder dem Feind entgegen.

Die Perser waren von dem plötzlichen Erscheinen einer großen Kavallerieeinheit in ihrer Flanke so erschrocken, daß der Pfeilhagel und die heranstürmenden Reiter sie in die Flucht jagten.

»Weiter!« brüllte Richard. »Weiter. Sie dürfen die Tore nicht wieder schließen!«

Seine erschöpften Männer boten ihre letzten Kräfte auf und erreichten die Stadttore gleichzeitig mit den fliehenden Soldaten – unmittelbar bevor die Tore geschlossen wurden. Es kam zu einem heftigen Kampf, und Richard verlor sein Pferd. Aber er kämpfte zu Fuß weiter.

Jetzt konnten sie auch die Signalhörner von Aurungzibs vorwärtsstürmenden Truppen hören. Das Tor wurde eingenommen, und die Mongolen strömten in die Stadt.

»Scheucht sie aus ihren Löchern!« rief Aurungzib. »Laßt keinen Shiiten entkommen.« Er stieg aus dem Sattel, um Richard zu grüßen. »Ich dachte schon, Ihr würdet nicht kommen. Aber wo ist Zahid Khan?«

Richard berichtete dem Prinzen, was vorgefallen war.

»Dieser elende Feigling«, grollte der Prinz verächtlich. »Ich werde ihn nach türkischer Art pfählen lassen, damit alle Zeugen seiner Schande werden. Aber Ihr, Blunt, der Ihr nicht einmal der Kavallerie angehört, habt diese Männer zum Sieg geführt!«

Es war das erste Mal, daß er Aurungzib bei guter Laune sah.

»Blunt Bahatur ist wiedergeboren«, rief der Prinz. »Blunt Bahatur ist wiedergeboren. Und jetzt laßt uns die Stadt endgültig einnehmen.«

Aurungzib war als Sieger ebenso gnadenlos wie als Feldherr brillant. Die Perser wurden verfolgt und getötet, und jeder Afghane, der mit dem Feind kollaboriert hatte, wurde ergriffen und gepfählt, ebenso wie Zahid Khan. Am Ufer des Flusses wuchs ein Wald von Pfählen, während die Armee in der Stadt ihr Winterquartier bezog. Es gab genug zu essen, Wärme und Sicherheit: Keine persische Armee konnte vor der Schneeschmelze im Frühling gegen sie zu Felde ziehen.

Es war eine Zeit, in der die Männer sich von den Strapazen erholten und wieder zu Kräften kamen – während ihr Anführer, dessen gute Laune ebenso schnell wieder verflog, wie sie aufgekommen war, unter den Stadtbewohnern unermüdlich nach Individuen forschte, die nicht beweisen konnten, daß sie gläubige sunnitische Moslems waren. Als seine Adjutanten meinten, einige der Opfer könnten sich beim nächsten Feldzug als nützlich erweisen, schnaubte Aurungzib nur verächtlich: »Wir geben uns nicht mit Ketzern ab.«

Richard war eines Tages so mutig zu bemerken: »Und doch gebt Ihr Euch mit mir ab, Hoheit.«

Aurungzib lächelte. »Ihr seid kein Ketzer, Blunt Bahatur. Ihr seid ein Ungläubiger. Das ist ein Unterschied. Euch erwartet ohnehin ewige Verdammnis, aber während Ihr lebt, seid Ihr ein großer Krieger und nützliches Mitglied meiner Streitmacht. Aber diese Häretiker und falschen Gottesanbeter, diese Weintrinker und Götzendiener, die verbotene Bilder an ihre Wände malen, sind der Abschaum dieser Erde. Habt Ihr je von Scheich Ahmad Sirhindi gehört?«

»Nein, Hoheit.«

»Er ist inzwischen gestorben, aber ich habe ihn einmal sprechen hören, als ich noch ein kleiner Junge war, und ich habe seine Werke gelesen. Er war als Mujaddid-e-Alf-e Sant bekannt, was bedeutet ›Erneuerer des Heiligen Jahrtausends‹. Er sprach und predigte gegen die Trunkenheit und Unzucht am Hof meines Großvaters. Dafür wurde er hingerichtet. Und doch war er ein bedeutender Mann und dazu einer, der dringend gebraucht wurde, denn unser Volk neigt dazu, Allahs Gesetze zu mißachten. Ich nehme da meinen eigenen Vater nicht aus. Und was meine Schwester betrifft … Ihr seid ja selbst ihrer schändlichen Unmoral ausgesetzt gewesen. Seid Ihr mir nicht dankbar, daß ich Euch aus dieser Schlangengrube befreit habe?«

»Allerdings, Hoheit«, entgegnete Richard, und er meinte, was er sagte.

»Vielleicht ist es mir von Gott auferlegt, unser Land von Häresie und Schmutz zu befreien.«

Eins war sicher, ihnen standen schwere Zeiten bevor, wenn Aurungzib siegreich von diesem Feldzug zurückkehrte.

Aber das lag noch in weiter Ferne. Im Frühling griffen sie Kandahar an, und dort wurde Prinz Aurungzib zurückgeschlagen. Die Stadt, die am Fuß der Berge lag, aber dennoch in einer Höhe von über dreitausend Fuß, war ursprünglich von Alexander dem Großen erbaut worden, nach dem sie in verstümmelter Form immer noch benannt war. Seither waren die Befestigungsanlagen in regelmäßigen Abständen ausgebaut worden. Dschingis Khan und Timur hatten sie beide eingenommen – beide auf dem Höhepunkt ihrer Macht, als die von ihnen angeführten Heere über einhunderttausend Mann gezählt hatten. Mit seinen begrenzten Mitteln konnte Aurungzib die Stadt unmöglich im Sturm erobern – was er auch klugerweise gar nicht erst versuchte – und sie auch nicht wirkungsvoll belagern. Also zog er sich zurück, um über das Problem nachzudenken, und ritt sogar bis nach Agra, um sich mit seinem Vater und seinen Brüdern zu beraten und um mehr Männer zu bitten.

Richard blieb währenddessen in Kabul. Ich habe also mein Schicksal gefunden, dachte er. Er konnte nur hoffen, daß er die richtige Wahl getroffen hatte.

Der Krieg mit Persien zog sich über mehrere Jahre hin, aber Kandahar hielt weiterhin stand. Aurungzib erhielt von seinem Vater wenig mehr als Ersatztruppen. Und doch waren es für Richard gute Jahre. Aurungzib, der Kabul als Hauptquartier und Ghazni als Außenposten nutzte, von dem aus er jeden Sommer gen Persien zog – der Monsun war in den Bergen ohne große Wirkung –, übernahm die Regentschaft über Afghanistan und überließ Murad Baksh nicht mehr als einige administrative Pflichten.

Am Ende der ersten Kampagne schickte Richard einen Mann seines Vertrauens nach Agra, um Bilkis und die Kinder zu holen, und sie trafen noch vor dem Winter in Kabul ein. Als er jedoch im darauffolgenden Jahr erneut jemanden nach Agra schickte, einige weitere seiner Diener zu holen, kehrte der Bote mit leeren Händen zurück. Er meldete, der Palast gehöre ihm nicht mehr und seine Dienerschaft wäre einem anderen übergeben worden.

»Dadurch, daß Ihr nicht zurückgekehrt seid, habt Ihr meine Schwester offenbar sehr verärgert«, sagte Aurungzib lächelnd. »Aber Ihr werdet hier bessere Dienerschaft finden.«

Richard war befördert worden: Erst zum Ming-bashi und dann, nach dem zweiten Feldzug, zum Tuman-bashi. Wie seine Vorfahren war er Blunt Amir, der Bahatur. Sein Lebensstil entsprach dem eines Generals. Er verbrachte die Winter in einem komfortablen Haus in Kabul und wurde von der gewohnten Anzahl von Hausangestellten und seinen zwei Frauen umsorgt. Da er sich inzwischen als ganzer Moslem fühlte, hatte er beschlossen, Bilkis und Hilma zu ehelichen. Er brachte ihnen dieselbe Zuneigung entgegen, doch Bilkis als Mutter seiner Kinder blieb seine Hauptfrau.

Die beiden Frauen verstanden sich gut und hießen sogar einen Familienzuwachs willkommen: Ein entzückendes junges afghanisches Mädchen namens Shaita. Wie Bilkis war sie von heller Hautfarbe. Sie hatte kupferfarbenes Haar und sah es als den alleinigen Sinn und Zweck ihres Lebens an, ihrem Herrn zu dienen.

Richard stellte fest, daß er wieder glücklich war und seiner Lieblingsbeschäftigung nachging: dem Kämpfen. Er hatte alle anderen Verpflichtungen aufgegeben. In Kabul erreichten ihn keine Neuigkeiten von der East India Company und somit auch nicht aus England. Als er zum Feldzug von 1649 nach Afghanistan zurückkehrte, teilte Aurungzib ihm mit, daß in England die Monarchie abgeschafft und der König hingerichtet worden wäre. Richard war um Laura besorgt, sagte sich jedoch dann, daß in England Damen der Gesellschaft sogar in Zeiten einer Rebellion oft verschont blieben.

Er diente einem Mann, den er zunehmend bewunderte, obwohl er auch lernte, die Anfälle grausamer Intoleranz seines Herrn zu fürchten. Elena hatte Richard viel von Akbar erzählt, und ihm schien, als hätte der Prinz alle Attribute des Größten aller Mongolen geerbt – mit Ausnahme seiner Toleranz. Aber er war noch ein junger Mann, und vielleicht würde sich die Toleranz mit zunehmendem Alter noch einstellen.

Daß Aurungzib auf seine älteren Brüder eifersüchtig war und sie gleichzeitig verachtete – was auch für seinen Vater und seine Schwester galt –, war offensichtlich. Shuja und Dara kamen während des persischen Krieges beide nach Kabul, um sich ein Bild der Lage zu machen und ihrem Bruder Ratschläge zu erteilen. Beide waren gutaussehende Männer, ganz besonders Dara. Er ritt mit dem Heer über Ghazni hinaus und begutachtete Aurungzibs Stellungen. Dann sagte er seinem Bruder, wie er selbst vorgegangen wäre, und hielt Aurungzibs Offizieren vor, wie unfähig sie wären. Seine Arroganz war erstaunlich, und Blunt entging nicht, daß die Tuman-bashis ihm seine abfälligen Bemerkungen verübelten.

Aurungzib schwieg und hörte sich die Tiraden seines Bruders geduldig an. Shuja hingegen interessierte sich nur für die Kosten der Kampagne und empfahl, die Ausgaben einzuschränken. Wieder wahrte Aurungzib Schweigen, aber am Abend saß er dann in seinem Zelt und sah mit grimmigem Gesicht zu, wie seine Brüder eine Flasche Wein nach der anderen leerten.

»Sie leben in einer Phantasiewelt«, sagte er, als die beiden Prinzen schließlich aufbrachen.

Richard konnte dem nur zustimmen. Obwohl es ihm nicht gelungen war, die beinahe uneinnehmbare Festung von Kandahar zu erobern – ein Versagen, das hauptsächlich auf fehlende Geldmittel zurückzuführen war –, bewies Aurungzib jeden Tag von neuem militärisches Genie. Wann immer es ihm gelang, die persischen Streitkräfte zum offenen Kampf zu bewegen, war ihm der Sieg sicher. Er errang seine Siege durch erstaunliches taktisches Geschick und die Bereitschaft, Risiken einzugehen, seine Männer persönlich in den Kampf zu führen und sich selbst ebensoviel abzuverlangen wie ihnen.

Aber schließlich gab es doch ein Zeichen dafür, daß er etwas milder wurde. Auch er heiratete und ließ seine Frauen nach Kabul kommen. Wenig später waren sie schwanger.

Im Jahre 1653 wurde schließlich Frieden mit Persien geschlossen. Aurungzib war wütend; er hatte ständig versucht, seinen Vater zu überreden, ihm zu gestatten, das gesamte mongolische Heer zu mobilisieren und Kandahar ohne Rücksicht auf Verluste im Sturm zu erobern, um dann den Kampf auf dem iranischen Plateau fortzuführen. Aber Shah Jahan hatte dem nie zugestimmt – teils, wie Richard vermutete, weil ihm nicht wohl dabei war, Aurungzib an die Spitze eines Heeres zu stellen, dessen Umfang dem Timurs und Dschingis Khans auf dem Höhepunkt ihrer Macht in nichts nachgestanden hätte, teils aber auch, weil ihm das unmöglich war; der Kaiser hatte in anderen Gebieten seines gewaltigen Reiches genügend Probleme. Tatsächlich wurde deshalb mit den Persern Frieden geschlossen, weil es ernsthafte Schwierigkeiten in Dekkan gab, wo die Marathen, die mit jedem Jahr aufsässiger geworden waren, sich unter einem fähigen General namens Sivaji zusammengeschlossen hatten und nun offen gegen den Mogul rebellierten.

Dieser Sivaji war noch keine dreißig Jahre alt. Als Hindu war es ihm mit sechzehn Jahren so verhaßt geworden, unter moslemischer Herrschaft zu leben, daß er beschlossen hatte, einen Unabhängigkeitskrieg zu führen. Er hatte lange gebraucht, seine Armee zu mobilisieren, aber nun nahmen seine Raubzüge bedrohliche Ausmaße an. Und Shah Jahan brauchte seine Feldtruppen und seinen fähigsten Kommandeur, um den Rebellen Einhalt zu gebieten. Prinz Dara war nämlich in Dekkan, wo er in den vergangenen Jahren als Gouverneur regiert hatte, nicht sehr erfolgreich gewesen.

»Wenigstens wird es eine willkommene Abwechslung sein, auf ebenem Grund zu kämpfen«, bemerkte Aurungzib, als er seine Soldaten nach Süden führte.

Inzwischen – es war das Jahr 1653 – war Richard fünfzig Jahre alt, und er konnte es selbst nicht so recht fassen. Er lebte nun seit vierzehn Jahren in Indien. Sein ältester Sohn, Zaid, war zwölf und Isakanda mit elf Jahren beinahe im heiratsfähigen Alter. Nasir, sein jüngster Sohn, war neun Jahre alt. Bilkis war inzwischen selbst beinahe dreißig, die kleine Hilma zwanzig.

Blunt fühlte sich so vital wie eh und je, ritt so scharf wie ehedem und gehörte auch weiterhin zum engsten Kreis um Aurungzib.

Der Feldzug im Süden war dringend, und so mußten die Frauen und Familien der Soldaten in Kabul zurückbleiben und in gemächlicherem Tempo folgen. Wie die meisten Generäle nahm auch Richard nur eine seiner Frauen – Hilma – mit auf dem Gewaltmarsch nach Haiderabad.

Als Aurungzib dann das Heer verließ, um seinen Vater in Agra aufzusuchen, befahl er Blunt, ihn zu begleiten.

Richard fühlte sich nicht ganz wohl in seiner Haut, als er in der Ferne die Mauern Agras auftauchen sah. Es war sechs Jahre her, daß er von hier fortgegangen war, nachdem er geschworen hatte, baldmöglichst zurückzukehren. Und Ara hatte keinen Hehl aus ihrem Mißfallen gemacht.

Das Taj Mahal war fertiggestellt, und es wurde in jeder Beziehung seinem Ruf als prächtigstes Bauwerk des Reiches gerecht. Der weiße Marmor und der rote Sandstein der vier Minarette an den Ecken des Hauptgebäudes und das riesige Kuppeldach des Mausoleums schimmerten in der Sonne.

»Habt Ihr eine Vorstellung davon, was dieses Bauwerk gekostet hat?« fragte Aurungzib, als sie auf die Stadt zu ritten. »Vierzig Millionen Rupien. Welcher Kostenaufwand für ein Grab. Denkt nur, was ich mit der Armee, die ich mir für vierzig Millionen Rupien hätte kaufen können, alles erreicht hätte.«

»Wenigstens muß der Badshah jetzt zufrieden sein, Hoheit«, entgegnete Richard vorsichtig.

Aurungzib sagte nichts dazu. Er hatte seinen Vater jedes Jahr besucht, aber es war sechs Jahre her, seit Richard den Kaiser das letztemal gesehen hatte, und er war von seinem Anblick schockiert. Damals hatte Shah Jahan trotz seiner Melancholie kräftig und vital gewirkt. Jetzt sah Richard sich einem alten, gebeugten und ergrauten Mann gegenüber, der ständig vor sich hin murmelte.

»Sivaji«, murmelte er nun. »Ja, Sivaja. Leg ihn in Ketten und bring ihn her, mein Sohn.«

Prinzessin Ara stand an seiner Seite. Auch sie hatte sich verändert, wenn auch nicht so drastisch. Ihr Gesicht hatte in den Jahren nichts von seiner Schönheit und Arroganz eingebüßt.

Es gab einen neuen Befehlshaber der Gardetruppen, ein gutaussehender junger Mann, dessen Hand ständig auf dem Heft seines Säbels ruhte.

»Ihr erinnert Euch an Blunt Bahatur?« fragte Aurungzib seine Schwester.

Ara starrte Richard haßerfüllt an. »Fort mit ihm«, zischte sie.

»Er ist, wie du einstmals behauptet hast, ein tapferer Soldat«, entgegnete Aurungzib.

»Fort mit ihm«, sagte Ara erneut.

»Sollte ich je auf dem Schlachtfeld fallen, Blunt Bahatur«, sagte Aurungzib, als sie nach Süden ritten, um sich wieder dem Heer anzuschließen, »solltet Ihr Hindustan schnellstmöglich verlassen. Meine Schwester hat ein gutes Gedächtnis und ist sehr nachtragend.«

»Das ist mir klar, Hoheit. Ich frage mich, ob die englische Handelsgesellschaft, die ich einst repräsentiert habe, noch mit Indien Handel treibt?«

»Das tut sie allerdings. Sie breitet sich nach allen Richtungen aus. Ich habe meinem Vater geraten, dem einen Riegel vorzuschieben, aber er hört nicht auf mich.«

Richard beschloß, das Thema nicht zu vertiefen.

Ein weiterer langer und erbitterter Kampf begann. Aurungzib mochte zwar recht gehabt haben damit, daß das Flachland zum Kämpfen besser geeignet war, aber dies gereichte denn auch ihren Feinden zum Vorteil – und die Marathen waren hier zu Hause.

Vor der ersten Begegnung neigten die Mongolen dazu, die

Hindus als Banditen und Hinterhaltkrieger abzutun, die nichts von offenen Feldschlachten verstanden und nur mangelhaft ausgerüstet waren. Das stimmte auch weitgehend, war jedoch gleichzeitig auch die Stärke der Marathen. Ihre Armee bestand beinahe vollständig aus berittenen Soldaten – so wie einst das mongolische Heer unter Babur –, aber diese Männer führten kein Gepäck mit sich außer ihren Waffen. Sie schliefen unter freiem Himmel auf dem nackten Boden und lebten von dem, was das Land hergab. Nach allem, was Richard von Elena gehört hatte, zweifelte er nicht daran, daß Baburs Mongolen sie rasch besiegt hätten, aber das mongolische Heer in der Mitte des siebzehnten Jahrhunderts war zu abhängig von den Gepäckwagen und schweren Geschützen. Und so beschränkte sich der Krieg weitgehend auf Scharmützel und Hinterhalte.

Die Marathen, die Elena als furchterregende Ungeheuer der Zerstörung dargestellt hatte, kämpften mit beispielhafter hinduistischer Fairneß und töteten ihre Gefangenen nur selten. Diese Großmut wurde von Aurungzib jedoch nicht erwidert, der jeden Marathen, den er in die Finger bekam, hinschlachtete, nicht so sehr, weil er ein Feind, sondern weil er ein Hindu war. Richard war das unverständlich, denn in den Augen der Moslems gehörten die Hindus nicht zu den Häretikern, sondern zu den Ungläubigen.

Nach drei Jahren erbitterter Kämpfe errangen sie zumindest einen Teilsieg. Sie überraschten das Heer der Marathen, als es unmittelbar nördlich des Flusses Musi kampierte, in Sichtweite der Türme von Golconda und Heiderabad. Als die Mongolen aus den Bergen im Norden strömten, brach unter den Rebellen ein wahres Chaos aus. Aber mit dem Fluß im Rücken und in Anbetracht dessen, daß Aurungzibs Kavallerie sie bereits auf beiden Seiten einkesselte, wußten sie, daß ihnen keine andere Wahl blieb, als zu kämpfen.

Aurungzib beobachtete das Geschehen zufrieden. »Diesmal werden sie uns nicht entkommen«, sagte er. »Aber was glaubt Ihr, was sie hier machen, wenn sie keine Unterstützung von seiten dieses elenden Schurken Abdullah erhalten? Wir werden uns darum kümmern müssen.«

Richard fürchtete nun um die Company. Während des Feldzuges hatte er Briefe aus der Faktorei erhalten und erfahren, daß die Lage in England sich wieder beruhigt hatte, wenn auch ein gewisser Lordprotektor namens Cromwell mit strenger Hand regierte – was Richard über ihn erfuhr, klang ganz nach einer englischen Version von Aurungzib, einem militärischen Genie mit ausgesprochen asketischen und puritanischen Moralvorstellungen. Auch erfuhr er, daß Laura und ihr Mann lebten und es ihnen gutging, wenngleich sie verarmt waren. Er wünschte, er könnte ihr Geld schicken, aber das mußte bis nach dem Krieg mit den Marathen warten. Es konnte kein Zweifel daran bestehen, daß die Company mit den Rebellen Handel trieb, wenn auch nur aus Selbstschutz. Er fragte sich, ob Aurungzib sich dessen bewußt war.

Da ihnen nichts anderes übrig blieb, als zu kämpfen, stürmten die Marathen vor, da dies die einzige ihnen bekannte Taktik war. Aurungzib brauchte diesmal sein militärisches Genie nicht zu bemühen. Er befahl seine Tuman-bashis auf die günstigsten Positionen, und die Reiterscharen wurden vom Kanonen- und Musketenfeuer niedergemäht. Dann setzte Aurungzib seine eigene Kavallerie ein. Die Rebellen flüchteten über den Fluß; ein Drittel von ihnen blieb auf dem Schlachtfeld zurück oder ertrank – aber Sivaji entkam.

»Wir werden ihn noch erwischen«, grollte Aurungzib. »Und jetzt laßt uns diesen Ort strafen.«

Er schickte seine Armee gen Golconda. Die Stadt hatte seit der Gründung Haiderabads bereits stark an Bedeutung verloren, aber jetzt wurde sie vollständig zerstört, während die Mongolen einen ganzen Tag lang vergewaltigten und plünderten.

Die Bevölkerung des nahe gelegenen Haiderabads sah schweigend zu. Die Menschen wußten nur zu gut, daß sie jeden Augenblick das gleiche Schicksal erleiden konnten.

Aurungzib ritt zum ehemaligen Sultanspalast, um sich dort umzusehen. Blunt begleitete ihn, da die Männer ohnehin nicht zur Räson kommen würden, ehe sie sich nicht ausgetobt hatten. Den Palast hatten die Plünderer nicht angerührt, ehe der Prinz ihn nicht inspiziert hatte. Sie wurden von einem Majordomus empfangen, der sie unterwürfig und sich immer wieder tief verneigend einließ. Richard stieß zu seiner Verwunderung auf einige Europäer, die im Palast Schutz vor den plündernden und mordenden Soldatenhorden gesucht hatten.

»Das dachte ich mir.« Aurungzib stemmte die Hände in die Seiten und betrachtete die Unglücklichen, die sich ängstlich zusammendrängten. »Ihr Engländer macht mit diesen Hunden gemeinsame Sache.«

»Bei allem Respekt, Eure Hoheit, aber ich bin kein Engländer«, sagte einer der Männer in fließendem Persisch. Er war mittleren Alters, stämmig gebaut, und ein Spitzbart zierte sein Kinn.

»Was seid Ihr denn?« fragte Aurungzib.

»Ich bin Venezianer, Eure Exzellenz. Mein Name ist Ortensio Borgis.«

Der Italiener verstummte, als erwarte er, daß sein Name dem Prinzen etwas sagte.

»Und was habt Ihr hier in Hindustan zu suchen?« fragte Aurungzib. »Hier in Golconda? Bei den Marathen?« Jeder Satz war eine einzige Herausforderung.

»Er ist ein weltberühmter Steinschneider, Hoheit«, murmelte der Majordomus.

»Gibt es denn in Europa keine Edelsteine, die es sich zu verarbeiten lohnt?« fragte Aurungzib.

»Keine von so guter Qualität wie hier, Eure Exzellenz«, entgegnete Borgis. »Ich wurde von Sultan Abdullah eingeladen, mir den Großen Stein anzusehen und ihn wenn möglich zu schleifen.«

»Welchen Großen Stein?«

»Habt Ihr denn nicht davon gehört, Exzellenz? Vor sechs Jahren wurde in den Minen vor der Stadt ein Diamant von siebenhundertsiebenundneunzig Karat gefunden.«

Aurungzib starrte ihn durchdringend an.

»Lügner lasse ich bei den Genitalien aufhängen«, knurrte der Prinz.

Borgis schien nicht beunruhigt. »Ich habe diesen Stein selbst gewogen.«

»Und habt Ihr ihn geschliffen?«

»Noch nicht, Hoheit. Ich bin erst vor wenigen Monaten in Hindustan eingetroffen. Der Schliff eines Steines erfordert große

Überlegung. Es gibt so viele Aspekte zu berücksichtigen, so viele Möglichkeiten. Aber dieser Stein … wenn ich auch nur den kleinsten Fehler machte, wäre ich für alle Zeit verdammt.«

Aurungzib wandte sich an den Majordomus. »Wurde mein Vater, der Kaiser, nicht von diesem Fund unterrichtet?«

»Das … das weiß ich nicht, Hoheit«, stammelte der Mann. »Es war der Wille des Sultans Abdullah.«

»Sultan Abdullah«, sagte Aurungzib grimmig. »Nun, Venezianer, Ihr werdet mir diesen Stein zeigen.«

Borgis verneigte sich.

»Was ist mit diesen anderen – sind sie auch Steinschneider?«

»Drei von ihnen sind meine Assistenten, die mit mir gemeinsam aus Venedig angereist sind. Aber dieser Gentleman …« Borgis zögerte.

Der Mann trat vor. Er war groß und blond und trug europäische Kleider einer Machart, wie Richard sie noch nie gesehen hatte. Sein Hemd hatte keine Rüschen, statt dessen einen weiten Kragen über einem Lederwams, und er trug Breeches statt Kniehosen. Er hatte ein ausgeprägtes, vorstehendes Kinn, das von einem kurzen Bart noch betont wurde.

»Mein Name ist Roger Trent, Eure Exzellenz. Ich bin Kommissionär der ehrenwerten East India Company London in Golconda.«

Richard atmete geräuschvoll ein. Der Mann legte eine Arroganz an den Tag, die ganz zweifellos Aurungzibs Unwillen wecken würde.

Und so kam es auch. Der Prinz musterte ihn stirnrunzelnd. »Ihr habt mit den Marathen Handel getrieben?«

Trent hielt dem Blick des Prinzen stand. »Handel treiben ist mein Beruf.«

»Ihr handelt also auch mit den Feinden des mongolischen Reiches. Dann seid Ihr ein Verräter.«

»Ich bin Engländer, Sir! Mich interessieren keine Reiche.«

»Um Himmels willen, haltet Eure Zunge im Zaum«, drängte Richard ihn auf englisch.

Aurungzib wandte sich ihm zu. »Was habt Ihr zu ihm gesagt?«

»Ich habe ihm gesagt, er solle seine Zunge hüten, um Euch nicht zu verärgern, Hoheit.«

»Mich verärgern?« sagte Aurungzib. »Ja, er hat mich verärgert. Bringt ihn raus und pfählt ihn«, befahl er seinen Adjutanten. »Pfählt ihn auf die türkische Art, damit alle sehen können, welche Strafe auf Handel mit den Marathen steht.«

Trent öffnete den Mund und starrte hilfesuchend zu Richard hinüber. Die Wachen traten vor, um ihn zu ergreifen.

»Falls ich den Gentleman beleidigt haben sollte, bin ich gern bereit, mich zu entschuldigen«, sagte Trent mit zitternder Stimme auf englisch.

Richard seufzte. »Er versteht die Schwere seines Verbrechens nicht, Hoheit«, sagte er.

»Ihr wollt seine Haut retten, weil er ein Landsmann von Euch ist, aber ich werde nicht zulassen, daß Ungläubige nach Hindustan kommen und mit den Feinden meines Vaters Handel treiben. Er wird gepfählt. Und jetzt, Steinschneider, zeigt mir diesen Diamanten.«

»Mein Gott!« rief Trent aus. Die Wachen hatten ihn bei den Armen gepackt, und er begriff allmählich, daß er tatsächlich dieses grauenhaften Todes sterben sollte. Von Panik ergriffen, drehte er den Kopf, und von weiter hinten im Raum ertönte ein schriller Schrei.

Richard entdeckte erst jetzt die Frauen in einer Ecke des Raumes. Eine von ihnen lief nach vorn und warf sich Aurungzib vor die Füße, ehe die Wachen sie aufhalten konnten.

»Gnade, Eure Hoheit. Gnade!«

Aurungzib starrte auf sie hinab. Sie mußte für ihn einen ungewöhnlichen Anblick bieten mit ihrem flachsblonden Haar. Sie trug ebenso wie ihr Mann europäische Kleidung einfacher Machart mit einem weiten Kragen über einem bescheidenen und sehr weiten grauen Kleid. Dazu trug sie einen flachen schwarzen Filzhut. Sie war groß für eine Frau, hatte ein hübsches Gesicht und eine gute Figur. Trotz ihrer Größe war sie wunderbar gebaut. Aber das Haar, das unter dem Hut hervorlugte, war ihr bemerkenswertestes Attribut.

»Wer ist diese Frau?« fragte Aurungzib verwirrt.

»Sie ist meine Frau«, flehte Trent. »Ich flehe Euch an, ihr nichts anzutun.«

»Schenkt ihm das Leben, Sir«, bettelte die Frau. »Er hat niemandem etwas getan.«

»Er hat mich verärgert«, entgegnete Aurungzib. »Er hat es verdient, gepfählt zu werden. Bringt sie hinaus, damit sie ihren Gatten sterben sieht – und dann überlaßt sie den Soldaten.«

Sie stieß erneut einen Schrei aus und es schien, als würde sie ohnmächtig, während ihr Mann, der unzusammenhängendes Zeug rief, aus dem Raum gezerrt wurde.

Einer der Adjutanten kippte der Frau einen Krug Wasser ins Gesicht, und sie setzte sich langsam auf, schüttelte den triefendnassen Kopf und sah sich mit beinahe animalischer Verzweiflung um.

»Hoheit«, meldete Richard sich zu Wort.

Aurungzib funkelte ihn zornig an. »Was ist nun schon wieder? Sogar Engländer können sterben, Bahatur.«

»Das ist mir klar, Hoheit.« Er wußte, daß er nichts mehr für Trent tun konnte. Aber die Frau – vielleicht wäre es gnädiger, sie ebenfalls hinzurichten. Der Gedanke, daß sie immer und immer wieder von mongolischen Soldaten vergewaltigt werden sollte, war abscheulich. In ihm regte sich ein längst vergessener Impuls von Ritterlichkeit, den er von seinen europäischen Vorfahren geerbt hatte. »Ich möchte die Frau gern für mich haben«, fuhr er fort.

Aurungzib starrte ihn einige Sekunden unverwandt an und lachte dann laut auf. »Ihr wollt sie haben?«

»Ich würde sie zur Frau nehmen, Hoheit, ich habe erst drei Frauen.«

»Dann nehmt sie. Ich schenke sie Euch.« Er zeigte mit dem Finger auf Richards Brust. »Und wehe, wenn Ihr sie nicht heiratet.«

## Kapitel 19

### Das Paar

Mrs. Trent blickte weiter von links nach rechts, als weigere sie sich zu begreifen, was geschah.

»Bringt sie weg«, befahl Aurungzib Richard. »Bringt sie weg, bevor ich es mir anders überlege. Aber macht sie erst zu Eurer Frau, wenn ihr Mann tot ist. Ich will nicht, daß einer meiner

Tuman-bashis sich des Ehebruchs schuldig macht, nicht einmal mit einer Ungläubigen ... Und jetzt, Steinschneider, zeig mir diesen Diamanten.«

Er folgte einem schockierten und zitternden Borgis hinaus, gefolgt von seinen Adjutanten. Richard beugte sich hinab und zog Mrs. Trent auf die Füße. Ihre Knie gaben nach, und sie wäre erneut gefallen, wenn er ihr nicht den Arm um die Taille gelegt hätte. Er empfand nur Mitleid mit ihr und ihrem Mann, wirklich eigenartige Gefühle für einen Tuman-bashi im Dienste Aurungzibs des Gnadenlosen.

»Ihr müßt mit mir kommen«, sagte er.

»Um mit anzusehen, wie mein Gatte stirbt?« fragte sie leise.

»Nein«, entgegnete er und führte sie rasch die Treppe hinunter zu seinem Pferd. Um sie herum stiegen schwarze Rauchwolken auf, und von allen Seiten erschollen Schreie sterbender Männer und Frauen.

»Wo bringt Ihr mich hin?«

»Fort von alledem«, versicherte er ihr.

Er hob sie in den Sattel. Da ihr Rock es ihr nicht gestattete, das Bein über den Hals des Pferdes zu schwingen, ließ er sie im Damensitz reiten, stieg hinter ihr auf und schlang ihr einen Arm um die Taille. Dann ergriff er die Zügel. Die umstehenden Soldaten grinsten beifällig über die goldhaarige Eroberung des Tuman-bashis.

Sie ritten durch die Straßen, auf denen es von rufenden Männern, bellenden Hunden, schreienden Frauen und weinenden Kindern wimmelte. Schließlich ließen sie die Häuser hinter sich und ritten hinaus in die Ebene, die immer noch mit Leichen bedeckt war. Die Geier waren bereits bei der Arbeit, und über allem hing der Gestank des Todes.

»O mein Gott!« rief Mrs. Trent schaudernd aus.

Diener waren damit beschäftigt, tote Marathen von jenem Platz am Flußufer fortzuschaffen, an dem Aurungzibs Lager aufgeschlagen werden sollte. Andere waren bereits dabei, die riesigen mongolischen Zelte in den prinzlichen Farben Rot und Gold aufzubauen. Richard ritt weiter zu jenem Abschnitt, der seiner Division zugeteilt worden war und wo bereits sein blaues Kommandozelt stand. Seine Soldaten jubelten ihm zu, als er mit seiner Gefangenen in ihre Mitte ritt.

Der Anblick der johlenden Männer schien Mrs. Trent in die Wirklichkeit zurückzuholen. »Warum habt Ihr mich hergebracht?« fragte sie. Bleich vor Furcht wandte sie den Kopf und sah zu ihm auf.

»Ihr seid mir geschenkt worden«, entgegnete er.

Sie schnappte nach Luft und versuchte, aus dem Sattel zu springen. Sein Arm schloß sich fester um ihre Taille.

»Oder zieht Ihr es vor, den gemeinen Soldaten überlassen zu werden?« fragte er.

»Wo ist da der Unterschied?« keuchte sie.

Als sie das Zelt erreicht hatten, schwang er sich aus dem Sattel, ohne seinen Griff zu lockern.

Bhuti erwartete ihn bereits und verneigte sich tief.

»Mach uns was zu essen«, befahl Richard.

Mrs. Trent bückte sich, um durch den niedrigen Zelteingang zu treten, und blieb verblüfft auf der Schwelle stehen – ebenso schockiert von dem Luxus, der in so krassem Kontrast zu der Vernichtung in der Stadt stand, wie vom Anblick Hilmas, die niederkniete, um ihren Herrn zu begrüßen.

Richard mußte die Engländerin beiseite schieben, um einzutreten. »Wasser«, befahl er Hilma.

Hilma richtete sich langsam auf und musterte Mrs. Trent forschend mit gekräuselten Lippen.

»Beeil dich«, knurrte Richard.

Hilma warf den Kopf zurück und verließ das Zelt.

»Hier entlang.« Richard führte sie ins Hinterzimmer des Zeltes.

Mrs. Trent trat ein und blieb erneut verblüfft stehen, als sie den Luxus sah, der sie umgab, die Kissen und Teppiche. Sie schlang die Arme um ihren Körper und sah sich verstört um.

»Setzt Euch auf den Teppich«, sagte Richard und machte es ihr vor. Das Degenkoppel mit seinem Degen warf er in eine Ecke.

Langsam sank sie auf die Knie, die Arme immer noch um den Körper geschlungen. Erst zum zweiten Mal seit ihrer Begegnung sah sie ihn an. »Bitte, Sir …«

»Mein Herr ist grausam jenen gegenüber, die er als seine Feinde betrachtet«, sagte er. »Es gab keine andere Möglichkeit, Euer Leben zu retten.«

Tränen liefen ihr über die Wangen, und sie warf sich bäuchlings auf den Boden. »Mein Gatte!« schrie sie. »O mein Gatte!«

Sie schluchzte immer noch, als Hilma mit einem Tablett hereinkam, auf dem ein Wasserkrug und zwei Tassen standen. Sie warf der Frau einen feindseligen Blick zu, als sie das Tablett abstellte.

»Sie ist *alt*«, sagte sie.

»Auch du wirst eines Tages alt sein. Ich möchte, daß du ihr etwas zum Anziehen besorgst.«

»Sie ist zu groß«, entgegnete Hilma verächtlich. »Seid Ihr sicher, daß sie kein Mann ist, Herr?«

»Besorg ihr etwas zum Anziehen. Dann werden wir sehen, ob sie ein Mann ist oder eine Frau.«

Hilma eilte hinaus.

Mrs. Trent hob den Kopf. Sie weinte immer noch, aber ihre Wangen waren gerötet. Sie verstand genügend Hindustani, um zu wissen, was Hilma gesagt hatte.

Er reichte ihr eine Tasse. »Das ist nur Wasser. Unser Kommandeur gestattet kein anderes Getränk.«

Langsam richtete sie sich auf und nahm die Tasse entgegen. Als sie leer war, schenkte er ihr nach.

»Wie heißt Ihr?« fragte Richard.

Sie holte tief Luft. »Anne.«

»Anne Trent, sobald ich Fronturlaub bekomme, bringe ich Euch nach Fort St. David …«

»Das wollt Ihr wirklich?« Einen Augenblick wirkte ihr Gesicht beinahe freudig erregt.

»Und dort werden wir dann in einer christlichen Kirche heiraten.«

Ein ungläubiger Ausdruck trat auf ihr Gesicht. »Ihr wollt mich heiraten?«

»Ich habe Euch doch bereits erklärt, daß es die einzige Möglichkeit ist, Euch zu schützen. Euer Gatte ist bereits tot.«

Sie starrte ihn an und brach erneut in Tränen aus.

Noch während er geduldig wartete, daß sie sich wieder beruhigte, kehrte Hilma zurück. »Das Essen ist fertig, Herr.« Sie warf Anne Trent einen Blick zu.

»Trag es auf«, sagte er.

Kurz darauf kam sie mit einem schwer beladenen Tablett

zurück, gefolgt von Bhuti mit einem zweiten Tablett. Hilma kniete sich neben ihn.

»Du brauchst mich heute nicht zu füttern«, sagte er. »Bring mir Wasser; ich will mir die Hände waschen.«

Sie schmollte, holte ihm jedoch eine Schüssel und ein Handtuch. Er wusch sich die Hände, und sie trocknete sie für ihn ab.

»Und jetzt geh«, sagte er. »Aber laß die Glocke hier.«

Sie stellte eine kleine goldene Glocke auf das Tablett und verschwand.

Anne Trend hatte die ganze Zeit über gekniet. Sie schluchzte zwar noch, aber ihre Tränen waren versiegt; sie hatte keine Tränen mehr.

»Wascht Euch das Gesicht«, forderte Richard sie auf.

Sie beugte sich über die Schüssel und spritzte sich Wasser ins Gesicht. Dann nahm sie das Handtuch und trocknete sich ab.

Er drehte ein Stück Lammfleisch in der Reisschüssel und hielt es ihr hin.

Sie schüttelte den Kopf.

»Ihr müßt essen«, beharrte er.

Sie öffnete den Mund, und er schob den Bissen hinein. Dann bediente er sich selbst.

»Hört mir zu«, sagte er. »Ich will Euch nichts Böses. Ich bedaure, was Eurem Gatten widerfahren ist, aber ich kann ihn nicht wieder lebendig machen. Ihr seid mir zur Frau gegeben worden – und Ihr habt keine andere Wahl, als meine Frau zu sein. Aber ich werde warten, bis Ihr bereit seid.«

Sie starrte ihn kauend an und fragte schließlich: »Warum dient ihr einem solchen Ungeheuer, wo Ihr doch offensichtlich selbst ein Gentleman seid?«

»Ich diene einem großen Soldaten, der eines Tages Herrscher dieses Landes sein wird. Er ist grausam, ja, aber er besitzt auch viel Größe. Mehr Größe als sonst ein Herrscher, der mir begegnet ist.«

»In Fort St. David wird viel über Euch gesprochen«, sagte sie.

»Und was erzählt man sich von mir?«

»Die Meinungen sind geteilt. Die einen haben Euch als galanten Soldaten in Erinnerung …«

»Das ist also die eine Meinung von mir. Ich fühle mich geschmeichelt. Und wie lautet die andere?«

»Andere kennen Euch nur als Kreatur dieses Aurungzib.«

»Und welche Meinung habt Ihr geteilt?« fragte er.

»Da ich Euch nie begegnet war, hatte ich gar keine.«

Die Mahlzeit war beendet. Er läutete mit dem Glöckchen, und Hilma kam herein, um abzuräumen.

»Dort ist ein weiteres Zimmer.« Richard erhob sich und schlug die Lederbahn zurück, durch die man ins Schlafzimmer gelangte.

»Ich habe noch nie ein Zelt wie dieses gesehen«, sagte Anne Trent.

»Sie stammen noch aus der Zeit, als die Mongolen noch Steppennomaden waren. Sie wußten Komfort zu schätzen. Möchtet Ihr Euch vielleicht hinlegen?«

Sie blickte forschend zu ihm auf.

»Allein«, sagte er.

Sie trat an ihm vorbei in den Schlafraum.

»Versucht zu schlafen«, sagte er.

Sie wandte den Kopf. »Ich bin geneigt, in Euch den Gentleman zu sehen.«

Blunt ging hinaus und setzte sich wieder, bemüht, nicht an die Frau zu denken, die hinter der Wand aus Ziegenfell lag. Er fand Anne Trent sehr begehrenswert – und sie *würde* seine Frau werden. Mit dreiundfünfzig Jahren würde er sich noch eine Frau nehmen! Daß sie höchstens halb so alt war wie er, kümmerte ihn nicht. Aber eine Engländerin! Es war lange her, seit er einer Landsmännin begegnet war.

Er fragte sich, ob sie ihm wohl Kinder schenken würde. Ein Kind englischer Eltern, das in Hindustan aufwachsen würde! Damit würde er wirklich das Schicksal herausfordern.

Sein Kopf fuhr hoch, als Signalhörner ertönten.

»Der Prinz kommt!«

»Habt Ihr je etwas Ähnliches gesehen?« fragte Aurungzib. In der Hand hielt er ein riesiges Stück weißen Karbons. Der Stein war trübe, schimmerte jedoch, als er das Licht einfing.

»Nein, Hoheit.«

»Dieser Dummkopf hat Angst, ihn zu schleifen«, sagte der Prinz. »Er sagt, es könnte sich um den größten Diamanten der

Welt handeln, und wenn er ihn verdürbe ... Ich habe ihm *befohlen*, ihn zu schleifen, wenn er Venedig jemals wiedersehen will. Und er wird ihn nicht verderben, nicht wahr, Borgis?«

Der Venezianer fühlte sich in seiner Haut sichtlich unwohl. »Ich werde mein Bestes geben, Hoheit.«

»Dann macht Euch an die Arbeit.« Aurungzib lächelte. »Mein Vater trägt den Koh-i-noor, aber ich werde einen noch größeren Diamanten besitzen. Ich nenne ihn den Großmogul!« Er war bester Laune ob des ungeahnten Schatzes, der ihm in die Hände gefallen war. »Kehrt zurück zu Eurer blassen Schönheit, Blunt Bahatur. Aber leistet mir später beim Abendmahl Gesellschaft.«

Er verließ in Begleitung seiner Adjutanten das Zelt. Richard wartete einen Augenblick und kehrte dann zurück in den Schlafraum. Anne Trent lag noch genauso da, wie er sie verlassen hatte, nur daß sie sich ein Kissen auf den Bauch gelegt hatte.

Sie starrten einander an.

»Es wird keine weiteren Störungen mehr geben«, versprach er. »Schlaft.«

Am folgenden Tag zog die mongolische Armee weiter nach Haiderabad. Dort empfing der Sultan den Prinzen mit geneigtem Kopf.

»Was sollte ich tun, Hoheit?« fragte er. »Diese Banditen waren überall – und ich verfüge nur über sehr wenige Soldaten. Ich konnte nur beten, daß Ihr möglichst bald hier eintreffen würdet.«

»Und in der Zwischenzeit habt Ihr mit Sivaji Handel getrieben und ihm Beistand geleistet«, entgegnete Aurungzib.

»Was er von mir bekommen hat, hat er sich mit Waffengewalt genommen, Hoheit«, protestierte Abdullah. »Wenn auch einige meiner Leute mit ihm Handel getrieben haben mögen ...«

»Findet sie und laßt sie pfählen. Jetzt gleich.«

»Sofort, Hoheit, sofort. Sivaji ... ist er tot?«

»Er ist mir entkommen«, sagte Aurungzib. »Aber wir werden ihn erwischen«, fügte er zuversichtlich hinzu.

»Dieser Hund steckt mit den Marathen unter einer Decke«, sagte Aurungzib zu seinen Generälen. »Wenn er nicht aufpaßt, brenne ich diese wunderschöne Stadt vor seinen Augen nieder.« Brütend betrachtete er die aufmerksamen Gesichter vor sich. »Aber wir werden uns zu gegebener Zeit um ihn kümmern. Im Augenblick könnte ich mir keinen geeigneteren Ort vorstellen, das Ende der Regenzeit abzuwarten.«

Die Toten wurden verbrannt, die Zelte zusammengepackt, und das Heer zog in die Stadt ein. Die Einwohner murrten, waren jedoch machtlos. Aurungzib beschlagnahmte den halben Sultanspalast für sich, und seinen Offizieren wurden Häuser zur Verfügung gestellt, die ihrem Rang entsprachen; die unglücklichen Hausbesitzer waren gezwungen, bei ihrer Dienerschaft einzuziehen. Haiderabad wurde behandelt wie eine eroberte Stadt.

Blunt bat um Erlaubnis, nach Süden zu reiten, um Fort St. David einen Besuch abzustatten.

»Während der Regenzeit?« fragte Aurungzib.

»Es wird nur ein kurzer Besuch werden, Hoheit. Ich werde zurück sein, noch ehe der Monsun richtig begonnen hat.«

Aurungzib zeigte mit dem Finger auf ihn. »Falls Ihr an Verrat denkt und Hindustan verlaßt, wisset eins: Dann werde ich das Fort zerstören und jeden Mann, jede Frau und jedes Kind dort töten. Und ich werde jeden Engländer im Land hinrichten lassen. Und Eure Frauen und Kinder lasse ich pfählen.«

Aurungzibs zunehmender Verfolgungswahn und sein wachsendes Mißtrauen waren beunruhigend, aber Richard war klar, daß der Prinz sein Herr war. Er mußte das Beste aus seinem Leben machen und dem Prinzen treu und loyal dienen.

Er kehrte zu seinem Zelt zurück. Anne stand in einem dunkelgrünen Sari bei Hilma und trank mit ihr Tee. Hilma hatte das Gewand ausgewählt, und die Farbe stand Anne hervorragend. Der durchschimmernde Stoff ließ sogar auf reizvolle Weise ahnen, was sich darunter verbarg.

Sie war jetzt achtundvierzig Stunden sich selbst überlassen gewesen und schien sich einigermaßen erholt zu haben.

»Jetzt seid Ihr noch schöner«, sagte er galant.

»Hilma hat mir von Eurer Familie in Afghanistan erzählt«, sagte sie auf englisch. »Ich wußte nicht, daß Ihr bereits eine Frau – und Kinder – habt.«

Richard legte Hilma den Arm um die Schultern. »Ich habe drei Frauen und drei Kinder«, sagte er. »Stört Euch das?«

»Das bedeutet, daß es zwischen uns keine wahre Heirat geben kann«, entgegnete sie, etwas atemlos ob der Gewagtheit ihrer Worte.

»Das ist englisches Gesetz, nicht mongolisches«, widersprach er. »Ihr seid meine Frau. Den Segen der englischen Kirche möchte ich allein Euch zuliebe.«

»Diese Ehe könnte niemals gesegnet werden«, beharrte sie.

Sie sahen einander eine Weile schweigend an, dann lächelte er. »Laßt uns nicht darüber streiten. Habt Ihr Kinder?« fragte er und bedeutete den Frauen, sich zu setzen.

Ein Schatten huschte über ihre Züge. »Ich hatte eine Tochter, aber sie ist vor zwei Jahren am Fieber gestorben.«

»Ihr habt ein tragisches Leben hinter Euch.«

»Und was ist mit Euch? Verloren in diesem gottverlassenen Land.«

»Es ist ein wunderbares Land«, entgegnete Richard. »Ich bin hier geboren und zweifle nicht daran, daß ich auch hier sterben werde. Ihr tätet gut daran, es ebenso lieben zu lernen wie ich.«

Sie vermochte einen Schauder nicht zu unterdrücken, und er bemühte sich hastig, sie aufzuheitern.

»Wir brechen morgen nach Fort St. David auf.«

Ihre Züge erhellten sich.

»Dort werden wir heiraten«, fügte er hinzu.

»Aber ich sagte Euch doch ...«

»Und ich sage, daß wir uns dort kirchlich trauen lassen.«

Sie machte ein Gesicht, als wollte sie widersprechen, senkte jedoch den Blick. »Ihr seid im Begriff, eine große Sünde zu begehen«, murmelte sie.

»Werde ich Euch begleiten, Herr?« fragte Hilma aufgeregt.

»Du bleibst hier in Haiderabad. Uns ist ein Haus zugewiesen worden, und du wirst es für meine Rückkehr vorbereiten«, entgegnete Richard. »Ich werde Bhuti mitnehmen. Aber du darfst heute nacht das Lager mit mir teilen.«

Hilma konnte es sich nicht verkneifen, ihrer Rivalin einen triumphierenden Blick zuzuwerfen.

Anne saß mit hängendem Kopf da. Als Hilma gegangen war, blickte sie auf und sah ihn an. In ihren Augen standen Tränen. »Ich fürchte um Eure unsterbliche Seele.«

»Haßt Ihr mich wirklich für das, was ich tue?«

»Wie könnte ich das? Ihr seid gut zu mir gewesen.«

»Würdet Ihr es vorziehen, wenn ich Euch aufforderte, die Nacht mit mir zu verbringen?«

Sie zögerte und schüttelte dann den Kopf. »Ich möchte lieber warten, wenn Ihr es gestattet. Ich … ich verstehe nichts von der Liebe.«

»Aber Ihr wart doch verheiratet.«

»Mein Vater hat den Mann für mich ausgewählt. Mr. Trent war ein erfolgreicher Händler und stand im Dienste der East India Company. Er war ein guter und ehrlicher Mann, und wir haben acht Jahre als Mann und Frau zusammengelebt.«

»Aber Ihr habt ihn nicht geliebt.«

»Wie ich schon sagte, weiß ich nicht, was Liebe ist.«

»Vielleicht werde ich es Euch lehren können«, sagte Richard.

Er reiste mit einer Eskorte, mehr um Annes als um seiner selbst willen. Alle Berichte von Aurungzibs Spähern deuteten darauf hin, daß die Marathen nach Westen geflohen waren, um ihre Wunden zu lecken – aber es bestand immer noch die Gefahr, auf marodierende Banditen zu stoßen. Und so nahm er zwanzig Männer mit, dazu Bayan Ali und Bhuti. Sie kamen gut voran und erreichten Madraspatnam innerhalb nur einer Woche.

Während der Reise sprachen sie nicht viel miteinander. Richard konnte nur hoffen, daß sie keinen Fluchtversuch unternahm, wenn sie die englische Niederlassung erreichten, weil er dann gezwungen wäre, gewaltsam durchzugreifen, was er sich selbst und allen Beteiligten gern ersparen würde. Aber bislang hatte sie den Eindruck einer vernünftigen Person gemacht, die sich jeder Lebenslage anpaßte.

Gemeinsam blickten Richard und Bayan Ali auf die Staketen, die um Fort St. David herum errichtet worden waren, auf die Kanonenläufe, die hinter den Schießscharten zu sehen waren, und auf die Männer, die vor den Mauern patrouillierten. Das Fort war klein, schien jedoch solide gebaut und war sichtlich in der Lage, sich bei örtlichen Unruhen zur Wehr zu setzen. Es war von adretten kleinen Häusern umgeben, die für Richards Geschmack zu dicht beim Fort errichtet worden waren – im Falle eines Angriffs würden sie niedergebrannt. Aber sie verrieten ebenso Wohlstand wie die Lagerhäuser unten am Strand, wo ein Dock gebaut worden war, das bis in tieferes Wasser reichte. Die Reisfelder waren ausgedehnt worden, und auf einer Wiese grasten Schafe.

»Es hat sich einiges verändert, seit ich das letztemal hier gewesen bin«, sagte Blunt.

Er führte Anne auf direktem Wege zum Kommissionär, der jetzt Gouverneur genannt wurde. Er war ein Soldat, ein Oberst namens James Reynolds, der eine rote Tunika und einen flachen schwarzen Hut trug und ebenso von seiner Wichtigkeit überzeugt wie überhitzt wirkte.

»Ich muß Euch zu der Arbeit, die Ihr hier geleistet habt beglückwünschen«, sagte Richard höflich. »Vor allem, was die Befestigungsanlagen anbelangt.«

»Nun, es sind unruhige Zeiten«, entgegnete Reynolds. »Niemand scheint so recht zu wissen, wer in Golconda das Sagen hat. Der Sultan sagt, er müsse sich an die Weisungen des Moguls halten, aber der Mogul scheint ihm keinerlei Weisungen zu geben. Inzwischen proben die Marathen den Aufstand. Aber Ihr, Sir Richard ... das ist eine große Ehre. Und Mrs. Trent ... Ihr hier?«

»Mrs. Trent ist hier, weil die Mongolen ihren Gatten haben hinrichten lassen.«

Reynolds starrte sie fassungslos an. »Meine liebe Mrs. Trent ... Aber warum?«

»Er wurde gepfählt, weil er mit den Marathen, den Feinden des Moguls, Handel getrieben hat«, warnte Richard.

»Großer Gott!«

»Habt Ihr mit ihnen gehandelt, Colonel Reynold?«

»Nun ...« Der Gouverneur schien verlegen. »Wir fragen jene, die unsere Waren kaufen, nicht nach ihrer Nationalität.«

»Ihr habt ihnen Waffen verkauft?«

»Nun, das haben die Portugiesen auch. Und in weit größeren Mengen.«

»Trotzdem. Sollte Prinz Aurungzib davon erfahren, werdet Ihr es bitter bereuen.«

»Werdet Ihr es ihm sagen?«

»Das ist nicht meine Absicht. Aber da ich als Soldat in der Armee des Prinzen diene, ist eine Schußwaffe in der Hand eines Marathen für mich eine ebenso tödliche Gefahr wie für ihn. Daran würde ich an Eurer Stelle denken.«

Reynolds preßte die Lippen zusammen und beschloß, das Thema zu wechseln. »Mrs. Trent, Ärmste ... wir erwarten in den nächsten Tagen ein Schiff aus England. Wir werden für Euch eine Passage arrangieren.«

Anne hatte noch keinen Ton von sich gegeben, sagte aber nun mit ruhiger Stimme: »Ich muß hierbleiben.«

»Hierbleiben? Aber warum?«

»Ich soll heiraten, Sir.«

»Mrs. Trent wird mich heiraten«, mischte Richard sich ein. »Und zu diesem Zweck sind wir auch hier. Da ich vor Beginn der Regenzeit wieder in Haiderabad sein möchte, sollte die Trauung möglichst bald stattfinden.«

»Darf ich fragen, wann Ihr Gatte gestorben ist, Mrs. Trent? Ich habe erst vor drei Wochen Nachricht von ihm erhalten.«

»Er ist vor zehn Tagen gestorben.«

»Zehn Tage – und Ihr wollt bereits wieder heiraten? Ist diese Hast nicht etwas unziemlich?«

Blunt kam zu dem Schluß, daß es ihm völlig gleich war, was dieser Colonel Reynolds von ihm hielt. »Ihr seid nicht mit der Situation vertraut«, erklärte er. »Mrs. Trent wurde mir von meinem Herrn – der auch Euer Herr ist, solange Ihr hier in Hindustan seid – geschenkt. Sie ist sich bewußt, daß das, was von ihr verlangt wird, aus ihrer Sicht gegen die kirchlichen Gesetze verstößt, nicht zuletzt in Anbetracht dessen, daß ich bereits drei Frauen habe. Trotzdem werden wir uns hier kirchlich trauen lassen. Daß ich sie in einer christlichen Kirche eheliche, ist nur eine höfliche Geste meinerseits. Und jetzt bringen wir es hinter uns.«

Reynolds runzelte empört die Stirn. »So etwas habe ich in meinem ganzen Leben noch nicht gehört. Sie ist Euch *geschenkt* worden, Sir? Nun, das kann ich nicht akzeptieren. Ich hätte große Lust, Euch verhaften zu lassen.«

»Wenn Ihr das tut, wird Aurungzib Euer nettes kleines Fort niederbrennen und jeden Mann, jede Frau und jedes Kind pfählen lassen.«

»Bei Gott, Sir, das wird er nicht. Wir würden uns zu wehren wissen.«

»Wie viele Männer habt Ihr? Aurungzib befehligt fünfzigtausend Soldaten und verfügt über zweihundert Kanonen.«

»Läßt sich diese Angelegenheit nicht friedlich lösen?« unterbrach Anne die beiden Männer.

»Ich bin zu einer Trauung bereit. Wie General Blunt bereits sagte, ist es der Wille des Prinzen.«

Reynolds wandte sich wieder Richard zu. »Sir, Kapitän Day sagte mir, Ihr wärt ein vernünftiger Mann. Was, wenn ich auch für Euch eine Passage nach England arrangierte? Dort wärt Ihr außer Reichweite des Prinzen.«

»Dann würde er Eure Niederlassung ebenso gnadenlos vernichten, wie wenn Ihr mich hier gefangenhieltet«, entgegnete Richard.

Reynolds gab sich geschlagen. »Es wird einen großen Skandal geben«, murrte er.

Aber der war bereits in vollem Gang. Die Neuigkeit, daß der legendäre Richard Blunt in Fort St. Davis war und er die Witwe Trent bei sich hatte, die er zu ehelichen gedachte, obwohl der Leichnam ihres zu Tode gefolterten Gatten kaum erkaltet war, breitete sich wie ein Lauffeuer aus. Die mit einem Sari bekleidete blonde Frau war den Leuten bereits aufgefallen, und sie waren von ihrer Erscheinung ebenso verblüfft wie fasziniert. Nun versammelten sich sämtliche Männer, Frauen und Kinder im Fort, um sie anzustarren. Die Engländer selbst waren so einfach gekleidet wie der Gouverneur selbst – und wie Anne, als Richard ihr das erstemal begegnet war –, und viele machten abfällige Bemerkungen ob ihrer indischen Kleidung.

Auch der Pastor machte Ärger. Er war ein untersetzter, stämmiger, ganz in Schwarz gekleideter Mann, der wetterte, die ganze Angelegenheit wäre unschicklich. Er könnte die Trauung ohnehin erst drei Wochen nach Bestellung des Aufgebots vornehmen.

»Die Entscheidung liegt bei Euch«, grollte Richard. »Ich breche morgen früh nach Haiderabad auf. Mrs. Trent wird mich begleiten – und als meine Frau mit mir zusammenleben. Ich habe sie hergebracht, damit ihr die Sünde einer wilden Ehe erspart bleibt. Wenn Ihr Euch in Eurer Starrköpfigkeit weigert, die Trauung vorzunehmen, wird ihre Sünde auf Eurem Gewissen lasten.«

»Sie unverschämter Kerl …«, stammelte der Pfarrer.

»Ich werde eine Sondergenehmigung erteilen«, mischte sich Colonel Reynolds ein. »Es ist alles rechtens, das versichere ich Euch.« Er war sehr darauf bedacht, Aurungzib keinen Grund zu geben, sich näher mit den Handelsgepflogenheiten der Company zu befassen.

Es war eine kurze Zeremonie, an der nur Reynolds und seine Gattin als Zeugen teilnahmen. Anschließend schüttelte Reynolds Richard die Hand. »Ich gratuliere Euch, Sir. Eure Gattin ist eine gute Frau. Ihr werdet sie doch … äh, respektvoll behandeln?«

»Sie ist meine Frau, Colonel«, entgegnete Richard.

Anne wartete geduldig am Kirchenportal, vor dem sich eine Menschenmenge versammelt hatte.

»Sind keine Freunde von Euch darunter?« fragte Richard seine Frau.

»Einige von ihnen sind es einmal gewesen«, entgegnete sie.

»Und jetzt verurteilen sie Euch dafür, daß Ihr so rasch wieder heiratet?«

Sie blickte zu ihm auf. »Sie wissen, daß dies keine rechtmäßige Trauung war.«

»Und doch sind wir jetzt Mann und Frau.«

»Mir ist klar, daß ich nun Euch gehöre, Sir. Wie ich schon sagte, werde ich mich bemühen, Euch zufriedenzustellen.«

Endlich war sie auch vor Gott seine Frau. Bayan Ali wartete draußen und hielt Richards Pferd bereit. Er hob Anne vor sich in den Sattel, grüßte die Menge und lenkte das Pferd aus dem Dorf zu dem kleinen mongolischen Lager, das inzwischen aufgeschlagen worden war. Bhuti wartete vor dem Zelteingang. Ihr Hochzeitsmahl war vorbereitet.

Richard stieg aus dem Sattel und hob Anne herunter. Er zog sie an sich.

Sie schnappte nach Luft, warf den Kopf in den Nacken und blickte herausfordernd zu ihm auf.

»Lady Blunt«, sagte er.

»Ich hätte nie erwartet, so hoch aufzusteigen, Sir.«

Sarkasmus? Er küßte sie leicht auf die Lippen, nahm ihre Hand und führte sie ins Zelt. Seine Männer applaudierten der Braut ihres Befehlshabers, und er salutierte.

»Ich bezweifle, daß bei Eurem ersten Hochzeitsmahl Curry gereicht wurde«, sagte er.

»Es gab Roastbeef.«

»Roastbeef. Es ist achtzehn Jahre her, daß ich das zum letztenmal gegessen habe.«

»Achtzehn Jahre?«

»Rindfleisch ist in Hindustan verpönt. Und jetzt erzählt mir von Euch und Eurer Familie. Von England.«

»Es ist kein glücklicher Ort, seit der Protektor dort regiert, Sir. Wir waren ein ehrliches Volk – mein Vater war Bauer. Und als die Last der königlichen Steuern unerträglich wurde, haben wir auf der Seite des Parlaments gekämpft, in dem Glauben, wir würden England in eine bessere Zukunft führen. Wir haben weder daran gedacht, den König zu töten noch von den Generalmajoren regiert zu werden.«

»Habt Ihr Geschwister?«

»Einer meiner Brüder ist in Marston Moor gefallen, ein weiterer in Naseby. Eine meiner Schwestern hat geheiratet. Die andere ist in jungen Jahren an den Blattern gestorben.«

»Leben Eure Eltern noch?«

»Soviel ich weiß, ja.«

»Euch ist klar, daß Ihr sie nie wiedersehen werdet?«

Sie hob den Kopf. »Niemals, Sir?«

»Es ist unmöglich. Ihr müßt versuchen, Euer Glück hier bei mir zu finden.«

»Ich hoffe nur, daß Ihr gut zu mir sein werdet, Sir.«

Richard erhob sich und schlug die Ziegenfelle zurück, die den Eingang zum Mittelzimmer verdeckten. Sie trat ein. Bhuti hatte auf dem Boden einen Teppich und einige Kissen für sie ausgebreitet.

Sie stand vor ihm, neben dem mittleren Zeltpfosten, und berührte mit dem Kopf beinahe das Zeltdach.

»Zieht Euch aus«, sagte er und schnallte das Degenkoppel ab.

Anne wickelte sich aus dem Sari, der mit leisem Rascheln zu Boden schwebte. Darunter trug sie, wie die meisten Frauen Indiens, einen kurzen Rock und eine dünne Bluse.

»Den Rest auch«, sagte Richard.

Sie gehorchte.

»Hat Euer erster Mann auch Eure Schönheit bewundert?« fragte er, und ließ den Blick über ihre schlanke Gestalt schweifen.

»Weibliche Schönheit ist in Cromwells England nicht Gegenstand von Bewunderung«, entgegnete sie. »Was sein muß, muß sein, aber es soll keinerlei Freude bringen.«

»Ah«, sagte er und begann, einige Dinge besser zu verstehen. »Aber hier in Hindustan birgt die Vereinigung von Mann und Frau unendliche Freuden. Hier gilt die Liebe als ein Vergnügen, dem man sich wieder und wieder hingeben soll.« Er streckte die Hand nach ihr aus.

Nach einem Augenblick des Zögerns ergriff sie seine Finger. Er zog sie an sich und küßte sie besitzergreifend auf den Mund. Ihr Körper erbebte unter seinen Fingern, als er die Hände von ihren Schultern über die Brüste bis hinab zum Po gleiten ließ.

Dann ließ er sich auf den Boden sinken, ohne sie loszulassen. Sie kniete vor ihm, und seine Hand glitt zwischen ihre Schenkel. Sie schnappte nach Luft, als er begann, sie zu liebkosen.

Sie ließ sich in die Kissen zurücksinken und rollte sich von ihm fort auf die Seite.

»Sind wir sehr unmoralisch?« fragte er.

»Sehr«, seufzte sie.

»Dann laßt uns noch etwas unmoralischer sein«, entgegnete er lächelnd, legte sich neben sie und zog sie an sich.

An jenem Tag, an dem sie Madraspatnam verließen, zogen dunkle Regenwolken auf, und Richard trieb seine Männer zu größerer Eile an. Aber dann kamen stürmische Winde auf, und der Regen setzte ein, ehe sie in Haiderabad einritten. Triefnaß eilten sie zu dem Haus, das Blunt Bahatur zugewiesen worden war.

Hilma empfing sie mit Handtüchern und heißem Tee. Sie schien sich aufrichtig zu freuen, sie beide zu sehen, wenn auch traurig ob der offenkundigen Intimität zwischen ihnen. Er hatte Anne jede Nacht in den Armen gehalten und großes Glück bei ihr gefunden.

Ich habe mich verliebt, dachte er. Zum erstenmal in meinem Leben – in einem Alter, da ich Großvater sein könnte. Er hoffte von ganzem Herzen, daß Anne seine Gefühle erwiderte. Sie verweigerte sich ihm nicht und schien glücklich mit ihm.

Tag für Tag lag er, während der sintflutartige Regen vom Himmel strömte, die wunderschöne Anne in den Armen, auf seinem Diwan. Zum erstenmal wünschte er, der Monsun würde nie vorübergehen. Aber er hatte noch nicht einmal die übliche Zeit angedauert, als Richard in Aurungzibs Palast gerufen wurde, wo die anderen Tuman-bashis bereits versammelt waren.

»Es ist ein Bote aus Agra gekommen«, verkündete der Prinz, von einem zum anderen blickend. »Es scheint, als wäre mein Vater ernsthaft erkrankt. Mein Bruder Dara hat sich selbst zum neuen Badshah ernannt.«

## Kapitel 20

## Die Rückkehr des Moguls

»Mein Vater leidet an einer Harnvergiftung«, erklärte Aurungzib seinen Generälen. »Aber der Verlauf der Krankheit ist nicht unbedingt sofort tödlich, so daß ich und meine Brüder im Recht sind, wenn wir Prinz Dara zum Usurpator erklären. Ich habe bereits Boten zu Prinz Shuja geschickt, um ihm meine Besorgnis über Prinz Daras Handeln mitzuteilen und ihn aufzufordern, mich darin zu unterstützen, Dara vom Thron zu stoßen. Für den Augenblick müssen wir die Marathen sich selbst überlassen.

Unser Reich steht auf dem Spiel. Wir werden Haiderabad verlassen und gen Norden marschieren, sobald der Regen aufhört. Mobilisiert also Eure Männer.«

Aurungzibs Augen leuchteten: Er war offensichtlich hoch erfreut. Dies war das große Spiel, auf das er sich seit seiner Jugend vorbereitet hatte; genaugenommen erklärte er seinen Bruder nicht zum Usurpator, sondern zum Rivalen. Und Blunt zweifelte nicht daran, wer als Sieger aus diesem Machtkampf hervorgehen würde.

Seine neue Frau war entsetzt.

»Ein Bürgerkrieg?« rief sie. »Mein Gott! Was, wenn Euer Prinz unterliegt?«

»Nur die Berge Afghanistans haben Aurungzib bislang besiegen können«, beruhigte Richard sie.

»Aber der Gedanke, daß Ihr in den Krieg zieht ...«

»Das ist mein Beruf ... und noch liegen einige gemeinsame Wochen vor uns.«

Als das Heer schließlich aus Haiderabad abzog, war sie schwanger.

Richard war entzückt – aber dies war nicht die rechte Zeit, an häusliche Angelegenheiten zu denken. Falls Aurungzib besiegt wurde, wäre sein Leben und das seiner Familie besiegelt. Er zweifelte nicht daran, daß die Prinzessin bei dem bevorstehenden Bruderkampf mitmischen würde.

Für Aurungzib waren die Nachrichten, die sie auf dem Marsch nach Norden erreichten, teils gut, teils schlecht. Aus Wut über die Tat seines älteren Bruders hatte Prinz Shuja seine alkoholbedingte Lethargie abgeschüttelt und seine Armee mobilisiert. Er marschierte von Bengalen nach Agra und ließ Aurungzib wissen, wenn dieser sich ihm anschließe, sei ihr Sieg gewiß. Aber Aurungzib lächelte nur; in dieser Hinsicht entwickelte sich alles so, wie er es geplant hatte.

»Wir werden diese Entscheidung auf einen späteren Zeitpunkt verschieben«, entschied er und ließ sein Heer in Indore das Lager aufschlagen.

Die Neuigkeiten aus Agra waren weniger erfreulich. Shah Jahan, der seine derzeitige Unfähigkeit zu regieren erkannt hatte, hatte Dara Shikoh zu seinem Nachfolger erklärt – womit er die Thronansprüche seines ältesten Sohnes legalisierte. Daras erste Amtshandlung bestand darin, Shuja zum Gesetzlosen zu erklären.

Aurungzib schickte einen Tavachi nach Agra, der sich nach dem Gesundheitszustand seines Vaters erkundigen sollte – er zog es vor, nicht persönlich nach Agra zu reiten, da er befürchtete, man könnte ihn verdächtigen, einen Staatsstreich zu planen, woraufhin seine drei Brüder sich gegen ihn verbünden könnten. Auch versicherte er Shah Jahan seiner bedingungslosen Unterstützung. Und jetzt, da Dara und Shuja sich bekriegten, wollte er einen Boten nach Kabul senden, der die Stimmungslage Prinz Murads sondieren sollte.

»Ihr seid dafür der richtige Mann, Blunt Bahatur«, erklärte er.

Natürlich freute sich Richard darauf. Es gab vieles, was ihn nach Kabul zog. Anne war zutiefst betrübt, aber es war undenkbar, eine schwangere Frau auf einen so beschwerlichen Ritt mitzunehmen. Sie mußte sich also damit abfinden, bei Hilma zu bleiben, während Blunt mit einer kleinen Eskorte, darunter Bayan und Bhuti, eilig nach Norden aufbrach.

Die Winterwolken zogen sich bereits zusammen, als Blunt und seine Männer in Kabul einritten. Richard eilte als erstes zu seinem Haus und war erleichtert, Bilkis, Shaita und die Kinder bei bester Gesundheit anzutreffen.

»Wie groß sie geworden sind«, sagte er.

»Und wie sehr sie Euch vermißt haben«, entgegnete Bilkis.

Er erzählte ihr in dieser Nacht, in der sie sich leidenschaftlich liebten, nicht von seiner neuen Frau.

Prinz Murad hatte sich in den drei Jahren, seit Richard ihn das letztemal gesehen hatte, nicht zu seinem Vorteil verändert: Er war dicker und sogar noch träger geworden. Bei der Audienz rekelte er sich mit zwei nackten Mädchen an seiner Seite in den Kissen.

»Dara. Shuja. Wo ist da der Unterschied?« sagte er. »Einer von ihnen wird sowieso Badshah werden, wenn mein Vater stirbt.«

»Euer Vater wird noch viele Jahre leben, Hoheit«, hielt Richard dem entgegen. »Somit wird der Prinz, der siegreich aus dem bevorstehenden Kampf hervorgeht, keine andere Wahl haben, als unrechtmäßig den Thron zu besteigen. Dann wird er ständig über die Schulter sehen müssen, weil ein Usurpator leicht durch einen anderen Usurpator ersetzt wird. Darum wird er jene vernichten wollen, deren Anspruch auf den Thron ebenso groß ist wie sein eigener – und das sind in erster Linie seine Brüder.«

Murad setzte sich stirnrunzelnd auf und stieß sogar das Mädchen, das sich an ihn klammerte, fort.

»Das gleiche würde für Prinz Shuja gelten, sollte er Dara besiegen«, fuhr Richard fort. »Prinz Aurungzib hat mir aufgetragen, Euch folgendes mitzuteilen: Er und Ihr solltet Eure Streitkräfte vereinen und denjenigen Eurer Brüder, der den anderen besiegt, zur Aufgabe zwingen. Er möchte, daß Ihr Euch gegenseitig schwört, Euch bis ans Ende Eurer Tage zu unterstützen sowie die Wünsche Eures Vaters bis zu seinem Tode zu respektieren.«

Richard hatte das Angebot Wort für Wort auswendig lernen und vor dem Prinzen wiederholen müssen, ehe er nach Kabul aufgebrochen war. Aurungzib würde niemals einen Eid brechen, aber das, was er tatsächlich versprach, war so geschickt formuliert, daß der tatsächliche Inhalt seiner Worte erst bei genauerer Betrachtung zutage trat. Es wurde jedoch nicht schriftlich festgehalten, und Aurungzib hatte die Ängste seines Bruders und seinen Wunsch nach einem friedlichen Dasein ganz richtig eingeschätzt.

»Ja«, sagte der Prinz nun. »Das ist das vernünftigste und ehrenhafteste. Ich schlage vor, daß wir eine gemeinsame Delegation zu meinen älteren Brüdern schicken, sie von unseren Absichten in Kenntnis zu setzen und sie aufzufordern, ihre Konspiration aufzugeben.«

Auch diese Möglichkeit hatte Aurungzib vorhergesehen.

»Das wäre sehr gefährlich, Hoheit«, erklärte Blunt. »Würde das Prinz Dara und Prinz Shuja nicht veranlassen, ihre Armeen zusammenzuschließen und gegen Euch und Prinz Aurungzib ins Feld zu ziehen? Und das, während Ihr Hunderte Meilen voneinander entfernt seid? Nein, nein, es ist unabdingbar, daß Ihr jeden Mann, den Ihr entbehren könnt, mobilisiert, nur Garnisonstruppen in Euren wichtigsten Städten hier in Afghanistan zurückbehaltet und schnellstmöglich nach Süden marschiert, um Euch Eurem Bruder anzuschließen.«

Murad zupfte an seiner Unterlippe. Er verabscheute jeden Gedanken an Eile.

»Wenn ich meine Armeen abziehe«, sagte er, »werden die Perser Ghazni zurückerobern. Vielleicht greifen sie sogar Kabul an.«

»Dieses Risiko müssen wir eingehen, Hoheit. Das gesamte Reich steht auf dem Spiel.«

Murad murrte noch eine Weile, erklärte sich aber schließlich mit der Mobilmachung einverstanden.

Mehr konnte Blunt nicht tun. Er schickte seine Frauen und Kinder nach Süden und ritt ihnen voraus, um Aurungzib zu berichten, was er erreicht hatte. Der Prinz war zufrieden, da sein Vater ihm außerdem seine Dankbarkeit für seine Unterstützung ausgesprochen und Shuja dafür verurteilt hatte, daß er ohne Erlaubnis die Waffen gegen Dara erhoben hatte.

»Und jetzt warten wir«, sagte Aurungzib.

Es war eine lange Wartezeit: Dara und Shuja manövrierten und verhandelten das ganze Jahr 1657. Beide ignorierten ihre jüngeren Brüder, die sie offenbar verachteten. Aurungzib war es nicht gelungen, die Perser zu besiegen, und sein Sieg über Sivaji wurde nur als unbedeutender Erfolg gegen eine Bande von Rebellen gewertet. Murad taten sie als völlig harmlos ab, auch dann noch, als er schließlich seine Armee mit der seines Bruders vereinte, was erst nach dem Monsun geschah.

Auch schienen die beiden älteren Prinzen ihren Vater nicht zu fürchten, da keiner von ihnen Anstalten machte, gen Agra zu marschieren und ihn in Gewahrsam zu nehmen. Shah Jahan seinerseits begnügte sich damit, sich für Dara und gegen Shuja auszusprechen. Tatsächlich hatte er keine andere Wahl – er besaß kein eigenes Heer. Er schickte immer wieder Boten zu Aurungzib und flehte ihn an, nach Osten zu marschieren und sich im Kampf gegen Shuja dem Kommando Daras zu unterstellen. Aber Aurungzib entgegnete stets, daß er aufgrund irgendwelcher Schwierigkeiten nicht in der Lage sei, sein Heer derzeit in Marsch zu setzen. Jede Weigerung war von dem Versprechen bedingungsloser Unterstützung begleitet.

Und so wartete ganz Indien ein Jahr lang gespannt auf die Schlacht zwischen den beiden älteren Brüdern. Blunt wunderte sich, daß Aurungzib nicht fürchtete, daß sie sich einigten und zusammenschlossen. Aber Aurungzib kannte Dara zu gut und wußte, daß es niemals dazu kommen würde. Er begehrte den Titel Badshah und war nicht geneigt, ihn zu teilen.

Aurungzib auch nicht.

Für Richard war dies trotz der Krise, die drohend über der ganzen Nation hing, eine glückliche Zeit. Bilkis, Shaita und die Kinder erreichten Indore heil und gesund, und er hatte endlich seine ganze Familie um sich. Anne war inzwischen hochschwanger, aber überglücklich, ihn wieder zu Hause zu haben. Sie schien Bilkis ebenso ins Herz zu schließen wie Hilma und erwies sich gegenüber den Kindern als perfekte Stiefmutter.

Im Sommer 1658 brachte sie ein Mädchen zur Welt, das auf den Namen Penelope getauft wurde. Sie sah Richard an, daß er enttäuscht war, und versprach, ihm als nächstes einen englischen Sohn zu schenken. »Das heißt, wird er überhaupt Engländer sein?« fragte sie verwirrt.

»Laß mal sehen«, entgegnete Richard stirnrunzelnd. »Urgroßvater Peter war rein englischer Abstammung. Er hat eine Portugiesin geheiratet, also war mein Großvater Thomas halb Engländer, halb Portugiese. Er hat wiederum eine Rajputen-Prinzessin geheiratet, so daß mein Vater zur Hälfte Inder, zu einem Viertel Engländer und zu einem Viertel Portugiese war. Mein Vater hat dann eine Spanierin geheiratet, so daß ich halb Spanier, zu einem Viertel Inder, zu einem Achtel Engländer und zu einem

Achtel Portugiese bin. Aber du bist reinblütige Engländerin, so daß unser Sohn zu neun Sechzehnteln Engländer, einem Sechzehntel Portugiese, einem Viertel Spanier und einem Achtel Rajpute wäre. Eine ganz schöne Mischung – aber das englische Blut wäre vorherrschend.«

»Oh«, sagte sie. Er vermochte nicht zu sagen, ob sie von dieser hohen Mathematik verwirrt war oder sie nicht gewußt hatte, daß in seinen Adern auch indisches Blut floß.

Erst nach Jahresende wurde Shujas Armee, das sich immer wieder vor den kaiserlichen Truppen zurückgezogen hatte, in Bahadurpure, nördlich von Kalkutta, von Daras Heer gestellt. Alle warteten gespannt auf Neuigkeiten der Schlacht, und Aurungzib ging ungeduldig und gereizt auf und ab. Als die Neuigkeiten schließlich eintrafen, entsprachen sie den Erwartungen. Shuja war besiegt worden und ins Ganges-Delta geflohen. Aber noch war er in Freiheit, und in Bengalen war er ein beliebter Gouverneur gewesen. Noch schien es durchaus möglich, daß er versuchen würde, eine neue Armee auf die Beine zu stellen.

Aurungzib musterte seine Generäle. »Das hätte nicht besser laufen können«, sagte er. »Sobald der Monsun vorbei ist, kümmern wir uns um Prinz Dara.«

Dara schickte nun Boten zu seinen zwei jüngeren Brüdern und befahl ihnen, ihre Heere aufzugeben und sich in Agra mit ihm zu treffen.

Aurungzib gab wie immer eine versöhnliche Antwort und machte sich marschbereit.

»Vielleicht sollten wir tun, was er verlangt«, jammerte Murad. »Jetzt, da Shuja besiegt ist und Dara vom Badshah unterstützt wird …«

»Dara würde sich des Badshahs entledigen, wenn er es könnte. Aber das wagt er nicht, solange wir kampfbereit sind«, entgegnete Aurungzib. »Du tätest gut daran, militärische Angelegenheiten mir zu überlassen, Bruder.«

Und so kehrte Murad zurück zu seinen Frauen.

Aurungzibs erster offener Akt der Rebellion bestand darin, eine Delegation nach Agra zu schicken, die Dara in seinem Namen beschuldigte, einen Staatsstreich durchgeführt zu haben und ihren Vater gefangenzuhalten.

Des weiteren forderte er Dara auf, seine Armee aufzulösen und auf das Eintreffen seiner jüngeren Brüder zu warten. Das war eine bodenlose Unverschämtheit. Aber Aurungzib kannte seinen Bruder und wußte von dessen grenzenloser Arroganz und Selbstsicherheit.

In der Gewißheit, die volle Unterstützung seines Vaters zu genießen, reagierte Dara genauso, wie Aurungzib es vorhergesehen hatte. Schäumend vor Wut verließ er Agra und marschierte nach Südwesten, um seine abtrünnigen Brüder zu stellen.

Er ließ sogar den Badshah dort zurück. Er wollte vor aller Welt demonstrieren, daß Aurungzibs Beschuldigungen aus der Luft gegriffen waren.

Aber in der indischen Welt zählten jetzt nur noch Aurungzibs Ansichten.

Aurungzibs Armee war seit Wochen marschbereit und setzte sich sofort in Bewegung. Gemeinsam mit Murads Soldaten befehligte der Prinz siebzigtausend Mann. Hinzu kamen jene, die sonst noch zum Troß gehörten, so daß das Heer alles in allem hundertzwanzigtausend Personen umfaßte. Die Armee rückte langsam nach Osten in Richtung Allahabad vor, während berittene Späher nach Norden ausgesandt wurden, Neuigkeiten über Dara in Erfahrung zu bringen.

Als sie die Kunde erreichte, daß Daras Heer sich nach Süden in Marsch gesetzt hatte, wurde Blunt gerufen.

»Ich befördere Euch hiermit zum Amir. Ihr werdet mit Eurer Infanteriedivision und vier Kavallerieregimentern so weit nach Westen marschieren, wie es nötig ist, um das Heer meines Bruders zu umgehen. Dann wendet Ihr Euch nach Norden, um in Abwesenheit meines Bruders Agra einzunehmen.«

Richard schnappte nach Luft. »Und wie lauten meine anschließenden Befehle, Hoheit?«

»Nachdem Ihr die Stadt erobert habt, stellt Ihr alle Garnisonskommandeure, denen Ihr mißtraut, unter Arrest und bereitet alles darauf vor, die Stadt bis zu meinem Eintreffen zu halten.«

»Und was, wenn man uns den Einlaß verwehrt?«

»Dann belagert die Stadt und wartet, bis ich zu Euch stoße. Aber ich glaube nicht, daß Ihr vor verschlossenen Toren stehen werdet, wenn Ihr verkündet, daß Ihr gekommen seid, meinen Vater zu schützen. Wenn Ihr erst in der Stadt seid, werdet Ihr dem Badshah mit dem ihm gebührenden Respekt begegnen. Ich werde Euch einen Brief an ihn mitgeben, in dem ich ihm mein Handeln erkläre.«

»Ich verstehe, Hoheit.«

»Sollte mein Bruder versuchen, sich wieder der Person meines Vaters zu bemächtigen, müßt Ihr die Stadt gegen ihn verteidigen. Aber Ihr werdet nicht lange auf Euch gestellt sein, denn in diesem Fall werde ich Dara dicht auf den Fersen sein.«

»Ich fühle mich geehrt, mit dieser Aufgabe betraut zu werden.«

»Ich habe Euch nicht nur ausgewählt, weil Ihr mein erfahrenster Soldat seid, sondern weil ich weiß, daß Ihr als Ungläubiger niemals hoffen könntet, den Thron selbst zu besteigen. Aber es gibt da noch einen Grund.« Er lächelte. »Ihr werdet auch Prinzessin Ara festnehmen.«

Richard sank das Herz. »Ja, Hoheit.«

»Ihr werdet ihr kein Haar krümmen. Ich werde über sie richten, wenn ich selbst wieder in Agra bin.«

»Ich verstehe, Hoheit.«

Aurungzib lächelte erneut. »Ihr solltet Eure Frauen mitnehmen, Blunt Bahatur, damit Ihr nicht in Versuchung geratet, den Reizen meiner Schwester erneut zu erliegen.«

Richard war fest entschlossen, seine Frauen mitzunehmen. Seine Liebschaft mit der Prinzessin lag achtzehn Jahre zurück. Sie war inzwischen Mitte Vierzig und würde sicherlich ihre Fähigkeit eingebüßt haben, jeden Mann zu bezaubern.

Er marschierte in verschärftem Tempo nach Norden und erreichte Anfang Mai die Stadttore. Der Hakim wurde gerufen; es war immer noch sein alter Freund Kazim Khan. Richard fragte sich nicht zum erstenmal, ob Kazim Khan wohl jemals

Aras Privatgarten betreten hatte. Aber jetzt befand er sich in einer schwierigen Lage, während er sich anhörte, was Richard zu sagen hatte, und Aurungzibs Brief entgegennahm.

»Ich werde den Brief persönlich überbringen, Blunt Bahatur, aber ich kann einer so großen Armee nicht ohne Erlaubnis des Badshahs die Tore öffnen.«

Und ohne Erlaubnis der Prinzessin, sagte sich Richard. Er fragte sich, ob sie Widerstand leisten und ihn zwingen würde, Agra zu belagern. Aber zu seiner Überraschung und Erleichterung wurden die Tore nach einer knappen Stunde geöffnet.

Die Bevölkerung hatte sich in den vergangenen zwei Jahren an den Anblick von Armeen gewöhnt, aber die Hazzaras von Lanzenreitern, gefolgt von den blauuniformierten Veteranen von Richards Division, die durch die Straßen trabten, erregten dennoch Aufmerksamkeit. Blunt ritt an der Spitze seiner Männer und spürte, daß die Menschen beeindruckt waren. Zweifellos war Daras Heer bei weitem nicht so diszipliniert wie Aurungzibs.

Er fragte sich, was seine Frauen, die in ihren Wagen der Prozession folgten, von den Wundern dieser Stadt hielten. Das Taj Mahal war inzwischen fertiggestellt, die geometrischen Gärten und Wasserbecken präzise angelegt, und das riesige Kuppeldach schimmerte strahlendweiß im Sonnenlicht. Wenn Shah Jahan ebensoviel Energie und Geld darauf verwandt hätte, sein Reich zu regieren wie prächtige Kunstwerke zu erschaffen, wäre es ein völlig anderes Indien gewesen.

Die Gardetruppen hatten vor dem kaiserlichen Palast Aufstellung genommen und boten in ihren glitzernden gold-roten Uniformen einen prächtigen Anblick. Kazim Khan war als Gouverneur der Stadt ebenfalls dort, um Richard willkommen zu heißen.

»Die Nachricht Eures Herrn wurde mit Wohlwollen aufgenommen, Blunt Bahatur«, sagte er. »Wir haben schwere Zeiten hinter uns.«

»Geht es dem Badshah gut?«

Kazim nickte. »Den Umständen entsprechend, ja. Er erwartet Euch.«

Richard wurde unverzüglich zum Badshah geführt. Shah Jahan saß auf dem Pfauenthron; der gewaltige goldene Schnabel senkte sich über seinem Kopf und berührte beinahe den Turban. Er sah sehr alt und gebrechlich aus, und seine Haut hatte durch die Krankheit eine gelbe Färbung angenommen.

Er war von seinen Wesiren und Offizieren umgeben, während Richard nur Bayan Ali an seiner Seite hatte. Aber ein Blick aus dem Fenster genügte, den Badshah daran zu erinnern, daß sein Palast von Aurungzibs Männern umstellt war.

»Blunt Bahatur«, sagte der Badshah. »Mein Sohn zollt mir großen Respekt. Meint er es aufrichtig?«

»Prinz Aurungzib wünscht sich nichts anderes, als Euch demütig zu dienen, Badshah.«

»Das ist gut«, sagte Shah Jahan. »Meine anderen Söhne haben mich respektlos behandelt. Wann wird Prinz Aurungzib hier sein?«

»Sehr bald, Badshah. Sobald er den Usurpator, Prinz Dara, besiegt hat.«

»Ich werde nicht zulassen, daß Prinz Dara getötet wird«, entgegnete Shah Jahan schroff. »Ich habe ihn zu meinem Nachfolger ernannt. Es stimmt, daß er mir nicht den gebührenden Respekt gezollt hat, aber ich wünsche nicht, daß er getötet wird.«

»Ich bin sicher, daß Prinz Aurungzib ehrenhaft mit seinem Bruder verfahren wird, Badshah«, sagte Richard besänftigend.

»So soll es sein«, sagte Shah Jahan und bedeutete Richard durch ein Handzeichen, daß das Gespräch beendet war.

Aber das eigentliche Gespräch stand ihm erst noch bevor. Kazim Khan wartete bereits auf ihn.

»Prinzessin Ara wünscht Euch zu sprechen.«

»Und ich muß sie sprechen«, entgegnete Richard. Seine Männer hatten ihre Befehle bereits erhalten und warteten nur auf sein Zeichen. Jetzt nickte er Bayan Ali zu, der vor den Türen zu den Gemächern der Prinzessin stand, und sie begannen, die Palastwachen zu entwaffnen. Aras Leute waren so verblüfft, daß sie gar nicht erst versuchten, Widerstand zu leisten.

Kazim seufzte. »Sie ist immer noch so schön wie eh und je. Es heißt, sie würde niemals alt werden.«

Richard sagte sich, daß Aurungzib das wohl ohnehin nicht zulassen würde, und ließ sich mit gemischten Gefühlen in den unvergeßlichen Garten führen. Seine Ankunft war vermutlich so etwas wie die Unterschrift auf ihrem Todesurteil.

Sie saß, von ihren Dienerinnen umgeben, auf dem Diwan und blickte ihm mit feuchten Augen entgegen. Bei ihrer letzten Begegnung hatten sie gesprüht vor Haß. Sie war tatsächlich noch so schön wie damals, die Brüste fest, die Beine schlank.

»Ihr kommt zu unserer Rettung, Blunt Bahatur«, sagte sie.

»Ich bin auf Befehl des Prinzen Aurungzib gekommen, Hoheit.«

Ara warf den Kopf auf. »Jetzt, da Ihr hier seid, müßt Ihr Eure Befehle von mir entgegennehmen. Bei Allah, es war eine schwere Zeit für uns. Dara ist umherstolziert wie ein Pfau und war so überheblich, daß es kaum auszuhalten war. Aber Euch wiederzusehen, Blunt ...« Sie klatschte in die Hände, und die Dienerinnen eilten kichernd aus dem Garten und ließen sie allein. Die Prinzessin erhob sich und zog ihren Sari aus, überzeugt, daß sie ihre körperliche Macht über ihn mühelos wiedererlangen konnte. »Ich möchte mit Euch baden, so wie wir es vor so langer Zeit getan haben«, sagte sie.

Richard ließ den Blick über ihren makellosen Körper gleiten. Vor so langer Zeit, dachte er.

»Und anschließend essen wir zusammen und unterhalten uns über vieles.« Sie trat an die Stufen, die ins Wasser führten.

»Zieht Euch bitte wieder an, Prinzessin.«

Sie blickte zu ihm zurück und runzelte die Stirn.

»Ich habe Befehl, Euch unter Arrest zu stellen«, sagte Richard.

Aras Züge erstarrten zu einer Maske des Zorns.

»Ihr wagt es, *so* mit mir zu sprechen?« Sie klatschte erneut in die Hände.

»Zieht Euch an«, sagte Blunt erneut. »Eure Dienerinnen sind bereits in Gewahrsam genommen. Meine Männer werden jeden Augenblick in den Garten kommen.«

Ara griff nach ihrem Sari und wickelte ihn um ihren zornbebenden Leib. »Ich lasse Euch pfählen«, zischte sie. »Und ich werde mit meinen eigenen Händen den Pfahl in Eure Eingeweide rammen.«

Richard verneigte sich. »Man wird Euch kein Haar krümmen, Prinzessin. Aber es ist Euch nicht gestattet, Eure Gemächer zu verlassen.« Er wandte sich der Tür zu, als sie geöffnet wurde und seine Offiziere in den Garten traten. »Jede Tür wird bis zum Eintreffen Prinz Aurungzibs bewacht werden. Ich bitte Euch, keine Dummheiten zu machen, Hoheit – und keine Intrigen zu schmieden.«

»Ihr dreckiger undankbarer Hund!« kreischte sie und stürmte auf ihn zu. Er packte ihre Handgelenke, ehe sie ihm mit den Fingernägeln das Gesicht zerkratzen konnte, und zwang sie auf den Diwan. Ungeachtet der Blicke der Soldaten schmiegte sie sich an ihn und schlang die Beine um seine Hüften.

»Holt die Dienerinnen herein«, rief er, und einen Augenblick später war er von den verängstigten Mädchen umringt.

»Kümmert euch um eure Herrin«, keuchte er und stieß die Prinzessin, die immer noch versuchte, sich an ihn zu klammern, von sich.

Ara setzte sich mit geblähten Nasenflügeln auf, das schöne Gesicht verzerrt vor Wut.

»Hinaus!« schrie sie. »Hinaus. Ich will Euer Gesicht nie wieder sehen.«

Die Kunde der Verhaftung verbreitete sich so unheilvoll wie ein Erdbeben in der ganzen Stadt.

»Was wird mit ihr geschehen?« fragte Anne.

»Was mit uns allen geschehen wird, hängt jetzt allein vom Prinzen ab.«

Richard kehrte zum Haus der Blunts zurück, das inzwischen über zehn Jahre leer gestanden hatte. Bilkis erinnerte sich noch gut an das Haus und kümmerte sich um die Renovierungsarbeiten. Damit waren die Frauen beschäftigt, wenngleich sie nicht wußten, ob sie für länger dort leben würden. Anne war begeistert von dem vielen Marmor, den Innenhöfen und den Springbrunnen, in denen schon bald wieder Wasser floß.

»Dieses Haus ist seit einhundertzweiunddreißig Jahren im Besitz meiner Familie«, rechnete Richard nach.

Sie war sprachlos, da sie nicht geahnt hatte, daß die Blunts schon so lange Zeit in diesem Land beheimatet gewesen waren.

Blunt besuchte den Badshah auch weiterhin täglich, nicht nur, um dem alten Mann zu schmeicheln, sondern auch, um ein Auge auf den Hof und auf die Männer, die Prinzessin Aras Gemächer bewachten, zu halten.

»Warum wurde sie eingesperrt, Blunt Bahatur?« klagte Shah Jahan. »Wart Ihr nicht mit ihr befreundet?«

»Ich befolge nur die Befehle Prinz Aurungzibs, Badshah«, entgegnete Richard. »Er verdächtigt die Prinzessin, gegen Euch intrigiert zu haben.«

»Ich bin kein Dummkopf«, erwiderte Shah Jahan barsch, als ihm plötzlich wieder einfiel, daß er zumindest offiziell immer noch der mächtigste Herrscher auf Erden war. »Meine Tochter würde niemals gegen mich intrigieren. Im Gegensatz zu meinen Söhnen liebt mich meine Tochter fast so sehr, wie sie ihre Mutter geliebt hat. Habt Ihr die Mumtaz Mahal gekannt? Sie war die großartigste Frau ihrer Zeit.« Zu Richards Verblüffung rollte eine Träne über die gelbe Wange – nach sechsundzwanzig Jahren. »Ich liebe sie immer noch«, fuhr Shah Jahan fort. »Jetzt warte ich nur noch darauf, endlich wieder mit ihr vereint zu sein. Prinzessin Ara würde mir niemals schaden wollen, Blunt Bahatur. Ihr müßt Prinz Aurungzib davon überzeugen. Er haßt sie wegen ihres Lebenswandels. Aber das ist meine Schuld, weil ich sie zu sehr verwöhnt habe. Sie war erst sechzehn, als ihre Mutter starb. Der Prinz muß akzeptieren, daß es Menschen gibt, die eine andere Lebensauffassung haben als er selbst. Ihr müßt ihm das begreiflich machen.«

Richard verneigte sich. »Ich werde tun, was in meiner Macht steht, Badshah.«

Wieder konnten sie nichts anderes tun als warten. Aber im Mai kam es in Samugarh zu einer Schlacht. Dara wurde vernichtend geschlagen. Ebenso wie Shuja ergriff er die Flucht.

Aurungzib marschierte nach Agra und traf im darauffolgenden Monat dort ein. Blunt ritt ihm mit den Garnisonstruppen entgegen; er hatte jedes Gebäude der Stadt mit Bannern und Flaggen schmücken lassen.

Aurungzib drückte seine Hand. »Das habt Ihr gut gemacht, Blunt Bahatur. Wo ist mein Vater?«

»Er blickt vom Balkon seiner Gemächer auf Euch hinab, Hoheit.«

»Gehen wir zu ihm.«

Gefolgt von seinen Tavachis und seinem Bruder Murad betrat er den Palast und verneigte sich vor seinem Vater.

»Badshah, das Schicksal hat gewollt, daß ich Eure Feinde besiege und Eurem Reich Frieden bringe.«

»Du hast doch deinem Bruder nichts angetan?« fragte Shah Jahan.

»Ich habe ihn nicht einmal zu Gesicht bekommen. Er ist vom Schlachtfeld geflohen.«

»Brüder sollten einander kein Leid zufügen«, murmelte Shah Jahan.

Aurungzib verneigte sich erneut. »Und wie geht es Euch, Vater?«

»Ich habe Schmerzen«, entgegnete der Badshah. »Große Schmerzen.«

Er blickte auf das Taj Mahal. »Ich werde bald wieder mit meiner geliebten Frau vereint sein.«

»Ihr werdet noch viele Jahre leben«, tröstete ihn Aurungzib. »Aber Euch unter der Last leiden zu sehen, ein so großes Reich zu regieren …«

»Wie sollte ich dieser Last entgehen?« unterbrach ihn Shah Jahan.

»Indem Ihr andere mit der Aufgabe betraut, Euch diese Pflichten abzunehmen. Was wünscht Ihr Euch an meisten auf der Welt?«

Shah Jahan seufzte. »Nun, in Frieden hier zu sitzen, auf ihr Monument zu blicken und mich zu erinnern …«

»Dann ist es meine Pflicht, Euch diesen Frieden zu geben«, sagte Aurungzib fest. »Ich möchte nicht, daß Ihr Eure Gemächer je wieder verlaßt. Ich verbiete es sogar und werde meinen Männern entsprechende Instruktionen geben.«

»Und jetzt gibt es allerhand zu tun«, sagte Aurungzib und ließ den Blick um sich schweifen.

»Ihr habt Euren Eid gebrochen«, beklagte sich Prinz Murad.

Aurungzib wölbte die Brauen.

»Ihr habt mir geschworen, die Wünsche unseres Vaters zu respektieren«, sagte Murad.

»Tue ich das denn nicht?« Aurungzib schien ehrlich überrascht von dieser Anschuldigung.

»Ihr habt ihn geschickt aus dem Verkehr gezogen, auch wenn er selbst es nicht durchschaut.«

»Ich habe ihn gefragt, was er sich auf der Welt am meisten wünscht«, sagte Aurungzib. »Und als er es mir gesagt hat, habe ich ihm diesen Wunsch erfüllt. Wie könnte ein Sohn noch mehr für seinen Vater tun? Und jetzt werde ich dir dieselbe Frage stellen, Bruder, dem Schwur entsprechend, den wir einander geleistet haben. Was ist dein größter Wunsch? Möchtest du an meiner Seite in den Krieg ziehen, oder wäre es dir lieber, frei von allen Pflichten, in einem friedlichen Palast zu wohnen und alles, was dir im Leben am meisten bedeutet, im Überfluß zu genießen?«

Murad befeuchtete sich nervös die Lippen.

»Sklavenmädchen aus Burma«, sagte Aurungzib. »Aus Persien und China. Die schönsten Frauen der Welt als Ergänzung deines Harems indischer Schönheiten. Ist es nicht das, was du dir wirklich wünschst?«

Murad fuhr sich erneut mit der Zungenspitze über die Lippen, da es ihm widerstrebte, seine Laster vor den versammelten Offizieren einzugestehen.

Aurungzib lächelte und umarmte seinen Bruder. »All das soll dein sein«, versprach er. »So wie wir es uns geschworen haben, werden wir einander in allem unterstützen. Ich habe, was ich mir am meisten gewünscht habe. Du hast, was du dir am meisten wünschst. Solange wir zusammenstehen, wird es uns beiden gutgehen.«

»Jetzt muß ich mit meiner Schwester sprechen«, sagte Aurungzib, »Blunt Bahatur, Ihr begleitet mich.«

»Der Badshah hat ausdrücklich darum gebeten, daß Ihr das Leben Eurer Schwester verschont, Hoheit«, warnte Richard.

»Ich bezweifle, daß mein Vater noch in der Lage ist zu begreifen, was um ihn herum vorgeht«, entgegnete Aurungzib. »Außerdem ist er ebenso schuldig wie sie. Ihr wißt von ihrer Sünde, aber niemand sonst darf es erfahren. Weder ihre Frauen dürfen ein Wort darüber verlauten lassen – noch ihre Henker. Wir werden zwei Sklaven nehmen.«

Richard hatte keine andere Wahl, als zu gehorchen, und ließ sich seinen Unwillen nicht anmerken, als er dem Prinz in den unvergeßlichen Garten folgte. Er hatte die Prinzessin nicht mehr gesehen, seit er ihr mitgeteilt hatte, daß sie unter Arrest stünde, aber seine Wachen hatten ihm regelmäßig berichtet. Aras Stimmungen schwankten offenbar zwischen Zuversicht, wenn sie überzeugt war, daß jemand sie befreien würde, und tiefster Verzweiflung, die sich in Schluchzen, Schreien und Wutausbrüchen äußerte.

Heute schien sie ruhig und gefaßt, als sie sich erhob und ihrem Bruder entgegensah, der, gefolgt von Blunt und zwei Sklaven, den Garten betrat.

»Ein Rudel Schakale«, bemerkte sie.

Aurungzib verschwendete keine Zeit. »Im Namen des Badshah klage ich dich des Ehebruchs, der Hurerei, des Inzests, der Blasphemie und des Verrats an.«

»Wer beschuldigt mich?« fragte Ara. »Diese Kreatur in deinem Gefolge?«

»Schick deine Dienerinnen fort«, befahl Aurungzib. »Ich will mit dir allein sprechen.«

Ara zögerte einen Augenblick, ehe sie in die Hände klatschte. Die Mädchen eilten hinaus, ohne zu wissen, daß sie von Soldaten erwartet wurden, die sie auf der Stelle erdrosseln würden.

»Hast du zu den gegen dich vorgebrachten Vorwürfen nichts zu sagen?« fragte Aurungzib.

Ara warf den Kopf zurück. »Ich bin deine ältere Schwester, Junge. Ich tue, was mir beliebt. Ich habe schon immer getan, was ich wollte.«

»Du gestehst also deine Verbrechen. Hiermit verurteile ich dich zum Tode.«

Die beiden Sklaven traten vor. Ara funkelte sie zornig an. »Das sind gemeine Mörder.«

»Bestens geeignet für die ihnen obliegende Aufgabe. Ist Baden nicht deine Lieblingsbeschäftigung? Sie sind hier, dich zu baden.«

Ara schnappte nach Luft. »Diese Schweine?«

»Geh mit ihnen«, befahl Aurungzib. »Du brauchst dich nicht zu entkleiden; die Tage deiner Unzucht sind vorbei.«

Ara wandte sich Richard zu. »Wollt Ihr das wirklich zulassen?«

Richard schwieg.

Auf ein knappes Nicken Aurungzibs hin packten die Sklaven sie bei den Armen. Sie schrie und versuchte, sich loszureißen, aber sie trugen sie trotz ihrer Gegenwehr die Stufen hinab ins Wasser. Sie schlug und trat weiter um sich, und ihr Sari löste sich. Als ihnen das Wasser bis zu den Hüften reichte, legten die Sklaven jeweils eine Hand auf den Kopf der Prinzessin und drückten ihr Gesicht unter Wasser. Sie wehrte sich noch mehrere Minuten, daß das Wasser um sie herum schäumte und brodelte. Dann erschlaffte ihr Körper.

Aurungzib zog seinen Säbel. Wie bereits zuvor angewiesen, tat Richard es ihm gleich. Verblüfft wandten die Henker sich ihnen zu und wurden von den blitzenden Klingen durchbohrt. Ihre Leichen trieben neben der Aras auf dem Wasser, das sich rasch rot färbte.

»Sie haben zuviel gesehen«, sagte Aurungzib.

»Dasselbe wie ich, Hoheit«, sagte Richard mit bebender Stimme.

Sie sahen einander an, jeder von ihnen seinen blutbeschmierten Säbel in der Hand. Dann lächelte Aurungzib grimmig. »Aber Euch brauche ich noch, Blunt Bahatur.«

Blunt wurde zum Gouverneur von Agra ernannt. Er war sich der Unsicherheiten seiner Position bewußt, die vollständig von Aurungzibs Gnaden abhing und noch mehr von seinem Erfolg. Er hätte es vorgezogen, beim Heer zu bleiben und an der Seite seines Herrn zu kämpfen oder zu sterben. Statt dessen mußte er dem Heer von den Zinnen aus nachblicken, als der Prinz sich nach dem Monsun auf die Jagd nach seinen Brüdern machte.

Die Frauen waren entzückt, daß ihr Mann zu Hause bleiben würde. Ende 1685 wurde Anne erneut schwanger, aber Richard interessierte sich nur für Neuigkeiten von Aurungzib.

Der Vormarsch des Prinzen war von Erfolg gekrönt – und gnadenlos. Shuja und Dara hatten beide wieder zu den Waffen gegriffen, und es hieß, sie wollten sich gegen den wahren Usurpator verbünden. Aber Aurungzib marschierte furchtlos zwischen die Heere und wandte sich dann nach Osten.

In Bengalen stellte er Shuja und schlug dessen Heer vernichtend. Diesmal wurde der Prinz endgültig besiegt. Shuja entkam, aber seine Soldaten wurden niedergemetzelt. Shuja floh nach Burma, wo er einige Jahre später in Armut starb.

Jetzt machte Aurungzib kehrt, und im April 1659 wurde in Deorai die letzte und entscheidende Schlacht des Bürgerkriegs geschlagen, die mit einer verheerenden Niederlage Daras endete. Ebenso wie sein Bruder suchte der Prinz das Weite, wurde jedoch von einem seiner Männer verraten, nachdem Aurungzib ein beträchtliches Kopfgeld ausgesetzt hatte. Dara wurde vor den Eroberer geführt, der Häresie angeklagt, verurteilt und hingerichtet.

Aurungzib war noch vor dem Monsun zurück in Agra und hielt mit Trompetenfanfaren Einzug in die Stadt. Er suchte unverzüglich seinen Vater auf.

»Eure Feinde sind alle tot oder geflohen, Vater«, sagte er.

Shah Jahan hob den müden Kopf. Er war jedoch nicht so schwach, daß ihm nicht aufgefallen wäre, daß Aurungzib ihn nicht mit der korrekten Anrede ›Badshah‹ begrüßt hatte.

»Jetzt könnt Ihr den Rest Eurer Tage in Frieden verleben«, versicherte ihm Aurungzib. »Nie wieder werdet Ihr die Last des Reiches spüren. Ihr werdet diese Dinge künftrig mir überlassen.«

Shah Jahan schwieg.

»Mein Großvater«, erzählte Aurungzib, »hat sich den Titel Jahangir, ›Welteroberer‹, angeeignet, zweifellos, um seine Feinde zu beeindrucken. Er hat nie irgend etwas erobert, aber ich habe die ganze Welt erobert, jedenfalls den einzig wichtigen Teil davon. Und schon bald wird auch der Rest mir gehören. Deshalb werde ich mich fortan Alamgir nennen, ›Herr der Welt‹. Ist das nicht passend?«

Bald nach Ende der Regenzeit brachte Anne einen Sohn zur Welt, den sie nach dem erfolgreichsten aller Blunts Peter nannten.

Es war eine Blütezeit für die Blunts und das ganze Reich. Aber Aurungzib zog sofort wieder in den Krieg und führte sein Heer nach Süden in den Dekkan und in den Norden nach Afghanistan. Die Perser wurden besiegt – ebenso wie die Marathen. Nachdem bewiesen wurde, daß sie von Golconda unterstützt worden waren, wurde Haiderabad von den kaiserlichen Truppen in Besitz genommen, wenngleich der Charminar verschont wurde. Abdullahs Nachfolger, Abul Hassan, wurde hingerichtet.

Die Company war so klug gewesen, weiteren Handel mit den Marathen abzulehnen, und aus Fort St. David, oder Madras, wie es inzwischen genannt wurde – der ursprüngliche Name Madraspatnam war von den Briten gekürzt worden –, kam die Kunde, daß der Ruhm Aurungzibs bis nach Europa gedrungen war. Jene, die mit seinem gewaltigen und unermeßlich reichen Land handelten, kannten ihn nur unter einem Namen: Großmogul.

So wie auch der riesige Diamant hieß, den er um den Hals trug.

# FÜNFTES BUCH

## DIE COMPANY

*Men are we, and must grieve when even the shade*
*Of that which once was great is passed away.*

William Wordsworth,
über den Untergang der
Republik Venezien

## Kapitel 21

## Der Tyrann

»Der Badshah kommt!«

Die Kunde verbreitete sich wie ein Lauffeuer in Delhi; Menschen liefen aus ihren Häusern und säumten die Straßen, sie warteten auf den aus dem Krieg zurückkehrenden Großmogul, um ihn gebührend zu empfangen.

Erst kam die Vorhut der Gardekavallerie; Rüstungen und Speerspitzen glitzerten in der Sonne, und die Reiter boten in ihren goldenen Tuniken und den roten Hosen und Turbanen einen prächtigen Anblick. Es waren stolze und hochmütige Männer, wie es den besten Elitetruppen der Welt zustand.

Peter Blunt schwoll das Herz, während er vom Dach des Hauses seiner Mutter auf die Soldaten hinabblickte. Einst war sein Vater an ihrer Spitze geritten. Und eines Tages würde *er* sie anführen, daran bestand für ihn kein Zweifel.

Anne Blunt spürte, was in dem Jungen vorging, und legte ihm einen Arm um die Schultern, halb ermutigend, halb beschützend. Peter war das letzte von Richards Kindern.

Peter, vierzehn Jahre alt, konnte sich nur noch schattenhaft an seinen Vater erinnern, der nur wenige Jahre nachdem Aurungzib den Pfauenthron bestiegen hatte, im Kampf gegen die Marathen im Dekkan gefallen war. Peter war erst sechs Jahre alt gewesen, als diese Tragödie über die Blunt-Familie hereingebrochen war, und von seinem Vater war ihm nur die vage Erinnerung an einen großen, starken Soldaten geblieben.

Die Gunst des Kaisers hatte sich auf die Familie des toten Helden ausgeweitet. Als Aurungzib seine Hauptstadt nach Delhi verlegte – seinen alternden Vater hatte er in Agra zurückgelassen, wo er seine Tage damit verbrachte, auf das Taj Mahal zu blicken –, hatten die Blunts ihn begleitet. Richards Frauen erhielten großzügige Pensionen und wurden in diesem prächtigen Palast untergebracht. Richards Kinder sollten als Soldaten im Dienste des Kaisers ausgebildet werden, und Peters ältere Halbbrüder waren bereits in der Armee. Zaid war Garnisonskommandant und Nasir Ming-bashi der Gardekavallerie. Peters Halbschwester Iskanda war mit einem mongolischen Edelmann verheiratet worden, und auch Peters Vollschwester Penelope lebte seit drei Jahren – sie war inzwischen siebzehn – im Harem eines Amirs.

Peter war damals erst elf gewesen und hatte die Resignation seiner Mutter doch verstanden. Als ihr Gatte gestorben war, hatte Anne Blunt mit ihren beiden Kindern Hindustan verlassen wollen, Aurungzib hatte ihr jedoch die Erlaubnis verweigert. »Ich gewähre Euch jeden anderen Wunsch«, hatte er gesagt. »Aber Ihr habt einen Sohn, der eines Tages ein neuer Blunt Bahatur sein und in meinen alten Tagen an meiner Seite reiten wird. Ihr werdet hierbleiben, und wenn Ihr es wünscht, suche ich Euch einen neuen Ehemann.«

Anne hatte dankend abgelehnt, obwohl sie mit ihren vierundvierzig Jahren immer noch eine schlanke und schöne Frau war. Aber der Gedanke, in einem Harem eingesperrt zu werden, widerstrebte ihr, und wenn sie schon in Indien bleiben mußte, wollte sie zumindest die Freiheit einer Witwe genießen – eine Freiheit, die keiner anderen Frau in diesem vom Badshah so streng regierten Land gestattet war. Denn die umfassende Freiheit der Tage des Großen Akbar und sogar seines Enkels Shah Jahan waren längst vorbei. Sie aber hatte ihr Haus, ihre guten Freunde, die Gesellschaft der anderen Witwen Richard Blunts, Bilkis und Hilma – Shaita war bereits in jungen Jahren am Fieber gestorben –, und ihre Kinder. Und doch hatte sie die ganze Zeit über gewußt, daß dieses Glück nicht von Dauer sein konnte. Aurungzib persönlich hatte einen Ehemann für die junge Penelope ausgewählt, und Peter verbrachte bereits täglich vier Stunden beim Exerzieren mit den anderen Nachwuchsgardisten.

Sie wußte, daß sie sich in England nichts von alledem hätte leisten können. Zwar hieß es in den Berichten aus Madras oder der neuen britischen Faktorei in Surat, England wäre seit Cromwells Tod wieder ein glückliches Land, aber dort könnte sie niemals ein so luxuriöses Leben führen, wie der Badshah es jenen ermöglichte, die in seiner Gunst standen.

Aurungzib ritt gleich hinter der Vorhut, an der Spitze seiner Truppen. Er saß ganz in Gold gekleidet auf einem edlen Araber-Schimmel. Der Schaft seines Tulwars glitzerte von Edelsteinen.

Mit seinen sechsundfünfzig Jahren schien er auf dem Höhepunkt seines Lebens und seiner Macht. Zwar durchzogen erste weiße Strähnen seinen Bart, aber seine Energie war ungebrochen. Shah Jahan war bereits seit gut zehn Jahren tot, so daß Aurungzib längst der unangefochtene Badshah war; und nach einem ganzen Leben auf dem Schlachtfeld konnte niemand an seinem militärischen Genie zweifeln. Gerade hatte er – nicht zum erstenmal – die Perser besiegt, um die Nordwestgrenze zu sichern, und in ganz Indien gab es nur eine einzige Streitkraft, die immer noch wagte, ihm zu trotzen: der Marathen-Bund unter Sivaji.

Aber sogar diese Konfrontation hatte Aurungzib Ruhm eingebracht. Sivaji hatte den Bürgerkrieg zwischen den Söhnen Shah Jahans genutzt, seine Leute zu reorganisieren und Bijapur zu erobern; er hatte sogar die Faktorei der East India Company in Surat überfallen und reiche Beute gemacht. Als Aurungzib erkannt hatte, daß dieser Räuberhauptmann – oder Hindu-Patriot, je nach Standpunkt – zu mächtig wurde, hatte er seinen Wesir gegen ihn ins Feld geschickt. Aber Sivaji hatte die Schlacht gewonnen und seine Macht weiter ausgebaut.

Darauf hatte Aurungzib seine besten Truppen unter Führung seines besten Generals, Mirza Raja Rai Singh, gegen den Rebellen geschickt. In diesem Feldzug war Richard Blunt als Kommandeur einer Gardedivision gefallen. Aber Rai Singhs gewaltiges Heer, das an die hunderttausend Soldaten umfaßte, hatte Sivaji gezwungen, die Waffen zu strecken. Nachdem er sich ergeben hatte, war er aufgefordert worden, mit seinem Sohn nach Delhi zu reiten und formell einen Eid zu schwören, dem Mogul künftig als treuer Untertan zu dienen.

Dies hatte er auch getan, aber bald schon hatte er erkannt, daß er und sein Sohn Sambaji Gefangene waren, die hingerichtet werden sollten, sobald sie von ihrem Volk vergessen worden wären.

Aber Sivaji war mit bemerkenswerter Listigkeit die Flucht gelungen. Er hatte vorgegeben, krank zu sein, möglicherweise sogar im Sterben zu liegen, und als devoter Hindu begonnen, sich den Weg ins Jenseits durch Almosen an die Bedürftigen zu ebnen. Diese Almosen bestanden aus riesigen Obstkörben, die jeden Tag in den Palast des Marathen-Häuptlings getragen wurden waren, damit er sie segnen konnte, ehe man die Früchte an die Armen verteilte. An einem Tag waren die Körbe sogar noch größer als gewöhnlich – aber die moslemischen Wachen hatten es schon lange aufgegeben, sie zu inspizieren. Und als sie wieder aus dem Palast hinausgetragen wurden, waren Sivaji und sein Sohn Sambaji in ihnen versteckt.

So gelang den Marathen die Flucht, und sie kehrten im Triumph nach Dekkan zurück, wo sie von ihrem Volk als noch größere Helden gefeiert wurden.

Es hieß, sogar Aurungzib hätte ob der Raffiniertheit des Unternehmens gelächelt, nachdem sich sein Zorn über die Flucht seines gefährlichsten Widersachers gelegt hatte. Aber er hatte weder vergessen noch vergeben, auch wenn Sivaji sich in den letzten Jahren ruhig verhalten hatte.

Aurungzib blickte von rechts nach links auf die Menschen, die die Straßen säumten und ihm zujubelten. Es waren größtenteils Moslems, da der Badshah seit Sivajis Coup das Angesicht Hindustans langsam verändert hatte. Die unter Akbar tolerante, weltoffene, fortschrittliche Nation hatte sich nach und nach in einen fundamentalistischen moslemischen Staat verwandelt. In Anbetracht von Aurungzibs Charakter wäre es vermutlich ohnehin so gekommen, aber Sivajis Aufstand hatte den Prozeß beschleunigt. Hindu-Tempel waren zerstört und das öffentliche Ausüben der hinduistischen Religion verboten worden. Die von Akbar abgeschaffte *Jizya* oder Kopfsteuer für alle Nichtmoslems war wieder eingeführt worden. Und so murrte das Volk in Furcht und Unzufriedenheit … aber niemand war bereit, die Hand gegen den Großmogul zu erheben.

Die Prinzen ritten hinter ihrem Vater. Azam Shah war der älteste, Kham Baksh der zweitälteste, Bahadur Shah der drittälteste und Akbar der jüngste. Akbar war nur wenige Jahre älter als Peter, und dies war sein erster Feldzug. Im Gegensatz zu seinen Brüdern, die denselben Stolz und Hochmut an den Tag legten wie ihr Vater, schien Akbar das Lächeln schwerzufallen, und er warf nur selten einen Blick auf die jubelnde Menge.

Ihnen folgte die Armee. Die Truppen waren kaum weniger arrogant als ihr Herr. Sie waren das beherrschende Heer in ganz

Indien, und niemand zweifelte daran, daß sie, wenn Aurungzib es wünschte, das beherrschende Heer in ganz Asien sein konnten. Schon jetzt war das Wort des Badshah von Baluchistan bis Assam und von Afghanistan bis zur Küste von Malabar und Coromandel Gesetz. Das galt auch für die wachsende Zahl englischer und französischer Faktoreien, die begonnen hatten, den Portugiesen Konkurrenz zu machen.

Aber Aurungzibs gewaltige Macht beruhte nicht allein auf der Größe des von ihm beherrschten Territoriums. Hindustan war für jedermann sichtbar das reichste Land der Welt. Neben dem Großmogul-Diamanten, den der Badshah um den Hals trug, und dem Koh-i-noor, den traditionsgemäß Azam Shah, der Kronprinz, trug, hätte allein der legendäre Pfauenthron, der gemeinsam mit dem gesamten Staatsschatz in die neue Hauptstadt gebracht worden war und den Aurungzib stets benutzte, wenn er sich in Delhi aufhielt, ihm gottähnliche Herrlichkeit verliehen.

Tavernier war es gewesen, der im Anschluß an seinen Besuch in Agra vor etwa zehn Jahren Aurungzibs Ruhm in aller Welt verbreitet hatte. Es war ihm gestattet worden, sich den Thron genau anzusehen, und er hatte seinen Wert auf die gewaltige Summe von über einhundertsechzig Millionen englische Pfund geschätzt, was ihn zum wertvollsten Gegenstand der Welt machte. Nach seiner Rückkehr in England hatte Tavernier der Welt von den Wundern berichtet, die er gesehen hatte, und jetzt gab es kaum einen Abenteurer mehr, der nicht davon träumte, auf dem Subkontinent ein Vermögen zu machen.

Aurungzib sah den jungen Männern beim Schwertkampf im Palastgarten zu. Die Tuman-bashis der Garde und einige seiner Minister standen ganz in der Nähe. Unter ihnen, am anderen Ende des Paradeplatzes, drängten sich die Familien dieser jungen Männer, die hofften, an diesem Tag, ihrem sechzehnten Geburtstag, ausgewählt zu werden.

Erst zeigten sie zu Fuß Schaukämpfe mit dem Schwert; dann wiederholten sie das Ganze zu Pferd, stürmten mit wirbelnden Säbeln aufeinander zu, ließen die Klingen klirrend gegeneinanderprallen und galoppierten dann zurück auf ihre Positionen.

»Begabte junge Männer«, bemerkte Aurungzib, als er die Treppe hinunterstieg und die wartenden Männer und Frauen sich verneigten. Da sie sich in der Öffentlichkeit befanden, waren alle Frauen wie vom Kaiser befohlen verschleiert, aber die Blunt Agha war unschwer an ihrer Größe zu erkennen.

Aurungzib trat auf sie zu. »Der junge Blunt macht sich gut. Ab heute ist er Mitglied der Gardetruppen.« Er sah die Tränen in ihren Augen. »Er wird als einer meiner Tavachis an meiner Seite reiten, Blunt Agha.«

»Ich fühle mich zutiefst geehrt, Badshah.«

»Und doch weint ihr. Wir müssen Euren Haushalt vergrößern. Sucht eine Frau für Euren Sohn, Agha. Sie wird ihm Kinder gebären, die Ihr aufziehen könnt.«

Anne zitterte. »Bei allem Respekt, Badshah ...«

»Sprich.«

»Ich würde meinen Sohn gern mit einer Frau seines Volkes verheiraten.«

Aurungzib wölbte die Brauen. »Sind Euch denn unsere mongolischen Frauen nicht gut genug?«

»Das ist es nicht, Badshah. Ich habe es seinem Vater versprochen.«

Aurungzib musterte sie eindringlich, aber Anne hielt seinem Blick stand, obwohl sie gelogen hatte. Dann nickte der Kaiser. »So sei es. Ihr mögt Euch unter den Frauen einer der englischen Faktoreien umsehen.«

»Zu gegebener Zeit, Hoheit. Bei meinem Volk heiratet man nicht so früh wie bei Eurem. Aber meinen ergebensten Dank für Eure Erlaubnis.«

In der ganzen Pracht seiner gold-roten Uniform gab Peter Blunt eine gute Figur ab. Er war größer als der durchschnittliche Mongole oder Hindu, und wenn er an Aurungzibs Seite ging, ruhten die bewundernden Blicke der Menge auf ihm. Seine Zukunft schien gesichert, was Anne ebenso mit Erleichterung wie mit Stolz erfüllte.

Auch für sie war er nicht ganz verloren, da er eine Nacht die Woche zu Hause verbringen durfte. Sein Halbbruder Nasir, dessen Regiment er nun angehörte, begleitete ihn häufig. Zaid bekamen sie nur selten zu Gesicht, und Iskanda und Penelope war es selbstverständlich nicht erlaubt, den Harem zu verlassen und ihre Familie zu besuchen – vor allem, da allgemein bekannt war, daß die Blunt Agha sich frei mit Männern unterhielt und nie den Yashmak trug. Beide jungen Frauen waren inzwischen Mütter.

Alle drei Frauen waren sich darin einig, daß Annes jüngster Sohn die vielversprechendste Zukunft vor sich hatte; Aurungzib machte keinen Hehl aus seiner Zuneigung zu dem jungen Tavachi.

Wenngleich Anne einen Sieg errungen hatte, indem sie die Erlaubnis erhalten hatte, Peter mit einer Engländerin zu verheiraten, erkannte sie, daß er eine Konkubine brauchte, um nicht von den anderen Offizieren verspottet zu werden. Und so machten sich sie, Bilkis und Hilma gemeinsam auf zum Sklavenmarkt, da Anne wußte, daß sie die Hilfe der beiden anderen Frauen brauchen würde, um eine gute Wahl zu treffen. Bhuti, inzwischen ihr Majordomus, begleitete sie mit dem Geldbeutel.

Anne war noch nie auf einem Sklavenmarkt gewesen und war schockiert von der ungenierten Zurschaustellung von Männern und Frauen, Mädchen und Jungen jeden Alters und jeder Hautfarbe – und von der Menge eifriger Käufer, die das Angebot ebenso gründlich wie ungeniert begutachteten. Die Neuigkeit, daß die drei Blunt Aghas den Markt besuchten, verbreitete sich rasch, und schon bald waren sie von Kundenwerbern umgeben, die versuchten, sie zu diesem oder jenem Händler zu dirigieren.

»Weg mit euch«, schalt Bilkis. »Wir wollen zu Asif Khan.«

»Ich arbeite für ihn«, rief einer der Jungen. »Ich bringe Euch zu ihm.«

»Wer ist Asif Khan?« fragte Anne verblüfft.

»Er hat die beste Ware«, versicherte ihr Bilkis.

Sie wurden durch die Menge geführt, und manch neidischer Blick fiel auf ihre Seidensaris und ihren teuren Schmuck. Sie traten durch die Tür eines Ladens, in dem es nach verschiedenen Parfums und Kaffee roch. Sie wurden von jungen Frauen empfangen, die sie aufforderten, in einem mit dicken Teppichen ausgelegten Empfangsraum Platz zu nehmen, und ihnen Kaffee servierten.

Einen Augenblick später kam Asif Khan persönlich herein.

Anne war entschlossen gewesen, den Sklavenhändler nicht zu mögen, da der Menschenhandel sie mit Abscheu erfüllte. Aber zu ihrer Überraschung erwies sich Asif als großgewachsener würdevoller Mann mittleren Alters, der ihnen respektvoll, aber nicht unterwürfig begegnete.

»Es ist mir eine Ehre, die drei Aghas des großen Blunt gemeinsam begrüßen zu dürfen«, sagte er. »Und jetzt sagt mir, was Ihr wünscht. Sucht Ihr Hausangestellte oder ...?« Er verstummte.

»Wir suchen eine Konkubine für unseren Sohn«, sagte Bilkis mit fester Stimme.

»Ah! Für den jungen Blunt, der kürzlich zum Tavachi des Badshah ernannt worden ist. Natürlich. Schwebt Euch eine bestimmte Nationalität vor?«

»Wir wünschen ein sanftes, stilles Mädchen«, sagte Anne.

»Und gehorsam«, fügte Hilma hinzu.

»Und Jungfrau muß sie sein – aber doch wissen, wie man einen Mann glücklich macht«, sagte Bilkis.

»Selbstverständlich. Jedes der Mädchen, das ich Euch zeigen werde, ist Jungfrau; und jede von ihnen hat gelernt, wie man einen Mann glücklich macht. Auch sind alle gehorsam. Aber einige sind lebhafter als andere ...«

»Sie muß außerdem sehr schön sein«, bemerkte Hilma.

»Und intelligent«, fügte Anne hinzu.

»Natürlich«, stimmte Asif Khan ihnen zu. »Wenn die Aghas mich einen Augenblick entschuldigen würden?«

Er verließ den Raum, und Hilma klatschte übermütig in die Hände. »Ich bin so aufgeregt.«

Sie und Bilkis hatten auch für ihre Söhne Zaid und Nasir Konkubinen gekauft, aber das war lange her. Nasir, der jüngere der beiden, war inzwischen zweiunddreißig und hatte bereits drei Frauen und sechs Kinder.

Anne war bei diesen Händeln noch nicht dabeigewesen. »Findet ihr es nicht widerwärtig, mit Frauen zu handeln, als wären sie Tiere?« fragte sie nun.

Hilma war verblüfft; sie war auf die gleiche Weise verkauft worden, ehe sie Richard Blunt geschenkt worden war.

Bilkis lächelte traurig. »Hier in Hindustan, und soviel ich

weiß in ganz Asien, ist es das Schicksal einer Frau. Aber auch ihre einzige Chance auf Glück.«

»Wenn sie von einem großherzigen Herrn erstanden werden«, gab Anne zurück. »Aber wie viele haben schon dieses Glück?«

»Es gibt nichts Schlimmeres, als überhaupt keinem Mann zu gehören.«

Asif Khan kehrte zurück. »Noch Kaffee?« Er klatschte in die Hände, und die Dienstmädchen kamen herein, um ihnen nachzuschenken.

»Sind diese nicht zu verkaufen?« fragte Anne. Die Mädchen machten einen sehr ergebenen Eindruck.

»Alles in meinem Hause ist zu verkaufen.« Asif lächelte. »Vielleicht sogar ich selbst. Aber diese Mädchen besitzen keine Intelligenz; sie sind nur einfache Dienerinnen. Ihr sagtet, Ihr wünscht ein intelligentes Mädchen. Hier ist Serena.«

Er hielt den Vorhang auf, und ein Mädchen trat herein. Sie trug Haremskleidung: Pluderhosen und Bolerojacke aus durchscheinendem blaßblauen Stoff mit einem ebenfalls hellblauen Filzfes. Ihr langes schwarzes Haar war zu einem dicken Zopf geflochten, der ihr bis weit den Rücken hinabreichte. Sie war hellhäutig und hatte ein recht hübsches Gesicht, eine kurze Nase, ein wohlgerundetes Kinn und weit auseinanderstehende dunkle Augen. Ihr Körper, unter dem dünnen Stoff deutlich zu sehen, war jugendlich straff und geschmeidig.

Sie verneigte sich vor den Frauen.

Asif klatschte in die Hände, und von jenseits des Vorhangs erklang Musik. Serena tanzte für sie, anmutig und grazil. Asif ließ sie etwa zwei Minuten gewähren, dann klatschte er erneut in die Hände, und die Musik verstummte. Eines der Dienstmädchen brachte einen Schemel und eine Sitar, das vielseitige traditionelle lautenähnliche Instrument Nordindiens. Serena setzte sich auf den Schemel, steckte sich ein Blechplektron an den rechten Zeigefinger und zupfte eine hübsche Melodie.

»Sie ist auch eine geschickte Näherin, sagte Asif Khan.

»Woher kommt sie?« fragte Bilkis.

»Aus dem Nordwesten, Agha. Aus Peshawar.«

»Ihr meint, sie ist Pathanin.« Hilma schnaubte verächtlich.

»Aber aus bester Familie. Ihr Vater hat sich verschuldet und war gezwungen, seine Töchter zu verkaufen.«

»Ich finde sie entzückend«, sagte Anne, die die Angelegenheit möglichst rasch hinter sich bringen wollte. »Was verlangt Ihr für sie?«

»Dazu ist es noch viel zu früh«, protestierte Bilkis und winkte das Mädchen zu sich heran. »Knie dich hin«, befahl sie.

Serena gehorchte, und Bilkis machte sich daran, sie zu begutachten wie ein Pferd. Sie forderte das Mädchen auf, den Mund zu öffnen, und prüfte ihre Zähne. Bilkis schnupperte an ihrem Atem, um sicherzugehen, daß er angenehm roch. Dann befahl sie ihr, die Hose auszuziehen und sich mit gespreizten Beinen hinzuknien, damit Bilkis und die enthusiastische Hilma ihre Genitalien begutachten konnten. Anne wurde ganz verlegen und wagte es nicht, Asif Khan anzusehen, aber der Händler schien keine Einwände gegen das unwürdige Vorgehen der beiden Frauen zu haben. Das Mädchen selbst ließ sich widerspruchslos herumschieben, zerren und tätscheln.

»Ja«, sagte Bilkis schließlich. »Zeigt uns noch einige andere.«

Asif Khan verneigte sich und klatschte in die Hände. Serena kleidete sich wieder an, verneigte sich der Reihe nach mit hochroten Wangen vor den drei Frauen und eilte hinaus.

»Was stimmt denn nicht mit ihr?« fragte Anne.

»Nichts«, entgegnete Bilkis. »Aber vielleicht finden wir noch etwas Besseres.«

»Muß sie diese Behandlung bei jedem Interessenten über sich ergehen lassen?«

»Natürlich«, entgegnete Bilkis. »Und die meisten davon sind Männer.«

»Manche Männer kaufen *nie*«, bemerkte Hilma vielsagend. »Sie kommen nur auf den Sklavenmarkt, um die Ware zu begutachten ... und dann abzulehnen.«

Ihnen wurden vier weitere Mädchen gezeigt. Eine war Afghanin und noch hellhäutiger als Serena, aber sie lächelte ständig und war aufdringlich, als biete sie sich den Frauen an. Zwei stammten aus dem Süden, hatten dunkle Haut und Rehaugen. Die letzte sah anders aus als jedes menschliche Wesen, das Anne bislang gesehen hatte: Eine winzige Person mit unübertrefflich anmutigen Bewegungen und gelblichbrauner Hautfarbe.

»Sie ist eine Thai«, erklärte Asif Khan. »Sie stammt von jenseits der westlichsten Grenzen des Reiches.«

So wie die anderen spielte auch sie ein Musikinstrument, jedoch mit einer erstaunlichen Anzahl von Mißklängen.

Jedes dieser Mädchen mußte sich eine gründliche körperliche Begutachtung von Bilkis und Hilma gefallen lassen, aber Bilkis spürte, daß Anne langsam ungeduldig wurde.

»Sie sind nichts Besonderes«, sagte Bilkis, nachdem das Thai-Mädchen namens Jintna hinausgeschickt worden war, »aber bevor wir woanders hingehen, wollen wir uns nur mal die Preise anhören.«

»Bessere Mädchen werdet Ihr nirgendwo finden«, protestierte Asif Khan. »Ich handle nur mit allerbester Ware.«

»Der Preis?« wiederholte Bilkis.

»Die indischen Mädchen kosten jeweils dreißig Rupien.«

Als ehemalige Frau eines Kommissionärs wußte Anne, daß das in etwa zehn englischen Pfund entsprach.

»Und die andere?«

»Ich fürchte, die ist teurer, Agha.«

»Warum?« fragte Hilma. »Ihre Brüste sind nicht mehr als Knospen.«

»Das liegt nur daran, daß sie noch sehr jung ist, Agha. Ihre Brüste werden noch wachsen. Sie ist nicht nur teuer, weil sie von weit her kommt, sondern weil Thai-Mädchen – nun, sie sind beinahe Chinesinnen. Sie kennen Geheimnisse der Liebeskunst, die uns hier in Hindustan verborgen sind.«

»Wieviel?« fragte Bilkis.

»Vierzig Rupien, Agha.«

»Das ist viel Geld für eine Konkubine«, entgegnete Bilkis. »Ich gebe Euch fünfundzwanzig Rupien für das Mädchen Serena.«

»Fünfundzwanzig Rupien! Große Agha, dann bleibt mir gar kein Profit mehr. Achtundzwanzig könnte ich vielleicht noch akzeptieren …«

»Achtundzwanzig«, wiederholte Bilkis nachdenklich. »Sechzig Rupien für Serena und Jintna.«

»Zwei?« protestierte Anne.

»Wie soll einem starken jungen Mann nur ein einziges Mädchen genügen?« fragte Bilkis.

Anne schluckte hart.

»Sechzig?« Asif Khans Stimme wurde um eine Oktave schriller. »Große Agha, wollt Ihr mich ruinieren? Sollen meine Frauen und Kinder verhungern? Fünfundsechzig.«

»Fünfundsechzig.« Bilkis nickte zufrieden. »Bhuti!«

Der Diener zählte das Geld ab, und die beiden Mädchen wurden wieder hereingebracht.

»Besitzen sie keine persönliche Habe?« fragte Anne.

Asif Khan verneigte sich. »Alles, was Ihr seht, gehört Euch, große Agha.«

»Was würdet ihr beide für mich bezahlen?« fragte Anne, als sie auf die Straße hinaustraten. Die beiden Mädchen, jetzt in Haiks gehüllt und Yashmaks vor dem Gesicht, so daß nur ihre Augen zu sehen waren, schienen froh zu sein, gekauft worden zu sein.

»Nun ...« Bilkis lachte schallend. »Fünf Rupien, als Treppenputzerin.« Dann wurde sie wieder ernst. »Aber als unser Herr und Meister dich zur Frau genommen hat, Anne Agha, hätte ich ohne zu murren fünfzig Rupien bezahlt.«

Anne nahm an, daß das als Kompliment gemeint war.

Die beiden Mädchen warteten gemeinsam in Peter Blunts Schlafzimmer, als dieser wieder einmal statt in der Kaserne zu Hause übernachtete.

»Und was tun wir jetzt?« fragte Anne. Sie hatte keinerlei Erfahrung in diesen Dingen.

»Wir lassen sie einfach allein«, entschied Bilkis.

»Aber ... wird er denn wissen, was er zu tun hat?«

Bilkis lachte. »Sie werden es ihm schon zeigen.«

»Ich bin Serena, Herr«, sagte Serena. »Und das ist Jintna. Sie spricht kein Hindustani.«

Das Thai-Mädchen nickte ängstlich.

»Ich werde für sie sprechen«, versicherte ihm Serena. »Wünscht Ihr, das Bett mit uns zu teilen?«

Peter betrachtete sie aufmerksam. Seine drei Mütter waren bei seiner Ankunft in heller Aufregung gewesen, und er hatte bereits geahnt, was ihn erwartete.

Sex und Frauen hatten in seinem Leben bislang noch keine große Rolle gespielt. Wenngleich er in einem hauptsächlich weiblichen Haushalt aufgewachsen war, war er seit seinem zwölften Lebensjahr in die Obhut von Soldaten gegeben worden. Das Gerede der Tuk-bashis der Garde, die von dem Vergnügen erzählten, Frauen zu mißhandeln, und die großen Vergewaltigungen ihrer Karriere aufzählten, hatte ihn erschreckt. Peter verspürte weder den Drang zu mißhandeln noch zu vergewaltigen. Und so hatte er nicht weiter darüber nachgedacht, sich eine Konkubine – oder gar eine Frau – zu nehmen.

Aber hier war ein Mädchen, das ihn in ihr Bett einlud. Und als sie Tunika und Pluderhosen auszog, wallte Lust in ihm auf. In ihrer ganzen unverhüllten Schönheit trat sie so dicht vor ihn, daß ihre Körper sich berührten und er buchstäblich gezwungen war, sie anzufassen.

Noch aufreizender war, daß das zierliche Thai-Mädchen von hinten dasselbe tat.

»Also ... ja, es wird mir eine Freude sein«, stammelte er.

Die nächsten Jahre waren gute Jahre. Peter war ganz offensichtlich wie sein Vater der geborene Soldat und wurde bald zum Tuk-bashi befördert. Er diente weiter unter Nasir, der, wenn auch loyaler Anhänger des Badshah, erwartungsgemäß die Kommandoleiter nicht viel weiter hinaufsteigen würde. Er war zu träge und hatte eine zu große Schwäche für Frauen – zusätzlich zu seinen Frauen unterhielt er ein Dutzend Konkubinen. Aber er war ein netter Kerl, hatte seinen jungen Halbbruder sehr gern und war stets bereit, sich für ihn einzusetzen.

Peter war mit Serena und Jintna vollauf zufrieden. Da er sie nur einmal die Woche sah, wurden sie ihm nie langweilig, und in ihrem Eifer schienen sie stets bemüht, sich gegenseitig darin zu übertreffen, ihm zu gefallen.

Dann, 1678, zogen die Marathen wieder in den Krieg. Wie im Falle von Bijapur breiteten sie sich nach Süden aus, fort vom Mogulenreich, aber Aurungzib schäumte vor Wut.

»Ich bin zu nachsichtig mit diesen verfluchten Hindus gewesen«, brüllte er. »Jetzt werden sie dafür bezahlen.« Er sah mit zornsprühenden Augen in die Runde.

Der Badshah hatte gesprochen, und die Verfolgung der Hindus wurde verstärkt. Die moslemischen Soldaten wurden darin ermutigt, sämtlichen Indern mit äußerster Arroganz zu begegnen, sie auf der Straße aus dem Weg zu stoßen und nach Belieben zu vergewaltigen.

Weitere Hindu-Tempel wurden geplündert und zerstört, und Hindustan wurde ein unglückliches Land. Aber Aurungzib ging in seiner Intoleranz noch weiter. Die Steuern der Hindus wurden verdoppelt, und anstatt sich damit zu begnügen, ihre Tempel einzureißen, ließ der Badshah überall dort, wo ein Schrein zu Ehren Krishnas gestanden hatte, eine Moschee errichten.

Peter war zutiefst bedrückt von dem, was geschah. 1678 feierte er seinen achtzehnten Geburtstag, und die Unsicherheit und Sorglosigkeit der Jugend waren bereits von den Erfahrungen seines Soldaten- und Ehelebens ausgelöscht worden. Er war Vater; Jintna hatte ihm einen Sohn geschenkt, dem er den Namen William gegeben hatte.

Und doch war er vor allem Diener des Moguls. Er hatte dies immer akzeptiert – hatte immer gewußt, daß das der einzige Weg zu Ruhm und Reichtum war – und zu einem sorgenfreien Lebensabend. Und er bewunderte Aurungzib. Sein größter Wunsch war es, unter Führung des Badshahs in den Krieg zu ziehen.

Tatsächlich hatte er gehofft, daß Aurungzib sein Heer mobilisieren würde, um Sivaji zu jagen. Aber der Badshah hatte anderes im Sinn, und Peter mußte die Befehle des Moguls ausführen – und zusehen, wie die Hindus den letzten Rest Achtung vor ihrem Kaiser verloren. Peter verstand nicht viel vom Regieren, aber er spürte, daß ein Monarch, der von der Hälfte seiner Untertanen gehaßt und gefürchtet wurde, mit einer Revolte rechnen mußte.

Mit den anderen Gardeoffizieren, die allesamt Moslems waren, konnte er nicht darüber sprechen. Nicht einmal zu Hause stieß er mit seinen Ansichten, den Hindus mehr Respekt entgegenzubringen, auf große Sympathie. Bilkis, Hilma und Serena waren ebenfalls Moslems; Jintna war Buddhistin und interessierte sich allein für ihren Herrn und ihren Sohn. Und sogar Anne, die das Haus zu selten verließ, um sich ein Bild vom Ausmaß der Unterdrückung zu machen, neigte dazu, seine Erzählungen als Übertreibung abzutun.

Aber wie er vorausgesehen hatte, weitete sich die Unterdrückung bis zu den Rajputen aus. Aurungzib hatte kürzlich seinen jüngsten Sohn, Akbar, zum Hakim Rajputanas ernannt. Jetzt drang die Kunde nach Agra, daß die vereinten Rajputen-Staaten sich erhoben hatten, an ihrer Spitze kein Geringerer als der junge Prinz persönlich.

Aurungzib lauschte dem Bericht des zitternden Boten mit ausdrucksloser Miene. Dann fragte er: »Mein eigener Sohn führt die Rebellen an? Hat er mir denn nichts zu sagen?«

»Er verlangt, daß Ihr abdankt, Badshah, und verspricht, Eure Reformen in der Hindu-Politik rückgängig zu machen.«

»Gedenkt er, selbst meinen Platz einzunehmen?« fragte Aurungzib. »Oder hat er sich mit seinen Brüdern abgestimmt?« Er blickte zu Kham Baksh hinüber, dem einzigen der vier Brüder, der sich derzeit in Delhi aufhielt.

»Ich weiß von alledem nichts«, protestierte Kham Baksh.

»Dann wirst du deine Divisionen mobilisieren. Und benachrichtige Azam Shah und Bahadur Shah. Sie sollen mit ihren Männern hier zu mir stoßen. Die Rajputen sind schon zu lange ein zu stolzes Volk gewesen.«

Blunt schlug das Herz bis zum Hals. Endlich würde er in den Krieg ziehen – wenn er sich auch einen ehrenvolleren Anlaß gewünscht hätte.

Die Revolte griff mit beunruhigender Geschwindigkeit um sich, und die Rajputen fanden einen militärischen Führer namens Drugadas, dessen Talente die des Prinzen Akbar übertrafen, wenngleich der Prinz als Galionsfigur auf seinem Posten belassen wurde. Bald waren zahlreiche moslemische Garnisonstruppen in Rajputana gezwungen, sich zu ergeben, und noch bevor das mongolische Heer bereit war, loszumarschieren, war deutlich, daß Aurungzib kein leichtes Spiel haben würde.

Die Situation verschlimmerte sich noch, weil seine Unterdrückungsmaßnahmen auch die Sikhs – deren Religion vom Hinduismus abgeleitet war – gegen ihn aufbrachten. Das stolze Bergvolk griff ebenfalls zu den Waffen. Aurungzib war gezwungen, einen Teil seines Heeres abzustellen, sie im Auge zu behalten, während er sich auf den Marsch gen Westen vorbereitete.

Keinen Augenblick verließ den Badshah das Selbstvertrauen, ja, seine Vorfreude angesichts des bevorstehenden Kampfes. Er war leidenschaftlicher Soldat, und der Krieg war sein Leben.

Anne Blunt hielt Peters Hand umklammert, als sie voneinander Abschied nahmen.

»Wir glauben nicht, daß es lange dauern wird, Mutter«, tröstete er sie.

»Hat es je einen kurzen Krieg gegeben?« seufzte sie. »Komm zu mir zurück, Peter.«

Serena und Jintna weinten lautlos.

Das kaiserliche Heer marschierte in Aurungzibs gewohnter Eile und hatte Rajputana bereits erreicht, als die Rebellen noch nicht einmal wußten, ob es schon mobil gemacht war. Die Anführer der Rajputen, Durgadas und Akbar, waren damit beschäftigt, Geld zum Unterhalt ihrer Streitkräfte aufzutreiben. Mehrere kleine Abteilungen, die unterwegs waren, Steuern einzutreiben, wurden gefangengenommen und hingerichtet.

»Tötet jeden Hindu, den ihr mit einer Waffe in der Hand antrefft«, lautete Aurungzibs grimmiger Befehl an seine Truppen.

Das Heer marschierte auf breiter Front; die Prinzen Kham Baksh, Azam Shah und Bahadur Shah befehligten jeweils einen großen Truppenkörper an den Flanken. Das Hauptheer unter Aurungzib selbst bildete die Mitte. Aber der allgemeine Befehl lautete, sich auf das Kommando zu konzentrieren, das als erstes auf rajputische Soldaten stieß.

Durgadas versuchte klugerweise, den Kampf zu verweigern, in der Hoffnung, daß die Revolte sich ausweiten und Aurungzib gezwungen sein würde, sein großes Heer aufzuteilen. Es war bekannt, daß der Anführer der Rajputen einen Boten zu Sivaji geschickt hatte, aber es schien, als wäre der Anführer der Marathen erkrankt und von dieser Seite keine Hilfe zu erwarten.

Derweil begann Aurungzib, Rajputana systematisch zu vernichten, indem er Dörfer und ganze Städte niederbrannte. Daß es sich um einen Teil seines eigenen Reiches handelte, den er da zerstörte – und mit ihm einige der besten Soldaten –, schien den Mogul nicht zu kümmern. Es sollte ein Krieg der Vernichtung werden.

Als Tavachi des Kaisers hatte Blunt wenig Gelegenheit, sich im Kampf zu bewähren; er war gezwungen, an Aurungzibs Seite auf dem Pferd zu sitzen und hilflos die Grausamkeiten mit anzusehen, die der Badshah befahl. Er sah, wie Dörfer umzingelt und in Brand gesteckt wurden, wie Menschen, die aus dem Inferno zu fliehen versuchten, gefangengenommen und verstümmelt wurden – die Männer kastriert und die Frauen vergewaltigt –, ehe man sie in die Flammen zurückstieß. Er sah, wie ganze Herden heiliger Kühe von den Moslems geschlachtet und verspeist wurden.

Blunt begleitete seinen Herrn in Städte, die zum Plündern freigegeben worden waren, und dort sah er, wie jedes Haus systematisch leergeräumt und seine Bewohner bestialisch mißhandelt wurden. Aurungzib verfolgte das Grauen, das er verbreitete, mit ausdrucksloser Miene. Ab und an befahl er sogar seinen Tavachis, sich unter die plündernden und mordenden Soldaten zu mischen. »Wenn ihr Männer werden wollt, müßt ihr lernen zu töten«, sagte er ihnen.

Und so ritt Peter mit Nasirs Regiment im Gefolge der Kavallerie in Jodhpur ein, nachdem Aurungzibs Artillerie das Tor zerschossen hatte. Menschen ergriffen schreiend vor ihnen die Flucht und suchten überall, sich zu verstecken – die Kunde vom Zorn des Badshahs war dem Heer vorausgeeilt. Die Lanzenreiter des Moguls ritten lachend durch die Straßen und spießten jene auf, die zu langsam waren.

Die Halbbrüder zügelten ihre Pferde, um sich ein Bild der Lage zu machen, dann schickte Nasir seine Männer aus, die Häuser auf beiden Straßenseiten zu plündern. Sie nahmen den Befehl freudig auf, sprangen von ihren Pferden, brachen die Türen auf und stürzten sich auf die völlig verängstigten Bewohner.

»Du mußt mit blutigem Schwert zurückkommen«, sagte Nasir zu Peter. »Komm mit.«

Er lenkte sein Pferd in eine Seitenstraße, wo ein Mann sie mit einer Pike angriff, aber Nasir wich dem Schlag mühelos aus und streckte den Verzweifelten nieder.

»Da ist noch einer. Der gehört dir.«

Ein zweiter Mann lief eine Gasse hinunter, und Blunt preschte hinter ihm her. Als der Mann am Ende der Gasse in einem Haus verschwand, stieg Peter aus dem Sattel. Die Tür war geschlossen und verrammelt, aber verrottet und alles andere als solide, so daß sie aus den Angeln brach, als er sich mit der Schulter dagegenwarf.

Dicht gefolgt von Nasir drang er in das düstere Hausinnere ein. Ihr Opfer stand keuchend in einer Tür und drohte ihnen mit der Pike.

»Gemeinsam?« fragte Nasir.

»Nein«, entgegnete Peter. Er wollte einen fairen Kampf.

Nasir trat beiseite, und Peter näherte sich dem Mann, wobei er die wenigen Möbel mit gezielten Fußtritten aus dem Weg räumte.

Der Mann knurrte und stieß mit der Pike nach ihm. Blunt parrierte den Stoß und wich zur Seite aus. Wieder schwang der Mann die Pike, und wieder parierte Blunt den Schlag, ehe er erneut zur Seite trat und den Tulwar niedersausen ließ. Plötzlich vernahm er hinter sich ein Geräusch, dann hörte er Nasir schreien – aber er konnte dem, was in seinem Rücken geschah, im Augenblick keine Beachtung schenken.

Sein Gegner stach ein drittes Mal mit der Pike zu, aber zu spät; Blunt hatte den Säbel von links nach rechts geführt und fühlte, wie die Klinge auf Muskeln und Knochen traf. Der Hindu ging zu Boden. In diesem Moment traf Blunt ein Schlag auf den Hinterkopf. Der Helm bewahrte ihn davor, das Bewußtsein zu verlieren, aber er ging in die Knie und hörte erneut einen Schrei. Er wandte den Kopf und sah verschwommen, wie Nasir einem Mädchen einen Arm um die Hüften legte und gleichzeitig ein zweites abwehrte. Beide Mädchen waren mit dicken Stöcken bewaffnet, nur mit Dhotis bekleidet, jung und hübsch. Obwohl Nasir den Säbel noch in der Hand hielt, schien es ihm zu widerstreben, ihn zu benutzen.

»Bist du in Ordnung, Bruder?« fragte er schwer atmend.

Peter rappelte sich auf, steckte den blutigen Säbel in die Scheide und näherte sich dem zweiten Mädchen. Als sie den Stock schwang, fing er ihn ab, riß ihn ihr aus den Händen und drehte ihr den Arm auf den Rücken. Nun, vor ihren Angriffen sicher, steckte Nasir ebenfalls den Säbel in die Scheide, preßte das andere Mädchen an sich und knetete seine Brüste.

»Bei Allah, die ist wirklich hübsch«, sagte er. »Das ist die, die dich geschlagen hat, Bruder.«

Peter starrte sie an, und sie erwiderte seinen Blick aus feurigen dunklen Augen. Er packte fester zu, als seine Gefangene ihre Gegenwehr fortsetzte.

Nasir zuckte die Achseln. »Der Badshah hat befohlen, keinen zu verschonen, der mit einer Waffe in der Hand angetroffen wird.«

»Dann bringen wir es hinter uns.«

Nasir grinste »Und sie der einzigen Freude berauben, die sie auf dieser Welt kennenlernen werden?«

Peter war übel – aber er wußte, daß er seinen Halbbruder nicht von seinem Vorhaben würde abbringen können. Nasir war Bilkis' Sohn, und in seinen Adern floß zu viel afghanisches Blut.

»Du wirst mir helfen müssen.« Nasir begann zu keuchen, da das Mädchen in seinen Armen immer noch heftigen Widerstand leistete. »Fessle deine.«

Peter sah sich nach einem Seil um.

»Benutz ihren Dhoti«, drängte Nasir.

Blunt blickte auf das Mädchen hinab. Sie war sichtlich jünger als seine Schwester und weniger entschlossen zur Gegenwehr. Er ließ sie los und zückte den Säbel. »Zieh deinen Dhoti aus«, befahl er in Hindustani.

Sie starrte wie gebannt auf die Klinge.

»Stirb!« rief ihre Schwester. »Stirb jetzt.« Sie wußte, was ihnen bevorstand.

Tränen kullerten dem kleinen Mädchen aus den Augen – aber sie wollte nicht sterben. Sie zog ihren Dhoti aus.

Peter nahm ihr das Kleidungsstück ab, zog ihr die Hände auf den Rücken und fesselte ihre Handgelenke. Nackt wandte sie sich ihm wieder zu und zerrte vergeblich an ihren Fesseln.

»Mistkerl!« zischte das ältere der beiden Mädchen. »Du bist die widerlichste Kreatur auf Erden.«

»Diese hier wird richtig Spaß bringen«, keuchte Nasir. »Und jetzt komm und halt ihre Arme fest.«

Peter packte zu und zog ihr die Arme auf den Rücken. Nasir trat vor sie, packte ihre Beine, mit denen sie wie wild nach ihm trat, schob sich zwischen ihre Schenkel und legte sie auf den Boden. Nasir riß ihr den Dhoti vom Leib und zog dann seine Hosen herunter. Sie versuchte, die Beine zusammenzupressen, aber er drehte sie nur lachend auf den Bauch und zwang ihre Knie auseinander.

Trotz seines Unbehagens regte sich auch in Peter Lust, als er die beiden beobachtete. Die Gegenwehr des Mädchens, ihre Schmerzensschreie und ihre Handgelenke, die sich in seinen Händen wanden – das alles war in höchstem Maße erregend.

Dann ließ Nasir erschöpft von ihr ab. »Sie ist gut«, sagte er. »Und jetzt überlaß mir ihre Handgelenke und nimm du sie, Bruder. Danach nehmen wir uns die andere.«

Peter befeuchtete sich zögernd die Lippen.

Nasir wölbte die Brauen.

»Überlaß mir ihre Handgelenke«, wiederholte Nasir, »und beweise, daß du ein Mann bist.«

Zum erstenmal in seinem Leben fühlte Peter sich völlig isoliert. Als sie das Haus und die geschändeten Leiber der beiden Mädchen verließen, mußte er sich auf der Straße übergeben.

Nasir lachte. »Du bist noch sehr jung, Bruder – aber du wirst langsam erwachsen.«

Peter fragte sich, ob das so erstrebenswert war.

Peter zeigte Aurungzib das Blut an seinem Säbel, und der Badshah war zufrieden. »Ihr habt diesen Teufeln keine Gnade gewährt?«

»Nein, Badshah«, versicherte ihm Nasir.

Die Zerstörung Jodhpurs zwang die Rajputen zum Handeln, und ihre Armee zog sich zusammen. Aurungzib lenkte sein Pferd auf einen Hügel und blickte hinab auf die Reiterscharen unter sich. Alle Männer trugen Rüstungen, die in der Sonne glitzerten.

»Seltsam, wie die Geschichte sich wiederholt«, sagte er gut gelaunt. »Mein berühmter Vorfahre Babur hat vor einhundertvierundfünfzig Jahren einer ganz ähnlichen Armee gegenübergestanden. Erst hat er sie besiegt, dann hat er mit ihnen Freundschaft geschlossen. Mein Urgroßvater Akbar der Große mußte erneut gegen sie kämpfen und hat sich anschließend ebenfalls mit ihnen versöhnt. Heute werden wir sie ein für allemal vernichten. Dies ist das Ende der Rajputen.«

Seine Tuman-bashis zupften an ihren Bärten, aber keiner wagte es, den Badshah daran zu erinnern, daß die Rajputen seit Akbars Zeiten stets den Hauptteil der Kavallerie in der mongolischen Armee gestellt hatten – und daß sogar in Aurungzibs Blut rajputisches Blut floß.

Der Mogul teilte seinen Offizieren die Aufstellung des Heeres mit. Wie gewöhnlich war sie offensiv und taktisch ebenso simpel wie brillant. Azam Shahs Division bildete den rechten Flügel, Kham Bakshs den linken – aber die Prinzen selbst ritten mit Bahadur Shah und ihrem Vater in der Mitte; das Kommando über ihre Truppen überließen sie ihren Tuman-bashis. Aurungzib wollte kein Risiko eingehen, und keiner seiner Söhne zweifelte daran, daß sein Leben beim ersten Anzeichen von Verrat oder Desertion verwirkt war.

Die beiden Flügel wurden vorgeschickt, während die Artillerie der Mongolen und die der Rajputen sich gegenseitig bombardierten. Eisenkugeln flogen; Männer und Pferde wurden zerfetzt. Unmittelbar hinter Nasir und nur wenige Fuß von Aurungzib entfernt fragte sich Peter Blunt, wie der Badshah und seine Offiziere so sorglos unter den fliegenden Geschossen ausharren konnten, also ungewöhnliche Tapferkeit zeigten, und dann wieder solche erbarmungslose Grausamkeiten ausübten.

Er dachte daran, wie sein eigener Bruder das Mädchen an den Haaren gepackt hatte, während er sie mit dem Dolch durchbohrte – lachend. Und auch jetzt lachte Nasir beim Anblick des nahenden Holocaust. Ob er sich nach dem Tod sehnte? Wollte er denn nicht nach Delhi und zu seinen Frauen zurückkehren? Würden auch sie ein solches Schicksal erleiden, falls Aurungzib unterlag und die Stadt den Rajputen in die Hände fiel? Niemand konnte daran zweifeln, daß ihre Vergeltung schrecklich sein würde.

Während das Kanonenfeuer anhielt, näherten sich die mongolischen Reiter langsam einer Stellung, von der aus sie einen Kavallerieangriff starten konnten. Aurungzib kannte seine Feinde gut und wußte, daß die Rajputen ihren ältesten Feind niemals zu nahe heranlassen würden. Und er behielt recht. Die Rajputen griffen als erste an, und die Mongolen stellten sich ihnen in erbittertem Zweikampf.

Aber hinter den Pferden standen die mongolischen Fußsoldaten, gewaltige, mit modernen Musketen ausgerüstete Brigaden, deren Disziplin die der Hindus bei weitem übertraf. Als die Tonlage der ständig tönenden Signalhörner sich veränderte, löste sich die Mongolenkavallerie vom Feind und preschte zurück zu den eigenen Linien. Gleich, wie oft sie gekämpft und verloren hatten, die Rajputen konnten der ältesten List der berittenen Bogenschützen aus den Steppen einfach nicht widerstehen. Mit wildem Triumphgebrüll nahmen die Rajputen auf ihren erschöpften Pferden die Verfolgung auf – und galoppierten geradewegs auf die Infanteriedivisionen zu, die sie mit einem Kugelhagel empfingen. Jetzt konnten sie sich nicht mehr zum Sturmangriff sammeln. Männer und Pferde gingen zu Boden, und die Überlebenden ergriffen die Flucht.

Jetzt gab Aurungzib den Befehl an das Hauptheer, vorzurücken. »Kein Pardon«, sagte er zu seinen Tavachis. »Sorgt dafür, daß die Offiziere sich daran halten.«

Die jungen Männer, darunter auch Peter Blunt, galoppierten los, um die verschiedenen Kommandeure entsprechend zu informieren. Die mongolische Kavallerie und Infanterie marschierte voran, obwohl die feindlichen Geschütze immer noch große Lücken in ihre Reihen schossen. Aber die rajputischen Kanoniere sahen nun, wie die Kavallerieeinheiten an den Außenflügeln flohen, und das Geschützfeuer wurde weniger. Nur die Mitte war noch übrig, und da die Rajputen über keine

Infanterie verfügten, gab es nur eine einzige Möglichkeit – einen weiteren Kavallerieangriff.

Diesen führten sie mit dem ungeheuren Elan aus, für den sie berühmt waren. Aber es war hoffnungslos. Wieder wurden sie vom Kugelhagel der Infanterie gestoppt, während die mongolische Kavallerie, deren Pferde sich inzwischen wieder erholt hatten, nun die Flanken angriff.

Blunt hatte sich von der Infanterie vorwärts tragen lassen, nachdem er den Tuman-bashis Aurungzibs letzten Befehl mitgeteilt hatte. Er wollte kämpfen – wenngleich er sich nicht schlüssig war, ob er auch bereit war zu sterben. Jetzt trieb er sein Pferd nach vorn in die vordersten Reihen und ignorierte die Rufe der Tuk-bashis, die ihn aufhalten wollten. Die voranmarschierenden Soldaten stießen schrille Schreie aus, als er mitten unter die Rajputen preschte, gefolgt von der unaufhaltsamen Infanterie. Er war von fremden Gesichtern umgeben und hieb und stieß mit dem Säbel nach dem Feind. Er spürte und hörte, wie Klingen auf seinen Helm prallten, fühlte von irgendwoher an seinem Körper Schmerz. Dann stürzte er besinnungslos aus dem Sattel, als er den Helm verlor und ein weiterer Schlag ihn am Kopf traf.

»Ein großer Sieg, Badshah«, verkündete Rai Singh.

Soviel war auf den ersten Blick offensichtlich. Nach allen Seiten hin flohen die Rajputen vom Schlachtfeld – mit Ausnahme derer, die tot oder sterbend im Staub lagen.

»Verfolgt sie«, befahl Aurungzib. »Denkt daran: kein Pardon! Tötet die Verwundeten.«

Aurungzib stand neben der Trage, auf der Peter Blunt lag. Man hatte ihm Rüstung und Uniform ausgezogen, und seine Wunden waren versorgt worden. Ein Teil seines Kopfes war kahlrasiert worden, damit die Ärzte die Platzwunde nähen konnten. Nasir stand neben dem Badshah und weinte beim Anblick seines so schwer verletzten Bruders.

Aurungzib nahm Peters Hand in die seine. »Ihr habt Euch heute nachmittag als mutiger Krieger erwiesen, junger Blunt. Habt Ihr den Tod gesucht?«

Peter befeuchtete sich die Lippen. Er wußte nicht, was er darauf erwidern sollte.

Aurungzib fuhr fort. »Ihr seid würdig, den Namen Blunt zu tragen. Ich belohne Euch mit dem Titel, den schon Eure Vorfahren getragen haben: Blunt Bahatur.« Er drückte Peters Finger und ließ seine Hand dann los. »Aber merkt Euch eins: In Zukunft kämpft Ihr nur auf meinen ausdrücklichen Befehl.«

Er wandte sich an Nasir. »Kümmert Euch um Euren Bruder. Er wird der bedeutendste Eurer Familie werden.«

## Kapitel 22

## Die Verlobung

Prinz Akbar war nach Persien geflohen, ehe man ihn hatte ergreifen können, aber Aurungzib hatte dennoch einen endgültigen Sieg errungen: Der Rajputenbund war als Streitmacht vernichtet worden. Und doch würde sich dies noch für die militärische Kraft des Reiches in seinen ständigen Kriegen gegen die Perser und Afghanen als folgenschwerer Schlag erweisen. Blunt, der von seiner Mutter einiges über englische Geschichte gelernt hatte, stellte die Vernichtung der Rajputen mit der Vernichtung der walisischen Bogenschützen durch Eduard III. während des endlosen Konfliktes mit Frankreich gleich. Aber das schien Aurungzib nicht im geringsten zu beunruhigen. Obwohl der Badshah inzwischen über sechzig Jahre alt war, schien er der festen Überzeugung zu sein, daß er sich nur auf einem Schlachtfeld blicken lassen mußte, um zu siegen.

Bei seiner Rückkehr nach Delhi mochte er erwartet haben, daß nun eine Friedensperiode folgen würde – vor allem, nachdem er Nachricht von Sivajis Tod erhalten hatte. Aber es dauerte nicht lange, und die Marathen griffen erneut zu den Waffen, diesmal unter Führung von Sivajis Sohn Sambaji.

»Bei Allah, ich werde ein für allemal mit ihnen abrechnen«, schwor Aurungzib – und sein Heer marschierte gen Süden.

Blunt, der noch nicht von seinen Verletzungen genesen war, mußte zurückbleiben, mit der Anordnung, zum Badshah zu stoßen, sobald er völlig wiederhergestellt war. Vom Dach des Blunt-Palastes aus blickte er, wie er es oft als kleiner Junge getan hatte, dem aufbrechenden Heer nach.

»Ich bete, daß es ein kurzer Feldzug wird und die Armee zurückkehrt, ehe du soweit bist, dich ihr anzuschließen«, gestand ihm Anne.

»Ja, ich auch«, stimmte Peter ihr zu.

Sie blickte ihn fragend an. Ihr war nicht entgangen, daß er seit seiner Rückkehr aus dem Krieg gegen die Rajputen viel ernster war als früher – und auch das Verhältnis zu seinem Halbbruder war nicht mehr so innig. Aber sie wagte nicht, sich allzu große Hoffnung zu machen: Er war ein Blunt, und das Kämpfen lag ihm im Blut.

»Manchmal frage ich mich, was die Zukunft uns bringen wird«, sagte sie leise.

»Nun, wir werden weiter dem Badshah dienen – ich zumindest.«

»Hast du denn nicht den Wunsch, England zu sehen?« fragte sie. »Ich würde liebend gern mit dir in meine Heimat segeln.«

»Ich bezweifle, daß der Badshah das erlauben würde.«

»Das ist richtig – außer vielleicht, du würdest dir dort eine Frau suchen. Der Badshah hat erlaubt, daß du dir eine englische Frau nimmst. Und wenn wir weder in Madras noch in Surat oder Bombay ein geeignetes Mädchen finden, würden wir uns woanders umsehen müssen.«

»Ich werde nicht heiraten«, entgegnete Peter knapp und verließ das Dach.

Aber der Feldzug gegen Sambaji zog sich hin. Die Marathen hatten sich lange auf den Krieg vorbereitet und waren fest entschlossen, bis zum Umfallen zu kämpfen. Und so brach Peter nach dem Monsun im Jahre 1680, inzwischen völlig wiederhergestellt, auf, sich dem Heer anzuschließen. Da er wußte, daß Aurungzib in Haiderabad ein ständiges Hauptquartier eingerichtet hatte, nahm er Bhuti und Serena mit. Jintna blieb in Delhi, um sich um den kleinen William zu kümmern.

Wie gewöhnlich gab es einen tränenreichen Abschied, aber inzwischen freute sich Peter wieder darauf, in den Sattel zu steigen und zu kämpfen. Er hatte die Gesellschaft der Frauen zuweilen als erstickend empfunden – sogar die seiner Mutter. Ihr Gerede von einer Heirat mit einer Engländerin beunruhigte ihn. Während der Monate seiner Genesung hatte er erkannt, daß ihm kein anderer Weg offenstand als das Soldatenleben. Und auch wenn er das Töten und Vergewaltigen niemals so genießen würde, wie es offenbar bei Nasir der Fall war, würde er dennoch seine Pflicht tun und den Befehlen seines Herrn gehorchen. Und sich bei Bedarf mit einer seiner Konkubinen vergnügen. Aber dieses Leben voller Gewalt mit einer Frau zu teilen, die so sanft und unschuldig war wie seine Mutter, war undenkbar.

Es würde Baby William obliegen, den Namen Blunt zu erhalten.

Der Feldzug zog sich über Jahre hin. Jedes Jahr schien es, als hätte Aurungzib die Überhand gewonnen, aber jedesmal verschwanden die Marathen, scheinbar geschlagen, um sich dann immer wieder neu zu formieren. Und doch war der Badshah nicht bereit, auch nur in Betracht zu ziehen, sich mit diesem großartigen Reitervolk zu arrangieren, um es als Verbündete für sein Reich und sein Heer zu gewinnen. Er schien fest entschlossen, den gesamten Hinduismus auszulöschen, und verfolgte dieses Ziel mit erschreckender, starrsinniger Entschlossenheit.

Peter Blunt reifte im Laufe der folgenden sieben Jahre. Für ihn vollzog sich der Übergang vom Jungen zum Mann mit dem Säbel in der Hand. Der Mord an den beiden Mädchen in Jodhpur verblaßte in seiner Erinnerung. Er konnte in den Augen seiner Mutter und seiner Konkubinen lesen, daß er sich veränderte; bei den wenigen Gelegenheiten, die sich ihm boten, nach Delhi zurückzukehren, blickten sie beinahe ehrfürchtig auf diesen großen kräftigen Soldaten, der einmal ein unschuldiger Junge gewesen war.

Aber mit jedem Jahr stieg er weiter in der Gunst des Badshahs, der in ihm einen Mann sah, dem er bedingungslos vertrauen konnte. Mit zweiundzwanzig wurde Peter zum Mingbashi ernannt, zum kommandierenden Oberst eines Garderegiments. Fünf Jahre später wurde er zum Tuman-bashi befördert. Da die Gardetruppen inzwischen aus zwei Divisionen bestanden, hatte er noch nicht den höchsten Posten erlangt, den sein Vater einst bekleidet hatte, aber daß er eines Tages in den Rang eines Amirs erhoben und zum Befehlshaber der gesamten Garde ernannt werden würde, stand außer Frage. Und er war noch nicht einmal dreißig Jahre alt. Und so war er nicht im geringsten beunruhigt, als er an einem Herbsttag im Jahre 1688 als das Heer sich nach dem Monsun zu einem weiteren Feldzug gegen die Marathen wieder sammelte, zu einer privaten Unterredung zum Badshah gerufen wurde.

Aurungzib empfing ihn schlecht gelaunt.

»Diese Marathen-Banditen verfügen jetzt über moderne Musketen«, klagte er. »Was glaubt Ihr, wo sie die wohl her haben?«

Peter blickte auf die Waffen, die toten Rebellen abgenommen worden waren. »Von den europäischen Händlern, Badshah?«

»Genau. Aber seht genauer hin.«

Peter gehorchte und schnappte nach Luft. »Diese hier stammen aus England.«

»Das ist schon früher vorgekommen«, grollte Aurungzib. »Ich bin diesen Leuten gegenüber immer großzügig gewesen, Blunt Bahatur. Euer Vater ist als Händler zu uns gekommen – und geblieben, um mit uns zu kämpfen. Auch hat er uns Waffen wie diese besorgt, weshalb ich den Engländern weitreichende Privilegien eingeräumt habe. Aber Eure Landsleute werden langsam dreist: Sie verkaufen ihre Waffen an beide Seiten. Das kann und werde ich nicht tolerieren.«

»Bei allem Respekt, Badshah«, gab Peter zu bedenken. »Wir wissen nicht sicher, daß die Engländer diese Musketen an die Marathen verkauft haben. Es könnten auch Portugiesen oder Holländer gewesen sein.«

»Ich glaube, daß es die Engländer waren«, entgegnete Aurungzib. »Denn sie sind am dreistesten und werden jeden Tag dreister. Ich habe Nachricht erhalten, daß eine Flotte englischer Schiffe im Arabischen Meer eine Schwadron meiner eigenen Schiffe auf dem Weg nach Mocha angegriffen und versenkt hat. Wie wollt Ihr das erklären?«

»Vielleicht fühlten sie sich von Euren Schiffen bedroht, Badshah.«

»Es war eine Kriegshandlung«, knurrte Aurungzib. »Seid versichert, daß ich sie vernichten werde, wenn sie mit ihrer Perfidie forfahren. Aber ich gebe ihnen noch eine Chance, ihre Loyalität mir gegenüber unter Beweis zu stellen. Ihr werdet als mein Repräsentant nach Bombay reiten und Eure Landsleute vor meinem Zorn warnen. Zeigen sie keine Reue ob ihres Verrats, werde ich meine Armeen gen Westen führen, sobald ich mit Sambaji fertig bin.« Er starrte Blunt eindringlich an. »Ihr seid erst achtundzwanzig, aber es sind Eure Landsleute, und ich vertraue Euch. Ich erhebe Euch hiermit in den Rang eines Amirs. Reitet in Begleitung einer angemessenen Eskorte und kehrt mit einer positiven Antwort zurück.«

Nasir und einige andere Gardeoffiziere kamen zu ihm, um ihn zu beglückwünschen und mit ihm seine Beförderung zu feiern.

Peter freute sich auf seine Mission: Er war noch nie in einer der englischen Faktoreien gewesen. Darüber hinaus war es eine große Ehre, daß er befördert und für diesen Spezialauftrag ausgewählt worden war. Und was die Engländer betraf, war er von ihrem mutmaßlichen Verrat nicht überzeugt. Er war neugierig auf sie.

Er wählte eine Reiterkompanie seiner eigenen Division als Eskorte aus, darunter ihren Tuk-bashi, Billiam Abbas, als seinen Tavachi. Obwohl die Route nach Bombay weit nördlich der Kampfgebiete verlief, mußte man stets mit marodierenden Banditen rechnen, und so ging er den Marsch wie einen militärischen Feldzug an. Aber glücklicherweise blieben sie unbehelligt und kamen gut woran.

So wie Diu war Bombay eine Insel vor der Nordwestküste der Halbinsel. Ursprünglich eine portugiesische Faktorei, war sie Karl II. von England zwanzig Jahre zuvor als Teil der Mitgift seiner Frau überlassen worden. Bombay war um vieles größer als Diu und eher wie eine nach Süden hängende Birne geformt. Da die Insel parallel zur Küste lag, umschloß sie eine beträchtliche Fläche geschützten Gewässers, in dem mehrere Schiffe, alle unter der Flagge des Heiligen Georg, vor Anker lagen.

Auf der gegenüberliegenden Seite erstreckten sich entlang des Arabischen Meeres traumhafte weiße Standstrände. Ein Großteil des Urwalds im Inneren der Insel war gerodet worden. Dort hatte man Häuser und Warenlager sowie ein Gebäude mit einem eigenartigen Dach errichtet – eine Kirche, wie Peter aus den Erzählungen seiner Mutter wußte. Überall wimmelte es von Menschen, vornehmlich Indern, aber es waren auch zahlreiche Weiße darunter. Von der Fähre aus, die ihn, Bhuti, Serena sowie einen Teil seiner Eskorte – das Schiff war für alle Männer nicht groß genug gewesen – auf die Insel brachte, betrachtete Blunt das Treiben auf der Insel. Die meisten Männer am nahenden Ufer waren einfach und dem Klima gemäß gekleidet.

Ihre weißen Hemden, weiten Hosen und Lederstiefel unterschieden sich zwar von der mongolischen Mode, aber hauptsächlich in der Qualität. Auf dem Landungssteg standen auch zwei Männer, bei deren Anblick Peter beinahe laut gelacht hätte. Sie trugen tiefrote, knielange Seidenröcke mit Schlitzen, unter denen Einsätze in dunklerem Rot zu sehen waren. Manschetten und Taschen waren mit Goldfäden durchwirkt. Über der Schulter trugen sie Degenkoppel, die mit Stoffschlaufen befestigt waren; ihre Waffen waren schmale Rapiere, so wie sie auch Peters Vater getragen hatte. Unter dem roten Rock sah ein weiteres, blaues Kleidungsstück heraus, durchgeknöpft vom Hals bis zu den Schenkeln. Ihre Hemden waren weiß und am Kragen eigenartig gerüscht.

Dazu trugen sie blaßblaue Seidenhosen, die bis unters Knie reichten und dort von roten Bändern gehalten wurden. Ihre Waden steckten in weißen Strümpfen, und an den Füßen trugen sie schwarze Lederschuhe mit hohen roten Absätzen und riesigen Schleifen.

Aber am erstaunlichsten war das lockige schwarze Haar, das unter dem breitkrempigen schwarzen Filzhut hervorschaute und ihnen bis auf die Schultern reichte. Als die Fähre anlegte, sah Peter, wie einer der Männer den Hut abnahm und dazu die ganze Lockenpracht, unter der kurze Stoppeln zum Vorschein kamen. Der Mann wischte sich mit einem Taschentuch über den Schädel und setzte dann den Kopfputz – nicht ganz gerade – wieder auf.

Serena hatte dieses eigenartige Schauspiel ebenfalls beobachtet und kicherte. »Es ist bestimmt praktisch, wenn man nach Belieben sein Haar abnehmen kann.«

Die Engländer ihrerseits waren nicht minder interessiert an dem hellhäutigen Mann in der prächtigen Goldtunika, den roten Hosen und dem roten Turban, den braunen Ziegenlederstiefeln und dem Krummsäbel an der Hüfte. Ganz zu schweigen von der verschleierten Frau an seiner Seite.

Als das hölzerne Fallreep an Land getragen wurde, trat einer der beiden Männer vor. »Ihr wünscht?« fragte er in passablem Hindustani. Er war um die Vierzig, gut gebaut und hatte ein attraktives Gesicht, wenn auch die Haut von der Sonne gerötet war.

»Ich bin Tuman-bashi der Gardetruppen seiner Kaiserlichen Hoheit des Badshahs von Hindustan«, entgegnete Peter. »Ich bin in offizieller Mission meines – und Eures – Herrn hier.«

Die beiden Männer wechselten einen Blick, als Peter an Land ging und seiner Eskorte bedeutete, ihm zu folgen.

»Die Fähre soll den Rest Eurer Kompanie herüberholen«, sagte er zu Billim Abbas und wandte sich dann den wartenden Engländern zu. »Würden Sie mich zum Gouverneur bringen?« fragte er in englischer Sprache.

Inzwischen hatten sich einige Schaulustige versammelt, um zu hören, was vor sich ging.

»Aber sicher bringe ich Euch zu unserem Gouverneur, Captain Keigwin, Sir«, entgegnete der Mann. »Wenn Ihr mir bitte folgen würdet.«

Peter wandte sich Serena zu. »Du wartest hier, bis ich zurückkomme«, sagte er auf persisch.

Sie machte ein enttäuschtes Gesicht, hockte sich jedoch gehorsam neben den Landungssteg, den Sari auf den Knien zusammengerafft.

»Mein Name ist Knolles«, sagte der Engländer, als sie gemeinsam die staubige, steinharte Straße hinuntergingen; die Schaulustigen folgten ihnen in einigem Abstand. »Charles Knolles, Major des siebzehnten Infanterieregiments und kommandierender Garnisonsoffizier von Bombay.«

»Peter Blunt«, stellte Peter sich seinerseits vor.

Knolles blieb wie angewurzelt stehen. »Dann seid Ihr der Sohn von Sir Richard Blunt? Darum also sprecht Ihr so fließend Englisch.«

»Habt Ihr meinen Vater gekannt?«

»Ich habe im Laufe der Jahre viel über ihn gehört. Euer Vater hat im Dienste des mongolischen Kaisers gestanden.«

»So wie ich«, erwiderte Peter.

»Höchst bemerkenswert, daß man Euch hergeschickt hat ...«

»Ganz und gar nicht, Sir«, sagte Peter. »Da ich Eure Sprache spreche, lag es nahe, mich mit dieser Mission zu betrauen.«

»Ah«, sagte Knolles und blieb stehen, um den Wachen am Tor eines recht imposanten Gebäudes am Dorfrand den Besucher zu melden. Diese Soldaten trugen ebenfalls rote Uniformröcke und flache schwarze Hüte, wenn auch weit einfacherer Machart. Zackig präsentierten sie das Gewehr.

Hiernach sprachen sie bei einigen Sekretären vor, ehe sie schließlich zum Gouverneur vorgelassen wurden.

Richard Keigwin war untersetzt und sein Gesicht gerötet. Er trug einen blauen Frack und weiße Hosen.

»Ein Gesandter des Kaisers, ja?« Er musterte Blunt stirnrunzelnd. »Nun, Sir, was wünscht der Mogul?«

Er forderte Blunt nicht auf, Platz zu nehmen.

»Die Angelegenheiten meines Herrn sind die Angelegenheiten ganz Hindustans«, entgegnete Peter. »Der Badshah ist zornig, weil einige englische Schiffe eine mongolische Flotte auf dem Weg nach Mocha angegriffen und versenkt haben.«

»Das ist eine Lüge, Sir. Eine verfluchte Lüge.«

Blunts Züge verdüsterten sich, und Knolles meldete sich rasch zu Wort.

»Vielleicht hat der Kaiser diese Aktion mit einem Gefecht verwechselt, das wir vor einigen Jahren mit einer Flotte von Schiffen der Marathen ausgetragen haben, Mr. Blunt. Der Kaiser wird erfreut sein zu erfahren, daß wir sie versenkt haben. Captain Keigwin hatte das Oberkommando.«

Der Gouverneur strahlte, sichtlich empfänglich für Schmeicheleien. Blunt erfuhr später, daß Bombay damals keinen eigenen Gouverneur gehabt hatte und offiziell von der Faktorei in Surat verwaltet wurde und daß Keigwin im Anschluß an den Sieg über die feindliche Flotte die Macht an sich gerissen und sich selbst zum Gouverneur ernannt hatte. Er hoffte und wartete immer noch auf Anerkennung aus London.

»Ich bin sicher, daß der Badshah erfreut sein wird, davon zu erfahren«, sagte er. »Aber leider besteht kein Zweifel daran, daß tatsächlich eine mongolische Flotte angegriffen wurde. Die Überlebenden schwören, es wären Engländer gewesen.«

Keigwin setzte sich schwerfällig und forderte Peter und Knolles endlich auf, Platz zu nehmen. »Ich kann Euch versichern, daß sie nicht von Schiffen der East India Company oder der Marine Seiner Majestät angegriffen wurden.«

Wieder mischte Knolles sich ein. »Besteht vielleicht die Möglichkeit, daß es sich um Freibeuter aus Westindien gehandelt hat?«

»Bei Gott!« rief Keigwin aus.

»Wie das?« fragte Peter.

»Nun, die englische Regierung steht seit einigen Jahren mit Westindien im Krieg, erst mit den Spaniern während des sogenannten Commonwealth und seit einiger Zeit mit den Holländern. Gouverneur Keigwin hat in Westindien gedient«, fügte er hinzu, sichtlich bestrebt, den ranghöheren Offizier ins Gespräch zu bringen.

»Eine verflucht harte Arbeit war das«, brummte Keigwin.

Blunt wartete. Er sah keinen Zusammenhang zwischen Vorgängen am anderen Ende der Welt und einem Angriff auf eine mongolische Flotte im Arabischen Meer.

»Im Laufe dieses Krieges«, fuhr Knolles fort, »kam es dazu, daß eine beträchtliche Anzahl englischer Schiffe – auch französische und holländische – dazu überging, ohne entsprechenden Befehl spanische Schiffe anzugreifen – auch in Zeiten des Waffenstillstandes.«

»Piraten«, brummte Keigwin.

»Ihr Kommandeur war ein Mann namens Henry Morgan«, erzählte Knolles weiter. »Die Übergriffe wurden derart massiv, daß der verstorbene König Karl schließlich beschloß, dem ein Ende zu machen ...«

»Was er dadurch erreicht hat, daß er diesen Halunken Morgan zum Vizegouverneur von Jamaika ernannte, bei Gott!« ließ Keigwin sich vernehmen. »Und das nennt man dann Diplomatie.«

»Tatsächlich hat es funktioniert«, erklärte Knolles. »Vielleicht zu gut. Sir Henry Morgan forderte seine eigenen Gefolgsleute auf, sich künftig an das Gesetz zu halten, da sie ansonsten fortan als geächtet gelten würden. Und jene, die sich gegen das Gesetz entschieden haben, wurden aufgebracht und versenkt. Ich fürchte, eine beträchtliche Anzahl von ihnen hat daraufhin beschlossen, ihr Glück woanders zu versuchen.«

»Und Ihr glaubt, daß möglicherweise einige dieser Piraten die Flotte des Moguls angegriffen haben?«

»Davon bin ich überzeugt, Sir.«

»Nun, Gentlemen, dann würde ich Euch raten, Eure eigenen Schiffe zu bemannen und loszuschicken, diesen Freibeutern das Handwerk zu legen«, sagte Blunt.

»Wie bitte, Sir? Was sagt Ihr da?« fragte Keigwin perplex. »In diesen Gewässern haben wir mit Piraten nichts zu schaffen, es sei denn, sie vergreifen sich an den Schiffen der Company.«

»Ihr beurteilt die Lage falsch«, sagte Peter. »Ich bezweifle, daß es im Persischen, Urdu oder Hindustani ein entsprechendes Wort für ›Pirat‹ gibt, ganz sicher aber ist es dem Badshah unbekannt. Er sieht nur, daß seine Schiffe von anderen Schiffen angegriffen wurden, die mit Engländern bemannt waren. Dadurch unterliegen sie Englands Verantwortungsbereich, und Ihr, Gentlemen, seid die Repräsentanten Englands hier in Hindustan. Ihr könnt es Euch nicht leisten, das zu vergessen.«

»Also ...« Keigwin blickte auf Knolles. »Das erscheint mir verflucht ungerecht, Sir.«

»Vielleicht ist es das. Aber sollte der Mogul mit dem Säbel in Richtung Bombay zeigen, wäre Eure Lage hoffnungslos.«

Keigwins ohnehin gerötetes Gesicht färbte sich noch eine Nuance dunkler.

»Und jetzt sprechen wir über die Musketen«, fuhr Blunt ungerührt fort. »Vor einem Monat hat der Badshah die Marathen besiegt und bei den Gefallenen moderne Musketen europäischer Herkunft gefunden. Einige davon waren englischer Machart.«

»Großer Gott! Werden wir jetzt noch beschuldigt, die Rebellen mit Waffen zu versorgen?«

Keigwin blickte zu Knolles hinüber; er schien dicht davor zu explodieren.

»Ich versichere Euch, daß wir hier in Bombay keine Waffen an die Rebellen verkauft haben«, sagte Knolles. »Wie ich schon sagte, haben wir kürzlich auf See gegen die Marathen gekämpft, was doch Beweis genug für unsere Loyalität sein dürfte.«

»Der Badshah verlangt, daß Ihr dafür Sorge tragt, daß keine

Schußwaffen englischer Herkunft mehr in die Hände der Marathen gelangen«, fiel Blunt ihm ins Wort.

»Oh, aber das werden wir ganz sicher«, entgegnete Knolles rasch. »Darf ich Euch jetzt vielleicht eine Erfrischung anbieten?«

Er schien bestrebt, die Unterredung zu beenden, und Blunt spürte, daß es noch weitere Angelegenheiten zu besprechen gab, der Soldat es jedoch vorzog, das Gespräch unter vier Augen fortzusetzen.

»Ich brauche Unterkünfte für mich selbst und meine Männer«, sagte er etwas später, als er und Knolles die Gouverneursresidenz verlassen hatten und gemeinsam eine weiße Flüssigkeit tranken, die Peter noch nie zuvor gekostet hatte. Das Getränk schmeckte stark, aber nicht unangenehm und stieg ihm zu Kopf – er war Alkohol –, in Aurungzibs Armee streng verboten –, nicht gewöhnt.

»Ich werde mich darum kümmern. Eure Männer werden in der Kaserne unterkommen. Was Euch betrifft, wäre es mir eine große Ehre, wenn Ihr bei mir und meiner Gattin wohnen würdet.«

»Das ist sehr freundlich von Euch, aber ich habe zwei Bedienstete ...«

»Die werden wir ebenfalls in unserem Haus unterbringen.«

Blunt, der sich nach dem Genuß des Likörs ausgesprochen seltsam fühlte, kehrte zu den Docks zurück, wo Serena, Bhuti und seine Eskorte geduldig auf seine Rückkehr warteten, immer noch von einer neugierigen Menge begafft. Knolles und ein Garnisonsoffizier begleiteten ihn.

»Bleiben wir hier in Bombay?« fragte Serena auf persisch.

»Nur für ein paar Tage«, beruhigte sie Peter. »Es ist ein sehr angenehmer Ort.«

Er war sehr zufrieden mit dem Empfang, den man ihm bereitet hatte. Keigwin war offensichtlich ein schwieriger Mensch, aber Charles Knolles schien zu wissen, wie man mit ihm umzugehen hatte.

Auch war er beeindruckt von der Disziplin der englischen Garnisonstruppen, die an die dreihundert Mann umfaßten; und er war entschlossen, an Bord zumindest eines der im Hafen vor Anker liegenden Schiffe zu gehen, um deren Bauart zu studieren.

Aber erst wurden sie im Haus der Knolles willkommen geheißen. Lucy Knolles war offenbar vorgewarnt worden – tatsächlich wußte inzwischen ganz Bombay von der Ankunft eines Gesandten des Moguls –, denn sie erwartete sie bereits mit ihren beiden Töchtern, als er das eigenartige, einstöckige Holzhaus betrat, das ihr Zuhause war. Der Sohn der Knolles war unter seinem Vater Offizier des Garnisonsregiments, und die beiden Mädchen wurden als Angelina und Caroline vorgestellt.

Peter Blunt war verblüfft vom Anblick der Frauen. Caroline, die jüngere der beiden Schwestern – sie war kaum älter als fünfzehn –, war eher züchtig gekleidet mit einem hochgeschlossenen Oberteil und einem weitschwingenden Rock, der sich von den Hüften an über mehreren Petticoats bauschte und bis auf den Boden reichte. Angelina und ihre Mutter jedoch trugen ebenso enge wie tief ausgeschnittene Mieder, so daß es aussah, als würden ihre eingezwängten, weitgehend entblößten Brüste jeden Augenblick aus dem Dekolleté hüpfen.

Er warf Knolles einen hastigen Blick zu, um zu sehen, wie sein Gastgeber auf diese schamlose Zurschaustellung der weiblichen Reize seiner Frauen reagieren würde, aber Knolles schien sich nicht daran zu stören. Nachdem er seinen Hut abgenommen hatte, zog er auch die Perücke aus, um seinen fast kahlen Schädel zu kühlen. Dann legte er mit einem Seufzer der Erleichterung auch seinen Rock ab.

Peter gestattete sich also, die Damen wieder anzusehen. Sie sahen einander sehr ähnlich und gaben ein sehr attraktives Trio ab. Sie waren alle recht klein, mit ausgesprochen feinen Zügen, die von funkelnden grünen Augen beherrscht wurden. Aber es war ihr Haar, das seinen Blick auf sich zog, mehr noch als ihre Brüste. Das blonde Haar seiner Mutter hatte sie überall in Indien zu einer auffälligen Erscheinung gemacht. Aber noch nie hatte er rotes Haar gesehen. Es war ein tiefes, warmes Rot, das die Blässe ihrer Haut wunderbar hervorhob. Dieses wunderschöne Haar war zu Korkenzieherlocken frisiert, die ihnen bis über die Schultern reichten.

Die Damen verneigten sich und gewährten ihm einen noch tieferen Einblick in ihre verführerischen rosigen Dekolletés.

»Mr. Blunt wird ein paar Tage bei uns wohnen«, erklärte Knolles, als ob sie das nicht bereits wüßten.

Peter wandte sich Serena und Bhuti zu, die schwiegend hinter ihm warteten, beide gleichermaßen verblüfft von der Unzüchtigkeit der englischen Frauen. »Meine Bediensteten«, sagte er.

Lucy Knolles klatschte in die Hände, und ein Inder betrat den Raum. »Du kümmerst dich um die Bediensteten des Sahibs, Duleep«, wies sie ihn an.

»Selbstverständlich, Memsahib«, entgegnete Duleep. »Wenn sie mir bitte folgen würden.«

Serena warf Peter einen unsicheren Blick zu.

»Ich schicke später nach dir«, sagte er auf persisch.

Beruhigt folgte sie dem Butler. Bhuti schloß sich ihnen mit dem Gepäck an.

»Setzt Euch doch und trinkt ein Glas mit mir«, sagte Knolles und führte Peter in einen spärlich möblierten Raum. Auf dem Boden lagen nur einige Schilfmatten als Teppiche, aber es gab einige Stühle. Nachdem er Platz genommen hatte, wurde ihm ein Glas mit der gleichen weißen Flüssigkeit in die Hand gedrückt.

»Ich fürchte, wir haben keinen Wein vorrätig«, erklärte Knolles. »Das Zeug wird fast immer sauer, noch bevor wir es hierher transportieren können. Aber dieser Rum ist auch sehr schmackhaft, findet Ihr nicht? Wir stellen ihn aus Zuckerrohr her, das wir selbst anbauen.«

Blunt nippte an seinem Glas und schüttelte sich leicht. Zu Peters Verblüffung schenkte Knolles auch seiner Frau und seinen Töchtern, die ihnen – und das war sogar noch verblüffender – in den Raum gefolgt waren und Platz genommen hatten, als gedächten sie zu bleiben, von dem alkoholischen Getränk ein. Er sagte sich, daß er noch viel zu lernen hatte, was englische Sitten anbelangte.

Knolles' Familie ihrerseits war begierig, etwas über den Mogul und das weite Landesinnere zu erfahren. Sie bestürmten ihn während des ganzen Mahls, das bald aufgetragen wurde, mit Fragen, die er so ausführlich und höflich beantwortete wie möglich, wobei er Aurungzibs Macht und Majestät deutlich herausstellte. Aber gleichzeitig achtete er darauf, nichts zu sagen, was die Gefühle der Frauen, deren Anwesenheit ihn schon bald nicht mehr verlegen machte, obwohl er immer noch Mühe hatte, ihre schwellenden Brüste nicht anzustarren, in irgendeiner Weise hätte verletzen können. Noch schwieriger war es zu ergründen, welche der vielen Messer und Gabeln er jeweils zu benutzen hatte.

Gegen Ende des Mahls begann er, sich von dem vielen Rum richtig betrunken zu fühlen, und Knolles wählte diesen Zeitpunkt, um das Thema anzusprechen, auf das er schon seit einiger Zeit hingesteuert hatte.

»Ich bedaure wirklich, daß der Mogul offenbar glaubt, wir hätten Musketen an die Marathen verkauft«, sagte er. »Es ist unserer Direktoren erklärter Wunsch, gute Beziehungen zu Seiner Majestät zu unterhalten.«

»Das wäre auch ratsam«, stimmte Peter zu.

»Tatsächlich möchten unsere Direktoren den Handel in Indien sogar ausweiten …« Knolles verstummte. Als Blunt nichts darauf sagte, fuhr er fort. »Wir unterhalten inzwischen zwei Faktoreien hier an der Westküste, in Bombay und Surat, und eine in Madras, an der Ostküste der Halbinsel. Jetzt würden wir gern eine Faktorei in Bengalen errichten, an der Mündung des Ganges. Meint Ihr, Euer Herr würde seine Zustimmung geben?«

»Die Portugiesen, die dort eine Faktorei errichtet haben, wurden festgenommen und eingesperrt«, warnte ihn Peter.

»Bei allem Respekt, aber das ist Jahre her. Und soviel ich weiß, hatten die Portugiesen den Mogul nicht um Erlaubnis gebeten – so wie wir es hiermit tun.«

»Trotzdem bezweifle ich, daß Euer Anliegen beim Badshah auf Zustimmung stoßen wird. Vor allem jetzt, da er Euch nicht allzu wohlgesonnen ist.«

»Aber wenn Ihr ihm die Wahrheit erklären und ihm außerdem berichten würdet, daß wir Sivajis Flotte für ihn vernichtet haben …« Wieder schwieg er eine Weile. »Selbstverständlich würden wir uns Euch gegenüber erkenntlich zeigen. Mr. Blunt.«

Peter musterte ihn forschend. Was glaubt dieser Mann, mir bieten zu können, fragte er sich. Jedenfalls war er inzwischen zu benebelt, klar denken zu können.

»Ihr müßt mir Zeit geben, Euer Angebot zu überdenken, Mr. Knolles«, sagte er. »Wenn Ihr gestattet, würde ich mich jetzt gern zurückziehen.«

»Aber selbstverständlich. Ihr müßt erschöpft sein. Es war

sehr rücksichtslos von uns, Euch so lange von Eurem Bett fernzuhalten. Wir können uns morgen weiter unterhalten.«

Blunt erhob sich leicht schwankend. »Ich würde mir morgen gern die Insel ansehen und auch eins Eurer Schiffe besichtigen.«

»Es wird mir ein Vergnügen sein.«

»Ich zeige Euch Euer Zimmer, Mr. Blunt«, erbot sich Angelina Knolles und nahm eine Kerze aus dem nächsten Ständer.

Wieder war Peter verblüfft. Der Gedanke, daß eine junge und halbnackte Jungfrau einen männlichen Gast zu seinem Zimmer brachte, war unglaublich. Und doch schienen weder Mrs. noch Mr. Knolles sich daran zu stören.

Das Mädchen trat an ihm vorbei, und er folgte Angelina auf den Flur. Fasziniert beobachtete er den Schwung ihres Rockes über den wiegenden Hüften.

»Wie alt seid Ihr?« fragte er, ein wenig lallend.

Sie blieb stehen, und er sah, daß ihre Ohren sich rosa färbten. »Nun, Sir, da es Euch so zu interessieren scheint«, entgegnete sie. »Ich bin siebzehn.«

Er spürte, daß er sie irgendwie beleidigt hatte, wenn er auch nicht wußte, wodurch. Dann öffnete sie eine Tür und betrat doch tatsächlich das Zimmer, um die Kerze in einen Ständer neben dem Bett zu stecken. Peter sah sich staunend um.

Der Raum war völlig anders als alles, was er bisher gesehen hatte. Erstens war er sehr klein und wie der Rest des Hauses, von einigen Matten abgesehen, bar von Teppichen. Das Mobiliar bestand aus einer sehr dunklen, schweren und hohen Kommode mit einem Glasspiegel darüber, einem einzelnen, höchst eigenartigen Stuhl, da die Beine auf gebogenen Kufen ruhten, so daß man in ihm schaukeln konnte, und einem noch seltsameren hohen und schmalen Bett mit Holzpfosten an den vier Enden, auf denen eine Art Zeltdach ruhte.

»Ich hoffe, Ihr werdet es hier bequem haben, Sir«, sagte Angelina.

»Ganz sicher«, entgegnete er wenig überzeugend. »Wärt Ihr so freundlich, meine Bediensteten zu mir zu schicken?«

»Beide?«

»Selbstverständlich.«

Sie machte hüftschwingend kehrt, und wenig später kamen Serena und Bhuti herein.

»Das ist wirklich ein eigenartiger Ort, Herr«, sagte Serena. »Und es gibt gar keinen Baderaum.«

»Ganz sicher zeigen sie ihn uns morgen.« Er stand still, während sie ihn entkleideten. »Und jetzt komm ins Bett. Ich bin totmüde.«

Serena fiel im Laufe der Nacht zweimal aus dem Bett, und als Peter um ein Bad für sie beide bat, starrte sie entsetzt auf die kleine Blechwanne, die in der Mitte des Zimmers aufgestellt wurde. Bhuti füllte sie Eimer für Eimer mit lauwarmem Wasser.

»Wir müssen das Beste daraus machen«, sagte Peter, als sie sich nacheinander ins Wasser setzten. Dann zog er sich an, um sich wieder zur Familie Knolles zu gesellen.

An diesem Vormittag zeigte Knolles seinem Gast die Kaserne, ließ das Regiment antreten, damit sein Gast es begutachten konnte, und inspizierte dann seinerseits Blunts Kompanie. Dann ließ Knolles ihn zum größten Schiff im Hafen rudern.

Diesmal war Peter nicht nur erstaunt von dem, was er sah, sondern auch beeindruckt. Die Segel und das Takelwerk übertrafen seine kühnsten Vorstellungen, und er fragte sich, wie die Seeleute sich in diesem Gewirr von Falleinen, Segeltuch und endlosen Tauen, die allesamt sorgfältig festgemacht waren und einen ganz bestimmten Zweck erfüllten, zurechtfinden mochten. Das Tuch war natürlich eingerollt, aber Blunt brauchte nicht viel Phantasie, sich vorzustellen, wie das Schiff unter vollen Segeln über das Meer schoß.

Aber es waren die Geschütze, die ihn mehr als alles andere faszinierten. Die Mongolen verfügten inzwischen über mehrere hundert Kanonen, jedoch wegen der Manövrierbarkeit von geringem Kaliber. Er hatte noch nie etwas Ähnliches gesehen wie die gewaltigen Sechsundzwanzigpfünder oder noch gewaltigeren Zweiunddreißigpfünder auf dem Kanonendeck. Und als Knolles behauptete, sie könnten Kanonenkugeln dieses Gewichts über eine Meile weit schleudern, konnte er es kaum glauben.

»Besitzt Ihr viele dieser Schiffe?« fragte er.

»Die englische Flotte besitzt mehr als hundert davon.«

»Und sind alle mit Geschützen wie diesen ausgestattet?«

»Die meisten. Glaubt Ihr, Euer Herr hätte vielleicht Interesse an solchen Geschützen?«

»Ganz sicher – wenn man sie zu ihm transportieren könnte.«

»Nun, darüber müssen wir noch reden. Habt Ihr über das nachgedacht, worüber wir uns gestern abend unterhalten haben?«

Das hatte Blunt nicht. Er war zu betrunken und zu sehr damit beschäftigt gewesen, Serena davor zu bewahren, aus dem Bett zu fallen. Dennoch sagte er nun: »Ich bin bereit, dem Badshah Euer Anliegen vorzutragen. Wie er darauf reagieren wird, vermag ich allerdings nicht zu sagen. Aber Geschütze wie diese ...«

»Wie Ihr schon sagtet, mal sehen, was sich machen läßt.«

»Ist diese Faktorei in Bengalen Euch sehr wichtig?« fragte Peter.

»Nun ... Ja. Ich werde ganz offen zu Euch sein, Mr. Blunt. England ist seit dem Tod König Karls ein düsterer Ort geworden. Unser derzeitiger König, James, scheint entschlossen, die Uhr um fünfzig Jahre zurückzudrehen, als ein Monarch noch das göttliche Recht für sich beanspruchte, nach Gutdünken zu regieren.«

»Wie sollte ein Monarch sonst regieren?« fragte Peter.

»Hier in Hindustan liegen die Dinge offensichtlich etwas anders. Aber ich denke, daß ein echter Engländer so unerträgliche Zustände nicht lange hinnehmen kann. Mein Vater ist während der Großen Rebellion gefallen, Sir. Ich möchte nicht wieder in einen solchen Bürgerkrieg verwickelt werden. Deshalb habe ich mein Glück anderswo gesucht. Und da ich Bombay zu meiner Wahlheimat erkoren habe, möchte ich natürlich, daß die Company, in deren Diensten ich stehe, erfolgreich ist. Ist das nicht verständlich?«

Auf dem Boot, das sie wieder an Land brachte, fuhr Knolles fort. »Und dann ist da noch die Frage Eurer Entlohnung.«

»Darüber habe ich noch gar nicht nachgedacht«, entgegnete Peter wahrheitsgemäß.

Knolles grübelte darüber nach. Später, als sie zum Mittagessen zu seinem Bungalow schlenderten, fragte er: »Verzeiht mir, aber begleitet Eure ... äh ... Dienerin Euch überall hin?«

»Wie könnte ein Mann ohne seine Konkubine reisen?«

»Ihr habt natürlich recht. Es sei denn, er reist mit seiner Frau.«

»Ich bin nicht verheiratet.«

»Ich hatte immer den Eindruck, daß die Männer in Hindustan schon sehr früh heiraten.«

»Das ist absolut richtig. Aber meine Mutter wünscht, daß ich eine Engländerin wie sie selbst heirate. Und in Delhi gibt es keine englischen Frauen, so daß Eure Gattin und Eure Töchter die einzigen Engländerinnen sind, denen ich – abgesehen von meiner Mutter – bislang begegnet bin.«

»Ich verstehe«, entgegnete Knolles nachdenklich.

Als sie das Haus betraten, hörte Peter Gelächter aus seinem Schlafzimmer. Er war entzückt, Caroline anzutreffen, die gemeinsam mit Serena das Bett machte. Caroline Knolles sprach natürlich kein Persisch und nur wenig Hindustani, aber sie schienen sich dennoch blendend zu verstehen. Bei seinem Eintreten schrie Caroline verlegen auf und lief davon.

»Sie ist lebhaft«, bemerkte Serena. »Und sie ist Engländerin. Vielleicht wäre sie eine gute Frau für Euch.«

»Aber sie ist nicht die Älteste«, entgegnete Peter. »Und sie ist auch nicht so hübsch wie ihre Schwester.«

»Sie wird anziehender sein als ihre Schwester, wenn sie erst älter ist«, widersprach Serena. »Ihre Schwester ist zu steif.«

»Ich dachte, Bombay – und seine Bewohner – würden dir nicht gefallen?« Er zauste ihr das Haar. »Ich bin nicht hergekommen, um zu heiraten«, sagte er.

Aber plötzlich schien ihm der Gedanke nicht mehr so fern.

Beim Mittagessen leisteten ihnen Knolles' Sohn und dessen Gattin Gesellschaft, eine eher unscheinbare junge Frau, die aber auch ihre Brüste zur Schau stellte. Offensichtlich hatte sie bereits alles über den fremdartigen Gast ihrer Schwiegereltern gehört und schien von ihm zu erwarten, daß er jeden Augenblick irgend etwas Ungewöhnliches tat. Nach einer Weile entschuldigte sich Blunt, da er spürte, daß der Alkohol ihm wieder zu Kopf stieg, und ging hinaus in den Garten.

Er fühlte sich völlig entspannt und ließ sich mit einem zufriedenen Seufzer unter einem riesigen Mangobaum ins Gras sinken; der Nachmittag war angenehm warm und friedlich. Vielleicht lag es ja am Alkohol, aber auch wenn sie ihn als eine Art Kuriosität betrachteten, mochte er diese Leute. Er mochte sie sogar besser leiden als alle anderen Menschen, die er bislang kennengelernt hatte ... vor allem ihre Frauen. Und doch fragte er sich, ob Angelina, wie attraktiv er sie auch finden mochte, tatsächlich so schamlos war, wie ihr Kleid vermuten ließ.

Serena hatte gesagt, Caroline wäre ihm eine gute Frau. Aber Angelina wäre ihm zweifellos eine noch bessere, da sie wahre Schönheit besaß. Er fragte sich, was Knolles wohl dazu sagen würde, daß seine Tochter einen mongolischen Krieger heiraten sollte? Und doch schien der Engländer nicht geneigt – oder nicht in der Lage –, nach England zurückzukehren. Vielleicht war er darauf bedacht, sich und seine Familie hier in Hindustan zu etablieren, und der schnellste Weg, das zu erreichen, war, sich an Blunt zu halten und durch ihn an den Badshah. Und der Engländer besaß Dinge, die der Badshah möglicherweise gerne besitzen würde – vor allem diese Kanonen.

Blunt war gebeten worden, als Mittelsmann zu fungieren. Aber Knolles besaß nichts, was ihn interessiert hätte, außer vielleicht seine Tochter. Selbstverständlich würde Angelina lernen müssen, sich anständig zu kleiden und ihre Manieren zu ändern. Sie konnte weder zugegen sein, wenn Männer sich unterhielten, noch durfte sie Alkohol trinken. Aber Serena würde sie schon entsprechend unterweisen.

Und seine Mutter würde sich freuen, wenn sie es auch vorziehen würde, die Braut selbst auszuwählen. Es wäre eine rein geschäftliche Transaktion. Dieses Haar, diese Brüste – und was immer sich noch an Schätzen unter ihrem Kleid verbergen mochten – im Austausch dafür, daß Blunt ein gutes Wort beim Badshah einlegte. Jedenfalls war es eine Überlegung wert.

Je eher er mit seinem Bericht nach Haiderabad zurückkehrte, desto besser ... und doch widerstrebte es ihm, diesen schönen Ort zu verlassen, an dem das Meer rauschte und die Wipfel der Bäume im Wind ächzten. Neben Bombay wirkten Delhi und Haiderabad wie eine völlig andere, rauhere Welt.

Als er das Rascheln von Röcken hörte, setzte er sich abrupt auf und sah Caroline nur wenige Schritte entfernt stehen.

»Fühlt Ihr Euch wohl, Mr. Blunt?« fragte sie.

Er erhob sich – er hatte beobachtet, daß das bei den Engländern so üblich war, wenn eine Frau sich zu ihnen gesellte. »Sehr wohl sogar.«

»Dann habe ich Euch beim Träumen gestört. Ich bitte um Entschuldigung.« Sie wandte sich um, als wollte sie zum Haus zurückkehren.

»Aber ich bitte Euch«, sagte er. »Möchtet Ihr Euch nicht zu mir setzen?«

Unter keinen Umständen hätte er ein moslemisches Mädchen dazu aufgefordert – wäre auch niemals mit einem moslemischen Mädchen in einem Garten allein gelassen worden.

Caroline ließ sich ins Gras sinken, und sie musterten einander forschend.

»Mama und Papa glauben, Ihr wärt auf der Suche nach einer Frau hergekommen«, sagte sie, und dann formten ihre Lippen ein O, als wäre sie selbst erstaunt, daß sie dies so offen ausgesprochen hatte.

»Welch entzückender Gedanke«, stimmte er zu. »Und was glaubt Ihr, wo ich eine solche Frau finden könnte?«

Sie befeuchtete sich die Lippen, und ein rosiger Hauch überzog ihre blassen Wangen. »Angelina meint, Ihr würdet vielleicht sie heiraten wollen.«

»Ach ja?«

»Aber *sie* sagt, sie könnte niemals einen Mann heiraten, der eine Mätresse hat und diese sogar auf Reisen mitnimmt.«

»Und was ist mit Euch, Caroline? Würdet Ihr einen solchen Mann heiraten?«

Wieder fuhr sie sich mit der Zungenspitze über die Lippen. »Wenn der Mann mir gefällt – vielleicht.«

»Dann würde ich sagen, Ihr seid klüger als Eure Schwester.«

Mein Gott, dachte Peter. Dieses kleine Mädchen fordert mich gerade auf, um ihre Hand anzuhalten! Und warum nicht, wo sie doch willens zu sein schien?

»Caro, was machst du denn da?«

Caroline sprang auf, als Angelina um den Mangobaum herumkam.

»Ah, Mr. Blunt, ich wußte gar nicht, daß Ihr hier draußen seid«, log sie. »Hat meine kleine Schwester Euch gestört?«

»Ganz im Gegenteil, sie hat mich blendend unterhalten.«

»Nun, ich bin sicher, Ihr habt Euch lange genug gelangweilt.« Angelina klatschte in die Hände. »Fort mit dir, Caro.«

Die jüngere der beiden Schwestern zögerte, verneigte sich dann knapp in Peters Richtung und lief mit brennendroten Wangen davon.

»Ich hoffe, sie war nicht indiskret«, sagte Angelina kokett. »Meine Schwester ist ein wirres kleines Ding, das zuweilen die unmöglichsten Sachen sagt.«

Sie war wirklich eine *höchst* attraktive junge Dame, vor allem, wenn sie erregt war, so wie jetzt. Aber was ihn vor allem fesselte, war ihr Dekolleté; es hatte etwas Anrüchiges an sich. In Hindustan war eine Dame zu jeder Zeit völlig bedeckt, wie durchscheinend die Seide ihres Saris auch sein mochte. Nur Kurtisanen, die davon lebten, Männer zu verführen, ließen zuweilen Haut sehen, womit sie zu erkennen gaben, daß der Rest für einen bestimmten Preis verfügbar war.

Aber dieses Mädchen war zweifellos keine Prostituierte, und das verwirrte ihn um so mehr. Inzwischen verwirrte ihn überhaupt die ganze Beziehung zwischen westlichen Frauen und Männern.

Angelina erwartete also tatsächlich, daß er um ihre Hand anhielt. Um des Vergnügens willen, ihn abzuweisen? Aber er war sicher, daß ihr Vater eine Heirat wünschte. Er fragte sich, ob die Tochter das wohl ahnte.

Plötzlich faßte er einen Entschluß: Er *würde* Knolles vorschlagen, ihm das Mädchen im Austausch für seine Dienste zur Frau zu geben. Aber erst wollte er sie näher kennenlernen ... er war gerade in der Stimmung, die faszinierende Freiheit der englischen Frauen zu genießen.

»Möchtet Ihr Euch nicht zu mir setzen?« fragte er.

»Sehr gern, Sir.« Sie setzte sich mit raschelnden Röcken ins Gras, wobei sie jedoch darauf achtete, eine gewisse Distanz zu wahren.

»Gefällt Euch Euer Aufenthalt in Bombay?«

»Sehr sogar – es gibt hier so vieles, was mir neu und fremd ist.«

Sie wandte den Kopf und sah ihn an. »Aber Papa sagte doch, Ihr wärt Engländer.«

»Ich bin nie dort gewesen – und Eure Familie und Ihr seid die ersten Engländer, denen ich je begegnet bin.«

»Ah!« sagte sie darauf, als würde ihr plötzlich etwas klar. »Mir würde es in Delhi vermutlich nicht anders gehen.«

»Würdet Ihr Delhi besuchen, Miss Knolles, hättet Ihr dort bereits einen Freund, der Euch beistehen würde, die Sitten und Bräuche seiner Bewohner zu verstehen.«

»Hätte ich das wirklich, Mr. Blunt?« Wie bei ihrer Schwester erschienen kleine rote Flecken auf ihren Wangen. »Dann werde ich eines Tages vielleicht tatsächlich dorthin reisen. Aber könntet Ihr nicht so tun, als hättet Ihr in mir eine alte Freundin, die Euch beisteht, unsere hiesigen Sitten zu verstehen?«

»Darf ich?«

»Es würde mich freuen.«

»Einige meiner Fragen könnten Euch in Verlegenheit bringen.«

»Ich gebe Euch mein Wort, daß ich nicht verlegen werde.« Sie blickte nun starr geradeaus.

»Nun denn …« Er beschloß, das Terrain zu sondieren, ehe er zum Angriff überging. »Dieser Rum, den Ihr trinkt … scheint mir ein recht starkes Getränk zu sein. Alkohol ist auf Befehl des Badshahs in Hindustan verboten.«

»Oh! Dann bekäme ich nichts zu trinken, sollte ich Delhi besuchen?«

»Wasser und Sorbet. Trinken alle Eure Landsleute Rum?«

»In England? O nein. Wir trinken ihn hier nur, weil Wein den Transport nicht übersteht. In England trinken wir Wein.« Sie lächelte. »Habt Ihr nicht den Wunsch, England zu besuchen?«

»Eines Tages sicher. Darf ich Euch nun fragen, in welchem Alter Frauen in England gewöhnlich heiraten?«

»Also …« Ihre Ohren färbten sich so rosig wie ihre Wangen. »Ich würde sagen, in jedem Alter von sechzehn an aufwärts.«

»Aber Ihr seid noch nicht verheiratet.«

Nun überzog brennende Röte ihre Wangen. »Papa und Mama haben noch keinen Mann gefunden, der für mich in Frage käme, Sir.« Sie wandte den Kopf. »Werden alle Eure Fragen so direkt sein?«

»Ihr habt versprochen, nicht verlegen zu werden.«

»Ich bin nicht verlegen«, entgegnete sie schnippisch.

»Wie häufig badet Ihr?«

Wieder fuhr ihr Kopf herum. »Wie bitte, Sir?«

»In Hindustan müssen Frauen täglich baden, ehe sie ihren Pflichten gegenüber ihrem Herrn nachkommen. Männer ebenfalls, sofern möglich – aber Frauen in jedem Fall.«

Ihre Brust hob und senkte sich in höchst aufreizender Weise. »Nun, Sir, Engländerinnen baden, wenn es nötig ist. Und sie haben auch keinen Herrn, dem sie dienen.«

Peter lächelte sie an. »Zumindest habt Ihr noch keinen. Aber sagt mir, Miss Knolles, wie stellt man es in England an, eine Frau zu bekommen?«

Sie hatte das Gesicht von ihm abgewandt, warf ihm jedoch nun einen raschen Blick zu. »Sir?«

»Ich meine, als Konkubine oder Ehefrau? Ist es Brauch, dem Vater Geschenke zu machen, oder wird auf anderer Ebene verhandelt?«

»Sir, so etwas wie das Konkubinat gibt es in England nicht ...« Sie zögerte. »Und was eine Heirat anbelangt, handeln das die Eltern untereinander aus.«

»Leider ist meine Mutter weit weg.«

Angelina runzelte die Stirn. »Ich verstehe nicht, Sir.«

»Ich trage mich mit dem Gedanken, mit Eurem Vater zu sprechen, um Euch für meinen Harem zu gewinnen«, erklärte er.

Ihre Züge erstarrten, und sie rappelte sich hoch. »Ihr beleidigt mich, Sir.«

»Indem ich um Eure Hand anhalte? Das ist doch ein großes Kompliment.«

Sie funkelte ihn zornig an, die Hände vor dem Rock verschränkt. »Glaubt Ihr wirklich, Ihr könnt einfach herkommen, einen Blick auf mich werfen und Knall auf Fall beschließen, mich mitzunehmen nach ... nach ...«

»Nach Delhi«, kam er ihr zur Hilfe. »Es ist eine wunderschöne Stadt. Aber ich habe gefragt, wie ein Engländer vorgehen würde, und Ihr habt mir als einzige Antwort gegeben, daß die Eltern der Brautleute über eine Heirat verhandeln. Ich bin gern bereit, diesbezüglich mit Eurem Vater zu verhandeln.«

Sie stampfte mit dem Fuß auf. »Ihr versteht nicht, Mr. Blunt. Verhandlungen, also ... die würden zwischen alten Freunden stattfinden, die einander gut kennen. Und ihre Kinder würden sich auch seit Jahren kennen, vielleicht sogar seit der Kindheit. Ihre beiden Familien würden gegenseitige Interessen haben, an Ländereien oder in geschäftlichen Dingen. Die Umstände wären völlig anders!«

»Warum setzt Ihr Euch nicht, Miss Knolles?« forderte Peter sie begütigend auf. »Oder darf ich Euch Angelina nennen?«

»Das dürft Ihr nicht«, entgegnete sie schroff. »Diese Anrede ist engen Freunden und meiner Familie vorbehalten.« Dennoch nahm sie wieder Platz.

»Und Ihr seid der Ansicht, wir sollten Feinde sein? Wie Ihr sagtet, ist hier in Hindustan vieles anders und doch auch wieder nicht. Ihr seid in einem fremden Land und das noch nicht sehr lange. Deshalb stehen die Chancen, daß Ihr in eine Familie einheiratet, mit der Ihr schon lange bekannt seid, eher schlecht. Euer Vater und ich haben allerdings gegenseitige Interessen.«

Sie blickte zu Boden. »Ihr habt sogar von Konkubinat gesprochen.«

»Ich werde Euch heiraten.«

Sie hob den Kopf. »Einfach so? Ohne ein Wort der Liebe oder auch nur der Zuneigung?«

»Wie kann es vor der Ehe Liebe oder Zuneigung geben?« argumentierte er. »Wenn überhaupt, entstehen solche Gefühle erst während einer Ehe. Meine Mutter wurde meinem Vater als Leibeigene überlassen. Zu diesem Zeitpunkt hätte sie ihn gar nicht lieben können.«

Angelina schauderte.

»Aber zwischen ihnen hat sich wahre Liebe entwickelt«, fuhr Peter fort.

Sie wandte den Kopf und sah ihn an. »Was Ihr für mich empfindet, ist nicht mehr als Lust«, sagte sie schließlich leise.

»Ihr seid sehr begehrenswert.« Er lächelte.

»Und ... nachdem Ihr mich dann gekauft hättet, würdet Ihr mich mit einer Dienerin teilen.«

»Ich sagte, ich will Euch heiraten. Serena ist meine Konkubine, und ihr hättet Vorrang vor ihr. Ihr hättet sogar Vorrang vor Jintna, obwohl sie die Mutter meines Sohnes ist.«

Sie schnappte nach Luft. »Ihr habt mehr als eine Konkubine? Und einen Sohn?«

»Hat nicht jeder Mann mehr als eine Konkubine?« fragte er.

»Und ja, ich habe einen Sohn. Aber Ihr werdet mir weitere Kinder schenken.«

Angelina wandte den Blick wieder ab. »Warum erzählt Ihr mir das alles, wenn Ihr bereits entschlossen seid, mit meinem Vater zu sprechen?«

»Weil Ihr hier seid«, entgegnete er, »und weil ich mich an die englischen Bräuche halten möchte.«

Sie brachte beinahe ein Lächeln zustande. »Ich bezweifle, daß Euch das je möglich wäre, Sir.« Sie erhob sich. »Papa wird einer Heirat zwischen uns niemals zustimmen.« Darauf machte sie auf dem Absatz kehrt und eilte zurück ins Haus.

Aber jetzt wollte Peter sie mehr denn je besitzen. Nie hatte er eine ungewöhnlichere und anregendere halbe Stunde verlebt. Andererseits hatte er auch noch nie eine halbe Stunde in Gesellschaft zweier Frauen verbracht, die weder mit ihm verwandt waren noch ihm gehörten. Er vermochte nicht zu sagen, ob sie ihren Eltern von diesem Gespräch erzählen würde.

Später am Nachmittag erbot Knolles sich, ihm die Faktorei zu zeigen, aber Blunt meinte, er wolle sich lieber mit ihm unterhalten.

Knolles schien nicht überrascht. Ohne zu zögern, brachte er Peter zum Fort und führte ihn in sein kleines Büro mit Blick auf den von niedrigen Backsteinmauern umgebenen Exerzierplatz.

»Ich habe über Euer Angebot nachgedacht«, sagte Blunt. »Und ich bin bereit, mich beim Badshah für Euch einzusetzen.«

»Das ist sehr freundlich von Euch«, entgegnete Knolles zurückhaltend.

»Bleibt die Frage, welche Gegenleistung Ihr zu erbringen gedenkt.«

»Der Kaiser wird seine Kanonen bekommen«, versicherte ihm Knolles.

»Und ich?«

»Nun ... was schwebt Euch denn vor?«

»Eure Tochter Angelina«, entgegnete Blunt, ohne zu zögern.

Knolles befeuchtete sich die Lippen.

»Ich möchte sie heiraten«, fügte Peter hinzu.

»Heiraten?« brummte Knolles.

»Ich bin Tuman-bashi der kaiserlichen Garde«, sagte Peter. »Und eines Tages werde ich Oberbefehlshaber der Gardetruppen sein. Ich stehe sehr hoch in der Gunst des Badshahs und werde unter seiner Herrschaft noch weiter aufsteigen. Meine Mutter ist sehr wohlhabend und bewohnt einen Palast in Delhi. Eure Tochter wird ein Leben im Luxus führen.«

»In Eurem Harem«, entgegnete Knolles.

»Sie wird mit meiner Mutter, meinen Stiefmüttern und meinen Konkubinen zusammenleben«, erklärte Peter. »Das ist in diesem Land Sitte. Dennoch wird ihr Leben nicht so eingeschränkt sein, wie Ihr befürchtet. Meine Frau würde ebenso große Freiheit besitzen wie meine Mutter.«

Knolles erhob sich und schritt in dem kleinen Büroraum auf und ab. »Seid Ihr Christ, Sir?«

»Ich bin nie getauft worden, weil es in Hindustan weder Kirchen noch Priester gibt«, sagte Peter. »Meine Mutter ist gläubige Christin und hat mir viel über ihre Religion beigebracht. Ich gelobe, Eure Tochter so zu behandeln, wie es von einem Christen erwartet wird, Major Knolles. Ich habe bereits mit Angelina gesprochen.«

»Einen Teufel habt Ihr«, murmelte Knolles.

»Ich hoffe, das sollte keine Beleidigung sein?«

Knolles machte eine wegwerfende Handbewegung, die besagte, daß seine Worte nichts weiter zu bedeuten hatten. »Und wie hat sie reagiert?«

»Überrascht, würde ich sagen.«

»Das denke ich mir. Ich werde Euren Antrag mit meiner Frau besprechen müssen.«

»Wenn das bei Euch Brauch ist.«

»Das ist es tatsächlich, Sir, und erst recht unter diesen ungewöhnlichen Umständen. Darf ich fragen, wie alt Ihr seid, Mr. Blunt?«

»Ich bin achtundzwanzig.«

»Ist das nicht noch etwas jung zum Heiraten?«

»Für hiesige Verhältnisse ist es eher alt, und ich versichere Euch, daß meine Mutter keine Einwände erheben wird.« Peter sah seinem Gegenüber fest in die Augen. »Major Knolles. Ich bin Soldat und ziehe es vor, offen zu reden. Werdet Ihr mir Eure Tochter zur Frau geben, wenn ich meinen Herrn dazu bewege,

Euch Euren Wunsch zu gewähren, an der Mündung des Ganges eine Faktorei zu errichten? Ja oder nein.«

Knolles blinzelte. »Bedingung wäre, daß Angelina einer Heirat zustimmt …«

Peter lächelte angespannt. »Nun, dann fragen wir sie doch.«

Nur der Sohn und seine Gattin fehlten in der Familienrunde. Angelina saß zwischen ihren Eltern auf dem Sofa im Salon, während Caroline scheinbar nervöser als alle anderen Anwesenden an der Seite ihrer Mutter stand.

Knolles trug Peters Antrag vor. »Ich möchte hinzufügen, daß Mr. Blunt in dieser Sache bemerkenswerte Offenheit an den Tag gelegt hat. Er hat sich einverstanden erklärt, Angelinas freie Entscheidung zu akzeptieren.«

»Und seine häuslichen … Arrangements?« fragte Lucy Knolles.

Peter warf ihr einen fragenden Blick zu.

»Ich spreche von dieser Frau, die Euch überallhin zu begleiten scheint, Sir.«

»Ich bin überzeugt, daß Angelina bald feststellen wird, daß Serenas Gesellschaft sehr erquicklich ist, Mrs. Knolles.«

»O mein Gott!« Lucy Knolles schien im Begriff, die Hände über dem Kopf zusammenzuschlagen.

»So wie zweifellos auch die Jintnas«, bemerkte Angelina ruhig.

»Jintna?« fragte ihre Mutter überrascht.

»Mr. Blunts zweite Konkubine: die Mutter seines Sohnes.«

Einen Augenblick schien es Lucy Knolles buchstäblich die Sprache zu verschlagen. Dann sagte sie leise: »Ich fürchte, Mr. Blunt, daß eine solche Heirat in Anbetracht der gravierenden Unterschiede in unseren Sitten und Bräuchen nicht in Frage kommt.«

Knolles warf seiner Frau einen verdatterten Blick zu – aber es war Angelina, die die Situation rettete.

»Papa hat gesagt, die Entscheidung läge bei mir, Mama.« Sie holte tief Luft. »Und ich bin bereit, Mr. Blunts Antrag anzunehmen.«

Caroline klatschte entzückt in die Hände, wenngleich Peter

den Verdacht hatte, daß sie es vorgezogen hätte, selbst die Auserwählte zu sein.

»Angelina, Liebes«, protestierte Lucy. »Ist dir klar …«

»Ja, Mama. Ich habe sehr gründlich darüber nachgedacht.« Sie musterte Peter eindringlich. »Allerdings hätte ich eine Bitte an Mr. Blunt. In Delhi mag es weder Kirche noch Priester geben, aber hier in Bombay haben wir beides. Mr. Blunt, seid Ihr bereit, Euch hier und jetzt in der christlichen Kirche taufen zu lassen?«

Alle Augenpaare richteten sich auf ihn.

»Aber sehr gern«, stimmte er zu, da er wußte, daß er auch seiner Mutter damit eine große Freude machen würde.

»Nun, dann …« Knolles erhob sich und schüttelte Peter die Hand. »Ich freue mich von Herzen, Mr. Blunt. Sobald ich die Zustimmung Ihres Herrschers habe, bestellen wir das Aufgebot.«

»Und in der Zwischenzeit?« fragte Peter verwirrt.

»Nun, bis dahin seid Ihr und Angelina verlobt.«

Nach einigem Zögern trat auch Lucy Knolles vor und bot ihm zu seiner Verblüffung die Wange dar. Er brauchte einige Sekunden, um zu begreifen, daß sie tatsächlich von ihm erwartete, sie zu küssen. »Ich heiße Euch in meiner Familie willkommen, Mr. Blunt«, sagte sie, als er der stummen Aufforderung nachkam, in einem Tonfall, in dem sie wohl die Pest willkommen geheißen hätte.

Noch beunruhigender war das Benehmen Carolines, die ihm beide Arme um den Hals warf und ihm einen Kuß auf beide Wangen drückte. »Ich freue mich so für Euch.« Sie wandte sich ihrer Schwester zu, um auch sie zu umarmen.

»Wann wollt Ihr aufbrechen?« fragte Knolles.

»Nun, ich denke, je eher, desto besser, Major Knolles. Ich werde gleich morgen früh abreisen.«

»In diesem Fall werdet Ihr Euch von Eurer Verlobten verabschieden wollen. Komm, Lucy. Komm, Caroline.«

Er scheuchte die beiden Frauen hinaus und schloß die Tür. Völlig verwirrt starrte Peter auf Angelina.

»Ist es in England üblich, eine junge Frau mit einem Mann allein zu lassen?«

»Wir sind verlobt, Mr. Blunt. Ist das nicht auch in Hindustan üblich?«

»Ganz sicher nicht. Aber Ihr werdet mir das alles erklären müssen. Ich möchte Eure Bräuche wirklich kennenlernen, soweit es mir gestattet ist.«

Angelina musterte ihn einige Sekunden lang mit glühenden Wangen. Dann schien sie einen Entschluß zu fassen und klopfte auf das Polster neben sich. »Setzt Euch zu mir.«

Peter folgte ihrer Aufforderung.

»Es ist Brauch, daß zwei Menschen, die sich die Ehe versprochen haben, sich küssen.«

»Aber noch sind wir doch nicht verheiratet.«

»Aber wir *werden* heiraten«, entgegnete sie. »So Gott will.«

Sie starrten einander an, und Peter befeuchtete sich nervös die Lippen. Er war sich ihres Dekolletés, der Lippen, der Augen und der Haare, die sie zur begehrenswertesten Frau machten, der er je begegnet war, nur zu bewußt. Und sie forderte ihn auf … Er legte die Arme um sie, zog sie an sich und küßte sie auf den Mund. Ihre Lippen öffneten sich, als sie unter seinem leidenschaftlichen Ansturm nach Luft schnappte. Ihre Zungen berührten sich. Sie hob die Hände, um ihn von sich zu stoßen, und er legte seinerseits eine Hand auf ihre Brust. Sie keuchte und wehrte sich einige Sekunden, ehe sie in seinen Armen erschlaffte.

Sofort ließ er sie los, und sie sank völlig durcheinander in die Kissen zurück. Ihr Haar war zerzaust, und sie atmete stoßweise.

»Habe ich Euch weh getan?« fragte er besorgt.

Angelina setzte sich langsam auf und zupfte ihr Kleid zurecht. »Seid Ihr immer so stürmisch, Mr. Blunt?«

»Ich bin ein leidenschaftlicher Mann – und Ihr seid eine schöne Frau. Wäre es Euch anders lieber?«

Angelina schluckte. »Nein, Mr. Blunt«, sagte sie. »Es wäre mir nicht anders lieber. Sollen wir jetzt nicht zu meinen Eltern gehen? Ich denke, sie werden im Garten sein.«

»Ich werde eine Sklavin werden«, sagte Serena unglücklich, als sie am nächsten Morgen mit der Fähre zum Festland übersetzten.

»Ich versichere dir, daß deine neue Herrin dich als Freundin behandeln wird«, entgegnete Peter.

»Ihr solltet die jüngere heiraten«, schmollte Serena. »Sie ist meine Freundin.«

»Ich werde die ältere heiratena, sagte er bestimmt. Er war so euphorisch, daß er vor Glück hätte singen mögen. Bald würde er diese makellose elfenbeinfarbene Haut besitzen, das Haar von der Farbe eines Sonnenuntergangs. Er hatte in bezug auf Frauen noch nie an Liebe gedacht, aber Angelina wollte er lieben und glücklich machen, damit ihre Augen leuchteten vor Stolz, wenn er seinen Pflichten nachging und in der Gunst des Badshahs aufstieg. Noch von unterwegs schrieb er seiner Mutter und schickte Bhuti mit dem Brief voraus.

In verschärftem Tempo ritten sie nach Haiderabad, wo sich in dem Monat seiner Abwesenheit nicht viel verändert hatte.

Aurungzib empfing ihn sofort und lauschte dem Bericht seines Gesandten aufmerksam. Knolles hatte Blunt eine der Kanonenkugeln mitgegeben, die als Munition für den Zweiunddreißigpfünder dienten, und diese zeigte er nun dem Kaiser. Aurungzib hatte einige Mühe, sie hochzuheben.

»Und sie besitzen wirklich Kanonen, die diese Kugeln über eine Meile weit schleudern können?« fragte er ungläubig.

»Ja, Badshah.«

»Warum regieren Eure Landsleute dann nicht die Welt, Blunt Bahatur?«

»Vielleicht werden sie das eines Tages.«

Aurungzib musterte ihn durchdringend und lächelte dann. »Nicht, wenn sie Waffen wie diese an *mich* liefern. Und im Austausch dagegen möchten sie einen Handelsposten in Bengalen? Warum nicht? Aber erst muß ich diese Geschütze haben.«

»Blunt Bahatur hat uns erzählt, daß diese riesigen Kanonen auf Schiffen montiert sind«, bemerkte Rai Singh. »Es wird sehr schwierig werden, sie über Land zu transportieren. Wir werden große Wagen und viele Maultiere benötigen.«

»Diese Details auszuarbeiten überlasse ich Euch«, erklärte Aurungzib. »Wir werden diese Geschütze bekommen. Kehrt zurück nach Bombay, Blunt Bahatur, und teilt den Engländern meine Entscheidung mit.«

Schon eine Woche später kehrte Bhuti mit einem Brief von Blunts Mutter zurück.

*Lieber Peter,*
*ich freue mich unbändig ob deiner Neuigkeiten, und so schreibe ich in aller Hast nur einige Zeilen für Dich. Ich hätte mir gewünscht, die Gelgenheit zu haben, die junge Dame kennenzulernen, von der Du so begeistert bist. Aber daß Ihr Euch gefallt, genügt mir. Bilkis, Hilma und ich freuen uns sehr darauf, Deine Braut in Delhi willkommen zu heißen. Nur zu gern geben wir Dir unseren Segen zu Deiner Heirat.*

*In Liebe, Deine Mutter*
*Anne Blunt*

Am darauffolgenden Tag brach Peter erneut nach Bombay auf. Wieder nahm er seine Gardekompanie und Bhuti mit, während er Serena in Haiderabad zurückließ. Sie weinte bitterlich, aber ihm war nicht entgangen, daß ihre Anwesenheit der Familie Knolles ein Dorn im Auge war, und er wollte seine künftigen Schwiegereltern nicht verstimmen – und schon gar nicht seine Braut.

Er trieb seine Männer zu größter Eile an. Sie schafften die Strecke in nur acht Tagen, und sein Herz hämmerte, als würde es jeden Augenblick seinen Uniformrock sprengen, als die Fähre langsam auf den Landungssteg der Insel zusteuerte. Ein Garnisonsoffizier stand bereit, Peter zu empfangen, als er an Land ging.

»Roger Munro, zu Ihren Diensten, Sir. Ich bin Major Knolles' Adjutant. Wir haben uns schon bei Eurem ersten Besuch in Bombay kennengelernt.«

»Richtig.« Peter schüttelte ihm die Hand.

»Ich bin hier, Euch sofort zum Haus des Majors zu geleiten.«

Peter überließ es Billim Abbas, sich um die Männer zu kümmern, und hastete an der Seite des Captains zum Haus der Knolles. Ganz offensichtlich stimmte etwas nicht.

Knolles empfing ihn bereits an der Tür, und die jüngere Tochter, Caroline, brach bei seinem Anblick in Tränen aus.

»Sie möchte Euch sehen«, sagte Knolles, als Peter den Flur hinunter und in Angelinas Schlafzimmer geführt wurde. Ihre

Mutter und ein Fremder, der sich als Arzt herausstellte, saßen an ihrem Bett.

Aber seine liebste Angelina! Sie lag unter der Decke, das prachtvolle Haar auf den Kissen ausgebreitet – und unbeschreiblich schön. Aber auch zutiefst verzweifelt. Ihre Wangen und ihr Hals waren flammendrot, der Rest ihres Gesichts leichenblaß. Obwohl sie zu schwach war, sich zu rühren, und ganz still lag, erzitterte in regelmäßigen Abständen das Bett, wenn sie von heftigem Schüttelfrost befallen wurde.

»Peter!« flüsterte Angelina und schlug die Augen auf. Lucy Knolles trat beiseite, und er setzte sich auf das Bett. Er nahm ihre Hand; sie glühte. »Peter!« sagte sie noch einmal. »Werden wir heiraten?«

»Ja, das werden wir«, entgegnete er. »Sobald du das Bett verlassen kannst.«

Sie lächelte. »Ich werde bald wieder gesund sein.«

Blunt verließ das Zimmer, um mit Knolles und dem Arzt zu sprechen. »Ich habe in Delhi und Agra schon häufig solches Fieber gesehen«, sagte er. »Wir müssen das Fieber senken. Angelina muß in eine Wanne mit kaltem Wasser gelegt werden, bis ihr Körper sich abgekühlt hat.«

Um Dr. Pinckneys Mund zeigte sich ein verkniffener Zug. »Von einer derartigen Behandlung habe ich noch nie etwas gehört, Sir. Das arme Mädchen wird sich eine Lungenentzündung holen.«

»Ihr Fieber wird innerhalb von vierundzwanzig Stunden sinken«, versicherte ihm Blunt. »Nach der Behandlung muß sie warm eingepackt ins Bett zurück. Aber als erstes müssen wir uns um das Fieber kümmern.«

»Das gefällt mir nicht«, murrte Pinckney.

»Aber wenn diese Behandlungsmethode sich doch bewährt hat …«, sagte Knolles besorgt.

»Das hat sie«, bestätigte Blunt.

»Dann müssen wir eine große Wanne auftreiben. Ich werde mich sofort darum kümmern.«

Aber noch ehe er das Haus verlassen hatte, eilten sie von Lucy Knolles' Schreien alarmiert zurück in Angelinas Schlafzimmer. Sie drängten sich um das Bett und blickten auf Angelina herab. Ihr ganzes Gesicht war jetzt hochrot, sie schnappte nach Luft, und bei jedem Ausatmen entfuhr ihr ein langer Seufzer.

»Das ist das Ende«, sagte Pinckney.

Blunt bemerkte, daß Caroline seine Hand mit solcher Kraft umklammert, daß es beinahe schmerzte.

Dann stieß Angelina einen weiteren Seufzer aus – und war still. Sie starrten sie einige Sekunden fassungslos an, dann schluchzte Lucy Knolles laut auf und warf sich über die reglose Brust ihrer Tochter.

## Kapitel 23

## Der Frevel

Peter blickte auf die auch im Tod noch schönen Züge seiner Verlobten. Angelina war hastig gewaschen und ihre Augen waren geschlossen worden, und sie trug ihr schönstes Kleid. In der Hitze Bombays mußten die Toten schnell bestattet werden, und nun war die Abenddämmerung hereingebrochen. Sie war seit acht Stunden tot.

Der Sarg wurde geschlossen. Peter begleitete ihre Familie und, wie es schien, fast alle weißen Einwohner Bombays, erst zur Kirche und von dort zum Friedhof. Von der kirchlichen Zeremonie verstand er nicht viel, aber er spürte die tiefe Trauer um ihn herum.

Seine eigenen Gefühle waren ihm fremd. Er hatte so viele Jahre seines Lebens umgeben von Krieg und Tod verbracht, aber irgendwie hatte dem immer das tragische Element gefehlt, das nun dieses schöne, unschuldige Mädchen ins Grab begleitete. Er hatte sie nur flüchtig gekannt, sich jedoch darauf gefreut, sie um vieles besser kennenzulernen. Er blickte traurig über das Grab hinweg auf Caroline, die errötete und den Blick senkte.

War allein der Gedanke obszön? Oder war es nur natürlich? Er war nach Bombay gekommen, sich eine englische Frau zu nehmen. Sollte er mit leeren Händen nach Haiderabad zurückkehren? Er zweifelte nicht daran, was Caroline sich wünschte.

Als sie nach Hause zurückgingen, zogen Lucy Knolles und

ihre Tochter sich sofort zurück; sie waren in Tränen aufgelöst. Knolles schenkte zwei Gläser Rum ein und reichte eins davon Peter.

»Wir hatten noch gar keine Gelegenheit, über Geschäftliches zu reden«, sagte er seufzend.

»Es ist alles so, wie Ihr es gewünscht habt«, entgegnete Peter. »Bei Lieferung einer Batterie dieser großen Kanonen erteilt der Badshah Euch die Erlaubnis, an der Mündung des Ganges – oder auch unmittelbar oberhalb, wenn Euch das lieber ist – eine Faktorei zu errichten.«

»Ich bin Euch zutiefst dankbar, und ich wünschte, ich wäre in diesem Augenblick in der Lage, meine Freude zum Ausdruck zu bringen.«

»Ich habe auch die Zustimmung meiner Mutter, Eure Tochter zu heiraten.«

Knolles seufzte. »Der Mensch denkt, Gott lenkt, Mr. Blunt.«

Als Peter nichts darauf sagte, hob Knolles den Kopf. »Diese Tragödie wird doch unserer Beziehung keinen Abbruch tun?«

Peter wandte sich Caroline zu, die gerade das Zimmer betrat. Sie hatte sich das Gesicht gewaschen und versuchte zu lächeln. »Darf ich Mama ein Glas bringen? Ich denke, es könnte ihr guttun.«

»Bitte, tu das«, murmelte Knolles. Er sah sie flüchtig an und bemerkte dann, daß Peter dem Mädchen, das mit geröteten Wangen wieder hinausging, nachblickte. »Mein Gott«, rief er fassungslos. »Besitzt Ihr denn keinen Funken Menschlichkeit?«

Peter musterte ihn stirnrunzelnd. »Wenn Ihr glaubt, ich würde keine Trauer ob des Todes meiner Verlobten empfinden, seid Ihr im Irrtum. Nicht so tiefe Trauer wie Ihr natürlich, da ich sie nur flüchtig gekannt habe. Aber was geschehen ist, ist geschehen. Wir müssen stets nach vorn blicken.«

»Und für Euch bedeutet das nicht weniger, als *irgendeine* meiner Töchter zur Frau zu nehmen? Aber Caroline ist alles, was uns geblieben ist, und sie ist erst fünfzehn. In England betrachten wir das als zu jung, eine Ehe einzugehen.«

»Wann wird sie sechzehn?«

»Nun … in einem Monat.«

»Dann gebe ich Euch mein Wort, die Ehe nicht vor Ablauf dieses Monats zu vollziehen.«

»Sir, ich bin sprachlos.«

»Ich werde gut zu ihr sein – so gut, wie ich zu ihrer Schwester gewesen wäre.«

»Das ist wohl kaum der Punkt«, herrschte Knolles ihn aufgebracht an. »Ihr könnt nicht einfach von einem Mädchen zum nächsten überwechseln. Und es ist unmenschlich von Euch, so etwas in diesem Augenblick des Schmerzes überhaupt anzusprechen. Unmenschlich.«

»Wir sind hier nicht in England, Major Knolles«, sagte Peter kühl. »Auch gibt es da eine Kleinigkeit, die Ihr zu übersehen scheint. Der Badshah erwartet von mir, daß ich mit einer Braut nach Haiderabad zurückkehre. Genaugenommen hat er es befohlen.«

Knolles hob ruckartig den Kopf. »Spricht man in Hindustan denn nicht von Liebe, Treue und Ehre?«

»Wir reden vielleicht weniger darüber als Ihr, Sir, aber das heißt nicht, daß wir nicht daran glauben. Einer Toten treu zu sein ist absurd. Ich werde lernen, Caroline zu lieben, wie ich Angelina geliebt hätte. Ich werde sie respektvoll behandeln. Und was den Umstand anbelangt, Euch in Eurer Trauer darauf anzusprechen, so bedaure ich dies zutiefst, aber mein König führt Krieg, und ich werde in absehbarer Zukunft keine Gelegenheit mehr haben, wieder herzukommen. Was also getan werden muß, muß jetzt getan werden.«

»Und Ihr glaubt, der Kaiser würde uns seine Zustimmung wieder entziehen, wenn Ihr ohne englische Braut zurückkehrt?«

»Das kann ich nicht mit Sicherheit sagen«, entgegnete Blunt wahrheitsgemäß, »vorausgesetzt, er bekommt seine Geschütze. Aber er ist unberechenbar und würde unsere Abmachung nicht mehr so wohlwollend betrachten. Er hat befohlen, daß ich heirate.«

Knolles fehlten die Worte.

Peter sah zur Tür, als Caroline wieder hereinkam. »Allerdings werde ich mich, wie schon bei ihrer Schwester, Carolines Entscheidung beugen. Gestattet Ihr mir, sie zu fragen? Hier, in Eurer Gegenwart?«

Caroline blickte von einem zum anderen, und langsam stieg ihr brennende Röte ins Gesicht. Sie konnte sich denken, worum es ging.

»Du solltest dich lieber setzen«, riet ihr Vater.

Caroline ließ sich Peter gegenüber sehr gerade auf einen Stuhl sinken, die Knie zusammengepreßt, das Kleid ordentlich zu beiden Seiten des Stuhls drapiert.

Peter zögerte. Es fiel ihm schwer zu sprechen, als er das Mädchen, das noch unschuldiger war als seine Schwester, ansah. »Ich habe Eurem Vater den Vorschlag unterbreitet, Euch anstelle von Angelina zur Frau zu nehmen«, sagte er schließlich sanft.

Caroline holte langsam und tief Luft und blickte zu ihrem Vater hinüber.

»Ich bin entsetzt von diesem Vorschlag«, sagte Knolles. »Vor allem in Anbetracht der Umstände. Aber dieser Schurke hat mir gedroht, daß es Konsequenzen für uns haben könnte, wenn er während seines Aufenthaltes hier in Bombay keine Engländerin heiratet. Ich habe ihm erlaubt, dich zu fragen, aber ich möchte, daß du weißt, daß ich, wenn du ihn zurückweist, ungeachtet der Konsequenzen, zu deiner Entscheidung stehen werde.«

Caroline wandte sich wieder Peter Blunt zu.

»Und ich möchte, daß Ihr wißt, daß alles, was ich Eurer Schwester an Reichtum, Ehre und Würde, an Freundlichkeit und Liebe versprochen habe, auch Euch erwartet. Außerdem habe ich geschworen, bis zu Eurem sechzehnten Geburtstag Eure Unschuld zu respektieren.«

Caroline befeuchtete sich die Lippen und wandte sich erneut ihrem Vater zu.

»Ich bin sicher, daß nicht einmal Mr. Blunt von dir erwartet, daß du dich jetzt gleich entscheidest«, sagte Knolles unglücklich.

»Aber ich habe mich bereits entschieden«, sagte sie ruhig. »Ist sein Antrag legal? Ich meine, darf er überhaupt die Schwester seiner Verlobten ehelichen?«

»Das hat es schon gegeben«, entgegnete Knolles. »Aber ich fürchte, das englische Gesetz hat in diesem heidnischen Land so oder so keine Gültigkeit.«

Caroline wandte sich wieder Peter zu. »Ich fühle mich sehr geehrt, Sir«, sagte sie. »Und nehme Euren Antrag mit Freuden an.«

Lucy Knolles war entsetzt und bekam beinahe einen hysterischen Anfall, als sie davon erfuhr. Knolles war ebenfalls sichtlich unglücklich über die Entscheidung seiner jüngsten Tochter. Aber Caroline sah Peter mit einem leisen Lächeln an.

An diesem Abend kehrte Blunt mit seinen Männern aufs Festland zurück, um dort das Lager aufzuschlagen; er wußte, daß er in Bombay nicht sehr beliebt war.

Am anderen Morgen kehrte er auf die Insel zurück und ignorierte die feindseligen Blicke der Engländer, die ihm begegneten. Caroline öffnete ihm persönlich die Tür.

»Mr. Blunt! Bitte, tretet ein.«

Peter betrat das Haus und schloß die Tür hinter sich. Er nahm sie in die Arme, küßte sie auf den Mund und hob sie hoch. Sie schnappte nach Luft, erwiderte seine Umarmung aber enthusiastisch, legte die Lippen auf die seinen und schlang ihm haltsuchend die Arme um den Hals. Schließlich bog sie atemlos den Kopf zurück. »O Mr. Blunt«, sagte sie. »Ich liebe Euch so sehr.«

Lucy Knolles, die gerade um die Flurecke bog, gab einen erstickten Laut von sich.

Blunt stattete den Knolles täglich einen Besuch ab. In der ersten Woche bestand Lucy darauf, sie keine Sekunde allein zu lassen, aber dann gab sie es auf und erlaubte ihnen, sich in Sichtweite des Hauses gemeinsam in den Garten zu setzen. Peter war von Caroline mehr und mehr entzückt. Wenn sie auch nicht ganz so schön war wie ihre Schwester und ihre Figur ob ihrer Jugend noch weniger fraulich war, verbarg sich unter dem hochgeschlossenen Kleid immer noch genug, die Hoffnung zu nähren, daß ihre Rundungen mit den Jahren erblühen würden. Und das schönste war, daß sie unumwunden zugab, sich auf den ersten Blick in ihn verliebt zu haben.

Das breitete ihr einiges Kopfzerbrechen.

»Bin ich sehr verdorben?« fragte sie.

»Ihr seid wunderbar.«

»Aber die arme Angelina … glaubt Ihr, daß sie auf uns hinabblickt und uns verflucht?«

»Ich glaube viel eher, daß wir ihren Segen haben«, versicherte ihr Peter.

Gouverneur Keigwin war ebenso aufgebracht über das, was geschehen war, und beschloß, eine Sondererlaubnis zu erteilen und so das vorgeschriebene Aufgebot und die dreiwöchige Wartezeit aufzuheben.

»Wenn es schon geschehen soll, laßt es uns rasch hinter uns bringen«, sagte er zu Knolles. »Die Anwesenheit dieser Mongolen macht mich nervös. Die ganze Gemeinde ist beunruhigt.«

»Diese ganze Angelegenheit ist eine Katastrophe«, stöhnte Knolles.

»Mein Gott, wenn ich daran denke ...«

»Habt Ihr den Kerl denn nicht überhaupt erst ermutigt?«

»Nun ... die Situation war vielversprechend.«

»Und Ihr sagt, das Mädchen hätte eingewilligt?«

»Oh ... das kleine Biest ist im siebten Himmel. Sie ist nicht klug genug zu erkennen, worauf sie sich da einläßt.«

»Hier habt Ihr die Sondererlaubnis«, sagte Keigwin. »Bringen wir es hinter uns.«

Die Hochzeit fand schon am nächsten Tag statt. Die Braut trug Weiß. Alle anderen waren in Schwarz gekleidet, mit Ausnahme von Peter Blunt, der seine rot-goldene Uniform trug. Lucy Knolles weinte während der ganzen Trauung, und auch Caroline hatte Tränen in den Augen – aber bei ihr handelte es sich, wie Peter wußte, um Freudentränen.

»Wir brechen sofort zum Festland auf«, erklärte er seinem Schwiegervater nach dem Hochzeitsessen.

Knolles blickte ihm eindringlich in die Augen. »Seid Ihr ein Teufel oder ein guter Mensch, Peter Blunt?«

»Ich bin ein Mensch, Major Knolles. Mehr kann ich Euch als Antwort nicht anbieten.«

Knolles blickte zu Caroline hinüber, die von weinenden Frauen umringt war. »Sie glauben, sie wäre ein Opfer meiner Ambitionen und Eurer Lust«, brummte er. »Behandelt sie gut, ich bitte Euch.«

»Ich werde zu ihr so gut sein wie zu mir selbst.«

Knolles musterte ihn noch eine Weile und nickte dann. »Ich glaube Euch. Aber werde ich sie jemals wiedersehen?«

»Ich würde mich freuen, wenn Ihr uns in Delhi besuchen

würdet, sobald der Krieg gegen die Marathen vorbei ist. Ich werde Euch Bescheid geben.«

»Und bei Gott, wir werden kommen!« Knolles reichte seinem Schwiegersohn die Hand. »Ich wünsche Euch Glück.«

»Mit Eurer Tochter an meiner Seite werde ich bestimmt glücklich werden.«

Lucy Knolles brachte es kaum über sich, sich von ihm zu verabschieden, aber schließlich war es doch getan, und Blunt hob Caroline nach mongolischer Sitte auf sein Pferd, das er am Zügel zur Fähre führte. Wie auch immer ihre englischen Herren zu der Hochzeit stehen mochte, die Inder jubelten ihnen zu. Seine eigenen Männer warteten am anderen Ufer, um ihn zu begrüßen.

»Wir brechen sofort auf«, sagte er Billim Abbas und wandte sich dann der immer noch ganz aufgeregten Caroline zu. »Kannst du im Herrensitz reiten?«

Sie schluckte. »Werde ich mich dabei nicht verletzen?«

Er ließ Decken über den Sattel spannen, um ihn weicher zu machen. Dann hob er sie hinauf, und sie schwang ein Bein über die Kruppe des Pferdes. Der Rock rutschte ihr bis über die Knie.

»Entschuldige die Unbequemlichkeit«, sagte er. »Wäre mehr Zeit gewesen, hätte ich einen Elefanten für dich mitgebracht.«

»Das ist *wirklich* ein Abenteuer«, entgegnete Caroline lächelnd.

Blunt beeilte sich, zu Aurungzib zurückzukehren, wie es ihm befohlen worden war. Erst als die Nacht hereinbrach, ließ er seine Männer absitzen und das Lager aufschlagen. Caroline war offensichtlich wund geritten, lächelte aber immer noch.

Bhuti hatte das abendliche Curry bereits auf dem Feuer, als Caroline erschien. »Geht es dir gut?« fragte Peter besorgt.

»Es ging mir nie besser – und ich habe solchen Hunger. Unser erstes Mahl als Mann und Frau mitten im Urwald.« Sie blickte in die Baumkronen hinauf und lauschte den Schreien der Vögel und Affen, während der Himmel sich im Sonnenuntergang rot färbte. »Ist das nicht romantisch?«

»Jedenfalls ist es unbequem.«

»Es *ist* romantisch«, beharrte sie. »Hier. Papa hat mir das gegeben, bevor wir aufgebrochen sind.«

Peter betrachtete die Flasche Rum stirnrunzelnd. »Alkohol ist in der Armee des Badshahs verboten.«

»Können wir nicht so tun, als wären wir noch in Bombay? Das ist unsere erste Nacht als verheiratetes Paar.«

Peter rief Bhuti herbei, der zwei Becher hervorzauberte.

Caroline hob ihren und stieß mit ihrem frisch angetrauten Gatten an. »Auf uns.«

»Auf uns«, wiederholte er.

Während sie aßen, schien sie ungeduldig. »Ich möchte Euch etwas zeigen«, sagte sie schließlich. »Ein Hochzeitsgeschenk.«

»Du hast mir bereits das schönste Geschenk der Welt gemacht – dich.«

»Es handelt sich um einen Teil meiner selbst«, versprach sie. Sie nahm seine Hand und führte ihn ins Zelt. Bhuti lächelte nachsichtig.

Als sie allein waren, wirkte das Mädchen plötzlich verlegen.

»Du brauchst keine Angst zu haben«, sagte Peter. »Ich habe deinem Vater versprochen, dich nicht anzurühren.«

»Das ist absurd«, entgegnete sie. »Begehrt Ihr mich denn nicht?«

»Ich begehre dich wie keine andere auf der Welt«, versicherte er ihr. »Aber ich habe es versprochen.«

»Ihr wollt mich doch jetzt nicht allein lassen«, protestierte sie. »Wie könnt Ihr mich ansehen und nicht wünschen, mich zu nehmen?« Sie brach in Tränen aus und rollte sich auf den Bauch.

Er gab ihr einen leichten Klaps auf den Po, und sie hob den Kopf.

»Ich habe deinem Vater mein Wort gegeben, und daran halte ich mich auch. Aber du hast recht, ich kann dich nicht ansehen, ohne dich zu begehren.«

Besänftigt wandte sie sich ihm wieder zu.

»Verstehst du etwas davon, wie man das Verlangen eines Mannes stillt?« fragte er.

»Ihr werdet es mich lehren müssen«, entgegnete sie.

Hatte es je einen Mann gegeben, dem das Schicksal so wohlgesonnen war? Als Peter an die eher zufällig geschlossenen Ehen seiner Vorfahren dachte … Seine eigene Mutter war seinem Vater von einem zornigen Badshah als Leibeigene überlassen worden. Und hier war er, verheiratet mit einem Mädchen, das seine Gesellschaft genoß und sich wie die perfekteste aller Konkubinen bemühte, ihm jeden Wunsch zu erfüllen. Wenngleich Caroline noch alles über Sex und darüber, wie man einen Mann befriedigte, lernen mußte, war sie so wißbegierig und eifrig, daß er sich jeden Tag von neuem darauf freute, am Abend allein mit ihr im Zelt zu sein.

Seine Männer lächelten nachsichtig. Ihr Tuman-bashi verbrachte seine Flitterwochen. Peter fragte sich, was sie wohl sagen würden, wenn sie wüßten, daß seine Braut immer noch Jungfrau war und sie sich nur mit Händen und Lippen liebten.

Eigenartigerweise wurde Caroline unruhig, als die Tage verstrichen und sie sich Haiderabad näherten. »Was, wenn wir auf den Feind stoßen und Ihr getötet werdet?« fragte sie. »Was würde dann aus mir werden – einer jungfräulichen Braut?«

»Ihr würdet zu Euren Eltern zurückkehren und einen anderen Gatten finden«, versicherte er ihr.

»Niemals«, sagte sie. »Ich würde ins Kloster gehen und den Rest meines Lebens in Einsamkeit verbringen.« Sie schenkte ihm ein leises Lächeln. »Ich würde von meinen Erinnerungen leben.«

Als sie zehn Tage nach ihrem Aufbruch von Bombay in Haiderabad eintrafen, führte Blunt seine Braut vor den Badshah.

Caroline besaß nur europäische Kleider, und so befahl er ihr, ihr züchtigstes Kleid anzuziehen, wenngleich nicht einmal dieses ihren Hals bedeckte. Auch ließ er ihr von Serena einen Yashmak und einen Haik anlegen, die Kopf und Gesicht verdeckten.

Aurungzib schien fasziniert; genügend von Carolines rostroten Locken schauten unter dem Haik hervor, um die Blicke aller anwesenden Männer auf sich zu ziehen, und offensichtlich gefiel dem Badshah die Haltung des Mädchens.

»Ihr habt gut gewählt, Blunt Bahatur«, sagte er. »Vor Euch liegen glückliche Nächte.«

Daß sie ihrerseits von Prunk und Pracht des mongolischen Hofes zutiefst beeindruckt war, war nicht zu übersehen. Aber in ihrem neuen Zuhause in Haiderabad schien sie ebenso zufrieden, und mit Serena verstand sie sich, wie nicht anders zu erwarten gewesen war, bestens. Serena gab sich große Mühe, Caroline in den Pflichten einer moslemischen Hausfrau zu unterweisen. Zwischen den beiden Frauen schien es keinerlei Spannungen zu geben.

Das junge Paar erkundete gemeinsam die schöne Stadt Haiderabad und bestaunte den Charminar ... und sehnte Carolines sechzehnten Geburtstag herbei.

Aber Blunts Flitterwochen waren inzwischen längst vorbei – und als der ersehnte Geburtstag dann endlich da war, war er weit fort auf einem weiteren Feldzug gegen die Marathen. Der Mogul war fest entschlossen, Simbajis Streitkräfte vor dem Monsun 1689 endgültig zu vernichten. Aber auch diesmal waren die Bemühungen wenig erfolgreich: Sie errangen einige Siege, aber die Marathen gaben nicht auf, und Simbaji gelang es immer wieder, der Gefangennahme zu entgehen.

Aurungzibs Laune verschlechterte sich zusehends, und er begann anzuzweifeln, daß die versprochenen Geschütze von den Engländern geliefert würden. Dabei wären die Kanonen im Urwald, wo die Kämpfe größtenteils stattfanden, kaum von Nutzen gewesen. Aber Peter mußte seine ganzen diplomatischen Fähigkeiten aufbringen, den Mogul davon zu überzeugen, daß es seine Zeit dauerte, die Geschütze aus England herbeizuschaffen.

Der wahre Grund war der, daß Charles Knolles' Prophezeihung eingetroffen war; die Engländer hatten James II. gestürzt und seinen Schwiegersohn, Wilhelm von Oranien, auf den Thron gesetzt.

Aurungzib verstand diese Vorfälle, als die Nachricht schließlich auch Indien erreichte, aber er fand einiges an dem Charakter des Mannes auszusetzen, den die East India Company ausgesandt hatte, ihre Faktorei an der Mündung des Ganges zu gründen. Job Charnock war Berichten des Gouverneurs von Bengalen zufolge ein ausgesprochen arroganter Mann, der jeden, mit dem er in irgendeiner Form in Berührung kam, gegen sich aufbrachte. Peter sah sich schließlich gezwungen, sich schriftlich in Bombay zu beschweren.

Die Regenzeit stand unmittelbar bevor, als das Heer schließlich frustriert nach Haiderabad zurückkehrte. Aber nun war Peters Braut bereit für ihn. Als er sein Haus betrat, verneigten Serena und Caroline sich tief. Serena hatte die Engländerin in einen goldenen Sari gehüllt, und mit dem flammendroten Haar und der milchigweißen Haut nahm sie sich in seiner Eingangshalle aus wie eine aufgehende Sonne.

»Gefalle ich Euch, Herr?« fragte sie auf persisch – denn sie hatte sich inzwischen bemüht, diese Sprache zu erlernen.

»Und ob du mir gefällst«, entgegnete er, nahm sie auf die Arme und trug sie schnurstracks ins Schlafzimmer.

Serena folgte ihnen und war enttäuscht, als er sie fortschickte.

»Morgen darfst du bei uns bleiben – und sogar das Bett mit uns teilen«, versprach er. »Aber heute nacht will ich mit meiner Braut allein sein.«

Serena schmollte.

»Jetzt habt Ihr sie verletzt«, sagte Caroline.

»Wäre es dir lieber gewesen, sie wäre hiergeblieben?«

Caroline zog die Nase kraus. »Ich möchte lieber mit Euch allein sein, Herr.«

Zärtlich zog er ihr den Sari aus und betrachtete voller Bewunderung ihre weißschimmernde Haut. »Du weißt, daß ich dir jetzt weh tun muß.«

»Ich weiß nur, daß Ihr mich zur glücklichsten Frau der Welt machen werdet«, entgegnete sie.

Es war eine glückliche Zeit für sie. Nach der langen Trennung kam Anne in Begleitung von Jintna und William aus Delhi angereist. Somit war seine Familie nahezu vollständig um ihn versammelt.

»Ich bin bestimmt der erste Blunt, der wahrhaft glücklich ist«, sagte Peter zu seiner Mutter.

»Dann bitte ich dich, noch ein zweites Mal Vorbild zu sein – werde der erste Blunt, der in seinem Bett und eines natürlichen Todes stirbt.«

Sobald der Regen aufhörte, zog Aurungzib wieder in den Krieg. Aber Simbaji hielt noch ein weiteres Jahr stand, ehe er endlich gefangengenommen wurde und seine Männer die Waffen niederlegten. Obwohl Simbaji versuchte, mit dem Badshah Frieden zu schließen – wie sein Vater es zehn Jahre zuvor getan hatte –, wollte Aurungzib nichts davon hören. Der Anführer der Marathen wurde nackt vor den Eroberer gezerrt, die Arme auf dem Rücken gefesselt.

»Für jemanden wie Euch kann es nur ein Schicksal geben«, grollte der alte Kriegsherr mit grimmigem Gesicht.

Simbaji protestierte nicht, als er fortgebracht wurde. Aurungzib befahl, daß er vor versammeltem Heer und den Frauen seiner Soldaten hingerichtet werden sollte. Peter erinnerte sich daran, wie Elena ihm erzählt hatte, daß die Elite von Jahangirs Hof sich versammelt hatte, der Hinrichtung seines Großvaters beizuwohnen. Jetzt stand er mit den anderen Bahaturs und Amiren hinter dem Thron des Moguls, als Simbaji und seine Offiziere hinausgebracht wurden. Auf einer Seite standen die Frauen; Annes Gesicht zuckte in Erinnerung der Hinrichtung ihres ersten Mannes, während Caroline völlig verstört war von dem Grauen, das so plötzlich in ihre heile Welt eindrang.

Es war üblich, den Pfahl einzufetten, um sein Eindringen und den Tod des Verurteilten zu beschleunigen. Aurungzib befahl, daß der Simbaji zugedachte Pfahl trocken blieb und angerauht wurde, so daß der Marathe langsam starb und seine Qualen hinausschrie.

»Er ist ein Ungeheuer«, sagte Anne, als sie wieder zu Hause waren.

»Er ist unser Herrscher«, entgegnete Peter.

In dieser Nacht hielt Caroline sich zum erstenmal zurück.

Aber ihre gute Laune kehrte zurück, als das Heer nach Norden in Richtung Agra aufbrach und von dort nach Delhi weiterzog. Staunend betrachtete sie die architektonischen Meisterwerke. Sie wurde von der gesamten Familie Blunt herzlich empfangen, lernte Nasirs Frau und seine Kinder kennen und staunte ob der Größe ihres neuen Zuhauses, der Anzahl der Sklaven und Bediensteten und der Pracht der ganzen Umgebung.

»Es kommt mir vor, als würde ich eine völlig neue Welt betreten«, hauchte sie.

Ihre Freude kannte keine Grenzen, als Peter ihre Eltern einlud, sie in Delhi zu besuchen. Dies war ein persönlicher Triumph für sie, da sie ebenso beeindruckt von der Stadt zu sein schienen wie ihre Tochter. Caroline führte ihren Eltern stolz ihr wunderschönes Zuhause vor und den Luxus, der sie umgab.

Mit ihren außergewöhnlichen Farbnuancen – der weißen Haut und den roten Haaren – und ihrer Lebhaftigkeit stieg Caroline rasch in der Gunst der Herrscherfamilie auf. Aurungzibs Frauen luden die Blunt-Damen ab und an in den kaiserlichen Harem ein, und wenn die Tradition auch verbot, daß ein vollwertiger Mann – nicht einmal der Badshah selbst – zugegen war, wenn ein Harem den anderen besuchte, zweifelte Peter nicht daran, daß Aurungzib von einem der zahlreichen geheimen Fenster den Garten und die unverschleierten Frauen beobachten konnte.

Caroline ihrerseits schloß vor allem Aurungzibs jüngste Tochter Shalina ins Herz. Sie war erst zehn Jahre alt, als Caroline in Delhi eintraf, und in diesem zarten Alter schon eine auffällige Schönheit. Ihre Mutter war Afghanin, und zu dem lohfarbenen Haar und der anmutigen Gestalt des Bergvolkes hatte Shalina die exquisiten Züge des persisch-mongolischen Hauses Babur geerbt.

Von ihrem zehnten Geburtstag an bekam Peter Blunt ihr Gesicht nicht mehr zu sehen; nach der Pubertät verließ sie den Harem nur noch verschleiert. Aber seine Frau erzählte ihm, daß das hübsche Mädchen zu einer schönen Frau heranwuchs, deren Gestalt nicht minder vollkommen war als ihr Gesicht.

Es folgte scheinbar eine Blütezeit für das Mongolenreich. Nur jene, die im Mittelpunkt des wirtschaftlichen Geschehens standen, wußten, daß das phantastische, von Akbar dem Großen errichtete Gebäude von innen heraus verfaulte.

Vielleicht, weil er ein Fremder war und keiner der höfischen Cliquen angehörte, wurden Blunt von allen Seiten interne Informationen anvertraut, und aus diesen zog er höchst beunruhigende Schlüsse.

Am meisten beunruhigte ihn, daß die Bodenschätze langsam zur Neige gingen. Blunt hatte Indien immer als schier unerschöpfliches Reservoir für Gold und Edelsteine betrachtet. Vielleicht war es das ja auch gewesen, aber der verschwendungssüchtige mongolische Adel kaufte, nachdem er erst mit der erstaunlichen Vielfalt europäischer Waren in Berührung gekommen war, die von den Engländern, Franzosen und Portugiesen ins Land gebracht wurden, ohne Rücksicht auf die Preise und bezahlte mit Gold.

Der größte Verschwender von allen war Aurungzib selbst. Er erwarb zwar keine europäischen Luxusgüter, dafür aber ständig neue, modernere Waffen für seine Armeen.

Kaum weniger beunruhigend war der mangelnde Nachwuchs an Soldaten. Dies war weniger auf die Kriegsverluste zurückzuführen als auf zunehmende Entfremdung. Mehr und mehr suchte Aurungzib seine Soldaten allein unter den devoten, wehrtauglichen Moslems, aber derer schien es immer weniger zu geben. Durch die Vernichtung der Rajputen hatte er bereits seine bis dahin unschlagbare Kavallerie eingebüßt, und jetzt weigerte er sich, diesen Verlust auszugleichen, indem er mit den Marathen Frieden schloß und mit Hilfe dieses bemerkenswerten Reitervolkes neue berittene Truppen aufstellte. Er behandelte sie weiter wie Banditen und jagte sie gnadenlos. Dies führte dazu, daß sie nach Simbajis Hinrichtung erneut rebellierten.

Aber am schlimmsten war, daß die kaiserlichen Prinzen nicht das geringste Talent auf den Gebieten der Kriegsführung und des Regierens zeigten. Mohammed Akbar war im Exil gestorben. Seine Brüder, die allesamt dem Badshah gegenüber Lippenbekenntnisse ablegten, wurden entweder zu kaiserlichen Gouverneuren ernannt – und eilig zurückberufen, als sie sich als völlig unfähig erwiesen – oder erhielten unter Aufsicht höherer Offiziere Kommandoposten in der Armee. Und doch sprachen sie oft mit ihren Vertrauten über den Tod ihres Vaters, der in Anbetracht seines Alters nicht mehr lange auf sich warten lassen konnte. Es bestand kein Zweifel daran, daß sie sich beim geringsten Zeichen dafür, daß die Gesundheit des Badshahs nachließ, ebenso erbittert bekämpfen würden wie Aurungzib und seine Brüder dreißig Jahre zuvor – aber diesmal gab es keinen Aurungzib Alamgir, der geeignet wäre, die Macht an sich zu bringen.

Aurungzib erfuhr durch seine Spione von diesen geheimen Absprachen, und die drei Brüder wurden nacheinander eingesperrt. Mit anderen Familienmitgliedern, die sein Mißfallen erregten, verfuhr er nicht minder streng. Seine älteste Tochter Zib-un-Nesa wurde festgenommen, weil es hieß, sie gerate ihrer Tante Ara nach; sie wurde später hingerichtet.

Aber keine dieser häuslichen Unstimmigkeiten oder öffentlichen Schwächen hatte auch nur die geringste Wirkung auf Aurungzib selbst. Mit zunehmendem Alter schien er noch kräftiger zu werden und suchte die Lösung aller Probleme im Krieg. Er marschierte nach Nordwesten und kämpfte gegen die Perser und Afghanen; er marschierte gen Osten und kämpfte gegen die Thais; er marschierte nach Süden und kämpfte in regelmäßigen Abständen gegen die Marathen, da diese zähen Reiter sich immer wieder erhoben. Er zog kriegführend von einem Ende seines Reiches zum anderen, Jahr für Jahr. Er ging aus allen Kriegen als Sieger hervor; es gab in ganz Asien keinen Kriegsherrn, der es mit Aurungzib Alamgir hätte aufnehmen können, da seine Truppen mit modernsten europäischen Schußwaffen ausgerüstet waren.

Aber er mußte auch große Verluste hinnehmen. Und diese waren auf seine eigenen Methoden zurückzuführen, die darin bestanden, jedem Feind in unmenschlichem Tempo entgegenzuziehen, ohne Rücksicht auf Wetter oder natürliche Hindernisse. Und so verlor er, indem er trotz der Warnungen, daß für die Jahreszeit ungewöhnlich heftige Regenfälle in den nahe liegenden Bergen ein plötzliches Anschwellen des Flusses wahrscheinlich machte, bei der Überquerung des Bhuna zwölftausend Mann und seine gesamten Schätze in den urplötzlich ansteigenden reißenden Fluten. Aber er setzte den Feldzug fort.

Aber auch wenn er im Krieg war, versäumte Aurungzib es nicht, seine Pflichten als Monarch wahrzunehmen; er empfing und entließ Botschafter, schloß und brach Bündnisse, er diktierte seine Memoiren – kurz, er legte die Energie eines jungen Mannes an den Tag. 1694 beschloß er, seine Tochter Shalina, die gerade ihren sechzehnten Geburtstag gefeiert hatte, mit dem ottomanischen Sultan Ahmed II. zu verheiraten. Ahmed waren Geschichten über die Schönheit des Mädchens zu Ohren gekommen, und Aurungzib sah eine Möglichkeit, sich mit den Ottomanen gegen seine Erzfeinde, die Perser, zu verbünden.

Dies war erprobte und altbewährte Diplomatie, und Blunt bezweifelte nicht, daß die junge Prinzessin von Geburt an darauf vorbereitet worden war zu akzeptieren, daß sie dazu bestimmt war, eine diplomatische Ehe einzugehen, in der Liebe keine Rolle spielte. Und so war er verblüfft, als er vom Badshah zu einer privaten Unterredung herbeizitiert wurde, kurz nachdem das Ehebündnis verkündet worden war.

»Ich weiß nicht, wohin die Welt steuert, Blunt Bahatur«, brummte Aurungzib. »Die jungen Leute von heute begreifen einfach nicht, welche Pflichten ihnen obliegen.«

Blunt stimmte dem Badshah zu und wartete darauf, mehr zu erfahren.

»Meine Tochter jammert und zetert, daß sie nicht heiraten will«, fuhr Aurungzib fort. »Sie hat gehört, daß Sultan Ahmed ein Ungeheuer und im Bett ein echter Satyr wäre. Nun, sollte eine Frau dies nicht von ihrem Gatten erwarten?« Er brütete eine Weile vor sich hin. »Ich werde alt, Blunt Bahatur. Wißt Ihr, welchen Geburtstag ich als nächstes feiere?«

»Ihr werdet siebenundsiebzig, Badshah. Aber Ihr habt noch nie besser ausgesehen.«

»Ich werde alt«, wiederholte Aurungzib. »Wäre ich noch ein junger Mann, würde ich meine Tochter grün und blau schlagen, daß sie es wagt, sich meinem Wunsch zu widersetzen. Jetzt hingegen ... bin ich sogar bereit, ihr entgegenzukommen. Diese Allianz ist wichtig für mich, und meine Tochter hat sich schließlich bereit erklärt, den Sultan zu heiraten, aber unter der Bedingung, daß ihre liebste Freundin, Eure Gattin, sie begleitet.«

»Caroline soll nach Istanbul reisen?« fragte Blunt verblüfft. »Soll ich sie begleiten?« fragte er dann.

»Nein, das sollt Ihr nicht«, erwiderte Aurungzib. »Ich brauche Euch hier.«

»Darf ich fragen, wie lange es dauern wird, bis meine Gattin von der Reise zurückkehrt?«

»Prinzessin Shalina möchte die Blunt Agha für einen Monat nach ihrer Trauung als seelische Stütze bei sich haben. Meine Frauen haben sie davon überzeugt, sich mit dieser Zeitspanne zufriedenzugeben. Die Hochzeitsgesellschaft wird per Schiff nach Istanbul reisen. Wenn wir davon ausgehen, daß Hin- und Rückreise jeweils einen Monat dauern, werdet Ihr insgesamt drei Monate auf Eure Gattin verzichten müssen. Bedenkt, daß ein Feldzug weit länger dauert, Blunt Bahatur. Und ich wäre hoch erfreut, wenn Ihr zustimmen würdet.«

Caroline war überglücklich. »Ich habe so viel über Istanbul gehört.«

»Es ist ein dekadenter Ort«, grollte Peter. Aber es gab nichts, was er tun konnte, und so bemühte er sich, ihre Vorfreude auf dieses große Abenteuer mit ihr zu teilen.

»Aber komm zu mir zurück«, sagte er.

Die Vorbereitungen für das große Ereignis nahmen beinahe ein Jahr in Anspruch. Gesandte pendelten zwischen Istanbul und Delhi hin und her, trafen Vereinbarungen und diskutierten verschiedene Punkte und Feinheiten des Abkommens.

Die Prinzessin und ihre Flotte würden von Surat aus in See stechen und nach Basra an der Spitze des Persischen Golfes segeln. Dort würden sie an Land gehen und unter dem Schutz der Ottomanen mit einer Karawane via Bagdad, Mosul, Antioch, Konya und Ankara nach Istanbul weiterreisen.

»Das wird eine lange Reise werden«, bemerkte Anne Blunt.

»Und sie wird um vieles länger dauern als einen Monat«, murrte Peter.

In Anbetracht der Zeit, die es dauerte, die Bedingungen für die Ehe der Prinzessin auszuarbeiten, hoffte er beinahe, daß Caroline in der Zwischenzeit schwanger wurde und zu Hause bleiben mußte. Aber dies erwies sich als scheinbar unmöglich. Das war um so ärgerlicher, als Serena kürzlich ihr erstes und Jintna – nach beinahe zwanzig Jahren – ihr zweites Kind geboren hatten. Serenas Sohn wurde auf den Namen Richard getauft; Jintnas Tochter erhielt den Namen Elizabeth.

Dann war der für die Abreise festgelegte Tag da.

Caroline betrachtete die Reise als das größte Abenteuer ihres Lebens.

Bombay war natürlich aufregend gewesen – anfangs. Aber es

war so klein, die Gesellschaft so begrenzt, daß es ihr bald langweilig geworden war. Oft hatte sie auf dem Landungssteg gestanden und über die Schwarze Bucht hinweg auf den Wald und an besonders klaren Tagen auf die fernen Berge geblickt und davon geträumt, ins Innere dieses weiten und großartigen Landes zu reisen. Daß aus eben diesem Wald der bestaussehende Mann gekommen war, den sie je gesehen hatte, um sie mitzunehmen, war ein ebenso aufregendes wie unerwartetes Abenteuer gewesen.

Zuweilen mußte sie sich immer noch kneifen, um sich selbst davon zu überzeugen, daß sie nicht träumte, daß sie seit sieben Jahren Peters Frau war, in einem Palast mit hundert Bediensteten lebte, die ihr jeden Wunsch erfüllten, daß sie von liebevollen und liebenswerten Frauen und Kindern umgeben war, daß sie regelmäßig mit einer Kaiserin und ihren Töchtern Tee trank und Schmuck besaß, der ihre kühnsten Kindheitsträume übertraf.

Oder daß sie, jedesmal, wenn ihr Mann sie aufforderte, sein Bett zu teilen, mit Freuden Dinge tat, die Mama ganz zweifellos als abscheulich, unmoralisch und unchristlich bezeichnet hätte, sie selbst jedoch in eine Ekstase versetzten, die sie nie für möglich gehalten hätte.

Mama mit ihrer Erinnerung an England würde ihr Verhalten als unterwürfig bezeichnen – aber das war eben moslemischer Brauch. Und auch wenn sie gezwungen war, hinter ihrem Mann zu stehen und ihm beim Überschreiten von Türschwellen den Vortritt zu lassen und stets daran erinnert wurde, daß sie seine Leibeigene war, mit der er nach Belieben verfahren konnte, die er sogar töten durfte, wenn ihm der Sinn danach stand, wußte sie doch, daß er ihr nie auch nur ein Haar krümmen würde; und wenn sie allein waren, sprachen sie miteinander beinahe wie Gleichgestellte.

Außerdem hatte ihre Schwiegermutter *ihre* Situation vor so vielen Jahren ebenfalls akzeptiert und sich doch ihre Selbständigkeit bewahrt. Tatsächlich war sie die dominierende Persönlichkeit im Haus, vor allem seit Bilkis, die älteste von Richard Blunts Witwen, gestorben war. Caroline konnte sich keine bessere Zukunft vorstellen, als in die Fußstapfen Anne Blunts zu treten – wenn sie auch hoffte, nicht über die Hälfte ihres Lebens als Witwe verbringen zu müssen.

Sie konnte sich nicht vorstellen, daß es auf der ganzen Welt eine Frau gab, die vom Schicksal gnädiger bedacht worden war als sie. Nur eins enttäuschte sie – daß sie offenbar unfähig war, Peter den ersehnten legitimen Sohn zu schenken.

Die Reise nach Istanbul in Begleitung des kaiserlichen Gefolges würde sicher ebenso ungefährlich wie bequem werden. Das war nicht nur das erste Abenteuer, das sie ohne ihre Eltern oder ihren Mann unternehmen würde, sondern sie würde außerdem persönlich für das Wohl der Prinzessin Sorge tragen. Zwar würden sie zahlreiche ältere kaiserliche Tanten und Kusinen begleiten sowie eine Leibwache von Eunuchen und ein kleines Heer Dienerinnen, aber Prinzessin Shalina betrachtete die Blunt Agha in allem als ihre Mentorin, was deutlich wurde, noch ehe die Karawane nach Surat aufbrauch, von nahezu jedem einzelnen Bewohner Delhis verabschiedet und von einem Regiment der kaiserlichen Garde eskortiert.

Caroline hatte gehofft, daß Peter sie bis Surat würde begleiten können, aber er wurde an anderer Stelle gebraucht.

»Du wirst in wenigen Monaten wieder in seinen Armen liegen«, versicherte ihr Shalina wehmütig. »Ich hingegen werde Delhi niemals wiedersehen.«

Die beiden jungen Frauen – Caroline selbst war immerhin erst zweiundzwanzig – teilten sich eine Howdah auf dem vordersten Elefanten, die mit Vorhängen versehen war, so daß sie ihre Yashmaks ablegen und es sich bequem machen konnten. Caroline legte einen Arm um die Schultern ihrer Freundin, als in den dunklen Augen Tränen aufstiegen und über die rotgeschminkten Wangen liefen.

»Du wirst ein neues Geschlecht von Sultanen begründen«, sagte sie.

Shalina schauderte. »Ich werde zu einem lasterhaften alten Mann gebracht.«

Daran ließ sich nicht rütteln – und schon gar nicht vom Standpunkt eines sechzehn Jahre alten Mädchens aus. Ahmed war dreiundvierzig, und es war allgemein bekannt, daß er neben seinen Frauen auch einen Harem von Jünglingen unterhielt.

»Es ist dein Karma«, war das Beste, was Caroline ihr als Trost anbieten konnte.

Shalina brach in haltloses Schluchzen aus.

Aber sie war eine fröhliche Natur und ließ sich schon bald wieder von Caroline erzählen, wie es war, von einem Mann genommen zu werden. In solchen Augenblicken wurde sie ganz aufgeregt – wenn sie auch von einem jungen und gutaussehenden Liebhaber träumte. Caroline nahm an, daß sie, wenn sie sich erst daran gewöhnt hatte, Ahmeds Frau zu sein, ihren Spaß am Sex haben würde.

In Begleitung einer kaiserlichen Prinzessin zu reisen war sogar noch aufregender, als mit Blunt Bahatur zu reisen. Kein rasch aufgeschlagenes Lager am Wegesrand für Shalina. Männer ritten mit der gesamten Ausrüstung voraus, so daß, wenn sie abends haltmachten, die riesigen, bequemen Zelte bereits aufgestellt waren, das Essen wartete und die Prinzessin nichts weiter zu tun brauchte, als aus der Howdah zu steigen und sich in ihre Privatgemächer zurückzuziehen. Es sei denn – was recht häufig vorkam –, sie befanden sich in der Nähe eines Dorfes oder einer Stadt. Dann mußte sie verschleiert, von ihren Hofdamen umgeben, hofhalten, Delegationen empfangen, Geschenke entgegennehmen, von denen einige von erstaunlichem Wert waren – geschnitzte Figuren, Schmuck, zuweilen auch eine ganze Schafherde, die sie nach Delhi bringen ließ –, und sich hinter ihrem Yashmak verborgen bedanken, mit der ganzen Würde der Sultana, die sie bald sein würde.

Surat war in Feststimmung. Jedes Gebäude war mit Flaggen geschmückt, die Garnisonstruppen traten zu einer Parade an, und alle Schiffe auf dem Fluß hatten die Segel gesetzt. In Surat gab es eine englische Faktorei, und Shalina gestattete Caroline, die Einladungen der Kommissionäre und deren Frauen anzunehmen. Einige von ihnen kannten Oberst und Mrs. Knolles und empfingen die Blunt Agha zutiefst beeindruckt und bestaunten die Diamanten, Smaragde und Rubine, die an ihren Fingern funkelten, und die goldenen Reifen, die sie an den Armen trug.

In Surat und im Rann von Kutch, an der Flußmündung, hatte sich eine große Flotte eingefunden. Die meisten Schiffe waren verhältnismäßig klein, da die Mongolen nie eine solche Leidenschaft für die Seefahrt entwickelt hatten wie die Araber. Aber das Flaggschiff war ein recht imposantes Schiff von einigen hundert Tonnen, das eher an die altmodischen Karracken erinnerte als an eine moderne Galeone, jedoch tief und dadurch ruhig im Wasser lag, zumindest wenn sie unter dem Wind segelten. Achtern waren für die Prinzessin und ihre engsten Vertrauten – das Gefolge war so umfangreich, daß es auf die zwanzig Schiffe der Flotte verteilt werden mußte – prunkvolle Gemächer eingerichtet worden. Auf dem Hauptdeck waren außerdem vier der mächtigen und kürzlich erst aus England eingetroffenen Zweiunddreißigpfünder aufgestellt, die den Eindruck gewaltiger Macht erweckten. Passenderweise hieß das Schiff *Großmogul*.

Wie vorauszusehen gewesen war, wurde Shalina erneut von Ängsten befallen, als sie zum erstenmal in ihrem Leben ein Schiff betreten sollte – vor allem, als sie auf die schier unendliche Weite des Meeres im Südwesten blickte. Aber es gelang Caroline Blunt erneut, sie zu beruhigen. Es dauerte mehrere Tage, alle Damen nebst ihrem Gepäck und den Geschenken Aurungzibs an Ahmed an Bord zu bringen, endlich stachen sie denn doch in See und segelten unter einer frischen Ostbrise gen Westen.

»Ist das nicht großartig?« fragte Caroline, als die beiden Frauen gemeinsam auf dem Achterschiff saßen, wo ein Sichtschutz aus Segeltuch errichtet worden war, der die Frauen vor den Blicken der Besatzung verbarg.

Zu ihrer eigenen Überraschung war Shalina nicht im mindesten seekrank und mußte zugeben, daß es wirklich aufregend war.

Am darauffolgenden Tag sichteten sie ein fremdes Segel.

Das Segel tauchte am westlichen Horizont auf und wurde rasch größer. Offensichtlich steuerte das fremde Schiff auf die mongolische Flotte zu, und das, da der Wind weiterhin von Osten blies, mit großer Geschwindigkeit. Bald schon kam der Rumpf in Sicht, niedrig und langgezogen, aufgetakelt wie eine Brigantine, also ein Zweimaster mit einem Rahsegel am vorderen Mast – das so straff gespannt war wie nur möglich – sowie einem Fock-

und einem Achter-Hauptsegel, die das Schiff zusammen mit den drei Focksegeln auch luvwärts besonders schnell machten.

»Was kann das für ein Schiff sein?« fragte Caroline, die gemeinsam mit dem Hofdamen den Schutz des abgeschirmten Achterdecks verlassen hatten, die nun neben dem Kapitän an der Reling standen.

»Ich glaube, es handelt sich um einen englischen Freibeuter, Blunt Agha«, entgegnete der Kapitän.

»Ein Freibeuter?« kreischte Shalina.

Seitdem europäische Schiffe die mongolischen Gewässer befuhren, war das Wort auch in dieser Gegend zu einem Begriff geworden.

»Engländer?« fragte Caroline. »Wie könnt Ihr da sicher sein?«

»Weil die Engländer die dreistesten dieser Halunken sind«, entgegnete der Kapitän. »Aber Ihr braucht Euch nicht zu fürchten. Ein Schiff wird es niemals wagen, zwanzig andere anzugreifen.«

»Ich fühle mich nicht wohl«, sagte Shalina und kehrte zurück zum Achterdeck.

Caroline Blunt blieb und blickte dem herannahenden Schiff unbehaglich entgegen, wenn sie auch die Geschicklichkeit bewunderte, mit der das Piratenschiff gesteuert wurde. Die Brise war recht frisch, und bei jedem Lavieren neigte die Brigantine sich stark auf die Seite, Steuerbord waren die Geschützscharten deutlich sichtbar – es schienen schrecklich viele Kanonen zu sein.

»Sie sind verrückt«, brummte der Kapitän. »Will er uns rammen? Geschütze laden«, bellte er. »Jagt diese Halunken in die Flucht.«

Die Geschütze wurden geladen, was einige Zeit in Anspruch nahm. Caroline beobachtete den Freibeuter. Inzwischen schien sicher, daß er vorhatte, mitten durch die mongolische Flotte zu segeln. Das Schiff war inzwischen so nah, daß sie die Flagge erkennen konnte; sie war schwarz mit einem Zeichen darauf, das sie nicht ausmachen konnte. Auf einer zweiten Flagge war hingegen deutlich das Kreuz des Heiligen Georg zu sehen.

Sie fühlte das beinahe unwiderstehliche Verlangen in sich aufsteigen, mit den Armen zu rudern und zu rufen: Weg mit Euch, Ihr Verrückten, segelt fort!

Statt dessen blieb sie am Schandeckel stehen, die Finger mit aller Kraft um die Reling gekrallt, während die Brigantine näher herankam. Jetzt hatte der Freibeuter die vorderste Dhau erreicht, die prompt das Feuer eröffnete. Aber es waren nur leichte Geschütze, die keinen Schaden anrichteten.

Als der Freibeuter das nächste Mal lavierte, war er so nah, daß Caroline die Männer an Deck erkennen konnte; bärtige Gestalten jeder Hautfarbe, von weiß über diverse Brauntöne bis hin zu schwarz, mit nacktem Oberkörper und barfuß, bunte Tücher um den Kopf gebunden. Und im Gürtel eines jeden Mannes steckten Dolche und Pistolen.

Stark nach Backbord geneigt segelte das Piratenschiff mit großer Geschwindigkeit direkt auf die *Großmogul* zu.

»Beidrehen!« brüllte der Kapitän. »Beidrehen und eine Breitseite abfeuern.«

Männer kletterten in das Takelwerk und begannen, Segel einzuholen. Aber die Mongolen waren keine geborenen Seeleute, und wieder dauerte das Manöver zu lange.

Da fielen dem Kapitän plötzlich seine Passagiere ein. »Blunt Agha«, sagte er, »ich bitte Euch, bringt Ihre Hoheit unter Deck.«

Caroline zögerte. Sie wäre viel lieber an Deck geblieben, um zu sehen, was weiter geschehen würde. Der Morgen war plötzlich erfüllt von Lärm, während sämtliche Dhaus immer wieder feuerten, wobei sie allerdings in dem Bestreben, sich nicht gegenseitig oder gar das Flaggschiff zu treffen, übervorsichtig waren und sämtliche Kugeln im Wasser landeten. Die Besatzungen machten einen Heidenlärm, als könnten sie damit allein den Angreifer in die Flucht schlagen.

Während der Freibeuter lautlos weitersegelte und der Bug sprühende Gischtfontänen aufwarf. Noch ehe Caroline sich entschieden hatte, was sie tun sollte, drehte die Brigantine in einer Entfernung von nicht mehr als hundert Yards geschickt bei – wobei die *Großmogul* gerade erst begann, sich langsam zu drehen – und die Steuerbordgeschütze spuckten Feuer.

Caroline wehte plötzlich ein sengender Wind entgegen, der ihr den Yashmak vom Gesicht riß und sie zu Boden warf. Sie hörte Schreie und Rufe, das Splittern von Holz und das Zerreißen von Tauen, während das gesamte Schiff von vorn bis achtern erzitterte.

Benommen rappelte sie sich auf die Knie und blickte voller Entsetzen nach vorn. Der gesamte Bug der *Großmogul* war zerfetzt, das Bugspriet schwamm auf dem Wasser, und der vordere Mast war abgeknickt und hing unter einem Gewirr von Tauen. Den erbarmungswürdigen Schreien nach zu urteilen, hatte es auch eine beträchtliche Anzahl von Männern erwischt.

Völlig außer Kontrolle driftete das Schiff seitwärts, während die Kanoniere ohne zu zielen ihre Geschütze abfeuerten und den Dhaus der Eskorte größeren Schaden zufügten als dem Piraten, der ein letztes Mal beidrehte und mit lautem Krachen längsseits gegen das Flaggschiff stieß.

Caroline erwachte aus ihrer Starre, rappelte sich hoch und hastete die Leiter hinauf auf das erhöhte Achterdeck. Das Schutzzelt war von der Breitseite weggefegt worden, und wenngleich soweit hinten keine Kanonenkugel eingeschlagen war, schrien die Prinzessin und ihre Damen hysterisch, während sie sich gegenseitig aufhalfen.

»Hoheit!« rief Caroline, schob sich durch die zusammengedrängten Frauen und packte die Prinzessin am Arm. »Schnell, Ihr müßt nach unten.«

Die Prinzessin schnappte nach Luft, als sie zur Leiter gezerrt wurde, aber dort hielt Caroline abrupt inne; sie spürte, daß es zu spät war. Die ersten Piraten schwangen sich bereits über die Schandeckel ihrer Brigantine und in das Takelwerk des Flaggschiffs. Die mongolischen Seeleute ließen ihre Geschütze im Stich, um die Enterer zurückzuschlagen, aber gegen die Pistolen und rasiermesserscharfen Entermesser der Piraten hatten sie keine Chance. Männer schrien, fluchten, stöhnten und starben. Der Kampf hatte sich bereits zur Leiter des Achterdecks und um den Niedergang zu den Gemächern der Prinzessin ausgeweitet.

»Wir sind verloren«, stöhnte Caroline. »Wir müssen über Bord springen.«

Shalina kreischte entsetzt und versuchte, sich aus Carolines Griff zu befreien. Einen Augenblick lang rangen die Mädchen miteinander, und dann war es zu spät. Sie waren von Männern umgeben, die sie lachend auseinanderrissen. Mit obszönen Bemerkungen rissen sie Shalina den Yashmak vom Gesicht und zerrten ihnen beiden die Saris vom Leib, während andere ihnen die Ringe von den Fingern zogen und brutal die Ohrringe von den Ohrläppchen rissen. Der Schmerz und die Brutalität des Angriffs veranlaßten Caroline zu schreien, aber ein heftiger Schlag in die Magengrube raubte ihr den Atem, und sie verstummte abrupt.

»Weg da, Leute!« rief jemand auf englisch.

Caroline und Shalina wurden losgelassen. Sie waren halbnackt, und Blut rann von ihren zerfetzten Ohrläppchen. Sie klammerten sich aneinander und starrten dem jungen Mann mit dem dünnen Bart und den blitzenden blauen Augen entgegen, der sein blutverschmiertes Entermesser in den Gürtel steckte und sich vor ihnen aufbaute.

»Welche von Euch ist die Prinzessin?« fragte er in gebrochenem Persisch.

Shalina gelang es, sich zu sammeln. Zum erstenmal, seit sie als erwachsene Frau galt, stand sie unverschleiert einem fremden Mann gegenüber.

»Ich bin Prinzessin Shalina«, sagte sie leise.

»Sie ist es, die ich haben will«, sagte der Piratenkapitän, woraufhin seine Männer laut jubelten. Dann wandte er sich Caroline zu. »Aber hier haben wir noch einen besseren Bettwärmer«, sagte er und verneigte sich. »John Avery zu Euren Diensten, Ladies. Ich bin entzückt, Eure Bekanntschaft zu machen.«

## Kapitel 24

## Der Zorn

»Ihr seid verrückt, Sir«, wandte Caroline sich auf englisch an Avery, wobei sie sich abmühte, mit dem zerrissenen Sari ihre Brüste zu bedecken, dankbar, daß die grabschenden Hände von ihr abgelassen hatten. Sämtliche Ringe und Armreifen waren ihr abgenommen worden. »Ist Euch klar, was Ihr getan habt? Das ist die Tochter des Großmoguls. Er wird jeden Mann, jede Frau und jedes Kind englischer Herkunft in Indien pfählen lassen.«

Avery grinste nur. »Glaubst du, das kümmert mich, Schätzchen? Los, Jungs, verschwinden wir.«

Caroline blickte von einer Seite auf die andere. Die Dhaus

mühten sich ab, sich ihrem Flaggschiff zu nähern, kamen aber viel zu langsam voran. Und ehe sie entscheiden konnte, was sie als nächstes tun sollte – vielleicht sogar sich selbst und Shalina über Bord zu stürzen, in der Hoffnung, von einer der Dhaus aus dem Wasser gefischt zu werden, ehe sie ertranken –, wurde sie von zwei Männern an den Armen gepackt und die Leiter hinunter auf das Mitteldeck getragen.

Hier schnappte sie nach Luft und mußte sich übergeben, denn überall lagen Leichen. Die Piraten schnitten den verwundeten Mongolen kaltblütig die Kehle durch. Blut strömte über das Deck und auf ihre Sandalen, und sie stampfte in Angst und Abscheu mit dem Fuß auf. Dann wurde sie zur Seite gezerrt und über die Reling gehoben. Sie schrie erschrocken auf – das Deck der Brigantine schien schrecklich weit entfernt zu sein. Sie wurde an den Armen hinabgelassen und versuchte, ihre Füße, die sich in dem Sari verheddert hatten, zu befreien, verlor dabei aber nur ihre Sandalen. Dann wurde sie von unten gepackt. Männer hielten ihre Knöchel und Schenkel, und wieder machten sie obszöne Bemerkungen, während fette Finger über ihre nackte Haut glitten. Hände packten sogar ihre Brüste, als sie auf das Deck hinuntergelassen wurde. Sie blickte nach oben und sah, wie Shalina auf die gleiche Art auf das Piratenschiff verfrachtet wurde, aber sie schien gnädigerweise das Bewußtsein verloren zu haben.

Hinter ihnen wurden die hübschesten der anderen Frauen zusammengetrieben. Caroline wagte gar nicht daran zu denken, was mit den älteren Frauen geschehen würde – sie konnte ihre verzweifelten Schreie hören, dann klatschende Geräusche, als sie, ihres gesamten Schmucks und ihrer Kleider beraubt, über Bord geworfen wurden.

Caroline wurde über das Deck der Brigantine, durch eine Luke und eine Leiter hinunter in eine kleine Kabine unterhalb des Achterdecks gezerrt. Der Raum war nicht mehr als fünfeinhalb Fuß hoch und war mit vier Kojen, jeweils zwei Kopf an Kopf entlang der Schotts, ausgestattet. Dazwischen stand ein Tisch, dessen Beine am Boden festgeschraubt waren. Eine Laterne, die im Augenblick jedoch nicht brannte, baumelte von der Decke.

Es roch nach Schweiß, Alkohol und ranzigem Essen. Auf jeder Pritsche lag eine Roßhaarmatratze – sonst nichts.

Caroline wurde so brutal hineingestoßen, daß sie stolperte und auf die nächste Pritsche fiel, und ehe sie ihr Gleichgewicht wiedergefunden hatte, landete Shalina über ihr. Verzweifelt setzte sie sich auf und zog die Prinzessin an sich, in der Erwartung, daß noch weitere Mädchen in die Kajüte gestoßen werden würden. Statt dessen folgten ihnen die Piraten. Sie erwartete, vergewaltigt zu werden, aber die Männer fesselten ihnen nur die Hände auf dem Rücken und banden sie aneinander, so daß sie Rücken an Rücken auf einer der Pritschen lagen. Ein weiteres Seil wurde ihnen um die Taille geschlungen und so festgezurrt, daß sie sich mit Ausnahme der Beine kaum noch rühren, geschweige denn aufsetzen oder gar aufstehen konnten.

Die ganze Zeit über hörten sie auf dem Deck über sich das Hämmern von Füßen, das Dröhnen von Kanonen und lautes Rufen. Dann begann das Schiff sich zu bewegen. Die Männer, die sie hergebracht und gefesselt hatten, eilten aus der Kabine und schlugen die Tür hinter sich zu – sie waren allein.

»Hoheit?« fragte Caroline.

»Seid Ihr verletzt?«

Shalina seufzte. »Was ist geschehen? Ich verstehe das alles nicht.«

»Wir sind von Piraten geentert worden.« Sie seufzte ebenfalls. »Englischen Piraten.«

»Mein Vater wird sehr böse werden«, schluchzte Shalina. »Und mir den Schleier vom Gesicht zu reißen! Das war unschicklich. Wissen sie denn nicht, wer ich bin?«

»Ich fürchte doch.«

»Ich lasse sie allesamt köpfen. Dafür, daß sie mich angerührt haben«, sagte Shalina entschieden.

Offenbar war ihr nicht bewußt, daß sie in Gefahr war, weit mehr zu verlieren als ihren Schleier, und Caroline wußte nicht, wie sie es ihr beibringen sollte.

Die Tür ging auf. Caroline, die mit dem Gesicht zum Eingang lag, spannte die Muskeln an. Ein Junge von nicht mehr als vierzehn oder fünfzehn Jahren kam herein. Er trug Breeches wie der Rest der Piraten und weder Hemd noch Schuhe, nicht einmal ein Tuch um die Stirn. Das braune Haar hing ihm in wirren, fettigen Strähnen über die Ohren. Sein Gesicht war nicht unattraktiv, aber abstoßend lüstern.

Er trat vor die beiden Mädchen und starrte grinsend auf sie hinab.

»Willst du uns nicht losschneiden?« fragte Caroline hoffnungsvoll.

»Das würde dem Käpt'n nich' gefallen«, entgegnete der Junge. »Er würde mir dafür den Hintern versohlen. Ich soll auf euch aufpassen. Bist du die Prinzessin?«

»Nein«, entgegnete Caroline.

»Die da?«

Zu ihrer Verblüffung kletterte er auf die Pritsche, kniete sich rittlings über ihre Schenkel, packte Shalina an den Haaren und zog ihren Kopf hoch, damit er ihr Gesicht sehen konnte.

»Au!« schrie Shalina. »Ich lasse dich auspeitschen, du Hund.«

»Was hat sie gesagt?« fragte der Junge.

»Sie ist sehr wütend«, keuchte Caroline. Er saß jetzt auf ihren Schenkeln.

»Hat 'n hübsches Gesicht«, sagte der Junge. »Aber du hast größere Titten.«

Zu Carolines Entsetzen und Abscheu zog er ihr den Rest ihres zerfetzten Saris vom Leib und begann, ihre Brüste zu betatschen, als würde er Teig kneten.

»Vielleicht läßt der Käpt'n mich auch mal ran, wenn er mit dir fertig ist«, meinte er.

Sie wollte ihn verfluchen, aber das hätte ihn möglicherweise herausgefordert, ihr richtig weh zu tun. Sie mußte sich beherrschen, um am Leben zu bleiben: Sie war immer noch für die Prinzessin verantwortlich. »Will der Kapitän Lösegeld für uns fordern?« fragte sie.

»Keine Ahnung«, entgegnete der Junge.

Zu ihrer Erleichterung hörte er auf, sie zu betatschen, langte aber dann zu ihrem Entsetzen zu Shalina hinüber, um sie auf die gleiche Art zu befingern.

»Hör auf! Hör auf!« kreischte Shalina. »Ich lasse dir bei lebendigem Leibe die Haut abziehen!«

»Die macht ja ein ganz schönes Geschrei«, sagte der Junge.

Die Brigantine lavierte, und der Lärm von oben nahm ab, wenn auch immer noch von Zeit zu Zeit Geschützfeuer ertönte.

»Hör zu«, sagte Caroline. »Die Prinzessin ist die Tochter des reichsten und mächtigsten Mannes in ganz Asien. Wenn du uns hilfst, wirst du fürstlich belohnt werden. Wenn du uns schlecht behandelst, wird man dich grausam bestrafen.«

Der Junge ließ von Shalina ab und wandte seine Aufmerksamkeit wieder ihr zu, wobei er auf ihren Schenkeln hin und her rutschte. »Wir werden alle baumeln«, entgegnete er. »Ein kurzes, aber ein fröhliches Leben, das is' das Motto vom Käpt'n.«

Er stieg von ihr ab und begann, den Sari von ihren Schenkeln zu ziehen. Sie trat nach ihm, aber er lachte nur, packte ihren Knöchel und zwang sie mit erstaunlicher Kraft, das Knie zu beugen, wodurch ihre Beine sich automatisch spreizten. Sie erkannte, daß sie einen Fehler gemacht hatte. An Shalina gefesselt, hatte sie nicht genügend Bewegungsfreiheit, das andere Bein einzusetzen. Der Junge hielt ihr linkes Bein hoch und trat vor, so daß er an ihren Unterleib gepreßt zwischen ihren Schenkeln stand.

»Ich könnte dich jetzt vögeln«, sagte er. »Ich wette, der Käpt'n würde es nie erfahren.«

»Warte«, sagte Caroline verzweifelt. »Warte …«

Die Tür öffnete sich, und sie atmete erleichtert auf. Es war der Kapitän, der Mann, der sich selbst als Avery vorgestellt hatte. Er hatte einen offenbar schweren Sack bei sich.

»Was machst du da, Bursche«, sagte er und schlug dem Jungen mit solcher Wucht über den Kopf, daß dieser einen Schrei ausstieß, Carolines Bein losließ, gegen den Tisch prallte und zu Boden ging.

»Mistkerl!« brüllte Avery und trat nach ihm. Der Junge zog sich weiter unten den Tisch zurück und brach in Tränen aus.

»Ich sagte hinterher – vielleicht«, sagte Avery und blickte auf Caroline hinab, die die Beine jetzt fest zusammenpreßte. »Aber du bist verflucht hübsch, soviel steht fest.« Er zog ein Messer aus dem Gürtel und beugte sich über sie. Erst durchschnitt er das Seil, mit dem die beiden Frauen aneinandergebunden waren, dann ihre Fesseln.

»Hab' die spielend abgehängt«, sagte er. »Aber das waren auch keine Seeleute. Die nicht.«

Caroline setzte sich langsam auf und massierte ihre Handgelenke, bis das Blut wieder zu zirkulieren begann. Es schien zwecklos zu versuchen, sich mit ihrem zerfetzten Sari zu bedecken.

Shalina blieb abgewandt liegen. Sie begann zu stöhnen, als das Blut wieder in ihre Hände strömte.

»Is' was mit ihr?« Avery tippte der Prinzessin mit dem Zeigefinger auf den Po, und Shalina stieß einen erstickten Schrei aus und richtete sich auf.

»Sie ist eine Prinzessin«, sagte Caroline. »Könnt Ihr sie nicht mit etwas Respekt behandeln?«

»Ich wußte immer, daß ich eines Tages 'ne Prinzessin haben würde«, sagte Avery und packte Shalina an der Schulter, um sie umzudrehen. Sie leistete keinen Widerstand; statt dessen starrte sie ihn aus großen schwarzen Augen an, aus denen Tränen kullerten, die helle Streifen in ihrem verschmierten Rouge hinterließen.

»Sie ist wirklich hübsch«, sagte Avery. »Und dazu noch Prinzessin ... Weißt du was? Ich glaube, dieser Tag wird mich zum berühmtesten Freibeuter der Welt machen. Was hat Morgan schon groß getan, außer ein paar Städte zu plündern? Ich habe mir eine Prinzessin geholt. Glaubst du, sie wird sich wehren? Sag ihr, wenn sie es tut, werde ich ihr die Nase abbeißen und sie dann trotzdem vögeln.«

»Bitte«, sagte Caroline. »Sie ist auf dem Weg nach Istanbul, um den türkischen Sultan zu heiraten. Wenn ihr sie unverletzt zurückbringt, wird der Mogul Euch reich belohnen.«

»Belohnen?« Er grinste breit. »Ich habe meine Belohnung bereits.« Er leerte den Sack auf dem Tisch. Bei ihrem eigenen Schmuck befand sich eine beträchtliche Anzahl weiterer Stücke, die den anderen Frauen abgenommen worden waren.

Avery packte alles wieder in den Sack und verknotete ihn mit einer Schnur. »Außerdem haben wir eine große Kiste Gold von eurem Schiff erbeutet. Reich und berühmt«, sagte er, »und im Besitz der zwei hübschesten Mädchen der Welt. Sag ihr, was ich mit ihr mache, wenn sie sich wehrt, und daß ich sie hinterher meinen Männern überlasse.« Er begann, seine Hose auszuziehen.

Shalina starrte ihn entsetzt an. Als das jüngste von Aurungzibs Kindern hatte sie noch nicht einmal einen nackten Bruder im Säuglingsalter gesehen.

»Er will Euch besitzen«, erklärte ihr Caroline.

»Ich verstehe«, sagte Shalina. Sie fuhr sich mit der Zungenspitze über die Lippen und betrachtete das erigierte unbeschnittene Glied.

»Er sagt, daß er Euch die Nase abbeißt und Euch seiner Mannschaft überläßt, wenn Ihr Euch wehrt.«

»Begreift er denn nicht, daß mein Vater ihn verfolgen wird, ganz gleich, wohin er flieht?«

»Ich glaube, das kümmert ihn nicht.«

»Hat sie's begriffen?« fragte Avery.

Es würde geschehen. Caroline wußte nicht, was sie tun oder sagen sollte.

»Sag ihr, sie soll sich ausziehen«, befahl Avery. »Billy, komm da raus.«

Caroline holte tief Luft. »Er will, daß Ihr Euch auszieht, Hoheit.«

Shalina warf den Kopf zurück. »Meine Dienerinnen entkleiden mich.«

»Sie verlangt nach ihren Dienerinnen«, übersetzte Caroline.

Avery lachte leise. »Die sind beschäftigt – oder schwimmen. Willst du, daß der Junge ihr dabei hilft?«

Billy war inzwischen aufgestanden und grinste sie an.

»Nein«, entgegnete Caroline. »Ich werde es tun.« Sie nahm Shalinas Hand. »Ich werde Euch entkleiden, Hoheit. Ich bitte Euch, wehrt Euch nicht gegen diesen Mann, sonst wird er Euch sehr weh tun.«

Shalina nickte.

Während Caroline sie entkleidete, gingen ihr alle möglichen Ideen durch den Kopf, wie zum Beispiel abzuwarten, bis Avery ganz in seine Lust vertieft war, um ihn niederzuschlagen, oder sich seines Entermessers zu bemächtigen und ihn zu durchbohren ... Andererseits, was wäre dadurch gewonnen? Höchstens der zweifelhafte Vorteil, daß sie und Shalina sich aus dem Fenster stürzen konnten, um dann in der See zu ertrinken.

Sie wollte nicht sterben, ganz egal, was mit ihr geschehen würde. Das Leben war in den vergangenen Jahren so unglaublich schön gewesen; es jetzt zu beenden erschien ihr wie eine schreckliche Verschwendung.

Außerdem ging Avery nicht das geringste Risiko ein. Als Shalina schließlich nackt vor ihm stand, grinste er Caroline an. »Hände hinter den Rücken«, befahl er.

Caroline zögerte, und Billy packte von hinten ihre Arme. Er fesselte ihre Handgelenke und drückte sie auf die gegenüberliegende Koje.

»Behalt sie im Auge, Billy«, sagte Avery. »Und falls sie irgendwelchen Blödsinn macht, zieh ihr eins über.«

»Ihr wollt doch nicht etwa ... vor dem Jungen«, protestierte Caroline.

»Warum nicht? Er muß noch viel lernen.«

»Kann ich hinterher die große haben?« fragte Billy eifrig.

»Vielleicht«, entgegnete Avery.

»Kann ich wenigstens ihre Titten anfassen?«

»Solange du sie nicht zum Schreien bringst.«

Avery starrte unverwandt auf Shalina, die immer noch vor ihm stand und deren anmutiger Leib sich sanft wiegte, um das leichte Schlingern des Schiffes aufzufangen.

»Du bist schon was«, murmelte er. »Eine leibhaftige Prinzessin.«

Er fuhr mit den Fingern über ihren Wangen, ihren Hals hinab und über die Brüste zum Bauch und von dort noch tiefer zu ihrem rasierten Schritt.

»Das gefällt mir«, sagte er. »Da sieht ein Mann wenigstens, was er kriegt.« Er nahm sie in die Arme, rieb ihren Körper an seinem und küßte sie immer wieder auf den Mund. Dann stieß er sie auf die Pritsche, zwang ihre Schenkel auseinander und war gleich darauf in sie eingedrungen. Shalina keuchte und stöhnte und bog den Kopf weit zurück, bis er halb über den Rand der Koje hing und ihr langes Haar über das Deck strich.

Caroline sah in hilflosem Entsetzen zu und spürte die grabschenden Finger des Jungen kaum.

Nach ein paar heftigen Beckenstößen erschlaffte Avery und blieb eine Weile schwer atmend auf seinem Opfer liegen. Dann hob er den Kopf und grinste sie an. »Sei nicht eifersüchtig, Schätzchen. Gib mir 'ne halbe Stunde, und ich bin soweit, mich auch um dich zu kümmern.«

Shalina weinte in hilfloser Verzweiflung.

Aurungzib starrte den vor Angst schlotternden Boten an. Im ganzen Thronsaal herrschte atemlose Stille. Dann wandte der

Badshah langsam den Kopf. Sein Gesicht war brennendrot, sein weißer Bart sträubte sich und bebte. »Blunt Bahatur«, sagte er. »Wo ist Blunt Bahatur?«

»Ich bin hier, Badshah.«

Blunt nahm Haltung an. Er konnte es einfach nicht glauben. Caroline von Piraten gefangen. Es raubte ihm beinahe den Verstand vor Zorn. Daß die unschuldige Tochter des mächtigen Badshas dasselbe grauenhafte Schicksal erlitten haben sollte, war jedoch schier unfaßbar.

»Es war ein englisches Schiff«, sagte Aurungzib. »Ein *englisches!«* brüllte er. »Ruft meine Generäle herbei. Ruft meine Armeen herbei. Alle Engländer in Hindustan sollen zu mir gebracht werden, damit ich ihre Todesschreie hören kann. Ihr werdet dafür sorgen, Blunt Bahatur. Sie werden alle sterben!«

»Bei allem Respekt, Badshah ...«

»Ich will nichts hören. Ich will, daß man mir jeden einzelnen Engländer herbringt.«

Blunt ließ sich jedoch nicht einschüchtern. »Die Männer, die Eure Tochter entführt haben, sind Piraten, Badshah. Sie sind Gesetzlose, die von den Engländern ebenso verabscheut werden wie von Euch. Da sie jedoch Engländer sind, müssen sie von Engländern bestraft werden. Laßt mich nach Bombay reiten und ihnen befehlen, Euch Eure Tochter und die Piraten, die sie in ihre Gewalt gebracht haben, zu bringen oder zu sterben.«

Aurungzib starrte ihn aus zornsprühenden Augen an.

»Wollt Ihr denn Eure Tochter nicht wiederhaben, Badshah?«

»Sie wird nicht länger meine Tochter sein«, grollte Aurungzib. »Aber holt sie zurück, ja. Zusammen mit dem Banditen, der sie entführt hat. Ich will ihn haben.«

»Er hat auch meine Frau entführt«, sagte Peter. »Ich erbitte Eure Erlaubnis, mit der Flotte zu segeln und ihn persönlich zu jagen.«

Aurungzib nickte. »Ja«, sagte er. »Geht und holt Eure Frau zurück.«

Als sein Zorn nachließ, wirkte er plötzlich sehr alt.

Die Frauen starrten Peter an, unfähig, auch nur einen Ton hervorzubringen. Sie wußten, wie sehr er seine rothaarige Frau liebte, und sie selbst liebten sie ob ihrer fröhlichen Art und ihrer überschäumenden Lebensfreude kaum weniger.

»Du mußt sie zurückholen«, sagte Anne Blunt schließlich.

»Ich werde sie zurückholen«, schwor er.

Charles Knolles ließ die Schultern hängen. »Wir haben von der Entführung der Prinzessin gehört, aber ich hatte keine Ahnung, daß meine Tochter bei ihr war.«

»Wer hat das getan?« fragte Blunt.

Knolles seufzte. »Wir glauben, daß es ein Mann namens Avery gewesen ist. Es ist bekannt, daß er sich derzeit in diesen Gewässern aufhält. Er ist ein gemeiner, heimtückischer Bastard. Es gibt einige Freibeuter, die östlich von Afrika ihr Unwesen treiben, aber nur Avery wäre so dreist, ein solches Verbrechen zu begehen.«

»Wo finde ich ihn?«

»Wir glauben, daß er sein Hauptquartier in Madagaskar aufgeschlagen hat. Aber Madagaskar ist eine riesige Insel, und es gibt dort eine recht große Piratenkolonie – und dazu kriegerische Eingeborene. Das wird kein leichtes Unterfangen. Wir werden ein Flottengeschwader brauchen.«

»Dann fordert eins an.«

Knolles seufzte erneut. »Ihr wißt, was ihnen widerfahren sein wird?«

»Ja.«

»Und Ihr wißt auch, daß Avery ihnen aller Wahrscheinlichkeit nach, nachdem er seinen Spaß mit ihnen hatte, die Kehle durchgeschnitten und sie den Haien zum Fraß vorgeworfen hat?«

»Das können wir nicht wissen.«

»Und wenn er es nicht getan hat ... meine Tochter, Eure Frau, Tag ein Tag aus in den Händen dieses Rohlings ... wir sind wirklich vom Schicksal gestraft.«

»Sie ist meine Frau, und sie ist Eure Tochter. Wir müssen sie zurückholen, Charles. Und die Prinzessin – sonst ist das Leben eines jeden Engländers in Indien in Gefahr.«

Knolles nickte. »Wir werden unverzüglich Gouverneur Gayor aufsuchen und alles in die Wege leiten. Wie lange es auch dauert, wir holen sie zurück.«

Strand, Bäume und Meer bildeten die natürlichen Grenzen ihres Gefängnisses.

Der Strand war langgestreckt, weiß und ungeschützt; der Sand war in der Mittagssonne heiß und in der Abenddämmerung kühl. Gleich hinter dem Strand war eine Fläche von etwa einer halben Meile im Quadrat gerodet worden, und dort standen einige Hütten. Keine von ihnen sah so aus, als ob es sich um ein dauerhaftes Zuhause handeln könnte. Sie dienten nur zum Schutz gegen den Regen. Wenn es nicht regnete, schliefen die Piraten und ihre Frauen im Sand und schlugen sogar im Schlaf nach Mücken und Sandflöhen.

Hinter der ›Stadt‹ – wie die schäbige Ansiedlung genannt wurde – begann ein dichter Wald, der die Hänge eines Hügels bedeckte; Madagaskar war eine bergige Insel. Niemand drang je ins Innere der Insel vor; die eingeborenen Stämme waren zu kriegerisch. Jedoch tolerierte der lokale Häuptling die weißen Männer am Strand, weil sie ihn mit Schußwaffen und Pulver versorgten und ein Zehntel ihrer Beute an ihn abgaben. Sie stellten eine nützliche Quelle für Gold und Sklaven dar, auch für arabische Frauen für seinen Harem.

Vor dem Strand erstreckte sich das Meer, in etwa einer halben Meile entfernt von einem Riff eingeschlossen. In diesem natürlichen Hafen konnte die Piratenflotte gefahrlos ankern, außer wenn der Monsun besonders heftig wütete; dann mußten die Schiffe kielgeholt werden, bis der Sturm vorbeigezogen war.

Es lagen nie weniger als drei Schiffe dort vor Anker, und gewöhnlich waren mindestens drei weitere unterwegs und suchten den Indischen Ozean und das Arabische Meer nach Beute ab. Obwohl es keinen Admiral gab und jeder der Kapitäne sein eigener Herr war, gingen sie häufig gemeinsam auf Jagd. Madagaskar lag auf der Hin- und Rückroute zwischen dem Kap der Guten Hoffnung und Bombay, Goa, Madras und Diu. Die Beute war ebenso reichlich wie lohnend.

Aber kein anderer Kapitän hatte je ein solches Heldenstück gewagt wie Avery, der mit einem einzigen Schiff mitten in eine ganze mongolische Flotte gesegelt war – und wieder heraus, mit einer Beute, daß es ihnen immer noch schwindlig wurde, wenn sie daran dachten. Unzweifelhaft war er der Erste unter den Gleichgestellten.

Und so wurden seine Frauen auch in seiner Abwesenheit nicht angerührt, wohingegen die anderen Frauen zum Freiwild wurden, wenn ›ihre‹ Männer auf See waren. Das war aber auch das einzige, wofür Caroline und Shalina dankbar sein konnten. Aber sogar ein Leben auf niedrigster menschlicher Ebenen kann akzeptabel werden, wenn man entschlossen ist zu überleben.

Caroline hatte während der Fahrt, auf der sie immer wieder vergewaltigt und ab und an Billy ›zu Lernzwecken‹ überlassen worden war, des öfteren an Selbstmord gedacht. Sie hatte gewußt, daß Widerstand die Kerle nur amüsiert hätte, und so hatte sie sich gefügt, dabei jedoch weiter ihren Haßgefühlen und Rachegedanken nachgehangen. Ihre Hauptsorge galt der Prinzessin. Shalina war noch ein Kind, und ihr Geist war noch unreifer als ihr Körper, da sie so behütet aufgewachsen war. Sicher hatte sie dem Tratsch im Harem gelauscht und gelernt, den Gedanken an einen Mann, in diesem Fall an den ihr zugedachten ottomanischen Gatten, zu akzeptieren, wie sehr sie diesen Mann auch fürchten mochte. Jetzt hatte sie die Erfahrung gemacht, daß ein Mann, sogar wenn es sich um ein betrunkenes, unrasiertes, schmutziges Ungeheuer wie John Avery handelte, ein Quell der Lust sein konnte. Shalina war in dem Glauben aufgewachsen, daß der Mann, der ihr die Unschuld nahm, für den Rest ihres Lebens ihr Herr und Meister sein würde und sie keine andere Wahl hatte, als ihn lieben zu lernen. Jetzt war sie schwanger und stolz darauf und sehnte die Rückkehr ihres ›Gatten‹ herbei, da sie sich von Herzen wünschte, daß er bei ihr war, wenn ihr Kind geboren wurde.

Shalinas Fügsamkeit stellte Caroline vor ein Dilemma. Sie wurde ebenfalls als Averys ›Frau‹ betrachtet, wenn auch als zweitrangige; aber seit der Bauch der Prinzessin begonnen hatte anzuschwellen, war Caroline wieder gefragter gewesen, obgleich sie wußte, daß sie in Averys Augen dem Vergleich mit der leibhaftigen Tochter Aurungzibs nicht standhielt. Dafür war sie dankbar, aber die Zukunft sah sehr düster aus.

Sollten sie auf diesem Strand bleiben, bis sie starben – vermutlich am Fieber, das unter den Piraten grassierte? Oder würden sie gerettet werden?

Caroline stand am Strand und sah zu, wie die Männer ein schweres Schlagnetz ans Ufer schleppten. Es war die einfachste

Methode zu fischen: Zwei Boote wurden auf das Riff zu gerudert, jedes von ihnen mit einem Ende des beschwerten Netzes versehen. Dann wurde das Netz ausgeworfen, und die Boote schleppten gemeinsam das Netz langsam zurück in Richtung Strand. Sobald sie seichteres Wasser erreicht hatten, eilten weitere Männer hinzu, um die Netzenden zusammenzuziehen, so daß eine Art Becken entstand, in dem die springenden, sich windenden Fische von den Piraten und ihren Eingeborenenfrauen erschlagen wurden.

Caroline hatte ein- oder zweimal an diesem Ritual teilgenommen und nackt inmitten des von Blut rotgefärbten Wassers und der verzweifelten, glitschigen Kreaturen geplanscht. Heute jedoch begnügte sie sich mit dem Zusehen, bekleidet mit einem unförmigen Baumwollkleid und einem breitkrempigen Strohhut, beides selbst gefertigt. Sie war barfuß, und ihre empfindliche Haut war inzwischen von der Sonne verbrannt und mit Sommersprossen übersät, und obwohl sie in der Sonne immer ihren Hut trug, war ihr Haar ausgebleicht und von goldenen Strähnen durchzogen. Shalina, die an ihrer Seite stand, war auf gleiche Art gekleidet und ebenso sonnengebräunt, wenngleich ihre Haut weniger empfindlich war und somit eine gleichmäßige Tönung angenommen hatte.

Die Rufe und Schreie wurden lauter, als das Netz ins seichte Wasser gezerrt wurde, die Piraten mit Messern und Knüppeln ins Wasser wateten und das Töten begann. Für sie war es der Höhepunkt der ganzen Woche.

Die restliche Zeit lagen sie faul am Strand, rauchten Zigaretten und tranken Rum, bis es an der Zeit war, wieder in See zu stechen – was immer dann der Fall war, wenn ihnen die Vorräte ausgingen und sie neue Waren brauchten. Ehe sie diese kaufen konnten, mußten sie Beute machen, um sich das nötige Kleingeld zu besorgen. Oft stritten sie um eine Frau oder wegen einer eingebildeten Beleidigung, und meistens endete die Auseinandersetzung für einen der Kontrahenten mit dem Tod. Eine Atmosphäre latenter Gewalt hing über dem Lager. Sogar die Frauen gingen wie die Furien aufeinander los, gewöhnlich von den Männern angestachelt, deren schönster Zeitvertreib darin bestand, zwei nackten Frauen zuzusehen, die sich kratzten und bissen, sich an den Haaren zogen und sich im Sand wälzten.

Die Frauen waren größtenteils Schwarze, die gegen Musketen und feine Stoffe den Eingeborenen im Inselinneren abgekauft wurden, aber einige von ihnen waren Indianerinnen und Araberinnen, die bei Überfällen verschleppt worden waren – mehrere von ihnen waren einst Zofen der Prinzessinnen gewesen. Wie die Prinzessin hatten sie die vom Englischen abgeleitete *Lingua franca* gelernt, die am Strand gesprochen wurde, und sich beinahe mit ihrem Schicksal und ihren Männern versöhnt, da sie sich nicht vorstellen konnten, eines Tages in ihr ehemaliges Leben duftender Paläste zurückzukehren.

»Das is' für euch«, sagte Billy, der den Strand hinauf auf sie zukam, zwei ansehnliche Fische von den blutigen Händen baumelnd. »Zum Abendessen.«

Caroline hockte sich in den Sand, den Rock zwischen die Beine geklemmt wie eine Einheimische, Shalina kniete sich neben sie; ihr Bauch war inzwischen so rund, daß sie sich nicht mehr hinhocken konnte. Sie zückten beide ihre Messer, um den Fisch auszunehmen. Billy kniete sich zwischen sie, um zu helfen.

Vor acht Monaten hätte ich die Gelegenheit genutzt, Billy den Dolch ins Herz zu bohren, dachte Caroline. Inzwischen war der Junge ihr so etwas wie ein Bruder geworden, abgesehen davon, daß er ganz verrückt nach ihr war und die Finger nicht von ihr lassen konnte. Avery war sich der Leidenschaft des Jungen bewußt, sie amüsierte ihn; und so blieb Billy jetzt an Land zurück, wenn die Brigantine in See stach. Billy hatte den Befehl, sich um die Frauen zu kümmern, die Prinzessin aber nicht anzurühren.

Und so lächelten sie einander bei der Arbeit zu. Habe ich mich auch mit meinem Schicksal als Spielzeug eines fünfzehnjährigen Jungen abgefunden? fragte sich Caroline. Sie weigerte sich, das zu akzeptieren, aber es widersprach ihrer Natur, dauerhaft zu hassen.

»Ich mache ein Feuer«, sagte der Junge und entfernte sich den Strand hinunter. Einige Feuer brannten bereits, und die Luft war erfüllt vom Duft gegrillten Fischs.

Shalina rieb sich den Bauch. »Wir sind hungrig«, sagte sie. Das war sie fast ständig, und seit sie schwanger war, sprach sie von sich und dem Baby immer in der Mehrzahl. Sie richtete sich auf und starrte aufs Meer. »Warum kommt er nicht?« fragte sie. »Oh, bitte sag, daß er bald kommt.«

»Natürlich wird er kommen«, entgegnete Caroline. Obwohl man damit rechnen mußte, daß er eines Tages nicht zurückkehren würde. Früher oder später würde er an einen Stärkeren geraten. Aber nun starrte sie aus zusammengekniffenen Augen über das glitzernde Meer. »Seht doch, da ist ein Segel.«

Shalina klatschte vor Freude in die Hände, und auch die Piraten um sie herum gerieten in Aufregung. Die Männer ließen alles stehen und liegen und ruderten zu ihren Schiffen, um die Geschütze zu laden; ein Segel konnte leicht ein feindliches sein. Andere hasteten zu dem kleinen Fort, das auf der Landzunge errichtet worden war, denn auch dort standen Kanonen bereit. Die Frauen versammelten sich am Strand, beobachteten das hektische Treiben und blickten dem herannahenden Schiff entgegen. Aber schon bald konnten sie die Wimpel erkennen, die an Averys Mast flatterten.

»Er ist hier!« rief Shalina glücklich. »Er ist hier!«

Avery machte ein grimmiges Gesicht, als er an Land ging und von seinen Kumpanen umringt wurde.

»Es gibt Ärger«, sagte er. »Scheint, als wolle der Mogul seine Tochter zurückhaben.« Er blickte auf Shalina. »Trotz dickem Bauch und allem ... Aus Bombay ist eine Flotte in See gestochen. Wir haben ein arabisches Handelsschiff gekapert und erfahren, daß der Mogul jeden Engländer in Indien, ob Mann, Frau oder Kind, hinrichten lassen will, wenn sie mich nicht ausliefern. Die Company hat es also auf mich abgesehen, und nach allem, was der Araber mir gesagt hat, ehe ich ihm die Kehle durchgeschnitten habe, wissen sie, wo wir sind. Sie haben sogar einige Schiffe der Marine zur Unterstützung.«

»Ich hab' immer gewußt, daß dein verrückter Coup dazu führen würde«, murrte Kapitän England.

»Also, Jungs, ich verschwinde von hier. Der Indische Ozean ist mir zu ungemütlich, wenn die Company *und* die Navy hinter uns her sind. Es wird nicht lange dauern, und wir haben sie hier auf dem Hals.«

»Wir müssen alle verschwinden«, sagte Avery. »Und je eher,

desto besser. Wir werden einen anderen Unterschlupf finden, Jungs.« Von den Frauen gefolgt stapfte er den Strand hinauf.

»Wohin werdet Ihr uns bringen?« fragte Shalina.

Avery warf ihr einen Blick zu. »Euch? Euch werde ich nirgendwohin bringen, Schätzchen. Immerhin seid ihr der Grund für diesen Schlamassel.«

Shalina starrte ihn entgeistert an.

»Du bleibst also hier und versöhnst dich mit deinem Vater, wenn du kannst. Sofern die Eingeborenen dich bis dahin nicht verspeist haben.«

»Ihr wollt mich doch nicht wirklich zurücklassen?« kreischte Shalina.

»Ich bin Eure Frau.«

»Ich suche mir eine andere. Zerbrich dir darüber mal nicht dein hübsches Köpfchen.«

»Ich trage Euer Kind unter dem Herzen!« schrie sie.

»Das ist nicht zu übersehen, so fett, wie du geworden bist.«

Shalina zückte das Messer und stieß zu. Er packte mühelos ihr Handgelenk, und Caroline nahm sie bei den Schultern, um sie von ihm weg zu zerren.

»Ja«, sagte Avery, nahm Shalina das Messer ab und warf es in den Sand. »Halt sie mir vom Leib, Caro, oder ich trete ihr in den Bauch, und sie kann ihr Balg gleich hier und jetzt auf die Welt bringen.«

Als er sich entfernte, sank Shalina in Tränen aufgelöst auf die Knie.

»Wie kann er mich verstoßen«, wimmerte sie. »Ich bin seine Frau.« Sie klammerte sich an Carolines Hand. »Bring ihn dazu, uns mitzunehmen.«

»Das wird er nicht tun«, entgegnete Caroline, die nicht recht wußte, ob sie weinen oder lachen sollte. Wenn Avery und alle anderen Piraten aus Madagaskar flohen und die Flotte aus Bombay unterwegs war ... sicher würden sie gerettet werden. Durfte sie hoffen? Konnte sie Peter jemals wieder unter die Augen treten? Aber die einzige Alternative war der Tod.

Sie blieb bei der schluchzenden Shalina, während die Piraten hastig ihr Hab und Gut zusammenpackten. Sie brauchten nicht sehr lange, da keiner von ihnen an Land ein ständiges Heim besaß. Keine der Frauen würde mitgenommen werden, und als dies bekannt wurde, erhob sich lautes Wehklagen und hysterisches Geschrei unter ihnen.

»Was soll aus uns werden?« schrien sie.

»Fangt Fische«, entgegneten die Piraten.

»Oder ihr geht gleich zu den Schwarzen«, sagte ein anderer. »Früher oder später landet ihr ja doch in deren Kopftöpfen.«

Schweigend blickten die Frauen den Schiffen nach, die die Anker lichteten und davonsegelten. Die meisten standen noch unter Schock ob dieses plötzlichen Umbruchs in ihrem Leben.

Billy hatte sich mit Tränen in den Augen verabschiedet. »Wenn ich Käpt'n wäre, würd' ich dich mitnehmen, Caro. Bis ans Ende der Welt.«

»Wie war noch gleich das Motto deines Kapitäns? Ein kurzes, aber fröhliches Leben«, hatte sie erwidert.

Mit hängenden Schultern war er ins seichte Wasser gewatet und in das wartende Boot gestiegen.

Avery hatte nicht einmal einen Blick zurückgeworfen.

Am Strand war es sehr still, nachdem alle Männer fort waren. Hin und wieder ertönte ein Schrei oder hysterisches Gelächter von einer der Frauen. So schnell wie möglich kippten sie den letzten Rum in sich hinein. Die meisten jedoch empfanden ein nie gekanntes Gefühl der Freiheit, allein dadurch, daß sie soviel schlafen konnten, wie sie wollten.

»Was soll aus uns werden?« fragte Shalina.

»Es ist eine Flotte aus Bombay unterwegs«, rief Caroline ihr ins Gedächtnis und kochte den restlichen Fisch. »Wir werden gerettet werden.«

Shalina erschauerte.

Die Piratenflotte war noch eine Weile am Horizont zu sehen, da der Wind sich gelegt hatte. Sie würde von mehreren Stellen der Insel aus zu sehen sein, und die Einwohner Madagaskars konnten zählen – wenigstens bis acht. Sobald die anderen Frauen schliefen, legte Caroline der Prinzessin sacht eine Hand auf die Schulter. Die Prinzessin fuhr erschrocken hoch.

»Ist die Flotte da?«

»Nein. Aber wir müssen weg von hier.«

Shalina sah sie in der Dunkelheit blinzelnd an.

»Die Eingeborenen werden gesehen haben, daß sämtliche Schiffe davongesegelt sind, und zum Strand kommen. Wir haben nichts, womit wir uns gegen sie verteidigen könnten.«

Sie nahm Shalinas Hand, und sie stahlen sich von den anderen fort. In den acht Monaten, die sie nun auf der Insel waren, hatten sie diesen Strandabschnitt gründlich erforscht, und Caroline wußte, daß sich zwischen den Felsen, bei denen er endete, eine Höhle befand, deren überhängendes Dach beinahe die Meeresoberfläche berührte, während das Wasser bei Flut bis zum Eingang reichte. Dorthin führte sie Shalina.

»Jetzt müssen wir ganz still sein«, warnte sie.

Es gelang ihnen sogar zu schlafen, aber bei Tagesanbruch wurden sie von Schreien, Triumphgeheul und Hundegebell geweckt.

»Können wir ihnen denn nicht helfen?« fragte Shalina leise. Wenngleich sie keine der Frauen als Freundin bezeichnen konnten, waren sie zumindest Leidensgenossinnen, und einige waren ihre Zofen gewesen.

»Nein, das können wir nicht«, entgegnete Caroline. »Oder möchtet Ihr, daß man Euch das Kind aus dem Leib schneidet?«

»Mein Kind«, stöhnte Shalina und schlang die Arme um den gewölbten Bauch. »Mein Baby.«

Caroline wagte sich erst hinaus, nachdem auch das letzte Geräusch des Überfalls verklungen war. Erst dann kroch sie vorsichtig aus der Höhle und spähte im Schutz der Felsen zum Strand hinüber. Ihr bot sich ein Bild der Verwüstung. Die Hütten waren zerstört, und der Strand war mit zerbrochenen Gegenständen und Leichen übersät. Einige der Frauen waren hingeschlachtet, die anderen verschleppt worden.

Caroline kehrte zur Höhle zurück.

»Ich habe solchen Hunger«, klagte Shalina.

»Ihr werdet bis zum Abend warten müssen«, entgegnete Caroline. Sie wollte kein Risiko eingehen.

Als es dunkel war, wagte sie sich wieder ins Freie. Sie zog ihr

Kleid aus, watete ins Wasser und stellte zwei Fischreusen auf, die von den Eingeborenen übersehen worden waren. Dann kletterte sie auf eine Kokospalme – eine weitere Fähigkeit, die sie sich im Laufe ihres erzwungenen Aufenthaltes auf der Insel angeeignet hatte – und hackte einige der Früchte ab, die sie anschließend zum Öffnen in ihr Versteck trug. Sie wußte, daß sie beträchtliche Zeit von Fruchtfleisch und Milch der Kokosnüsse würden leben können. Aber den Fisch würden sie roh essen müssen, da ein Feuer den Eingeborenen verraten würde, daß am Strand immer noch Menschen lebten.

Drei Tage später setzten bei Shalina die Wehen ein. Caroline hatte erwartet, daß es bald soweit sein würde, aber es traf sie dennoch unvorbereitet.

Während Shalina stöhnte und schrie, konnte Caroline nur hoffen, daß keine Eingeborenen in der Nähe waren. Sie hatte nur eine vage Vorstellung davon, was zu tun war, half jedoch, so gut sie konnte, bei der Geburt. Dann durchtrennte sie mit dem Messer die Nabelschnur und band sie ab.

Sie brachte das Baby – es war ein Junge – hinunter zum Bach und badete es. Dann kehrte sie zurück zur Höhle und legte es der Mutter in die Arme.

»Gebt ihm die Brust«, sagte sie.

»Aber ich habe keine Milch«, jammerte Shalina.

»Sie wird kommen. Der Kleine muß sich eben ein paar Stunden gedulden.«

Sie säuberte die Höhle und legte sich schlafen, wurde jedoch bald von Hundegebell und Männerstimmen geweckt. Die Eingeborenen waren zurückgekommen. Glücklicherweise war während der Nacht die Flut gestiegen, so daß das Wasser bis zum Höhleneingang reichte und die Hunde sie nicht aufspüren konnten. Aber daß die Eingeborenen wußten, daß ihnen einige Frauen entkommen waren, schien offensichtlich.

Als Caroline das nächste Mal wagte, ihr Versteck zu verlassen, stellte sie fest, daß die Fischreusen entdeckt und weggebracht worden waren. Sie würden sich also allein von Kokosnüssen ernähren müssen. Wo war nur die Flotte? Sie stand am Strand und blickte über das Meer, und ihr Herz tat einen Sprung, als sie glaubte, Lichter zu sehen. Sie kniff die Augen fest zu und öffnete sie dann wieder. Ja, es waren tatsächlich Lichter, und sie kamen näher!

Ganz aufgeregt fuhr sie herum – und fand sich in den Armen eines Mannes wieder, der sich von hinten an sie herangeschlichen hatte.

Caroline schnappte nach Luft, aber er hielt sie fest umschlungen, so daß ihre eigenen Arme unbeweglich an ihrem Körper anlagen. Sie versuchte, sich zu befreien, nachdem sie erkannt hatte, daß er allein war und nicht einmal einen Hund bei sich hatte.

Der Mann grinste sie an, daß seine Zähne weiß in der Dunkelheit schimmerten. Dann legte er das rechte Bein um ihr linkes und verlagerte sein Gewicht. Caroline stieß einen erstickten Schrei aus und landete unsanft auf dem Rücken im Sand ... und spürte das Heft ihres Messers im Rücken.

Sie hörte auf, sich zu wehren, und der Mann kniete sich hin und zerrte an ihrem Rock. Caroline schob eine Hand unter ihren Po, und ihre Finger schlossen sich um den Messerschaft, während der Mann sich seines Lendenschurzes – des einzigen Kleidungsstücks, das er trug – entledigte. Immer noch grinsend schob er ihre Beine auseinander und kniete sich zwischen ihre Schenkel. Caroline fuhr hoch und stieß mit aller Kraft mit dem Messer nach ihm, in dem Bewußtsein, wenn sie ihn nicht tödlich traf, würde er sie töten.

Als die Klinge in seine Brust drang, schrie er verblüfft auf und fiel zurück. Caroline fuhr auf die Knie hoch und stach immer wieder auf ihn ein. Ihr Angreifer stöhnte ein letztes Mal und starb.

Einige Minuten kniete Caroline keuchend über ihm, dann rappelte sie sich hoch. Sie packte den Mann bei den Fußknöcheln und zog ihn hinunter ans Meer. Er war schwer, aber einmal im Wasser, wurde es leichter. Sie watete rückwärts, bis die Wellen ihre Schultern umspülten, dann ließ sie ihn los.

Sie wusch sich das Blut ab, kehrte an den Strand zurück und verwischte die Schleifspuren im Sand, wenngleich sie wußte, daß die streunenden Hunde das Blut riechen würden.

»Du warst schwimmen«, sagte Shalina vorwurfsvoll, das Baby an die Brust gedrückt.

»Die Flotte kommt«, entgegnete Caroline.

»Das sagst du schon seit Tagen.«

»Aber jetzt kommt sie wirklich. Ich habe sie gesehen. Nein, geht nicht nach draußen. Sie wird erst morgen hier sein.«

O bitte, lieber Gott, mach, daß der Wind anhält und sie tatsächlich morgen hier sind, betete sie.

Am nächsten Morgen hörten sie vom Strand her einigen Lärm – die Madegassen suchten nach dem Vermißten. Sein Leichnam wurde schon bald im seichten Wasser gefunden, und sie sahen, daß er erstochen worden war. Aber sie wurden von den Schiffen abgelenkt, die jetzt schon sehr nah waren, die Geschütze ausgefahren, am Mast das Kreuz des Heiligen Georg. Boote waren bereits zu Wasser gelassen worden, um einen Weg durch das Riff zu suchen. Jetzt dröhnte eine der Kanonen, und das Geschoß trieb die Eingeborenen zurück in den Busch.

Caroline und die Prinzessin kauerten in der Nähe der Höhle und warteten, bis die Boote mit bewaffneten Männern den Strand erreicht hatten. Caroline traute ihren Augen kaum, als sie ihren eigenen Mann mit gezücktem Säbel an Land gehen sah. Plötzlich hatte sie Angst.

Peter Blunt war auf alles vorbereitet. An Bord seines Schiffes befanden sich Frauen, die die Prinzessin in Empfang nahmen und sie und ihr Kind in Decken wickelten, während er eine große Zahl bewaffneter Männer in den Wald führte.

Ebenfalls in Decken gewickelt saß Caroline in einem Stuhl auf dem Achterdeck, lauschte dem Getöse der Geschütze und beobachtete den Rauch, der hinter den Bäumen aufstieg. Die Company war entschlossen, an irgend jemandem ein Exempel zu statuieren, und das Eingeborenendorf war das einzige Ziel, das sich ihnen bot.

Blunt führte den Angriff persönlich an. Er hatte sie umarmt, aber zum Reden war keine Zeit gewesen. Das würde später kommen. Was sollte sie ihm bloß sagen?

Drei Tage später kehrten die Männer im Triumph zurück. Sie hatten einen Großteil der Eingeborenen niedergemetzelt und sogar einiges Gold erbeutet.

Caroline hatte inzwischen reichlich zu essen bekommen, war gebadet und in einen Sari gehüllt worden. Zum erstenmal in neun Monaten war sie vernünftig angezogen und erwartete ihren Ehemann mit einem Yashmak, der ihr Gesicht verdeckte, wofür sie dankbar war.

»Wie lange ist es her, daß Avery geflohen ist?« fragte er.

»Vierzehn Tage vielleicht. Er wollte in Richtung Atlantik segeln.«

»Dort draußen sucht ein Geschwader der Navy nach ihm. Ich bezweifle, daß er weit kommen wird. Wenigstens werden wir den Badshah davon überzeugen müssen.« Peter lächelte grimmig. »Wer ist der Vater des Kindes?«

»John Avery.«

Sie sahen einander eine Weile wortlos an.

»Wenn Ihr Euch von mir scheiden lassen wollt, werde ich keinen Einwand erheben«, sagte Caroline schließlich.

»Wart Ihr ebenfalls seine Mätresse?«

»Er hat mich dazu gezwungen. Und auch ein anderer.«

Er blähte die Nasenflügel. Nach moslemischem Gesetz hatte er das Recht, sie wegen Ehebruchs zu töten.

»Es hätte beinahe noch einen dritten gegeben, aber den habe ich getötet«, sagte sie.

Sie war verzweifelt bemüht zu ergründen, woran sie war.

»Aber sie alle konntest du nicht töten«, bemerkte Blunt.

»Nein«, entgegnete sie. »Sie alle konnte ich nicht töten.«

Er stand an der Reling und blickte auf das Wasser der Bucht hinab. »Du kannst dir sicher vorstellen, welche Sorgen deine Eltern sich gemacht haben.«

»Dafür bin ich ihnen dankbar«, murmelte Caroline.

Peter wandte sich ihr zu und lehnte sich gegen die Reling.

»Auch ich habe mir große Sorgen gemacht«, sagte er.

Plötzlich lag sie in seinen Armen.

»Könnt Ihr mir verzeihen?« fragte sie leise.

»Dir verzeihen? Ich bin dankbar, daß du noch lebst. Ich bin mit jedem Tag, den es gedauert hat, die Flotte zu sammeln, beinahe verrückt geworden. O mein armes kleines Mädchen.« Er hielt sie fest umschlungen. »Es scheint, als wäre es keiner Frau der Familie Blunt vergönnt, ein friedliches Leben zu führen. Wir werden dafür sorgen müssen, daß sich das in Zukunft ändert.«

Ein Gefühl unbeschreiblicher Wärme und Zärtlichkeit durchströmte sie. Aber sie fühlte sich immer noch für die Prinzessin verantwortlich.

»Und Shalina?«

Peter seufzte. »Das hängt von der Laune des Badshahs ab.«

## Kapitel 25

## Die Flucht

Aurungzib betrachtete die beiden verschleierten Frauen, die vor ihm standen, mit düsterer Miene. Sie hatten vier Monate gebraucht, um nach Delhi zurückzukehren, und in dieser Zeit hatte Caroline sich wieder völlig erholt. Auf der Rückreise nach Bombay war ihr vielleicht zum erstenmal bewußt geworden, wie sehr Peter Blunt sie liebte ... und wie sehr sie ihn liebte. Es war, als hätte es die lange Trennung nie gegeben. Peter zögerte nicht, wieder mit ihr zu schlafen, mit der Leidenschaft eines Mannes, der viel zu lange von seiner angebeteten Frau getrennt gewesen war.

In Bombay hatte sie eine unendlich glückliche Woche mit ihren Eltern verbracht, während die Karawane nach Delhi vorbereitet wurde. Dann waren sie aufgebrochen, und zum erstenmal in ihrem Leben war ihre Periode ausgeblieben. Da sie Madagaskar bereits vor zwei Monaten verlassen hatten und Avery davor bereits einen Monat abwesend gewesen war, bestand kein Zweifel daran, daß es das Kind ihres Mannes war.

Es war, als hätten ihre Erlebnisse am Strand irgendwie ihren Geist und ihren Körper befreit – wodurch sie dem Alptraum noch etwas Positives abgewinnen konnte.

Sie wünschte nur, sie hätte für Shalina ein ähnliches Wunder bewirken können. Carolines seelische Wunden waren inzwischen beinahe vollständig verheilt. Zwar glaubte sie nicht, die zahllosen Sommersprossen wieder los zu werden, die den Großteil ihres Körpers bedeckten, aber Peter schienen sie nicht zu stören. Wichtig war, daß er ebenso wie ihre Eltern zu ihr gestanden und sie getröstet hatte. Sie sprachen nicht über die neun Monate, die sie in Averys Gefangenschaft verbracht hatte. Sie hatte den Verdacht, daß ihre Mutter gern mehr erfahren hätte.

Shalina konnte auf nichts von alledem zurückgreifen. Von dem Augenblick ihrer Rettung an hatte sie aufgehört, die Tochter des Badshahs zu sein, von einem schützenden Kokon der Isolation umgeben. Auch hatte sie sich in sich selbst zurückgezogen; sie hatte nie wirklich damit gerechnet, ihrem Vater jemals wieder unter die Augen treten zu müssen.

Caroline hatte viel Zeit mit ihr verbracht, aber die Prinzessin hatte sich sogar von ihr zurückgezogen und hielt ihr Kind umschlungen, als fürchte sie, man könne es ihr wegnehmen. Sie war eine Frau, für die die Gegenwart bedeutungslos war. Sie konnte nur an die Vergangenheit denken – und die Zukunft fürchten.

Und jetzt war diese Zukunft da.

»Warum hast du dir nicht das Leben genommen?« fragte der Kaiser.

Shalinas Yashmak bewegte sich leicht, als sie tief Luft holte. »Ich wollte leben, um Eurer Antlitz wiederzusehen, Badshah.«

»Du bist eine Schande für deinen Namen und deine Familie«, grollte Aurungzib. »Und wessen Kind ist das?«

Das Kind wurde von einer Ayah gehalten, die an Shalinas Seite stand.

»Er ist *mein* Kind«, entgegnete Shalina zitternd. »Und Euer Enkelkind, Hoheit. Er wird als Euer treuester Diener heranwachsen. Dafür werde ich sorgen.«

»Du bist eine Hure«, sagte Aurungzib kalt. »Und diese Mißgeburt ist eine Abscheulichkeit. Schafft ihn mir aus den Augen. Erdrosselt ihn und werft seine Überreste den Hunden zum Fraß vor.«

»Nein!« schrie die Prinzessin. »Das dürft Ihr nicht!«

Soldaten traten vor, um der Ayah das Kind wegzunehmen.

»Das könnt Ihr nicht!« schrie Shalina erneut und lief auf ihren

Vater zu, wurde jedoch von anderen Soldaten der Garde aufgehalten, ehe sie den Thron erreicht hatte.

»Du Ungeheuer!« kreischte sie und riß sich den Yashmak vom Gesicht. Alle Anwesenden schnappten nach Luft. »Wenn du mein Kind tötest, mußt du auch mich töten. Ich hasse dich, du aufgeblasenes Monstrum. Du widerliches Stück Dreck ...«

»Schafft sie mir aus den Augen«, befahl Aurungzib. »Sperrt sie ein, auf daß kein Mann sie jemals wieder zu Gesicht bekommt. Hinfort mit ihr.«

Um sich schlagend und schreiend wurde Shalina hinausgezerrt.

Aurungzib funkelte Peter zornig an. »Ihr habt Euer Wort nicht gehalten, Blunt Bahatur. Wo ist der Pirat, der meine Tochter vernichtet hat?«

»Er war bereits geflohen, Badshah, und die Meere sind gewaltig. Aber die gesamte königliche Marine von England sucht nach ihm, und man wird ihn auch finden.«

»Muß ich mich denn immer nur mit Versprechungen zufrieden geben? Ich will seinen Kopf. Ich gewähre Euch nur deshalb eine zweite Chance, weil ich durch dieses Fiasko nichts verloren habe. Ahmed, der Sultan der Türken, ist tot. Er starb, noch ehe meine Tochter zu ihm hätte gelangen können, so daß die Ehe ohnehin nicht zustande gekommen wäre.« Er brütete einige Minuten vor sich hin, als grüble er über die Launen des Schicksals nach. »Ich will den Kopf dieses Piraten. Bringt ihn mir, oder Ihr bekommt meinen Zorn zu spüren.«

»Er ist ein gemeiner, boshafter und verachtungswürdiger alter Mann«, erregte sich Caroline in der Sicherheit ihres Palastes.

»Er ist der Badshah«, entgegnete Peter. »Und sein Wort ist Gesetz.«

»Und Ihr seid wegen alledem in Ungnade gefallen«, sagte sie.

»Ihr seid verzweifelt«, sagte Peter. »Ich werde wieder in der Gunst des Badshahs aufsteigen, weil ich zu wertvoll für ihn bin, als daß er mir seine Gunst lange entziehen könnte.«

»Ha!« rief sie aus.

Aber sie wußte, daß es ebenso sinnlos wie unfair war, ihren Zorn an ihm auszulassen. Sie konnte um Shalina nur weinen ...

Und versuchen, an ihr altes Leben anzuknüpfen. Auch dabei fand sie Hilfe und Unterstützung in der Liebe und den Ermutigungen ihrer Schwiegermutter, Hilmas, Jintnas, Serenas, Richards und Elisabeths; sogar Williams, der inzwischen neunzehn und bereits Tuk-bashi der Garde war.

Auch fand sie Trost darin, daß sie bald selbst ein Kind zur Welt bringen würde, den englischen Sohn, den Peter sich so sehr wünschte.

Blunt kehrte zurück nach Bombay.

»Es ist unerläßlich, daß Avery gefaßt wird«, warnte er Gouverneur Gayer. »Ich weiß nicht, wie weit die Geduld des Badshahs noch reichen wird.«

»Was sollen wir denn tun?« fragte Gayer. »Noch haben wir nichts von der Flotte gehört, und ich fürchte, daß es dem Schurken gelungen ist, das Kap der Guten Hoffnung zu umschiffen und in den Atlantik zu entkommen. Ist das der Fall, sind wir machtlos, bis er sich wieder rührt ...«

»Hören Piraten je auf, Piraten zu sein?«

»Wenn sie schlau sind – vor allem, nachdem sie so reiche Beute gemacht haben wie Avery«, bemerkte Knolles.

»Dann haltet Ihr es für möglich, daß er entkommt?«

»Seine Chancen stehen nicht schlecht.«

»In diesem Fall müssen wir zu einer List greifen. Gibt es hier in Bombay irgend jemanden, der weiß, wie Avery aussieht?«

»Das bezweifle ich.«

Peter blickte von einem zum anderen. »Wir brauchen den Kopf eines Engländers Mitte Zwanzig, würde ich sagen.«

»Mein Gott!« rief Gayer aus.

»Wird meine Tochter nicht erkennen, daß es sich um den falschen Mann handelt?«

»Zweifellos. Aber Caroline wird uns nicht verraten.«

»Und die Prinzessin?«

»Die Prinzessin wird ihr Gefängnis nie wieder verlassen«, entgegnete Peter. »Das ist eine ernste Angelegenheit«, sagte Knolles. »Ihr verlangt von uns, daß wir einen Toten ausgraben ...«

»Nein«, fiel Peter ihm ins Wort.

»Dann eben abzuwarten, bis irgendein Unglücklicher an einer Krankheit stirbt ...«

»Nein«, sagte Peter erneut.

Sie starrten ihn aus großen Augen an.

»Haltet Ihr Aurungzib und seine Wesire für so dumm?« fragte Peter. »Dieser Mann muß plötzlich und gewaltsam und bei guter Gesundheit gestorben sein.«

»Ihr redet von einem Mord.«

»Ich bin bemüht, das Leben aller Engländer in Hindustan sowie Eure kostbaren Faktoreien zu retten.«

»Nun ... ich halte es für nicht unwahrscheinlich, daß bald jemand in Bombay ein Kapitalverbrechen begeht«, meinte Gayer.

»Auch das wird nicht möglich sein. Eure indischen Bediensteten würden davon erfahren, und sollte auch nur der Verdacht aufkommen, daß wir den Badshah hintergangen haben, wäre das unser aller Tod. Eins Eurer Schiffe muß in See stechen, mit einer absolut vertrauenswürdigen Besatzung bemannt, und einige Monate später mit dem Kopf von John Avery zurückkehren, der ihnen vom Kapitän eines Schiffes der Marine übergeben wurde. Natürlich würde der Kopf eingelegt werden, um ihn zu konservieren.«

Gayer blickte hilfesuchend zu Knolles hinüber.

»Wie Ihr bereits angedeutet habt, dürfte es der Navy nicht schwerfallen, einen Schurken aufzutreiben, der den Tod verdient hat. Aber es ist unabdingbar, daß niemand von seiner Hinrichtung erfährt.«

»Wir sollten uns darum kümmern, ein Schiff aufzutreiben«, stimmte der Oberst zu.

Knolles und Blunt schlenderten gemeinsam durch den Garten.

»Ihr und ich, wir sind gemeinsam lange und verschlungene Pfade gegangen«, sagte der Colonel.

»Ein Weg, der noch lange nicht zu Ende ist, will ich hoffen«, fügte Peter hinzu. »Was gibt es Neues aus England?«

»Was erwartet Ihr denn? Jetzt, wo König Wilhelm unangefochtener Herrscher ist, denkt er an nichts anderes, als Frankreich den Krieg zu erklären. Ich für meinen Teil interessiere mich allerdings mehr für unsere hiesige Lage, dafür, was Aurungzib als nächstes tun wird.«

»Das ist unmöglich vorherzusehen. In zwei Jahren wird er achtzig. Und er hat seit vierzig Jahren die Macht, über Leben und Tod einer jeden Kreatur in diesem weiten Land zu entscheiden, ohne daß irgend jemand ihm Einhalt geboten hätte. Seine Ahnen, Vorfahren, Shah Jahan und Akbar und sogar Jahangir hatten Frauen, die sie liebten und ehrten und die zweifellos ihre Entscheidungen beeinflußt haben. Und sie hatten ehrgeizige Söhne, die zwar oft genug rebelliert, ihren Vätern jedoch auch ein gewisses Maß an Zurückhaltung auferlegt haben.

Aurungzib besitzt nichts von alledem. Seine Frauen haben panische Angst vor ihm, und ganz sicher liebt er keine von ihnen. Seine noch lebenden Söhne fürchten ihn nicht minder, und außerdem fehlt es ihnen an den nötigen Eigenschaften, eines Tages die Nachfolge anzutreten. Er ist sich all dessen bewußt, und das macht ihn unberechenbar. Und es gibt niemanden, nicht einen Menschen, der ihn in irgendeiner Weise zur Mäßigung zwingen könnte. Darum bestehe ich auch darauf, daß baldmöglichst ein Ersatz für Avery gefunden wird. Ein Wutausbruch würde genügen, und Eure sämtlichen Faktoreien würden in Flammen aufgehen.«

»Ihr zeichnet das Bild eines Despoten«, bemerkte Knolles. »Und doch dient Ihr ihm.«

»Ich habe keine andere Wahl, um unser aller willen.«

»Wofür ihr einen Kopf fordert.« Knolles seufzte. »Natürlich werden wir einen für Euch finden. Es steht zu viel auf dem Spiel. Sagt mir, wie Ihr die Zukunft seht.«

»Es ist schwer, optimistisch zu sein.«

»Ihr sagt, Aurungzib wäre beinahe achtzig. Ist er denn noch bei guter Gesundheit?«

»Seine Gesundheit ist ebenso erstaunlich wie seine Vitalität.«

»Aber jeder Mensch muß doch eines Tages sterben. Und ihm werden Schwächlinge folgen, oder wenn Ihr recht habt, kommt es zum Bürgerkrieg. Ich sage Euch eins, Peter. Die East India Company wird sich nicht so leicht aus Indien vertreiben lassen. Wir befestigen unsere Forts und vergrößern unsere Armeen. Wir sind hier und gedenken auch, hier zu bleiben.«

»Ihr würdet dem Badshah trotzen, der auf ein Fingerschnippen hin einhunderttausend Mann gegen Euch ins Feld führen kann?«

»Ich bete, daß es nicht dazu kommt. Aber ich sage es noch einmal, wir lassen uns nicht vertreiben. Und solltet Ihr je beschließen oder genötigt sein, aus seinen Diensten auszutreten, seid versichert, daß man Euch in der Company, sei es hier in Bombay, in Madras oder in Kalkutta, einen Kommandeursposten anbieten wird. Ich sage das mit Wissen und Billigung der Direktoren in London.«

Blunt kehrte nachdenklich nach Delhi zurück. Vieles von dem, was sein Schwiegervater gesagt hatte, war zweifellos Prahlerei gewesen – aber dennoch, wenn die Flotte des Badshahs von einem einzelnen Piraten überfallen werden konnte, würde sie einem Geschwader der Royal Navy erst recht nicht gewachsen sein. Auch konnte man sich in Anbetracht der Berichte aus Europa fragen, ob die mongolischen Horden tatsächlich einer disziplinierten europäischen Armee gewachsen wären. Auf jeden Fall würde es ein erbitterter Krieg werden.

Und auf welcher Seite würde er stehen? Konnte er den Badshah verlassen, um an der Seite seiner Landsleute zu kämpfen? Aber waren sie wirklich seine Landsleute? Er hatte England nie gesehen und bezweifelte, daß er dachte wie ein Engländer. Die Seiten zu wechseln wäre ein gewaltiger und unwiderruflicher Schritt. Er hoffte, diese Entscheidung nie treffen zu müssen, denn er sah keine Möglichkeit, wie seine Familie in diesem Fall überleben sollte. Zu viele Generationen von Blunts waren bereits den Wirren der mongolischen Politik zum Opfer gefallen. Er wünschte sich für die Seinen etwas Besseres.

Im Frühling 1697 gebar Caroline einen Sohn. Sie nannten ihn Thomas nach dem ersten aller Blunts, der nach Indien gekommen war. Ein Jahr später bekamen sie eine Tochter, Joanna. Es war also kaum der rechte Augenblick, über Veränderungen nachzudenken.

Auch war Aurungzib inzwischen wieder mit den Briten versöhnt. Der eingelegte Kopf John Averys, des Piraten, war nach

Delhi gebracht worden, wo Arungzib ihn mit größter Zufriedenheit betrachtete. »Kommt«, sagte er zu Peter. »Wir zeigen ihn Prinzessin Shalina.«

Blunt war fassungslos. Damit hatte er nicht gerechnet.

Furchtsam folgte er dem Badshah und seiner Eskorte in einen sehr privaten Flügel des Palastes, abseits des Harems, wo die Prinzessin seit zwei Jahren in einem winzigen Turm eingesperrt war. Die Wachen salutierten, und als sie eintraten, verneigten sich zwei Frauen tief vor ihnen. Sie waren die einzigen Dienerinnen, die der unglücklichen Frau gestattet waren.

Prinzessin Shalina stand an einem Fenster ihres Empfangszimmers und blickte hinaus auf die Stadt. Das Fenster war schmal und vergittert, und unten in den Straßen konnte niemand ahnen, daß sie hier oben stand.

Als ihr Vater eintrat, wandte sie sich ihm zu, machte jedoch keine Anstalten, sich zu verneigen oder ihn zu begrüßen. Auch schien es sie in keiner Weise zu kümmern, daß sie keinen Yashmak trug, obwohl ihr Vater in Begleitung mehrerer Männer war.

Sie hatte an Gewicht verloren, war jedoch noch ebenso schön wie eh und je.

»Da hast du den Kopf deines Liebhabers«, sagte Arungzib triumphierend.

Blunt hielt die Luft an, als die Kiste geöffnet wurde, aber Shalina wandte den Blick ab.

»Sieh ihn an«, befahl Arungzib.

Shalina schüttelte den Kopf.

»Zwingt sie, ihn anzusehen, Blunt Bahatur«, befahl Aurungzib.

Peter hielt die Luft an und trat vor. »Wollt Ihr dem Wunsch Eures Vaters nicht entsprechen, Hoheit?«

»Ich habe keinen Vater«, entgegnete Shalina.

»Sie soll hinsehen«, wiederholte Aurungzib ärgerlich.

Blunt packte Shalinas Arm und zog sie auf die Kiste zu, wobei er sich fragte, ob er damit sein eigenes Todesurteil besiegelte.

»Haltet ihn hoch«, befahl Aurungzib.

Zwei seiner Wachen hoben die Kiste vor der Prinzessin in Augenhöhe. Ihre Nasenflügel blähten sich, als sie auf das

Gesicht blickte, das trotz der Konservierung begonnen hatte, sich zu zersetzen. Dann wandte sie sich wieder ab.

Langsam entspannte sich Peter. Vielleicht hatte sie nicht genau genug hingesehen.

»Und jetzt träume für den Rest deiner Tage von ihm«, knurrte Aurungzib.

Er wedelte mit der Hand, und die Kiste wurde hinausgebracht. Aurungzib folgte, Blunt an seiner Seite.

»Mörder!« rief Shalina ihnen nach.

Aurungzib zögerte, und Peter fürchtete einen Wutausbruch. Aber dann ging der Badshah wortlos weiter.

Er erzählte Caroline nicht, in welcher Gefahr sie alle geschwebt hatten. In den Palast der Blunts war wieder Friede eingekehrt. William mußte verheiratet werden, und Peter genoß die Gesellschaft der Kleinen, Richard und Elisabeth, Thomas und Joanna.

Aber es gab auch Trauer. Zaid starb an einem Herzanfall, und Iskanda am Fieber, aber Penelope lebte glücklich und zufrieden, ebenso wie Nasir, der inzwischen zum Tuman-bashi aufgestiegen war.

Der Badshah führte immer noch Krieg und hielt sich die meiste Zeit im Süden auf, wo er endlos gegen die Nachfahren Sivajis kämpfte. Obwohl keiner von ihnen die Talente ihres großen Vorfahren geerbt hatte, hielten die Marathen stand, entschlossen, sich nie wieder der mongolischen Macht zu unterwerfen. Zahllose Männer starben, und Millionen Rupien wurden verschwendet, und doch zog sich der Krieg über Jahre hin – und oft vergingen Monate, in denen Blunt von seiner Familie getrennt war. Es war, als hätte Aurungzib sich vorgenommen, vor seinem Tod diesen letzten Sieg zu erringen, als wäre das das einzige, was in seinem Reich noch zählte.

Aber das Reich knarrte und ächzte, als warte es darauf, daß ihm eine gewaltige Last von den Schultern genommen würde. Die Hindus wurden immer noch verfolgt und ihrer ganzen Habe beraubt, um diese Kriege zu finanzieren, aber nun, da Arungzibs finanziellen Nöte wuchsen, begannen auch die Moslems die Steuerlast zu spüren – während ihre Söhne zu Tausenden auf den Schlachtfeldern starben.

Und doch gab es keine offene Revolte: Die Grausamkeit des Badshahs wurde von allen gefürchtet. Alle sehnten seinen Tod herbei. Währenddessen brach eine Blütezeit für jene an, die an den Grenzen Hindustans nagten. Nach dem Monsun des Jahres 1706 ritt Blunt nach Bombay, um sich von Charles und Lucy Knolles zu verabschieden, die nach England zurückkehrten, um dort ihren Lebensabend zu verbringen.

»Nach zwanzig Jahren fällt es mir immer noch schwer zu glauben, daß wir tatsächlich fortgehen«, sagte Charles.

Peter blickte über den Ort, seine unzähligen Gebäude, die neue Kathedrale, die Geschütze und die Rotröcke, mit denen sie bemannt waren, das Dutzend Schiffe im Hafen und dachte zurück an das kleine Dorf, das Bombay bei seinem ersten Besuch gewesen war.

»Vergeßt mein Angebot nicht«, fuhr Knolles fort. »Es bleibt bestehen.«

»Ich werde es nicht vergessen, alter Freund«, entgegnete Blunt. »Aber ich muß Euch sagen, daß meine Geschäfte blühen wie nie zuvor und meine Beziehung zum Badshah freundschaftlicher Natur ist.«

»Dann möge es noch lange so bleiben«, sagte sein Schwiegervater.

»Ich wünschte nur, wir hätten Caroline vor unserer Abreise noch ein letztes Mal sehen können«, sagte Lucy. »Werden wir unsere Tochter jemals wiedersehen?«

Peter konnte nur ihre Hand drücken. Die Wahrscheinlichkeit war äußerst gering.

Noch ehe dieses Jahr um war, kehrte Arungzib nach Delhi zurück. Er hatte wieder einige Schlachten gewonnen, aber die Marathen hatten immer noch nicht die Waffen niedergelegt, und der alte Badshah war erschöpft: Sein neunundachtzigster Geburtstag stand bevor.

Peter war jetzt sechsundvierzig und Caroline einunddreißig und so schön wie eh und je. Traurig lauschte sie seinem Bericht vom Abschied ihrer Eltern. Auch sie wußte, daß sie sie niemals wiedersehen würde. Aber jetzt war es an der Zeit, Richard, der gerade sechzehn Jahre alt geworden war, in die Garde aufzunehmen und William zu seiner Beförderung zum Ming-bashi im Alter von erst neunundzwanzig zu gratulieren.

»Werdet Ihr wieder in den Krieg ziehen müssen?« fragte seine Frau.

»Der Badshah plant jedenfalls für das nächste Jahr einen weiteren Feldzug.«

»Wie ich diesen alten Mann hasse.« Sie flüsterte, obwohl sie sich in ihrem gemeinsamen Schlafzimmer befanden, wo niemand sie hören konnte.

»Sag das noch mal, wenn er tot ist«, entgegnete Peter. »Dann sehen wir, was wird.«

Am darauffolgenden Tag wurde Blunt in den Palast gerufen. Das war nicht ungewöhnlich, aber zu Peters Überraschung war der Badshah allein.

Nicht einmal der Wesir war bei ihm.

»Badshah?« Er verneigte sich.

Aurungzibs weißer Bart reichte ihm inzwischen bis zur Hüfte, und seine Hände zitterten. Aber sein Gesicht konnte sich immer noch in unheilvollem Zorn verdunkeln.

»Sagt mir, bin ich nicht gut gewesen zu dieser Teufelin, die behauptet, meine Tochter zu sein?«

»Allerdings, Badshah«, entgegnete Peter besänftigend.

»Ich hätte sie an dem Tag, an dem Ihr sie mir zurückgebracht habt, erdrosseln lassen sollen. Aber weil ich ein nachsichtiger Vater bin, habe ich ihr Leben verschont.«

Peter dachte an Mohammed Akbar und Zib-un-Ness, denen dieses Glück nicht zuteil geworden war.

»Und jetzt habe ich erfahren, daß Prinzessin Shalina schwanger ist.«

»Wie ist das möglich, Hoheit?«

»Wie schon? Sie hat eine der Wachen verführt. Ich habe Euren Vater einst aufgefordert, mir in einer abscheulichen Angelegenheit zur Seite zu stehen: Der Hinrichtung meiner eigenen Schwester. Jetzt lege ich diese Angelegenheit in Eure Hände, weil niemand davon erfahren darf. Ich will den Namen des Liebhabers meiner Tochter wissen. Bringt sie mit Gewalt zum Reden, wenn es sein muß. Und dann tötet sie. Ich will ihr

Gesicht niemals wieder sehen. Aber bringt mir den Mann. Habt Ihr verstanden?«

»Bei allem Respekt, Badshah, aber ich bin Soldat und kein Folterknecht.«

»Ihr seid mein treuer Diener, und ich vertraue Euch«, entgegnete Aurungzib schroff. »Ich gebe Euch zwei Männer mit, die darin geübt sind, andere zum Reden zu bringen. Es muß heute abend geschehen, nach Einbruch der Dunkelheit.«

Blunt hätte nichts lieber getan, als diesen Befehl zu verweigern. Aber wenn er das tat, wäre er des Todes. Und wenn er starb, würden auch all jene, die er liebte, sterben.

»Die Folterknechte schickt Ihr zu mir, sobald sie ihre Aufgabe erfüllt haben.«

»Bei allem Respekt, Badshah, aber darf ich fragen, wer Euch die Kunde vom Zustand der Prinzessin zugetragen hat?«

»Eine ihrer Zofen ist eine Spionin von mir.«

»Und kennt diese Zofe die Identität des Liebhabers nicht?«

»Sie behauptet, nein. Sie sagt, es wäre vor einigen Monaten geschehen.«

»Und Ihr glaubt ihr, Hoheit?«

Aurungzib runzelte die Stirn. »Ihr glaubt, sie würde es wagen, mich anzulügen? Gut, laßt sie ebenfalls foltern. Und sorgt dafür, daß auch sie anschließend getötet wird. Sie weiß zuviel. Dann bringt mir den Namen des Mannes. Er und alle seines Blutes werden für sein Verbrechen büßen.«

Blunt erkannte, daß er nichts mehr tun konnte. Er war zum Mörder gemacht worden.

Jetzt wünschte er, es so schnell als möglich hinter sich zu bringen. Er wagte es nicht, nach Hause zu gehen, und so verbrachte er die Stunden bis zum Abend damit, rastlos auf und ab zu gehen. Kaum war die Dunkelheit hereingebrochen, suchte er unverzüglich in Begleitung der beiden Henker, die Aurungzib ihm geschickt hatte, den Turm auf, in dem die Prinzessin seit Jahren gefangengehalten wurde. Dort angelangt schickte er die Nachtwachen fort.

Er hatte ein flaues Gefühl im Magen, als er die Tür öffnete, gefolgt von den beiden Folterknechten, die brennende Fackeln bei sich trugen.

Im flackernden Licht betrachtete er die Prinzessin.

Shalina war jetzt siebenundzwanzig Jahre alt. Sie hatte zugenommen, seit er sie vor zehn Jahren das letzte Mal gesehen hatte. Sie war jetzt ziemlich korpulent und sah bemerkenswert gesund aus – wenngleich sie die naive Unschuld ihrer Jugend verloren hatte. Sie sah Blunt mit starrem, feindseligen Blick entgegen. Erst als sie der beiden Henker gewahr wurde, erschauerte sie kaum merklich.

Ihre beiden Zofen hatten sich beim Eintreten Blunt Bahaturs tief verneigt.

Fünf Menschen, die nun alle sterben müssen, dachte er.

»Welche von Euch ist Bibi?« fragte er.

Die kleinere der beiden Dienerinnen verneigte sich erneut. »Warst du es, die dem Badshah die Information zugetragen hat?« fragte Blunt.

Bibi warf ihrer Herrin einen raschen Blick zu. Shalina runzelte die Stirn.

»Diese Frau hat Euren Vater davon unterrichtet, daß Ihr ein Kind erwartet, Hoheit«, sagte Peter zur Prinzessin.

Shalina starrte Bibi an.

»Der Badshah ist mein Herr«, sagte das Mädchen leise.

»Jetzt bin ich dein Herr«, entgegnete Blunt. Er wandte sich Shalina zu. »Ist das wahr, Hoheit?«

»Was maßt Ihr Euch an?« entgegnete die Prinzessin schroff.

»Ihre Blutungen sind dreimal in Folge ausgeblieben«, sagte Bibi rasch.

»Der Badshah wünscht den Namen des Vaters zu erfahren.«

Shalina warf den Kopf auf und kehrte ihm den Rücken zu.

»Du«, sagte Blunt. »Bibi. Wenn du soviel weißt, mußt du auch das wissen. Sag mir seinen Namen.«

Bibi zögerte.

»Ich kenne ihn nicht, Herr. Es ist vor drei Monaten geschehen. Ich war zu diesem Zeitpunkt nicht hier.«

Blunt erkannte, daß sie die Wahrheit sagte, aber er wollte, daß sie für diesen Verrat an Shalina bestraft wurde.

»Bereitet sie für die Folter vor«, befahl er einem der wartenden Männer.

Der Folterknecht lächelte. Er steckte seine Fackel in einen Wandhalter. Sein Gefährte tat es ihm gleich.

»Nein!« kreischte Bibi, als einer der Henker ihre Arme packte und der andere ihr den Sari vom Leib riß. »Ich habe nur die Weisungen des Badshahs befolgt!«

Peter blickte zu Shalina hinüber, um zu sehen, ob sie ihrer Zofe zur Hilfe kommen würde, aber die Prinzessin starrte wieder aus dem Fenster. Die zweite Zofe war keuchend vor Furcht bis zur Wand zurückgewichen.

Bibi wurden die Hände hinter dem Rücken gefesselt, dann stießen die Folterknechte das schreiende Mädchen zu Boden. Sie wand sich verzweifelt, während einer der Männer ihre Beine spreizte. Der andere nahm eine der Fackeln wieder an sich.

»Was werdet ihr mit ihr machen?« fragte Shalina schließlich.

»Wir werden sie verbrennen, Hoheit.« Der Mann grinste. »Hier und dort, wo es uns gerade Spaß macht.«

»Gnade!« schrie Bibi. »Ich habe nur auf Befehl des Badshahs gehandelt! Allah ist mein Zeuge, ich habe nur getan, was der Badshah mir aufgetragen hat!« Sie begann haltlos zu schluchzen, als die Fackel zwischen ihre Beine gehalten wurde, und die Flammen an ihrem glattrasierten Schritt leckten.

Blunt sah zu dem anderen Mädchen hinüber. Wenn Bibi die Wahrheit sagte, mußte *sie* den Namen des Schuldigen kennen. *Irgend jemand* mußte den Namen verraten, ehe sie starben. Denn sterben mußten sie so oder so.

Bibi schrie erneut vor Schmerz, als die Männer sie auf den Bauch rollten, ihre Pobacken auseinanderzogen und die Fackel zwischen sie schoben.

»Genug!« rief Shalina. »Ja, ich bin schwanger. Muß ich den Rest meines Lebens in diesem Gefängnis verbringen, ohne das Recht auf den geringsten Trost?«

»Laßt das Mädchen los!« befahl Blunt.

Widerstrebend gehorchten die Folterknechte. Bibi rollte sich wimmernd und schluchzend zusammen.

»Euer Vater wünscht den Namen Eures Liebhabers zu erfahren, Hoheit.«

»Nun, es ist Euer eigener Sohn, Blunt Bahatur«, entgegnete Shalina. »Hätte ich einen besseren wählen können?«

Darauf folgte atemlose Stille. Peters Herz drohte zu zerspringen.

»Könnt Ihr Eure Behauptung beweisen, Hoheit?« grollte er.

»Wollt Ihr mich der Lüge bezichtigen?«

»Ihr sprecht von meinem Sohn William?«

Shalina zuckte die Achseln. »Er wird es nicht leugnen, wenn Eure Folterknechte sich erst *ihm* zuwenden.«

Shalina sah ihn einige Sekunden unverwandt an und lachte dann plötzlich. »Ihr Männer seid Kreaturen, die nur dazu da sind, sie zu benutzen. Und ich habe einen gefunden, der mich befriedigt hat. Auch wenn er Ming-bashi eben jener Garde ist, die mich gefangenhält.« Sie wandte sich wieder dem vergitterten Fenster zu. »Vielleicht gestattet der Badshah mir sogar, diesen Turm zu verlassen, um ihn sterben zu sehen. Was meint Ihr? Ich sehne mich danach, dieses Gefängnis zu verlassen. Wer weiß? Vielleicht habe ich ihn allein zu diesem Zweck verführt.«

Blunt war hergekommen, um zu töten, wenn ihm auch der Gedanke, dem Leben dieser unschuldigen Frau, die so vieles mit Caroline geteilt hatte, ein Ende zu machen, zutiefst widerstrebt hatte. Jetzt erkannte er, daß sie nicht länger eine unschuldige Frau war. Vielleicht war sie das nie gewesen. Vielleicht hatte Aurungzib ihren Charakter ganz richtig beurteilt. Ihre Lust hatte seine Familie zerstört. Denn auch wenn er gewillt gewesen wäre, seinen eigenen Sohn der Rache Aurungzibs auszuliefern, würde diese Rache nun zweifellos alle Blunts treffen – so wie Aurungzib es geschworen hatte.

Die Träume mehrerer Generationen, zerstört durch die Schwäche eines Mannes und die gedankenlose, grausame Lust einer Frau.

Er zückte seinen Säbel. Die Folterknechte stießen einen erschreckten Laut aus, warfen die Fackeln nach ihm und liefen zur Tür. Aber Blunt wich den Flammen mühelos aus, und beide starben, noch ehe sie die Riegel hatten zurückschieben können. Einen Augenblick später erlitt Bibi dasselbe Schicksal. Die zweite Zofe stieß einen Schrei aus, ehe sie starb. Blut spritzte auf den weißen Sari der Prinzessin. Und doch wußte er, daß er ihnen allen gegenüber gnädig gewesen war, verglichen mit der Art, wie der Badshah mit ihnen verfahren wäre.

Shalina starrte ihn aus großen Augen an. »Wollt Ihr Euren Sohn retten?« fragte sie. »Habe ich nicht andere Dienerinnen, die ihn auf meinen Befehl hin hergeholt haben?«

Peter dachte nach und holte tief Luft.

»Was also wollt Ihr tun?« höhnte sie.

»Das, was ich tun muß«, entgegnete er.

»Und was ist mit mir?«

»Euer Vater hat mir befohlen, Euch zu töten. Wollt Ihr hinknien?«

Shalina zögerte, hob dann ihren Sari an und kniete sich mit geneigtem Kopf hin.

»Habt Ihr meinen Sohn denn kein bißchen geliebt?« fragte Blunt.

»Ich habe ihn gehaßt«, entgegnete Shalina. »So wie ich alle Männer hasse. Am meisten jedoch Euch und meinen Vater.«

Blunt säuberte seine Klinge am Sari der Prinzessin, verließ den Raum und verriegelte sorgfältig die Tür hinter sich. Er war sich einer Fülle von Gefühlen bewußt, die jedoch zu chaotisch waren, sie genauer zu bestimmen.

William wartete mit einer Korporalschaft der Garde am Fuß der Treppe. Offensichtlich hatte er erfahren, was der Badshah angeordnet hatte. Peter winkte seinen Sohn heran.

»Du hast uns mit deiner gedankenlosen Fleischeslust alle vernichtet«, flüsterte er.

William starrte seinen Vater angstvoll an.

»Jetzt hör mir gut zu«, fuhr Peter fort. »Sag dem Feldwebel, daß der Badshah dich in einer dringenden Angelegenheit rufen läßt. Sag ihm, daß bis zu deiner Rückkehr niemand die Gemächer der Prinzessin betreten darf. Ich warte draußen auf dich.«

»Was hast du getan?« fragte William schließlich mit belegter Stimme.

»Ich habe meine Befehle ausgeführt.«

»Sie hätte mich nie verraten.«

»Du bist ein Dummkopf. Für sie warst du nur ein Spielzeug. Und sie ist auch nicht die einzige, die deine Identität kennt, und so bleiben uns nur wenige Stunden. Wenn du jetzt nicht genau das tust, was ich dir sage, werden wir innerhalb von vierundzwanzig Stunden gepfählt werden – zusammen mit unseren Frauen und Kindern. Und jetzt beeile dich!«

Nachdem er William losgeschickt hatte, seine Frauen und Kinder zu holen, eilte Blunt nach Hause, wo er sämtliche Frauen und Kinder herbeirief und ihnen erklärte, daß sie Delhi sofort verlassen müßten. »Vor morgen wird niemand Fragen stellen.«

»Was ist mit Nasir und Penelope?« fragte Anne.

»Ich kann ihnen nur eine Nachricht schicken.«

Anne schauderte und zog ihr Cape fester um sich.

»Wir haben keine Wahl«, fügte Blunt hinzu.

Noch vor Mitternacht brachen sie auf, eine Gruppe von zwanzig Personen.

Es bestand kein Zweifel daran, daß das Alter einiger von ihnen sich als Erschwernis erweisen würde: Anne war siebenundsiebzig, Hilma und Bhuti nur wenige Jahre jünger und Serena und Jintna beide Ende Vierzig. Im Gegensatz dazu strotzte der sechzehnjährige Richard vor Kraft.

Aber Peter Blunt verschwendete keine Zeit auf solche Überlegungen, als sie nach Süden ritten.

Bei Tagesanbruch mußten sie eine Rast einlegen.

»Warum läßt du mich nicht zurück«, sagte Anne. »Nicht einmal Aurungzib kann mir jetzt noch viel antun. Ich bin eine alte Frau.«

»Wir werden gemeinsam überleben oder gemeinsam sterben«, erwiderte Blunt fest. Aber er wußte, daß die Flucht nicht gelingen würde. Sie schafften nur zwanzig Meilen am Tag, und am darauffolgenden Morgen kamen ihre Verfolger in Sicht.

Er stieg mit William und Peter auf einen kleinen Hügel und blickte der Gardekavallerie entgegen. Aurungzib hatte ihnen ein ganzes Regiment hinterhergeschickt.

»Wir haben nur zwei Möglichkeiten«, sagte Peter. »Entweder töten wir unsere Frauen, reiten unseren Verfolgern entgegen und sterben wie Männer, oder aber wir geben auf und sterben wie die Tiere – in der Hoffnung, daß man unsere Frauen verschont.«

Die beiden jungen Männer starrten ihn an. Einer solchen Entscheidung waren sie nicht gewachsen.

Blunt blickte von einem Gesicht zum anderen, als er in ihr kleines Lager zurückkehrte. Das seiner Mutter war ausdruckslos; Serena war ein Nervenbündel und zupfte sich unablässig an der Nase; Jintna war ebenso fatalistisch wie Anne; die vierzehnjährige Elizabeth blickte ängstlich von einem zum anderen; die neunjährige Joanna begriff noch nicht so ganz, was vor sich ging; der zehnjährige Thomas war ob des bevorstehenden Kampfes ganz aufgeregt, ohne zu begreifen, welches Schicksal sie alle erwartete. Und dann war da Caroline, das schmale Gesicht eine Maske der Entschlossenheit.

Niemals könnte er das Schwert in ihr mutiges Herz bohren.

»Sie sind zu nah«, sagte er. »Wir haben keine andere Wahl, als uns zu ergeben.«

»Uns ergeben?« fragten sie entgeistert.

»Ich bin an alledem schuld«, meldete William sich zu Wort. »Ich werde mich stellen.«

Seine Frauen brachen in Tränen aus – ohne auch nur zu wissen, was er getan hatte.

»Der Badshah will uns alle«, entgegnete Peter. »Ihr bleibt hier«, wies er die Frauen an.

Caroline klammerte sich an seine Hand. »Laß mich mit dir gehen.«

»Sie werden Euch noch früh genug holen.«

Wozu verdammte er sie? Aber sie mußte bis zum allerletzten Augenblick leben und für ein Wunder beten. Aurungzib war immer noch von der Company abhängig, was neue Waffen und Munition betraf, so daß immerhin die Möglichkeit bestand, daß er die Frauen verschonte.

Blunt und seine beiden Söhne ritten der Kavallerie entgegen, die von keinem anderen als Billim Abbas angeführt wurde. Wenigstens würden sie nicht mißhandelt werden, bis sie wieder in Delhi waren.

Billim machte ein unglückliches Gesicht. »Ihr steht unter Arrest, Blunt Bahatur.«

Peter nickte und überreichte ihm seinen Säbel.

»Ihr und ich, wir sind zu oft Seite an Seite in den Krieg gezogen«, sagte Billim.

»Wenn Ihr mir Euer Wort gebt, ihn nicht zu benutzen, dürft Ihr Euren Säbel behalten.«

Peter steckte den Tulwar wieder in die Scheide. Richard und William taten es ihm gleich.

»Und unsere Frauen?« fragte Peter.

»Ich habe Befehl, sie ebenfalls nach Delhi zurückzubringen.«

Die Frauen und Kinder saßen auf und schlossen sich dem Regiment an. Peter ritt an Billims Seite.

»Was gibt es für Neuigkeiten von meinem Bruder?«

»Keine, Blunt Bahatur.«

»Und von meiner Schwester?«

»Ebenfalls keine. Dennoch will der Badshah Rache nehmen«, sagte Billim. »Ganz sicher an Eurem Sohn. Er soll auf höchst schmerzhafte Weise sterben.«

Peter nickte. »Und was ist mit mir?«

»Ich würde sagen, Euch erwartet das gleiche Schicksal. Der Badshah ist außer sich vor Zorn. Er wirft Euch vor, seine Freundschaft und sein Vertrauen verraten zu haben. Vielleicht wäre es doch das beste, wenn Ihr Euren Säbel ziehen würdet, ehe wir Delhi erreichen.«

»Aber ... wenn William und ich uns selbst töten, was wird dann aus unseren Frauen und Familien?«

»Wie ich schon sagte, hat er ebenso Euren Bruder wie auch Eure Schwester unbehelligt gelassen, da er weiß, daß sie unschuldig sind. Darum glaube ich auch nicht, daß der Badshah Eure Frauen bestrafen wird. Ihr habt nicht gegen ihn rebelliert. Ihr habt seine Befehle ausgeführt – und seid nur geflohen, um das Leben Eures Sohnes zu retten. Ich denke, daß er dafür Verständnis haben wird.«

In dieser Nacht gestattete man Peter, ein Zelt mit seiner Frau zu teilen.

»Was wird aus uns werden?« fragte Caroline.

»Du mußt sehr tapfer sein«, entgegnete er. »Ich werde darum bitten, daß du und meine Mutter nach Bombay gebracht werdet. Dort könnt ihr euch dann nach England einschiffen. Du mußt mit Thomas und Joanna zu deinen Eltern gehen. Vielleicht gelingt es mir sogar, Richard zu retten, wenngleich ich nicht glaube, daß der Badshah ihm erlaubt, Hindustan zu verlassen.«

»Aber Euch selbst könnt Ihr nicht retten.«

»Ich fürchte, das ist unmöglich.«

Sie schwieg einige Sekunden lang. »Werde ich zusehen müssen?«

»Nein«, versprach er. »Die Hinrichtung wird ohne Zuschauer stattfinden.«

Wieder weinte sie, schien jedoch nicht zu verstehen, was er damit gemeint hatte.

Am nächsten Morgen ging Peter zu William und teilte ihm mit, was sie in dieser Nacht würden tun müssen.

William schluckte hart. »Gibt es wirklich keinen anderen Weg?«

»Nicht, wenn wir unsere Frauen und Kinder retten wollen. Das ist ihre einzige Chance. Zumindest müssen wir fest daran glauben.«

Sie ritten schweigend weiter, und Blunt ging im Laufe des Tages vieles durch den Kopf. Natürlich dachte er an die Vergangenheit und das Schicksal der Generationen von Blunts. Er glaubte nicht, daß der Name Blunt ausgelöscht werden würde. Aurungzib glaubte fest an die Treue der Blunts, und Peter war überzeugt, daß er Richard wirklich an seiner Seite behalten wollte. Vielleicht auch Thomas.

Nun, dann die Zukunft. Er selbst war noch ein junger Mann. Er hatte immer angenommen, daß er an dem, was nach dem Tod des Badshahs kam, teilhaben würde, auch wenn er nicht zu sagen vermochte, welcher der Prinzen seine Nachfolge antreten würde. Auch hatte er sich darauf gefreut, mit anzusehen, wie seine Söhne unter seinen wachsamen Augen zu Männern heranwuchsen. Aber seine Augen waren nicht wachsam genug gewesen.

Die Sonne neigte sich im Westen dem Horizont zu, als Billim Befehl gab, haltzumachen und das Lager aufzuschlagen. Die Blunts versammelten sich zum Abendessen um ihr Feuer, von einigen Wachen beobachtet.

Billim gesellte sich zu ihnen, und sie sprachen über vergangene Feldzüge. Sie hatten die Mahlzeit noch nicht beendet, als sie Hufgetrappel hörten. Einen Augenblick später galoppierte ein Tavachi ins Lager und schwang sich aus dem Sattel.

Billim sprang auf.

»Es hat eine Katastrophe gegeben«, rief der Junge.

Sie starrten ihn verständnislos an.

»Der Badshah ist gestorben. Er hatte einen Herzanfall – und war sofort tot.«

Peter und Billim wechselten einen Blick, dann wandte Billim sich wieder dem Boten zu.

»Was geht in Delhi vor?«

»Es hat Unruhen gegeben, Herr. Boten wurden zu Prinz Azam Shah in Lahore ausgesandt, aber sie waren kaum aufgebrochen, als Prinz Bahadur Shah erklärt hat, *er* würde fortan regieren. Von Prinz Kham Baksh hat man bislang noch nichts gehört.«

»Kham Baksh wird zweifellos ebenfalls Anspruch auf den Thron erheben«, sagte Blunt.

»Dann wird es einen Bürgerkrieg geben«, brummte Billim. »Blunt Bahatur, mein Befehl ist mit dem Tod Aurungzibs ungültig geworden.«

Peter und William waren buchstäblich auf den Stufen zum Schafott gerettet worden.

»Ich muß schnellstens nach Delhi zurück«, fuhr Billim fort. »Werdet Ihr mich begleiten? Euer Schwert wäre sicher nützlich, auf der einen wie auf der anderen Seite.«

Blunt zögerte. Die Versuchung war groß. Er wußte, daß es ihm möglicherweise gelingen würde, die Ehre der Blunts wiederherzustellen und somit Richard und Thomas den Weg zum Erfolg zu ebnen …

Aber er wußte auch, daß es weder einen Akbar noch einen Aurungzib und noch viel weniger einen Babur als Nachfolger auf dem Mogulenthron gab. Es war ihm bewußt, daß das ganze Reich faulig war und jeden Augenblick auseinanderfallen konnte.

»Nein, Billim«, sagte er schließlich. »Wenn Ihr es mir gestattet, werde ich mit meiner Familie nach Bombay reiten.«

Billim drückte ihm die Hand. »Ihr seid frei, alter Freund. Aber wollt Ihr Hindustan verlassen?«

Blunt lächelte. »Ich werde hier in Hindustan bleiben«, entgegnete er. »Aber von nun an werde ich meinem eigenen Volk dienen.«

Peter Blunt hatte die Lage richtig beurteilt. Bahadur Shah ging als Sieger aus dem Krieg zwischen den Söhnen Aurungzibs hervor, und seine Nachfahren regierten Delhi für die folgenden hundertfünfzig Jahre. Aber keiner von ihnen war ein würdiger Nachfolger ihrer Ahnen; die Substanz der Rasse war verloren.

Während des halben Jahrhunderts nach Aurungzibs Tod eroberte der persische Abenteurer Nadir Shah die Stadt Delhi und raubte den Pfauenthron und den Großmogul-Diamanten. Dann teilten die immer noch rebellischen Marathen den Süden Indiens in mehrere Fürstentümer auf; und schließlich begannen die Briten und die Franzosen über ihre Gesellschaften die Kontrolle über den gesamten Subkontinent zu übernehmen.

Der Sieg Robert Clives über eine franco-indische Armee in Plassey genau fünfzig Jahre nach Aurungzibs Tod machte die britische East India Company zur Allmacht in Indien. Als die britische Regierung ein Jahrhundert später nach einer gescheiterten Revolte, die als Indian Mutiny in die Geschichte einging, den letzten mongolischen Kaiser Bahadur Shah II. absetzte, bereitete sie damit nach dreihunderteinunddreißigjähriger Herrschaft dieser bemerkenswerten Dynastie endgültig ein Ende.

Die britische Herrschaft währte weniger als ein Jahrhundert.

**ENDE**

**Band 13 649**

**Richard Russo**

## Straße der Narren

**Deutsche Erstveröffentlichung**

Seit vor über zweihundert Jahren die Mineralquellen versiegten, geht es mit dem Städtchen Bath im Staate New York bergab. Jetzt will ein Banker namens Clive junior die Geldquellen des maladen Kurortes neu aufsprudeln lassen – mit dem Freizeitpark ›Zur letzten Ausflucht‹.
Aber kann ein Mann, der auf die Fünfzig zugeht und immer noch auf den Beinamen ›junior‹ hört, eine heruntergekommene Stadt sanieren? Nicht einmal die eigene Mutter traut ihm über den Weg.
Clives ärgster Feind ist der Untermieter seiner Mutter: Donald Sullivan, von allen nur Sully gerufen. Niemand hat sich so gründlich vor Verantwortung gedrückt wie er: als Vater, ›der seinen Sohn nie beeinflussen wollte‹, als Ehemann, dessen Frau längst das Weite gesucht hat, als Gelegenheitsarbeiter und überforderter Philosophiestudent und schließlich als Liebhaber, der die unvermeidlichen ›Anstandsphasen‹ seiner zwanzig Jahre langen Daueraffäre mehr genießt als die hitzigen Aufwallungen. Dennoch bleibt der notorisch zerstreute Sully unverbesserlicher Optimist. Was aber soll aus ihm werden, wenn Clive junior eines Tages Erfolg haben sollte mit seinen ewigen Bemühungen, Sully aus dem Haus seiner Mutter fortzuekeln?

BASTEI LÜBBE

**Sie erhalten diesen Band im Buchhandel, bei Ihrem Zeitschriftenhändler sowie im Bahnhofsbuchhandel.**